新华社拉萨电

新华社西藏分社 编

西藏人民出版社

图书在版编目（CIP）数据

新华社拉萨电·西藏报道精品集 / 新华社西藏分社

编 -- 拉萨：西藏人民出版社，2017.12

ISBN 978-7-223-05422-5

Ⅰ.① 新… Ⅱ.① 新… Ⅲ.①新闻报道—作品集—中国—当代 Ⅳ.① I253

中国版本图书馆 CIP 数据核字（2017）第 043846 号

新华社拉萨电·西藏报道精品集（上、下册）

编　　者	新华社西藏分社	
责任编辑	计美旺扎　张慧霞	
封面设计	格　次	
版式设计	周正权	
出版发行	西藏人民出版社（拉萨市林廓北路 20 号）	
印　　刷	深圳市精彩印联合有限公司	
开　　本	787×1092　1/16	
印　　张	50.125	
字　　数	800 千	
版　　次	2017 年 12 月第 1 版	
印　　次	2017 年 12 月第 1 次印刷	
印　　数	01-25,000	
书　　号	ISBN 978-7-223-05422-5	
定　　价	75.00 元（上、下册）	

编　委　会

主　　任：张晓华

副　主　任：多吉占堆　陈天湖　罗布次仁

成　　员：王恒涛　杨三军　薛文献　边巴次仁

主　　编：张晓华

执行主编：多吉占堆

副　主　编：杨三军　薛文献　边巴次仁

前　言

　　《新华社拉萨电·西藏报道精品集》，是经西藏自治区党委和新华社党组批准，在西藏自治区党委宣传部支持下编辑、出版的。

　　本书主要收录了从 2013 年至 2016 年间，新华社以拉萨电头播发的部分重要新闻作品。

　　党的十八大以来，在习近平新时代中国特色社会主义思想指引下，西藏自治区党委团结带领全区各族人民，忠实践行习近平总书记"治国必治边，治边先稳藏"重要战略思想，确保社会持续稳定，经济快速发展，人民安居乐业，生态保护成效显著，书写了西藏历史波澜壮阔的崭新篇章。

　　本书，可以说是对西藏这一新的历史时期的一个注脚，也是新华社记者对祖国这片广袤土地的深深热爱与忠实记录。

　　传承红色基因的新华社西藏分社，是我党在西藏设立的第一个新闻机构，于 1951 年人民解放军进藏途中，在昌都昂曲河畔成立。66 年来，西藏分社一代代记者始终发扬"对党忠诚，勿忘人民，实事求是，开拓创新"的"新华精神"，传承"老西藏精神"，不断注入新的时代内涵——"特别讲忠诚，特别能创新，特别能吃苦，特别能担当，特别能贡献"，在新西藏历史的每个节点上，哪怕是细微之处，都留下弥足珍贵的镜头和笔迹。

　　中国进入伟大的新时代。西藏自治区正以前所未有的速度在向前发展，在向着不断满足人民对美好生活的向往努力，进入了历史上最好的时期之一。新一代的新华社记者，始终不忘初心，牢记使命，在这片亘古高原上，见证每一个历史时刻，参与并记录每一个历史事件。

　　2013 年以来，西藏经历了自治区成立 50 周年、"4·25"特大地震等重大历史事件。新华社记者的身影，第一时间出现在这些历史事件的现场，锤炼脚力、眼力、脑力和笔力，采写了《谱写雪域高原中国梦的新篇章——

以习近平同志为总书记的党中央关心西藏发展纪实》《格桑花盛开在雪域高原——社会主义制度在西藏的成功实践》等一批讴歌时代、讴歌人民，全景展现社会主义新西藏蓬勃发展的精品力作。

这一时期，我们采写了《精神高地耸立世界屋脊——新时代西藏共产党人风采》，生动展现了一批批共产党人在新西藏发展改革稳定过程中艰苦卓绝的付出，无私忘我的奉献，在社会上引起广泛共鸣。以此稿为主线，新华社记者不断拓展报道领域，在"走转改"中增进对人民的感情，采写了一批又一批沾泥土、带露珠、冒热气，有思想、有温度、有品质的优秀新闻作品，取得良好传播效果。

这一时期，我们忠实履行职责，充分发挥喉舌、耳目、国家通讯社、世界性通讯社、智库等职能，持续发力西藏外宣报道，探索创新媒体融合报道，不断加强国际传播能力建设，取得了积极成效。

这一时期，我们编辑出版了《珠峰见证——西藏"4·25"地震新华社记者全记录》一书，收录了新华社在"4·25"地震期间播发的大量优秀作品，充分体现了党和国家对西藏各族人民的亲切关怀，热情歌颂了地震灾区广大干部职工和人民群众的精神风貌。

这一时期，也是新华社西藏分社以新闻采编业务为主的各项事业快速发展的一个新时期。国家领导人，新华社和自治区党委、人大常委会、政府、政协领导先后到分社视察、调研，指导工作、接受采访，对分社新闻报道等各项工作给予了高度重视、充分肯定、积极关怀和大力支持。

新闻是明天的历史，历史是昨天的新闻。作为新闻工作者，我们庆幸自己能够成为社会主义新西藏发展进程的参与者、见证者和记录者。

最后，向大力支持本书出版的西藏自治区新闻工作者协会、西藏人民出版社，表示衷心的感谢！

《新华社拉萨电·西藏报道精品集》编委会

2017 年 12 月

目　录

1

第二篇 辉煌历程

第三篇　雪域欢歌

第四篇　抢险救灾

第五篇　大美西藏

第六篇 岁月如歌

新华社记者 普布扎西摄

第一篇

精神高地

谱写雪域高原中国梦的新篇章

——以习近平同志为总书记的党中央
关心西藏发展纪实

新华社记者 张晓华 罗宇凡

那是普照神山圣湖的金色阳光，那是托起雄鹰腾飞的坚强翅膀。

党的十八大以来，以习近平同志为总书记的党中央立足实际，着眼长远，深入研究西藏经济社会发展和长治久安大计，作出一系列重大决策部署，为雪域高原绘就了面向未来的宏伟蓝图，开启了西藏自治区经济快速发展、社会事业全面进步、群众生活水平明显提高、社会大局持续稳定的全新局面。

金秋时节，西藏自治区即将迎来成立 50 周年庆典。在刚刚结束的中央第六次西藏工作座谈会上，习近平总书记发表重要讲话，为依法治藏、富民兴藏、长期建藏、凝聚人心、夯实基础，加快西藏全面建成小康社会步伐提供了重要遵循。在党中央坚强领导下，雪域高原正谱写新的发展篇章。

治边稳藏——以习近平同志为总书记的党中央高瞻远瞩，从战略高度为新形势下西藏工作绘制宏伟蓝图

蜿蜒而过的拉萨河，见证着一座古老城市的沧桑巨变；巍峨耸立的布达拉宫，俯瞰着雪域高原的勃勃生机。

在雪域高原，人们有一个共同心声——没有共产党，就没有社会主义新西藏。西藏自治区 50 年的沧桑巨变，凝结着几代中央领导集体的关怀和心血。党的十八大以来，以习近平同志为总书记的党中央，创造性地继承和发展了党的治藏治边理论，丰富和深化了党的民族政策、宗教政策，民族区域自治制度在雪域高原焕发出更强大的生命力，为西藏经济社会发展和长治久安指明了方向。

洁白的哈达，节日的盛装。2013 年 3 月 9 日，北京人民大会堂西藏厅洋溢着喜庆、热烈的气氛。

习近平总书记来到十二届全国人大一次会议西藏代表团，参加分组审议。

"扎西德勒！"

接过藏族代表送上的哈达，习近平总书记用藏语向在场的所有代表祝愿吉祥。在听取自治区党政领导汇报、与参会代表进行了热烈的交流之后，

国庆节来临之际，拉萨市街头鲜花处处，表达高原各族儿女祝福祖国母亲的深情。（新华社记者 觉果摄）

习近平总书记作了重要讲话。他强调指出："西藏是我国重要的国家安全屏障和生态安全屏障，在党和国家战略全局中居于重要地位。治国必治边，治边先稳藏。"

殷殷期待，高瞻远瞩。

习近平总书记在西藏代表团的重要讲话为新时期西藏发展勾画出一幅光明的蓝图——

发展是解决西藏所有问题的基础。切实贯彻治边稳藏的战略思想，就是要扎实有力推进西藏经济社会发展。

由于历史、自然、社会等因素的影响，西藏长期处于欠发达状态，加快经济社会发展不仅具有重大经济意义，而且具有深远政治意义。党的十八大以来，西藏进入全面建成小康社会的关键时期。

"只要全区各族干部群众上下一心，始终把握好西藏的主要矛盾和特殊矛盾，正确处理经济发展、社会稳定、民生改善、生态保护的关系，坚定不移走有中国特色、西藏特点的发展路子，就一定能发挥潜力和后发优势，实现跨越式发展。"

在发展经济的基础上不断提高人民生活水平，是西藏各项工作的出发点和落脚点。切实贯彻治边稳藏的战略思想，就是要坚持不懈保障和改善民生。

由于起步晚、底子薄、积累少，西藏部分城乡居民特别是一些农牧民生活还比较困难。

"要坚持富民兴藏战略，毫不动摇把保障和改善民生放在更加突出的位置，解决好人民最关心最直接最现实的利益问题，努力让西藏各族群众享有更好的教育、更稳定的工作、更满意的收入、更可靠的社会保障、更高水平的医疗服务、更舒适的居住条件、更优美的环境，过上更加幸福美好的生活。"

民族团结是西藏各族人民的生命线。切实贯彻治边稳藏的战略思想，就是要坚定不移巩固和发展民族团结。

"要全面贯彻党的民族政策，坚持和完善民族区域自治制度，牢牢把握各民族共同团结奋斗、共同繁荣发展的主题，推动各民族和睦相处、和衷共济、和谐发展。"

社会稳定是西藏发展的前提和保障。切实贯彻治边稳藏的战略思想，就是要毫不动摇做好长治久安的基础工作。

"在这一点上，要始终保持清醒头脑，紧紧依靠各族干部群众，努力实现西藏持续稳定、长期稳定、全面稳定。要坚持强基固本、争取人心，谋长久之策，行固本之举。"

……

治国必治边，治边先稳藏。

——这是新的历史条件下，对西藏地位和治藏方略的战略思考；

——这是在实现中华民族伟大复兴的大道上，对西藏经济社会全面发展的战略布局。

坚定有力的十个字，既浓缩了几代中央领导集体对推动西藏发展稳定的共同智慧，又体现出以习近平同志为总书记的党中央对治藏方略的创造性发展。

党的十八大以来，相继召开的对口支援西藏工作20周年电视电话会议、中央民族工作会议、中央统战工作会议，分别就对口支援西藏工作的方略、民族问题、统一战线等全局性问题进行了全方位部署。党的治藏方略内涵也随之不断深化，体系不断完善。

2015年7月30日召开的中央政治局会议强调，做好新形势下的西藏工作，必须坚持党的治藏方略，把维护祖国统一、加强民族团结作为工作的着眼点和着力点，坚定不移开展反分裂斗争，坚定不移促进经济社会发展，坚定不移保障和改善民生，坚定不移促进各民族交往交流交融，依法治藏、富民兴藏、长期建藏、凝聚人心、夯实基础，确保国家安全和长治久安，确保经济社会持续健康发展，确保各族人民物质文化生活水平不断提高，确保生态环境良好。

2015年8月24日，习近平总书记在中央第六次西藏工作座谈会上全面阐释了党的治藏方略：

"必须坚持中国共产党领导，坚持社会主义制度，坚持民族区域自治制度；"

"必须坚持治国必治边、治边先稳藏的战略思想，坚持依法治藏、富民兴藏、长期建藏、凝聚人心、夯实基础的重要原则；"

"必须牢牢把握西藏社会的主要矛盾和特殊矛盾，把改善民生、凝聚人心作为经济社会发展的出发点和落脚点，坚持对达赖集团斗争的方针政策不动摇；"

"必须全面正确贯彻党的民族政策和宗教政策，加强民族团结，不断增进各族群众对伟大祖国、中华民族、中华文化、中国共产党、中国特色社会主义的认同；"

"必须把中央关心、全国支援同西藏各族干部群众艰苦奋斗紧密结合起来，在统筹国内国际两个大局中做好西藏工作；"

"必须加强各级党组织和干部人才队伍建设，巩固党在西藏的执政基础。"

蓝图绘就、纲举目张。

站在历史的新起点上，一系列继往开来的新理念、新政策、新举措，以其丰富的理论内涵和强大的现实指导意义，为西藏经济社会全面发展指明了方向。

情系高原——以习近平同志为总书记的党中央深入各族群众，心系西藏各项事业全面发展

"你们现在按照海拔高度的补贴落实了吗？取暖费与拉萨有区别吗？"

"西藏要保护生态，要把中华水塔守好，不能捡了芝麻丢了西瓜，生态出问题得不偿失。"

......

这是一段总书记和县委书记间的对话。

2015 年 1 月 12 日，在中央党校第一期县委书记研修班座谈会上，全国海拔最高、最年轻的县——西藏自治区双湖县县委书记南培作了发言。习近平总书记认真倾听并不时向南培提出问题。

"短短 7 分多钟，总书记先后 20 多次详细询问西藏及双湖的情况"，回忆当时的情景，南培激动不已。"总书记一直关注关爱西藏，平易近人的态度和接地气的询问让我觉得与他的距离更近，与党中央更亲，感受到祖国大家庭的温暖，给人以力量和自信。"

对祖国这片雪域高原和生活在那里的各族干部群众，习近平总书记一直有着很深厚的感情。

2011 年 7 月，时任中央政治局常委、国家副主席的习近平代表党中央，率领中央代表团到西藏，看望慰问各族干部群众，同西藏人民一道庆祝西藏和平解放 60 周年。

在拉萨、在日喀则、在林芝，习近平深入基层、深入群众，为各族人民带去党中央的慰问与关心。在庆祝大会上，习近平发表讲话，强调西藏要按照中央提出的实现跨越式发展和长治久安的要求，努力实现到 2020 年全面建成小康社会目标，创造西藏各族人民更加幸福美好的新生活。

党的十八大之后，这份殷切的期待始终激励着雪域高原，这份关切的目光始终注视着西藏发展和稳定。

2015 年 6 月 10 日，习近平总书记在中南海接受班禅额尔德尼·确吉杰布的拜见。

中南海——这是一个精心挑选的接见地点。习近平总书记希望年轻的班禅能够在这里感受到家人般的接待。

接见中，习近平总书记希望班禅继承藏传佛教爱国爱教的光荣传统，胸怀祖国，心系人民，坚定不移维护祖国统一和民族团结。

年轻的班禅对总书记的精心安排、亲切接见十分感动，表示一定以十世班禅大师为榜样，庄严国土、利乐有情，坚决维护祖国统一和民族团结；

一定牢记习近平总书记的谆谆教导，刻苦学习，为促进藏传佛教与社会主义社会相适应和西藏的和谐稳定贡献力量，不辜负党和人民殷切期望。

春风化雨入高原，一枝一叶总关情。

从民族团结到宗教和睦，从经济发展到社会稳定……纵使相隔万里，党的十八大以来，西藏经济社会发展的每一个变化都牵动着北京的目光，牵动着党中央的心。

饱含对雪域高原的深切关心，李克强、张德江、俞正声、刘云山、王岐山、张高丽同志也高度重视、亲切关怀西藏经济社会全面发展，强调中央对西藏的支持力度只能加强、不能减弱，充分认识西藏工作在党和国家工作中的重要地位，做到全党动手、全国支持。

对于西藏的历史性进步，党中央给予了充分的认可和鼓励。

2014 年 8 月，川藏、青藏公路通车 60 周年之际，习近平总书记作出重要批示：这两条公路的建成通车，是在党的领导下新中国取得的重大成就，对推动西藏实现社会制度历史性跨越、经济社会快速发展，对巩固西南边疆、促进民族团结进步发挥了十分重要的作用。当年，10 多万军民在极其艰苦的条件下团结奋斗，创造了世界公路史上的奇迹，结束了西藏没有公路的历史。60 年来，在建设和养护公路的过程中，形成和发扬了一不怕苦、二不怕死，顽强拼搏、甘当路石，军民一家、民族团结的"两路"精神。

习近平总书记强调，新形势下，要继续弘扬"两路"精神，养好两路，保障畅通，使川藏、青藏公路始终成为民族团结之路、西藏文明进步之路、西藏各族同胞共同富裕之路。

对于西藏的民生冷暖，党中央牵挂于心。

无论是与来自西藏的人大代表座谈，还是会见西藏各界人士，习近平总书记十分关心高原人民生产生活的点点滴滴：现在僧尼的医疗和养老保险落实得怎么样？供暖用的是天然气吗？现在到墨脱的路通了没有？……得到满意答复时，总书记由衷欣慰。

在党中央关心下，在全国人民大力支援下，西藏全区在全国范围内首先实现了从小学到高中的 15 年免费教育；教育"三包"政策（包吃、包住、包学习费用）得到很好落实，补助标准不断提高；农牧区新型合作医疗制度实现全覆盖，农牧民每年免费体检一次，先心病儿童得到免费救治；青藏直流联网工程和川藏电网联网工程建成运行，结束西藏电网孤网运行历史；西藏首座大型水电站藏木水电站去年开始发电，部分地区冬季缺电难题缓解……

对于西藏遇到的困难，党中央密切关注、全力支援。

今年 4 月 25 日，尼泊尔 8.1 级地震和后续余震严重波及西藏自治区日喀则、阿里等地区。灾情发生后，习近平总书记立即作出重要指示，要求西藏自治区党委、政府和有关部门迅速行动、全面部署，党政军警民协调配合，全力开展救灾工作。

5 月，当抗震救灾取得阶段性成果时，习近平总书记再次指示，肯定抗震救灾工作取得阶段性胜利，要求再接再厉，继续抓紧搜救被困人员，全力救治受伤人员，妥善安置受灾群众，同时尽快修复受损基础设施，做好灾后恢复重建工作，维护西藏自治区特别是受灾地区社会大局和谐稳定。

对于西藏各族干部的奉献与牺牲，党中央高度肯定、大力褒奖。

在谈到西藏工作时，习近平总书记曾特别指出，西藏工作条件艰苦、任务繁重，许多干部在西藏献了青春献终身、献了终身献子孙，这种崇高精神境界和无私奉献精神，党和政府不会忘记，各族群众不会忘记。

习近平总书记要求，要真诚关心、热情关怀、切实关爱在西藏工作的干部，切实帮助他们解决实际困难，大力支持他们安心工作。

在全国机关事业单位调资过程中，西藏自治区的调资力度很大，调资后的工资水平一跃达到全国前列。

深切关怀、殷切期盼、大力支持，党中央对西藏自治区的关心与厚爱，如同金色的阳光普照雪域高原的山川大地，温暖着各族干部群众的心，为西藏各项事业蓬勃发展插上了腾飞的翅膀。

西藏民主改革第一村山南地区乃东县克松村村民举行活动，喜迎"西藏百万农奴解放纪念日"。（新华社记者　普布扎西摄）

不负嘱托——西藏自治区各族干部群众牢记嘱托、奋发有为，在党的治藏方略正确指引下阔步向前

"习近平总书记与西藏各族人民心连心"

——在拉萨市城关区纳金乡副乡长、塔玛村党支部第一书记格桑卓嘎的办公室里，一幅巨大的合影照片格外醒目。那是习近平总书记在全国两会上与西藏代表团代表亲切握手交谈的场景。照片中，格桑卓嘎身着民族服装与总书记站在一起。

"总书记得知我是基层村干部，就对我说'你辛苦了'。"这句简单却温暖的问候至今回忆起来都会让格桑卓嘎感动不已。"作为一名藏族干部、共产党员，我一定要把总书记对西藏人民的关心带回来，努力工作，把党中央富民兴藏的政策在基层落实好！"

如今的塔玛村，一栋栋极富民族特色又具现代气息的新楼房整齐排列着，全村997户居民今年全都搬进了宽敞明亮"一楼一底"的新房。全村集体经济仅固定资产就达3亿元，年底每个村民都有分红；很多人家搞起了旅游业，开起了民族特色的餐馆、客栈；离开土地的农民，免费参加政府组织的劳动技能培训……

塔玛村今日的风貌，是西藏沧桑巨变的一个注脚。在党的治藏方略正确指引下，西藏各族干部创新实践、奋发有为，辽阔的雪域高原展现出蓬勃发展的大好局面——

用好中央赋予的特殊优惠政策，用好对口支援的强大优势，抓住"十二五"支持西藏发展的200多个重大项目建设，西藏经济不断实现跨越式发展；青藏铁路的全线通车、阿里昆莎等民用机场投入运行、拉日铁路通车运营，拉萨至林芝铁路和高等级公路全面开工，一个由铁路、公路、航空、邮政等多种运输方式组成的现代综合交通运输体系，正以崭新的面貌呈现在世界屋脊上。

实施干部驻村、干部驻寺；在拉萨等7地市所在地和所有县城建成698个便民警务站，推行城镇网格化管理；开展"先进双联户"创建评选，不断加强社会治安综合治理；认真贯彻党的民族政策特别是民族干部政策，全面落实民族区域自治制度，巩固发展了西藏民族团结的大好局面；充分尊重宗教信仰自由，健全寺庙管理长效机制，完善寺庙僧尼公共服务、加强寺庙僧尼教育引导，实现了西藏宗教和睦佛事和顺寺庙和谐。

坚持把本级财政收入的70%以上用于保障和改善民生，每年办好利民惠民、利寺惠僧"十件实事"；大多数西藏高校毕业生实现了就业创业；城镇居民人均可支配收入22016元，农村居民人均可支配收入7359元；社会保障不断完善，5900多名孤儿全部得到有效救助；以免费医疗为基础的农牧区医疗制度覆盖全区农牧民；46万多户农牧民住上了安全适用的房屋，拉萨市城市居民基本用上了暖气、结束了祖祖辈辈靠烧牛粪取暖的历史。

严格建设项目准入，加大造林绿化力度，建好生态保护区。如今的西藏，共建立 47 个各级各类自然保护区、22 个生态功能保护区、13 个国家森林公园和湿地公园。西藏环境公报显示：2014 年西藏生态环境质量持续保持良好状态，大部分区域仍处于原生状态，西藏是世界上环境质量最好的地区之一。

这是一张无愧于历史的成绩单。

这是党的治藏方略在雪域高原的成功实践。

"西藏，距离北京虽远，但西藏人民的心要与以习近平同志为总书记的党中央贴得更紧。"在西藏，这句朴素而充满感情的话语流淌在各族干部群众的心中。

尽管远隔万水千山，但在这片雪域高原上生活工作着的各族干部群众，始终牢记肩头重任，不负党中央殷切嘱托。

特别讲政治、特别能创新、特别能吃苦、特别能担当、特别能贡献——

传承"老西藏精神"，融入新时代内涵，西藏干部群众正是以这样一种精神状态，全面领会、完整贯彻了党的治藏方略。在自治区党委领导下，在中央国家部委、对口援藏省市和中央企业大力支持下，扎实做好发展稳定各项工作，努力把西藏建设得更加美好。

站在实现中华民族伟大复兴的历史节点上，一个和谐稳定的西藏，民族团结的西藏，宗教和睦的西藏，民生改善的西藏，边疆巩固的西藏，生态良好的西藏，如雪山上升起的一轮朝日，绽放出耀眼的光芒。

当洁白的哈达飘向世界，当醇香的青稞酒香满神州，当勤劳质朴的西藏人民与全国人民一道走在全面建成小康社会的光明道路上，西藏的美丽富饶将成为中华民族伟大复兴的一道独特风景，屹立在地球之巅。

（新华社拉萨 2015 年 9 月 5 日电　参与采写记者：王恒涛、薛文献）

精神高地耸立世界屋脊

——新时代西藏共产党人风采

新华社记者 张晓华 李柯勇 杨三军

西藏，世界屋脊，平均海拔 4500 米以上。

内地盛夏时，在西藏海拔最高的边防站，还能用冻得梆硬的鸡蛋砸核桃。

这里的官兵最爱巡逻，因为巡逻才可能看到新发芽的小草。

趴在地上使劲儿闻一口草香，再抬头时，他们一脸的陶醉："这就是春天的味道！"

普玛江塘边防派出所官兵在岗布冰川下巡逻。（新华社记者 普布扎西摄）

西藏，一个特别的地方；扎根西藏的，是一群特别的人。

数十年前，为使西藏各族人民从黑暗走向光明，老一辈进藏工作者用鲜血铸就"老西藏精神"。

进入新世纪，在这个价值多元、充满诱惑的时代，在西藏有一群人坚守着精神高地：耐得住寂寞，忍得住艰辛，因信仰而忠诚，因使命而开拓，因责任而担当，甚至要付出生命代价。

——这，就是西藏新一代共产党人群体。在他们身上，融入新时代内涵的"新西藏精神"呼之欲出。

"特别讲忠诚"——维护统一，反对分裂，每个人都是祖国的坐标

这是一份沉重的名单——

强秋、金淑萍、张宇、李江龙、李芬玉、次仁……他们身份各异，或是长期在藏的内地干部，或是西藏本地干部，或是援藏干部，却有一个共同点：都是共产党员。另一个共同点是，都在2012年因公殉职。

原因并不复杂，或在高寒缺氧环境中突发疾病，或在艰险道路上遭遇意外。一句话，死于高原恶劣的生存条件。

已进藏16年的阿里地区普兰县发改委主任曹志坦言："每次回内地休假与家人告别，都带着诀别的心情。"

谈到新时期西藏共产党员的共性，记者采访的许多人不约而同提出一点：特别讲政治、讲忠诚。在西藏，维护祖国统一和领土完整就是最大的政治。为了这一崇高使命，党员干部付出了艰辛的努力。

只有29人的玉麦是中国人口最少的乡，8名党政干部轮流守护着中印边境1987平方公里的国土。每年8个月大雪封山，吃到新鲜蔬菜成为奢望，更难忍受的是无尽的孤独。

每次换班都是一次死亡边缘的挣扎。要徒步10多个小时，翻越海拔

5200多米的雪山。积雪深两三米，随处可能遭遇灭顶之灾。连马都累得躺在地下喘气，他们一手牵着缰绳，一手扒着雪爬行。

为什么不离开？

乡长达瓦说："不能走啊。这是我们的国土，玉麦每一个人都是祖国的坐标。"

在西藏长达4000多公里的边境线上，数不清的党员干部就这样默默坚守。

辛酸故事不知有多少——

新娘严陶两次筹备婚礼，均因在山南边防支队执行任务的新郎脱不开身而推迟。

日喀则地区公安处副处长王景成汽车抛锚，在亚东边境的严寒荒原上彻夜跋涉，最后体力透支几近极限，眼前出现妻子女儿的幻影。就靠亲情的支撑，才死里逃生。

海拔4500米以上的地方寸草不生。一名边境干部终于有机会走下高原，那天他看到了树，竟抱着大树放声痛哭……

张宇，陕西援藏干部、阿里地区噶尔县原县委书记。2012年初父亲去世，他带着遗像匆匆返藏，轻声说："爸，您活着的时候没来过西藏，现在带您到儿子工作的地方看看。"

谁料到，半年后的8月22日，同事叫张宇吃早饭，却见他倒在了宿舍门口。

年仅44岁的张宇死于积劳成疾引发的急性心梗。翻看他人生最后十天的工作日志，每一天都排得满满的：谈项目、筹备人工种草现场会、调研高效设施农业、检查国道沿线环境治理、庆贺藏族学生考上大学……

他说过："我们要加快发展，让老百姓都过上好日子……"

出殡那天，噶尔县花圈脱销，许多干部群众流着热泪，自己动手编花篮。出租车司机自发停下车，齐声鸣笛，为这位改变了噶尔"脏、乱、差"面貌的县委书记送行……

因痛风拄着双拐的书记，心脏畸形肥大的乡长，尿酸、血压、血糖、血脂均不正常的干事……采访中，记者不知见过多少身患高原综合症的党员干部。

人们都说西藏美，雪山大河，蓝天白云，美得动人心魄。可是常人怎么想象得到，守护这片美丽国土的人，每日却在挑战生存的极限。

在这里，一场普通的感冒都可能致命。在藏工作10年以上的人，基本上都会发生脏腑器质性病变。同样痛苦的还有亲情的缺失。

在市场经济时代，选择西藏的人常被看成"傻子"。对比内地优越的环境、条件、待遇，他们不是没有羡慕、抱怨、牢骚。

然而，只要上级组织一纸调令下达，他们便从五湖四海赶来了；只要听到祖国和人民的召唤，每个人都绝无二话："因为我是共产党员。"

"特别能创新"——勇于开拓，攻坚克难，推动雪域高原跨越式发展

身材魁伟，面庞粗黑，嗓音低沉深厚，站在记者面前的藏族大汉孙宝祥当曲水县县长已经7年了。

2006年，他一上任就去走访村民。在一户黑乎乎的小屋里，看见一个生病的老人，端上来的是清茶，而不是酥油茶。去厨房看看，糌粑罐眼看就要见底了。

恶劣的自然条件、落后的生产力水平摆在面前，西藏如何实现跨越式发展？孙宝祥认为，唯有开拓创新、攻坚克难。

曲水是个传统的农业县。孙宝祥分析，这里海拔高、气候差，守着一亩三分地，难以大幅增加百姓收入，只能另辟蹊径。他力推曲水成立了西藏最早的县级工业园区之一——雅江工业园。

一无资源，二无经验，还要保护脆弱的生态环境，难度可想而知。可孙宝祥从来不是一个轻易服输的人。他带队招商引资，一次次失败，一次次重来，靠"最真的诚意和最厚的脸皮"打动企业家。

2010年夏天一个深夜，一场山洪危及工业园区。孙宝祥火速赶到，汽

车陷进水坑，他推开车门跳进了齐腰深的积水，在雷电交加和倾盆大雨之下指挥抢险，一片混乱的现场很快稳定下来。

就靠一股子雷厉风行的精神，7 年间，曲水县财政收入翻了 10 倍，全县农牧民人均纯收入翻了 10 倍。

新世纪以来，西藏发生了翻天覆地的变化，背后是一场以现代化为取向的大规模开拓创新实践。

从基础设施改善到农牧民增收，从特色产业培育到经济总量连破百亿元大关，从传统文化弘扬到教育、医疗、养老事业的进步，一点一滴都凝结着西藏党员干部的心血和汗水。

罗瑜是世界上海拔最高的村庄——浪卡子县普玛江塘乡查布村的党支部书记，他为地处海拔 5500 米的村里修路而奔波。有一次，喉咙一痒，一口血喷了出来，却仍不退缩。他说："大部分乡亲连县城都没去过，我希望他们能看一看外面的世界。"

2001 年秋天，二三十个人在拉萨西南郊一片乱石荒滩上安营扎寨。他们连食堂都没有，大家轮流做饭。12 年创业，艰辛备尝。如今，这片以"拉萨经济技术开发区"闻名遐迩的新城区，已成为带动西藏新型工业化、城市化的强劲引擎。

让一块刚摆脱封建农奴制 50 多年的土地快速步入现代文明，堪称举世罕见的创举，参与其中的每个人都是前无古人的开拓者。

创新，需要胆识、勇气、毅力，更需要智慧。

大棚蔬菜刚刚推广时，不少农牧民拒绝接受："人是吃糌粑和肉的，怎么能和牛羊一样吃'草'呢？"

白朗县巴扎乡彭仓村村支书边巴顿珠有"高招"。他和村里的党员带头承包大棚，年底赚了钱，他们在大街上公开数钞票，从村东数到村西，从村南数到村北。

第二年，村民纷纷主动申请承包大棚，彭仓村成了全县第一个万元村。

"青稞脱了皮，做的糌粑才会香。"这是农牧民常说的一句话。

正是靠着"脱一层皮"的苦干精神，靠着除旧布新的改革锐气，西藏党员干部不断开辟出跨越式发展的新天地。

现代意义上的创新，新视野、新理念往往比金钱更可贵。

扎红挂彩，额缠哈达，耕牛、农民在地头精神抖擞地站成一排。一声令下，群牛奋发，黄尘滚滚，四周男女老幼欢呼呐喊，吉祥的桑烟弥漫田野……

——2010年，白朗县农村一年一度的春耕仪式，让县委书记李季孝看得如醉如痴。转过身来，李季孝却陷入了深思。

作为传统文化，这种传承千年的民俗理应保护；作为农业生产，"二牛抬杠"的耕作方式实在太原始了。

李季孝带领当地干部，尝试大面积推进农牧业现代化。

3年间，白朗的产业形态发生了前所未有的改观：引进现代化农机具，成倍提升春种秋收效率；绿色蔬菜远销尼泊尔；曾经廉价的糌粑成为广受追捧的高端营养品；牛羊开始集约化养殖……

大量农牧民摆脱了土地的束缚，走向附加值更高的产业，腰包迅速鼓了起来。白朗成为西藏第一个农机示范县、第一个国家级农业科技示范区。

与现代对接，必然要打破当地群众祖祖辈辈习以为常的高原农业传统，谈何容易？李季孝曾一个月瘦掉20斤，曾在现场会上突然休克。

记者问，为什么这么拼命？

他回答："为了西藏的跨越式发展和长治久安，我们必须努力作为，才无愧于党和祖国，无愧于党性和良心。"

一分耕耘，一分收获。

2011年5月，经过200多个日夜的努力，白朗试种成功西藏第一批樱桃树。摘一颗樱桃入口，酸甜清香沁上舌尖，李季孝喜极而泣……

"特别能担当"——旗帜鲜明，敢作敢为，
挺起共产党人的脊梁

李素芝的办公室里堆满了锦旗和哈达。这位西藏军区总医院院长、西藏军区副司令员，被西藏老百姓亲切地称为"门巴（藏语：医生）将军"。

1978年，李素芝刚调到西藏军区总医院时，患有先天性心脏病的18岁藏族姑娘卓玛的去世，让他久久不能释怀，"那双美丽而绝望的眼睛，至今仍时常闪现在我的面前。"

之后的大规模病例普查结果更令人揪心：西藏高原先心病发病率是内地的2至3倍，而在海拔3500米以上地区做心脏手术，全世界尚无先例。

李素芝连续20年艰苦攻坚。在丰富的技术数据和临床经验积累下，他决心勇闯高原医学"禁区"。

无影灯打亮，一颗鲜红的心脏搏动在手术台上。右手执刀，李素芝神情凝重。这是2000年11月10日，在海拔近3700米的拉萨，世界首例高原浅低温心脏不停跳心内直视手术即将开始。

没有人能保证成功。一旦失败，李素芝将面对的不仅是医学上的挫折，而且注定会陷入终生自责，因为躺在面前的患者，是他的侄女莹莹。他也曾犹豫纠结，但是家人的理解增添了他的信心和勇气。

带着沉重的使命和期待，李素芝一刀划下。

这一刀，划破了国外专家"海拔3500米以上不能做先心病手术"的断言，给雪域高原带来了福音。手术成功的消息传出，震动世界医学界。

李素芝说，医生是党和农牧民之间的天然桥梁。经他倡议，总医院党委毅然决定，所有困难群众免费就医。10余年来，总医院仅先心病手术就为西藏群众免费达9000多万元。而医院内部则勒紧腰带过日子，节约、节约、再节约。

特别能担当，体现的是西藏共产党员以天下为己任的大爱情怀。

2011年，西藏自治区党委根据区情，在全区启动创先争优强基础惠民生活动、加强和创新寺庙管理两项重点工作。这是西藏和平解放以来规模最大、人数最多、时间最长、覆盖面最广的干部下基层活动。

两年多来，全区先后选派4万多名干部入驻全区5459个村，与农牧区群众同吃同住同劳动，听民意、解民忧、帮民富；先后派出近万名干部入驻全区1700多座寺庙和宗教活动场所，实施一系列利寺惠僧举措。

事实胜于雄辩。4万多名干部"接地气"，夯实了基层基础，融洽了党群、干群关系，确保了大局和谐稳定，赢得了民心。

传承"老西藏精神"——特别能吃苦，特别能贡献，永远和人民在一起

1951年，阿里荒原，新疆进藏先遣连行军途中。

掉队战士杨天仁冻饿昏倒，被牧民救了。苏醒后，他死活不住帐篷，只睡羊圈，因为部队有纪律：不得侵犯民宅。

归队前，他留下两块银元。那不仅是他唯一的财富，还是他母亲的卖身钱。杨天仁自幼讨饭流浪，几次差点饿死，都没舍得花掉母亲这最后一点纪念，只因严守"不拿百姓一针一线"的纪律。

记者在阿里采访时，时任札达县委书记的李建华讲起这个故事，泪湿衣襟。

半个多世纪前，老一辈进藏党员干部胸怀坚定的信仰、神圣的使命感和强烈的爱国情怀，扎根边疆，扶危济困，和西藏各族群众结下了深厚情谊。

今天，"老西藏精神"已成一种精神基因，融入了西藏党员干部的血脉。孔繁森、祁爱群、李素芝、强秋、次仁、彭燕……在一代又一代西藏英模身上，这种基因生根发芽，传承不息。

2012年3月18日，嘉黎县委组织部副部长、忠义村驻村干部李芬玉和乡亲们一起修水渠。

同事发现，她弯腰用锹把紧紧顶着胃部，豆大的汗珠从蜡黄的脸上往下掉。

同事很担心："回去休息吧。"

"没事。"李芬玉低声说，"不能让乡亲们看到，影响不好。"

同事劝她赶快请假到医院看看，李芬玉再次选择了坚守。

她不是没有时间。偶尔回县城办事，她给乡亲买了体育用品，给村里

的孩子们买来糖果、衣物、文具，就是没抽空去检查一下自己日益严重的胃病。

一周后，病痛再次发作，她猝然离世。

李芬玉去世那天，她丈夫紧咬牙关，一滴泪也没有，一整天抱着她的遗体，谁也不让碰。

全村群众自发点起了酥油灯为她祈祷。她救助的低保户、她谈过心的村支书、和她一起劳动过的小伙子们，都哭了。

最伤心的是白玛旺杰。这个常年在山里放猪的老人，曾被全村当作"哑巴"。只有李芬玉注意到，老人耳朵没有全聋，应该不是聋哑人，也许是缺乏与人沟通吧。

从此，李芬玉没事就找老人聊天，还给他买新衣服和日常用品。

几个月后，老人嘴里突然冒出一个词："谢谢！"全村震动！

听到李芬玉去世的噩耗，老人的眼泪擦干又淌出来，怎么也止不住。他竖起大拇指，用依然不太连贯的话念叨个不停……

当年，"老西藏"们与老百姓同吃、同住、同劳动，赢得了各族群众的信任和尊重。如今，新一代党员干部继续扎根基层，艰苦奋斗，和群众打成一片。

比如县查曲乡多托村驻村工作队进村第一天，许多村民赶来看热闹，却没一个伸手帮助卸车。工作队队长万嘉反省：群众感情疏远，问题出在干部身上。

百姓心中有杆秤。你说什么不重要，重要的是你做了什么。

大雪天，工作队员同村民一起修路。村里用电不便，工作队用太阳能设备，24 小时为村民提供手机充电等服务。民兵夜间巡逻，工作队提前做好饭菜招待巡逻队员……

不到 3 个月，村民的态度发生了 180 度大转变：有困难，主动跟工作队说；逢年过节，抢着请工作队员去家里吃饭；驻村结束时，全村人来欢送，一条又一条洁白的哈达几乎把队员们埋了起来。

你掏给群众一颗真心，群众就会把你捧在手心。

在与群众的交往中，年轻的党员干部们在不断地感悟和成长。

次仁白珍和东达拉姆，安多县机关两个"80后"女干部。她们冬天进驻玛曲乡二村时，住的是漏风的土坯房，烧着牛粪炉还冻得脸颊生疼。每天要走几百米到小溪边凿冰取水，一遍遍过滤掉牛粪渣才能喝。一次，住处还遭到了棕熊的洗劫：窗框被掰开，大门也不见了，干粮糟蹋了大半，剩下的被撒上了熊尿。

驻村几个月，这两个城里长大的女娃迅速成熟起来。

"比以前坚强多了。还学会了珍惜，珍惜身边的人，珍惜现在的生活。"次仁白珍说。

"和老百姓交朋友，心里那么敞亮，那么踏实，就像种子回到了泥土里。"东达拉姆说。

在党员干部感召下，西藏越来越多的年轻人选择加入中国共产党。

林芝县米瑞乡色果拉村，全村 36 户村民中，除了两个五保户外，户户有党员。

谈到入党动机，汉语不太流利的新党员索朗次仁说了六个字："跟党走，有奔头。"

记者在采访中看到，以艰苦奋斗为核心的"老西藏精神"鼓励着全区各族干部群众斗志，而新世纪西藏共产党人群体之中孕育生成的"新西藏精神"，正在各族百姓心中树起一座新的丰碑。

珠峰屹立，雅江奔腾。

在世界屋脊之上，一棵棵精神之树栉风沐雨，蔚然成林。

（新华社拉萨 2013 年 11 月 10 日电　参与采写记者：薛文献、杨步月、边巴次仁、文涛）

"感谢党和人民给了我服务老百姓的平台"

——专访全国人大常委会副委员长向巴平措

新华社记者　张晓华　多吉占堆　薛文献

向巴平措,第十二届全国人大常委会副委员长。中共第十六届中央候补委员,十七届中央委员。曾任西藏自治区党委常务副书记、自治区政府主席,西藏自治区人大常委会主任、党组书记。

西藏自治区成立 50 周年之际,向巴平措作为中央代表团副团长回到拉萨,参加庆祝活动,并率那曲分团到那曲地区慰问各族干部群众。

9 月 11 日,《瞭望》新闻周刊记者在拉萨专访了这位曾长期在西藏工作、从农家子弟成长为国家领导人的藏族领导干部,倾听他讲述西藏半个世纪的发展变迁,讲述他始终不变的百姓情怀。

"各族群众对党充满感激、感恩"

《瞭望》:9 月 8 日,西藏自治区成立 50 周年庆祝大会在拉萨隆重举行。您作为中央代表团副团长,再次回藏参加庆祝活动,有什么特别的感受?

向巴平措:每次回到西藏,我都感觉特别亲切,毕竟在这里工作了那么长时间,又是故乡,认识的人也多。这次大庆,我感觉组织得很好,西藏的形势也特别好,下一步的发展思路清,推进发展稳定工作的各项措施也实。一个很明显的感受,就是各族干部群众对党中央、习总书记充满感情,对自治区党委的各项工作给予充分肯定。

俞正声主席在庆祝大会和区党委政府汇报会上讲话的时候,会场上掌声非常热烈。这充分说明讲话讲得特别好，真的说到大家的心坎里去了。

各界群众参加游行活动的精神状态也非常好，充满了感恩、感激。我相信，这次大庆极大地鼓舞了西藏各族人民，为今后推进经济发展和长治久安各项工作提供了坚实的保障。

《瞭望》：9月9日，您率团到海拔最高的那曲地区慰问干部群众。感受如何？

向巴平措：那曲我去得最多。在西藏7个地市里面，那曲海拔最高，纬度又高，冬天很冷，条件是最艰苦的。我在那曲活动期间，也需要吸点氧。巧合的是，以前几次大庆，我也是去的那曲。

我们先去了孝登寺，看望宗教界人士，赠送贺幛并发放布施。这几年自治区加强和创新寺庙管理，把寺庙作为基层单位来管理，把僧人当成朋友、亲人，帮助他们解决问题，开展了"六建"、"九有"、"六个一"活动，寺庙发生了深刻的变化。

凡是我接触的僧人，他们都发自内心地对党和国家、对驻寺干部充满感激，凝聚力、向心力明显提升，正能量在上升。这是非常了不起的！

我们还去了聂荣县色庆乡帕玉村，海拔大概有4700多米。我们到了牧民家里，看了驻村工作队和村"两委"班子。那个村以前我去过，原来叫"乞丐村"，很贫困，现在发展变化大。

他们走了合作化的道路，把大家组织起来，成立经济合作组织，由能人带头，以工业化的方式来管理牧业，搞得非常好。现在虽然规模还不大，弄个牛奶呀，酸奶呀，或者其他的产业，人均收入能达到1万多块钱，很不简单。

我临时动议，去看了聂荣县帕玉村幼儿园，见到四五岁的小孩子还能说一点汉语，说明幼儿园的双语教育搞得不错。现在西藏全区实行15年的免费义务教育，真是不简单。我常讲，只要把教育搞上去了，就业问题解决了，贫困的代际转移问题也就解决了。

在那曲，我们见了地区领导班子成员及援藏干部、群众代表，出席了那曲地区庆祝西藏自治区成立50周年座谈会。我给他们讲了，那曲各族干部群众长期奋战在高寒缺氧地区，取得了瞩目成就，令人敬佩！要再接再厉，坚决贯彻中央治藏方略，加强各民族团结，依法管理宗教事务，旗帜鲜明反对分裂破坏活动，坚定不移维护社会和谐稳定。

"西藏自治区成立50年来的发展变化，怎么说都不过分"

《瞭望》：1965年西藏自治区成立，在西藏发展史上的意义是什么？

向巴平措：这个意义可就大了。我们大家都知道，1951年和平解放，西藏驱逐帝国主义势力，回到祖国的怀抱，解决了主权归属问题；1959年民主改革，百万农奴翻身解放，解决了人身自由问题；1965年自治区成立，标志着西藏建立了人民民主政权，开始全面实行民族区域自治制度。

西藏各族人民从此享有自主管理本地区事务的权利，真正成了自己的主人，也可以说是国家的主人，与全国各族人民一起，走上了社会主义的康庄大道。

《瞭望》：今天我们回顾50年来的变迁，其中一个重要的角度，就是西藏实行民族区域自治制度的50年。您怎么看待民族区域自治制度在西藏的实践？

向巴平措：民族区域自治制度是马克思主义民族理论与中国民族问题具体实际相结合的伟大创举，是我国的一项基本政治制度，是中国特色解决民族问题的重要内容和制度保障，是实现各族人民当家作主和各民族关系和谐融洽的政治保障。

可以说，民族区域自治制度激发了少数民族和民族地区广大干部群众的干劲与热情，凝聚了全国各族人民的智慧和力量，保障了各族群众追求现代美好生活的利益和诉求。

就西藏来说，这50年来发生的翻天覆地的变化，充分说明民族区域自治制度是符合中国国情的，也是符合西藏区情的。西藏实行民族区域自治的50年，也是取得辉煌成就、各族人民过上幸福生活的50年。

《瞭望》：作为西藏半个多世纪发展的参与者、见证人，您怎么看这50年来的变化？这些变化的背后有哪些规律？

向巴平措：要说西藏50年来的发展变化，几句话可不好概括，事例太多了，无论是宏观层面的经济总量、基础设施建设，还是从普通老百姓的衣食住行，以及教育、医疗卫生、文化等各方面，真的是发生了深刻而巨大的变化。

过去路不通，出行主要靠走路、骑马。现在公路四通八达，开通了青藏铁路、拉日铁路，空中航线越来越多，私家车也很多，拉萨开始堵车了。过去吃的种类很少，解决温饱就不错了，现在看看菜市场，一年四季都有充足的各类蔬菜、水果和肉蛋奶，家家户户的餐桌上是很丰盛的。这样的例子举不完。

在参加一些外事活动的时候，我经常给外国朋友介绍西藏这些年来的发展、变化，我说这在世界上也真的是一个奇迹。我们的民族政策，可以成为世界的楷模。西藏的发展变化，只要到过西藏的人，他们自己都会得出结论的。

这个变化，怎么讲都不过分。我给别人讲的时候，说变化是翻天覆地的。我说你们不要认为这是一般意义上的套话，我们是自己与自己比，无论是从具体数据，还是从现实生活，这样的发展变化，在人类历史上，我想也可能是绝无仅有的。

要说规律，首先一条，是中国共产党的领导，这也是最核心的一条。只有在中国共产党的领导下，西藏才实现了和平解放，百万农奴获得自由，建立人民民主政权，发展经济，改善生活，繁荣各项社会事业，真正换了人间。

"是党和人民给了我服务老百姓的平台，
干不好工作说不过去"

《瞭望》：您是从普通藏族人家里走出来的国家领导人。在基层的生活、工作经历，对您后来走上更重要的领导岗位有什么影响？

向巴平措：基层的经历，让我很自然地了解家乡，也了解我们这个国家。以后不论做什么工作，我都知道最基层的农牧民会想什么，普通老百姓会期盼什么，感觉没有什么距离。

我是 1947 年出生的。1950 年 10 月，昌都解放，我已经有了一点点记忆。当时家里住了解放军，印象中他们一个个精神饱满，和蔼可亲。我当时身体不好，但不知道是什么病，要不是解放军帮我治好了，说不定我早就走掉了。

我有哥哥姐姐，他们先上学，我往后拖了一点。到真正上学的时候，有一点藏语、藏文的基础。我一直喜欢学习，在学校也比较用功。到中学快毕业的时候，赶上了"文化大革命"。当时可以去工作，但我心里很清楚，还是要读书，就一直坚持下来。直到 1970 年，我才从学校进入工厂，成了一名工人。

1972 年，开始招收工农兵大学生，我是第一时间报名参加，因为我还是想学习。在重庆大学的 4 年，我学的是工科，感觉非常好，也真正学到了东西。1975 年 10 月，我毕业返回昌都，从事一段时间技术工作。

记得那时候我什么活都干过，工厂里面也待过，在农村也干过，好像每个岗位都干过一下。这些经历，无形中丰富了我的知识，增长了从事各种工作的技能，积累了丰富的人生经验。

后来我担任昌都地区行署副专员，分管教育、卫生、广播电视，还有工业、交通、邮电等，干的是两个领导的分工。现在想想，那个时期对我的锻炼提高有很大的帮助。不管把我放在什么地方，我一定兢兢业业、尽我所能，把本职工作干好。

说老实话，我的父母，也没什么文化，我的成长，全是党的培养。我的那些老领导、老同志们呢，对我是手把手培养、肩并肩支持。这一点让我终生难忘！

《瞭望》：您离开昌都以后，又先后在山南和拉萨担任主要领导职务，特别是在自治区主席、人大常委会主任两个重要领导岗位上工作。您记忆中感受最深的事情有哪些？

向巴平措： 在山南和拉萨的时候，我还是那句话，尽己所能，把本职工作做好。到了自治区政府以后，还是做了一些事，说起来就太多了。

我到任以后，正赶上中央开始实行财政转移支付，我们就下决心集中力量，为农牧民办一些事。之前我在拉萨时，调研中发现老百姓的房子确实需要改造，条件差的，人和牲畜在一起，说不过去。

到了自治区政府以后，下决心搞农房改造，当时还是比较难，多次找国家发改委的同志协调，把这项工作作为新农村建设的突破口和切入点来搞。先是搞试点，再全面推开。后来这项工作改名为安居工程，现在全区200多万农牧民群众都是受益者。

最感到欣慰的是，党和人民给了我一个为老百姓服务的平台。在基层工作是服务群众，但如果给你更重要的领导岗位，那这个服务就更有条件，发挥的作用也就更大了。我们后来采取多种措施推进教育、文化、卫生等工作，下大力气改善民生，都是这样考虑的。能够为老百姓办点事，这就是我应尽的义务。

我还记得拉萨老城区的改造工作，当时资金也困难。2001年西藏庆祝和平解放50周年，胡锦涛同志率中央代表团来的那次，我们汇报工作，介绍老城区没有上下水管道，电线老化等，居民生活条件需要改善。

领导很重视，后来中央财政给了1.7亿资金，把这一块彻底解决。后来还有布达拉宫广场的整治，下决心把14家单位搬走。搞了龙王潭公园的改造，还有罗布林卡四周环境的整治。当时有人提意见，我给他们讲，咱们将来要发展旅游业，老祖宗留下来的这些东西，要把它保护好、发展好，这是很有必要的。

回过头来看，关于改善民生这些方面，我还是干了一些事，打了一些基础。后来就慢慢扩面呀，提标呀，在以前的基础上有了很大的发展进步。

你们看现在，区党委和政府采取了一系列措施，在维护稳定工作中，该软的更软，该硬的更硬，效果很好，群众对党委和政府的工作是满意的，大家也确实有了明显的获得感。因此我说呀，咱们西藏，就这么踏踏实实地把工作抓下去，抓这些带有根本性、长远性、基础性的工作，对于今后的经济社会发展和长治久安，大家是充满信心的！

《瞭望》：您到北京工作以后，会以什么样的方式继续关心、支持西藏的发展进步？

向巴平措：虽然身在北京，但我一直关注西藏，通过看电视、看报纸、打电话等方式了解西藏的情况。还有就是参加一些活动，回西藏调研。

说到支持西藏工作，我目前的岗位，也有一些有利的条件。比如说我分工联系人大民委的工作，凡是涉及到民族区域自治法的工作，我都有机会参与调研，向中央反映一些情况。

我的感觉，新一届党中央，对民族地区、边疆地区、贫困地区，重视程度非同一般。我们有渠道反映情况，一般都会引起领导的重视。

比如说修建川藏铁路的问题，我会借助一些机会找相关领导汇报、沟通，介绍情况，希望能尽快促成这个事。还有"十三五"规划，全国人大常委会党组将我的建议以附件的形式向中央反映有关情况。

如果某些工作涉及到民族区域自治法的贯彻落实情况，那我就可以毫不客气地给有关部门讲，这不是支持不支持的问题，是法定的责任。

这些年我还有个感觉，中央及相关部委的领导对西藏非常理解，一说西藏的事，大家都说西藏老百姓真不错，本身也很艰苦，应该怎么支持等。只要是关系老百姓切身利益的事，各方面还是非常关心、非常支持的。中央第六次西藏工作座谈会以后，我想这个方面的工作只会加强，不会削弱。

《瞭望》：您怎么看待自己的人生岁月？如果在民族干部的成长方面总结一些规律性的东西的话，您认为是什么？

向巴平措：我完全没想到自己会走到今天这样的位置上。我过去经常讲，没有党，没有新中国，就没有我的今天。这句话千真万确、发自肺腑，我对党、对祖国充满感恩之心。如果我没有学习的机会，没有上过学，那一定是另一番情况了。

我们这一代人，对党忠诚，对党感恩，对祖国的向心力、凝聚力，一辈子也不会有任何问题。那么现在，这种朴素的感情，上升为理性，就是要为党为人民做好工作。我做梦都不会想到，有一天能走到国家领导人这个岗位上，所以我常常提醒自己，再不竭尽全力干好工作，从哪个角度都说不过去。

"第六次西藏工作座谈会是历史性的，具有里程碑意义"

《瞭望》：前不久中央召开了第六次西藏工作座谈会。与前几次座谈会相比，您认为有什么特点？

向巴平措：中央第六次西藏工作座谈会开得很成功，习近平总书记做了非常重要的讲话，从历史到现实，从指导方针到具体措施，讲得很全面，也很深刻。特别是对需要明确的一些问题，可以说是一锤定音。这次会议首次完整提出党的治藏方略，明确了今后一段时期西藏工作的重要原则，这是历史性的，具有里程碑意义。最近一段时间，我认真、反复地阅读有关文件材料，很受感动，也深受鼓舞。

《瞭望》：在这次会上，中央明确提出20字西藏工作重要原则，其中"依法治藏"放在首位。您认为如何才能实现依法治藏？另外，关于"富民兴藏"、"长期建藏"，您又是怎么理解的？

向巴平措：我们一直讲依法治国，我的体会，现在是提得越来越高了。关于依法治藏，中央要求很明确，就是要维护宪法法律权威，坚持法律面前人人平等。

我理解，这里面有一项很重要的工作，就是依法管理民族、宗教等事务，依法办事。不同民族的人，都要在一个原则下面去办事，依法维权，依法表达诉求，依法惩治违法行为，不讲特殊，不降标准。

关于富民兴藏，就是要把增进各族群众福祉作为兴藏的基本出发点和落脚点，紧紧围绕民族团结和民生改善推动经济发展、促进社会全面进步，让各族群众更好共享改革发展成果。

我理解，富民兴藏就是要解决全面建成小康社会的问题，要在全面上下功夫，要解决短板问题，做到"兜底"和"保底"。

在中央关心和全国支援下，在各族干部群众的努力下，西藏的教育、文化、卫生、低保等基本公共服务是非常好的，但基础设施方面还存在很大的差距。西藏相对落后的原因也有很多，其中一个很重要的因素就是地理、自然环境特殊，相对封闭。因此，公路、铁路、航空建设非常关键。

还有就是要按照中央强调的，继续大力推进基本公共服务，对贫困人口做到精准扶贫、精准脱贫。"小康不小康，关键看老乡。"我们落实"四个全面"战略布局，落脚点关键还是看老百姓生活水平是否改善和提高，是否享受政策红利和得到更多实惠。这也是检验我们工作成功的标准。这一点很重要。

长期建藏，就是要坚持慎重稳进方针，一切工作从长计议，一切措施具有可持续性，谋长久之策，行固本之举。

《瞭望》：过去您曾提出西藏发展要处理好"离不开"与"不依赖"的关系。在今天，这两个词还有意义吗？

向巴平措：我认为还是有意义的。就拿我的亲身经历而言，党和国家对民族地区，对少数民族特别关心和重视，具体体现在持续不断地加大对民族地区各方面的支持力度。

这次召开的第六次西藏工作座谈会，党中央再次站在全局和战略的高度，对西藏战略地位进行了准确判断，对西藏未来发展方向作出了科学定位，出台了一系列方针政策。

这种情况下，我们怎么办？还是要处理好"离不开"与"不依赖"的关系。"离不开"是肯定的。中国发展这么快，要全面建成小康社会，如果没有中央的特殊关心和全国的无私支援，西藏跟不上。

另一方面，我们自己也要有个"不依赖"，就是要激发自身活力和动力，发挥自身的优势和主观能动性。西藏发展也有自身的独特优势，比如说水利、光能、风能资源很丰富，藏文化在全国乃至世界上都具有独特的魅力，生态环境保持良好，等等。

中央第六次西藏工作座谈会再次明确西藏的定位，就是要根据这个目标，扎实工作，实干苦干加巧干，大胆创新，敢于担当，为和全国一道全面建成小康社会而努力奋斗。

《瞭望》：习总书记特别强调，西藏广大党员、干部要发扬优良传统，不断为"老西藏精神"注入新的时代内涵。您是怎么理解的？

向巴平措：在过去很长一段时间，"老西藏精神"，一直感动着我们，也教育着我们。可以说，"老西藏精神"是我们西藏各族干部群众多年来的强大精神支柱，也是中华民族精神中非常重要的组成部分。

"老西藏精神"的形成和提出，经历了一个过程。改革开放以来，特别是现在这个时代，各种新鲜事物层出不穷，我们面临的新课题、新挑战也越来越多，不断为"老西藏精神"注入新的时代内涵，我认为这是很有必要的。

咱们现在开展"三严三实"专题教育活动，习近平总书记讲的"对党忠诚、个人干净、敢于担当"，强调要"守规矩，守纪律"，着力解决"不严不实"问题，我想这就应该是新的时代内涵的重要组成部分。

（原载新华社《瞭望》新闻周刊 2015 年第 39 期，9 月 28 日）

热地和他热爱的大地

——访十届全国人大常委会副委员长热地

新华社记者　张晓华　王清颖　薛文献

77 岁的热地，是西藏几十年沧桑巨变的历史见证人。

作为共和国历史上第一个农奴出身的全国人大常委会副委员长，从西藏农奴到国家领导人，他是西藏发展变化的见证者、参与者、推动者，他的身上浓缩了西藏各族人民命运的变迁。

他曾经说，自己和家乡西藏是水和土的关系，离不开，因为这里的土地养育了他，这里的人民养育了他。

近日，中央第六次西藏工作座谈会召开。热地高兴地表示：西藏，明天会更好。

西藏传奇：从农奴到共和国领导人

热地身上有三处伤痕，犹如历史的烙印。

第一道伤痕，是右脚的小脚趾，小时候做农奴放牧时冻坏的，到现在还是变形的；第二道伤痕在腿上，是少年时代乞讨时被牧主家的狗咬伤的。

谁能想到，一个曾经在生死边缘挣扎呼号的农奴，能够成为国家领导人？

1938 年 8 月，热地出生于西藏那曲比如县一个贫苦牧民家庭，出生之后就没见过父亲，从小跟随母亲，居无定所，乞讨为生。他给部落头人、牧主、活佛当过佣人，在寺庙里当过"小扎巴"……

农奴命如草芥。热地记得，给头人家的孩子当"马"，嘴里塞上绳子，抓着头发，打鞭子，让他爬，嘴巴经常被勒得鲜血淋漓。他的一个弟弟，活活饿死在母亲怀里……

"旧西藏延续了几百年的封建农奴制度。这是人类历史上最黑暗、最反动、最野蛮、最残酷的社会制度，比欧洲中世纪的农奴制度有过之而无不及。"热地说，时间已证明一切，分裂势力还想把西藏带回到以前，怎么可能？谁会答应？

1959 年，热地 21 岁，这是他，还有无数藏族同胞命运的拐点。

这一年，西藏进行了民主改革，百万农奴得以解放。热地在解放军和工作组的动员下，来到北京中央政法干校学习。

年轻的热地，学会了说汉语，写汉字。初学汉字时，对"毛""共""解"三个汉字记得最清楚——毛主席、共产党、解放军。

在那里，热地明白了一个道理：命不好，是因为剥削、压迫造成的，并不是命运的安排。

1975 年，热地从那曲地委书记调任为西藏自治区党委书记（当时设有第一书记），在自治区领导岗位上一干就是近 30 年。

2003 年 3 月，热地在十届全国人大一次会议上当选第十届全国人大常委会副委员长。一个西藏农奴，在时代巨变与自己的努力下，完成了当代传奇。

热地身上的第三道伤痕，是 1988 年留下的。

1988 年 3 月 5 日，拉萨发生大规模骚乱事件。当时热地和中央工作组被围困在大昭寺三楼上。寺外的武警在窗户上用消防车搭梯子，再用部队的背包带把被困人员往外解救。热地拉着背包带下滑时，突然背包带断了，他从空中重重地摔在石板地上……到现在他的腰还经常疼，手上留下了伤疤。

热地经历过多次西藏骚乱事件，他说："50 多年来，在西方敌对势力支持和纵容下，达赖分裂主义集团在西藏多次掀起大规模骚乱。实践证明，我们同达赖集团的斗争是长期的。对达赖，决不能抱有任何侥幸和幻想。"

西藏巨变：一条与西藏命运交织在一起的天路

2006 年 7 月 1 日，青藏铁路正式通车。7 月 21 日，在中央的安排下，热地乘专机由北京抵青海格尔木，然后从格尔木坐火车到拉萨。

"这是一段美好回忆，自豪、激动和由衷的高兴。"接受新华社记者采访时，热地回忆坐火车回到拉萨，热泪盈眶。

回忆起旧西藏的路况，他说："1951 年 12 月，十世班禅大师第一次进藏。从青海西宁出发，前后共行程 2000 多公里，历时 5 个多月。出发时，雇了 3000 多峰骆驼和 7000 多头牦牛，但到达后骆驼就死了三分之二，牦牛也死了不少。"

旧西藏现代交通完全是一片空白，严重影响了西藏同外界的交往，制约、阻碍了西藏的发展和进步。

路，是西藏巨变的一个缩影。热地喜欢一首关于青藏铁路的歌中唱道："这是一条神奇的天路……"

这条天路，是西藏各族人民盼望了半个多世纪的一个梦想，也是热地不懈努力终于实现的一个梦想。

热地亲眼看到，早在上世纪 50 年代，党和国家领导人就想修通进藏铁路，但因技术难题无法克服等而被迫中止。进入新世纪后，我国综合实力增强，青藏铁路于 2001 年开工，仅用 5 年时间就全线建成，成为世界上海拔最高的高原铁路。

热地说："青藏铁路是当今世界最宏伟的工程之一，是中国共产党在地球之巅上立起的一座历史丰碑！"

青藏铁路的通车，极大地促进了西藏的跨越式发展，推动了西藏社会的全面进步。2015 年 7 月 1 日，青藏铁路开通 9 周年，已累计运送货物 40483 万吨，运送旅客 9100 多万人次；仅 2014 年，西藏就接待国内外游客 1500 万人次，实现旅游收入 200 多亿元，这其中青藏铁路作出了巨大贡献。

"西藏各族人民把这条铁路叫作通向富裕、幸福生活的天路。"热地感慨道。

在热地的老家，藏北比如县，过去没有一条公路，交通运输全靠人背马驮。现在比如县公路四通八达，全县百姓拥有小汽车、货车等各类交通工具将近 2 万辆。"比如县半个世纪的发展，就是新西藏发展历程的一个缩影。"

西藏纽带：汉藏一家亲，浓情一生缘

热地第一次跟中国共产党接触，是在 1951 年西藏和平解放时。当时热地在头人家当佣人，解放军让他感到了从未有过的温暖。

1961 年 10 月，热地加入了中国共产党。他说，没有共产党，西藏不会解放；有了共产党，西藏会发生变化。

参加工作后，热地常说"到北京讲西藏话，回西藏讲北京话"，他希望自己成为一座桥梁，告诉中央西藏的困难和真实的情况，同时把党和国家的关怀带回西藏。

今年是内地西藏班开班的第 30 个年头。作为新中国成立后第一批到北京接受教育的藏族人，热地一直关心着西藏内地班（校）的建设和发展。原北京西藏中学校长李士成清楚地记得，北京西藏中学成立 20 周年时，热地还亲自来到学校看望师生。

接受新华社记者采访时，热地一再提到"援藏"二字。

他说："中央关心西藏，全国支援西藏"充分体现了社会主义制度的优越性，显示了全国各族人民大团结的伟大力量。

援藏工作贯穿了西藏和平解放、民主改革、成立自治区以来的各个历史时期，涵盖了整个西藏各领域、各条战线的工作。

热地说，一批批在藏工作的汉族同志，创造了"特别能吃苦、特别能战斗、特别能忍耐、特别能团结、特别能奉献"的老西藏精神。改革开放后的几十年，又不断注入新时代内涵，特别讲忠诚，特别能创新，特别能担当，成为新时期共产党人突出的特点。

西藏未来：期待更美好的明天

2003年夏天，在即将离开西藏前往北京赴任时，热地流泪了。他说，生活在这120多万平方公里土地上的各族父老乡亲永远会是他的情之所系、心之所向。

虽然远离家乡，但热地每天都会看《西藏日报》。他笑言："在北京时，西藏每天的新闻都不会漏掉。这比我在西藏时的频率还高。"

2008年3月，热地从十届全国人大常委会副委员长岗位上卸任，但他依然关心西藏，关心那片土地的发展和人民的生活。

今年4月25日尼泊尔8.1级地震发生后，热地时刻关注着西藏的受灾情况和抗震救灾进展，牵挂着灾区各族群众。5月8日，他还专门致信西藏自治区党委、政府，表示慰问和哀悼。

"此次地震重灾区都是边境县，我曾经去过多次。那一带高寒缺氧、地质复杂，开展救援工作十分艰难。在灾情如此严重的情况下，抗震救灾工作能取得如此成绩，来之不易，这是党中央、自治区党委政府坚强领导的结果，是多方支援、众志成城的结果。"热地说。

热地回忆了旧西藏地震后受灾群众无人过问、反遭盘剥的悲惨景象，说："只有在中国共产党领导下，在社会主义祖国大家庭中，西藏各族人民才会有信心、有能力战胜任何灾害，重建美好家园。"

年近耄耋，热地每年依旧往返于北京和西藏之间。提到西藏的变化，老人的眼中充满喜悦。

热地说，在以习近平同志为总书记的党中央领导下，当前的西藏政通人和，百业俱兴，人民群众安居乐业，呈现出一派欣欣向荣的新气象。

　　"半个多世纪以来，西藏从黑暗走向光明，从落后走向进步，从贫穷走向富裕，从专制走向民主，从封闭走向开放。"热地感慨万千。

　　他说，他坚信，在党中央领导下，在全国人民大力支援下，西藏人民一定能够不断开创稳定发展的新局面。

　　（新华社拉萨 2015 年 9 月 4 日电）

触摸生命的厚度

——走进我国海拔最高的行政乡

新华社记者 张晓华 文涛 张宸

这是一个离天最近的地方：比珠穆朗玛峰大本营还高出近 200 米，白日如入云端，夜晚手可摘星，被称为"世界之巅"。

这是一个挑战人类生存极限的地方：空气含氧量不足海平面的 40%，年平均气温零下 5 摄氏度。除了牦牛和绵羊，鸡鸭鹅猪等家禽都养不活，被视为"生命禁区"里的"禁区"。

还有一个令人心碎，但不得不说的数字：这里的人均寿命仅 45 岁。

这是坚守在"生命禁区"普玛江塘乡的部分干部。（新华社记者 普布扎西摄）

这就是位于西藏山南地区浪卡子县东南部的普玛江塘乡，乡政府所在地海拔 5373 米，平均海拔达到 5500 米，是我国海拔最高的行政乡。

备足了氧气和药品，怀着敬畏之心，记者一行踏着冰雪，在春节前踏入这片贫瘠而又壮美的土地，走近这里的人们。

强烈的高原反应让人头痛欲裂，四肢发麻，以至于留在采访本上的东西并不多，但这并不影响嵌刻在我们记忆当中的震撼和感动。

——走不出卓玛那双无邪的眼睛

11 岁的小卓玛从没见过树长什么样。8 岁那年她从课本里知道了地上除了长草还能长树。两年前，村里通了电视，她看《动物世界》知道了地上不仅有树，还有茂密的森林。小卓玛说自己学习很努力，她要好好学习，将来把电视上看到的地方都走一遍………

我们无法直视小卓玛那双无邪的眼睛，目光移向不远处飘扬在小学操场上的五星红旗，不禁热泪盈眶。将手中的采访钢笔送给小卓玛是我们所能做的。

还有藏在心里没说出来的一句话："叔叔一定再来看你。"

——"天暖和了你们来吃我种的青菜"

这是一个让人揪心的邀请。

沙空村，海拔 5600 米，鸡鸭鹅猪等家禽在这里全都养不活，但倔强的白珍坚信她的玻璃缸沼气池里能种活青菜。

两年前，西藏开展万名干部驻村强基础惠民生活动，山南地区公安处的 12 名干部来到普玛江塘乡，为群众办实事、解难事，有 4 名干部分到沙空村驻队。他们修路、修房，改善牧民生活条件，还为白珍等 5 户群众试修了一座全玻璃缸沼气池。白珍觉得这东西很好用，煮饭不再靠牛粪，不再烟熏火燎。

两个月前，第三批驻村干部来到白珍家里，带来了一小包黑黝黝的小颗粒，说这是菜子，并教白珍将菜子种在沼气池周围的泥土里。驻村干部告诉白珍，沼气池的外部架设玻璃缸后，使小小的"屋子"里形成了一个独特的小环境，温度、湿度、土壤都符合蔬菜的生长条件，没准就能种活。白珍不太懂，但她相信奇迹，更相信这些有文化又热情的干部。

"现在还没长出来，天气暖和了一定会长出来的，到时候你们要来吃我种的青菜。"白珍的语气坚定又有力量。我们置身芜野，恍惚间看到的却是一片嫩油油的青菜地，对生命的感悟顿时厚重了许多。

——"每个人都是祖国的坐标，在这里不仅仅是坚守"

在有限的查询条件下，记者获得一组数据：由于恶劣的自然条件，2000年，普玛江塘乡人口为883人，人均寿命仅为40岁；目前，人口1003人，人均寿命仅有45岁。

为什么还要留在这里？面对记者的提问，普玛江塘乡人大主席边巴次仁的眼眶憋得通红，良久才说道："我们不能离开，这里的每一个人都是祖国的坐标。尽管只有25公里的边境线，但每一寸土地都是我们自己的。"

"总得有人守在这里。"边巴次仁将目光移向不远处的雪山。他认为，生命赋予每个人的意义不同，脆弱也好，顽强也好，总会生生不息地繁衍，总需要不断地拓展。自己所选择的未必如愿，但和全乡其他23名干部一样，绝不后悔！

在这里，生活条件可谓艰苦卓绝，而乡干部、驻村工作队和牧民群众，每一个人都笑容灿烂，他们厚道善良，乐观真诚，举止透着高贵，神志洋溢热情……

夕阳斜照，蓝天上飘着奇幻的云丝，一群牦牛散落在发黄的草原上，顺风飘来的牧歌宛转悠扬。眼前这壮美如画的茫茫雪域，填满了我们湿润的眼眶……

（新华社拉萨2014年1月29日电）

创新社会治理，平安幸福成西藏新常态

新华社记者　张晓华　多吉占堆　边巴次仁　薛文献

"你觉得幸福吗？"

"我很幸福，孩子们健康成长，家人平平安安，生活有滋有味，这就是幸福！"

"你觉得西藏安全吗？"

"很安全啊，我去过很多地方，觉得西藏是最安全的地方之一。"

……

每当记者面对西藏的群众、进藏的游客提出这样的问题时，总能听到如此的回答。

将习近平总书记"治国必治边、治边先稳藏"的重要战略思想与推进国家治理体系和治理能力现代化的重要精神紧密结合起来，西藏自治区党委、政府不断创新社会治理体制，积极改善民生，实现社会持续稳定，经济快速发展，人民安居乐业。如今，平安西藏、幸福西藏、和谐西藏屹立世界之巅。

西藏自治区党委书记陈全国说："西藏地处祖国西南边陲，既是边疆民族地区、集中连片贫困地区，又是反分裂斗争的主战场。为此，我们勇于担当、大胆探索，切实加强社会治理创新，不断提高社会治理科学化水平，为社会大局持续和谐稳定奠定坚实基础。"

"安全感更高了!"———打造扁平化、精细化、"无缝隙"社会治理体系

家住拉萨市娘热路城北安居园的次丹央金老阿妈，每天早晨 5 点便出门前往布达拉宫转经。虽然此时整个拉萨城还笼罩在夜幕之中，大街上人烟稀少，然而老阿妈一点都不觉得害怕。

"每个路口的便民警务站，都亮着灯，都有民警值守，有什么可害怕的!" 73 岁的老人从家里到布达拉宫至少要经过三四个警务站，"看到警务站的灯光，心里非常踏实。"

作为西藏自治区的首府，拉萨市不断完善党政军警民联防联控机制，整合警务资源，以民警为主，武警、辅警为辅，建成覆盖城乡的 154 个便民警务站，做到 "24 小时不断人，24 小时不眨眼"，把警察安排到街头巷尾的第一线，提高路面见警率，各类刑事、民事案件大幅下降。

来自四川的阿泽今年 29 岁。酷爱旅行的他 14 岁就开始 "逛中国"。他认为，在中国，拉萨绝对是安全、惬意的旅游城市。阿泽说："因为便民警务站遍布每个路口，所以拉萨治安特别好。"

近年来，西藏把以 "便民服务、维稳处突" 为首要职能的便民警务站模式推行至 7 个地(市)委、行署所在地和所有县城，建立 698 个便民警务站，以此推进和实现城市网格化管理。

几乎所有警务站都设立了 "便民药品"、"便民雨伞"、"便民休息点"、"便民工具" 等便民设施，深受各族群众欢迎。便民警务站全天候承担辖区内的治安巡逻、接警出警、交通管理、法制宣传、备勤处突等职能，使得城镇的安全系数不断提高，各类治安、刑事案件的案发率明显降低。

以城市网格化管理为抓手，近年来，西藏自治区结合实际，自上而下全面推进社会治理体系改革创新，坚持系统治理、依法治理、综合治理、源头治理，积极探索新时期稳藏治藏新模式。

从 2011 年的 10 月起，西藏全境每一个行政村迎来了旨在帮助他们解决困难、寻求增收致富门路、凝精聚神促进基层工作的驻村工作队。这项西藏有史以来规模最大的干部下基层活动，每年有 2 万多名优秀干部进驻 5451 个行政村 (居委会)，开展创先争优强基础惠民生活动。

新华社记者一年四季不间断在西藏广大农牧区采访，每到一个行政村，都能碰到由各族干部组成的工作队。他们和基层群众同吃同住同劳动，与群众打成一片，宣讲党的路线、方针和政策，加强和改进基层党政工作，促进农牧区经济社会发展，受到广大群众的一致拥护。

扎西朗杰是西藏自治区农牧厅驻村工作队的一员。这位年轻的父亲在孩子一岁多的时候便离开家人来到了定日县长所乡班久村驻村。虽然时常挂念孩子，"但是驻村工作让从小在城市长大的我深刻了解了西藏的农村和农牧民群众，真正了解了农牧民群众需要什么，我们需要做什么、应该怎么做。"他说。

在大力实施城镇、农牧区社会治理创新的同时，从 2011 年起，西藏自治区又选派数千名优秀干部进驻全区所有寺庙和宗教活动场所，全面落实教育、管理、服务三项职能，确保宗教和睦、佛事和顺、寺庙和谐。

以开展寺庙"六建"工作、实施"九有"工程、开创"六个一"活动、落实"一个覆盖"、搞好"一个创建"为抓手，在全区所有寺庙和宗教活动场所均成立了管委会和专职特派员机构，实施惠寺惠僧的修路通电等改善公共服务工程，每年从财政中支出 1000 多万元为全区在编僧尼的养老保险、医疗保险提供补贴；开展"和谐模范寺庙暨爱国守法先进僧尼"创建评选活动等，把寺庙纳入正常的社会治理范围。

中国社科院城市公共服务满意度调查显示，西藏的群众安全感位居全国各省市自治区前列，拉萨市公共安全满意度连续三年在 38 个主要城市中名列第一。

"幸福感更浓了"——打造"亲民、爱民、利民、为民、安民"的人性化服务体系

在一间办公兼住宿的小屋里，西藏林芝县唐地村驻村工作队长李如的办公桌上放着几本白色的小日记本，上面密密麻麻地记录了很多东西。

李如带队的第三批工作队去年12月进驻唐地村，由4名队员组成，分别来自林芝县人民检察院和八一镇，李如是林芝县人民检察院办公室副主任。

李如说，由于驻村时间不长，对村里情况不是很熟悉，因此他们经常挨家挨户走访，和群众拉家常，了解实际困难和需要。为防止遗忘，抓好落实，工作队会带一个自制小日记本，把一些需要办理的事情记下来。

日记本上，字体虽然有点潦草，但记录的基本是每天正在解决或计划处理的村务：星期一，办理藏药材种植合作事宜，安排好对村民的技术培训工作；星期二，走访卓嘎家，家庭成员5人，困难户，需要帮扶；星期三，村里自来水的水压有问题，要找相关部门协调解决……

在加强和创新社会治理中，西藏坚持以人为本，着力打造"亲民、爱民、利民、为民、安民"的服务体系，寓管理于服务当中，全面提升社会服务能力和水平，大力改善民生，让各族人民群众感受到党和政府的温暖。

数据显示，在3年来的"强基础惠民生"活动中，各驻村工作队为群众办实事10万多件，走访慰问困难群众、发送慰问金上亿元。为保障活动顺利开展，自治区财政每年安排专项资金10亿元，并整合各类资金和项目，向农牧区公路、水利、扶贫开发、生态建设等方面倾斜，解决群众最关心的民生问题。

给每家每户发放电动搅拌机用来打酥油茶、发放铜质的大盆和暖瓶，还为村里修建水渠，定制当地产奶酪的包装盒等，日喀则地委驻村工作队所做的这一切，让年近五十的江孜县藏改乡达尔村村民达贵感到很是高兴。

"政府每年给我们各种补贴，工作队又为我们解决了那么多困难，我感到很幸福！"他说。

西藏广泛开展的"结对认亲交朋友"活动，给全区很多贫困户带来了温暖和希望。结合党的群众路线教育实践活动，西藏54名省级领导干部同245户贫困群众结对认亲，全区共有5千多名党员干部同1万多户贫困农牧民群众结对认亲，发送慰问金700多万元，为群众办实事办好事6000多件。

提高社会服务能力和水平，一直是西藏自治区各级党委和政府坚持不懈的追求。近年来，西藏坚持"为民、务实、便民"，深化服务，实现服务管理主体由"分散"转向"统筹"，各级政府有效整合人力资源、信息资源和管理服务资源，形成服务群众的合力，改变以往街道行政资源分散、力量薄弱、手段单一等问题，进一步提高了服务群众的能力和水平。

记者在拉萨城关区八廓社区服务大厅看到，低保申请、失业保险认领、就业培训、计生药具发放等各类便捷服务应有尽有。为更好地服务群众，拉萨在7个社区建成卫生服务中心，居民不出社区就能享受初级卫生服务，嘎玛贡桑、塔玛等社区还设立特色理疗康复中心，服务社区残疾、智障儿童。

同时，拉萨市近两年先后从市直、城关区和各街道三级机关事业单位中选派40名年轻党员干部到社区党支部担任第一书记，安排256名干部进驻社区、寺庙，把服务植入管理环节，管理与服务融为一体，以政府职能转变创新社会治理。目前，拉萨市整合公安、民政、劳动保障、民宗、通信等部门资源，在所有社区建立了为群众办事的"一站式"服务平台。

除了上级按标准分配的建设任务，日喀则俄尔寺管委会还主动筹资100多万元，修建环寺硬化道路、停车场、上下挡墙、太阳能路灯、桥梁等，这些僧人们"过去想都不敢想的事"现在都变成了现实。近年来，全区所有寺管会积极落实各项惠寺利僧政策，大力改善寺庙民生，赢得了僧俗信众的信任和拥护。西藏那曲地区比如县瓦塘寺寺管会副主任、僧人贡桥培杰说："现在有什么事情都可以找寺管会干部帮忙，僧人与干部就像一家人一样。"

办事方便了，服务贴心了，生活不断变好了，人心自然暖了，幸福感随之而来！

"主人翁意识更强了"———打造多元化全社会共同参与的社会治理体系

"利莫大于治，害莫大于乱。"如何治？

近年来，西藏坚持依靠群众、发动群众，最大限度地凝聚和谐因素，实现社会治理手段由"单一"转向"多元"。

乃东县泽当镇金鲁居委会是一个多民族群众共同生活之地，加之地处泽当至拉萨的交通沿线上，人员流动频繁，管理难度较大。居委会创造性地探索出包括科技致富、爱党爱国、遵纪守法、家庭和睦、重视教育、移风易俗、环保卫生等项目的"十星户"创建评选活动，提高群众参与社会管理的积极性。

居委会党支部书记甘丹多布杰说："如果家里增加了星星，那就很光荣；如果减少了星星或星星不多，就觉得没有面子。在我们居委会，大家自我管理、自我监督，公开评议、民主决策，效果很好。""十星户"评选活动取得了明显的成效，邻里间更加和睦了，在生产生活中很少发生纠纷和冲突，村容村貌有了明显改变，家家户户有温室大棚、沼气池、太阳能澡堂和各种电器，村民们的精神面貌有了很大变化。

在网格化管理中，通过联户制延伸网格管理链条，使社会治理的触角延伸到最基本的社会单元———家庭，把群众作为社会治理的主体和主力，实现群众的自我教育、自我提高、自我管理，促进党的领导与群众自治同频共振，切实改变了过去做群众工作办法不多的问题。

西藏地广人稀，许多行政村以下没有村民组，尤其是基层农牧民居住分散，流动频繁。为了实现社会治理的多元化，最大限度地动员各族群众参与社会治理，西藏在全区城乡开展"先进双联户"创建活动，以5户或

10 户作为一个联户单位，推举一名户长，协助配合村民组长或楼院长对各户进行协调管理，各户之间利益共享、责任共担。

截至目前，西藏共建立联户单位 81140 个，涉及 70 多万户、300 多万人，并延伸拓展到各类学校、企业、寺庙，实现了全覆盖。在创建活动中，各联户单位坚持值班巡逻，排查化解矛盾纠纷，做到了"大街小巷有人管，村村户户有人看"，实现群防群治。

拉萨市鲁固社区发动联户群众义务担任编外信息员、治安员，在人员密集场所维持秩序。地处边境的山南地区洛扎县扎日乡蒙达村充分发挥联户单位的作用，组织村民开展"联防联保"，维护边境安全。

天地交，而后能成化育之功；上下交，而后能成和同之治。

实践证明，"双联户"在维稳、保平安中相互监督、相互约束，在增收致富中相互支持、相互帮扶，以"联户平安"为基础，更好地实现了"联户增收"。截至目前，全区以联保联担形式共发放小额信贷 2 万多笔、6 亿多元，创办经济合作组织和经济实体 1726 个，带动致富 2.6 万多户、14.3 万人，实现增收 1.25 亿元。联户群众深入开展扶贫济困、助残助孤等活动，邻里间义务投工投劳近 30 万人次，捐助扶贫、救灾、助学和安居房建设等物资折合 2 亿多元，帮助照顾护理鳏寡孤独、老弱病残、疾病患者、空巢老人、留守儿童 3 万多人次。"'双联户'联来了实惠，联来了平安，为我们的生活上了'双保险'。"人民群众如此表达自己的心绪。

创新社会治理体制，出发点和落脚点就是改善民生。

西藏以创新社会治理方式为突破口，紧紧抓住发展和稳定两件大事，实施"民生先动"战略，仅去年，投入 53 亿元，实施 18 项民生补助政策，全年财政民生支出占比达到 50% 以上。

西藏自治区主席洛桑江村说，西藏去年全年新增就业 2.8 万人，动态消除城镇零就业家庭；1.4 万名西藏籍应届高校毕业生实现全就业；建设城镇保障房 4.3 万套。今年，自治区再安排 70 亿元，实施 11 项提标扩面的民生补助政策，让各族人民共享改革发展成果。现在的西藏，和谐稳定，正处于历史上最好的发展时期。2013 年，西藏生产总值 802 亿元，连续

21年实现两位数增长;农牧民人均纯收入连续11年保持两位数增长,今年上半年农村居民现金收入2245元,增速在全国排名第一;230万农牧民全部住上了安全适用的新房,农牧民生活条件得到历史性改善。

75岁的次仁索朗与她的汉族老伴张化祥老人已风雨同舟了52个岁月。这对金婚老人相伴经历了人生诸多磨难而始终不离不弃,谱写了一曲跨越时空的人间真爱恋曲。

"我从阿爸与阿妈身上学到了不离不弃的爱情,还有坚强、担当以及对家庭的责任感。无论哪一个民族,追求幸福的梦都是一样的。"他们的女儿次央说。

社会稳定,经济发展,民生改善,离不开各民族兄弟姐妹的荣辱与共,肝胆相照,同舟共济。民族团结,始终是西藏各项事业的生命线。

拉萨市城关区鲁固社区74岁的藏族老妪次仁措姆常年独自生活。然而,她在生活中并不感到孤单和无助。因为,生活在同一个社区的各族邻里,都如对待自己的亲人一样,照顾和温暖着老人的心。老人生病了,邻居及时送医送药,各家做了好吃的,也给老人端一点。说起邻居们对自己的照顾,老人感动得直掉眼泪。

生活在这片高原大地上的300万各族人民,正是用亲如一家人的民族感情,维护着这片高天厚土的稳定,创造着蒸蒸日上的繁荣,用每个人的实际行动,践行着各民族共同团结奋斗、共同繁荣发展的神圣理念。

深秋时节,高原大地天高气爽,姹紫嫣红。这是一个收获的季节!

西藏,收获了平安,收获了幸福,收获了和谐!

(原载2014年11月6日《新华每日电讯》)

发展成就鼓舞人心　美好前景催人奋进

——西藏和四省藏区干部群众热议
中央第六次西藏工作座谈会精神

新华社记者　王军　黄兴

中央第六次西藏工作座谈会 25 日在北京闭幕，习近平总书记发表的重要讲话从战略和全局高度为当前和今后一个时期做好西藏工作提出了根本遵循。"富民兴藏""改善民生""全面建成小康社会"等成为西藏和四省藏区干部群众热议的话题。

群众享受发展成果

25 日晚，在拉萨市曲水县才纳乡白堆村村委会，几十名农牧民围坐在电视机前收看新闻。当习近平总书记讲到确保经济社会持续健康发展，确保各族人民物质文化生活水平不断提高时，现场响起热烈掌声。

中央第五次西藏工作座谈会以来，西藏自治区和四川、云南、甘肃、青海四省藏区加快经济发展，着力改善民生，百姓享受到实实在在的发展成果。

城乡居民社会养老保险在全国率先实现全覆盖；"新农合"参保率接近100%，实现"小病不出乡"；230 余万名农牧民住上了安全舒适的房屋；率先在全国实现 15 年免费教育……"这都得益于党和政府的惠民政策。近年来，民生政策落实得力，群众生活越来越有滋味。"白堆村村支部书记德吉央宗谈起西藏的变化时说。

一名藏族女孩在自家院子摘苹果。（新华社记者 普布扎西 摄）

　　四川藏区近年来紧紧抓住西部大开发、地震灾区恢复重建和国家支持民族地区发展等历史机遇，通过实施"藏区牧民定居行动计划"等民生工程，群众生产生活水平明显提高。

　　"现在生活方便多了，有水、有电，周边还有学校和医院。"四川省阿坝藏族羌族自治州贾洛镇日阿洛村村民仁科笑着说，"这次中央开会又明确了许多支持政策，以后生活会更好。"

暖心图景催人奋进

　　尽管这几天是牧羊最忙碌的时候，但西藏那曲地区申扎县牧民索朗次仁一家还是关注着会议的内容。会议提到要加快补上教育这个"短板"，加快摘掉缺医少药的"帽子"，筑牢社会保障"安全网"，索朗次仁认为"说到了心坎上"。

　　那曲地区双湖县委书记南培说，在党中央、国务院的大力关怀下，在全国各省市的无私援助下，西藏发生了翻天覆地的变化。相信随着中央第六次西藏工作座谈会的召开，西藏将迎来一个更好的发展时期。

　　对于座谈会提出的"富民兴藏"，云南迪庆藏族自治州德钦县霞若乡各么茸村村党总支书记李瑞英说："现在村里的产业规模还不是很大，公路通达能力还比较弱，基础设施和水利建设需进一步加强。"

青海省委政法委综治办专职副主任赵学章说，总书记的讲话增强了干部群众的信心。"去年青海在青甘川三省交界区实施总投资逾 870 亿元的'平安与振兴工程'，计划在 6 年时间内完成扶贫、就业、教育、卫生等领域的一系列重点项目。今后我们将按中央提出的依法治藏、富民兴藏、长期建藏要求，全力推动此项工作。"

加快全面建成小康社会步伐

座谈会再次明确要把改善民生、增进各族群众福祉作为藏区经济社会工作的出发点和落脚点，甘肃省甘南藏族自治州扶贫办副主任白栓科说，这给藏区各级党委、政府指明了工作方向。

白栓科建议，中央关于藏区的政策非常好，在政策落实方面要加强督导，破除阻碍，保证政策落到实处，让藏区群众切实享受到政策红利。另外，在涉及民生、基础设施建设、生态保护等方面要考虑到藏区地域及历史的特殊性，实行差异化投入，提高建设标准。

西藏自治区社会科学院经济战略研究所副所长何纲说，目前西藏离全面建成小康社会还有不少距离。在经济发展上，西藏应在资源优势基础上做大做强旅游文化、清洁能源、绿色种植养殖等产业，广泛带动就业，助力农牧民增收致富。

青海省果洛藏族自治州达日县县委书记武伟说："总书记讲话中提到'同全国其他地区一样，西藏和四省藏区已经进入全面建成小康社会决定性阶段'。眼下，距离目标实现仅有 5 年多时间。我们将贯彻落实好此次会议精神，齐心协力把经济、民生等领域的工作提升至新的高度，跟上全国全面建成小康社会的步伐。"

（新华社拉萨 2015 年 8 月 26 日电　参与采写记者：董小红、姜伟超、王大千、吉哲鹏）

感党恩，跨越半个多世纪的
红色传承

——西藏林芝唐地村党支部的发展"密码"

新华社记者 张晓华 薛文献 白少波

7月1日上午，人民大会堂，在庆祝中国共产党成立95周年大会上，西藏唐地村党支部获评"全国先进基层党组织"，受到党中央表彰。

位于藏东南的林芝市唐地村，全体党员和村民正在集体收看大会实况。喜讯传来，会场掌声雷动，群情沸腾。

党中央的肯定和鼓励，让唐地村党支部27名藏族党员心潮澎湃。

从宗巴老人到达娃平措——红色基因代代传承

得知村党支部受到党中央的表彰，84岁的宗巴老人高兴得不知道说什么好："我心里很激动，感谢党，感谢国家！"

在上世纪六十年代，曾两次受到毛泽东主席接见的宗巴老人，对毛主席的嘱托念念不忘。

作为村里的老干部，宗巴老人在村里每一届党支部上任时，都会语重心长地给他们讲过去，讲传统，要求他们牢记领袖的嘱托，代代传承。

改革开放后，唐地村迎来新的发展热潮。普布次仁接过党支部书记的担子，一干就是34年，领着乡亲们发展生产，改善民生，村里的面貌发生了很大的变化。

这期间还有一个小插曲。"我在 1980 年上任时，因家里缺少劳动力，准备辞职。宗巴得知后，反复告诫我，群众选你做领头羊，就是对你的信任，一定要带领群众好好干，让大家过上好日子。"普布次仁说。

在普布次仁离任后，达娃平措成了新一届村党支部书记。跟过去比，村里的方方面面都发生了翻天覆地的变化，2011 年，迈入人均收入万元村行列；2012 年，成为西藏"网络第一村"；2013 年，建成小康示范村；2014 年，被林芝地委确定为"党员教育示范基地"。

到北京领奖的达娃平措回村后的第一件事，就是把"全国先进基层党组织"的奖牌挂到村党支部会议室，带领全体党员逐字逐句学习习总书记在庆祝大会上的讲话原文。

"与党中央的要求相比，与老百姓的期望相比，我们还有很大的差距。但我们有信心，在党的领导下，走出一条科学发展、社会文明、民族团结、富裕和谐的路子。"美滋滋的同时，达娃平措感到肩上的担子更重了。

全心全意为人民服务——党支部不变的宗旨

无论是宗巴老人、普布次仁还是达娃平措，唐地村历届党支部，一代代共产党员，把"全心全意为人民服务"作为根本宗旨，干事创业一切为了群众，创造了发展史上的奇迹。

2006 年 6 月，唐地村在全地区率先成立了农牧民专业经济合作社——冰湖农副产品综合加工专业合作社。目前，合作社固定资产 900 多万元，年收入 40 万元。几年间，村里建起了油菜籽加工厂、藏鸡养殖基地、生态旅游园区、游客接待中心等，"支部＋协会＋农会"的产业发展模式初见成效。

党的十八大以来，西藏自治区党委忠实践行党中央"治国必治边，治边先稳藏"战略思想，实施一系列强基础、惠民生的举措。2011 年底，唐地村迎来了第一批驻村干部，村里的各项工作更加有声有色。

2012 年，唐地村党支部开展了"学党章、戴党徽、亮身份、做表率"活动，党员为群众办实事 40 余件，帮助 2 户贫困户脱贫致富。

"五保户"布谷记得，自从党员与自己结对后，家里的杂事就没愁过，垃圾有人扫，柴火没断过，逢年过节党支部还送慰问品；

在村集体农家乐修建的时候，老党员索朗次仁自愿义务承担了网围栏的安装，不要任何报酬；

每天清晨，迎着太阳，村民们都能看到党员们带头打扫公共卫生、处理垃圾……

2013 年，村党支部在驻村工作队和第一书记的支持下，开展"五星党员、十星农户"创建评选活动，依据党员、群众的先进性标准、社会主义荣辱观和新农村建设目标等，对党员、农户进行星级评定，先由个人自我评定，再交叉互评，树标杆、找差距、争优秀在村里蔚然成风，公共场所干净卫生、邻里关系和谐融洽、家庭收入逐年增加、群众幸福指数不断攀升。

也是在这一年，村党支部对无职党员设岗定责，5 个工作任务较重的"双联户"小组长全部由党员担任，量身设置了维稳值班岗、森防巡逻岗、文教卫生岗、科技致富岗等 10 个岗位，党员参与率 100%。村"两委"班子实施便民服务坐班制度，方便群众办事。

发展依靠人民，发展为了人民。在党支部的带领下，唐地村经济发展，民生改善，民族团结。去年，全村农村经济总收入达 919.6 万元，人均收入达到 14380 元。

在平凡的岗位上，唐地村的藏族党员靠着一桩桩一件件的实事，感动了群众，在群众心中树立起党的光辉形象。经党支部支持帮助，村民白珍在措姆吉日景区大门口办起了小餐馆，为游客提供藏香猪肉、酥油茶等餐饮服务。她说："我以前到处打零工，收入也不高。后来是党支部帮助我打开了眼界，向十星农户的标准看齐，积极增收致富，现在每年有五六万元的收入。真的感谢党！"

不忘初心，继续前进——唐地村发展进步的力量之源

在人民大会堂聆听了习总书记的讲话，达娃平措对"不忘初心、继续前进"这八个字印象最为深刻。站在历史的新起点上，达娃平措带领党支部一班人继续书写唐地村新的篇章。

唐地，藏语意为"空旷荒芜"之地。历史上，这里曾经杂草丛生，房屋建设缺乏规划，公共基础设施薄弱。

经过历届党支部的持续建设，唐地村街道干净整洁、新式民居错落有致，村委会大楼前的电子屏上滚动播放各类党务、政务、村务信息，广场四周，国旗飘扬，绿树繁花，仿佛世外桃源。

半个世纪的沧桑巨变，在村里新旧对比历史文物陈列室里得到了清晰的展现。"村里的年轻人经常来这里看看，今昔对比，能让我们更清楚地知道惠在何处，惠从何来。现在大家都会说，好日子都源自党的好政策、好做法。"驻村工作队队长、村党支部第一书记平措卓玛说。

"我们不会忘记党的恩情，不会忘记国家的支持，不会忘记全国各地的支持和帮助。唐地村和西藏所有的村一样，没有党的好政策，我们不可能有今天。我们永远都会感恩！"这是达娃平措发自内心的话。

回顾历史，感党恩，是为了明白来自哪里。不忘初心，方能获得继续前行的无尽力量。

"2020年，我们要和内地一样全面建成小康社会，这中间，不能有一个人掉队。"如何让全村群众的生活更上层楼，在小康路上迈出更大步伐，这是达娃平措现在想得最多的事，找出一条科学合理的发展道路至关重要。

达娃平措和全村党员深入分析全村发展的实际，对全村381亩土地进行了综合利用规划，让宝贵的土地资源增值，他们决定实施一项长远之计，"让群众生活可持续、生活有保障、生活有盼头"。

2014年，唐地村专业合作社被评为国家级示范合作社。达娃平措说，

这是唐地村的一大优势，今后要对合作社进行转型升级，建立高原民族特色产品电子商务网站，借助电子商务让藏家的青稞、糌粑、酥油茶走出去。

"这还只是第一步。"达娃平措说，第二步是在合作社的基础上成立高原民族特色产品深加工小微企业；第三步是建设产品收购储藏库；第四步还要成立电商公司。

此外，唐地村还将发展休闲旅游观光农业、包装雪域文化、引进旅游商贸平台、发展金融业务。同时，党支部还将继续完善"双星"创建评选机制，让党支部的战斗堡垒作用、党员的先锋模范作用得到更好的发挥。

"不忘初心，继续前进，这是我们共产党员的光荣使命。在今后的发展中，我们要进一步优化结构，发挥优势，加强对村民的教育引导，树立新的发展理念，像保护眼睛一样保护好生态，唐地村的明天，一定更加美好！"

"如今，感党恩、听党话、跟党走，已经成了西藏各族人民的共识！领导同志的嘱托，我们一定牢牢记住，不折不扣地落实好！"这位50多岁的领头人，对唐地村的未来信心满满。

（新华社西藏林芝2016年7月4日电）

幸福像格桑花一样，开遍雪域高原

新华社记者　张晓华　薛文献　白少波

　　盛夏的雪域高原，阳光、雨露，雪山、草原，风景秀美如画。藏东南鲁朗林海深处的扎西岗村，草地像绿毯伸向远方，一朵朵黄色、红色、粉色、蓝色的小花，点缀其间；一群群牵马的村民和游客，徜徉在花海间，灿烂的笑容绽放在脸上。

　　党的十八大以来，西藏自治区党委、政府忠实践行"治国必治边、治边先稳藏"重要战略思想，贯彻中央第六次西藏工作座谈会提出的依法治

拉萨各族各界聚集在布达拉宫广场，庆祝西藏和平解放60周年。

（新华社记者　觉果摄）

59

藏、富民兴藏、长期建藏、凝聚人心、夯实基础的重要工作原则，强基础、惠民生，社会持续稳定，经济快速发展，人民安居乐业，平安西藏、富裕西藏、和谐西藏屹立世界之巅。

幸福像格桑花一样，盛开在300万各族人民的心头。

"实现长治久安，必须常抓不懈、久久为功"
——平安西藏让人亲

每天清晨，海拔3650米的布达拉宫广场上游人如织，穿上藏装，手捧哈达，摆出各种ＰＯＳＥ，留下难忘的瞬间。为参观世界文化遗产，来自世界各地的旅人在布达拉宫门前排起整齐的队伍。

"西藏安全吗？"长期在藏的人，经常接到内地朋友类似的咨询电话。进藏后，人们对西藏疑虑会一扫而光。

被称为"世界屋脊"的西藏，每年吸引游客达2000多万人次。7日，"2016·中国西藏发展论坛"在拉萨举行，来自30多个国家和地区的外国专家代表为西藏纷纷点赞："现实中的西藏和很多人想象的并不一样，西藏人民有自由，享平等，有尊严。"

稳定的基础在基层。走在城镇的大街小巷，统一标识的便民警务站成了各族群众的"安全亭""避风港"。地处拉萨闹市区的赛康便民警务站，备有氧气、速效救心丸、开水、雨伞、图书、轮椅等物，常见朝佛的老人在这里歇脚、喝茶，有游客在泡面，有小学生趴在桌子上做作业。

从2011年10月起，西藏开展大规模的干部下基层活动，每年选派2万多名优秀干部进村入户，帮助农牧民办实事、解难事，落实各项惠民政策；引导群众每5至10户组成一个单元，"联户保平安、联户促增收"，并拓展到机关、企事业单位，基层群众被广泛动员起来，排查化解矛盾纠纷，实现维护稳定人人有责。

西藏还选派数千名优秀干部进驻全区1700多座寺庙和宗教活动场所，

落实教育、管理、服务三项职能，确保宗教和睦、佛事和顺、寺庙和谐。拉萨热振寺寺管会主任洛桑索朗介绍，国家投资修缮保护措钦大殿，维修僧舍，帮僧人采购糌粑、土豆和萝卜、棉床垫等物资，医保、低保和养老保险等政策均已落实，解决了107位僧人的后顾之忧。

热振寺距拉萨约4小时车程，坐落在林周县北部的普央岗钦山麓。走进寺庙，大殿里铃鼓阵阵，诵经声声，法事活动按仪轨进行。僧人江白丹增说："团结稳定是福，分裂动乱是祸。我们都珍惜来之不易的幸福生活。"

十八大以来，作为边疆少数民族聚居区，尽管长期受到境外分裂势力的干扰破坏，西藏社会局势实现持续稳定。中国社科院城市公共服务满意度调查显示，西藏的群众安全感位居全国各省市自治区前列，首府拉萨市公共安全满意度连续4年在38个主要城市中名列第一。

"在小康路上，不能让一个人掉队"
——富裕西藏使人美

从人民大会堂返回藏东南唐地村，党支部书记达娃平措把"全国先进基层党组织"奖牌挂在会议室墙上，立即召开党支部会议，修订完善"十三五"发展蓝图。

"381亩土地要高效利用，促进合作社转型升级，建立高原民族特色产品电子商务网站，建设特色产品收购储藏库，发展休闲旅游观光农业……"在农村经济总收入达919.6万元、人均收入达到14380元的基础上，唐地村在小康路上继续大步前行。

稳定促发展。西藏经济增速连年保持在两位数以上，位居全国前列。2015年，西藏城镇居民人均可支配收入达到25457元，农村居民人均可支配收入达到8244元。全区国内生产总值从1965年的3.27亿元增长到2015年的1026.39亿元，50年增长313倍。

——墨脱公路通车，结束了全国唯一一个县不通公路的历史；高等级

拉贡高等级公路和拉日铁路交汇。（新华社记者 普布扎西摄）

公路开工建设、陆续通车，公路总里程达7.8万公里；拉日铁路建成运营；国内外航线增至60多条，通航城市40多个。

——青藏、川藏电网实现联网，主电网覆盖58个县；藏木等多个水电站建成投运，藏中电网结束拉闸限电的历史；旁多水利枢纽建成使用，首次实现藏电外送。

——投入278亿元，完成农牧民安居工程，46万户、230万农牧民住上安全适用的房屋。拉萨城市供暖工程投运，惠及千家万户。

——率先实现从幼儿园到高中的15年免费教育，有条件的县市报销大学生路费，发放生活补贴，劳动年龄人口平均受教育年限提至8年。

——县级卫生服务中心全部达标，疾控中心全覆盖，乡乡有卫生院、村村有卫生室。城乡居民、在编僧尼免费体检，先心病儿童全部免费救治，人均预期寿命达到68.2岁。

——实施西藏生态安全屏障保护与建设规划，全区水、大气、土壤质量长期保持优良。

发展依靠人民，发展成果让人民共享。西藏坚持把70%以上的财力投向民生领域，着力办好民生"十件实事"，各族群众的获得感明显增强。

拉萨市低保户朗杰卓嘎对供暖工程赞不绝口："冬天再也不是冷飕飕的了。"通电后，地处藏东横断山区的察雅县新卡乡村民拉巴觉得住在村里也很好："以前经常停电，现在洗衣机、电视机、冰箱都用上了，生活很方便。"

政之所兴在顺民心。在"强基础、惠民生"活动中，自治区财政拨出办实事专款，驻村工作队尽心竭力解民忧：泥水飞溅的村道实现了硬化，去牧场的临时便桥可以过汽车了，教室、村委会、困难户的房屋得到维修……点滴小事，春雨如油。

党员领导干部投身"结对认亲交朋友"活动，走访慰问困难群众，给基层送去温暖和关怀。那曲地区聂荣县帕玉村，搬进新房的6旬老人丁嘎手摇转经筒，津津有味地欣赏藏语电视剧："政府有各种补贴，县、乡领导又经常来看望，这样的好日子过去做梦也没想到。"

"人民对美好生活的向往，就是我们的奋斗目标。"这句话，拉萨市干部挂在嘴边，记在心里。墨竹工卡县年财政收入 2.7 亿元，其中 1.2 亿投入到民生上，实施"教育、医疗和养老"三大民生工程：学生从幼儿园到大学毕业全免费、老百姓住院全报销、60 岁以上老人每月有补助，群众张口就夸"社会主义好"。

"加强民族团结，建设美丽西藏"
——和谐西藏惹人醉

旅游旺季，大型实景剧《文成公主》在拉萨河南岸天天上演，场场爆满。文成公主远嫁吐蕃，开启了藏汉血脉亲情的新纪元。民族团结，成为藏汉人民共同的基因，在新时期得到传承和弘扬。

朗杰林村，位于拉萨贡嘎机场附近雅江南岸，溪水环绕，树叶婆娑。在这个有着 325 户、860 人，以藏族为主的村庄里，藏族和汉族结亲家庭有 24 户，成为远近闻名的"民族团结村"。

在建有阳光棚的新房里，祖籍四川的李士荣和藏族妻子达娃央宗一起准备午饭，大女儿李若丹（藏语名加央卓玛）和小女儿李思宇（藏语名拉央宗）跑着叫着嬉戏游玩，屋里生机盎然。结婚以来，两口子互谅互让，勤俭持家，日子越过越红火。

西藏现有317万人口，有藏、回、门巴、珞巴等40多个民族，多民族干部群众聚居在一起的社区很普遍。每到藏历新年、春节、古尔邦节等节日，住在一起居民不分民族，都要聚在一起吃"民族团结饭"、跳"民族团结舞"，民族团结的社会基础越来越牢固。

团结凝聚人心，团结汇聚力量。距离中国和尼泊尔边境几十公里的吉隆县吉隆镇乃村，去年"4·25"地震后受灾严重，96户人家的房屋几乎全部倒塌，4人罹难，415人受灾。党和政府第一时间派来干部，送来赈灾物资，带领群众共渡难关。

一年后，在玉女峰和朗塘雪山环抱下的这个美丽村庄，杜鹃花再次盛开，平畴沃野上，恢复重建热火朝天。站在领袖像前，村民旺堆用汉语告诉我们："我有两个爸爸：一个是亲生爸爸，一个是共产党爸爸。"

团结固则百业兴。如今的西藏，社会稳定，经济发展，生活富裕，文化繁荣，生态良好……几代人梦寐以求的幸福，就在眼前。

6月27日，《中国全面小康发展报告·拉萨样本》在拉萨首发。在饮食、公共服务、生态、平安、休闲、幸福等11个小康指数中，拉萨有9个超过全国水平，其中幸福指数为85.6，比全国高出4.6个点。

"即使雪山变成酥油，也被领主占有；就是河水变成牛奶，我们也喝不上一口；生命虽由父母所生，身体却为管家占有。"这是半个多世纪前，西藏农奴面对黑暗世界的苦苦呐喊；

"草原碧波在荡漾，牦牛托着白云跑；欢乐羊群赶太阳，格桑花开满山红哟，青稞美酒百里香……年年都有好光景，幸福日子万年长。"这是今天的西藏人民，对美丽西藏、和谐家园的率性吟唱。

西藏有今天这样的发展成就，是因为在中国共产党的领导下，走上了一条正确的发展道路，这就是坚持走中华民族团结统一之路，坚持走不断改善民生之路，坚持走传统与现代交融之路，坚持走生态环境保护之路，坚持走开放合作之路。沿着这条道路走下去，西藏将会有更加美好的前景。

在党的治藏方略正确指引下，站在实现中华民族伟大复兴的历史节点上，西藏将以新发展理念为引领，坚定不移促进经济社会发展，坚定不移保障和改善民生，坚定不移促进各族人民交流交往交融，坚定不移保护西藏文化和生态，一个和谐稳定的西藏，民族团结的西藏，宗教和睦的西藏，民生改善的西藏，边疆巩固的西藏，生态良好的西藏，必将如雪山上升起的一轮朝日，绽放出耀眼的光芒。

（新华社拉萨 2016 年 7 月 7 日电）

感受生命三度

——新华社记者再上我国海拔最高乡

新华社记者　张晓华　边巴次仁　张京品

空气含氧量不足海平面的 40%，年平均气温零下 7℃，平均寿命 49.5 岁；

2016 年农牧民人均纯收入达到 10110 元，在西藏众多乡镇中率先脱贫摘帽。

这里就是海拔 5373 米的西藏山南市浪卡子县普玛江塘乡，被誉为"世界之巅"的我国海拔最高乡。

边防官兵在海拔 5373 米的西藏山南市浪卡子县普玛江塘乡巡逻。
（新华社记者　觉果摄）

近日，新华社记者再上普玛江塘，在这片生命的禁区，采访常年坚守这里的乡镇干部、边防官兵和普通群众，触摸他们以常人无法企及的精神所创造的生命高度，感受他们澎湃向上的生命温度，更感叹他们短暂却充满张力的生命长度。

忠诚戍边创造生命的高度

35岁的陈科民，消瘦，广西人，新婚不过两个月。

2014年7月，作为一名援藏军官，陈科民离开昆明，来到了西藏。

"告诉你一个好消息，还有一个坏消息，先听哪个？"分配工作时，领导问陈科民。

"先听好消息吧。"

"好消息是你被分配到离拉萨相对近一些的派出所，坏消息是那里是世界海拔最高的派出所。"

期许、兴奋、担忧。带着复杂的情绪，他来到普玛江塘担任派出所教导员。

普玛江塘的地势高，来这里的人都说普玛江塘找不到山，因为人已经在山顶上。

紧邻不丹边境，虽仅有25公里的边境线，但常年踏冰涉雪巡逻、守卫国土是边防官兵最主要的工作任务。

肆意的大风，清冷的街道，流窜的野狗和零下20摄氏度的最冷气温，给普玛江塘增加了无尽的孤独。

"普玛江塘虽然海拔高，条件差，但这里是中华人民共和国的国土。我选择来到这里，就要忠于自己的职责。"27岁的藏族战士洛桑说。

作为边防部队爱民固边工程的一项新内容，官兵们还和当地贫困群众结对认亲，提供力所能及的帮扶。

就读于拉萨高中的罗布群旦，家庭收入微薄。陈科民主动和他结对子，帮助购买高考复习资料、衣服和鞋子。

8名边防战士，除了两名80后，其他6名都是90后，最小的只有22岁。

"最难的是找对象。老妈给我提了几次相亲的事，都被我拒绝了。"来自湖南农村的祝兴，今年23岁。

比起年轻战士，高建学忧心的则是他这次不得不离开这里。

年初，组织给高建学下了死命令，必须调离普玛江塘，并且安排到了海拔只有一千多米的勒布沟。在此之前，这位27岁的哈尼族战士，已主动申请两次留在了普玛江塘。按照边防部队的规定，工作满3年就可以选择调离。

"这里是我们的国土，每一个工作生活在这里的人，都是我们祖国的坐标。在这里，我更能感受到军人的价值，感受到生命的高度。"高建学说。

苦干担当延伸生命的长度

海拔5373米的普玛江塘无疑是"生命禁区"。

2016年，这里农牧民群众平均寿命49.5岁。这一年，全国人均寿命超过76岁，西藏人均寿命超过68岁。

因为寿命短，超过60岁可以享受的养老保险，在普玛江塘，很长一段时间里没有人能拿到。

这件事让格桑确拉揪心无比。35岁的格桑确拉，皮肤黝黑。几年来在普玛江塘的坚守，使得他的头发越来越少，关节炎越来越严重。

2014年7月，他主动申请到普玛江塘乡担任乡长。半年多前他担任了乡党委书记。

从担任乡长到转任书记，他一直通过各种会议和汇报材料向有关部门反映养老保险的事情。

数年的努力终得回报。去年底，上级部门同意将普玛江塘乡领取养老保险人员年龄放宽至50岁。

申请项目修建干部周转房，分发过冬饲草，调解矛盾纠纷，开展"感党恩"主题教育活动……格桑确拉生怕自己浪费一分一秒。

按规定，他已可以轮岗到海拔低一些的乡镇或县机关工作。"再待一段时间，有几件为牧民办的事还没有办完。"他坚定地说。

把普玛江塘乡所有村落建设成生态小康示范村，就是格桑确拉未完成的心愿之一。"今年工程有望进入正式实施阶段，总投资近3亿元。"他向记者展示了乡村规划图纸和民房设计图纸。

除此之外，边境党建长廊建设，把所有商户集中到已建成的边贸市场里，继续做深普法教育和宣传……这些都是格桑确拉今年要带领大家做的事。

普玛江塘的太阳只有光照，没有温度。

当记者在乡政府办公楼前的阳光屋里采访乡人武部部长扎西的时候，呼啸的大风肆意虐打窗玻璃。虽然身穿军大衣，可说话间扎西的嘴唇不停发颤，记者的双腿不由发抖。

几辆拖拉机"突突"地来到了乡政府门前。格桑确拉立即起身往外走。这一天，又是分发防灾抗寒饲料的日子。雪灾是普玛江塘最常见的自然灾害，他们要做好一切准备。

浪卡子县委书记次仁罗布说："包括格桑确拉在内的乡党委班子，在那么艰苦的地方不是熬着、等着，而是带领干部群众积极工作，充满干劲儿。"

干劲儿正结出累累硕果。

2016年，普玛江塘乡下辖的6个行政村284户、1031人全部脱贫。

2016年，普玛江塘乡住院分娩率100%，新农保参保率100%。

格桑确拉说："唯有我们不断努力，才能弥补普玛江塘人短暂的生命长度。"

政策阳光提升生命温度

沿着水泥路，走进萨藏村一座低矮的土石房。狭小的屋子里，火炉烧着牛粪，崭新的电暖气散发着热气。

村民达娃普赤正在编织氆氇。

7岁的儿子云丹嘉措自小残疾，双腿无法站直，静静地看着织机。

说起生活，达娃普赤很快打开了话匣子。

丈夫索朗多吉是边防派出所的辅警，每年有1万多元的收入；自己作为野保员，每年有3000元的收入；每年边民补贴3000多元，草场补贴7000多元，加上织氆氇4000多元的收入，年收入近3万元。

"我们能摘掉贫穷的帽子，能有今天的生活，靠的是政府的政策，感谢共产党！"听说今年边民补贴将提高1000元，达娃普赤笑了。

对于她来说，更好的消息是，经过乡党委政府的积极联系，对口的湖南援藏工作组答应今年带她的儿子到内地接受治疗。

感恩的话不止在萨藏村。

沿着新修好的柏油路驱车前行几公里，便是沙空村。那里海拔5600米，家家户户房顶上插着的五星红旗格外鲜艳。

西藏自治区山南市贡嘎县杰德秀乡的氆氇家庭。（新华社记者 普布扎西摄）

31 岁的索朗卓玛家坐落在村头。

一年前，她家花了 6 万多元，将过去的土石房改建成了现在的石木结构。

走进屋里，映入眼帘的是"习近平总书记与西藏人民心连心"巨幅画像，画像上挂着崭新的哈达。屋里干净整洁，两个孩子躺在被窝里看电视。

索朗卓玛说，家里养了 71 头牦牛，去年卖了 5 头，收入 4 万元。"感谢党的好政策，感谢习近平总书记。"

2013 年，记者第一次来到沙空时，山南市公安处的驻村干部正指导村民白珍种植蔬菜。这次在沙空村，记者碰到驻村干部达娃顿珠，他正在统计村里各年龄段的人口，为发放边民补贴和养老保险做准备。

顺着村里的小路，记者来到普布家。她的女儿斯达卓玛去年考上了西藏农牧学院，成为村里第一个大学本科生。

"考上大学时，乡里补助了 1000 元，驻村工作队也帮助了 1000 元，到了学校也不用交学费，心里无比感谢政府！"

已经脱贫摘帽的普玛江塘乡有着更高的憧憬。

格桑确拉说，全乡 6 个村的生态小康示范村居工程规划已经批复。今年 5 月天气转暖时，全乡的房子将从目前的土石结构统一建设成水泥钢筋结构。

"普玛江塘是很冷，但有了党中央、习近平总书记的关怀，我们从内心里感到浓浓的暖意。"格桑确拉说，他到普玛江塘之初，就发誓要让这里的人们过上幸福的生活，他将不忘初心，让普玛江塘的群众有更多的获得感。

（新华社拉萨 2017 年 1 月 30 日电）

新华社记者 普布扎西摄

第二篇

辉煌历程

让"民生阳光"普照雪域高原

——西藏自治区奋力推进经济社会又好又快发展纪实

新华社记者　张晓华　王恒涛　薛文献　王军

巍巍喜马拉雅山，见证雪域西藏沧桑巨变；

滔滔雅鲁藏布江，歌唱高原大地幸福生活。

党的十八大以来，在以习近平同志为核心的党中央坚强领导下，西藏自治区党委、政府忠实践行"治国必治边、治边先稳藏"重要战略思想，贯彻中央第六次西藏工作座谈会提出的依法治藏、富民兴藏、长期建藏、凝聚人心、夯实基础的重要工作原则，强基础、惠民生，社会持续稳定，经济快速发展，人民安居乐业，平安西藏、富裕西藏、和谐西藏屹立世界之巅。

青藏铁路经过拉萨市。（新华社记者　普布扎西摄）

科学发展：以前所未有的速度追赶全国步伐

寒冬时节，雅鲁藏布江畔，川藏铁路拉林段扎囊隧道，台车、钻机、通风袋等设备运转不停，现场机声隆隆，上百名工人在各自岗位上干得热火朝天。

经济发展，基础先行。2013 年以来，西藏强力推动公路交通建设，累计投资 896 亿元，新增公路 1.7 万公里，其中墨脱公路、米林至巴宜高等级公路相继建成使用，拉萨至林芝、日喀则机场至桑珠孜区、贡嘎机场至泽当高等级公路即将建成，拉萨市环城路基本建成。

此外，拉日铁路、藏木电站、川藏电网联网工程等一批重点项目相继建成投运，国内外航线达 71 条，通航城市 41 个，立体化综合交通运输网基本形成，基础设施实现重大突破。

党的十八大以来，西藏自治区党委、政府坚持"发展是第一要务"，积极争取中央投资，千方百计激活社会投资和民间投资，基础设施建设和产业发展齐头并进，经济增长速度和质量效益同步提升，西藏正以前所未有的速度追赶着全国发展的步伐。

在注重基础设施建设的同时，西藏充分发挥资源优势，注重产业结构调整，加大教育和人才开发，重视投融资体制改革，把旅游文化、清洁能源、天然饮用水作为强区产业重点培育，把高原种养加、特色食品、生态林果、藏医药、民族手工业作为富民产业大力扶持，产业发展重点进一步突出，产业结构进一步优化。

在拉萨国家级经济技术开发区，10 多条优质矿泉水生产线正开足马力生产，一箱箱产品被装上火车，运往内地。

近年来，越来越多的西藏特色产品，如牦牛肉、青稞食品、藏药、藏香、藏毯、唐卡等一批"藏字号"产品，依托便捷的交通，走向国内外市场，有的甚至已经成功打入美国、韩国等国际市场……

藏香制作。（新华社记者 普布扎西摄）

　　随着立体交通网络的日益完善，现代旅游服务业正成为西藏经济增长的绿色引擎。位于山南市雅砻河谷的西藏第一座宫殿——雍布拉康，是进藏游客必去的景点之一。每天清晨，62 岁的格桑老人都会牵着白马来到山脚下"上班"，等着带客人上山游览。

　　"现在这里的游客越来越多，旺季时每天至少有 300 元的收入，比种地强多了。"老人告诉记者。2016 年，西藏有近 10 万名农牧民从事旅游服务，年人均收入超过 1 万元。

　　改革促发展。四年来，西藏全面推进营改增、商事制度改革、供销社综合改革，累计下放审批权限 686 项，取消行政许可 22 项；依托区位优势，主动融入"一带一路"国家战略，推进南亚陆路大通道建设，连续成功举办三届"藏博会"……以对内对外大开放实现大发展的格局逐步成型。

　　1 月 10 日，西藏自治区十届人大五次会议开幕式上，自治区主席洛桑江村在《政府工作报告》中，向全区人大代表提交了一份来之不易的成绩单：2016 年，全区经济增速达 11.5%，农牧民人均可支配收入达 9316 元，脱贫攻坚力度不断加大,年内减少贫困人口13万人;生态环境持续向好,大部分区域仍处于原生状态……各族各界代表纷纷为之"点赞"。

四年来,西藏始终牢牢掌握经济发展进入新常态的大逻辑,推进供给侧结构性改革,"三去一降一补"五大任务成效显著,实现了经济发展由单一投资拉动型向投资拉动、产业发展、消费带动、创新创业多轮驱动转变。稳中有进的西藏经济,在全国经济增速普遍下降的背景下格外抢眼。

一连串颇具含金量的数字,描绘了西藏科学发展的辉煌历程:

——党的十八大以来,西藏GDP增速排名从全国第四位,快速跃升到全国第一位(与重庆并列);

——固定资产投资大幅提升,2014年首次突破千亿大关,2016年达到1610亿元、增长20%;

——"十二五"末,全区城镇居民人均可支配收入、农村居民人均可支配收入分别比"十一五"末增长1.57倍、1.68倍,增速均高于全国平均水平。

日前,国务院确定西藏"十三五"规划项目189个,总投资达6576亿元,比"十二五"增长近一倍,投资规模之大、领域之广,都是前所未有。

处在大发展中的西藏,未来的前进步伐,会迈得更大、更坚实。

共享成果:让"民生阳光"普照雪域高原

发展依靠人民,发展成果让人民共享。

位于拉萨河畔的达嘎乡三有村,曾是曲水火车站边的一片荒地。如今,一排排藏式两层民居错落有致,干净整洁的水泥道路两边铺满绿植,家家户户门口挂着哈达,五星红旗在屋顶迎风招展,184户、712名贫困群众,搬离了贫瘠的土地,在这里开始了新的生活。

为让群众有事干、能致富,新村配套了奶牛、藏鸡养殖、药材种植等产业,开发了商品房。"这些项目可带动村民就业,仅奶牛养殖一项就能吸纳83人;总收入在年底分红,每人计划可得3013元。"达嘎乡乡长毛鑫说。

作为全国唯一集中连片省级贫困区，去年，西藏健全整体攻坚机制，落实精准扶贫举措，通过项目、产业、安居、搬迁、就业、技能、援藏等多种手段，帮助13万贫困群众拔穷根、摘穷帽，为在2020年和全国一道建成小康社会，奠定了坚实的基础。

"人民对美好生活的向往，就是我们的奋斗目标。"党中央关心重视什么，全区各族人民群众期盼什么，自治区就抓紧推进什么。

四年来，自治区坚持"政府过紧日子、群众过好日子"的理念，全力办好民生实事，每年将70%以上财力投向民生，四年实现翻一番……

一件件民生实事，成为各族群众茶余饭后的主题；一项项民生工程，给城乡百姓带来更多的获得感。

隆冬的藏北高原，平均海拔在4500米以上，天寒地冻。那曲镇居民扎桑的家里，暖意融融。得益于政府实施的高海拔地区供暖工程，他家的每个房间都装了暖气片，厨房有壁挂炉。"屋里温度能达到22℃，很暖和，再也不用像以前那样烧炉子了。"扎桑说。

为改善高寒地区干部群众生活条件，西藏逐步实施供暖工程。目前，已完成拉萨市城区供暖工程，那曲地区那曲镇和阿里地区狮泉河镇也实现部分供暖。

四年来，自治区下大力气落实习近平总书记提出的"突出民生导向"新标准，将民生的投入和改善贯穿于生产、分配、交换、消费四个经济环节中，让民生既是发展的目的，也是发展的过程，更是发展的动力，努力拆掉贫困这道"门槛"，补上教育这个"短板"，摘掉缺医少药这顶"帽子"，筑牢社会保障这张"安全网"，真正让"民生阳光"普照雪域高原。

——学有所教：率先在全国实现从幼儿园到高中的15年免费教育；有条件的县市报销大学生路费，发放生活补贴，劳动年龄人口平均受教育年限提至8年。

——病有所医：县级卫生服务中心全部达标，疾控中心全覆盖，乡乡有卫生院、村村有卫生室。城乡居民、在编僧尼免费体检，先心病儿童全部免费救治；"新农合"参保率接近100%，实现"小病不出县"。

——居有所住：46万户、230多万农牧民住上了安全舒适的房屋。

——老有所养：率先实现五保集中供养；率先实现城乡居民基本养老保险均等化；人均预期寿命超过68岁；率先在全国实现孤儿集中收养。

……

政之所兴在顺民心。四年来，西藏坚持每年选派两万名优秀干部进村入户，开展"强基础、惠民生"活动，自治区拨出办实事专款，驻村工作队尽心竭力解民忧：泥水飞溅的村道实现了硬化，去牧场的临时便桥可以过汽车了，教室、村委会、困难户的房屋得到维修……点滴小事，春雨如油。

民心如海，滴水汇聚成其汪洋。

墨竹工卡县扎西岗乡吉古村，75岁的洛桑江白老人历经沧桑。46岁的儿子重症住院，花费25万多元，全由政府报销；他本人每月领取400元"幸福养老金"，还有低保等补贴，老人感慨连连："日子越来越好啊，全托共产党的福！"

如今的西藏，社会稳定，经济发展，生活富裕，文化繁荣，生态良好……全区各族人民衷心爱戴以习近平同志为核心的党中央，衷心拥护党的治藏方略，衷心期盼与全国一道全面建成小康社会，衷心向往实现中华民族伟大复兴的中国梦。

保护生态：把青山绿水、冰天雪地变成金山银山

位于藏东318国道边的鲁朗镇扎西岗村，海拔3300多米，雪山耸立，林海茫茫，山间雾霭阑珊，古朴的藏式民居四周绿草如茵，牛羊成群，仿佛世外桃源，让南来北往的游客流连忘返。

据村党支部书记巴桑次仁介绍，全村共有43户开办了家庭旅馆，总床位达到997个，全村旅游年收入已超过200万元，年人均纯收入超过2万元。

"保护好青藏高原生态，就是对中华民族生存和发展的最大贡献。"西藏是国家重要的生态安全屏障。近年来，西藏牢固树立"青山绿水是金山银山，冰天雪地也是金山银山"的理念，科学把握资源优势、政策优势

拉鲁湿地。（新华社记者 普布扎西摄）

和后发优势，努力让良好的生态环境成为人民生活质量的增长点，成为发展与民生的结合点，成为永续发展的重要基础。

四年来，自治区推出一系列重大举措，确保西藏青山常在、绿水长流、空气常新。

——全面实施西藏生态安全屏障保护与建设规划，全面推进"两江四河"流域造林绿化工程，建立环境保护与财政转移支付挂钩的奖惩机制；

——严格重大工程项目环境监管，严格实行矿产资源勘探开发自治区政府"一支笔"审批制度，严格执行环境保护一票否决制度，"三高"企业和项目零审批、零引进；

——大力推进产业生态化、生态产业化，基本形成以文化旅游业、清洁能源业、天然饮用水业、藏医药业、民族手工业、高原特色食饮品业为主的产业体系，实现经济、社会、生态效益的有机统一。

"生态是第一红线。我们要以坚决的态度、严格的制度、有力的措施，不断强化筑牢国家生态安全屏障的核心职责，保护好雪域高原的山山水水、一草一木。"洛桑江村说。

地处西部的阿里地区，被誉为"世界屋脊的屋脊"，海拔高，常年风沙、干旱，植被稀少。2016年，阿里地区在建设重点水利项目——噶尔河谷雅莎灌溉工程时，为了不伤害1500多棵红柳，专门调整了设计方案，不仅延长了工期，还增加了施工成本和难度，"水渠为红柳让路"一时成为佳话。

"只要触碰生态底线，项目再好都拒绝。"从西藏自治区到各地市县，生态保护深入人心，成了各族干部群众的共识。目前，西藏建立各级自然保护区47个，超过国土面积的三分之一；禁止开发和限制开发区域面积超过80万平方公里，约占全区国土面积的70%。

最蓝的天，最白的雪，最清的水，最洁净的空气，已成为雪域高原最靓的"名片"。绿水青山，冰天雪地，撑起"无烟经济"，进藏游客井喷式增长，旅游引导第三产业迅速崛起。每年6至10月，西藏各地景区客流量倍增，进出藏机票、火车票一票难求。2016年西藏接待游客2315万人次、总收入达到330亿元。

中国科学院发布评估报告称：西藏山川秀美、河流清澈、植物繁茂、动物多样，依然是世界天然环境最好的地区之一。

在党的治藏方略正确指引下，西藏必将以新发展理念为引领，坚定不移促进经济社会发展，坚定不移保障和改善民生，坚定不移促进各族人民交流交往交融，坚定不移保护西藏文化和生态，必将如雪山上升起的一轮朝日，绽放出耀眼的光芒。

西藏自治区党委书记吴英杰说："一切成绩的取得，是以习近平同志为核心的党中央坚强领导、英明决策的结果，是中央和国家机关、对口支援省市、中央企业真诚关心、无私援助的结果，是'十二五'以来中央给予3305亿资金支持的结果。"

"站在新的历史起跑线上，我们将扛起稳定第一责任、抓牢发展第一要务、坚持生态第一原则、坚持党的建设为根本保证，以铁一般的信仰、铁一般的信念、铁一般的纪律、铁一般的担当，不忘初心、继续前进，同心同德、开拓奋进，努力向以习近平同志为核心的党中央、向全区各族群众交出一份满意的答卷。"

（原载2017年1月16日《经济参考报》）

让党的主张造福雪域高原

——人民代表大会制度开启西藏人民当家作主新纪元

新华社记者　张晓华　段芝璞

"治国必治边，治边先稳藏。"2013年3月9日，习近平总书记在参加十二届全国人大一次会议西藏代表团分组审议时，提出新时期指导西藏工作的重要战略思想。

依法治藏、富民兴藏、长期建藏、凝聚人心、夯实基础——2015年8月，党中央召开第六次西藏工作座谈会，确定了西藏工作重要原则。

党的十八大以来，西藏自治区人大及其常委会深入贯彻落实党中央治边稳藏重要战略思想，坚持西藏工作重要原则，始终坚持把党的领导贯彻于人大工作的全过程，贯彻落实党的重大决策部署，依法行使重大事项决定权，为西藏经济社会全面发展保驾护航，开启西藏各族人民当家做主的新纪元。

对党忠诚，牢牢把握正确政治方向

"我们发现一些地方仍存在底数不清、因人施策、因户施策不够精准的问题，自治区扶贫办有没有制定什么具体的措施做到扶贫对象精准、措施精准？""自治区卫计委，怎样解决高海拔、偏远地区因病致贫、返贫问题？"

9月28日，西藏人民会堂106会议室，暖意融融，气氛热烈。西藏自治区十届人大常委会正在举行第二十六次会议，人大代表和自治区政府有关部门一把手就精准扶贫、精准脱贫工作进行专题询问。

询问结束时，西藏自治区政府常务副主席丁业现代表自治区政府发言："我们将以此次专题询问为契机，坚持问题导向，细化措施，并将整改落实情况及时、如实向自治区人大常委会报告。"

西藏自治区人大常委会主任白玛赤林说，以习近平同志为核心的党中央把扶贫开发摆到治国理政的重要位置。西藏是全国唯一的省级集中连片贫困地区，如何打好脱贫攻坚战关系到西藏能否和全国一道实现小康社会。开展脱贫攻坚专题询问，将进一步推动贫困地区和贫困群众最迫切最急需问题的有效解决。

作为自治区人大及其常委会行使监督权的一种重要形式，类似的问询已经举行多次。

党的十八大以来，西藏自治区人大认真学习贯彻习近平总书记系列重要讲话精神，始终把习近平总书记关于人大制度、人大工作和法治建设等方面的论述作为做好新形势下人大工作的基本遵循和科学指南，围绕为实现党的路线方针政策服务、为中心工作服务，正确行使各项职能。

截至目前，西藏自治区人大及其常委会做出 149 项具有法规性质的决议决定，把党的主张经过法定程序转变为西藏各族人民的共同意志，保障了各族人民当家做主的权利，促进了社会主义民主政治建设，推动了经济社会健康发展，维护了祖国统一和民族团结。

党中央高度重视西藏的生态环境保护，把西藏确定为重要的国家生态安全屏障。西藏自治区人大及其常委会围绕党中央和区党委安排部署，重点就贯彻实施环境与资源保护法律法规情况、生态建设与环境保护工作进行监督检查，督促有关部门关闭了一批影响和破坏生态环境建设的砂金矿点、小水泥厂，全面提升了耕地、草原、城镇湿地、自然保护区的管理能力和水平。如今的西藏，山川秀美，河流清澈，植物繁茂，生物多样，依然是世界天然环境最好的地区之一。

西藏有 4000 多公里的边境线，处于分裂与反分裂、渗透与反渗透、颠覆与反颠覆的第一线。为了贯彻党中央"治国必治边，治边先稳藏"的重要战略思想，加强边境管理，维护国家主权和领土完整，保持边境地区的安全和稳定，促进边境地区经济社会发展，在前期反复征求意见的基础上，9月28日，西藏自治区十届人大常委会第26次会议正式通过了《西藏自治区边境管理条例》。

自治区人大常委会高度重视机关政治建设，要求人大干部必须对以习近平同志为核心的党中央绝对忠诚。白玛赤林说，历届自治区人大及其常委会在行使职权的过程中，牢固树立党的观念和政治观念，始终坚持党的领导、人民当家做主和依法治国有机统一，保证人大工作沿着正确的政治方向前进。

聚焦主业，严格落实中央治藏方略

立法、监督、代表工作是西藏自治区人大的主要工作。西藏自治区十届人大常委会严格落实中央治藏方略，围绕中央决策部署，根据新形势、新问题，敢作为、勇担当，狠抓主体业务，不断探索人大工作的有效途径，为西藏经济社会事业全面发展保驾护航。

——抓立法，为西藏改革发展稳定大局提供法律保障。自2013年西藏自治区十届人大常委会产生以来，自治区人大及其常委会把改革发展稳定的重大决策同立法工作相结合，着眼于解决西藏的实际问题，不断提高地方性立法质量。

2013年7月25日，批准《拉萨市老城区保护条例》。

2015年7月31日，表决通过《西藏自治区布达拉宫文化遗产保护管理条例》。

2016年11月30日，表决通过《西藏自治区流动人口服务管理条例》。

……

党中央关于依法治藏的要求得到贯彻落实，西藏各族人民管理地方事务有了更多法律的准绳。西藏自治区十届人大代表白玛曲珍说："这些法律法规的实施,符合西藏工作实际特点,是民族区域自治制度的生动体现,更是依法治藏的必然要求。"

——重监督,促进依法行政、公正司法。历届西藏自治区人大及其常委会紧紧围绕改革发展稳定中的重大问题和关系人民群众切身利益的热点、难点问题,积极改进和加强监督工作。自治区十届人大及其常委会坚持问题导向,着力在四个方面加强监督工作:认真制定监督计划,增强监督工作的针对性;深入开展调查研究,增强监督的严肃性;加强跟踪监督,增强监督工作的实效性;正确处理好与"一府两院"的关系,增强监督工作的协调性。

由于特殊的自然、历史和社会等原因,西藏高海拔艰苦地区和乡村学校教师存在"下不去、留不住、教不好"等问题。在自治区十届人大四次会议上,扎西次仁等人大代表就此提出建议。

自治区教育厅师资管理处收到建议后,及时给予回复,陈述了为加大基层教师队伍建设所采取的措施,表示今后将进一步加强教师队伍建设,并请人大代表监督。回复中特别写道:"感谢你们对西藏教育事业的关心支持,上述答复是否满意,请填写《征询意见表》,并与我们电话联系。"

——严选举,完善代表工作,发挥代表主体作用。在今年举行的县乡人大代表换届选举工作中,西藏自治区人大通过安排专人 24 小时值守"12380"举报平台、聘请离退休干部担任特约监督员等方式,营造了雪域高原风清气正的政治生态,实现了换届工作"零违纪、零举报、零上访"。

为了提高代表履职能力,2014 年,西藏自治区人大建立了常委会组成人员联系代表制度,常委会组成人员每人联系 3 名对口行业、领域的基层人大代表。2015 年 4 月,自治区人大在日喀则市召开全区创建推广人大代表之家经验交流现场会,提出用 2 至 3 年时间,在全区县、乡和市区街道全部建成"人大代表之家",在党委、政府与人大代表和人民群众之间架起畅通民意的桥梁。

"群众选我当代表就是信任我,我一定要为群众多做事,把群众的冷暖挂在心头,成为人民群众信赖的代表。"山南市隆子县隆子镇贡觉曲珍是珞巴族，2013年初当选为自治区十届人大代表。四年来，她先后提交关于提高边民补贴等建议、意见4件，关系农牧民群众切身利益的发展和生活难题一个个得到了解决。

——广交流，积极开展涉藏外宣工作。近年来，西藏自治区人大常委会采取"走出去"与"请进来"相结合的方式，让每个来藏访问的外国议会代表团了解真实的西藏，并在出访活动中介绍西藏实行人民代表大会制度和民族区域自治制度取得的巨大成就，揭露十四世达赖集团散布的种种谎言，为西藏经济社会长足发展和长治久安营造良好的舆论氛围。

白玛赤林说，我们将着力贯彻落实中央和自治区党委关于人大工作的决策部署，牢固树立政治意识、大局意识、核心意识、看齐意识，提升立法水平，增强监督实效，提高代表履职能力，激发全区各族人民投身社会主义新西藏建设的积极性。

当家做主，谱写文明进步崭新篇章

"果琼是村里的热心人，谁家有红白事他都帮忙。强巴格桑经常主动照顾贫困村民，当年我家三个孩子上学时，他就给过我资助……"

在今年举行的县乡人大代表选举中，拉萨市城关区夺底乡维巴村村民强巴卓嘎，和其他选民一起，投下了自己神圣的一票。作为农奴后代的强巴卓嘎说，能够行使当家做主的权利，这在旧西藏是根本不敢想象的。

20世纪50年代，占人口不足5%的僧俗农奴主控制着占人口95%以上的农奴、奴隶的人身自由，以及绝大多数生产资料，广大农奴连基本的人身自由都没有，他们只是会说话的工具。拉萨市堆龙德庆区古荣乡那嘎村74岁的格列曲塔老人回忆道："生命虽由父母所生，身体却为官家所有；纵有生命和身体，却没有做主的权利。"

在旧西藏，广大农奴遭受残酷的压迫，社会生产力也被严重束缚，农牧业、手工业、商业都很落后，现代科技、教育、文化、卫生事业几乎是空白。

1959 年，在党的领导下，西藏进行民主改革，百万农奴翻身解放，开始享受作为人的尊严。1965 年，人民代表大会制度在西藏正式确立，占人口 95% 的翻身农奴从此成为西藏的主人，在历史上第一次获得了平等的选举权与被选举权，真正把命运掌握在自己手里。

50 多年来，藏族和其他少数民族的人大代表始终在西藏各级人大代表中占绝对多数，门巴、珞巴等人口较少民族均有自己的代表。西藏 74 个县（市、区）委、人大、政府、政协主要领导中，藏族和其他少数民族干部比例达到 82%，其中自治区人大常委会主任、政府主席、政协主席、高级人民法院院长均由藏族干部担任。

人民代表大会制度不仅让广大农奴有了当家做主的权利，还极大解放了西藏的生产力。经过 50 多年的发展，如今的西藏展现出蓬勃发展的崭新面貌：火车开上世界屋脊，奥运火炬登顶珠峰，实现五保集中供养和孤儿集中收养，实行 15 年免费教育，僧尼全部纳入基本医疗保险范围，人均寿命由 20 世纪 50 年代的 35.5 岁增加到 68.17 岁，2015 年全区生产总值突破 1000 亿元大关，连续 23 年保持两位数增长……

拉萨市纳金乡塔玛村过去是远近闻名的穷村，不通公路，村里又脏又乱，村民的房屋破旧不堪。随着城镇化的发展，如今村里生活大变样：路通了，村民住进了公寓式楼房，用上了沼气。"现在，乡亲们都说种地不交税、上学不付费、看病不出村、养老不犯愁、住房不比城里差，大家从心底里感到真是赶上了好时代。"全国人大代表、拉萨市纳金乡塔玛村党支部第一书记格桑卓嘎说。

白玛赤林说："半个世纪来，西藏实现了由专制到民主、由贫穷落后到富裕文明的转变，这是西藏各族人民坚持中国共产党的领导，坚持社会主义制度，坚持人民代表大会制度和民族区域自治制度正确发展道路的结果。"

（新华社拉萨 2016 年 12 月 14 日电　参与采写记者：薛文献、张京品、白少波、王沁鸥）

珠峰攀登见证中国变化发展

——写在人类首登珠峰 60 周年之际

新华社记者　王昀加　顾涓

　　海拔 8844.43 米的珠穆朗玛，世界第一高峰，神圣，高洁，藏语中的"圣母"、"女神"，无数探险家对她魂牵梦绕……

　　在这些勇敢者中，新西兰的希拉里和他的向导丹增·诺尔盖无疑是幸运的。1953 年 5 月 29 日，他们从尼泊尔一侧的南坡成功登顶，创下人类首次登顶珠峰的壮举。

　　中国，作为攀登珠峰的"东道主"，当然不会在这个大时代里缺失自己的身影。一批又一批的中国登山健儿前仆后继，不畏艰险，勇攀高峰。

　　珠峰依然还是珠峰，中国登山者也依然无比勇敢、怀揣梦想，然而他

世界第一高峰——珠穆朗玛峰。（新华社记者　普布扎西摄）

们的初衷和身份却在悄然发生变化，从中折射出近几十年来中国社会的不断发展。

攻险关留氧气 北坡首登展现中国勇气

虽然从南坡已经登顶成功，但直至 1960 年，北坡还没有成功登顶的先例，先前英国探险家曾在这里数次"折戟沉沙"，最后得出结论：想从北坡攀登这座"连飞鸟也无法飞过"的山峰，"几乎是不可能的"。

著名的英国登山家马洛里和欧文正是长眠于此，然而马洛里面对"为何登顶珠峰时"疑问的经典回答——"因为山在那里"，却鼓舞了一代又一代登山者。

新中国成立后，登上"地球之巅"成为老一辈登山家们的最大梦想。1960 年，国家体委决定由中国人单独组队，从北坡挑战珠峰。在当时非常困难的情况下，中国登山队经过两个多月的奋战，最终王富洲、贡布、屈银华三人于当年 5 月 25 日 4 时 20 分成功登顶，圆了中国人登上"世界之巅"的心愿。

创造纪录的背后，是难以想象的艰辛和无所畏惧的勇气。在距离顶峰还有 50 多米的高度时，攀过一米高的岩石，竟然需要半个多小时。就在这样的情况下，三人相互帮助、相互鼓励，努力向前，直到最后一块山岩。

登顶的成功，更展现了中国人民团结一心、不惧牺牲的品质。当时从海拔 8500 米突击营地出发的突击小组中，除了王富洲三人外，还有一位叫刘连满的英雄。正是他想出了"搭人梯"的办法，帮助突击小组最终越过了被外国探险家称为"不可逾越的"天堑——"第二台阶"。在抵达8700 米的高度时，刘连满已精疲力竭，被迫原地留下。

当伙伴踏上征途后，疲惫不堪的刘连满毅然关掉了氧气开关，在日记本里写下一封短信——我看氧气筒里还有点氧气，给你们三个人回来时用吧，估计也许管用——之后便昏沉睡去。

最终，珠穆朗玛没有把英雄收为己有，刘连满奇迹般醒来，并等到王富洲三人安全归来，见面第一句话就是让他们吸他冒着生命危险留下的氧气。

顶峰会师跨越 联合攀登沟通中外情谊

改革开放的春风，让中国迎来了快速发展的契机，中国和海外的各种交流日趋频繁。在此过程中，中国登山与海外登山团体联手创造了诸多佳绩和佳话。其中，1988年中日尼三国联合双跨珠峰，无疑是世界登山史上最为经典的联合登山活动之一。

1988年3月，三国联合登山队人员陆续抵达珠峰南北两侧大本营，双跨珠峰活动正式拉开帷幕。联合登山队由265人组成，其中每个国家的主力队员为30人。联合登山队分为南北两侧两个登山队，两侧队员在顶峰会师后，北侧队员由南侧下山，南侧队员由北侧下山，以此实现珠峰的"双跨越"。

运动员在登山。（新华社记者 普布扎西摄）

攀登前的各项准备工作迅速而有序地开展，在珠峰北侧，三国队员连续作战、四闯险关大风口——海拔 7028 米北坳上方一段长达 300 米的强风地带，他们顶着大风，终于将路绳修到了海拔 7790 米的营地，其中从 7600 米的高度开始，路绳完全由中国队员铺设，这为整次活动的成功奠定了坚实基础。

最终，中日尼三国共 12 名队员同时攀登上世界第一高峰，这是人类登山史上一大创举。

在此之后，中苏美联合攀登珠峰、中巴联合攀登珠峰、中韩联合攀登珠峰等活动陆续展开。这些活动，扩大了对外交流渠道，增进了中国人民与世界人民的友谊。

取火种传火炬 珠峰见证中国体育蓬勃发展

随着中国体育事业的蓬勃发展，中国组织举办大型体育赛事的机会也越来越多、级别越来越高、规模越来越大。登山，也获得了和大型赛事进行有机结合的机会，让更多人了解到山和登山的魅力所在。

作为世界最高峰，珠峰成为中国体育事业蓬勃发展的见证和亲历者。

1999 年 5 月 27 日上午，第六届全国少数民族传统运动会圣火火种——"中华民族圣火"在"地球之巅"诞生。这是取自世界上离太阳最近、最圣洁地方的圣火火种，不但象征着中华 56 个民族共有的纯真情谊和崇高理想，也为纪念新中国成立 50 周年和西藏民主改革 40 周年献上了一份厚礼。

2008 年，中国成功举办北京奥运会，实现百年奥运梦想，这一年的 5 月 8 日，北京奥运火炬接力珠峰传递登山队成功登顶珠峰，奥运圣火闪耀在"世界之巅"。全世界不同种族不同肤色不同信仰的民众，看到了"祥云"火炬在珠峰传递的感人画面。

圆梦想重生命，业余登山快速发展方兴未艾

进入 21 世纪，随着中国民众收入水平不断提高，民众对于业余活动的要求也不断提升，需求呈现多元化态势。长期被专业运动员"垄断"的登山运动，吸引了越来越多的业余爱好者前来尝试，国内业余登山运动呈现快速发展的态势。

2003 年，在人类首登珠峰 50 周年之际，中国业余登山队 A 、B 两组队员先后成功登顶珠峰，掀开了中国业余登山队登顶珠峰的全新一页。

在那次登顶活动中，A 组队长、时任西藏登山协会副秘书长的尼玛次仁通过电视直播向全国人民深情问候，给正在艰难抗击非典病魔的中国人民带来巨大的精神力量。

2009 年，珠峰春季攀登活动再掀热潮，在西藏圣山高山探险公司和西藏登山学校的"保驾护航"之下，20 名中国山友成功登顶珠峰，创造了中

参赛选手在雪古拉峰自行车越野挑战赛中。（新华社记者 刘东君摄）

国业余登山者在一次登顶珠峰活动中登顶人数最多的纪录。2012年，中国地质大学4名登山队员成功登顶珠峰，这是国内高校独立组织的在校大学生登山队首次登顶珠峰。

今年，依然在珠峰，10名中国登山爱好者为了挽救另外一名同胞的生命，最终放弃了已经非常接近的登顶珠峰的梦想，让出自己的向导、氧气和其他装备，展现了比登顶更为可贵的人道主义精神。

国家体育总局登山运动管理中心主任李致新对这10名山友表达了敬佩之意。他说："登山强调的是勇敢、不畏艰险，但真正危险到来时，往往是不可预知的，此时个人的力量是弱小的，需要大家团结在一起、共同克服困难，这时候就要有所放弃。为了生命全力以赴，这是登山精神的重要方面。"

这10名登山爱好者虽然未能登顶珠峰，但他们却登上了心灵的高峰。诚如一名中国山友所感悟的：登山不是为了征服山，而是征服自己的懦弱和犹豫。

（新华社拉萨2013年5月29日电）

梦想之花绽放在世界屋脊

——写在西藏百万农奴解放 55 周年之际

新华社记者　杨步月　罗布次仁　刘洪明

伴随雄浑低沉的诵经声，27 岁的农奴后代洛桑次仁驾驶着挂满哈达的拖拉机，在沉睡了一冬的田里，划下春耕第一犁。

世界屋脊上，春风轻拂处，梦想的种子像遍地的垂柳，暗吐新绿，欢庆"3·28"西藏百万农奴解放纪念日的到来。

在载入世界人权史册的西藏民主改革实行 55 年后的今天，当家做主的农奴及其后代正乘着梦想的风帆起航⋯⋯

民生梦："生活条件越来越好，
我的最大梦想是能多活几年"

古树掩映，经幡飞舞，山南地区克松居委会迎来又一春。72 岁的退休党支部书记索朗顿珠，坐在装饰华丽的藏式民居中，开心地对记者说："生活条件越来越好，我的最大梦想是能多活几年。"

索朗顿珠曾是旧西藏地方政府四大噶伦之一索康·旺庆格勒的克松庄园里"会说话的牲畜"，与父母及 10 个兄妹住在牛棚马圈里，吃不饱，穿不暖，活干不完，债还不完。

索朗顿珠介绍，克松居委会最初叫克松村，在西藏第一个实行了民主改革，中央政府派来的工作组帮翻身农奴分到了土地、牲畜、房屋等生产生活资料，并宣布不再支差、缴租和纳息。

美国女作家兼记者安娜·路易斯·斯特朗在她 1959 年到西藏采访的见闻中写道，百万农奴站起来，"如同大地复苏一样充满活力"。

资料显示，在民主改革前的克松村有 59 户、302 人，命如草芥的农奴们处于饥饿状态；2013 年克松居委会发展到 240 户、880 人，人均收入 11143.75 元，首次突破万元大关。

从木犁、锄头到拖拉机、收割机，克松居委会目前基本实现农业机械化。解放出来的劳动力跑运输、外出务工，年创收近 1400 万元。

山南地区哈鲁岗村，是昔日有名的"乞丐村"，如今走上小康路。58 岁的农奴后代曲吉家有一辆小车、两辆工程车，儿子跑运输年收入 60 多万元。

站在阳光灿烂的庭院里，手捧滚烫的酥油茶，曲吉的脸上荡起幸福的笑靥。她说："黑暗的日子一去不复返了。我现在的心态跟年轻人差不多，想再打拼一下。"

最新统计表明，2013 年西藏城镇居民家庭人均总收入 22561 元，增速首次排全国第一；农牧民人均纯收入 6578 元，增速排全国第二。

和曲吉一样的西藏各族人民，充分享受到改革发展的累累硕果：城乡 15 年免费教育、农牧民免费医疗、城镇居民医疗保险、农村最低生活保障、僧尼养老保险、孕前优生免费健康体检、应届高校毕业生全就业、公共文化设施免费开放……

与此同时，全区 88.7% 的农牧民住上安全、适用的新居，173 万人的安全饮水和 67 万人的用电问题得到彻底解决。

一个幸福的社会主义新西藏，正骄傲地崛起于世界之巅。

团结梦："民族团结是生命线，我的最大梦想是各民族安居乐业"

位于山南地区的天马综合市场成立 5 年来，310 余户多民族商户和谐共处，未发生一起纠纷。

"民族团结是生命线，我的最大梦想是各民族安居乐业。"天马综合市场总经理赵汉庭说，他们特地在寸土寸金的市场挤出 3 间店铺，装修成礼拜堂，以方便回族、维吾尔族等穆斯林群众做礼拜。同时，市场租金对少数民族商户优惠 20%。

77 岁的薄金清老人住在拉萨市城关区金珠街道八一社区。全家 16 口人由汉、藏、回 3 个民族组成，一直和和睦睦，被亲朋好友誉为"团结家族"。老人说："56 个民族就像 56 个兄弟姐妹，大家紧密团结，一定战无不胜！"

西藏地处祖国西南边陲，300 多万人口中藏族和其他少数民族占到 91.5%。西藏自治区党委书记陈全国认为，特殊的区位、特别的区情、特殊的人文因素，决定了西藏民族工作在全国大局中具有特殊重要的地位。他表示，要努力把西藏建成民族团结示范区。

为此，全区以每年 3 月份"百万农奴解放纪念日"和 9 月份"民族团结月"为抓手，深入开展爱国主义教育、反分裂斗争教育、新旧西藏对比教育、民族团结宣传教育等活动，使各族群众深刻地认识到：团结稳定是福，分裂动乱是祸，要"像爱护自己的眼睛一样维护民族团结"。

2013 年，拉萨市宗角禄康公园便民警务站等 150 个集体被评为"自治区民族团结进步模范集体"，扎西央金等 210 人获得"自治区民族团结进步模范个人"荣誉称号。

此外，昌都地区强巴林寺等 59 座寺庙被授予"自治区和谐模范寺庙"称号，洛桑群培等 6773 名僧尼获得"自治区爱国守法僧尼"殊荣。

一个民族团结、和谐融洽的社会主义新西藏，正清晰地展现在世人面前。

生态梦："每棵树都像孩子一样，我的最大梦想是做强生态产业"

一行行拇指粗的树苗整齐排列，在煦暖的春光中抽出嫩芽。55 岁的边久慈爱地抚摸着树干，脸上露出欣慰的笑容。"每棵树都像孩子一样，我的最大梦想是做强生态产业。"他对记者说，又似喃喃自语。

边久的苗圃建于 2004 年，位于山南地区扎囊县扎其乡，总面积为 300 亩，圃存藏青柳、金丝柳、新疆杨等 57 个品种、150 万株苗木，年均出圃 50 万株苗木，年产值达 200 多万元。

西藏第四次荒漠化和沙化监测结果显示，地处雅鲁藏布江中游宽谷地带的扎囊县，10% 以上的土地面积存在沙化现象。西藏和平解放以来投资的最大的农业开发工程——"一江两河"（雅鲁藏布江、拉萨河、年楚河）综合农业开发和林业生态工程于 1989 年以扎囊县等地为核心区展开实施。

边久是首批参与的农民工之一。改良土壤、修水渠、运树苗、种树……经过 10 多年摸索，他从农民工变身苗圃老板，先后获评"全国绿化奖章"和"全国绿化劳动模范"。

"我希望通过更多人的努力，保住这一片蓝天碧水。"他充满憧憬地说。

与边久同样痴迷于造林绿化的，是扎其乡孟卡荣村的村委会主任嘎玛欧珠。身为朗赛林庄园农奴后代的他说，小时候雅江沿岸几乎看不到树，经常风沙弥漫，堆在房前屋后的饲草、柴火等都会被吹得无影无踪。

2008 年 9 月上任后，嘎玛欧珠带领村民搞绿化，截至目前植树造林 1540 亩，使全村的林地面积增至 4000 多亩，成为名副其实的"绿色村庄"。

经过 25 年多的艰苦奋斗，"一江两河"工程取得明显成效。雅江山南段已建成防护林 45 万多亩，形成了一条长 160 公里、平均宽 1800 余米的绿色长廊。

在"一年一场风，从春刮到冬"的阿里地区，1983 年的卫星遥感照片显示，地委和行署所在地狮泉河镇的秀丽水柏枝等灌木林基本绝迹，生态环境恶化。阿里于 1994 年正式实施了狮泉河盆地生物防沙工程。

截至去年 6 月，狮泉河盆地完成生物防沙面积 25076 亩，其中营造防风固沙林 18999.24 亩、种草 6076.76 亩；义务植树 253.94 万株。"飞沙走石，一丈之内不见人影"的局面得到有效缓解。

来自西藏自治区林业厅的最新消息说，2013 年全区造林育林 104 万亩、完成防沙治沙工程 40 余万亩。截至目前，全区林地面积达 1783.64 万公顷，森林覆盖率升至 11.91%；建成各级各类自然保护区 47 个，占全区国土面积的三分之一以上，居全国第一；森林碳汇达到 9.5 亿吨，居全国第一。

此外，全区空气质量和主要江河湖泊水质保持优良，生态优势日益凸显，国家重要生态安全屏障建设初见成效。

一个美丽的社会主义新西藏，正自信地走向美好未来。

舒适安全的藏式安居房取代牛棚马圈，多民族共处雪域高原，绿色长廊覆盖沙漠荒滩，"民生梦""团结梦""生态梦"……一点一点平凡的梦想，汇聚成一个伟大的"中国梦"，世界屋脊正在变为人间天堂。

（新华社拉萨 2014 年 3 月 27 日电）

"英雄城"的昨天、今天与明天

——纪念西藏江孜抗英斗争110周年

（电视脚本）

新华社记者　春拉　赵玉和

【解说】"向江孜宗山英雄纪念碑敬献花圈、召开纪念大会缅怀抗英烈士弘扬抗英精神、大型实景剧《江孜印迹》上演……"近日，西藏江孜举办了一系列活动纪念江孜抗英斗争110周年。

【同期】江孜县县委书记　孙嘉丰

"我们想通过（组织）这样一系列活动，来反映当年1904年的时候，西藏人民不畏强权、反抗分裂、反抗侵略、保卫国家，这样一场可歌可泣的精神。"

【解说】江孜位于西藏日喀则地区的喜马拉雅山脚下，是西藏历史上的第三大城市。在抗击英军第二次侵藏中，英勇的西藏军民用鲜血和生命发出了"纵然男尽女绝，势不与侵略者共天地"的铮铮誓言；谱写了藏族儿女誓死捍卫国家主权和尊严的英雄篇章，江孜也因此被誉为"英雄之城"。

【藏语同期】江孜县加日郊社区居委会主任　土登

"我小时候常听大人们说，英军曾与藏军在江孜有过激烈的交战，那时起我就对这个历史非常的好奇。当时英军武器如此先进，而我们藏军当时只有'乌儿朵'（抛石器）、火药、大刀，在条件如此悬殊的情况下，他们英勇反抗，所以在我心中我一直都觉得藏军特别的勇敢。"

【解说】史料记载，从18世纪开始，英国便企图将西藏纳入自己的殖民版图，1888年发动了第一次对西藏的武装进攻，在未能从战争中获得实际利益的情况下再次发动侵藏战争。1904 年，英军攻入江孜。

面对大炮、重机枪、来复枪等现代武器，英勇团结的江孜军民不畏强暴，用石头、长矛、大刀、土枪、土炮与英军展开了长达三个月之久的殊死斗争。

据江孜抗英陈列馆负责人拉巴顿珠介绍，当时，宗山古堡决战是抗英斗争的重要节点，英军一旦占领江孜，便可直驱拉萨。能否守住江孜，关键在于能否守住宗政府所在地——宗山。

【藏语同期】江孜抗英陈列馆负责人　拉巴顿珠

"宗山上有两个大炮，一个指向江洛林卡、一个指向江嘎村，因为当时英军就在这两个地方安营扎寨，当时他们与江孜的军民在县城里足足打了三个多月之久。"

【解说】1904 年 7 月 6 日，英军发起了对宗山古堡的进攻。宗山上数千名藏军、僧兵用火药枪、"乌儿朵"（抛石器）还击英军，使得英军始终无法靠近宗山。然而，一个藏军取火药时不慎引爆火药库，英军趁机向宗山发起总攻。

【藏语同期】江孜抗英陈列馆负责人　拉巴顿珠

"当时，宗山上有一个弹药库，当时可能是一个藏兵去领取弹药时不小心，弹药库着火后引发爆炸。英军发现后，就趁机从东、西两面攻击，整整战斗了三天三夜，期间藏军投石、扔乌尔朵、放箭，但最终因为英军武器先进，而我方弹尽粮绝，最后包括林芝阿达两兄弟、白居寺云丹平措等在内的 60 多名英雄宁死不屈，跳崖壮烈牺牲。"

【解说】据记载，英军攻破城堡，占领宗山上的法王殿后，抢走了大量文物和经书，并将佛堂改成食堂，肆意践踏寺庙和佛器。

如今，高达百米的宗山城堡依然挺立在"英雄城"的中央，而法王殿内仍然可见被当年英军炮火震毁的墙体、零乱的弹坑……

【藏语同期】江孜抗英陈列馆负责人　拉巴顿珠

"这个呢是在 1904 年 4 月的时候，英军从印度到江孜，在他们的营地炮轰宗山。这个就是当时炮轰留下的痕迹。　因为宗山古堡的墙体厚达 2 米，所以炮弹没有打穿。而这些壁画上留下的弹孔痕迹，是当时英军与藏军在古堡内战斗所留下的痕迹。"

【解说】据拉巴介绍，1903 年至 1904 年，在经历了帕拉村巷战、乃宁寺血战、紫金寺保卫战、宗山古堡决战……等血染城郭的惨烈抗英斗争后，西藏军民最终未能挡住英军侵略西藏的步伐。

1904 年 8 月初，英军闯入拉萨，这座圣洁古城千百年来第一次遭到侵略者的践踏。9 月 7 日，被数个世纪的赤脚朝圣者打磨得圆润光滑的布达拉宫石阶上，第一次踏上了侵略者的皮靴。当天，西藏地方政府被迫在布达拉宫签署了不平等的"拉萨条约"。

天佑西藏，1904 年 9 月下旬，由于给养和通讯得不到保证，英国侵略军离开拉萨。

110 年过去了，宗山英雄跳崖台上后人为先烈们立起的丰碑，一个个石块垒起的玛尼堆，无一不诉说着人们对英烈的缅怀与敬仰。与此同时，在"英雄城"这段可歌可泣的历史熏陶下，爱国主义精神在江孜薪火传承，深入人心，爱党、爱国、爱家成为江孜人坚定的信念。

【藏语同期】江孜抗英陈列馆负责人　拉巴顿珠

"林芝阿达两兄弟、白居寺云丹平措等烈士牺牲自己的生命，保家卫国。他们的精神给我们的历史留下了精彩一笔。如今，我们应该缅怀历史，将他们的英雄事迹作为榜样，歌颂并永远将这种精神传承下去。"

【藏语同期】抗英英雄遗属　土登

"我从我父亲那里听说过我爷爷曾经参加过抗英战争。从故事中我感受到，当时抗英战争特别艰苦，他们为了保卫家乡人民的幸福，而誓死拼搏。我今年 60 岁，回顾从前的那段历史，我感同身受。在纪念抗英 110 周年的特殊日子里，我们缅怀英烈，同时要感谢他们，感谢共产党，让我们拥有了现在幸福美满的生活。"

【解说】如今的江孜，正在抗英精神旗帜的引领下，向着"梦"方向启航……

从从前的 8 口人住在仅有 16 平方米的土坯房，到如今住上 520 平米的藏式两层安居房，今年 60 岁的土登，对于今天的美好生活有着太多的感受。

【**藏语同期**】抗英英雄遗属　土登

"回想过去，60－70年代有了一次进步，70－80又有了更大的进步，直到现在2014年，在党的好的方针政策的指引下，我自己的家也得到了全面的发展，如今小儿也上学了，我们也住上新房了。"

【**解说**】翻开一份份获奖证书，土登告诉记者，从农奴、农民、生产队会计，再到现在的江孜县加日郊居委会主任，他的一生因为有了金珠玛米（解放军）的出现，有了共产党的指引，而从此走向明媚春天。

如今，看着大女儿已成为一名人民教师，小儿子也已大学毕业成为一名公务员，再看看江孜县城这些年的繁荣景象，作为快要退休的老一辈江孜人，他感到格外的幸福。

【**藏语同期**】抗英英雄遗属　土登

"经过这么多年的发展，我坚信今后的生活还会越来越好，不会比现在差。看着道路交通等基础设施越来越发达，看着现如今百姓越发红火的生活，我心里感到非常高兴，所以我也常常在心底里祈祷，希望自己能够活得再久一些，再更多地享受现在这来之不易的幸福生活。"

【**解说**】在距离加日郊居委会不到100米处的江孜县白居寺主殿内，酥油灯把整个殿堂照耀得温暖祥和。佛龛前，正在喃喃念经的僧人，和一旁正在虔诚祈福的信教群众，更是给前来参观的人们展示了一个纯粹、静谧、神圣的心灵净土。

【**藏语同期**】白居寺僧人　次平

"今天，西藏人民的生活都非常富足美满，寺庙的生活也不错。虽然这里没有佛学院，但是我们还可以去别的寺庙学习。这么好的条件离不开抗英英雄的牺牲，离不开现在的民族团结。"

【**解说**】100多年来，经历了西藏和平解放、民主改革和改革开放，江孜县各项事业发生了翻天覆地的变化……

数据显示：2013年，全县生产总值达到13.16亿元，比纪念抗英斗争100周年时的2004年增长了201%，农牧民人均纯收入7893元，比2004

年增长了 160.4％。农牧民不但富裕了，而且还在医疗、教育等其它诸多方面享受到了国家发展的各种成果。

此外，民族优秀文化得到了有效保护与发展，白居寺、宗山抗英遗址、帕拉庄园等全国和全区重点文化保护单位已全面维修和保护。卡堆藏戏、"达果米果"、达玛文化旅游节等非遗文化得到有效传承与发展。广播电视、农家书屋覆盖率 100％。

今天的"英雄城"，正在朝着更加美好的明天大步迈进……

（新华社西藏江孜 2014 年 8 月 21 日电）

通向世界屋脊的幸福大道

——写在川藏青藏公路通车 60 周年之际

新华社记者　陈二厚　林红梅　齐中熙

这是世界筑路史上的壮举——60 年前的 12 月 25 日，川藏、青藏公路建成通车，将雪域高原与内地紧密连结。

这是用鲜血和生命铺筑的天路——全长 4360 公里的公路沿线，长眠着为修路献出生命的 3000 多位烈士。

铺下的是道路，树立的是丰碑。在党中央的亲切关怀和部署下，西藏 60 年来发生了翻天覆地的变化，通向世界屋脊的幸福大道越走越宽广。

从川藏公路到青藏铁路，如座座丰碑，将党和政府及全国人民对西藏的关怀和支持，矗立在世界屋脊上

西藏与内地之间，千百年来，只有骡马、牦牛踏出来的古道可走。

1951 年 5 月 23 日，西藏和平解放协议在北京签字。两天后，毛泽东发出进军西藏的训令，号召进藏部队"一面进军、一面修路"。

朱德 25 日为进藏部队发布《进军西藏，巩固国防》的命令："不怕困难，不怕险阻，管你崇山峻岭，雪山草地，我们可以逢山开路，遇水搭桥，没有人民解放军通不过的道路。"

10 多万筑路大军卧冰雪，斗严寒，以简陋的施工机具，在没有路的青藏高原上，修通了康藏公路和青藏公路，创造了世界公路史上的奇迹。

1954 年 12 月 25 日，当两条公路通车拉萨的消息传到中南海时，毛泽东欣然题写了"庆贺康藏青藏两公路的通车，巩固各族人民的团结，建设

祖国"的贺词。

1955年，国家撤销了西康省的行政区划，将其大部分地区划入四川省，康藏公路从此被称为川藏公路。

在党中央第一代领导集体的决策下，继"两路"通车后，雪域高原上又相继打通了西藏连接云南、新疆的国道主干线，修筑了区内省道和县乡公路，初步建立了西藏现代交通运输体系。

党中央自1980年至2010年的30年内，相继召开了五次西藏工作座谈会，形成了国家直接投资项目、中央政府财政补贴、全国人民对口支援西藏的大格局。

2011年7月17日，拉萨至贡嘎机场高速公路举行通车典礼，前来参加西藏和平解放60周年庆祝活动的中共中央政治局常委、国家副主席、中央代表团团长习近平出席典礼，并为公路通车剪彩。

2011年7月19日，习近平在拉萨与各族干部群众共同庆祝西藏和平解放60周年时说："加快发展，是解决西藏所有问题的关键。"习近平还来到林芝县八一镇巴吉村，走进村民家中，看望慰问村民，希望老百姓的日子越过越甜。

这是情意殷殷的关怀，也是着眼长远的要求。在川藏、青藏公路通车60周年之际，中共中央总书记、国家主席、中央军委主席习近平作出重要批示：60年来，在建设和养护公路的过程中，形成和发扬了一不怕苦、二不怕死、顽强拼搏、甘当路石，军民一家、民族团结的"两路"精神。新形势下，要继续弘扬"两路"精神，养好两路，保障畅通，使川藏、青藏公路始终成为民族团结之路、西藏文明进步之路、西藏各族同胞共同富裕之路。

从"一不怕苦、二不怕死"，到"顽强拼搏、甘当路石""军民一家，民族团结"，雪域高原上凝练出的"两路"精神，高扬着祖国利益高于一切的理想和信念

两条公路沿线，有1300多座烈士墓和300多座无名烈士墓。"一不怕苦，

二不怕死"不是空洞口号，而是筑路大军们用血肉写在高原上的誓言。

西藏达马拉山下昌都县妥坝乡的晋美巴顿老人，至今回忆起来仍眼含泪水：1951年冬天，18军在山顶上爆破土石时，两个小战士当场牺牲，遗体安葬在妥坝乡政府背后的一个小山坡上。

原18军汽车十六团驾驶员高文虎至今记得那十几双目光：在矮拉山以西的便道上，十几个筑路战士看着运送大米的汽车，恳求道："同志，给我们留下一袋吧。""对不起，前面的同志更需要啊。"一听到"前面的同志"，几名战士沉默了，那里的筑路部队更多，离供应点路程更远，缺粮的日子也就更长。

任时光流逝，筑路大军留下的"一不怕苦，二不怕死"的精神与日月同辉，昭示着后人。

胡长顺一生致力于青藏公路冻土地区公路修筑技术的研究，和团队研究开发出多年冻土地区公路修筑成套技术。2003年8月13日，他在青藏公路上遭遇车祸遇难，年仅48岁。

青藏线上109道班因驻地海拔5231米，被称为"天下第一"道班，处在不适合人类生存的"生命禁区"里，38名职工天天工作在风霜雨雪中。交通运输部副部长冯正霖曾经想把这个道班撤下来，但道班工人们不同意。工区长巴布说："这条路联系着汉藏民族的感情，我们在海拔最高的地方养护公路，就是在维护这种感情。"

川藏线上海拔最高的道班——雀儿山道班，第16任班长、藏族人陈德华曾经跳进齐腰深的雪里，以自己的身躯做路标，指挥推雪机推出一条平整的路面，人冻得全身紫乌，晕倒过去。

为了让经过雀儿山的车辆不用再翻山，国家投资11亿多元的雀儿山隧道正在建设。这是世界上最高的隧道。在呼吸都困难的地方，工人们轮班24小时昼夜不停地开挖隧道。

这样的当代英雄，在两条路上，还有很多。

从农奴到主人，从封闭到开放，从贫穷到富裕，走在北京连着拉萨的大道上，雪域高原上的各族同胞正迈向团结、文明、幸福的新生活

六十载跨越千年，雪域高原换了人间。

西藏交通从没有一条公路的原始状态，跨入到现代交通运输时代——

截至 2013 年底，西藏公路通车里程达到 70591 公里。以拉萨为中心，由进藏公路、青藏铁路、民用机场以及国省道干线公路和众多农村公路编织起立体交通网。国家调拨支援西藏经济建设所需的物资，95% 通过公路源源不断地运进高原。

青藏高原上的出行，从人背马驮迈进了汽车时代。在旧西藏，英国人运进一辆汽车，只能拆开零部件用牲畜驮到拉萨。如今，西藏机动车保有量达 32.5 万余辆，10 年间增加了 322%，平均每 10 人就拥有一辆汽车。

昔日封闭的荒原，如今有了"人间天堂"之美誉。2013 年到西藏旅游的人数接近 1300 万，而 10 年前只有 100 万人。

昔日的百万农奴，如今自由奔放地舒展着自我。解放大军进藏，推翻了腐朽的封建农奴制，百万农奴从此获得人的权利，成为国家的主人。

天路沟通了藏区和祖国内地，也架起一座座致富的"金桥"。高原特产、宗教文化，有着鲜明西藏特色的风土人情从天路走向全国、走向世界，藏区儿女与内地群众共同分享改革发展成果。

弘扬"两路"精神，激扬理想信念，推动西藏与全国一道全面建成小康社会，实现长治久安

党的十八大以来，以习近平为总书记的党中央，提出了"治国必治边、治边先稳藏"的重要战略思想，要求确保到 2020 年，西藏与全国同步建

成小康社会。

这是党中央对西藏的战略定位——西藏是重要的国家安全屏障、重要的生态安全屏障、重要的战略资源储备基地、重要的高原特色农产品基地、重要的中华民族特色文化保护地、重要的世界旅游目的地。

从"两个屏障、四个基地"的战略定位来审视，今天的西藏，仍存在经济基础薄弱、基础设施不足、环境承载能力脆弱等诸多困难和挑战。

今年9月中旬，新华社"同走进藏路"报道团在翻越二郎山时，遭遇山体滑坡，一块巨石阻塞了道路，沿线十几公里国道从当天下午3点，一直堵到次日中午。这种突发灾害在川藏公路上还时有发生。

"川藏公路，几乎集中了世界公路建设史上所有的病害。"交通运输专家们表示，"随着科技攻关的进步和国家实力的提高，'十三五'期间，将对川藏公路再次进行大修。"

交通运输部副部长翁孟勇坦言，西藏路网主骨架还不完善，74个县（区市）中只有65个通了油路，693个乡镇中，只有346个通了水泥沥青路。

交通运输部制定的《关于进一步推进西藏交通运输科学发展的若干意见》，绘出6年后雪域高原的出行新蓝图：

——公路等级更高。公路总里程将达到11万公里，国道三级及以上公路比重达到65%，县县通沥青（水泥）路，村村通公路。

——铁路里程更长。在拉萨至日喀则铁路通车后，拉萨至林芝铁路也将兴建，干线铁路网初步形成，铁路运营里程达到1300公里。

——民航网络更密。干支结合的民航机场布局网络初步形成，旅客吞吐量达到700万人次。

蓝图令人神往，奋进快马加鞭。在以习近平为总书记的党中央坚强领导下，有全国人民的有力支持，有西藏各族同胞的共同努力，雪域高原必将挥写出更加路通人畅、政兴民和的美好画卷！

（新华社拉萨2014年12月24日电 参与采写记者：林晖、刘洪明、樊曦、徐博、赵文君、于文静、刘诗平、秦亚洲、曹婷、范世辉）

聆听半个世纪西藏民主的脚步声

——记人民代表大会制度在西藏实施 50 年

新华社记者 边巴次仁 王军 黎华玲

从 1965 年到 2015 年，人民代表大会制度在西藏正式走过 50 年。半个世纪以来，在民主和法治的保驾护航下，西藏各族人民在国家一系列特殊优惠政策的扶持下，通过自身不懈的努力，创造了举世瞩目的成就。

人民当家做主 50 年

69 岁的藏族老人巴桑罗布对人大有着特殊的感情。1965 年 9 月，西藏自治区第一届人民代表大会第一次会议在拉萨隆重召开，这标志着人民代表大会制度在西藏的全面建立。从此，西藏实行民族区域自治制度，广大翻身农奴享有了自主管理的权利。他的父亲是 1965 年西藏自治区第一届人民代表大会代表，至今巴桑罗布还保留着父亲的代表证。

1992 年巴桑罗布进入人大工作直到成为自治区人大法制委员会主任委员后退休。巴桑罗布说："过去，我不过是一个苦命的农奴的后代，在共产党领导下成为国家的干部，参与本地区的管理，参与自治区重大事项的审议。我深深体会到西藏新旧社会两重天！"

伴随新型政治制度的建立和民主政治观念的传播，西藏百万农奴和旧时封建贵族等都成为享有平等权利的现代公民，成为国家、社会和自己命运的主人，平等行使参与国家事务管理和自主管理本民族本地区事务的政治权利。

西藏自治区人大民族宗教外事侨务委员会主任委员通嘎说，目前，西藏4个市，74个县（区）、683个乡（镇）均成立了人民代表大会，经过直接和间接选举产生的34244名四级人大代表中，藏族和其他少数民族代表31901名，占93%以上，门巴、珞巴、纳西等民族均有自己的代表。目前，西藏有20名全国人大代表，其中藏族和其他少数民族代表占70%；妇女的社会地位明显提高，各级政府公务员中妇女占34.49%，西藏自治区人民代表大会中的妇女代表占代表总数的25.4%。

在西藏干部队伍中，藏族和其他少数民族占70.95%，其中县乡两级领导班子中，藏族和其他少数民族占70.5%。西藏自治区成立以来，历届自治区人民代表大会常务委员会主任和自治区主席均由藏族公民担任。

为了使区内人口较少的少数民族更好地行使当家作主的权利，自治区政府依照民族区域自治政策，先后批准建立了门巴、珞巴等民族乡。这些少数民族在全国人大及西藏各级人大中均有自己的代表。

"宪法赋予了我们当家作主的权利，能为珞巴族群众创造更好的发展条件，我非常自豪和高兴。"全国人大代表白玛曲珍是墨脱县德兴乡巴登则村党支部书记，当选代表3年来，她的7份有关家乡建设和民生发展的建议都得到了回应和落实。

立法成果丰硕的50年

在西藏，兼具神秘性和宗教色彩的天葬一直被社会各界所关注，不少游客出于好奇，想方设法前往天葬台参观，并将拍摄图片上传互联网。这被认为是对当地传统和死者的不敬。

为此，自治区人大通过深入调研和讨论后，于今年1月审议通过了关于制定《西藏自治区天葬管理条例》的议案，涉及有关天葬仪式、天葬台管理和周边环境保护等内容。

"立法管理天葬事务，充分体现了党和政府对天葬这一藏民族拥有上千年历史的丧葬习俗的尊重和保护。"西藏自治区人大常委会代表人事选举工作委员会主任桑珠说。

天葬管理是半个世纪以来，西藏自我管理的一个例证。在少数民族聚居地方实行民族区域自治，是我国的一项基本政治制度。50 年来，西藏针对当地民族区域特点和实际，出台了大量的具有当地特色的自我管理法令，有效推动了西藏的经济社会发展。

1965 年以来，在党中央的亲切关怀下，在《民族区域自治法》的相关规定下，人民代表大会及其常委会根据西藏实际，先后制定和实施了《西藏自治区实施〈中华人民共和国婚姻法〉的变通条例》《西藏自治区学习、使用和发展藏语文的若干规定》等 300 多部地方性法规和具有法规性质的决议、决定，对多项全国性法律制定了适合西藏实际的实施办法。

西藏自治区政协委员、西藏社会科学院当代西藏研究所副所长边巴拉姆说，这些法律法规符合西藏实际，维护西藏人民利益，从法律上保障了少数民族行使自治的权利。

经济社会全面发展的 50 年

人民代表大会制度在西藏实施 50 年，为西藏经济社会发展提供了坚强的保障。西藏各族人民在国家一系列特殊优惠政策的扶持下，通过自身不懈的努力，创造了举世瞩目的成就。

——经济实现高速发展。1965 年，西藏地区生产总值仅有 3.27 亿元；到 2014 年，这一数字达到 920.83 亿元，按可比价格计算增长 68.5 倍。特别是中央召开第三次西藏工作座谈会以来，西藏地区生产总值连续 21 年保持两位数增长。

——交通等基础设施明显改善。青藏铁路的全线通车、贡嘎等民用机场的投入运行以及拉日铁路通车运营，一个由铁路、公路、航空等多种运输方式组成的现代综合交通运输体系，正以崭新的面貌呈现在青藏高原上。

——人民生活水平大幅度提高。50 年来，西藏城镇居民和农牧民收入实现历史性增长。2014 年，西藏城镇居民人均可支配收入 22016 元，是 1978 年的 39 倍；农村居民人均可支配收入 7359 元，是 1978 年的 42 倍。

——人民幸福指数不断提高。老有所养，城乡居民社会养老保险在全国率先实现全覆盖；病有所医，"新农合"参保率接近 100%，实现"小病不出乡"；居有所住，230 余万名农牧民住上了安全舒适的房屋；学有所教，率先在全国实现从幼儿园到高中的 15 年免费教育……沧海桑田的雪域高原，各族群众已经越来越有"获得感"。

——环境保持良好，碧水蓝天依旧。西藏共建立 47 个各级各类自然保护区、22 个生态功能保护区、13 个国家森林公园和湿地公园。如今的西藏，山川秀美，河流清澈，植物繁茂，生物多样，依然是世界天然环境最好的地区之一。

……

半个世纪以来，伴随着民主和法治成长、进步的新西藏和新西藏人，必将创造更加美好的明天。

（新华社拉萨 2015 年 1 月 22 日电）

西藏的非凡之年

新华社记者 白旭 张京品 许万虎

对于很多人来讲，50和30只是两个数字。在扎桑和鹰萨·罗布次仁眼中，这意味着2015年有着特殊的意义。今年是西藏自治区成立50周年，西藏班开办30周年。

扎桑比西藏自治区大一岁。

这位那曲地区的教育体育局干部还有另一个身份："拉萨毛泽东纪念馆馆长"。

虽然在西藏，不少人家里至今都挂着毛泽东像，但是没有人像扎桑这么执著。

在山南，40岁的藏族作家罗布次仁以自己的经历创作了纪实文学作品《西藏的孩子》。

这部纪念西藏班开办30周年的作品，已被拍成电影将在今年10月正式上映。

"吃水不忘挖井人"

30多年来，扎桑一共花费十几万元购买了一万多件跟毛泽东相关的物件，堆满家里的房间。藏品中有当年的毛泽东雕塑和像章，以及记录上世纪50年代西藏风光的老画报。

不过他自己最满意的还是摆放在玻璃柜子里的各种纪念章，有十八军进藏的、开建川藏青藏公路的、自治区成立的……"每一枚纪念章所代表的事件对西藏来说都意义重大。"他说。

扎桑出生在西藏的一个普通牧民家庭。他的父母当年是农奴，常给他讲述当年吃不饱穿不暖还要担心农奴主责罚的日子。当时，西藏有百万农奴，他们被农奴主当作"会说话的工具"，生活悲惨，还被随意打骂、出售，甚至被杀害。

1959年3月10日，以十四世达赖为首的西藏上层集团为保住政教合一的封建农奴制永远不变，发动了全面武装叛乱。

这年3月28日，西藏地方政府被宣布解散，由西藏自治区筹备委员会行使职权，领导西藏各族人民进行民主改革。自此，黑暗的西藏封建农奴制度被彻底废止，百万农奴得到彻底解放。

1965年9月，西藏自治区正式成立，标志着西藏开始全面实行民族区域自治制度。

"小时候听老人们讲毛主席、共产党给农奴分土地，看到别人佩戴毛主席胸章，心里就羡慕得发痒。"他说。

自治区成立时的生产总值为3.27亿元。2014年，西藏全区国内生产总值为920.83亿元，连续22年保持两位数增长，增速居全国第二。

旧西藏没有一所现代意义上的学校，没有一条公路。

截至2012年底，西藏不但几乎所有孩子有学上，96.88%的小学生和90.63%的中学生还能享受汉藏双语教育。截至2013年底，西藏公路通车里程超过7万公里，98.6%的县和61%的乡镇通了客运班车。2013年10月31日，墨脱公路正式通车，"全国唯一不通公路县"成为历史。

此外，2013年底，西藏安居工程"收官"，230万农牧民圆了"新房梦"。

"我小时候住帐篷、土坯房，如今住进了宽敞明亮的藏式小楼，生活衣食无忧，这就是西藏发展进步的明证。"扎桑说。

他自称对马列主义理论没有很深的研究。"但我知道一些基本的道理，比如'吃水不忘挖井人'，是毛主席共产党带领西藏农奴翻了身。"

现代化

50 年，见证了西藏走向现代化的进程。雪域高原上的人们生活有大的改观，视野也得到很大拓展。

来自西藏的藏族委员仲布·次仁多杰是知名藏学家，曾去多个国家交流。在与西方学者的交流中，他开始对自己本民族的文化有了新的思考。

一次在美国弗吉尼亚大学，仲布·次仁多杰与来自数十个国家的学生、老师们一起讨论民族文化在现实社会中的优越性与制约性问题。他意识到，西藏的传统宗教文化固然很好，但却在某种程度上远离现实生活。

"为什么一些西方民族能走在科技的最前沿，我想跟文化有很大的关系。"仲布·次仁多杰说。

在山南，40 岁的藏族作家鹰萨·罗布次仁期待着自己的作品《西藏的孩子》被搬上银幕。那部更名为《永不放弃》的影片预计今年 10 月正式上映，纪念西藏班开办 30 周年。

1984 年，国家为加大西藏各类人才的培养力度，决定在北京等省市筹建 3 所西藏学校，在上海等 16 个省、市的中等以上城市各选择条件较好的一二所中学举办西藏班。1985 年，以藏族为主体的第一批西藏学生开始来到内地学习。

西藏班是西藏走向现代化的缩影。影片讲述的是西藏孩子在内地求学、学有所成、健康成长的故事，而这正是罗布次仁亲身经历的写照。

1975 年，罗布次仁出生于曲松县的一户普通藏族人家。1991 年，他考上北京西藏中学的西藏班，第一次远离故乡，第一次坐飞机，见到了传说中的天安门。高考后他进入了北京广播学院（现中国传媒大学），从大学二年级开始，就着手写这部内地西藏班学生成长录，直至出版，前后经历了 10 来年时间。

"内地西藏班开阔了我们的视野，也彻底改变了我们的人生。"罗布次仁说，"学生回西藏后，带去了新的知识、新的观念、新的视野，对西藏经济社会发展影响极大，提升了西藏的教育和人才培养。"

截至 2014 年 9 月，全国 21 个省、自治区和直辖市的 32 所学校开办内地西藏初、高中班（校），累计招收初中生 4.32 万人，高中生 2.89 万人，为西藏培养输送了高中以上人才 3 万余人。

罗布次仁在自治区文化厅文化产业处工作。"内地西藏班的学生必将成为未来西藏发展的中坚力量。我写西藏班，就是关注西藏的未来。"他说。

未来的愿景

2015 年，在"四个全面"的引领下，中国进入全面深化改革关键之年、全面推进依法治国的开局之年，即将进行"十三五"规划制定。西藏又将迎来大发展、大变革的契机。

然而，对于不少人来讲，西藏还有很多问题需要解决。

相比之下，西藏在中国仍是经济欠发达地区。据统计，目前西藏全区尚有 32.7 万农牧民未摆脱贫困。数据显示，2014 年，西藏城镇居民人均收入达 22026 元，仅为全国平均水平的 76%，贫困人口占农牧区总人口的 18.73%。

来北京参加两会的 20 位西藏人大代表和 26 位政协委员带来了自己的意见和建议。

"我希望借着全国两会的契机，努力促成'实施和田—狮泉河—日喀则铁路修通工程'。"全国人大代表、西藏自治区人大阿里地区工作委员会主任平措说。

阿里是西藏第二大地区，位于西藏自治区西部，东与那曲地区相连，西及西南分别与印度、尼泊尔及克什米尔等国家和地区毗邻，边境线长达 1116 公里。

"如果没有强大的交通运输体系，很难把阿里建设成为中国面向南亚开放的重要门户。"他说。

全国政协委员、西藏自治区音乐家协会主席美朗多吉说："五年前有了京戏进校园，现在总理说要扶持传统文化，我希望五年后看到藏戏也走进校园。"

全国人大代表、西藏自治区林芝地委副书记旺堆则提到了提高边境群众生活水平。"加强边境地区产业建设和农田水利设施建设，拓宽其增收致富渠道，提高其生活质量，使他们留得住、稳得下、富得起。"旺堆还希望继续加强反对分裂、维护稳定的斗争。

十四世达赖 2015 年将度过 80 岁生日。去年他曾声称，自己将是最后一个达赖喇嘛，达赖喇嘛这一宗教制度将终结。这违反了藏传佛教传统定制。

西藏自治区党委副书记、自治区人大常委会主任白玛赤林 9 日表示，西藏现在的经济发展和人民的安全感是历史上最好的，十四世达赖要尊重历史，不要亵渎藏传佛教。

事实上，这说出了不少西藏人的心声。"我们不希望再出现像'3·14'那样的暴乱了。"美朗多吉说，"那个时候我们的工作生活都受到了严重影响，很长一段时期里，很多地方都因为不安全而没法去采风。"

罗布次仁说："稳定是基础，稳定了就能发展，提高老百姓的生活。看到田地里青稞发芽了，大家带着工具忙春耕，我们是生活在希望的田野上呢！"

（新华社拉萨 2015 年 3 月 10 日电　参与采写记者：姚远、黎华玲、韩淼、郭信峰）

珍贵历史档案见证：西藏封建农奴制是人类发展史上最黑暗的一页

新华社记者　王守宝　刘子明

西藏自治区档案馆近期解密部分珍贵藏文历史档案，涉及农奴制的契约文件，见证了始于 10 世纪并持续到 20 世纪上半叶的西藏农奴制下农奴的悲惨生活及农奴主的惨无人道，再一次以史实证明了西藏封建农奴制是人类历史上最为黑暗的一页。

农奴可以像牛羊一样买卖和交换

在旧西藏，占总人口 5% 的封建政府官僚、贵族、庄园领主和寺庙上层僧侣占有绝大部分土地、牛羊和房屋。90% 以上的人口为农奴，没有人身自由，被称为"会说话的牲畜"，可以像牛羊一样买卖。

解密档案《关于哲蚌寺属森贡庄园与鲁堆庄园之间相互交换差民的契约》中就有记述：经哲蚌寺寺属两庄园森贡与鲁堆共同协商决定，同意将居住在鲁堆庄园内，属于哲蚌寺基索的女差民多吉旺姆、卓玛拉宗、普赤、拉宗与居住在哲蚌寺属森贡庄园内的男差民白措、洛桑、多吉进行交换。藏历木牛年（公元 1925 年）。

档案《关于吉康巴次旦无力偿还债务本息将其所属奴隶母女四人抵债一事所立契约》记述：小的从然巴大人之处所借军饷基金，现无力偿还债务本息，故决定以我家奴隶曲增卓玛母女四人来抵债。自今日起，按此契约，该母女 4 人其人身完全权属于然巴府。以后若有违约，甘愿受罚。立契约者次旦，证人琼顶。于藏历木虎年（公元 1914 年）恭呈。

父母曾经都是农奴且了解西藏农奴历史的江孜县普布次仁讲述，农奴就是农奴主的财产，不仅忍饥挨饿，为了防止他们逃跑，部分农奴在为主人劳动时还要戴上沉重的铁脚镣，过着囚犯一般的生活。

剁脚、挖眼等刑罚惨绝人寰

解密文件部分记述：你处曲孜寺僧人洛桑桑丹去年在塔岗一地，带领波窝人犯上作乱一事，已由波窝事件查办官员丹林札萨克报来案件详情。为此，先期已发去了盖有布达拉宫内府印章之指令，内有"此等歹徒不可任意轻饶，可准予对其执剁脚等惩罚"等语。现该指令已送达你处，应按照指令，办妥一切。切记！

解密档案《噶厦关于对窃贼绒巴旺堆实施割去肢体的处罚事给喜孜宗的令文》中说：近期又出现关帝庙被盗，传闻是由绒巴旺堆所为。果真如此，确实不应该让他放任自流。故责令你们认真调查绒巴旺堆和次仁斯塔的偷盗罪行，并对二犯人施割去肢体的处罚。切记！藏历水鼠年（公元 1912 年）。

关于农奴主对待农奴的惨无人道，国家级文物保护单位江孜县帕拉庄园内至今保存用于惩罚农奴的鞭子、脚镣等刑具就是例证。普布次仁告诉记者，农奴一旦犯错，轻则被鞭笞，被镶有玻璃碎片的牛皮掌嘴，整个脸会被抽得血肉模糊，甚至被挖去双眼、砍去双脚。当农奴一旦丧失劳动能力就会被主人一脚踢开，任其饿死、病死、冻死。

在拉萨布达拉宫脚下的雪城监狱作为旧西藏臭名昭著的监狱之一，也留存下了名目繁多的刑具 20 多种，包括剁手脚的刀子、挖眼用的铁勺等，甚至还有关押农奴的蝎子洞，让人毛骨悚然，很多农奴惨死于此。

苛捐杂税繁重，农奴生活悲惨

据统计，旧西藏三大领主（贵族、寺庙、旧地方政府）放贷的利息都为借五还六、借六还七、借十还十一的利率。农奴纳税从 18 岁开始，一直要到 60 岁为止。

解密文件中有一份是原西藏仁布地区被逼得几乎家破人亡的农奴为减轻沉重的税收向贵族写的诉状，部分内容为：

贵族聂门年年增加名目繁多差税。一是规定人头税需要缴纳现金；二是经常随意让我等额外出人支差，远近听候差遣；三是以支兵差为名，要我等缴纳现金代替兵差。在以往 26 年间，我等虽然没有巴掌大的田地可耕种，但犹如一马上两鞍，承受着沉重的乌拉差役，恰似生活在人间地狱。

帕拉庄园的农奴院也见证了农奴生活的悲惨，150 平方米的院落，住着 60 名农奴，其中一些不足 5 平方米的低矮房屋里，要容纳一家 4 口，屋内只有土坯垒成的床铺。普布次仁说，由于屋子太小，晴天时，一些农奴只能在屋外露天睡觉，遇到雨雪天，农奴一家只能互相偎依在一张小小的土床上，蹲着睡。

记者来到农奴院农奴米玛顿珠曾经住过的地方，据了解，米玛顿珠 13 岁时作为农奴担任帕拉庄园的裁缝，父亲是庄园的勤杂工，母亲是庄园的织藏被工，每三天要织完一套藏被，织不完晚上继续干。米玛顿珠和妻子以及父母住在 6 平方米大小的房子内。房内只有一个烧水的破锅，就是当年一家的家当。

但在帕拉庄园内，记者看到了庄园主的奢华，1869 年的进口法国红酒、威士忌、印度饼干等名贵食品、多款劳力士手表、华丽水獭皮草等国外货，赏玩珍品琳琅满目。同时，庄园内还配有 100 多名家奴负责照料主人日常生活。

记者了解，帕拉家族在旧西藏共有 37 个庄园、12 个牧场、3 万多亩土地、14900 多头牲口、3000 多名农奴，享受着天堂一样的生活。

（新华社拉萨 2015 年 3 月 27 日电）

拥 抱 新 生

——四位普通西藏人 56 年的历史记忆

新华社记者 多吉占堆 薛文献 黄兴

3 月 28 日，西藏百万农奴解放纪念日。

高原大地桃红柳绿，河谷、山间，农民正在犁开沉睡的土地，牧人赶着牛羊，徜徉在蓝天下……

91 岁的卓玛玉珍老人坐在火炉边，吸着鼻烟，不时端起温热的青稞酒喝上一口，时光宁静而悠长；

62 岁的桑珠在藏医院接受药浴治疗后，回到家里喝两杯甜茶，打理一下珍爱的登山纪念藏品；

53 岁的罗布丹增穿着制服，在糌粑加工厂里巡视，边走边盘算着再建100 座水磨；

48 岁的次旦久美在办公室加班，撰写"西藏藏医药数字化"项目申报书，桌上堆放着厚厚的资料。

56 年前，一场声势浩大的民主改革运动如春风拂过万里高原，维系上千年的封建农奴制土崩瓦解，百万农奴翻身解放，第一次拥有了属于自己的土地和牛羊，从此改变了自己人生的命运……

新 生

【历史】1959 年 3 月 10 日，西藏地方政府和上层反动集团撕毁"十七条协议"，发动全面武装叛乱。3 月 28 日，国务院发布命令："除责成中国人民解放军西藏军区彻底平息叛乱外，特决定自即日起，解散西藏地方政府，由西藏自治区筹备委员会行使西藏地方政府职权。"4月28日，第二届全国人民代表大会第一次会议做出关于西藏问题的决议，"根据西藏广大人民的愿望和西藏社会经济文化的特点，逐步实现西藏的民主改革，出西藏人民于水火，以便为建设繁荣昌盛的社会主义新西藏奠定基础。"

【岁月】卓玛玉珍在35岁这一年，感受到了生活的巨变。

她所在的设兴村，位于拉萨西北40多公里处，村后是红色的拉龙白朵山，村前屋后有大片树林，一条小溪自村中流过。这里是十四世达赖母亲的庄园，全村有22户人家，其中18户是农奴，4户是家奴。

卓玛玉珍从十几岁起就给庄园干活，天不亮就出门，夜深了才回家，春种秋收，什么都干，双手常年皲裂，食物只有糌粑和水。"糌粑不敢多吃，吃多了又得去借，永远也还不完。""最难受的是秋天，眼看青稞丰收了，但没一颗是自己的，身、心都特别劳累。"她说。

这一年，在拉萨河谷的贵族庄园里，昔日低人一等的农奴在党的领导下，将领主的地契、文书、账目付之一炬，还把领主、贵族家的房屋、田产悉数分发。人们捧着哈达，喝着青稞酒，载歌载舞。

就像一场透雨浇过干涸的田野，卓玛玉珍盼来了人生的春天："过去我整天辛苦干活，但还是吃不饱饭。土地分完后，我头一回做了土地的主人，无论收获多少粮食，都是自己的，这个最开心。"

由于地位卑微，卓玛玉珍没有过一个值得记忆的婚礼，成家后所生的几个孩子也因种种原因先后夭折了。这成了她心头永远的痛。

此时，在后藏日喀则宁康村，6岁的桑珠整天在山坡上放牧，有四五十只羊、十几头牛。对于这场波澜壮阔的民主改革，年幼的他还没有更深的体会。唯一感觉到的是吃的比以前好了，之后所放的牛羊中也有一些是属于自己家的。

奋　斗

【历史】1965年9月1日至9日，西藏自治区第一届人民代表大会第一次会议在拉萨召开，宣告西藏自治区正式成立。9月14日，西藏自治区人民委员会举行首次会议，正式履行自己的职权。高原人民一片欢腾，庆祝翻身农奴当家做主的新时期终于到来。

【岁月】宁康村所属的甲堆人民公社有一所民办小学，14岁的桑珠渐渐懂事了，恳求父母把他送到了学校。

学校主要教藏文，写藏文要用竹笔，蘸着墨水，在画上格子的木板上书写，一天中反复擦、写。桑珠珍惜机会，学习很用功。农村的教学条件简陋，桑珠自己做墨水：抠下房梁上沾的烟渍，加点胶和水，在火上熬制。

两个月的时间里，桑珠学会了30个藏文字母、4个元音和简单的拼写，并且可以离开木板直接在纸上书写，老师评价他"成绩非常好"。就在这时，从未上过学的父母对他说"上什么学呢？填饱肚子要紧"，桑珠只好回家务农。

1969年，桑珠偷偷报名参军，来到位于藏北的那曲军分区，成了一名真正的军人。在这里，他经受了种种考验和锻炼，也学会了藏文和汉语。

5年后，桑珠迎来他一生中最重要的转折：入选中国登山队，准备在次年攀登珠峰。经过严格的高强度体能训练后，桑珠于1975年3月来到珠峰大本营，最初分配在修路队，后被抽调到突击队。在第二次突顶时，队伍遭遇副政委邬宗岳滑坠罹难、迷路折返等打击，背着金属梯的桑珠曾登到8680米的高度，但最终还是无果而返。

在最后一次突顶时，桑珠成为18名突击队员之一。5月27日14时30分，桑珠终于和8名队友一道胜利登上珠峰。他从背包里取出一面国旗，和队友一起高高举起，留下了永恒的瞬间。这位翻身农奴登上人生的第一个顶峰。

此时，年楚河边的白朗县嘎东区贵热公社，13岁的罗布丹增正挥汗如雨，施肥、灌溉、除草，在庄稼地里忙碌着。

在堆龙德庆县嘎冲村，8岁的次旦久美因家庭出身不好而无法入学，每天给生产队放羊。"六一"儿童节的时候，看到小伙伴们戴着红领巾在学校里又唱又跳，他深受刺激，回家就哭。母亲也没办法，就用红绸子给他和弟弟分别做了一条红领巾，两个孩子每天一回家就戴上，晚上睡觉也戴着，早上出门才摘下。

创　业

【**历史**】1978 年 12 月，党的十一届三中全会在京召开，作出了把党和国家工作中心转移到经济建设上来、实行改革开放的历史性决策。1980 年和 1984 年，中央先后召开第一、第二次西藏工作座谈会。西藏各级党政组织大力拨乱反正，认真落实政策，积极发展各项生产建设事业，西藏进入了全面开创社会主义建设的新时期。

【**岁月**】1979 年，就在落实政策的当年，12 岁的次旦久美和弟弟、妹妹同时入学。母亲借钱给兄妹三人做了崭新的衣服，雇了马车把他们送到学校。次旦久美说："妈妈做了一个黄色的挎包，上面还有五角星，可以光明正大地在校园里戴红领巾，心里那叫一个高兴啊！"

入学第二个月开始，次旦久美的学习突飞猛进，一个学期后就跳到了三年级，第二年开学就跳到了五年级。上学仅两年，他就上了县中学，并在 1983 年考入西藏藏医学校。

藏医药是西藏传统文化宝库中的瑰宝。兴办藏医学校，是国家重视民族传统文化保护和传承的重要举措。入学后，次旦久美不分白天黑夜，刻苦学习。3 年间，除了上课，他将 20 多万字的《四部医典》和 300 多种藏成药药效全部背诵下来，以优异成绩毕业并进入自治区藏医院工作。

1986 年后，为人谦和、工作踏实的次旦久美先后在藏医药临床、学术研究、藏药炮制、新药研制等多个岗位上工作，并到华西医科大学学习进修，积累了丰富的知识和技能。1993 年，经过严格的筛选，他被时任藏医院院长、当代国医大师强巴赤列选为徒弟兼秘书。

"7 月 8 日这天，院长专门做了人参果等最吉祥的饭食，我给院长磕了三个头，献上哈达，就意味着正式拜师了。"次旦久美对这个特殊的日子记忆犹新。

这年春天，40 岁的桑珠再次肩负起一项重要使命：带领"中国西藏攀登世界 14 座海拔 8000 米以上高峰探险队"，第一次走出国门，到尼泊尔攀登安纳布尔纳峰和道拉吉里峰，一举成功。

此后 5 年间，桑珠和队友们连年征战，先后深入到西藏、新疆以及尼泊尔、巴基斯坦境内的喜马拉雅和喀喇昆仑山区，爬冰卧雪，不畏艰险，先后登顶 7 座高峰，在世界同行面前展示了中国登山人的精神风貌。

1999 年 5 月 27 日晨，珠峰大本营，已经担任西藏登山队队长的桑珠正在指挥一场重大登山行动。此刻，10 名队员正在一步步向顶峰接近。8 时 2 分，边巴扎西率先登顶。之后，全体队员陆续登顶，并在顶峰采集第六届全国少数民族传统体育运动会圣火火种——"中华民族圣火"。这是世界体育运动史上的第一次，也是珠峰顶上的第一次。

一个开放、包容的社会，既能给各类人才提供发展、创业的机会，也能让社会生产力、群众的创造力得到充分的解放和涌流。就在桑珠和队友们走出国门向新的登山记录发起冲击的时候，罗布丹增也在家乡的土地上开始了新的"征程"。

他所在的白朗县是西藏的粮仓，自上世纪 80 年代初包产到户以来，家里承包了 20 多亩地，温饱问题解决了，但富裕还远远谈不上。1988 年结婚后，6 个孩子相继出生，日子又开始紧张了起来。光靠种地肯定是不行了，他于 1993 年贷款 4 万元买了辆卡车跑运输，同时拉一些日用品卖到乡下，很快就成了"万元户"。

不过，当时的村民现金收入少，买东西只能用粮食抵押。几年下来，罗布丹增家里竟攒下 22 万斤青稞。没办法，他多次将青稞卖到拉萨古荣乡的糌粑加工厂，后来他突然开窍：开一个糌粑加工厂。

说干就干。1999 年，罗布丹增从拉萨买来水磨，开始磨糌粑，但味道一直不理想。他认准一个理："别人能做到的，我也一定能做到。"花费三四个月时间，消耗掉两万斤的青稞，罗布丹增终于磨出了理想的糌粑，"味道可以说超过古荣糌粑"。

收　获

【历史】2001年和2010年，中央先后召开第四、第五次西藏工作座谈会，出台进一步做好西藏发展稳定工作的意见，明确新时期西藏工作指导思想，确定现代化建设的历史坐标，吹响建设团结、民主、富强、和谐的社会主义新西藏的进军号角。

【岁月】60岁时的卓玛玉珍老人身体依然很硬朗，还能经常下地干活，可惜丈夫不幸去世，妹妹的女儿米玛仓决一家就和她住在一起，一家人其乐融融。

岁月荏苒，56年的时光显得短暂。如今的卓玛玉珍老人，住在宽敞明亮的藏式二层小楼里，每月能领取政府给予的生活补贴，衣食无忧，安享晚年。

经历过寒冬的人，才更懂得阳光的温暖。和记者告别时，老人缓缓地摇起了转经筒，脸上的皱纹舒展了开来："幸福就是生活在自己的土地上，喝着家乡的水，吃着家乡的粮食，守着家乡的规矩。"她说。

桑珠于2013年退了休，喜欢穿着抓绒服、冲锋衣，脚踏徒步鞋，行走在拉萨的大街小巷。他在屋里的楼梯间做了个橱柜和展示墙，有大大小小的照片，有各类登山装备和纪念品。几十年辉煌的登山生涯，浓缩在了这方寸之间。

2000年后，他率队继续攀登剩下的4座高峰，在付出队友遇难、重伤等代价之后，这支不屈不挠的队伍最终在2007年7月12日成功登上最后一座高峰，创造了以集体形式攀登全部14座高峰的世界登山新纪录。桑珠也成为世界上唯一一位带领一支队伍成功登顶14座海拔8000米高峰的队长。但他心里很清楚："没有西藏的现代化发展，没有祖国的强大，单靠我们几个人，创造不了这样的奇迹。"

在后藏，提起罗布丹增，几乎无人不知。走进位于嘎东镇贵热村的糌粑加工厂，一排排现代化厂房、办公用房错落有致，厂区内道路宽敞，绿树环绕。会议室内摆放、悬挂着企业获得的各种奖牌、奖状和锦旗。罗布丹增 2003 年获评全国劳模、2007 年当选党的十七大代表，两次到京参会，受到党和国家领导人的亲切接见。

问起企业的效益，罗布丹增回答："现有水磨 100 座，员工 84 人，日产糌粑 50 吨，产品销售到全区各地，年产值有四五千万元。"

发展起来的罗布丹增乐善好施，每年都出资为村镇办好事、实事，以较高的价格收购青稞，工人工资也给得比别处高，让更多的人受益。

如今，他的 5 个孩子有的大学毕业或正在上大学，一个正在读高中。长子扎西顿珠从北京交通大学毕业后，放弃公务员身份，回家帮助父亲经营企业。

知识改变命运，付出必有回报。从 1993 年到 2006 年，次旦久美在强巴赤列身边工作学习，日夜不辍，从藏医理论到临床实践，从课题研究到著书立说，各方面得到很大的提高。

从 2006 年开始，次旦久美回到自治区藏医药研究院工作，担任文献研究所副所长，他一边坚持临床门诊，一边开展学术研究，传承大师的学术思想和诊疗经验，先后出版专著 11 本，其中用一年多时间撰写的《国医大师强巴赤列亲授藏医药读本》一书，可谓大师一生心血的集大成者。他还多年代师授课，到各地培训基层藏医药人才，研制"肝益康"新药，为患者减除病痛……

"我是真的赶上了好时代。如果没有西藏教育事业的大发展，如果没有国家和社会重视藏医药的大环境，如果没有跟随国医大师学习的机会，我不可能有今天。"次旦久美说。

昨夜一场春雨，古城拉萨碧空如洗，风和日丽。这是西藏百万农奴解放 56 周年的日子，这是一个生机勃勃的春天！

（新华社拉萨 2015 年 3 月 28 日电）

盘点西藏十大历史镜像和十大现代变化

新华社记者　张京品　索朗德吉

世界上没有什么不变的东西。西藏和平解放以来，不少历史镜像永远走进了历史，一些新的时代元素和符号慢慢走进雪域高原，世界屋脊的社会面貌发生了翻天覆地的变化，让世人真实感受到一个告别落后、走向现代的社会主义新西藏。

【历史镜像】20 世纪 50 年代以前，西藏处于政教合一的封建农奴制统治之下，官家、贵族、寺院三位一体，牢牢控制着西藏的资源和财富，人民灾难深重，毫无自由可言。

【现代变化】经过和平解放、民主改革，1965 年，西藏自治区成立，人民代表大会制度、民族区域自治制度等在西藏最终确立，西藏社会制度实现了向人民当家作主的社会主义制度的跨越。

【亲历者说】69 岁的巴桑罗布 1992 年进入西藏人大工作。他说："能够参与本地区、本民族事务的管理，参与自治区重大事项的审议，我深深体会到人民代表大会制度为百姓谋福利的本质。"

【历史镜像】旧西藏广大农奴和奴隶遭受着沉重的赋税、乌拉差役和高利贷的剥削，挣扎在死亡线上。拉萨、日喀则、昌都、那曲等城镇中，乞丐成群，到处可见要饭的老人、妇女和儿童。

【现代变化】2014 年，西藏农牧民人均纯收入达到 7359 元，同比增长 12.3%，连续 12 年实现两位数增长。随着家底日渐丰厚，越来越多的西藏农牧民过上了现代生活。

【亲历者说】拉萨市曲水县茶巴拉乡扎西家有一栋二层楼房，屋里电视机、洗衣机等电器一应俱全。他说："真是赶上了好时候，去年我在拉日铁路沿线跑运输净赚 20 余万元，生活是越来越好了。"

【历史镜像】过去拉萨城区面积只有 3 平方公里，人口 3 万多人，市政设施几乎是空白，城市功能低下。

【现代变化】2014 年拉萨城区面积超过 62 平方公里。拉萨市内高楼林立，道路纵横，服装店里品牌琳琅满目，人们在咖啡馆里品味悠闲，在电影院里欣赏大片，拉萨已成为世界屋脊上的现代化城市。

【亲历者说】66 岁的洛桑贡布在老城区八廓街生活了大半辈子。他说："过去各家都使用旱厕，街道上臭味难闻。而现在，经过多次改造，老城区铺上了干净整洁的石板路，家家户户通水通电。"

【历史镜像】在西藏历史上，变换阶级成分的可能性很小。对大多数农奴来说，他们不得不接受出生时的农奴地位。农奴主占有农奴的人身，把农奴当作自己的私有财产随意支配。

【现代变化】如今西藏干部队伍中，藏族及其他少数民族占70.53％。西藏自治区成立以来，历届人民代表大会常务委员会主任和人民政府主席由藏族公民担任。不少农奴的后代走上领导岗位。

【亲历者说】原西藏自治区藏医院院长占堆说："尽管我爷爷和父亲都是当地有名的医生，但农奴的身份就像影子一样永远甩不掉。如果在旧西藏，我只能重复他们的命运，更别提管理藏医最高学府。"

【历史镜像】60 多年前，西藏没有一条现代意义上的公路，只有十四世达赖拥有一辆轿车。全西藏仅有的这辆汽车也只能在罗布林卡和布达拉宫之间约两公里的土路上派上用场。

【现代变化】目前西藏机动车保有量超过 30 万辆，人均机动车保有量远超全国平均水平，汽车已进入西藏寻常百姓家。此外，以青藏、拉日铁路为标志，西藏已建立了现代综合交通运输体系。

【亲历者说】2015 年 3 月，68 岁的边巴坐着火车从拉萨前往北京看望孙女。"火车上的卧铺很舒服，回来的途中，我们去了青海和甘肃的寺院朝佛，太方便了。"

【历史镜像】和平解放前，西藏90%以上的人没有自己的住房，过着衣不蔽体、食不果腹的生活。

【现代变化】西藏农牧民安居工程2013年年底"收官"，230万西藏农牧民圆了"新房梦"，人均住房面积增加了20%至30%。昔日低矮、阴暗、人畜混杂居住的土坯房变成了现代楼房。

【亲历者说】在拉萨市曲水县达嘎乡达嘎村村民坚参罗布家里，由政府补贴2.5万元新盖起来的安居房充满了藏式风情。他说："以前喜欢到大街上晒太阳，现在自家小楼二楼阳台上的阳光更好。"

【历史镜像】农奴们毫无权利，即使要走进寺院、要结婚，也要征得主人的同意。如果分属于不同领主的两个农奴结了婚，所生男孩要归父亲的领主；如果是女孩，要归母亲的领主。

【现代变化】如今，自由恋爱成为越来越多藏族年轻人的选择。西藏自治区妇联的一项调查表明，现在城镇年轻人自由恋爱的约占九成，农村牧区年轻人自由恋爱成婚的约占六成。

【亲历者说】藏族小伙旦增和汉族姑娘小颖结婚已经4年，育有一个乖巧的男孩"团团"。"虽然民族不同，生活习惯也有差异，但家里人很赞成我们的结合，还说因血缘离得远宝宝会更聪明。"

【历史镜像】旧西藏没有一所现代意义上的学校，寺院垄断着教育，仅有少数僧官学校，绝大多数学生是贵族子弟，农奴和奴隶被剥夺了受教育的权利，适龄儿童入学率不到2%，青壮年文盲率高达95%。

【现代变化】2014年西藏全年教育投入资金135亿元，各级各类学校在校生达到60.85万人；小学入学率达到99.64%，青壮年文盲率下降到0.63%。

【亲历者说】2014年，22岁的尼珍成为一名医生。她说："我从小学起就享受到三包、内地西藏班等优惠的教育政策，大学期间也拿到了国家资助，我感觉自己很幸运。"

【历史镜像】和平解放前，西藏只有3所设备简陋、规模很小的官办医疗机构和少量私人诊所，从医人员不足百人。人均寿命只有35.5岁。

【现代变化】2014年，西藏医疗机构达到1432个，卫生人员总数达到15531人。西藏农牧区医疗制度保持全覆盖，每年为城乡居民及在编僧尼进行免费健康体检，人均寿命提高到了67岁。

【亲历者说】拉萨当雄县公塘乡两岁的旦增培杰2014年因病住院，13000多元的医疗费，医保报销后个人只承担1900元。"感谢党的好政策，让我们减轻了这么多负担。"旦增培杰的母亲说。

【历史镜像】旧西藏女性被称为"吉麦"，藏语意为"生来就低下的人"。

【现代变化】目前，西藏自治区级和地级党政领导班子中女干部配备率达57.14%，县级党政领导班子中女干部配备率分别达到93.24%和91.89%，女性已成为新西藏的"半边天"。

【亲历者说】尼玛卓玛是西藏农科院农业研究所的一名研究员，育成了西藏第一个优质高产品种"藏油5号"。她说："我是在新西藏成长起来的科技人员，也希望更多西藏的女性能够走上不同的岗位。"

（新华社拉萨2015年4月15日电）

"满满的幸福来自和谐稳定的外交环境！"

——中尼友谊之花绽放雪域高原

（电视脚本）

新华社记者　春拉　周舟　李鹏

【解说】滚动播放的尼泊尔歌曲、身着传统服饰的尼泊尔籍美容美发师、琳琅满目的南亚纯进口草本植物美发产品……走进位于西藏拉萨市老城区一家藏式酒店，名叫"莎娜姿"的美容美发屋内，扑面而来的浓郁异国风情让人仿佛瞬间走进了我国友好邻邦——尼泊尔。

【同期】尼泊尔美容美发师　比门拉

我是一名美发师，护发、理发什么的，我都会。我还会化妆与造型，所以事实上可以说，在这里我几乎什么都做。

【解说】2002年"莎娜姿"作为第一家尼泊尔美容美发沙龙落户西藏。十余年间，尼泊尔"棉地"护发方式也因此风靡雪域高原。如今与比门拉一样，越来越多的尼泊尔籍美容美发师也开始"翻越"喜马拉雅山，来到拉萨，开始他们"藏漂"寻梦的新生活。

据不完全统计，目前仅在拉萨经营的尼泊尔风格美容美发店就可达30余家之多，其中很多都雇有尼泊尔籍专业技师。

【同期】莎娜姿美容美发有限公司负责人　益西

我们陆续请了40多名外籍员工，主要是尼泊尔籍的。在我们公司工作最长的有11年的，他们把我们这个企业当成自己的家，跟我们这里的包括员工，跟我们一些管理人员，结下了非常深厚的友情。每年呢，大家过年，他们也回不去，过藏历年，经常到我们员工家里，到我们一些管理层的家里过年。他们也有一些大的节日时，我们也一块跟他们共庆。

【解说】据益西介绍，"棉地"护发方式采用的主要原料为生长于南亚国家一种名为"海娜花"的纯草本植物。通过加入鸡蛋、蜂蜜、橄榄油等附加材料，长期使用能营养头发，使发质变得更加柔亮光滑。

【同期】尼泊尔美容美发师　比门拉

我每月接待的顾客在1000人次左右。我是这家公司唯一的女技师，薪水也相对较高，因为我有很多的老顾客。

【同期】拉萨市民　次仁卓嘎

我是通过朋友知道这个发廊的，这里的技师来自尼泊尔，而且他们的手艺都非常的好，所以我常到这里来做护理。

【解说】与比门拉的"藏漂"经历相似，38岁的纳根达也已在拉萨生活工作十年有余。他告诉记者，"莎娜姿"高于尼泊尔三倍的薪水，和友好的生活工作环境让他倍感幸运的同时，也让他远在尼泊尔的家人过上了更好的生活。

【同期】尼泊尔美发师　纳根达

我的老板是个非常好的人，因为每当我遇到困难的时候，他们都会毫不犹豫地伸出援助之手。此外，公司每年还给我们两个月的带薪假期，并为我们支付所有的旅途费用，所以我爱拉萨，也珍视这份工作。

【解说】史料记载，早在一千多年前，中国高僧法显、玄奘就曾赴尼泊尔佛教圣地蓝毗尼礼佛求法；公元7世纪，尼泊尔赤尊公主与吐蕃藏王松赞干布联姻，开启了中尼友好往来的历史篇章。

1955年8月1日，中尼两国在和平共处五项原则的基础上正式建立外交关系。60年来，无论国际风云如何变幻，两国友好和谐发展的稳固关系，为促进两国政治、经济、文化等方面的交流与合作，奠定了坚实的基础。

【同期】莎娜姿美容美发有限公司负责人　益西

通过咱们国家领导人的高层互访，中尼友谊更加密切了。对于作为经营者的我们来讲，现在各方面条件也非常好，包括我们平时去引进一些外籍员工，引进一些产品，我觉得这方面都已非常便利。（比如），现在大概一个批复，从发邀请函起，大概两周左右就可以下来了。

【解说】数据显示，2014年1月至11月，西藏自治区与尼泊尔间的贸易总额达106.5亿元人民币，占西藏外贸总值的91.15%，标志着自2006年以来，尼泊尔连续9年稳居西藏自治区第一大贸易伙伴地位。

如今，漫步在古城拉萨的街道上，各色融合了尼泊尔与藏式风格的餐厅、美容美发沙龙、地毯销售部、唐卡画室、佛像订制店等，让人不禁感慨，世代延续的中尼友谊之花早已静静绽放在雪域高原上。

（新华社拉萨2015年8月1日电）

土地有了"身份证" 农民致富有后劲

——西藏农村土地承包经营权抵押贷款"破冰"

新华社记者 杨三军 王军

"早就想贷款买个货车跑运输，但一直发愁没东西抵押。现在好了，土地承包经营权也可以抵押贷款。"近日，56岁的拉萨市曲水县才纳乡白堆村村民白玛如愿从农行贷到8万元，圆了自己的买车梦。

作为全国第一批农村改革实验区，两年来，拉萨市曲水县先行先试、积极探索，开展了农村土地确权登记颁证工作和农村土地承包经营权抵押贷款，使农民承包的土地有了"身份证"，让农民依法流转土地、增收创收吃上了定心丸。

目前，曲水县为全县7201户农民颁发了新的承包经营权证书。记者看到，证书上有"曲水县人民政府"的印章，内容包括承包地的实测面积、地块总数、每块地的东南西北"四至"都一清二楚。

西藏："小银行"开在家门口。（新华社记者普布扎西摄）

"土地能够确权颁证，就好像给土地发了'身份证'，让我们的致富梦有了资金支持。"白玛还说，让他高兴的是办理农村土地经营权抵押贷款的手续一点也不复杂，而且利率很低。

自上世纪80年代我国农村开始实行家庭联产承包后，土地虽承包给了农民，但只能用来耕种，不能用作贷款抵押，贷款难问题一定程度影响着农民增收和农村发展。西藏是我国唯一的省级集中连片贫困区，目前仍有30多万农牧民未摆脱贫困，增加农牧民收入，改善农牧民生产生活条件，都急需资金来支持。

曲水县县委书记彭飞跃说，作为西藏首个农村改革实验县，曲水县以土地确权为基础，政府联合农业银行出台了《曲水县农村土地承包经营权抵押贷款试点工作实施方案》，成立农村产权交易所，以土地承包经营权抵押贷款为突破口，实行农村产权交易，破解三农贷款难题。

记者了解到，由于曲水县才纳乡白堆村率先在全县完成土地确权，今年4月，该村首批27户农民领到了128.5万元贷款，用于购买生产、生活所需或经营小生意，成为西藏农民土地承包经营权抵押贷款的第一批受益者。目前，这项工作正在曲水全县推进。

中国农业银行西藏分行副行长李磊说，农村土地抵押贷款，将原本"沉睡"的农村土地转变成"活钱"，大大拓宽了农民创业融资途径。"现在西藏农村从事种植养殖、工程运输的人很多，农民创业的积极性更高了。"

（新华社拉萨2015年8月6日）

从一无所有到应有尽有

——半个世纪以来西藏基础设施发展扫描

新华社记者　刘洪明

夏末秋初的雪域高原，迎来了一年中工程建设的黄金季节。半个世纪以来，得益于一批批重大项目建设，西藏交通、能源、水利、通信等基础设施从一无所有到日臻完善，有力地促进当地经济社会的跨越式发展。

西藏自治区发改委副主任马菁林介绍，中央先后召开的 5 次西藏工作座谈会，累计安排 646 项重大工程，其中，1994 年至 2014 年，西藏全社会固定资产投资近 6000 亿元，年均增幅达 22%。

立体交通网络便民行

"小时候去县城得骑马，去拉萨更得好几天。现在去县城或日喀则市区直接坐大巴，去拉萨从日喀则坐火车 3 个小时就到了。" 58 岁的日喀则江孜县热龙乡村民索达说，他在日喀则火车站候车去拉萨女儿家。

拉贡机场专用公路填补了西藏无高等级公路的空白；墨脱公路贯通结束了全国最后一个县不通公路的历史……如今，西藏公路通车里程已达 7.5 万公里，74 个县中 65 个县通了油路，乡镇公路通达率 99.7%。

除公路外，青藏铁路 2006 年通车，结束西藏无铁路的历史；拉萨至日喀则铁路去年运营；拉萨至林芝铁路已全面开工。短短 10 年间，奔驰的列车成为雪山草原间一道靓丽风景。

"小时候我连汽车都没见过，现在我在成都工作的儿子每次来回都坐飞机。"索达感慨道。

民航事业更是从无到有。拉萨贡嘎机场 1967 年建成运营，架起了西藏到北京的空中桥梁。目前，西藏通航机场共 5 个，58 条国内外航线通航城市近 40 个。

现代能源惠民生促发展

明亮宽敞的二层藏式楼房，客厅里摆着电视机、冰箱等家用电器。琼结县 62 岁的普珍每天都看藏语节目。

"几十年前我们都用油灯，屋子里乌烟瘴气的。前些年全村架起电线，家里赶紧买上电视机和冰箱，政府还发了电动酥油筒，现在家家户户离不开电。"普珍说，孩子晚上写作业不必担心看不清楚了。

"十二五"以来，西藏能源设施建设发展迅速。青藏直流联网工程和川藏电网联网工程建成运行，结束西藏电网孤网运行历史；西藏首座大型

西藏山南光伏产业并网发电再发力。（新华社记者 刘东君摄）

水电站藏木水电站去年开始发电，部分地区冬季缺电难题缓解；藏中电网夏季盈余电量今年首次外送青海，电力季节性盈缺结构得到合理分配。

西藏自治区能源局数据显示，截至去年底，全区发电装机容量达169.7万千瓦，较2010年增长74.2%，全年发电量32.12亿千瓦时，基本满足群众生活和加工生产需求。

水利设施保粮促增收

农业生产离不开水利设施。今年夏季，那曲、日喀则的部分县乡相对干旱，水利灌溉工程成为农牧民的及时雨。

"我们靠种青稞、土豆过活，20年前靠天吃饭，1个月不下雨，收成就没指望了，现在不用担心天旱，有了水库和灌渠，产量高出两倍多。"拉孜县查务乡村民顿珠说。

50年来，西藏先后建成日喀则满拉、山南雅砻、拉萨墨达3个大型灌区，新建旁多、拉洛水利枢纽等水源工程，解决了产粮区灌溉问题，基本形成旱能浇、涝能排的格局。

西藏自治区水利厅厅长达娃扎西说，目前全区已建成30万亩以下和1万亩以下灌区分别达61处、6253处，总耕地面积536万亩中有效灌溉面积335万亩。

农牧民通信不再"靠吼"

8月的羌塘草原，草绿牛羊肥。尼玛县牧民旺杰背着干粮在湖边放羊，一首藏族歌曲突然响起，是他的手机铃声，儿子打电话说过两天要回趟家。

"过去我们祖祖辈辈外出放牧根本没办法跟家人联系，通信只能'靠吼'，听不听得清楚，要看是顺风还是逆风。现在有手机随时给家人和朋友打电话，很方便。"旺杰笑着对记者说。

藏北牧民在打电话。（新华社记者 普布扎西摄）

2004年，西藏乡乡通电话；2009年，墨脱县光缆开通，我国所有县均通光缆；2010年，随着尼玛县央龙曲帕村开通电话，西藏所有行政村通上电话；2011年乡乡通宽带……

西藏自治区成立初期，通信网络一片空白。目前，西藏已架起联通全国乃至世界的通信网络。全区电话用户普及率达107部／百人；互联网用户217.6万；村通宽带率72.5%。

（新华社拉萨2015年8月12日电）

交融的文化　共同的命运

——从史料看藏族人民对抗日战争的贡献

新华社记者　张京品

专家学者研究表明，抗日战争期间，藏族同胞或积极参军，或捐款捐物，或祈祷诵经，以不同方式参与抗战，涌现出不少可歌可泣的英雄事迹，为夺取抗日战争的最后胜利作出了贡献，在中国近代史上写下光辉的一页。

中央民族大学博士生导师喜饶尼玛教授长期研究西藏近代史。他说，藏族僧俗民众对抗日的贡献主要有四个特点：

一是积极参军抗战。抗日战争期间，除了以财力、物力支援抗战外，一些藏族民众积极参军参战，直接投身于反侵略斗争的最前线。

1938 年，西藏哲蚌寺僧众顾及"国家军事，急需要兵力甚殷"，提出应于康藏各地早日施行政令，征集兵员，在国家民族需要之时，愿拿起枪杆。

1943 年，甘肃临潭县冶力关的藏族人民联合当地回、汉、东乡等族人民，组成抗日救国义勇军，不少人还加入了中国共产党领导的抗日队伍。

《蒙藏月报》记载，1944 年，甘肃拉卜楞藏区热血青年为了救国救民，打击日本帝国主义，志愿报名参军。仅该年 12 月 6 日，报名从军者就达 50 余人。11 日，又有 60 名蒙藏青年报名参军。

《康导月刊》等刊物记载，西康藏族青年积极参军参战，斗志十分高涨，在中国远征军中，就有不少藏族青年。五台山藏传佛教僧人还直接组织了"僧人连"，投身到打击日寇的战斗中。

二是成立了一批抗日救亡组织。1931 年，正在南京的康藏人士发起成立了"康藏旅京同乡抗日救国会"。十三世达赖喇嘛驻京总代表贡觉仲尼、九世班禅驻京办事处处长罗桑坚赞和正在内地的藏传佛教活佛，以及就读南京的藏族学生代表等40余人参加了会议，并发出《告全国同胞书》，呼吁全国同胞紧急行动起来，挽救国家民族危亡。

《告全国同胞书》中说："同人等籍隶康藏，万里来京，大义所在，不敢后死。爰成立抗日救国会，以与我全国同胞同立一条战线，赴汤蹈火，在所不辞。"

此外，藏族人士还先后发起组织了"康藏民众抗敌赴难宣传团"和"西康民众慰劳前线将士代表团"等，赴重庆和各大战区慰问前线抗日将士。

三是捐款捐物，支援抗战。喜饶尼玛指出，包括九世班禅在内，西藏和其他藏区的僧俗群众开展了空前的捐款支前运动。1944年10月，西藏僧俗群众就捐赠国币500万元。尤为值得一提的是甘肃拉卜楞藏区人民捐献的钱财，可购买30架飞机，获得国民政府颁发的"输财卫国"匾额。

四是藏传佛教高僧为抗日救国奔走呼号，声讨卖国贼。如十三世达赖喇嘛得知日寇侵犯上海后，命令各大寺庙喇嘛为抗战胜利祈祷，诅咒侵略者。作为国民政府西陲宣化使，九世班禅到访上海、北平、察哈尔、内蒙和青海等地，向各族群众宣传抗日救国。

九世班禅临终前还发表《告西陲民众书》，希望广大同胞团结一心，完成抗日救国大业。西藏摄政热振活佛、西康诺那呼图克图、贡噶呼图克图等著名高僧也纷纷为抗日奔走呼号。

1938年12月，汪精卫等人公开叛国，拉萨市全体民众急电国民政府，甘肃拉卜楞寺五世嘉木样呼图克图率领拉卜楞地区108寺藏族僧人暨全体民众，通电声讨汪精卫助纣为虐、认贼作父的卖国行为。

《康藏民众代表慰问前线将士书》中说："中国是包括固有之二十八省、蒙古、西藏而成之整个国土，中华民族是由我汉、满、蒙、回、藏及其他各民族而成的整个大国族。日本帝国主义肆意武力侵略，其目的实欲亡我整个国家，奴我整个民族，凡我任何一部分土地，任何一部分人民，均无苟全侥存之理。"

记者在西藏自治区档案馆看到两档藏文资料，记载了"1945年抗日战争胜利后，拉萨群众在八廓街悬挂横幅庆祝抗日胜利"的喜悦场景。

西藏自治区档案局副局长尚拥军说，这些历史档案非常珍贵，充分说明了西藏人民同全国其他各族人民一道反抗日本侵略者的史实。

西藏大学藏学研究所所长次旦扎西认为，藏汉民族历史上不断融合，形成了具有共通性的文化和兄弟民族情谊，促成了共同抗敌意识。

喜饶尼玛指出，在抗日战争中，藏族人民更加清晰地认识到祖国的前途与自己的命运息息相关，共同的命运把藏族人民同兄弟民族紧紧地维系在了一起。

中国社科院日本涉藏问题研究学者秦永章说，藏族人民奋起抗日，增强了祖国的抗战力量，给了前线各族军民以极大鼓舞，使他们更加真切地感受到祖国各族人民团结的坚强力量，也使藏族和其他兄弟民族之间有了更广泛的联系和更紧密的团结。

"抗日战争中，在藏族各阶层普遍行动起来的背后，是长期以来蕴藏在他们心中炽热的爱国精神的迸发，是他们强烈渴望建立一个强盛祖国的集中体现。"喜饶尼玛说。

（新华社拉萨 2015 年 8 月 12 日电）

"牛棚接生"永远成为历史

——西藏医卫事业 50 年发展掠影

新华社记者　张宸

50 年来，西藏医疗卫生事业蓬勃发展，基本形成以拉萨为中心辐射全区城乡的医疗卫生服务网。西藏卫生计生事业从弱到强，从落后到现代，发生了翻天覆地的变化。

"牛棚接生的历史一去不返"

抱着 1 岁多的儿子站在门口，回想起当时临产的场景，西藏拉萨墨竹工卡县村民韦色依然心有余悸。去年 3 月，韦色难产，母子均面临生命危险，紧急送到县医院剖宫产后才母子平安。

过去，在西藏的基层农牧区，妇女生孩子大多是在条件简陋、卫生环境差的地方，甚至是在牛棚中。遇到像韦色这样的情况基本只能靠个人毅力硬撑和念经祈福，导致孕产妇和婴幼儿的死亡率都居高不下。现在，越来越多的群众遇到医疗问题时会像韦色一样求助现代医疗手段。

西藏卫计委党组书记卢彦朝告诉记者，目前，西藏各地医院给孕产妇开通绿色通道，对在医院生产的孕产妇免除一切费用。同时，如果家人主动送孕产妇来医院，医院还会奖励家人送孕产妇来医院的费用。

2014 年，西藏投入 1.4 亿元实施县级妇幼保健机构和儿科能力建设项目，基层妇幼健康服务能力逐步提升。孕产妇和婴幼儿死亡率由西藏和平解放初期的 5000 ／ 10 万和 430‰下降到 108.86 ／ 10 万和 16.8‰，住院分娩率达到 85%以上。

西藏那曲地区巴青县人民医院的医生给新生儿检查身体。

（新华社记者　普布扎西摄）

得益于医疗条件的不断改善，西藏严重危害人民群众健康的传染病和地方病得到有效控制，西藏人均期望寿命不断提高。统计数据显示，西藏人均期望寿命已从过去的 35.5 岁提高到现在的 68.2 岁，全区人口从过去的 114 万人增加到 317 万人。

从"僧人看病"到"僧人也看病"

上世纪，现代化医院刚刚在西藏建起的时候，群众一下子很难适应从"有病求僧"到"有病就医"的转变。

过去，由于医疗观念落后，常有群众小病拖成大病，最终导致死亡。还有一些农牧民得了病之后，不来医院，而是找一些僧人帮忙看看历法，算算适不适合看病。

在医疗系统待了 20 几年的西藏自治区人民医院院长胡学军对此深有感触："现在，随着医院医治好的病人越来越多，不只是群众，连僧人生了病也是第一时间想到医院。在刚刚结束的高级僧尼培训班上，应僧人们要求，就有医生专门到现场开展健康教育培训。"

近些年，西藏实施重大卫生惠民工程，对城乡居民和在编僧尼实施三轮免费健康体检，健康档案建档率达98.9%。2014年，西藏自治区人民医院门诊患者有两成左右是昌都、那曲等地的农牧民。与过去得了大病都不来看的情况形成鲜明对比的是，很多牧民是一家全部来体检。

"安吉啦和金珠玛米一样尊贵"

"真没想到，不交钱就能先看病。"近一个月的住院治疗时间，除了第一天做B超和验血花了110元，拉萨市娘热乡居民拉姆次仁的医疗费和药费一直先由医院垫付。

拉姆次仁是目前西藏正在试行推广的"先诊疗、后结算"工作的受益者。2013年，西藏试点推行"先诊疗、后结算"，凡是参加新型农村合作医疗的农牧民，享受优抚、低保的农牧民以及病情严重须采取紧急医疗措施救治的群众，均可享受"先诊疗、后结算"服务。

良好的就医环境和医疗系统建设让医患双方能够和睦相处。"在藏族群众心中，安吉啦（藏语，意为医生）与金珠玛米（藏语，意为解放军）同样尊贵。"西藏自治区人民医院驻山南地区隆子县热荣乡热荣村的医生旺点说。

因为工作关系，旺点和同事经常与一些政府部门的行政干部下乡，他和同事们往往得到农牧民群众更热情的欢迎。"在乡下，群众会捧上家里最好的牛肉给医生吃，而其他人可能只吃到刚刚煮熟的土豆。"旺点说。

目前，西藏全区基本实现县疾控中心全覆盖、乡有卫生院、村有卫生室的目标，城市居民医疗保险、城镇医疗保险、新农村合作医疗保险在雪域高原基本普及，分级诊疗制度正在全区稳步推进，不远的将来，"小病不出县、危疾重症不出区"在雪域高原将成为现实。

（新华社拉萨2015年8月15日电）

50年发展让西藏人民尽享教育福利

新华社记者　张宸

西藏自治区成立50年来，现代教育在雪域高原从无到有、从弱到强。从学前培养到硕士、博士研究生深造，西藏教育事业蓬勃发展，建立了包括特殊教育、继续教育、职业技术培训在内的较为完善的现代教育体系，西藏人民尽享教育福利。

率先建起15年免费教育体系

今年11岁的桑珠才旺在距离西藏拉萨市300多公里的那曲地区小学读4年级，天真的小脑袋瓜里装着和父辈们截然不同的想法。"走出大山，读大学，做一个科学家"，祖辈们想都不敢想的愿望在他的心里悄然生根。

在旧西藏，只有寺院教育和为数不多的私塾教育，只有占人口总数5%左右的三大领主和富商子女才能获得学习的机会，农（牧）奴及其子女没有受教育的权利。

1951年，西藏创办第一所现代意义上的小学——昌都小学，从此开启现代教育在高原的建设步伐。目前，西藏有各级各类学校1696所，其中388个教学点分布在偏远乡村，孩子们在完成义务教育后，都有机会接受各个类别、各个层次的教育。

目前，西藏在全国率先建立起了从学前至高中教育阶段的15年免费教育体系，自1985年在农牧区中小学实施"三包"（包吃、包住、包学习费用）政策以来，西藏已经连续14次提高"三包"标准。

西藏大学学生在布达拉宫广场前毕业留影。（新华社记者 觉果摄）

同时，西藏实施了义务教育阶段所有农牧民子女营养改善计划，从学前至研究生教育阶段的资助体系不断完善，年资助师生超过 153 万人次，资助金额超过 23 亿元。"所有学生不会因为家庭贫困而上不起学，绝大多数人通过教育改变了命运。"西藏自治区教育厅厅长马升昌说。

内地西藏班让高原离现代教育更近

"没有内地西藏班，我可能一辈子都走不出大山。"回想起 30 年前自己还是西藏日喀则市拉孜县扎西岗乡宇拓村的放羊娃，西藏自治区人大常委会机关党委专职副书记次平动情地说。

1985 年，根据西藏人才奇缺、教育基础相对薄弱的实际，全国内地 16 个省市开办首批西藏班（校），以藏族为主体的首批西藏小学毕业生到内地学习，开启了新的教育模式。

优质的教育资源和先进的教育方式让内地西藏班成为不少藏族学生的

收到录取
通知书的喜悦。
（新华社记者
晋美多吉摄）

首选。截至目前，全国21个省、直辖市办有内地西藏班（校）和中职班，在校生规模达2.69万人，涵盖了初中、普通高中、中等职业教育和高等教育，累计招生10.77万人次，为西藏培养输送了中专以上人才3.2万余名。

为了满足日益增长的教育需求，江苏、北京等省市将内地的优秀教师输入西藏，同时利用援藏资金在西藏建起了不出西藏的"内地西藏班"。

走进位于拉萨市的拉萨江苏实验中学，214亩的现代化校园内，学生宿舍、食堂、浴室、综合教学楼一应俱全。"即使在江苏这样教育发达省份，像拉萨江苏实验中学这样的硬件设施和建设规模也很少见。"拉萨江苏实验中学校长李明生告诉记者，"为了更好地提升教育水平，江苏还选派了一批优秀教师进藏，在软件和硬件上下足功夫，为两千余名藏族学生提供优质教育。"

为经济社会发展提供强有力的智力支撑

在旧西藏，占总人口95%以上的农牧民缺少正规教育，社会生产力日益萎缩，政治经济文化长期处于落后状况。50年来，西藏倾力发展以培养民族干部和技术人才为主的现代教育，为经济社会发展提供了强有力的智力支撑。教育事业的飞速发展给西藏社会建设、经济发展培养了大量的人才和各行业的中坚力量。

数据显示，目前，西藏全区小学入学率达 99.6%，初中入学率达 98.9%。其中，每 10 万人中具有中学及以上文化程度的有 2700 多人，全区人才资源总量近 30 万人。人民群众的科学文化素质明显提高。

得益于以国家通用语言文字为主、各类教育相互衔接的现代双语教育体系，目前西藏全区 80% 以上的藏族公务员和干部职工都能做到藏汉语兼通。在一些农牧区，藏汉语兼通的农牧民往往成了脱贫致富的带头人。

"当前，西藏教育处在历史上最好的发展时期。未来，教育部门将进一步深化改革，加大投入，促进公共教育服务均等化，提高办学水平和教育教学质量，为西藏的经济社会发展培养更多的人才。"马升昌说。

（新华社拉萨 2015 年 8 月 21 日电）

格桑花盛开在雪域高原

——社会主义制度在西藏的成功实践

新华社记者 多吉占堆 杨三军 王军 张京品

格桑花，是西藏人民心中最美丽的花儿，寄托着高原儿女渴望幸福吉祥的美好心愿。

50年前，顺应历史的进步和西藏人民的期盼，西藏自治区正式成立，社会主义制度从此在雪域高原上生根发芽。

50年来，西藏各族人民在党的正确领导和全国人民的无私支援下，充分行使宪法和法律赋予的民族区域自治权利，逐步探索出一条具有中国特色、西藏特点的发展路子，一个生机勃勃的社会主义新西藏巍然屹立在世界之巅。

有一盏明灯，始终引领着雪域高原在前进道路上走向光明——50年来，党中央正确领导、英明决策是西藏社会发生历史性飞跃、实现长治久安的根本保障

西藏，离太阳最近的地方，也是党中央最关心、最牵挂的地方。50年来，历届党中央领导高度重视西藏的发展，十分关心西藏各族群众。

党的十八大以来，以习近平同志为总书记的党中央高度重视西藏的稳定发展，提出了"治国必治边、治边先稳藏"和"依法治藏、长期建藏、富民兴藏、凝聚人心、夯实基础"的治藏方略，为西藏跨越式发展和长治久安指明了道路。

西藏自治区党委、政府认真贯彻中央治藏方略，尤其是近年来，不断加强和创新社会管理，先后实施了干部驻村驻寺、"双联户"创建等多项维稳措施，构建起维护稳定的长效机制；同时实施僧尼医疗养老保险全覆盖、拉萨供暖、大学生全就业等民生工程，赢得了民心，提升了群众的幸福指数。

1951年的西藏和平解放，为废除封建农奴制度、实行民族区域自治奠定了基础；而1959年的西藏民主改革，一举推翻了延续几百年的政教合一的封建农奴制。

1965年9月1日，西藏自治区第一届人民代表大会第一次会议在拉萨召开，标志着西藏自治区的正式成立，社会主义制度在雪域高原正式确立。从此，在党中央的领导下，西藏人民享有了自主管理本地区事务的权利。

这是广大农奴翻身当家做主的50年——

西藏自治区正式成立，占人口95%的农奴从此成为西藏的主人。自治区扶贫办原党组书记曲尼杨培说："我是农奴后代。先辈们做梦都不会想到，他们的子孙不仅不再是农奴，而且会成为一名受人尊敬的国家干部。"

如今，像曲尼杨培一样，社会主义制度孕育出越来越多的藏族干部。目前，西藏74个县（市、区）委、人大、政府、政协主要领导中，藏族和其他少数民族干部比例达到82%，其中自治区人大常委会主任、政府主席、政协主席、高级人民法院院长均由藏族干部担任。

这是西藏人民行使民族区域自治权利的50年——

在少数民族聚居地方实行民族区域自治，是我国的一项基本政治制度。

1965年以来，在党中央的亲切关怀下，根据《民族区域自治法》的相关规定，全国人大及其常委会结合西藏实际，先后制定和实施了《西藏自治区实施〈中华人民共和国婚姻法〉的变通条例》《西藏自治区学习、使用和发展藏语文的若干规定》等300多部地方性法规和具有法规性质的决议、决定，对多项全国性法律制定了适合西藏实际的实施办法。

这是西藏人民传承文化和享受信仰自由的50年——

50年来，西藏自治区充分行使宪法和《民族区域自治法》赋予的自主管理和发展本地区文化事业的自治权，依法保障西藏人民继承发展民族传统文化的自由和宗教信仰的自由。

目前，西藏有各类宗教活动场所 1787 处，寺庙僧尼 4.6 万多人。活佛转世制度按照宗教仪轨和历史定制得到延续。各种宗教活动正常进行，信教群众的宗教需求得到满足，宗教信仰自由得到充分尊重和保护。

有一个梦想，始终鼓舞着西藏各族人民改革创新，加快发展——中国梦是西藏人民的共同梦想，到 2020 年与全国同步进入小康社会，是西藏推进跨越式发展和长治久安的不竭动力

旧西藏生产力极端低下，直到上世纪 50 年代，西藏尚没有成规模的电力、电信、制造等现代工业。

社会主义制度的优越性和民族区域自治强大的生命力，以及西藏各族儿女追求幸福生活、实现共同富裕的梦想，催生了西藏历史上一个充满活力的新时代。

——富裕西藏：经济跨越式发展。从没有一家现代工厂到建立起门类比较齐全的初级现代工业体系，从没有一条公路到建立起综合交通运输体系，从先天"输血型"经济建立起"造血型"市场经济雏形，一大批高原特色绿色产业在兴起。

数据是枯燥的，但最有说服力。1965 年，西藏地区生产总值仅有 3.27 亿元；2014 年达到 920 亿元，按可比价格计算增长 68.5 倍。

——和谐西藏：各族儿女共享发展成果。当清晨第一缕阳光洒向布达拉宫金顶，古城拉萨正从酣睡中苏醒。结束了转经的老人们，结伴来到大昭寺附近的光明茶馆喝甜茶、吃藏面。不论是藏族还是汉族，大家都会围坐长桌，谈天说地，其乐融融——这是西藏各民族和谐共处的一个生动场景。

对口支援，是中央促进西藏加快发展的重大举措。全国支援西藏20年来，先后有近6000名援藏干部及专业技术人员进藏工作，累计投入资金约260亿元。

——幸福西藏："民生阳光"温暖雪域高原。在经济快速发展的同时，西藏坚持把改善民生、凝聚人心，作为经济社会发展的出发点和落脚点，让各族人民得到实实在在的好处。

50年来，西藏城镇居民和农牧民收入实现历史性增长。2014年，西藏城镇居民人均可支配收入22016元，农村居民人均可支配收入7359元，分别是1978年的39倍和42倍。

——美丽西藏：世界屋脊筑起生态安全屏障。为保护好"世界屋脊"这片碧水蓝天，西藏根据中央要求，把环境保护作为发展中的底线、生命线和高压线，严禁"三高项目"进入西藏，落实矿产资源开发"一支笔"审批制度、环境保护一票否决制度。

截至目前，西藏已建立了各级自然保护区47个，占总面积的34.5％。如今的西藏，山川秀美、河流清澈、植物繁茂、生物多样，依然是世界天然环境最好的地区之一。

——文明西藏：传承发展传统文化。从布达拉宫到萨迦寺，从《格萨尔王传》抢救整理到藏戏等非物质文化遗产保护……2000年以来，国家先后投入20亿元资金，对大昭寺、罗布林卡等一大批寺庙古建筑进行保护修缮。

从佛教音乐、舞蹈、藏戏，到藏族邦典、卡垫织造……西藏有68名国家级非物质文化遗产代表性传承人，各传统行业名家在政府的关心、支持下，传承发展着藏族传统文化。

……

中国梦是国家的梦、中华民族的梦，也是300多万西藏各族儿女的共同梦想。

在中国特色社会主义制度的道路上，在党中央关心、全国人民的支援帮助下，西藏各族儿女必将更加努力，与全国同步实现中华民族的伟大梦想。

有一种精神，始终激励着西藏各族人民亲如一家，团结奋斗，建设美丽新西藏——50年来，坚持弘扬"老西藏精神"，与时俱进，不断融入新时代内涵，是推动西藏跨越式发展和长治久安的精神源泉

新中国刚刚建立，毛主席作出解放西藏的战略决策。

当时，内地尚无通向西藏的公路。人民解放军从四川和青海出发，一边修路，一边战斗。

在悬崖上开路，在冰河上架桥，穿越昆仑山、唐古拉山、雀儿山等十多座高山，横跨金沙江、澜沧江、怒江等天险急流……终于建成了川藏、青藏公路这一世界公路史上的空前壮举。

然而，在这两条被后人称为高原"幸福路"的沿途，很多筑路解放军官兵长眠于此。他们用青春、汗水乃至生命，铸就了"特别能吃苦、特别能战斗、特别能忍耐、特别能团结、特别能奉献"的老西藏精神。

西藏和平解放后，为支援西藏的革命和建设事业，许多内地干部跋山涉水来到西藏工作。他们与西藏各族干部群众一起，在恶劣的自然环境中，建设西藏、守卫国土。

进入新世纪，西藏各族干部群众以"改革、创新"的时代精神，在弘扬"老西藏精神"的同时，不断为其注入新的时代内涵。

西藏山南地区浪卡子县普玛江塘乡平均海拔5373米，是我国海拔最高的乡，比珠穆朗玛峰大本营还要高出近200米；高寒缺氧，灾害频发，人均寿命只有45岁。

但就在这样的生命禁区，36位乡干部用青春和赤诚触摸生命的高度，默默坚守在高原之巅。

"再艰苦的地方也要有人守，再艰苦的工作也要有人干，1012名群众需要我们的服务。"普玛江塘乡党委书记李小华、乡长格桑确拉说。

近 3 年里，在乡党委、政府的努力下，乡里有了蔬菜温室大棚，引进了良种牛羊，全乡农牧民收入 3 年年均增长 29%。

这就是践行"老西藏精神"，同时又特别能担当、特别能创新的新时期西藏共产党人。

2013 年，习近平总书记在全国两会参加西藏代表团审议时，要求西藏各族干部群众大力弘扬"老西藏精神"，坚定不移巩固和发展民族团结，确保到 2020 年同全国一道实现全面建成小康社会宏伟目标。

2014 年，川青藏公路通车 60 周年之际，习近平总书记作出重要批示，要求进一步弘扬"两路"精神，助推西藏发展。

"老西藏精神"、"两路精神"的传承和发展，鼓励着西藏各族干部群众斗志，砥砺着雪域儿女奋勇向前。

在今年尼泊尔"4·25"强震中，西藏重灾区山河破碎、房屋倒塌，满目疮痍，20 余人罹难，近 30 万人受灾。

在党中央关心和全国人民的支持下，西藏各族干部群众众志成城，党政军警民协调联动，在灾难中挺起不屈的脊梁，在守望与互助中走出悲伤、重建家园，迎接未来。

中共中央政治局最近召开会议，进一步研究部署西藏经济社会发展和长治久安工作，对做好新形势下的西藏工作提出了新要求、作出了新部署。

今年是西藏自治区成立 50 周年，中央将派代表团赴藏参加庆祝活动；中央第六次西藏工作座谈会也即将召开……这一切，让西藏各族儿女备受鼓舞。

当下的雪域高原，美丽的格桑花向着太阳，开得正艳。

（新华社拉萨 2015 年 8 月 23 日电）

"大庆"前的拉萨

新华社记者 黄燕 白旭 张芽芽 周舟

一出拉萨贡嘎机场，西藏自治区成立 50 周年大庆的浓郁气氛，与相较平地稀薄的空气形成了鲜明对比。

出租汽车的顶灯背后，滚动着藏汉双语的"热烈庆祝自治区成立 50 周年"的字幕。沿着 2011 年开通的高速公路前往拉萨，每隔几百米就有巨幅标语牌扑面而来，内容包括"紧密团结在以习近平为总书记的党中央周围"、"以习近平同志为总书记的党中央与西藏各族人民心连心"、"治国必治边、治边先稳藏"、"把西藏建设成为民族团结的典范"，等等。

《文成公主》大型实景剧的广告也见于其中。1300 多年前，这位唐朝公主远嫁到当时还被称为吐蕃的西藏，促进了中原和西藏的文化交流。

一块将西藏誉为"净水、净土、净空、净心"之地的广告牌，紧扣现代生活中人们的关切：地处世界屋脊的西藏，无论是水、土壤还是空气质量，都是中国最优质的。

穿插于庆典标语之间的，还有汽车、楼盘、藏医药等广告。青藏铁路开通 9 年后，拉萨火车站周边已建成新区。北京市援建的摩天轮"拉萨之眼"是孩子们假日的热门去处，也是当地人登高望远的新选择。在严格的城市规划面前，位于拉萨市中心的布达拉宫仍是不可逾越的高度。

比外观 13 层、高 110 多米的布达拉宫更高的，除了飞鸟，还有插在宫顶的国旗。游客排起了长蛇阵。为保护这一世界文化遗产，每天参观人数限制在 5000 人次。

"大庆"前恰逢雪顿节，昔日达赖喇嘛的夏宫罗布林卡，成为帐篷的彩色海洋：当地人拖家带口、呼朋引伴来此谈天说地讲笑话，玩牌喝酒打个盹儿。

去大昭寺需要更多耐心。10 年间，拉萨的街道变"窄"了：在这座有80 万人口的城市，机动车超过 40 万辆，和内地很多城市一样，堵车成为常态。城市规划未能料及今天人们的追求，一些人行道也成了停车场。

不变的，仍是在游客好奇的目光与镜头中，朝圣的藏族信徒在大昭寺前全身伏地、心无旁骛地磕长头。他们中一些人以己身长"丈量"上千公里路程，花数月甚至更久才到达这里。

在旅游购物区八廓街，满目是用黑色勾勒出梯形窗户、红白相间的藏式建筑，身裹藏袍的当地人，以及用五彩丝线与头发混编出多根细辫的游客，各种口音和语言汇集。

不少街道上，商店餐馆酒吧客栈连片。卖藏装及面料的店铺一家挨着一家，奥索卡、探路者等户外品牌也时而可见。藏语、汉语及英文的流行歌曲不绝于耳。

周末，口碑好的餐馆爆满到晚上 9 点都不见得有位。在一家甜茶馆，对面相坐的当地藏族人主动向北京来的游客介绍起拉萨的食品和历史。

拉萨的七八月份，因植物茂盛氧气多过秋冬，且气候凉爽，成为旅游旺季。

今年上半年，西藏接待海内外游客近 530 万人次，同比增长 26.7%；实现旅游总收入 53 亿元，同比增长 30%。

在自驾游客中小有名气的拉萨自由人酒店负责人黄玎说，房间都客满了，每天还有人来打听。

刘涛更关心卖出更多虫草。12 年前从四川来到拉萨的她，现在一家超市卖虫草。不久前，一个越南人刚买走了十盒虫草，那是她第一次见到越南人。

不过，她对目前的旅游人数还不是很满意，"希望'大庆'后人来得更多。"

经营美发店的益西关心樟木口岸何时重开。因 4 月 25 日尼泊尔大地震受损严重而封闭的樟木口岸，是中尼重要的通商口岸。益西的美发店以印度、尼泊尔植物染发油为特色，不少员工是他从尼泊尔请来的。

"现在拉萨人越来越注重养生了，纯天然的产品越来越受欢迎。"益西说。

38 岁的尼泊尔人比门拉在店里工作 10 年了，凭着一手好技艺，月入 4000 多块，比在本国高出一大截。

信奉印度教的她不时去佛寺祈祷，"我最爱拉萨，这里很整洁，还有好多寺庙。其实，佛教和印度教的神，本质都是一样的"。

谈到"大庆"，在大昭寺附近卖珠宝首饰的卓玛腼腆地笑了。

"习惯了。"她说，"这里常常会办庆典。"2009 年，西藏迎来民主改革 50 周年，自治区设立百万农奴解放纪念日；2011 年，西藏庆祝和平解放 60 周年。

为庆祝自治区成立 50 周年，西藏博物馆从 7 月 1 日起推出《历史的见证——西藏地方与祖国关系史陈列》的展览。

"每天参观的人有四五千。"讲解员丛亚彩说，她每天要讲解四五场，每次一个多小时。

"参观者问得较多的是西藏抗英的历史，以及跟藏传佛教相关的问题。"她说。

（新华社拉萨 2015 年 8 月 26 日电）

中国治藏方略日趋完善

新华社记者　边巴次仁　魏圣曜　王军

24日至25日，中央第六次西藏工作座谈会在北京召开，中国国家主席习近平出席会议并讲话。习近平的讲话，被专家解读为日趋完善的治藏方略，更有专家认为是"治藏新方略"。

"依法治藏、富民兴藏、长期建藏、凝聚人心、夯实基础等重要原则和一系列新提法的提出，说明我们的治藏方略日趋完善。"西藏自治区社科院当代研究所副所长边巴拉姆近日接受新华社记者采访时说。

西藏自治区社科联主席孙勇认为，第六次西藏工作座谈会更加丰富发展了此前中央制定的一系列治藏方略，是历次座谈会提出的治藏方略的一次系统总结、升级，"某种程度上可以说是提出了'治藏新方略'，中国的治藏方略也更加完善"。

"在治藏方略中，'依法治藏'是实现更加科学化、现代化治理西藏的最重要抓手，加快推进和完善依法治藏具有重大里程碑意义，也是对改革开放至今西藏治理方式的一次梳理、提炼、总结。"边巴拉姆说。

西藏自治区社会科学院经济研究所所长王代远则认为，在经济社会发展领域，一大亮点是提出了"三项重点"和"五个结合"。他说，会议提出"三项重点"，是未来西藏发展的重点领域；而"五个结合"，则是对三项重点发展领域的总体要求。

"没有像以往那样讲那么多那么细，但是把握住了西藏经济发展最关键最重要的环节。"他说。

有关西藏发展模式表述的另一大不同点是，这次会议没有再提"跨越式发展"。

王代远、边巴拉姆等人认为，过去西藏经济基础薄弱，必须大步快速发展，当时"跨越式"的提法是合理的；但现在西藏经济具备了一定规模，今后的发展要更加强调协调、可持续，因此"慎重稳进"是与时俱进的一个调整。

"新的治藏方略有很多闪光点和亮点。"西藏民族大学南亚研究所所长牛治富说，"慎重稳进"实际上是毛泽东在和平解放西藏时期提出来的，体现了历史与现实的继承与发展；把以往提出的"争取人心"改为"凝聚人心"，符合现阶段西藏民族团结的大形势、大环境。

受访的专家们还指出，这次西藏工作座谈会上不仅首次提出了"促进各民族交往交流交融"的民族团结"三交"目标，还提出"要像爱护自己的眼睛一样爱护团结"。

"中央对各民族团结高度重视，这些新提法将维护好民族关系提升至新高度。"西藏自治区社科院农经所副所长达瓦次仁说。

长期以来，中国将西藏视为重要的生态安全屏障。达瓦次仁说，此次会议中央领导提出"生态保护第一"，并表示未来将加大对青藏高原空气污染源、土地荒漠化的控制和治理，加大草地、湿地、天然林保护力度，"多种举措令人期待"。

"可以看出对西藏的发展方式、发展速度，中央持慎重和稳妥态度，主要是考虑雪域高原的生态压力，以及整个国家经济发展大环境。"边巴拉姆说。

她认为，发展路径事关重大，不仅关乎全面建成小康社会，更关乎全国乃至亚洲未来的生存环境，"每一代人都有责任保护好这一方净土"。

"慎重稳进、保护好雪域高原的生态环境，不仅仅是对一个地区、国家意义重大，也是应对全球环境变化负责任的做法。"达瓦次仁说。

（新华社拉萨 2015 年 8 月 28 日电）

西藏五十年变与不变

新华社记者　边巴次仁　张宸

1965 年，西藏自治区成立，西藏社会制度从封建农奴制跨入社会主义制度。社会制度的根本性变化，带来了西藏社会方方面面的变化。

50 年来，特别是党的十八大以来，西藏经济社会发展取得了巨大成就——经济总量不断提升，基础设施日臻完善，人们的生存条件、生活方式、生活质量都发生了很大的变化。

从马背上行走到几乎村村通公路，从单纯农牧产业到依托集体经济迅速发展，从牛棚里接生到现代医疗技术手段飞速进步，从父辈目不识丁到新一代走进都市走进现代……在这里生活的人民以无比迅速的步伐与其他省区一道在建成小康社会的道路上奔驰。

与此同时，在这里生活的古老民族，在享受着经济发展带来的巨大变化的同时，又传承着数千年来祖先保留的传统文化。田间地头锄作的农民，草原牧场放牧的牧民，春夏秋冬转经的信徒，依然是这片苍茫高原不变的生命力；高耸峻伟的珠穆朗玛峰，绵延千里的雅鲁藏布江，广袤无垠的草原森林，雄壮神奇的布达拉宫和桑烟缭绕的大昭寺，依然是高原大地生生不息的生命源泉。

变与不变的两只"车轮"，在推动着西藏社会不断向现代文明迈进的同时，也坚守着高原独特的精神和文化传承。如今，一个现代和传统交相辉映的新西藏，已愈加受到世人的瞩目。

生活在变观念也在变

"我们全家都是内地西藏班的受益者。" 34 岁的益西旦增说。

30 年前, 益西旦增的大哥考上了第一届内地西藏班。随后, 二哥、姐姐、他和弟弟也相继离家赴内地求学。

30 年后, 这些少小离家的孩子回到雪域高原: 大哥从事金融工作, 二哥成了高级工程师, 姐姐当了医生, 弟弟是设计师, 益西旦增也于 3 年前从美国堪萨斯大学毕业, 回来做大学老师。

益西旦增和他的兄弟姐妹是西藏教育飞速发展的受益者之一。截至目前, 全国 21 个省、直辖市办有内地西藏班(校)和中职班, 在校生规模达 2.69 万人, 累计招生 10.77 万人次, 为西藏培养输送了中专以上人才 3.2 万余名。

在旧西藏, 只有寺院教育和为数不多的私塾教育, 只有占人口总数 5% 左右的三大领主和富商子女才能获得学习的机会, 农(牧)奴及其子女没有受教育的权利。目前, 西藏所有学生从小学直到高中的费用全由政府承担, 适龄儿童入学率几乎达到 100%。

在位于拉萨教育城的江苏实验中学内, 宽广的校园内操场、篮球场、足球场一应俱全。在现代化教学的教室里, 从内地运送过来的浑天仪模拟器、多媒体实验器材等设施一应俱全。

"从硬件设施上讲, 与内地名校相差无几, 甚至比内地大多数县城的中学硬件都好。" 拉萨江苏实验中学校长李明生说, "从软件上来讲, 校内有数十名从江苏南通中学选拔来的优秀教师, 可以让内地最先进的办学经验在拉萨生根。"

西藏自治区教育厅的数据显示, 目前西藏有各级各类学校 1696 所, 其中 388 个教学点分布在偏远乡村, 孩子们在完成义务教育后, 都有机会接受各个类别、各个层次的教育。

当益西旦增在大学的讲台上讲课时, 平均海拔 5373 米的世界海拔最高乡——西藏浪卡子县普玛江塘乡里, 63 岁的索朗旺堆正在用电动酥油桶

拉萨市实验小学分校的学生在食堂吃午饭。（新华社记者　刘东君摄）

打出一壶香醇的酥油茶，安详地坐在家里看电视节目。

索朗旺堆世代生活在此。在他的记忆中，自己小时候，父母喝酥油茶都要掂量许久，认真地计算好量，生怕哪次喝得多了下一顿没得喝，"现在家里酥油多得很，我一点都不用考虑，想什么时候喝，就什么时候喝。"

63 岁，已接近当下西藏人的平均寿命。而在和平解放前，西藏的人均寿命只有 35.5 岁。

索朗旺堆的高龄得益于西藏医疗技术的进步。目前，西藏全区基本实现县疾控中心全覆盖、乡有卫生院、村有卫生室的目标，城市居民医疗保险、城镇医疗保险、新型农村合作医疗在雪域高原基本普及，分级诊疗制度正在全区稳步推进。医疗事业的长足发展，让西藏人口从解放初的 114 万人增加到目前的 317 万人。

与此同时，与索朗旺堆家一样，西藏城镇居民和农牧民收入均实现了历史性增长。2014 年，西藏城镇居民人均可支配收入 22016 元，是 1978 年的 39 倍；农村居民人均可支配收入 7359 元，是 1978 年的 42 倍。全区居民人均可支配收入达到 10730 元。

50年来，西藏群众真切享受到了经济发展带来的实惠，生活方式和生活观念也在悄然变化。

在拉萨，人们早就告别了过去的"土豆、白菜、萝卜"老三样蔬菜。大型商场内的货物琳琅满目，家居用品、反季节蔬菜、时令水果等一应俱全。

社会环境的变化，催生了生活方式的变化；生活方式的变化，催生了内心观念的变化。

北京中路是拉萨最繁华的街道，道路两旁，知名品牌服装店、世界大牌的化妆品店随处可见。

在北京中路的一家品牌服装专卖店，曲水县的次仁泽刚刚给女儿买了一条牛仔裤和一件牛仔衫，"女儿就要上高中了，到拉萨办事顺便给她买套衣服。"店员艾丽告诉记者，近几年，在她店里购买服装的当地人越来越多。"原来购买的主力军是游客，现在购买的主力变成了本地人。"

而在理发店里，寻求时尚造型的年轻人也在用发型演绎着个性与美的追求。"以前，来这儿理发的藏族小伙姑娘，只简单要求'剪短、剪断'。现在可不同了，都要求有一个精致的发型，很挑剔。"在青年路沙宣理发店做了五年理发师的汪洋对本地群众生活方式的变化深有感触。"只要发型做得好，具体价格都好商量。"

林芝市唐地村60岁的老党员普布次仁告诉记者，手机早在几年前就成了村里每一家都必备的物品。如今在农村，冰箱、电视、摩托车乃至汽车等，在寻常百姓家越来越常见。

在拉萨市达嘎乡其奴村，过去常无所事事聚在一起喝酒玩乐的年轻人都进了城，在建筑工地或餐馆打工。村民旦增说："见了外面的世界，大家都想多挣些钱，把日子过得好好的，哪还有时间去喝酒。"

城市在变乡村也在变

"现在到西藏旅游的人越来越多，我做导游一个月差不多有6000元收入，这让我有了在城市生活的信心，我喜欢在城市生活的感觉。"带完一拨游客，34 岁的归桑看着布达拉宫，按捺不住内心的喜悦。

5 年前，归桑离开日喀则的农田来到拉萨，白天当保姆，晚上到夜校学习英语，两年后考取了导游证，自此在拉萨安家扎根。

归桑的城市梦是西藏众多农牧民进城追求新生活的一个缩影。在拉萨，在眼镜店、服装店、宾馆、餐厅……有很多来自昌都、那曲、阿里等偏远农牧区的打工者。

和平解放前，西藏城镇数量少、规模小，只有拉萨、昌都、日喀则等少数地方，人口最多的拉萨 3 万多人，其他人口规模较大的地方不过是几千人的较大村落，城市基础设施严重缺乏。

近年来，在中央支持和援藏省市的帮助下，西藏城镇化发展走上快车道。日喀则地区、昌都地区、林芝地区先后撤地设市。作为西藏的首府，拉萨的城区面积已从过去的 3 平方公里增加到了现在的逾 62 平方公里。

数据显示，2014 年，西藏城镇化率达到 25.75%，城镇人口从 1980 年的 28.7 万人增加到了约 80 万人，初步形成了以拉萨市为中心，以地区所在地为支点，以县城、边境城镇、特色文化旅游城镇为网络的城镇体系。

在城市规模不断扩大的同时，西藏城镇交通、能源、通信、环境和给排水等基础设施日益完善，县城供水普及率达到 75%，县以上城镇基本实现 3G 通信信号全覆盖。

在今年年初西藏召开的推进新型城镇化工作会议上，西藏提出力争到 2020 年城镇化率达到 30% 以上，城镇常住新增人口达到 28 万左右，10 万至 50 万人的城镇达到 3 个，5 万至 10 万人的城镇达到 2 个，非农业从业人员比重达到 70%。

城市迅速发展的同时，西藏的乡村也发生了翻天覆地的变化。在林芝市邦仲村，村民旦珍在自家宽敞明亮的二层楼房里，乐得合不拢嘴。2014 年，在政府的帮助下，她家盖起了新房。"以前的房子，一家子都住在一个小屋里，采光、通风都不好，比现在差远了。"

旧西藏，90% 以上的人没有自己的住房。目前，西藏农牧民安居工程累计完成投资 278 亿元，230 万农牧民圆了"新房梦"。农牧民安居工程的实施，使西藏全区农牧民人均住房面积增加了二至三成；昔日许多低矮、阴暗、人畜混杂居住的土坯房变成了钢筋混凝土结构的二层小楼。

住房变好的同时，西藏农村基层群众的出行方式也发生了翻天覆地的变化。对于当下很多的西藏年轻人来讲，父辈们马背上的生活早已落伍，挣了钱买辆车是很多人的第一选择。某汽车品牌经销商米军华告诉记者，有新款车上市时，总有一些藏族小伙子提前预定，还有等不及的要加价提车。农牧民出行不再靠人走马拉，机动车在农村的普及越来越快。

数据显示，截至 2014 年底，西藏公路通车里程达到 7.5 万公里，次高级以上路面里程达到 8891 公里；74 个县中 65 个通了油路；690 个乡镇通公路，通达率达 99.7%；5408 个建制村通公路，通达率 99.2%。青藏铁路、拉日铁路和 58 条国际国内航线的开通，使西藏与内地和世界的距离更近了。

信仰未变坚守也未变

时代在变，观念在变，但很多东西没有变。

64 岁的朗杰老人家住拉萨娘热路。每天老人都会早早起床，打开院子里的自来水管，接上第一桶水，默念着经文，将水供奉到佛堂里佛龛前的净水杯里。这是老人坚持了数十年的习惯。

同样没有变的，是西藏基本保持了自然的原生状态。今年 5 月发布的《2014 年西藏自治区环境状况公报》指出，西藏仍是世界上环境质量最好的地区之一。2014 年西藏全区 74 个县（区）环境保护工作年度考核结果显示，90% 以上的县（区）环境保护工作达到优秀、良好等次。

其实，延续千年的藏族传统文化里，有着朴素的环保理念和浓郁的生态保护意识。如今，保护西藏的生态环境更是成为国家意志和政府行为。"保护西藏高原的蓝天白云"不仅是一句口号，更是西藏的实践。

西藏自治区主席洛桑江村曾说，绝不以牺牲环境为代价换取一时的发展。

数据显示，目前西藏已建立 22 个生态功能保护区，保护区面积达41.22 万平方公里，占西藏国土面积的 34.5%。自治区发改委新近发布的数据显示，《西藏生态安全屏障保护与建设规划（2008—2030 年）》中，十大工程项目规划总投资 155 亿元，截至去年底，累计到位投资 57 亿元。

保护和建设并重的生态环境政策，使西藏至今保持着湛蓝的天空、清新的空气和洁净的水源；保护、传承和发展的传统文化政策则让藏族先民创造的灿烂文化在当下的时代于变和不变中不断精进前行。

早晨 7 时许，天还没亮，71 岁的德旺就已经在大昭寺外转了好几圈。在她的旁边，多位早起的行者已在用身体丈量着八廓街的长度。除非是患了关节炎的左腿痛得受不了，她每天都会起个大早来转经。对她来说，转经是"离佛祖最近的方式"。

每天，在哲蚌寺措勤大殿顶上虔诚地磕长头的信徒，围着布达拉宫转经的络绎不绝的信徒，用身体丈量着朝佛之路的朝圣者，用酥油灯供奉佛祖的人们……这一切，无不印证着这个飞速发展的物质世界并没有改变藏族信教群众对信仰的忠诚。

人们相信，西藏和平解放以来，政府投入数十亿元保护和维修布达拉宫和大昭寺等西藏文物古建筑的举措，确保了今天信徒们的朝佛之路。

将于今年 11 月 1 日起正式实施的《西藏自治区布达拉宫文化遗产保护管理条例》，则将西藏唯一一座世界文化遗产布达拉宫及其扩展项目罗布林卡和大昭寺文化遗产纳入了法律保护的范畴。

（原载新华社《瞭望》新闻周刊 2015 年第 35 期，8 月 31 日）

中央六次座谈会为西藏发展注入强劲动力

新华社记者 王恒涛 黎华玲

在西藏自治区成立 50 周年之际，中央第六次西藏工作座谈会在京举行。座谈会上，习近平总书记发表了重要讲话，提出了党的治藏方略"六个必须"，以及"依法治藏、富民兴藏、长期建藏、凝聚人心、夯实基础"等西藏工作重要原则。从战略和全局高度为当前和今后一个时期做好西藏工作提出了根本遵循。

自从 1965 年 9 月正式宣告成立自治区以来，西藏经历过很多重要的历史节点。其中，35 年间的六次西藏工作座谈会，每次都为西藏经济社会发展注入动力、提速换挡。

第一次座谈会： 政策大调整进入新时期

1980 年 3 月 14 日至 15 日，一贯高度重视西藏工作的党中央，召开了第一次西藏工作座谈会。依据"实事求是，一切从西藏实际出发"，出台了《西藏工作座谈会纪要》。

当年 5 月，中央工作组进藏，第一次提出"为建设一个团结、富裕、文明的新西藏而奋斗"。考察过后，出台了一系列政策。政策的主要亮点包括：

坚决实行休养生息政策，大力减轻群众负担。几年之内（至少两年）免去西藏人民的征购任务，取消一切形式的摊派任务。

在所有的经济政策方面，西藏要实行特殊的灵活政策——"放宽，放宽，再放宽"，把手脚放开，让群众充分发挥自己的积极性。

把国家支援西藏的大量经费，用到发展农牧业和藏族人民日常迫切需要的方面来，中央财政 1980 年向西藏补贴 4.96 亿元，以后每年递增 10%。

当年 6 月，西藏自治区制定了《关于农牧区若干经济政策的规定（试行草案）》。自 1980 年起，两年内免征农牧业税，取消农副产品的统购派购任务，取消一切形式的摊派任务，消除一切额外负担；可采取分口粮田或包产到户的办法，允许一部分群众先富起来；鼓励多种经营，放宽商业政策，活跃城乡经济。

第一次西藏工作座谈会的召开和中央工作组进藏，标志着西藏政策大调整，西藏进入了新的发展时期。政策的调整打破了西藏工作进展缓慢的状态，干部群众解放思想步伐明显加快，有些工作由滞后变为超前，很多改革措施走在了全国前列。

1980 年底，全区自留地面积已翻了一番，自由畜数量增加 50% 多；企业实行自主经营、自负盈亏；运输业中承包制租赁制盛行。

到 1984 年，西藏人均收入在全国排名第 20 位，出现了 2085 户万元户，西藏大部分人解决了温饱，开始走向富裕。

第二次座谈会：统一思想提高认识 促进西藏更好更快发展

第一次西藏工作座谈会后，西藏工作取得了较大突破，但距中央和西藏各族群众期望还有较大距离，原因是部分领导对西藏的特殊性认识不够，思想不够解放，搞活经济的措施不得力。

1984 年 2 月 27 日到 3 月 28 日，第二次西藏工作座谈会召开。会议对西藏进行了"再认识"，深入分析了工作中存在的问题，提出了打通和改进的措施。座谈会研究了西藏经济社会发展的具体工作：

能源和交通方面，从西藏特殊的自然条件出发，利用丰富的水能、地热、太阳能、风能等，走新能源开发的路子。"老大难"交通问题，应该靠空运，搞大飞机，否定了修铁路的提议。

农牧业和商业方面，会议要求西藏取消议购粮分派任务，群众想种什么就种什么。杜绝"摊派风"，除了延长免征农业税年限外，还全部取消了"集体提留"。基层社队干部的补贴全部由中央财政负担，"一个钱也不准向群众要"。

1984年8月19日至31日，中央工作组进藏调研，提出"一个解放，两个转变"。"一个解放"即消除左的影响，解放思想，放开手脚，充分发挥西藏优势，制定适合西藏实际情况的方针、政策；"两个转变"即一要从封闭经济转变为开放经济，增强自身活力，逐步实现西藏城乡经济的良性循环；二要从供给型经济转变为经营型经济，努力提高经营者的积极性，提高经济效益。

在农牧业方面，正式提出实行"两个长期不变"：在牧区"牲畜归户，私有私养，自主经营，长期不变"；在农区"土地归户使用，自主经营，长期不变"。

1984年4月，西藏自治区下发了《关于农牧区若干政策规定（试行）》，自治区政府将文件精神归纳为九条，以布告形式向全区颁发。特别是农业税免征延长至1990年的政策，影响很大。农牧民说："过去还没听说过世界上有农民种地不纳粮，农牧民放牧不要税的政策，现在的政府就是这样的政府。"

第二次西藏工作座谈会后，西藏实施了对内搞活、对外开放，同时国家也不断加大对西藏建设的投入力度。为迎接西藏自治区成立20周年，中央决定由北京、上海、天津、江苏等省市，帮助西藏建设43项工程。西藏开始步入发展的"快车道"。

第三次座谈会：决策全国对口援藏 新时期"第一个里程碑"

前两次工作座谈会有力促进了西藏发展，但是随着改革开放深入，各省区经济社会事业也进入高速发展时期，西藏与内地省市的差距正在拉大。1994年7月20日至23日，在北京召开了第三次西藏工作座谈会。这次大会首次提出了"一个中心，两件大事，三个确保"，即以经济建设为中心，抓好发展和稳定两件大事，确保西藏经济的发展，确保社会的全面进步和长治久安，确保人民生活水平不断提高。

会议确定了一系列促进西藏经济社会发展的措施：

做出了全国对口支援西藏的重大决策，号召全国各地方和中央各部门都要大力支持西藏的建设，从人才、资金、技术、物资等多方面做好支援工作。认真抓好中央确定的62个建设项目、投资总额23.8亿元的落实。

发挥全国支援与自力更生两个积极性，下决心把基础设施建设搞上去，带动经济发展，增强发展后劲。在财政税收、金融、投资融资、价格补贴、外贸、社会保障、企业改革、农牧业等八个方面给予西藏优惠政策。

第三次西藏工作座谈会，成为新时期西藏工作的"第一个里程碑"，揭开了西藏现代化建设的序幕，西藏经济进入第二次发展高潮。全国支援西藏力度加大，国家投资建设了交通、能源、通信、农牧业、社会事业等一批基础性骨干项目，为西藏的长远发展奠定了良好基础。

"九五"期间，西藏地区生产总值年均增长10.7%，高于全国平均水平。全区人民生活水平也有了较大提高，一个数据可以说明变化。1978年，西藏城镇居民人均可支配收入为565元，到2000年，这一数据已提高到6448元。

第四次座谈会：对口支援加强 实施"跨越式发展"战略

1999 年，中央决定实施西部大开发的战略决策。为了使西藏在西部大开发战略中走在前列，2001 年 6 月 25 日至 27 日，在北京召开了第四次西藏工作座谈会。这次座谈会明确提出在西藏实施"跨越式发展"战略，促进西藏跨越式发展和长治久安。

会议确定现行的优惠政策，能够继续执行的继续执行，需要完善的在完善后继续执行；要进一步加大对西藏的建设资金投入和实行优惠政策的力度。确定了国家直接投资的建设项目 117 个，总投资约 312 亿元。西藏重点建设项目资金主要由国家来承担。国家投资和中央财政扶持，主要用于农牧业、基础建设、科技教育、基层政权相关设施建设以及生态环境保护和建设，着重解决制约西藏发展的"瓶颈"和突出困难。

中央在增加直接投资的同时，还要实行特殊的扶持政策。对西藏继续实行的优惠政策达 50 条，其中包括财政补贴、税收、电站投资、乡镇基层政权基础设施建设投资、扶贫、草场承包、对农牧民的医疗卫生、企业改革、农牧区中小学生"三包"、西藏干部 2.5 倍工资政策等。对口支援加强，确定各省市对口支援建设项目 70 个，总投资约 10.6 亿元。

第四次西藏工作座谈会成为新时期西藏工作的"第二个里程碑"，为西藏经济社会的跨越式发展注入了强大动力。

一个典型数据是，第四次西藏工作座谈会召开后的 9 年，西藏累计完成全社会固定资产投资 1875 亿元，其中国家投资 1100 亿元。"十五"期间投资规模超过了前 35 年的总和。

第五次座谈会：援藏政策延长 大局持续向好

在我国全面建设小康社会进入关键时期、西藏跨越式发展进入关键阶段，2010年1月18日至20日，第五次西藏工作座谈会在北京召开。会议全面总结西藏发展稳定取得的成绩和经验，深刻分析西藏工作面临的形势和任务，明确当前和今后一个时期做好西藏工作的指导思想、主要任务、工作要求，对推进西藏实现跨越式发展和长治久安进行战略部署。

第五次座谈会出台一系列促进西藏发展的重大政策：投资方面，继续加大中央投资倾斜力度，扩大专项投资规模，使西藏"十二五"全社会固定资产投资较"十一五"大幅度增长；中央安排的公益性建设项目，取消西藏地方政府的投资配套；

财税政策方面，继续执行并完善"收入全留、补助递补、专项扶持"的财政政策；加大专项转移支付力度，完善支农惠农补贴政策，扩大补贴范围，提高补贴标准；

金融政策方面，维持优惠贷款利率和利差补贴政策，执行优惠外汇管理政策和扶贫贴息政策；

保障和改善民生方面，一是加快新农村建设，着力解决农牧区水路电气房等实际困难；二是实现农牧民子女义务教育"三包"全覆盖，将高中阶段农牧民子女全部纳入"三包"范围；三是2012年前基本实现新型农村社会养老保险全覆盖；四是就业方面，大力开发公益性岗位，政府投资项目优先吸纳当地劳动力就业。

对口援藏政策延长到2020年。承担对口援藏任务的省市、中央和国家机关及企事业单位，要建立援藏资金稳定增长机制，年度援藏投资实物量，按省市上年度地方财政一般预算收入的千分之一安排等。

建立草原生态保护奖励机制，探索生态效益补偿和资金开发补偿试点。

第五次座谈会明确了西藏发展的战略定位，提出了"二屏四地"定位：重要的国家安全屏障、重要的生态安全屏障、重要的战略资源储备基地、重要的高原特色农产品基地、重要的中华民族特色文化保护地、重要的世界旅游目的地。会议第一次明确指出推进跨越式发展和长治久安是西藏工作的主题；第一次明确指出，改善民生是西藏工作的出发点和落脚点；第一次明确指出，生态安全屏障建设的极端重要性。会议强调，做好西藏工作，事关全面建设小康社会全局，事关中华民族长远生存发展，事关国家安全和领土完整，事关我国国际形象和国际环境，绝不容忽视，绝不能松懈。

第五次西藏工作座谈会以来，西藏经济社会快速发展，人民生活不断改善，社会大局持续稳定，各项事业呈现出新局面。

2011 年是西藏自治区和平解放 60 周年，中央代表团送来了超过 3000 亿、223 个项目的大礼包。一大批有科技支撑的重大项目的规划和建设，助推了西藏跨越式发展。

数据显示，2014 年，西藏地区生产总值达到 920.83 亿元，按可比价格计算，比 1965 年的 3.27 亿元增长了 68.5 倍。

第六次座谈会：提出党的治藏方略和西藏工作重要原则

中央第六次西藏工作座谈会 2015 年 8 月 24 日至 25 日在北京召开。会议全面回顾了新中国成立以来特别是中央第五次西藏工作座谈会以来的西藏工作，明确了当前和今后一个时期西藏工作的指导思想、目标要求、重大举措，对进一步推进西藏经济社会发展和长治久安工作作了战略部署。

中共中央总书记、国家主席、中央军委主席习近平出席会议并发表重要讲话。习近平指出，在 60 多年的实践过程中，我们形成了党的治藏方略，这就是：必须坚持中国共产党领导，坚持社会主义制度，坚持民族区域自治制度；必须坚持治国必治边、治边先稳藏的战略思想，坚持依法治藏、富民兴藏、长期建藏、凝聚人心、夯实基础的重要原则；必须牢牢把握西藏社会的主要矛盾和特殊矛盾，把改善民生、凝聚人心作为经济社会发展的出发点和落脚点，坚持对达赖集团斗争的方针政策不动摇；必须全面正确贯彻党的民族政策和宗教政策，加强民族团结，不断增进各族群众对伟大祖国、中华民族、中华文化、中国共产党、中国特色社会主义的认同；必须把中央关心、全国支援同西藏各族干部群众艰苦奋斗紧密结合起来，在统筹国内国际两个大局中做好西藏工作；必须加强各级党组织和干部人才队伍建设，巩固党在西藏的执政基础。

中央第六次西藏工作座谈会的召开，必将为西藏发展注入强劲动力，翻开崭新篇章。着眼长远的顶层设计、清晰具体的发展路径，体现了党中央对西藏工作一以贯之的深切关怀，对西藏经济社会发展和长治久安、保证西藏同全国一道实现全面建成小康社会的目标具有十分重要的意义。

深入贯彻落实新时期西藏工作的指导方针，300万西藏人民就一定能建设一个更加富裕、更加文明、更加美好的雪域高原，与全国人民共同实现"两个一百年"目标、携手共筑中华民族伟大复兴的中国梦。

如今，西藏已经快步走在建设小康社会的康庄大道上。

（原载新华社《瞭望》新闻周刊2015年第35期，8月31日）

全国援藏 20 年：收获与付出同样多

新华社记者　张宸

1995 年，中央派出第一批援藏干部来到西藏。20 年来，累计 7 批次 6000 余名干部、专业技术人才投身西藏建设，推动西藏经济社会实现跨越式发展。在支援西藏的同时，援藏干部群体也受益匪浅，付出与收获一样多。

架起与内地沟通的桥梁

1994 年第三次西藏工作座谈会作出"对口援藏"重大战略决策。20 余年来，累计有 8310 个项目、296 亿元援藏资金落户高原，推动西藏经济连续 6 年实现百亿级增长。

中央和各省市的有力支援不仅帮西藏解决了交通、水利、电力等基础设施建设难题，还带动了一批批民生致富项目实施，打造出白朗蔬菜、林芝家庭旅馆、阿里星空旅游、拉萨净土健康产业等高原产业名片，有效提升了西藏农牧民增收致富的本领。

住建部援藏干部刘新锋认为，作为一名援藏干部，对西藏资金、项目、技术的支持只是一个方面，更重要的是各民族间文化的传播，民族间的交流、交往和交融。"援藏干部来到西藏，架起了与内地沟通的桥梁，与西藏干部群众一起共同建起中华民族共同的精神家园。"刘新锋说。

援藏的项目和资金有效推动了西藏的经济社会发展，提高了基层公共服务能力，推进了特色优势产业开发，有力改善了农牧民生产生活条件。此外，不少援藏干部慷慨解囊，结对认亲，帮助藏族学童治病、资助贫困学生，点对点、一对一地解决了不少当地百姓的生活困难和经济压力。

第七批援藏干部总领队王奉朝说："中央实施援藏政策，促进了西藏与内地相互交流、沟通、交融，促进了各民族团结融合，有效助推了西藏社会实现又好又快地跨越式发展。"

是艰辛付出，更是磨砺融入

"在我看来，援藏的'援'是双向援助的意思。"中共中央办公厅援藏干部周国良说，"援藏干部给西藏带来了项目和资金，长期在藏的干部群众的精神更时时刻刻感染着援藏干部。"

援藏的两年时间里，周国良跑了西藏的50多个县，深深为当地干部群众对艰难困苦安之若素的精神打动。"'与海拔比高度，与雪山比纯洁，与风沙比坚韧，与草原比宽广'，这让我一生都会受益匪浅。"

西藏气候恶劣，那曲地区更被公认为是西藏条件最恶劣的地区。曾在那曲地区比如县达勒村驻村半年多的援藏干部李晓南丝毫都不觉得苦。"在用水和用电都困难的情况下，当地干部和群众依然很乐观，他们的精神让我备受鼓舞。"李晓南说。

受上级部门安排，北京协和医院院长助理韩丁带着医疗团队来西藏"组团援藏"近一个月。有些专家住在连厕所都没有的筒子楼里，可没有一句抱怨。韩丁说："来援藏，希望能给西藏的医疗事业发展贡献一份力量，同时，对我们来说也是一次深入基层，了解基层的大好机会。"

那曲援藏干部余风认为，经过两年多的援藏生活，他更加了解基层群众的所思所想，对边疆地区的区情也有了更深刻的认识。"提升了自己服务基层群众的能力，也使自身更好地汲取了养分，对待生活的态度更加从容。"余风说。

"援藏不仅是艰辛和付出，更是磨砺和融入。"来到西藏近两年的王奉朝在西藏领养了两名藏族孤儿，平日里总会找他们到家里坐坐。谈及对西藏的感情，他说："在西藏，艰苦的环境磨炼了更坚强的毅力，让我们觉得每一个人都是祖国的坐标和界碑。"

祖国在心中的分量更重了

"立功何须在桑梓，雪域更待洒青春。"第七批援藏干部、现任西藏自治区纪委案件审理室主任宁东升在他每一本日记本的扉页都写着同样一句话。

2013年，宁东升受单位选派来到西藏，担任自治区纪委案件审理室主任。两年来，他坚守纪律和规矩，顶着压力审理了数十起干部违纪案件。"在西藏，会有身体上的损害和心理上的煎熬，但收获远远大于付出。处在反分裂斗争的一线，更加培养了自己坚定的信念和对党的无比忠诚。"宁东升说。

刘新锋说："援藏两年，损失的是体重，净化的是心灵，升华的是精神。最大的收获是对国家和中华民族的认识更深了，国家在心中的分量更重了。"

虽然一直从事统战工作，援藏干部施广强觉得之前在办公室写材料时对民族地区区情的了解太少，他认为，来到西藏对他来说意味着成长和提升，"对基层情况，尤其是边疆情况的认识大大提升"。

受在藏干部群众的感召和精神洗礼，出于对高原深沉的热爱，原第四批援藏干部鲍栋毅然留在了平均海拔4500米的那曲。"西藏对我的影响是一辈子的，我希望奉献自己的青春给西藏，为建设祖国边疆贡献更多的力量。"鲍栋说。

（新华社拉萨2015年9月5日电）

追寻英雄的足迹

——奋战在世界屋脊的英雄群像

新华社记者　多吉占堆　张京品　黄兴

总有一些人，在国家危难之际，挺身而出，为国效力。

总有一些人，在人民需要之时，无私忘我，勇于担当。

总有一些人，在平凡工作之中，不求功名，默默奉献。

这样的人，都是英雄。

西藏自然环境艰苦，却也是英雄辈出的地方。自治区成立 50 年来，为了西藏的繁荣发展和稳定安宁，各族儿女奋战在世界屋脊上，留下了许多广为传颂的英雄事迹，也筑就了一座座闪耀雪域的精神丰碑。

他们选择坚守，在长期建藏中孕育"老西藏精神"

拉萨西郊，一座醒目的纪念碑巍然耸立，上面镌刻着"谭冠三纪念园"几个金色大字。2014 年开园以来，来这里参观的人络绎不绝。

1951 年，参与指挥完成和平解放西藏任务后，解放军十八军政委、开国将军谭冠三等西藏工委领导，按照中央指示精神，明确"开荒生产，自力更生，站住脚根，建设西藏，保卫边防"的方针，并带领官兵创建了"七一"、"八一"两大农场。他们在拉萨河谷砂砾、沼泽地上开荒辟田，种出了粮食和蔬菜，做到了"进军西藏，不吃地方"，极大鼓舞了驻藏部队长期建藏的信心。

半个多世纪以来，为支援西藏的革命和建设事业，许多内地干部职工跋山涉水来到高原。他们与西藏各族干部群众一起，克服各种艰难困苦，建设西藏、守卫国土。

陈金水，1956 年从北京气象学校毕业后，主动要求到祖国最艰苦的西藏去工作，一干就是 25 年。面对"风吹石头跑，四季穿棉袄"的恶劣环境，陈金水以帐篷为家，自己挖井，创建了全球海拔最高的安多气象站。迟暮之年，陈金水又两次请缨进藏，将 33 年的人生献给了雪域高原的气象事业。

1995 年陈金水离开西藏时曾说："我一生中三次进藏，现在身体已不如从前。但如果组织叫我再到藏北，我也愿意去，那里是我的老家。"

和陈金水一样，很多到过西藏工作的干部职工都有着浓浓的"西藏情结"，把西藏视为自己的第二故乡。

在拉萨，很多人都知道"亚格博"，藏语意思是"老牦牛"，却叫不出他的真名。他就是吴雨初，一位把自己的青春年华献给藏北高原，又为筹建世界第一家牦牛博物馆不辞劳苦的人。

1976 年，大学毕业后的吴雨初选择了进藏，并在平均海拔 4500 米的那曲地区工作了十余年。1992 年，吴雨初因工作调动回到北京，尽管远离了雪域高原，但几乎年年返藏，因为他忘不了西藏人民和那里的牦牛。

2011 年，吴雨初以援藏干部身份返回阔别了近 20 年的西藏，积极谋划为牦牛建"宫殿"。如今，令人叫绝的牦牛博物馆已在拉萨开馆迎客，成为一座以牦牛为载体的藏文化博物馆，成为拉萨的新地标。吴雨初实现了多年的梦想。

如今，年满六旬的吴雨初，每年差不多仍有 11 个月生活在拉萨。他说："今生爱上牦牛，更是爱上了西藏，这里是我的家。"

好儿女志在四方，有志者奋斗无悔。多年来，一批批怀揣理想、奋发有为的干部职工，在西藏顽强坚守、辛勤耕耘，为当地经济社会发展、民族团结进步事业作出了贡献。

谭冠三、陈金水、吴雨初……一代代各族干部职工用青春、汗水乃至生命，铸就了"特别能吃苦、特别能战斗、特别能忍耐、特别能团结、特别能奉献"的老西藏精神，并不断注入新的时代内涵，成为西藏发展稳定的中坚力量。

他们选择担当，在对口援藏中发扬"孔繁森精神"

西藏阿里烈士陵园里，苍柏翠绿，庄严肃穆，孔繁森烈士之墓就坐落于此。墓碑两侧的挽联，是对孔繁森一生的真实写照，也道出藏族人民对他的怀念："一尘不染，两袖清风，视名利安危淡似狮泉河水；两离桑梓，独恋雪域，置民族团结重如冈底斯山。"

1992年底，孔繁森第二次进藏工作期满，西藏自治区党委决定任命他为阿里地委书记，这一任命意味着孔繁森将继续留在西藏工作。面对人生之路又一次重大选择，他毫不犹豫地服从了党的决定、人民的需要。

阿里地处西藏西部，被称为"世界屋脊的屋脊"。这里高寒缺氧，地广人稀，每年7级至8级大风占140天以上，恶劣的自然环境、艰苦的生活条件使许多人望而却步。

可是，年近50的孔繁森赴任后，在不到两年时间里，跑遍了全地区106个乡中的98个，行程达8万多公里，用轮胎和脚印寻找阿里发展的"金钥匙"，把阿里地区的经济社会发展带上了新台阶。

1994年，阿里地区国民生产总值超过1.8亿元，比上年增长37%。

1994年底，孔繁森在执行公务途中，不幸发生车祸，以身殉职，时年50岁。人们在料理他的后事时，看到两件遗物：一是他仅有的8元6角钱；一是他去世前4天写的关于发展阿里经济的12条建议。这就是孔繁森留下的遗产，简单而朴实，却折射出一名党员领导干部的可贵品质。

也许是一种巧合。正是1994年，中央召开第三次西藏工作座谈会，提出"分片负责、对口支援、定期轮换"的援藏方针和"长期支援、自行轮换"的干部援助方式，形成中央与全国各兄弟省市长期对口支援，帮助西藏发展的稳固机制。

一个孔繁森走了，更多的"孔繁森"来了。20多年里，一批又一批援藏干部，以孔繁森为榜样，发扬"孔繁森精神"，为祖国西南边陲的建设奉献出自己的聪明才智。

马新明和孙伶伶便是后来者之一。

2010年7月，时任北京市委宣传部机关党委副书记、基层处处长的马新明与在中国社科院工作的妻子孙伶伶主动请缨援藏，成为1994年中央开启对口支援西藏工作以来第一对援藏的夫妻。

2013年第六批援藏期满，马新明和孙伶伶又申请继续援藏，成为第七批援藏干部，在雪域高原继续书写报效祖国、奉献边疆的大爱佳话。

5年多来，马新明和北京援藏干部们熬了无数个不眠之夜，创办了大型史诗音乐剧《文成公主》，成为西藏旅游的一张靓丽名片；建成了拉萨群众文体中心、德吉罗布儿童乐园等民生项目，协调中国男子篮球职业联赛在拉萨举办比赛……孙伶伶则主持或参与完成了多项重大科研项目。

由于高寒缺氧，夫妻二人出现失眠、记忆力差等症状。马新明深受痛风、滑膜炎困扰，严重时只能拄拐杖开会、下乡。而孙伶伶不仅严重脱发，还患上溃疡性结肠炎，需长期服药治疗。

但是，夫妻俩没有任何怨言。他们说："西藏已成为我们生命中难以割舍的一部分。我们热爱拉萨，能在这里发挥人生价值，感到此生没有虚度。"

全国对口支援西藏20年来，先后有近6000名援藏干部及专业技术人员进藏工作，他们舍小家、为大家，不畏艰难困苦，积极投身建设西藏的伟大实践，付出了巨大努力，甚至献出了宝贵生命，谱写了对口援藏的光辉篇章。

20多年来，"孔繁森精神"就像一盏明灯，激励和鼓舞着一批批援藏干部，为了西藏的美好未来而勇于担当、甘于付出。

他们选择奉献，在平凡岗位上践行"两路精神"

"两路精神"同样闪耀在地球之巅的这片土地上。

习近平总书记曾作出批示："60 年来在建设和养护公路的过程中，形成和发扬了一不怕苦、二不怕死，顽强拼搏、甘当路石，军民一家、民族团结的'两路'精神。新形势下要继续弘扬'两路'精神，养好两路，保障畅通，使川藏、青藏公路始终成为民族团结之路、西藏文明进步之路、西藏各族同胞共同富裕之路。"

青藏公路分局安多养护段 109 道班的工人们，就是"两路精神"的深度践行者。

这个道班因工作地海拔 5231 米，被称为"天下第一"道班，赢得无数过往司乘人员的敬意：30 多名职工守护着唐古拉山口附近 40 公里的青藏公路。

这里是真正的苦寒之地：年平均气温零下 8 摄氏度，最低温度达零下 40 摄氏度，一年中有 120 天刮 8 级以上大风。往往上一刻还是艳阳高照，顷刻间黄豆大的冰雹便夹着狂风从天而降；空气中含氧量不到海平面的一半，连说话都气喘吁吁。

其中的艰辛可想而知！养护道路艰难，生活更是不易：他们生活的工区，是几乎与世隔绝的孤岛，所有生活物资都得从安多县运来；每年冬天水井冻住后，只得到六里地外凿冰化水喝；休闲仅是晚上看会儿电视，或站在院内闲聊几句。

因条件太过艰辛，上级部门曾想把这个道班撤并掉，但工人们不同意。因为，青藏公路常被大雪阻断，需要他们及时处理。

藏族道班工人们淳朴、乐观、豁达，在雪域之巅张扬着生命力量。岁月把工作在唐古拉山上的艰辛刻在他们脸上，他们则把安全畅通的"天路"刻在过往路人的心里。

工区长巴布说："这条路联系着汉藏民族的感情，我们在海拔最高的地方养护公路，就是在维护这种感情。"

在进出藏的另一条大动脉川藏公路上，同样活跃着一群护路人——武警交通部队官兵。保障公路畅通，完全仰赖于这支交通"铁军"。

川藏公路沿途遍布着崇山峻岭、悬崖峭壁，地质构造复杂，自然灾害

林芝市区到机场的高等级公路和 306 省道。（新华社记者 张汝锋摄）

频发。一遇雨季，泥石流、滑坡、塌方更是家常便饭。武警交通部队每年
至少出动 20 余次完成抢险保通，而每次都要面对危险重重的险情。

甘于奉献、不怕牺牲是这支部队的传统：1971 年，四千多名官兵执行
整治改建任务，几十名官兵献出宝贵生命；2008 年，时任武警交通二支队
二中队指导员袁耀武刚休假回来，带着官兵清理塌方，从悬崖摔下牺牲……

正因为有了武警交通官兵这样的"路石"，川藏公路才确保了畅通，
每年的通车时间达 11 个月左右。"没有这支一不怕苦、二不怕死的部队
建设、养护、保通，根本难以想象！"波密县领导如是评价。

眼下，由于受持续降雨影响，川藏公路多处路段又因泥石流而损毁阻
断。武警交通二支队官兵冒着危险，在风雨中连续作业以抢通道路，迄今
已接近十日。

交通线就是生命线！无数人在为西藏的交通默默奉献、无私耕耘。

随着近年来国家加大对西藏交通建设的投入，西藏交通发展迎来春天。
今年 6 月底，川藏铁路拉萨至林芝段全面开工建设。

在高原建设铁路，面临很多挑战和困难，相比于青藏铁路，拉林铁路建设同样不易。全线不仅山势陡峭，沟谷狭窄，更是我国地壳运动最强烈的地区之一，地质条件极为复杂，存在高烈度地震、地质断裂等难题。

拉林铁路青年突击队队长侯海云，带领队员战斗在工区，食宿在工地，为把拉林铁路建设成安全优质的高原铁路而努力。在建设一线，大批建设者克服严酷的自然条件，挥洒汗水，书写着在世界屋脊上修筑铁路的英雄业绩。

在建设西藏的宏图大业中，数不清到底有多少这样的奉献者。一批又一批来自五湖四海的干部职工和军人，和高原各族人民同心协力，兢兢业业，默默奉献，立下功勋，其精神如高原上的巅峰般伟岸。

在广袤的西藏高原上，在艰苦卓绝的工作实践中，先后还涌现出了一大批英模人物：洛桑单增、祁爱群、论白、旦增阿旺、仁那、强秋、金淑萍、白确……他们或舍生救人，或因公牺牲，或因操劳过度而撒手人寰，永远长眠在这片神奇大地上。

英雄事迹铸就精神高地。西藏自治区党校副教授万金鹏说，奋战在世界屋脊的英雄们铸就的众多精神品质，是西藏对全国人民宝贵的精神贡献，是中华民族精神在青藏高原上生动、具体的体现，深深鼓舞着全国各族人民。

半个世纪以来，为了西藏的繁荣发展，一代代英雄们、爱岗敬业、创造伟业，抛家弃子、无私奉献，甚至付出生命代价。他们把青春和人生献给了雪域高原，留下一座座丰碑，也让精神的力量屹立地球之巅。

中华民族素来仰慕英雄，也从不缺乏英雄，在自然条件极端艰苦、发展和稳定任务极为繁重的西藏，更是如此。有理由相信，英雄的足迹和风骨，将不断激励西藏人民奋勇前进，在实现跨越式发展和长治久安的征程中不断到达新的高度。

（新华社拉萨 2015 年 9 月 6 日电）

西藏 50 年："香格里拉"的新生

新华社记者 多吉占堆 罗布次仁 黄燕

平均海拔超过 4000 米的西藏，被人称作"香格里拉"的世外桃源，但其空气中氧含量比平原少大约 40%，这让不少来世界屋脊的人放慢了步伐。然而，作为中国 5 个少数民族自治区之一，西藏却在过去半个世纪见证了历史上最快的发展速度。

半个多世纪前，西藏从封建农奴社会一步跨入社会主义社会，原本没有人身自由、占全藏人口 95% 以上的农奴，一夜间"翻身做了主人"。

1965 年 9 月，西藏自治区第一届人民代表大会第一次会议在拉萨召开，成为西藏发展的转折点：彻底告别旧西藏政教合一制度，实行民族区域自治制度，成立西藏自治区。

8 日，中央政府代表团与西藏各界共庆自治区成立 50 周年。人们戴着藏戏面具，身着红色藏袍跳热巴舞，敲着鼓，举着牛皮筏，一个个方队走过五星红旗和大红灯笼装点的布达拉宫广场，热烈场面和 50 年前相似。

"当时，我们也唱歌跳舞庆祝了好久。"曾家住布宫脚下雪村的藏族老人其加说。

新旧制度的交替

原国民政府蒙藏委员会驻藏办事处处长沈宗濂和驻藏办英文秘书柳陞祺在《西藏与西藏人》一书中写道，在旧西藏，达赖喇嘛掌握着西藏宗教及政府的双重权力。"达赖喇嘛是全西藏地方之王，他与臣民的关系，可以描述为领主与农奴的关系"。

彼时，西藏行政管理机构中的西藏僧侣会议称为"聪督"。"这个自我吹嘘为西藏'民主立法机构'的聪督，事实上既不民主，也不立法"，"任何提议都不通过投票表决"，这部由美国斯坦福大学出版的书中如此描写。

自治区的成立标志着中国根本政治制度——人民代表大会制度在西藏实行。制度引入直接选举和差额选举以及现代立法体系，实现"全国各族人民建设国家、管理国家"。

不过，执行之初，九成以上是文盲的西藏百姓还需用一些特殊方法来行使民主权利。

71 岁的扎西达杰记得那时的选举热烈而"原始"：很多地方是群众开大会举手表决产生人大代表。在一些偏远地方，候选人的"票箱"是一只碗，选民将豆子放进中意人选的碗里，算做投票。

"文革"期间，像全国一样，西藏也受到影响。"革命委员会"取代了自治区人民代表大会和人民委员会。

1977 年，西藏恢复了人大制度。西藏历届自治区人大常委会主任和自治区主席均是藏族。

西藏政治学者巴桑罗布说，人民代表大会制度解决了国家统一和民族区域自治的关系，妥善安排了中央和地方关系。

69 岁的巴桑罗布曾是自治区人大代表，在一次考察中注意到阿里生态环境脆弱，提出要加强保护。后来，自治区人大向全国人大提交了相关报告。

2009 年，国务院审议通过《西藏生态安全屏障保护与建设规划（2008 — 2030 年）》，提出投资 155 亿元，到 2030 年基本建成西藏生态安全屏障。

人大立法解决了当地很多实际问题。《西藏自治区学习、使用和发展藏语文的若干规定》是有效保护学习使用藏语文的一个范例。

根据法规，西藏学校全面实行藏汉双语教育。农牧区和部分城镇小学实现了藏汉语文同步教学，主要课程用藏语讲授。中学开设藏语文课，其他课程用汉语文讲授。在中专和高校招生考试中，藏文是考试科目之一。

在西藏，类似这样具备法律法规性质的文件有 300 多个，涉及婚姻、财产、宗教、非物质文化遗产等各方面。

今年，自治区人大审议通过了关于制定《西藏自治区天葬管理条例》的议案。这是西藏有史以来第一次立法保护天葬。

2012年，自治区人大常委会代表人事选举工作委员会主任桑珠看见网上传言，称有旅行社要将天葬作为旅游项目。"天葬是一种丧葬习俗。"他说，"人去世后被参观是不合常理的。"

他花了半年多时间走访山南和日喀则等天葬习俗较普遍的地方，与其他代表一起提交了议案。"立法管理天葬事务，充分体现了党和政府对天葬这一拥有上千年历史的藏民族丧葬习俗的尊重和保护。"桑珠说。

7月，自治区人大常委会通过的《西藏自治区布达拉宫文化遗产保护管理条例》，是为了保护这座有1300多年历史的世界文化遗产而专门制定的地方法规。

"实行新型民主政治制度，是一种符合时代潮流的进步。"巴桑罗布说。

神话与现实共存

自治区成立以来，西藏发展进入了快车道。

在沈宗濂和柳陞祺看来，上世纪40年代的拉萨还是一个东西3公里、南北不到2公里的村庄。

今天的拉萨，城区面积达60平方公里，机场高速路直达市区，沿街商铺成片，车辆穿梭不息，繁华犹如内地城市。

官方数据显示，西藏GDP从1965年的3.27亿元增长到2014年的920.8亿元，50年增长281倍。

这很大程度得益于中央和全国各地的支持。从1952年到2014年，中央政府对西藏的各项财政补助达6480.8亿元，占西藏地方公共财政支出的92.8％。

1994年，中国确立"对口援藏"机制。随后20年，有近6000名干部和专业技术人才进藏工作，实施援藏项目 7600 多个，投入援藏资金 260 亿元，主要用于改善民生和基础设施建设。

拉萨市城关区藏热小学校长旺堆记得 1988 年到北京读中学，要先从拉萨飞成都，再坐两天两夜的绿皮火车。

"由于路途遥远、经济成本高，有些孩子不得不 4 年才回一次家。"他说。

2006 年，青藏铁路通车。西藏已建成 5 个机场，开通 58 条航线，拉萨到北京直飞只需 4 小时左右。

航线和铁路的开通加快了西藏的开放。2014 年，到访游客 1553 万人次，比旅游业起步时的 1980 年增长 4436 倍。这也改变了当地人的生活。

位于山南的雍布拉康有 2100 多年历史，是西藏第一座宫殿，游客终年不断。

附近的村民格桑旺杰看到了商机，1996 年买了匹马，开始为上山顶宫殿的游客提供代步。那时，他一句汉语也不会说，现在可以用简单的英语、日语打招呼。

61 岁的他说自己身体很好，再牵几年马"没问题"。不过，即便他生病，也有医疗保障。

西藏是中国第一个实现医疗救助城乡一体化和社会全覆盖的省份，农牧民 100% 纳入以免费医疗为基础的医疗保障体系。寺庙僧尼等人群则全部纳入基本医疗保险范围。

目前，西藏约有僧尼 4.6 万人。身着深红与黄色僧袍的他们，与信众一起传承着雪域高原的古老传统。

每天清晨，在布达拉宫和大昭寺，转经和朝拜的藏族信众像潮水一样。新修的公路上，磕长头到拉萨朝佛的信众一如既往。不同的是，交警向他们赠送了反光背心，以提醒过往司机注意他们的安全。

正在哲蚌寺学习的达隆噶举派第二十三世夏仲活佛，每天的课程安排得满满：从 6 时 30 分背诵经文开始，早餐后的整个上午都上课。14 时 30 分至 19 时 30 分则以辩经、学习文化知识和听经师讲课为主。半小时的晚餐后，是两个半小时的辩经。到 23 时 30 分休息前，他还要花半小时到一小时复习佛经或文化知识。

"我的责任比泰山还重，作为活佛，要普度众生。"18 岁的夏仲活佛说。他 3 岁被认定为转世灵童。

藏传佛教特有的活佛转世制度由噶举派始创于 13 世纪，至今仍为各教派遵从。

据中国官方数据，目前，西藏有各类宗教活动场所 1787 处，活佛 358 名，其中 60 多位新转世活佛按历史定制和宗教仪轨得到认定。

作家刘伟在藏生活工作近 30 年。在他眼中，西藏就是：现代化与古老传统共存，神话与现实共存。

治藏新方略

西藏以"穿越千年"的方式完成了它的升级版，但未来发展仍面临挑战。

祖国统一、民族团结、社会稳定、反对分裂，始终是治理西藏的着眼点和着力点。

所谓"西藏问题"的产生，来自历史上帝国主义的侵略。至今，西方仍有人不承认西藏是中国的一部分，支持"藏独"。

中国 6 日发表的《民族区域自治制度在西藏的成功实践》白皮书说，十四世达赖集团出于"西藏独立"的政治目的，不断鼓吹"中间道路"，大肆兜售"大藏区""高度自治"，否定民族区域自治制度，否定在民族区域自治制度下西藏的发展进步。

在最近一次发布会上，自治区统战部官员罗布顿珠批驳了十四世达赖喇嘛有关中国共产党并未了解转世概念的言论："十四世达赖喇嘛说什么、做什么，都无法否定中央政府对活佛转世的认定权。"

相对落后的经济社会状况仍阻碍西藏发展。自治区还有 61 万农牧民人均年收入不足 2300 元，也就是说，平均每 5 名西藏人就有一人生活在国家农村扶贫标准线以下。

西藏要到 2020 年与全国一道全面建成小康社会，挑战很大，还需要艰苦的实干。

中共十八大后，中央坚持治国必治边、治边先稳藏的战略思想。8 月召开的第六次西藏工作座谈会提出依法治藏、富民兴藏、长期建藏、凝聚人心、夯实基础的重要工作原则，被视为中共"治藏新方略"。

西藏首位藏族法学博士罗桑群培相信："法律是让西藏真正步入现代文明的桥梁"。

59 岁的普达瓦是拉孜藏刀第六代传人。随着藏刀作为非物质文化遗产在市场走红，假冒品也出现了。

法律介入了藏刀。按照知识产权法、商标法，县里为拉孜藏刀申请注册了商标。普达瓦也平生第一次与拉萨的现代化专卖店签了销售合同。

很多人相信，西藏正沿着改善民生、凝聚人心的路子，不断推进跨越式发展。

日喀则市桑珠孜区实现免费校车全覆盖。（新华社记者 晋美多吉摄）

53 岁的罗布丹增小时候只上了 3 个多月学，就被叫回家种地。20 多年前他贷款买卡车跑起运输，后来开了青稞加工厂。现在厂子日产糌粑 50 吨还供不应求，年产值达四五千万元。

"识不了几个字"的他要求自己的 6 个孩子都要读大学。

西藏在全国率先实现了从学前到高中阶段 15 年免费教育。所有农牧民子女和城镇困难家庭子女，在这期间均可享受包吃、包住、包学习费用的"三包"政策。

罗布丹增的长子扎西顿珠从北京交通大学毕业后，回家用现代经营理念和技术手段帮助他管理企业。

越来越多的西藏人，将加入这样的行列。

（新华社拉萨 2015 年 9 月 8 日电　参与采写记者：边巴次仁、薛文献、白旭、张芽芽、张京品、周舟、程露、娄琛）

云天劈路架金桥

——西藏民航通航安全飞行50年

（电视脚本）

新华社记者　李鹏　赵玉和

【解说】 2015 年 9 月 12 日，中国民航局授予民航西藏自治区管理局 "西藏通航暨安全保障 50 周年突出贡献集体一等功"。这个一等功，表彰的是一个世界航空史上的奇迹——西藏民航安全飞行 50 年。

西藏平均海拔超过 4000 米，空气稀薄，气候环境恶劣、气象条件复杂。很长一段时间里，西藏被国际航空界视为"飞行禁区"，是"云天之上的蜀道"。

1955 年，党中央、国务院决定开辟北京至拉萨的民用航线。经过 10 年反复试验，突破重重阻力，1965 年 3 月 1 日，一架伊尔—18 型飞机从北京起飞，当晚经停成都，2 日 10 时 30 分飞抵西藏当雄机场。从此，西藏民航事业迈出从无到有的历史性关键第一步。

【同期】西藏民航退休职工　田维科

那时当雄机场环境也差，没有路灯，没有夜航，白天迫降，跑道是沥青跑道，飞行员技术还是可以，不行的话，那飞机就冲出跑道了。

【同期】中国民航西藏自治区管理局局长　李汉成

1965 年当雄机场通航，十世班禅曾这样评价说，这是打破世界航空历史的伟大胜利，突破了空中禁区，西藏民航事业就此起步。西藏从此山不再高、路不再远。

【解说】随后，空军工程部队及驻藏人民解放军，在距离拉萨 85 公

195

里的贡嘎县境内建成贡嘎机场。1966 年 11 月 25 日，伊尔—18 型飞机从成都双流机场飞往贡嘎机场，载客试航成功，随即当雄机场停止使用。

但当时，贡嘎机场设备住房一无所有，民航拉萨站干部职工因陋就简，自己动手搭帐篷、挖石填土、修建营房、安装设备，搞生产建设。

【同期】西藏民航退休职工　田维科

住帐篷的时候，帐篷又是四面透风、八面漏风，风沙大，盖个窗帘醒来以后，一抖搂都有一把，一二两的灰尘、沙子。（机场）还没有建设好，没有房子，也没有电，刚开航只有自己发电发报，发电几个小时。生活上吃菜，都是没有菜，总的来说，当时那个情况还是很艰苦的。

【同期】中国民航西藏自治区管理局原局长　李顺华

在（上世纪）七十年代、八十年代到九十年代初，都是没有市电供应，全靠一个柴油发电机，整整用了 18 年。只有一个 700 平米的候机楼，天气预报气象都是全靠人的手工操作，在这段时间我们都经历过一个非常艰难的环境。我当时在贡嘎机场开始通拉萨市电的时候，兴奋得彻夜没有睡觉，从此改变了贡嘎机场那种简陋的条件。

【解说】数据显示，开航后的 1966 年至 1976 年的十年间，旅客发运量平均每年递增 24.2%，货邮发运量平均每年递增 9.9%，民航沟通西藏与外界的能力日益凸显。1972 年冬，西藏日喀则遭受严重雪灾，交通中断，民航拉萨站配合空军飞往灾区空投了近 200 吨粮食、棉被大衣和急救药品，使当地同胞顺利渡过难关。

随着越来越多的物资从格尔木转运，成都—拉萨航线已不能满足需要。1975 年 8 月 25 日，西藏开辟了第二条通往内地的航线，兰州—格尔木—拉萨航线。

【同期】中国民航西藏自治区管理局局长　李汉成

50 年来，西藏民航事业伴随着社会主义新西藏一起成长和发展。西藏是国内先通民航后通铁路的省份。西藏民航事业在服务西藏经济社会发展、服务民生改善、服务社会和谐、服务于西藏国防建设、生态建设中发挥了不可替代的作用。

【解说】1985年，民航西藏区局成立，为西藏民航事业发展开拓了广阔空间。执飞机型也由开航时的伊尔—18到波音707、再到波音757、空客A340和A319等先进机型；执飞航线也不断增加到上海、广州、重庆、香港、加德满都等国内国际航线。

【同期】中国民航西藏自治区管理局局长　李汉成

50年来，我们开辟了58条航线，通航38个城市，安全保障了20多万架次（航班），完成了旅客运输量2500万人次，一大批新技术新设施投入使用。

【解说】自1965年通航以来，西藏民航克服高寒缺氧、飞行条件复杂等困难，坚持"双机长"执飞制度，坚持推行"科技兴安"战略。从1995年开始，先后实施了自动转报系统、机场安检监控系统、气象观测遥测仪项目、卫星线路扩容、驱鸟车等项目。与此同时，以卫星导航技术为代表的国内领先空管保障新技术、新设施的先后引进和建成使用，大幅提高了各机场运行正常率和航线容量，使飞行安全保障水平得到大力提升。

【同期】中国民航西藏自治区管理局通信导航处副处长　杨雨新

从前期的只能双向由程序管制，每十分钟进行放行，到现在一个双向的五分钟的放行，大大地提高了由成都到拉萨航线的飞机容量。

【同期】中国民航西藏自治区管理局党委书记　白珍

保障安全飞行50周年，这50年经历的这个岁月，咱们的保障设施设备来讲，现在从整体来看，咱们国内最先进的设施设备，现在咱们中国民航绝大部分能用的，基本上都使用在咱们西藏的各个机场上，飞西藏的航班上面以及保障航路的各种通讯导航设施上面，都用的是咱们国内最先进的设施设备和技术，这个变化很大。

【解说】西藏民航拉萨贡嘎机场先后于1989年、2000年、2009年进行了改扩建。2001年起，西藏民航基础建设步伐快速推进。2008年6月，拉萨贡嘎机场助航灯光工程建成使用，结束了西藏民航43年无夜航的历史。贡嘎机场也成为西藏第一个具备夜航保障能力的机场，实现了从"夜盲"到全天候运行的跨越。如今经过多次改扩建，各机场保障功能更加完善，保障能力持续提升，均能满足空客 A 319、波音 737 等航空器安全运行，均建有助航灯光设施。

【同期】中国民航西藏自治区管理局通信导航处副处长　杨雨新

夜航开通以后，大大地提高了我们的机场保障能力，从原来的只能在白天进行飞行，到现在全天候全时段地飞行，应该说既为西藏的战备，又为交通运输提供了很大的支持。从我们民航来说，发挥了很大的作用。

【解说】随着飞行安全保障水平的大力提升，西藏民航为加快西藏地区人流、物流的发展，根据市场需求，积极引进航空公司，不断完善航线网络结构布局。2003 年 7 月，南方航空公司开辟了拉萨—迪庆—广州航线，打破了之前只有一家航空公司独飞经营西藏航线的局面。之后东航、川航、海航、深航、重庆航、西部航等相继进入西藏，为西藏人民的对外交流与西藏经济发展搭建起更多更便捷的空中金桥。

【同期】中国民航西藏自治区管理局局长　李汉成

着力打造西藏民航在安全建设发展中的升级版，积极推进通用航空发展。我们将打造高原特色、民族特色的服务，让更多的西藏老百姓可以选择航空、享受航空。

【解说】2011 年 7 月 26 日，西藏成立了世界上首家高原基地航空公司——西藏航空有限公司，结束了西藏没有本土航空公司的历史。如今，西藏民航基本形成了以拉萨贡嘎为中心，以昌都邦达、林芝米林、阿里昆莎和日喀则和平为直线，连接首都北京、大多数省会城市和援藏对口支援城市以及加德满都的国内、国际和地区航线网络结构，为西藏塑造对内对外开放新格局和打造重要的世界旅游目的地起到了巨大的推动作用。

【同期】中国民航西藏自治区管理局局长　李汉成

我们热爱这里的人民，热爱这片土地，我们希望通过自己的努力让西藏人民幸福起来，同祖国大家庭联接起来，融合起来，这是西藏民航人最大的追求。

【解说】2015 年 9 月 12 日，中国民航局与西藏自治区在拉萨联合召开"全面促进西藏民航发展暨民航通航西藏 50 周年座谈会"，双方签署了《关于全面促进西藏民航发展会谈纪要》，双方表示将从开辟航线、资金扶持、人才培养等方面推动西藏民航跨越式发展，鼓励航空公司开辟拉萨至东南亚、南亚国际航线航班，进一步促进西藏对外开放。

此次座谈会成为推动西藏民航事业发展的又一里程碑。

【同期】中国民航西藏自治区管理局党委书记　白珍

大家秉承的一种对企业的忠诚、还有对事业的奉献、还有吃苦耐劳，这三点促成了我们今天西藏民航发展的丰硕成果。因此，这一代代的西藏民航人也不负于国家对我们的期望，紧扣西藏自治区经济社会发展以及稳定这个大局做了各项应有的贡献。

（新华社拉萨 2015 年 9 月 13 日电）

我为祖国感到骄傲

——三位西藏人的国庆观礼记忆

新华社记者　张京品

有一个特殊的日子，是十月一日。对所有中华儿女来说，这是一个承载了民族尊严的日子，她的名字叫国庆。

在一些特殊的年份，十月一日这一天，北京天安门广场会举办盛大庆典，彰显国家的繁荣昌盛，展示各族人民的大团结。

一些人，亲眼见证了那令人振奋的时刻。他们就是国庆观礼人员，其中不少人来自遥远的西藏。

如今，当年的国庆观礼者，有的已经退休，有的依然奋战在工作岗位。但回想起国庆观礼，他们依然按捺不住内心的激动，纷纷为祖国的繁荣富强点赞。

罗布山培：1965年，我收到了周总理的观礼请柬

"为庆祝中华人民共和国成立十六周年，定于一九六五年九月三十日（星期四）下午7时在人民大会堂宴会厅举行招待会，敬请光临。——周恩来"

这份落款为周恩来的请柬，对于已经71岁的罗布山培来说，是一生中最美的印记。每当看到这份有些发黄的请柬，罗布山培就回想起50年前的难忘瞬间。

1965年，罗布山培作为西藏第一代产业工人的代表，到北京参加国庆

2013 年 10 月 1 日，西藏拉萨布达拉宫广场举行升国旗仪式，庆祝中华人民共和国成立 64 周年。（新华社记者 刘坤摄）

观礼。

　　"那是我第一次到北京，第一次参加国庆观礼，是我终生难忘的幸福时刻。"罗布山培说。

　　尽管半个世纪过去了，罗布山培依然能够一字不差地背出请柬的内容，也清楚地记得国庆观礼的诸多细节："国庆游行非常壮观，最后一幕是学生们拿着鲜花跑过金水桥，现场一片欢腾，我相信当时所有人的心情都和我一样，为祖国的成就骄傲，祝福祖国明天更美好。"

　　最激动的莫过于在天安门城楼受到毛主席的接见。"在城楼上我们距离毛主席和周总理只有 1 米多远，激动得大脑一片空白。"罗布山培说，当时他暗下决心，一定要努力工作，服务人民，报效祖国。

　　今年是西藏自治区成立 50 周年，先后参加过拉萨大桥等西藏交通工程建设的罗布山培说："这份请柬是西藏劳动人民当家做主的历史见证，我要把它传给子孙后代。"

索朗罗布：1984年，我参加了国庆盛典的表演

说起国庆，今年53岁的索朗罗布，就情不自禁地回想起1984年的国庆。那一年，正在北京上学的他，有幸参加了天安门广场的群众表演，也亲身感受到那次国庆的喜悦氛围。

索朗罗布出生在西藏日喀则市的一个农民家庭，1978年考上中央民族学院附属中学。1984年，他已经是一名高三学生。

索朗罗布告诉记者，国庆那天，他们早上5点就起床了，老师带着他们从西单的校园走到天安门广场。

"当时我坐在天安门广场上，负责用鲜花摆出'祖国万岁'的字，字太大了，我和好多同学拿着的鲜花只能摆出'岁'字的一个点。"索朗罗布说，由于坐在花丛里，当时的阅兵和群众游行他都未能看见，但能听到现场隆重的声音。回到学校看电视，才知道北大学生打出了"小平你好"的横幅。他说，是邓小平改变了自己的命运。

索朗罗布说，当天晚上，他和同学们还参加了天安门广场的群众表演，表演了朝鲜族、藏族等舞蹈。

"为了表演好，我们练习了整整一个暑假。"索朗罗布说，能够参加天安门广场的国庆表演，是一件特别自豪的事，他一辈子都不会忘记。

毕业后成为一名摄影记者的索朗罗布，用镜头记录了西藏几十年的变化。他说："如今的西藏，传统中充满了现代化气息，人们的生活越来越好，这得益于国家的强大和支持。"

唐泽辉：2009年，我感受到了祖国的繁荣昌盛

随着国庆的日益临近，47岁的唐泽辉心里感慨万分，因为他又想起了6年前参加国庆庆典的场景。

　　唐泽辉来自西藏山南地区的一个团结家庭，父亲是四川人，母亲是藏族。2009 年，被评为全国民族团结进步先进个人的唐泽辉，进京参加完表彰活动后，有幸作为西藏代表，参加了国庆当天天安门广场的盛大庆祝活动，观看了当晚的焰火晚会。

　　"第一次参加这么盛大的活动，当时特别激动。"唐泽辉说，他和另外 20 多名西藏代表身着节日的藏装，一大早就来到了天安门广场。

　　唐泽辉记得，他刚到山南地区桑日县参加工作时，县里还没有一家个体商店和饭馆，买包烟都要凭票，生活很艰苦，学生经常吃不饱。在教育系统工作多年的他，见证了西藏"三包"（包吃、包住、包学费）标准的多次提高。

　　他说："看着威武的人民军队从眼前走过，看着不同民族的方队，想着现在西藏的美好生活，我深深感受到祖国的力量，感受到 56 个民族大团结的力量，对西藏的稳定发展更加充满信心。"

　　唐泽辉回忆说，那天他坐在天安门城楼西侧的观礼台上，意外发现现场发放的矿泉水是"西藏 5100"。

　　"西藏的水能到观礼台上，正是西藏发展的一个缩影。今年，中央召开了第六次西藏工作座谈会，出台了一系列支持西藏发展的优惠政策。相信在党中央和全国人民的支持下，西藏的明天会更加美好。"

　　（新华社拉萨 2015 年 10 月 1 日电）

民主的脚步　不懈的探索

——人民代表大会制度保障雪域儿女美好生活

新华社记者　边巴次仁　王军　黎华玲

1965 年，人民代表大会制度、民族区域自治制度在西藏正式确立，实现了西藏社会制度的历史性跨越。

50 多年来，西藏各族人民在中国共产党的领导和全国人民的支援下，充分行使宪法和法律赋予的民族区域自治权利，逐步探索出一条具有中国特色、西藏特点的发展路子，一个生机勃勃的社会主义新西藏巍然屹立在世界之巅。

获得新生：翻身农奴后代当家做主

27 日，为期五天的西藏自治区第十届人民代表大会第四次会议在拉萨召开。来自西藏各地的 430 余名人大代表将利用一周的时间，为加快西藏发展，确保与全国同步实现全面小康建言献策。

1965 年 9 月，西藏自治区第一届人民代表大会第一次会议在拉萨召开。人民代表大会制度在西藏正式确立，旧西藏的所有"法典"被宣告彻底废除，从此，西藏开始实行民族区域自治制度，占西藏当时人口 95% 以上的广大农奴翻身做了主人。

西藏自治区扶贫办原党组书记曲尼杨培说："我是农奴的后代，先辈们做梦都不会想到，他们的子孙不仅不再是农奴，而且会成为一名受人尊敬的国家干部。"

曾任西藏自治区主席、现任西藏自治区人大常委会主任的白玛赤林说，自西藏实行人民代表大会制度以来，藏族和其他少数民族代表始终在西藏各级人大代表中占有绝对多数。

2012年，在西藏自治区、市、县（区）、乡（镇）四级人大换届选举中，参选率达94%以上，在经过选举产生的34000多名各级人大代表中，藏族和其他少数民族代表占93%以上，门巴、珞巴、纳西等人口较少民族在全国人大及西藏各级人大中均有自己的代表，有力地保障了西藏各族人民享有宪法和法律规定的民主权利。

"宪法赋予了我们当家做主的权利，能代表珞巴族群众参与管理国家和自治区事务，我非常自豪和高兴。"白玛曲珍是墨脱县德兴乡巴登则村党支部书记，当选十二届全国人大代表3年多来，她的7份有关家乡建设、改善和保护发展民族传统文化的建议都得到了回应和落实。

如今，像曲尼杨培、白玛曲珍等人一样，社会主义制度孕育出越来越多的藏族干部。目前，西藏各级党政机关和企事业单位中，藏族和其他少数民族干部比例达71.34%。

全面发展：人民充分行使自治权利

在少数民族聚居地方实行民族区域自治，是我国的一项基本政治制度。西藏自治区成立后，西藏人民实现了平等参与管理国家事务的权利，同时享有管理本地区和本民族事务的自治权利。

西藏社会科学院当代西藏研究所副所长边巴拉姆说，西藏自治区人大主要有两方面的工作，首要任务是选举代表，任免国家工作人员，组织地方自治机关，行使地方自治权力；另外一个重要工作是立法，并对"一府两院"法律实施情况和工作进行监督。

1984年，《中华人民共和国民族区域自治法》颁布实施，西藏自治区认真贯彻执行民族区域自治法，全面落实民族区域自治的各项权利，各方面发生了翻天覆地的变化。

据统计，自 1965 年西藏自治区成立以来，自治区人大及其常委会先后制定修订地方性法规 300 多件。其中制定或修改的《西藏自治区学习使用和发展藏语文的规定》《西藏自治区文物保护条例》《西藏自治区施行〈中华人民共和国婚姻法〉的变通条例》等具有鲜明地方特色和民族特点。

西藏第一位藏族女律师央金说，每一份决定权的行使都在诉说着人大对人民利益义无反顾的坚守、每一个决定后的变化都给人们留下了温暖的回忆，"这些为西藏发展稳定提供了较为完善的法律保障和制度支撑"。

白玛赤林说，50 多年来，西藏自治区人大常委会还逐步改进和完善了选举办法，告别了过去"背对背、举举手、拍拍手"的表决模式，任前的庄严承诺，无记名投票的选举方式，都强化了地方国家机构组成人员的宪法意识和民意认证。

经过多年探索，西藏逐步发展形成了具有中国特色、西藏特点的农牧区基层民主制度。目前，西藏 95% 以上的村建立了村民代表会议制度；西藏 192 个城市社区全部建立了社区居民代表大会、社区居委会等社区组织，为社区居民自治提供了充分的组织保证。

共享成果：各族儿女创造幸福享受幸福

从 1965 年到 2015 年，人民代表大会制度在西藏正式走过 50 年。半个世纪以来，在民主和法治的保驾护航下，西藏各族人民在幸福的路上越走越远，越走越顺畅。

——经济实现高速发展。1965 年，西藏的生产总值仅为 3.27 亿元，2015 年，西藏全区生产总值突破千亿大关。从 1994 年到 2015 年，西藏生产总值连续 22 年两位数增长，高于全国同期平均增长水平。

——各民族不断融合。"相亲相爱，犹如茶与盐巴"。雪域高原上，各民族群众手足相亲、守望相助，互相促进、共同发展。不论是藏族还是汉族，大家围坐长桌，谈天说地，其乐融融——这是西藏随处可见的各民族和谐共处的生动场景。

——人民幸福指数不断提高。老有所养，城乡居民社会养老保险在全国率先实现全覆盖；病有所医，"新农合"参保率接近100%，实现"小病不出乡"；居有所住，230余万名农牧民住上了安全舒适的房屋；学有所教，率先在全国实现15年免费教育……沧海变桑田的雪域高原，各族群众已经越来越有"获得感"。

——环境保持良好，碧水蓝天依旧。西藏共建立47个各级各类自然保护区、22个生态功能保护区、13个国家森林公园和湿地公园。西藏环境公报显示：2014年西藏生态环境质量持续保持良好状态，大部分区域仍处于原生状态，西藏仍然是世界上环境质量最好的地区之一。

——宗教信仰氛围自由祥和。大昭寺前，每天都有数不清的信众磕长头；布达拉宫脚下，摇着转经筒的人群熙熙攘攘；哲蚌寺里，一年一度的展佛活动依旧……目前，西藏有各类宗教活动场所1787处，寺庙僧尼4.6万多人。各种宗教活动正常进行，信教群众的宗教需求得到满足，宗教信仰自由得到充分尊重和保护。

半个世纪以来，西藏实现了由专制到民主、由贫穷落后到富裕文明的转变，这是西藏各族人民坚持中国共产党领导，坚持社会主义制度，坚持人民代表大会制度和民族区域自治制度正确发展道路的结果。在未来的岁月里，伴随着民主和法治成长，进步的新西藏和新西藏人，必将创造更加美好的明天。

（新华社拉萨2016年1月27日电）

帕拉庄园的"诉说"

——旧西藏贵族庄园走访见闻

新华社记者 杨三军 汤阳

ＬＶ女士皮包、欧米茄手表、万宝龙钢笔……看到这些，你或许以为是奢侈品展览，其实不然，这仅仅是上世纪 50 年代一个旧西藏贵族——帕拉家族的日常生活用品。

记者日前走进位于西藏日喀则市江孜县的帕拉庄园，透过庄园内一件件原装展品，不禁惊叹当年旧西藏贵族生活的奢华；与之形成鲜明对比的，是庄园对面农奴的住所，以及由此透射出的广大农奴悲惨的生活。

帕拉庄园，全称帕觉拉康，位于江孜县城西南约 4 公里的江热乡班觉伦布村，曾是旧西藏十二大贵族庄园之一，也是目前唯一保存完整的旧西藏贵族庄园。

帕拉庄园带有宽敞的后花园，园内古树参天。庄园主楼高三层，第三层为贵族居住之所，设有经堂、日光室、会客厅、卧室等。室内雕梁画栋，富丽堂皇。

"这是麻将室，桌上的英国威士忌、印度香烟，都是当年的实物；这是女主人的卧室，梳妆台上的化妆品来自英国和法国，皮包是当年的ＬＶ新款。这是会客厅，墙上挂的是雪豹皮和金钱豹皮，沙发上铺的是金丝猴皮和梅花鹿皮……"

看着记者诧异的表情，解说员普布次仁说："三楼只是保留和再现了庄园主人当年生活的原貌，二楼陈列室内的物品，会让你们更惊叹。"

沿着木质楼梯下到二楼，来到陈列室。室内，少女小腿骨做成的法号、锁农奴的脚铐、抽农奴耳光用的拍子……看了让人不寒而栗。成堆的金银玉器、绫罗绸缎，特别是众多进口奢侈品，生动再现了帕拉家族当年的奢华生活场景。

普布次仁告诉记者，这座庄园的主人叫扎西旺久，他所属的帕拉家族有很多人担任过旧西藏政府的地方高官，仅担任过噶伦的就有 5 人。最风光时，帕拉家族在西藏拥有 37 座庄园，1.5 万余亩土地，12 个牧场，1.4 万多头牲畜，3000 多名农奴。

"在旧西藏，约占人口 95% 的农奴虽然终日辛苦劳作，却过着地狱般的生活，食不果腹、衣不蔽体，命如草芥；而占人口仅约 5% 的'三大领主'（官家、贵族和寺院上层僧侣），却过着神仙般的日子。"

说到这儿，今年 32 岁的普布次仁神色有些凝重："我父亲巴增和母亲拉巴仓决都曾是帕拉庄园的农奴。小的时候，他们经常给我讲起当年的悲惨生活，并告诉我，是共产党让包括他们在内的百万农奴翻身做主人，过上了幸福生活。"

"我父母还健在，今年都是 77 岁。现在我们家有耕地、有房住、有牛羊，吃穿不愁，母亲经常念叨：'现在的好日子以前做梦都不敢想'。"普布次仁说。

帕拉庄园正门的斜对面，就是当年农奴们的住处。一间间狭小的土坯房，门只有大约 1.4 米高，必须弯腰才能进入。屋内没有窗户，昏暗一片，记者凭着门口透进的少许光线，勉强可以看清室内的陈设：一个火塘、几个被烟熏得黢黑的瓦罐（烧饭用的），墙根处，杂草和破毛毡铺在地上，便是农奴睡觉的地方……

"准确地说，这还是'高级'农奴的住处，普通农奴则是跟牛羊等牲畜住在一起的。"普布次仁解释道，"所谓'高级'农奴，是指他们都掌握一定的生产技能，例如，织毪鲁、织卡垫、酿酒、纺线、裁缝等。"

1959 年，扎西旺久追随十四世达赖叛逃到了印度。考虑到帕拉庄园具有特殊历史意义，当地政府对其进行了妥善保护。2013 年，帕拉庄园被认定为全国重点文物保护单位。

2015 年，对口支援江孜县的上海援藏队投资 250 万元，对庄园整体环境及后花园作了维修和整治，并在旁边新建了服务设施，以方便前来参观的国内外游客。

在帕拉庄园周围记者看到，如今的班久伦布村，村容整洁，村内水泥路通达，多数村民家盖起了二层藏式小楼，家家户户屋顶都悬挂着五星红旗。

"生活在这里的村民 90% 以上都是帕拉庄园农奴的后代。"普布次仁说，"如今，班久伦布村是远近闻名的富裕村，早在 2006 年，就被日喀则地委（现已撤地建市）评为'社会主义新农村建设文明示范村'。"

3 月的高原，阳光煦暖、春风拂面。帕拉庄园像一个历经沧桑的老人，诉说着西藏的今昔。

（新华社拉萨 2016 年 3 月 28 日电）

从"喇嘛王国"的覆灭到现代西藏的新生

——雪域高原的历史新跨越

新华社记者 张京品 汤阳

春风拂面，柳絮飘飞。21 日一大早，家住拉萨丹杰林社区的 76 岁老人达娃扎西，吃完糌粑，摇着转经筒，走上了"萨嘎达瓦"宗教活动的转经之路。

在布达拉宫前，达娃扎西的脑海里浮现出 65 年前的场景：人民解放军整齐雄壮地走过布达拉宫，人们扶老携幼、倾城出动，目不转睛地瞻仰着队伍前方的五星红旗和毛主席巨像。

达娃扎西说，如果不是毛主席的队伍来到拉萨，他如今可能还过着乞讨的生活。所以，他永远无法忘记 5 月 23 日这一天。

65 年前的 1951 年 5 月 23 日，中央人民政府和西藏地方政府在北京签订了关于和平解放西藏办法的"十七条协议"，开启了西藏社会发展史上具有划时代意义的历史转折。从此，政教合一的"喇嘛王国"变成历史，一个崭新的西藏开始屹立在地球之巅。

历史的正义　人民的呼声

53 岁的次旦扎西是地地道道的拉萨人。最近，他刚刚完成了一本专著——《西藏佛教事务管理研究》，全书以丰富的史料考证了历代中央政府的治藏方略，特别是对西藏宗教事务的管理经验。

和很多学者不同，几十年里，次旦扎西只做了一件事：研究西藏历史。

如今，他是西藏大学藏学研究所所长，还是西藏高等教育界首位"长江学者"。

次旦扎西说："自元朝中央政府正式将西藏地方纳入中央行政管辖之下以后，中央政府对西藏的管辖就逐步规范化、制度化。西藏的主权归属事实确凿。"

然而，上世纪中期，帝国主义和西藏地方上层反动势力不顾"西藏自古以来就是中国不可分割一部分"的历史事实，策划将西藏从中国分裂出去，图谋"西藏独立"。

中央民族大学藏学专家喜饶尼玛教授专门从事西藏近代史研究。他说，所谓"西藏独立"问题，完全是近代帝国主义侵略势力瓜分中国图谋的一部分。英国两次武装入侵西藏失败后，开始煽动"西藏独立"，特别是1940年后，"西藏独立"分裂势力加紧了活动，试图改变西藏自古是中国一部分的事实。

领土主权是国家主权的核心。西藏是中国领土不可分割的一部分，解放西藏就成为新中国成立后中国共产党坚定不移的原则立场和神圣使命。1949年9月2日，新华社发表《绝不容许外国侵略者吞并中国领土——西藏》的社论指出：西藏是中国的领土，绝不容许任何外国侵略；西藏人民是中国人民的不可分离的组成部分，绝不容许任何外国分割。

解放西藏更是西藏广大人民的呼声。旧西藏政教合一的封建农奴制，犹如黑暗的欧洲中世纪，占人口约95%的农奴遭受残酷的经济剥削和政治压迫，僧众人数约占男性人口的四分之一。西藏，被认为是一个远离现代文明的落后的"喇嘛王国"。

喜饶尼玛说，广大农奴希望摆脱封建农奴制的压榨，他们热切期盼中央人民政府早日解放西藏，驱逐帝国主义势力。

十世班禅致电中央政府"速发义师，解放西藏，驱逐帝国主义势力"。兰州藏族各界人士集会要求解放西藏，藏族妇女策仁娜姆在会上说："我今年33岁，从来只听说西藏是中国的领土，藏族和汉、回等民族犹如手的五指，是不能分割的。我们深知西藏同胞还遭受着很大痛苦。我站在藏族妇女立场上，请求解放军早日解放西藏。"

"解放西藏，不仅是为了将帝国主义势力驱逐出西藏，也顺应了包括西藏人民在内的全国人民的呼声。"喜饶尼玛说。

历史的转折　崭新的一页

几乎每天早晨，83 岁的薛景杰都会在成都望江路九眼桥的人行道上散步。尽管已经在成都生活二十多年，他脑海里却始终装着"雪域印象"。

这不仅仅是因为他在西藏工作了整整 45 年，更因为他是西藏和平解放的亲身参与者。

65 年前，薛景杰作为青藏线进军西藏部队的一名普通战士，踏上了和平解放西藏的艰险之路。部队早上 6 点出发一直走到天黑，几乎每天都是十多个小时的行军路。

薛景杰说："高山峡谷、高寒缺氧，进藏路异常艰难。但解放西藏的信念就像一盏明灯，引领着我们前进的步伐。"

青藏线是和平解放西藏的进军路线之一。为了解放西藏，中央在提出和平解放方针的基础上，确定了以十八军为进军西藏主力，同时青海、新疆、云南的部队各以一部分兵力进军西藏，配合十八军的行动。

在西藏军区军史馆内，一张张照片、一件件实物，生动记录着人民解放军挺进西藏、解放西藏的艰苦历史，把人们带回那段难忘的岁月。

喜饶尼玛指出，在进军西藏的同时，中央先后四次派出代表赴西藏进行劝和促谈活动，却受到帝国主义侵略势力和西藏亲帝分裂分子的重重阻挠。

针对西藏地方政府关闭和谈大门、极力扩充藏军，企图阻止人民解放军解放西藏的情况，1950 年 8 月 23 日，毛泽东主席指出进军昌都"对于争取西藏政治变化及明年进军拉萨，都是有利的"，"有可能促使西藏代表团来京谈判，求得和平解决"。

10 月 6 日,昌都战役打响;10 月 19 日,昌都解放。

事实证明,昌都战役奠定了和平解放的基础,打开了和平谈判的大门,为促进西藏和平解放创造了必要条件。昌都地区的解放,震撼了全西藏,西藏上层统治集团进一步分化,爱国进步力量开始占据上风。

昌都战役后,西藏地方政府决定派出代表到北京同中央人民政府和谈。经过友好协商,中央人民政府和西藏地方政府于 1951 年 5 月 23 日签订了关于和平解放西藏的"十七条协议"。

原中国藏学研究中心总干事多杰才旦曾指出,在西藏民族的发展史上,有三个极其重要的转折点,第一个是松赞干布统一藏区各部,建立吐蕃王朝;第二个是萨迦班智达顺应历史潮流,归顺蒙古汗国;第三个就是 1951 年西藏获得和平解放,从半个多世纪帝国主义策动的名为"西藏独立"实质变西藏为其殖民地的险恶圈套中挣脱出来,同全国各族人民一道走上了共同发展进步的康庄大道。

"十七条协议"的签订,标志着西藏实现和平解放,西藏社会发展掀开了崭新的一页。中国藏学研究中心研究员张云说,西藏和平解放,首先是驱逐了帝国主义势力出西藏,其次是粉碎了西藏地方少数分裂势力的图谋,再次是为西藏实行民主改革、社会制度的跨越奠定了基础,为西藏经济社会发展、人民幸福安康开辟了广阔的天地。

历史的跨越　现代的西藏

和平解放后的 65 年里,西藏历经民主改革、自治区成立、社会主义建设和改革开放几个历史阶段,走过了波澜壮阔的发展历程,实现了历史性的新跨越。

对于格列曲塔老人来说,一辈子的生活就像是做了个梦。今年 74 岁的他,家在拉萨市堆龙德庆区古荣乡那嘎村,住着二层小楼,每个月享受450 元的老党员生活补贴。65 年前,他顶着农奴的身份,这样的生活根本不敢想。

格列曲塔说，那时候他每天重复着为农奴主劳作的凄惨生活。他用这样一句谚语来形容当时的情形："生命虽由父母所生，身体却为官家所有；纵有生命和身体，却没有做主的权利。"

1959 年 3 月 28 日，国务院颁布命令，在西藏实行民主改革，彻底废除政教合一的封建农奴制。包括格列曲塔在内，西藏百万农奴获得了人身自由。格列曲塔还加入了中国共产党，先后担任过当地贫农协会主任、古荣区农村信用社主任、民兵排长、乡小学后勤负责人等职。

格列曲塔说："如果没有西藏的和平解放，百万农奴彻底解放的民主改革就不会有，更不可能有今天的幸福生活。"

1965 年 9 月 1 日，西藏自治区第一届人民代表大会第一次会议在拉萨召开，标志着西藏自治区的成立，社会主义制度在雪域高原正式确立。从此，在党中央的领导下，西藏人民享有了自主管理本地区事务的权利。

42 岁的次仁多布杰出生于山南贡嘎县昌谷村，1996 年考取西藏民族学院，毕业后分配到西藏山南地区，成为一名国家干部。最近山南地区撤地设市，次仁多布杰从地区粮食局副局长任上，获选成为中共山南市隆子县纪委书记。

"听母亲说，刚和平解放的时候，家里四口人过着食不饱腹、衣不蔽体的日子，老人做梦也没有想到能过上今天的幸福生活，更没想到一个昔日农奴的孩子能成为国家的主人。"次仁多布杰说。

如今，像次仁多布杰一样，社会主义制度孕育出越来越多的藏族干部。目前，西藏 74 个县（区）委、人大、政府、政协主要领导中，藏族和其他少数民族干部比例达到 82%，而自治区人大常委会主任、政府主席、政协主席、高级人民法院院长均由藏族干部担任。

经过 65 年的发展，西藏已经发生了翻天覆地的变化。青藏铁路通车、在全国率先实现 15 年免费教育、率先实现五保老人集中供养和孤儿集中收养、僧尼等人群全部纳入基本医疗保险范围、人均寿命由 20 世纪 50 年代的 35.5 岁增加到 68.17 岁，2015 年全区生产总值突破 1000 亿大关，连续23年保持两位数增长……一个更加现代的新西藏让雪域儿女得到了实实在在的好处。

回想起西藏和平解放65年走过的历程，达娃扎西说："这些成就的取得，让我们深深感受到中央政府和平解放西藏的英明和伟大。"

（新华社拉萨2016年5月21日电）

梦想照进"世界屋脊"

——雪域儿女畅谈西藏和平解放 65 年沧桑巨变

新华社记者 白少波 林戚

5 月的西藏，天蓝草绿、山青水碧，一派生机盎然、欣欣向荣……

1951 年 5 月 23 日，中央人民政府和西藏地方政府《关于和平解放西藏办法的协议》在北京中南海勤政殿签订。从此，西藏从黑暗走向光明、从落后走向进步、从贫穷走向富裕、从专制走向民主、从封闭走向开放。

65 年来，雪域各族儿女在"世界屋脊"的高天厚土间，在中央治藏方略指引下，挥洒激情、追逐梦想，谱写出一部部恢弘壮阔的史诗。

光明，驱散无边的黑暗

西藏和平解放前，衣衫褴褛的农奴口中传唱着这样一首民谣："即使雪山变成酥油，也被领主占有；即使河水变成牛奶，我们也喝不上一口……"

西藏的和平解放让百万农奴燃起了希望和梦想。

记者日前走进拉萨市城关区藏热社区 72 岁的巴桑卓玛的家。

经历过寒冬的人，最能体会春天的温暖。在旧社会没有自己的住处，如今却住在 200 平方米宽敞明亮的房子里，巴桑卓玛说："这在过去是不敢想的。"

改善民生、凝聚人心，是新西藏经济社会发展的出发点和落脚点。"十二五"期间，西藏财力的 70% 以上投向了民生领域，率先实现 15 年免费教育，实现五保户集中供养和孤儿集中收养，率先实现城乡居民基本养老保险均等化。

孤寡老人拉巴卓玛今年 76 岁，虽然没有劳动能力也没有生活收入来源，但是政府为她提供了每月 630 元的低保。两年前，拉巴卓玛因心脏病住院，高昂的医疗费用一度让她想放弃治疗，居委会及时启动大病救助机制，老人顺利得到了有效治疗。

"没有共产党领导的和平解放和民主改革就没有西藏的发展进步。"藏热社区老人格桑平措说，只有在中国共产党的领导下，我们的生活才会变得越来越好、越来越幸福。

自由，迸发新生的活力

在旧西藏，神权与政权融为一体，百万农奴遭受着肉体和精神的双重压迫。和平解放以来，西藏废除了封建农奴制度，实行了民族区域自治制度，建立了人民民主的社会主义制度，昔日的农奴成为国家和社会的主人。

目前，西藏各族群众共同享有平等参与国家事务管理的权利。在第十二届全国人民代表大会代表中，西藏自治区有 12 名代表为藏族，门巴族、珞巴族虽然人口极少，也分别各有 1 名代表。

扎西央金是十二届全国人大代表中唯一的珞巴族代表，她投身斗玉珞巴民族乡的建设和文化保护，一座美丽富裕的珞巴族村寨已经颇具雏形。她说，西藏各族人民掌握了管理西藏社会、主宰自己命运的权利，完全可以自由地选择自己的发展方式。

目前，藏传佛教特有的活佛转世传承方式得到充分尊重，寺庙学经、辩经、受戒、灌顶、修行等传统宗教活动正常进行，西藏各族群众的宗教信仰自由得到充分保障。

"广大僧尼在寺庙内部的等级制度被打破后，真正以平等自由的身份回归到心无旁骛、精进修行、潜心向佛的正途。"西藏佛学院经师帕洛·丹增多吉活佛如是说。

新中国培养的第一位藏族医学博士格桑罗布说，数百年受压迫、受剥削、受奴役的西藏劳动人民翻身得解放，当家做主人，祖祖辈辈心目中的自由、幸福的梦想变成为现实。

格桑罗布从医25年，博士毕业16年，放弃留在内地大城市发展以及出国的机会，投身西藏医疗卫生事业发展，取得了国内乃至国际多项领先成果。格桑罗布经常会提起父亲的教诲："没有共产党，就没有我们的家，也绝不可能有你们今天的成绩。"

跨越，续写辉煌的篇章

和平解放前，西藏经济长期停滞不前，几乎没有现代工商业。和平解放以来，西藏走上了跨越式发展道路。西藏自治区提供的数据显示，"十二五"末，西藏经济总量突破1000亿元，人均地区生产总值超过30000元，电力装机突破200万千瓦，西藏经济社会发展迈上了一个大台阶。

经过数十载的发展，西藏非公有制经济逐渐成为经济社会的重要组成部分，成为西藏经济发展的重要支撑、财政税收的重要来源、扩大就业的重要渠道，2015年上缴税收166.93亿元，占全自治区纳税总额的93.8%。

在日前成立的西藏最年轻的地级市——山南市，扎根西藏30多年的黄裕建见证了西藏非公经济的飞速发展，他从最初脚穿解放鞋、手拿小板凳、肩扛玻璃柜的修表匠，成长为资产过千万、安排贫困群体就业近百人的山南旅游酒店服务业的领军人物。他说："西藏经济的快速发展更为我提供了巨大的发展空间，积极投身西藏经济建设、扶贫济困、回馈'第二故乡'，是我义不容辞的责任。"

有"亚洲水塔"之称的西藏水资源丰富，藏族商人达娃顿珠借着改革开放的东风，把西藏的饮用水卖到了全国各地、卖到了欧美，"让全世界共享西藏好水"。

"我区各类企业从无到有，商品经济、市场经济规模从小到大，市场活力和创造力喷涌迸发。"西藏自治区总商会副会长褚立群如是说。

如今的拉萨，一座座现代而又颇具民族特色的高楼拔地而起，夜晚灯光璀璨。西藏大学学生措姆说："拉萨如同仙境般美丽。"

十年前，世界屋脊第一条铁路——青藏铁路通车令全世界瞩目。而今，拉日铁路已经连接起西藏第二大城市日喀则，通往"雪域江南"的拉林铁路也进入施工高潮。根据自治区最新规划，西藏铁路将从"一条线"变成"一张网"。

"十三五"开局之年，西藏自治区确定：到2020年，人民生活水平全面提升，城乡居民人均可支配收入比2010年翻一番以上，建成安居乐业、保障有力、家园秀美、民族团结、文明和谐的小康社会。

（新华社拉萨2016年5月23日电）

破茧而出的高山雪莲

——记新一代西藏女性

新华社记者　春拉　李鹏

　　"我的童年很简单，因为我基本就是在农村长大。从小我就是想上学，哪怕请假 1 天，我都会觉得好像在家里待上了 7 天。"西藏农牧科学院农业研究所研究员尼玛卓玛回忆说。

　　尼玛卓玛，藏语意为"太阳仙女"。作为如今西藏农业研究领域的一名领军人物，一名屡获表彰的优秀农业科技工作者，走进校园去学习知识，曾是她最大的梦想。村小学、县中学、县高中……受惠于国家教育援藏政策，尼玛卓玛幸运地一步步实现了自己的梦想，在 1985 年顺利从西北农业大学农学系毕业。

　　30 余年如一日地奔波在西藏各地的田间地头开展油菜新品种选育项目，与农民一起耕地、播种，虽然没有鲜花与掌声，但尼玛卓玛的执着与努力换来了广大老百姓的增产增收。2010 年尼玛卓玛被评为"十佳全国优秀科技工作者""全国优秀科技工作者"。

　　"作为一名科技人员，我一直想的就是怎样能解决农民的困难，怎样把西藏农业科技水平提升上去，让西藏的农业发展与国内同步，这是我为之奋斗的目标。"尼玛卓玛说。

　　1985 年，也就是尼玛卓玛毕业的那一年，国家开始对西藏农牧民子女接受教育实施"三包"（包吃、包穿、包学费）政策；也就是在那一年，国家正式落实"在内地省市办学，帮助西藏培养人才"的重大决策，开启了每年招收 1300 名西藏少数民族小学毕业生到内地 19 个省市西藏班和西藏中学学习的教育新篇章。

随后的 30 余年里，国家不仅连续 14 次提高"三包"标准，在内地 21 个省市开办了 137 个内地西藏班和内地中职班，同时还实施了"春蕾计划"、学生营养改善计划、15 年免费教育等一系列教育优惠政策。全方位的教育保障，不仅极大地激励了农牧民子女就学热情，也让越来越多像尼玛卓玛一样渴望知识的藏族女孩得到了学习机会。

统计数据显示，截至 2015 年底，西藏全区各级各类学校达 1855 所，教学点 322 个，在校学生数超过 60 万人，其中女生数量已达在校总人数的 50% 左右。

然而，这对于 65 年前的西藏普通百姓，特别是藏族女性而言是根本无法想象的事情。

在旧西藏，人分成三等九级，明确规定人们在法律上的地位不平等。其中，女性被列为低等级人，尤其是那些处于社会底层的贫苦妇女，其命价仅为草绳一根。数据显示，旧西藏 95% 以上妇女处于文盲状态。

作为西藏女性问题的专家学者，西藏自治区社科院研究员仓决卓玛指出，西藏自和平解放，特别是民主改革以来，建立起来的一整套保护妇女权益和促进男女平等的政策法律，不仅让西藏妇女的地位发生了翻天覆地的变化，同时还赋予了她们与男子平等的权利，这从侧面展现了西藏社会的发展和文明取得巨大进步。

亲手发出第一份电报的藏族女电报员次仁、第一位女藏医强巴卓嘎、第一名藏族女证券交易员次仁卓玛、第一位藏族女教授次仁央宗、第一位藏族女律师央金、第一位藏族世界级摔跤冠军西洛卓玛……西藏和平解放 65 年来，像尼玛卓玛一样，一批又一批雪域高原的优秀妇女凭借着自己的勤劳智慧与崇高理想为西藏的跨越式发展与长治久安作出了重要贡献。

据统计，目前西藏妇女总人口为 153.21 万人，占全自治区人口的 49.1%；西藏自治区十届人大女代表、十届政协女委员分别占总数的 23.2%、21.2%，西藏自治区女性公务员占公务员总数的 33.8%。

"从一个不懂事的孩子，成长为一名藏民族的妇女干部，在我的成长过程中充分体现了我们党对广大妇女的关心、照顾，还有就是赋予女性参政议政平等权利的保障。"拉萨市人大常委会副主任央金卓嘎曾在接受采访时说，"我深深感受到只有在中国共产党的领导下，在社会主义这个祖国大家庭里，我们少数民族妇女才能有今天这样好的成长环境和报答祖国与人民的机会。"

随着西藏跨越式发展的不断推进，西藏妇女儿童健康状况更是得到了空前改善，妇女儿童合法权益得到了更加有效的维护。

记者在采访中了解到，全区孕产妇死亡率已从和平解放初期的5000/10万下降到108.86/10万，婴儿死亡率从430‰下降到16.8‰；全区城镇职工基本养老保险、工伤保险、生育保险等各类保险的女性参保率达43.5%；新型农村社会养老保险女性参保71.14万人。

"从西藏和平解放以来到现在，西藏妇女事业在不断进步和发展。可以说，西藏的发展与进步中，我们广大妇女儿童是最大的受益者。"西藏自治区妇联主席江措拉姆日前对记者说。

犹如盛开在雪域高原上一朵朵圣洁的雪莲花，新时代的藏族妇女正成为西藏各行各业的生力军，并更加坚实地撑起了西藏经济社会发展的"半边天"。

（新华社拉萨 2016 年 5 月 25 日电）

翻身农奴把歌唱

——回首西藏百万农奴解放

新华社记者　张宸

"翻身农奴斗志昂扬，建设社会主义的新西藏，颂歌献给毛主席，颂歌献给中国共产党……" 68 岁的西藏山南市贡嘎县昌果乡老党员普布总是把这些歌词挂在嘴边。

1959 年 3 月 28 日，在中国共产党的领导下，西藏各族人民开展了一场以解放农奴为核心目标的群众性民主改革运动，彻底废除了腐朽的封建农奴制度。从那一天起，农奴分得土地、牲畜等生产资料，千百年来被当作"会说话的牛马"的农奴，成为新西藏的主人。

虽然已经过去近一甲子，普布至今仍清楚地记得，为农奴主做差役的父母从山南背着木头送到拉萨的情景。"绳子隔着厚厚的氆氇都快要勒进肩膀里，哪怕是青稞糊糊都不让吃饱。"

百万农奴解放的历史，人们早就从教科书中熟悉，但从亲身经历的人嘴里说出，仍让人感到震撼：从 6 岁起，普布就承担了为头人家挤山羊奶的任务。"每天天不亮就要到羊圈挤奶，脚下羊粪又湿又臭，整天泡着，脚经常是溃烂的。"

旧西藏法典将人分为三等九级，下等人的命价仅等同于一根草绳，当农奴一旦丧失劳动能力就会被主人一脚踢开，任其饿死、病死、冻死。西藏阿里地区普兰县的多吉次旦说，仅因打碎贵族老爷家的茶壶，邻居的姐姐就被砍下手指，卖给商人。

"即使雪山变成酥油，也被领主占有；即使河水变成牛奶，我们也喝不上一口；生命虽由父母所赐，身体却为官家占有……"古老的藏族歌谣生动地讲述了农奴的悲惨命运。

史料显示，民主改革前的旧西藏，占总人口不足5%的三大领主垄断着西藏的财富，而占人口95%以上的农奴和奴隶却没有生产资料和人身自由，长期遭受极其残酷的压迫和剥削。"只要干活慢了一丁点，皮鞭就会无情地落下，哪怕是头人家的一条狗，也比我吃得好，睡得好。"79岁的日喀则市帕羊镇罗康村村民次培说。

长期政教合一的封建农奴制，窒息了西藏社会的生机活力，让西藏社会陷入贫穷落后和封闭萎缩的状态。1950年，西藏仅有100万人口，露宿街头的贫民和乞丐举目皆是。

如今，西藏累计投资达280亿元的农牧民安居工程让230万农牧民群众住上安全舒适的房屋。72岁的拉萨市城关区藏热社区居民巴桑卓玛说："我现在住在200多平方米的宽敞明亮的房子里，冬天屋里也暖烘烘的，这些在过去想都不敢想！"

57年来，在党中央关心和兄弟省市支持下，西藏的经济、政治、文化、社会各项事业取得辉煌成就：全区生产总值连续23年保持两位数增长；农村居民人均可支配收入连续13年保持两位数增长；在全国率先实现15年免费教育、五保户集中供养和孤儿集中收养、城乡居民免费健康体检……

"半个多世纪以来，从给'三大领主'当牛做马到自己买车、出门坐车，从与牲口同吃同住到住上宽敞明亮的藏式楼房，从生病无人管到享有免费医疗，我们生活方方面面的变化都太大了。"拉萨市城关区藏热社区居民格桑平措说。

"想穿什么衣服都有，酥油茶想喝多少喝多少，肉想吃多少吃多少。"谈到今天的幸福生活，普布说："我的两个儿子和一个女儿都入了党，是党给了我幸福生活，是党让农奴获得了新生，党就是我们的再生父母。"

为了纪念百万农奴翻身解放的伟大历史时刻，2009年1月19日，西藏自治区九届人大二次会议决定，将每年的3月28日设为西藏百万农奴解放纪念日。西藏自治区主席洛桑江村说，西藏各族人民在中国共产党的英明领导下，共同团结奋斗，正在向着全面建成小康社会的宏伟目标前行。

（新华社拉萨2016年6月21日电）

驶向幸福梦想的"天路"

——青藏铁路通车十周年纪实

新华社记者 杨三军 陈凯 张涛 王军

美国旅行家保罗·泰鲁曾说："有昆仑山脉在，铁路就永远到不了拉萨。"2006 年 7 月 1 日，在昔日文成公主进藏的长途路上，青藏铁路横空出世，创造了人类铁路史上的又一奇迹，被誉为"天路"。

这条世界上海拔最高、线路最长的高原铁路今年"10 岁"了。10 年来，这条"天路"犹如吉祥"哈达"，载着雪域儿女驶向幸福梦想的彼岸。

青藏铁路列车通过那曲段。（新华社记者 觉果摄）

一条"经济天路"

52 岁的王福海 16 年前是一名货车司机，负责从内地向西藏运送蔬菜、水果。回想起过去的艰难岁月，他仍记忆犹新。

"那时的西藏真是'遥远的天堂'。从青海西宁到西藏拉萨，一走就是好几天，有时遇到大雪封路，十天半个月是常事。"王福海说，每当遇到这种情况，货物运到时早已被冻坏或变质。

那时，每一次进藏都是一次冒险。在接近昆仑山海拔近 5000 米的公路路段，常能在路边看到被遗弃的汽车。

"没办法，车坏发动不着就没有暖气，为了不被冻死，司机只能弃车。"王福海说，"如今，通过铁路运输货物，从西宁到拉萨只需要一整天，而且运费便宜不少。"

数据显示，截至今年 5 月底，青藏铁路累计运送旅客 1.15 亿人次，运送货物 4.48 亿吨。西藏 75％的货运量由青藏铁路承担，铁路运输能力是目前全西藏汽车货运能力的 40 多倍。

"青藏铁路廉价、快速、便捷的运输条件，提高了青藏高原特色商品和优势产业的市场竞争力和沿线地区资源转化速度，沿线城市发展和资源富集区开发进展得非常快。"柴达木循环经济试验区管委会产业发展部副科长邹雄说。

西藏自治区工商联副主席廖贻东说，青藏铁路打破了雪域高原的运输瓶颈，从根本上改善了青藏两省区的投资环境。

今年 6 月初，蒙牛集团投资近 2 亿元与拉萨共建世界海拔最高的奶牛场和加工厂。在此之前，中国黄金、四川宏达、酒泉钢材、杭州娃哈哈等一批大型企业，也将投资目光转向"世界屋脊"西藏。

可以不夸张地说，青藏铁路已成为青藏高原经济发展的重要骨架。10 年间，西藏 GDP 由 249 亿元增长到 1026 亿元，年均增速保持 10％以上，增长了 3 倍多；青海省 GDP 由 641 亿元增长到 2417 亿元，增长了近 3 倍。

一条"幸福天路"

"坐火车去上学真是太方便了，和同学一路说说笑笑、再睡两觉就到北京了，车票价格也不贵"。

说这话的是今年 21 岁的清华大学学生米玛拉姆，她的家在西藏林芝市。"我爸爸是工程师，但他没有我幸运，当年他在西安上大学时西藏还没有铁路。他常回忆，那时'坐飞机太贵，坐汽车（长途客车）太累'，以至于大学四年间只回过一次家。"米玛拉姆说。

来自青海省湟源县的藏族老阿妈达珍秀吉，最近乘火车到拉萨大昭寺和布达拉宫朝佛、转经后，心满意足地又乘火车回家了。

"铁路通车前，坐长途车到拉萨要好几天，现在坐火车一天一夜、舒舒服服地就到了，我觉得自己好有福气。"今年 56 岁的达珍秀吉说，这几年她每年至少来一次。

感到幸运和幸福的，何止米玛拉姆和达珍秀吉。10 年来，青藏铁路把青海、西藏两省区与内地紧紧相连，像那首《天路》歌曲中所唱的"把人间的温暖送到边疆"。

10 年前，青海互助土族自治县小庄村村民席玉秀听说铁路要开通，赶紧着手，凭着一张桌子、一锅土豆、一盘"狗浇尿"饼子和一盘酸菜炒粉条，就办起了农家乐。

2006 年，青藏铁路开通了，沿线旅游人气"旺"起来，席玉秀的土族"农家乐"的生意也一年比一年"火"。她告诉记者："一年中，光旅游旺季几个月挣个七八万块钱都没问题。"

10 年来，青藏铁路这条"钢铁天路"带动了青、藏两省区旅游基础设施的不断完善，促进了旅游业的快速发展。很多千百年来靠传统农牧业维生的农牧民，如今吃上了"旅游饭"，过上了富裕、幸福生活。

西藏林芝市鲁朗镇素有"西藏小瑞士"之称。这个镇扎西岗村村民边巴农闲时会在景区周边租帐篷、卖特产给游客，就凭这个一年也能收入2万多元。边巴说，这都是旅游业发展带来的"红利"。

一条"现代天路"

来自西藏那曲县的卓玛措，如今在拉萨开着一家小酒吧，她常坐着火车去成都、北京等地考察、进货，把内地的时尚气息带进她的店里。她的酒吧由于装修考究、时尚，酒品纯正，内地和国外游客常来光顾。

"火车开进拉萨，来旅游的外地人明显增多，就连那曲县都热闹了不少。"卓玛措说，县城的姑娘们常观察外地游客的穿着打扮，然后再上网去"淘"来穿。我有时走在县城的街上，经常分不出哪个是本地人、哪个是外地游客。

1300多年前，文成公主从长安出发，沿唐蕃古道远赴雪域高原，历尽艰辛近3年才抵达拉萨。如今，青藏铁路取代了唐蕃古道，大大地缩短了西藏与内地的通达时间，增进了青藏两省区与祖国内地甚至世界各地的交往交流。

除了方便更多人"入藏"，越来越多的西藏群众乘坐火车到内地或观光旅游、学习考察，或劳务输出、经商做生意，不但开阔了视野、增长了见识，也更新了观念。

铁路的通车促进了内地饮食文化、休闲文化和娱乐文化在西藏的发展，不仅改变了西藏老百姓的思维观念，还潜移默化地改变着人们特别是年轻人的生活。如今，肯德基、德克士、上岛咖啡、音乐酒吧、健身会所、3D影院等，都出现在拉萨的商业街区。

与此同时，藏族的唐卡、泥塑，土族的盘绣，撒拉族的刺绣，这些原本"养在深闺人未识"的青藏高原传统民族工艺和产品，随着铁路的开通也走下高原、走向全国。昆仑玉、藏饰、藏药、牛肉干、酸奶等特色产品，

鸟瞰壮美的青藏铁路。（新华社记者 普布扎西摄）

也越来越受到内地消费者的青睐。

一条"梦想天路"

翻开最新版的西藏交通地图，以铁路、公路、航空组成的现代综合交通运输体系，犹如一条条银龙，盘飞在青藏高原的群山沟壑中。如今，这条神奇的"天路"还在不断延伸。

2014年8月，拉萨至日喀则的"拉日铁路"通车运营；"拉林铁路"（拉萨至林芝）也正在如火如荼地建设中。

2016年全国两会上，国家"十三五"规划纲要将川藏铁路列为"十三五"规划重点项目，这意味着川藏铁路建设被正式提上日程。川藏铁路建成后，成都至拉萨的运行时间将从目前的48小时，缩短至13小时左右。

"青藏铁路的未来还远不止这些。"青藏铁路公司总工程师张建忠介绍，西藏铁路网在"十三五"期间还将有更大突破，预计"十三五"期间，青藏两省区铁路将形成"东接成昆、南连西藏、西达新疆、北上敦煌"的枢纽型路网结构。

"青藏铁路不断延伸的铁路网将为西藏带来全新的运输格局，尤其是拉林铁路通车后，西藏铁路网将实现从'内燃时代'向'电气化时代'的大跨越，青藏高原将向东融入'成渝经济带'，向北构建'陕甘青藏经济带'，届时雪域高原将迎来新一轮的大发展。"张建忠说。

如今，每天有近 30 趟高原列车奔驰在青藏铁路上，进出藏旅客日均达到 0.91 万人次。每天来自全国各地的食品、建材、成品油等大宗货物源源不断地运入西藏，近千吨西藏特色产品"坐上"火车运出高原。

"到 2020 年，与全国一道全面建成小康社会。"这是青藏两省区党委、政府的共同承诺和奋斗目标，也是青藏高原干部群众的共同梦想。

火车飞驰，群山开颜。伴着列车汽笛声，青藏高原各族儿女比以往任何时候都更加接近"梦想"的实现！

（新华社拉萨 2016 年 6 月 29 日电 参与采写记者：白少波、骆晓飞、李亚光）

西藏唐地村三代党员
口述历史说巨变

新华社记者　张晓华　薛文献　白少波

　　躺在低矮的病榻上，84岁的藏族老阿妈宗巴眼中泛着泪光："党的恩情，我感受最深！"

　　宗巴一家住在西藏林芝市比日神山附近一个半山腰的唐地村。唐地，藏语的意思是"空旷荒芜的土地"，全村现有57户、243人，绝大多数都是藏族。西藏和平解放前，这里是一片荒蛮之地。宗巴一家都是农奴，饱受压迫之苦。

　　"西藏解放了，我们农奴终于翻身了。"作为翻身农奴的代表，宗巴上世纪60年代曾两次被毛主席接见。

　　宗巴老人见证了西藏从黑暗到光明、从落后到富强的历程。村党支部每一任新班子上任，她都会被请去对村里的大事提建议。老人把亲身经历的西藏发展进步，讲给每一个党员听，讲得每一任班子干劲十足。

　　半个世纪过去了，当年的宗巴小姑娘已是耄耋老人。

　　如今，唐地村已成为西藏地区跨越式发展的缩影。党的十八大以来，社会稳定、民族团结，经济迈入快车道。2013年，建成"全国小康示范村"；2015年，全村人均纯收入14380元。

　　"我们村现在家家户户不仅通电视，而且都连上了互联网，种地也都用上了拖拉机，早就不用旧农具了。"站在村委会广场前，国旗飘扬，现任村党支部书记达娃平措朴实地微笑着。

"党指导我，我带着村民一起干。现在村民们的生活，就跟我的名字'平措'在藏语里的意思一样，幸福、圆满。"这位皮肤黝黑、穿着"工布"藏装的中年村支书说，胸口的党徽熠熠生辉。

雪水从圣山奔腾而下，幸福的生活也自有源泉。"我们年轻人经常来这里看看，今昔对照。我们都知道，好日子都源自党的好政策、好做法。"在村里自建的藏汉双语历史文物陈列室，当地镇政府驻唐地村工作队队长、村党支部第一书记平措卓玛用标准的普通话说。

现在，唐地村27名党员全都是藏族。所有村务、党务都"记账"、公开，人人可以到村党支部的会议室查阅。每家每户都有一本财政补助优惠政策"明白卡"，里面详细列出了90多项优惠政策。

"我们通过党支部的教育、带动，充分调动全村党员群众致富奔小康、维护和谐稳定的积极性。"达娃平措毕业于西藏农牧学院，刚毕业不久就作为大学生"村官"来到唐地村。

她介绍说，近年来，唐地村党支部开展了"五星党员"、"十星农户"评比工作。公开评比，动态调整。现在，全村党员群众都以"双星"为荣。

"双星"评比有三个"标尺"：党员、群众的先进性标准，社会主义荣辱观和新农村建设目标。归根到底，所有的做法都是为了一个目标：在奔向更加幸福的未来的路上，不能让一家一户掉队。

2016年7月1日上午，北京人民大会堂，在庆祝中国共产党成立95周年大会上，唐地村党支部获评"全国先进基层党组织"，受到党中央表彰。达娃平措作为唐地村党支部代表，聆听了习近平总书记的重要讲话。

在4000多公里之外的唐地村，全体党员和村民一起观看大会现场直播，掌声雷动，群情沸腾。

"我们一定牢记党中央和总书记的嘱托，不忘初心，把党的红色基因代代相传，把奖牌擦得更亮、让党旗更加鲜艳！"达娃平措语气坚定地说。

（新华社西藏林芝2016年7月4日电）

镜头记忆：天路十年间　雪域大发展

（电视脚本）

新华社记者　坚赞　洛登　李鹏　汤阳

【解说】"有昆仑山脉在，铁路就永远到不了拉萨。"美国著名旅行作家保罗·泰鲁在《游历中国》一书中这样说过。

然而，从1958年开始，中国铁路人凭借钢铁般的意志，用汗水甚至生命，证伪了这句苍白无力的断言，创造了一个又一个世界铁路史上的奇迹。

【字幕＋历史镜头】

2004年3月18日，西藏历史上首台火车机车被汽车背进西藏境内。

2004年3月23日，西藏历史上首台铁路机车启动。

2004年6月22日，铁路首次铺入西藏。

2005年4月3日，青藏铁路首次铺进西藏自治区首府拉萨市境内。

2006年7月2日，青藏铁路列车首次驶进拉萨站。

2006年8月10日，西藏特产进入内地市场首次列车发车。

【解说】2006年7月1日，伴随着一声长鸣，青藏铁路正式通车，彻底打破了长期制约西藏的运输瓶颈，西藏紧张单一的运力局面得到缓解，天堑变通途。从这一天开始，青藏铁路给西藏甚至整个西部发展带来了深远的影响。

【同期】西藏自治区主席　洛桑江村

青藏铁路是我们西藏繁荣发展的大动脉，也是我们西藏民生保障的大基石，是我们西藏对外开放的大干线，是面向南亚开放的大通道。

【解说】在西藏安多县措那湖边，青藏铁路最美的一段铁轨在这里蜿蜒而过。从 2013 年 11 月起，每天在这条路上巡护已经成为护路队员尼玛次仁生活的一部分。在 3 年里，艰辛的工作周而复始，但今年 27 岁的他对自己的工作却热情不减。

【藏语同期】青藏铁路护路队员　尼玛次仁

我是觉得，现在能参加这种工作，只要一心一意地干，就有好的回报。以前也是，将来肯定也会尽自己的努力，把这条铁路巡护好。

【解说】青藏铁路开通运营 10 年来，为西藏农牧区发展带来了巨大商机和变化。铁路沿线群众瞄准了青藏铁路运输市场的巨大潜力，纷纷吃上"铁路饭"，新建的家庭旅馆、藏式餐厅、运输公司、农家乐等如雨后春笋般涌现。

嘎桑的牧家乐就建在当雄火车站附近，因为青藏铁路毗邻而过，这里的生意越做越红火。

【藏语同期】西藏当雄县牧家乐经营者　嘎桑

现在这边有了火车站，来我这儿的人一下多了起来。月收入有近一万，好的时候会超过一万块钱。

【解说】青藏铁路开通运营前，西藏受交通条件制约，蕴藏的巨大旅游资源尚待开发。"出国容易进藏难"，一度是当时西藏交通运输环境的真实写照。

青藏铁路全线通车后，改变了西藏单一的运输方式，使西藏交通体系更加完善，形成了铁路、公路和航空共同发展的立体式运输格局，为西藏经济社会的快速发展奠定了基础。

【同期】内地旅客　杨万全

像我头一次来，火车还没通的时候，一般都是坐班车，（路上）堵车，反正你麻烦得很，一路累得很。现在坐火车比较方便，第一个安全，第二个服务也好，舒服，各方面都可以。

【解说】10 年来，青藏铁路安全运营 3000 多天，列车时速最高可达100 公里每小时，创造了多项世界业界之最。

10 年来，青藏铁路累计运送旅客 1.15 亿人次，运送货物 4.48 亿吨。西藏 75%的货运量由青藏铁路承担。

10 年来，西藏、青海接待游客的数量明显上涨。2015 年，西藏接待国内外游客达到 2018 万人次，旅游收入 282 亿元，分别是通车前的 11 倍和 15 倍；2015 年，青海省接待国内外游客 2315.4 万人次，实现旅游收入 248.03 亿元，分别是通车前的 3.6 倍和 7.3 倍。

10 年来，青藏铁路通车加快富民兴藏。西藏农牧民人均可支配收入 8244 元，是通车前的 4 倍；城镇居民人均可支配收入 25457 元，是通车前的 3 倍。

10 年来，青藏铁路为高原野生动物设置了 33 条野生动物绿色通道。这些野生动物通道的使用率已经从 2004 年的 56.6%逐步上升到了 2011 年以后的 100%。保障了野生动物的繁衍生息。

10 年来，青藏铁路把青海、西藏两省区与内地紧紧相连。它不仅为西藏乃至西部其它省区的经济发展打开新通道，也为未来西部地区连通亚欧各国打下了坚实的基础。

【同期】西藏自治区主席　洛桑江村

提高面向南亚开放的互通水平，融入"一带一路"国家战略，以铁路为核心，建设面向南亚开放的重要的运输通道，推进建设口岸铁路及相关配套设施，建设至吉隆、亚东和普兰口岸的铁路。

【解说】"十三五"时期将成为西藏铁路建设发展的黄金期。目前，拉萨至林芝铁路已于 2015 年 6 月全面开工建设，川藏铁路康定至林芝段、中尼铁路日喀则至吉隆段等项目规划研究工作也已全面启动。到 2030 年，西藏基本实现"两纵两横、五出区、三出境"的干线路网总体布局，提高区域内路网覆盖水平，提高区际间互联水平和提高面向南亚开放互通水平。

【同期】西藏自治区主席　洛桑江村

还是要依靠现代化的交通，实现西藏铁路的大发展、快发展。这件事事关我们西藏自治区全面建成小康社会，也事关我们西藏全力打赢脱贫攻坚战，也事关全区各族人民的福祉，事关民族团结、边防巩固和国家的统一。

【解说】西藏目前拥有 4 个国际性口岸、1 个双边性口岸，与南亚国家经贸来往密切，是国家确定的沿边地区开放开发重点区域和面向南亚开放的重要通道，也是孟中印缅经济走廊的重要门户。

十年前，举世瞩目的青藏铁路建成通车，结束了西藏不通铁路的历史；十年后，这条安全运行 3000 余天的高原天路，已成为加快西藏发展的"助推器"。

（新华社拉萨 2016 年 7 月 7 日电）

"西藏发展的奇迹是中国政府
付出巨大努力的结果！"

新华社记者　边巴次仁　林戚　春拉

"西藏发展的奇迹是中国政府付出巨大努力、促进企业生产的结果。"正在此间参加"2016·中国西藏发展论坛"的印度《孟买信使报》高级记者米瓦提·西塔拉·波拉姆如是说。

他说，经过 20 年的发展，这里的基础设施已经达到了一定水平，使得西藏可以融入中国和全球的经济，"在中国政府的大力支持下，西藏和中国其他地区一起进入发展的快车道。"

由国务院新闻办公室和西藏自治区人民政府共同主办、拉萨市人民政府承办的以"西藏发展新阶段——创新、协调、绿色、开放、共享"为主题的"2016·中国西藏发展论坛"7 日在拉萨开幕，会期两天。

作为参会的 130 多位专家学者中的一员，人民画报社俄文版编辑记者平乐夫·马克西姆说，一些来过西藏的俄罗斯官员、游客说"现实中的西藏和很多俄罗斯人想象的并不一样"。

"他们中有人会说'西藏的发展是不可思议的'。"他说，虽然气候恶劣、地形复杂，中国政府实现了当地的发展，在教育、医疗等方面做出了令人赞叹的工作；在农村地区也有让人满意的生活条件。

至今，西藏经济已连续保持了十多年的两位数增长，成为中国经济发展速度最快的省区之一。

斯特法诺·维尔诺雷是意大利地中海研究中心对外关系部主任。他认为，半个世纪之后和五十年代相比，西藏已经发生了天翻地覆的变化，"西藏人民有自由，享平等，有尊严，并充分享受现代化给他们带来的便利。"

他说，西藏的进步和发展是西藏各民族的民心所向，除了藏族，西藏还有汉族、回族、门巴族、珞巴族、纳西族、怒族以及独龙族等。

达瓦顿珠作为一名西藏本土的企业家，他的故事引起了法国作家索尼娅·布雷斯勒的兴趣。她说，对于她来说，在西藏旅行就是遇到形形色色生活在那儿的男人和女人，每个人都有不同的故事，值得尊敬，他们是未来中国力量的基石。

而作为参会者之一的达瓦顿珠，则用自己的故事讲述了西藏的故事。

1962年出生在西藏林芝的达瓦顿珠，二十几岁放弃了稳定的教师工作开始经商，先后从事过建筑行业、日用百货边贸，到今天成为涉足水产业、文化产业开发的一名实体企业家。他感恩改革开放的政策和国家给予西藏的诸多特殊优惠政策。

他希望自己的企业能够为打造"民族产业、世界品牌"做出更大的贡献，为西藏发展和百姓生活的改善做出更多的努力。

南非大学博士后研究员、社会科学讲师法尔哈娜·帕如克说："西藏在经济和社会发展方面，已经从传统农村社会变为发达地区。经济的快速发展和社会全面进步改善了普通西藏人的生活。"

2015年，西藏城镇居民和农牧民人均可支配收入分别为25457元和8244元，均有较大幅度的增长。

来自全球30多个国家和地区的专家学者，在与会期间肯定了西藏发展取得的成就，也为西藏发展的新阶段贡献智力。

近年来，西藏旅游业的发展受到了与会诸多专家学者的关注。数据显示，2015年，西藏接待游客数量首次突破2000万人次。

在游客人数急剧增长的同时，一些外国专家建言政府应注重可持续旅游的发展。来自泰国曼谷的塔侬·坎通认为，中国政府应当将可持续旅游作为西藏发展的有力工具，"这样，不仅能够增加西藏人民的收入，而且能够促进经济的充分发展。"

　　"如果可持续发展与可持续旅游能够处理得当，那么西藏会成为世界上最重要的旅游胜地。"他说。

　　埃及明亚大学中文系教师、翻译家金皓天说，现在的西藏再也不是与世界隔绝的遥远的地方，现在各种交通工具能到达这里，现在应充分利用这里丰富多彩的资源，让西藏成为真正意义上世界的"第三极"。

　　（新华社拉萨 2016 年 7 月 7 日电）

还原"喇嘛王国"背后的真相

——一位西方学者笔下的西藏历史

新华社记者 汤阳 春拉

"我曾看过很多介绍西藏的文章，但当我真正来到拉萨，还是为她巨大的发展感到震撼。"作为一名研究西藏历史多年的学者，受邀参加"2016中国西藏发展论坛"的卢森堡人艾廷格第一次踏上西藏的土地，仍然对这里的一切感到吃惊和好奇。

曾是德国语言文学教师的艾廷格之所以被中国人知晓，源于他撰写的《自由西藏？——还原喇嘛教统治下的国家、社会和意识形态》和《围绕西藏的斗争——国际冲突的历史、背景和前景》两部研究性著作。

在书中，艾廷格通过大量实证，图文并茂地介绍了封建农奴制下旧西藏的黑暗以及这个"喇嘛王国"里森严的等级制度，揭穿了西方关于西藏的种种虚幻谎言，在欧洲多个国家产生反响。

说起自己写作的初衷，艾廷格这样告诉记者："我发现德国学生使用的课本里有关西藏文化、宗教的文章都是不真实的，我感到非常失望。因为学校应该是教孩子们学会批判性思考的地方，所以我决定写一些东西。"

从有写书的念头，到第一本著作出版，艾廷格准备了七八年的时间。其间，他大量查阅历史资料，学习和研究各种西藏的论著和报道，对西藏的历史有了越来越清晰的认知。"实际上，关于现代西藏和西藏的历史，西方有大量研究文献，不过对于受众来说，大多数属于未知领域。我认为这是我的职责，把这些以前只限于学术文献的重要成果传达给读者。"艾廷格说。

在德国联邦档案馆，艾廷格找到了德国探险家 1938 年和 1939 年在西藏拍摄的近千张照片，其中许多照片刚好过了版权期限，这让他能够有机会以一种更直观的视角，审视那些在西方已经存在的"西藏神话"。

"2008 年北京奥运会前在拉萨发生的打砸抢烧事件，让我感到特别痛心，尤其是当时很多西方人被达赖喇嘛的宣传所蒙蔽，根本不了解事件的真相，我要纠正他们对于西藏的这种认识。"艾廷格坦言。

2014 年末第一本著作问世，2015 年初第二本也紧接着与读者见面，艾廷格以自己的方式，为西方读者打开了一扇了解真实西藏历史的窗口。目前，这两本书被以德语和意大利语两种文字出版，有关汉语版本的翻译工作也正在进行当中。

7 月 5 日，作为"2016 中国西藏发展论坛"的受邀嘉宾，艾廷格第一次走进西藏，短短几天的参观，让他对这片雪域高原巨大的发展留下了深刻印象。"我认为因为这里确实发生了足以令人骄傲的变化，所以中国政府才会更加自信地向世人展示西藏，我会把这次的见闻写下来，在网络上与更多的人分享。"他说。

此外，艾廷格对西藏未来发展的方式格外感兴趣，他说："在快速发展的现代社会中，我们作为个体，也会因为发展的需求而有所变化，所以我认为西藏传统文化与现代化发展的和谐交融，藏传佛教与社会主义社会相适应的发展都是必然的，我对此充满了期待。"

艾廷格希望，借助"中国西藏发展论坛"这个平台，可以让更多人走进西藏、了解西藏。"让人们用自己的眼睛见证西藏，他们自然就不会被各种宣传工具所左右。"

（新华社拉萨 2016 年 7 月 8 日电）

百年"门孜康"折射藏医药"老树新葩"

新华社记者　多吉占堆　白少波　薛文献

2016 年是西藏自治区藏医院建院 100 周年。藏医院常务副院长益西央宗表示："百年历程中，西藏和平解放后的 65 年，是藏医院历史上最辉煌的时期。"

1916 年，两位藏医学泰斗——斋康·强巴土旺和钦绕罗布大师，在拉萨创立"门孜康"，1980 年正式更名为西藏自治区藏医院。100 年来，一代代藏医药传人弘扬优秀传统，开拓创新，书写了藏医药历史上新的传奇。

"'门孜康'初期规模不大，有藏医和天文历算两个专业，同时还配制藏药，每年编制历书发行到藏区各地。"益西央宗介绍，1959 年，西藏民主改革前的藏医院只设有门诊部，没有一张床位，总面积仅 1000 余平方米。

西藏和平解放、民主改革、改革开放以来，特别是党的十八大以来，国家和自治区加大对藏医院的投入力度，2005 年藏医院被评为"三级甲等"民族医院，2007 年被确定为第一批国家中医药管理局重点民族医疗建设单位，2009 年被确定为全国唯一国家级民族医疗临床研究基地。

数据显示，仅 2014 年以来，国家就投入 2.56 亿元，加大藏医院软硬件设施建设。益西央宗说，自治区藏医院已成为全区唯一集医疗、教育、科研、预防保健、制剂生产、文化传播为一体的三级甲等藏医医院和全国首批重点民族医疗建设单位，积极推动藏医药事业的传承、创新和发展。

"玉妥宁玛·云丹贡布亲手磨制藏药的石臼，达莫曼让巴·洛桑曲扎的坐台提炼器具，以扎唐版为主的各类版本《四部医典》……"这些不同时期的珍贵文物，被国家重点文物保护单位"门孜康"完整保存了下来，此外还有藏医和天文历算的珍贵古籍 582 卷，药王山利众医学院的 80 幅曼唐，200 多种藏医外治器械等。

益西央宗说："目前，藏医药作为非物质文化遗产得到了有效保护和传承。"

作为中国唯一的国家民族医疗临床研究基地，藏医院藏医药科研发展取得了新突破。益西央宗介绍，在探索建立民族医疗临床研究方面，藏医院近年来以重点专科、学科建设为平台，以病种研究为抓手，开展了一系列藏医治疗方法、技术的临床疗效评价。

藏医院心内科主任丹达从医长达 33 年，在采用"望、闻、问、切"的传统方法诊断病情之外，还借助 CT、心肺功能仪、全自动生化分析仪等现代医疗设备辅助检查，传统方法和现代科技相得益彰。

这是藏医诊疗现代化发展的一个缩影。丹达说："传统藏医诊断方法难免会出现盲点、盲区，引入现代诊治手段，起到了很好的辅助作用。"

"1959 年，藏药年产量仅 250 公斤。"藏医院药剂中心主任拉巴次仁介绍，2015 年，藏医院建成制剂中心，当年就配制了 175 批制剂产品，109 个品种，成药达到 40 吨。

藏医院创办藏药厂以来，先后研制成功了"十味龙胆花"冲剂等 5 种新型藏药，"七十味珍珠丸"等 13 个品种被列入国家中药保护品种，55 个传统藏药品种取得了国药准字号，2012 年藏药产量达到 94 吨。当年，藏药厂转企改制，推动了全区藏药产业的发展。

100 年间，西藏藏医院人才辈出，软硬件设施实现质的飞跃。1950 年以前，西藏仅拉萨、日喀则有规模很小的少数官办藏医机构和私人诊所，以及零星的民间藏医。1959 年，整个西藏各类藏医药人员只有 434 人。

益西央宗介绍，藏医院现有各类藏医药人员近 700 名，10 多位专家担任博士后、博士和硕士生导师，45 人被聘为客座教授和兼职教师。软硬件设施、藏医学研究、公共服务能力、藏医药文化的传承和保护等方面都取得了翻天覆地的变化，步入了新的发展阶段。

（新华社拉萨 2016 年 8 月 20 日电）

穿越千年的"对话"

——传统藏医药的现代化之路

新华社记者 多吉占堆 白少波 薛文献

羽刃刀轻轻一划，一股黑色的血液汩汩而出，病人的脸色从紧张到轻松，病灶的疼痛缓解了很多。治疗结束，病人紧紧握着主刀医生索朗顿珠的手，连连道谢。

这是记者在位于拉萨布达拉宫东北侧西藏自治区藏医院，见到的藏医放血治疗疾病的一个场景。

藏医放血疗法有上千年的历史，是中国国家级非物质文化遗产，目前在临床上仍然广泛使用。现代医疗设备检验证明，放血疗法对高血压、痛风、静脉曲张、多血症等效果明显。

51岁的索朗顿珠悬壶济世长达36年，现为西藏自治区藏医院传统疗法中心副主任医师。索朗顿珠掌握这一"秘术"花了整整3年时间，几十年来，他治愈的病人不计其数。

藏医中有数十项传统外治诊疗技术，其中放血、火灸、药浴、涂擦、熨敷等应用较广，深受患者青睐。"斧刃刀、羽刃刀、背躺刀，除了这些放血疗法的工具，藏医传统外治疗法用到的医疗器械，有200多种。"索朗顿珠说。

1916年，两位藏医学泰斗——斋康·强巴土旺和钦绕罗布大师，在拉萨创立"门孜康"，1980年正式更名为西藏自治区藏医院。100年来，藏医药的传统得到很好的继承和发扬，同时也随着时代发展，吸收融入了现代医疗技术成果。

　　离开藏医院传统疗法中心，来到南侧另一座楼，这里有一个藏医历史上从未有过的"检验科"，实验室里汇聚了现代西医常用医疗设备，不少还是当代先进设备。

　　传统藏医诊治病情，其理论依据，主要源自成书于 1000 多年前的《四部医典》。藏医药发展到今天，如何用现代科学来解释、评价传统疗法及其效果，成为新的课题。

　　为了提高藏医传统诊疗的科学性，让传统医学的疗效看得见摸得着，获得更多人认可，早在 65 年前西藏和平解放后，藏医与西医的结合就已经开始，上世纪 80 年代时，现代医疗设备已经在藏医院得到初步的应用。

　　与千百年来一代代藏医大师留下的外治器械不同，这个检验科的很多医疗设备购自国外。学西医出身的巴珠，指着一台台设备，眉飞色舞地向记者介绍："这个是全自动生化分析仪，那边的是糖化血蛋白仪检测仪……"

　　传统藏医和现代医学，通过一条短短几十米、一两分钟的路连接在一起，实现了穿越千年的"对话"。

　　"传统藏医诊断方法难免会出现盲点、盲区，引入现代诊治手段，起到了很好的作用。"藏医院心内科主任丹达从医长达 33 年，在采用"望、闻、问、切"的传统方法诊断病情之外，还借助 CT、心肺功能仪等现代医疗设备辅助检查，传统方法和现代科技相得益彰。

　　最近 5 年，是藏医院改善、购进现代医疗检验设备力度最大的时期。仅 2014 年以来，国家就投入 2.56 亿元，加大藏医院软硬件设施建设。藏医院也正在建设西藏一流的实验室，投用之后，巴珠所在的检验科将开展更多国家级的科研项目，助推藏医药的现代化发展进程。

　　千年藏医药诊疗手段的发展是革命性的，与此同时，藏药炮制也从"作坊"搬到了现代化的实验室里。藏医药研究院藏药开发药用研究所所长索朗说，从 2006 年开始，他们进行"藏药材质量标准化研究"，先后完成了近 150 个藏药材品种的质量标准研究，传统藏药的剂型改造获得较快发展，前景广阔。

　　索朗展示他们新研发的盒装藏药制剂，有"烈赤阿汤颗粒"、"崔汤颗粒"、"哲布松汤颗粒"等。与传统的汤剂、丸剂相比，颗粒剂服用简单，剂量便于控制，且经过现代工艺提取、分离、超微粉碎，药性提高，在临床上供不应求。

近年来，国家和西藏自治区加大对濒危藏药材人工种植研究的扶持力度，日前，现代中药资源动态监测信息和技术服务中心拉萨站揭牌。

"种子发芽箱、智能人工气候培养箱、种子净度工作台、土壤养分速测仪、显微成像系统……"在新落成的实验室里，现代科研仪器应有尽有。藏医院藏药生物研究所副所长扎西次仁说，目前已有27种濒危、贵重藏药材实现了人工种植，在技术上取得了突破性进展。

西藏自治区藏医院常务副院长益西央宗说，藏医院已成为全区唯一集医疗、教育、科研、预防保健、制剂生产、文化传播为一体的三级甲等藏医医院，作为全国首批重点民族医疗建设单位，将积极推动藏医药事业的传承、创新和发展。

（新华社拉萨 2016 年 9 月 10 日电）

新华社记者 觉果摄

第三篇

雪域欢歌

加强民族团结　建设美丽西藏

——西藏推进民族团结进步纪实

新华社记者　张晓华　罗宇凡　薛文献

千万方土石高耸起巍峨的珠穆朗玛，千万条溪流汇成了壮阔的雅鲁藏布。西藏300多万各族儿女的团结奋进，成就了雪域高原辉煌灿烂的今天！

在西藏自治区成立50周年庆祝大会上，中央代表团带来了由习近平总书记题词"加强民族团结　建设美丽西藏"贺匾。

坚定有力的12个字，传遍了雪山草原、城市农庄，既是祝福，更是期望。民族团结是西藏经济发展、社会稳定的基石，是雪域高原300多万各族儿女的生命线。沐浴着党的民族政策，西藏各族人民珍视幸福生活，维护祖国统一，演绎着一个个民族团结的感人故事，凝聚起实现中华民族伟大复兴中国梦的磅礴力量。

"相亲相爱，犹如茶与盐巴"——大力培育中华民族共同体意识，广泛开展民族团结进步宣传教育和创建活动，使各民族同呼吸、共命运、心连心的光荣传统代代相传

初秋的拉萨，寒意渐起。晚上9点，大型实景剧《文成公主》在拉萨河南岸的慈觉林西藏文化旅游创意园区上演：身着唐装的文成公主离开繁花似锦的长安，翻雪山，跨激流，风尘仆仆来到雪域高原拉萨，开启了唐朝与吐蕃王朝联姻、结盟，藏汉血脉亲情的纪元。

历史是通往未来的钥匙。一段跨越1300年时空的历史，至今仍能给

来自多个少数民族的代表欢聚在布达拉宫广场。（新华社记者 觉果摄）

人以感动和震撼，只因道出了一个朴素的道理：作为一个多民族的国家，加强民族团结始终是关系祖国统一和边疆稳固的大事，是社会稳定的基础，是关系国家长治久安和中华民族繁荣昌盛的基石。

今天，这段民族团结的佳话，作为藏汉人民共同的历史记忆，已融入中华民族共同的血脉当中。在新的时代，西藏各族干部群众像爱护自己的眼睛一样爱护民族团结、像珍视自己的生命一样珍视民族团结，谱写出一曲曲民族团结、血浓于水的赞歌。

地处藏北草原深处的双湖县雅曲乡四村，海拔5200米。这里一年四季风霜雨雪，高寒缺氧，来自建设银行西藏自治区分行的首批驻村工作队队长刘国宝经常头疼欲裂，嘴唇发紫，每天都要吃一大把药。

驻村期间，工作队尽力帮助藏族群众解决生产生活难题：申报73公里公路改扩建项目，出资30万元修建粮食、燃料储备仓库，为42户牧民发放太阳能蓄电板，为人医兽医配备摩托车，为野生动物保护员配备照相机，向乡小学捐赠书包及文具，为特困户购买藏式床、卡垫、茶几等日常用品；牧区出现雪灾，他们车拉、人背，把燃料、食品送到群众手中……

汉族干部的努力，牧民群众牢记在心。"作为汉族干部，他们在这里生活很不容易。我们只能拿点酥油茶、牛粪给他们，他们还要给钱，让我们很不好意思。"村委会主任卓达说。

2011年10月以来，西藏累计派出4批8万多名干部进驻5464个村(居)，与群众同吃、同住、同学习、同劳动，面对面拉家常、听意见，手把手算细账、谋致富，心贴心办实事、解难事，与基层群众建立了深情厚谊，夯实了民族团结的群众基础。

谋长久之策，行固本之举。

西藏现有317万人口，有藏、回、门巴、珞巴等40多个民族，其中藏族和其他少数民族占95.74%。"西藏的任何事情都关系民族工作，西藏的所有工作都要考虑民族团结。"西藏自治区党委、政府从战略和全局的高度把民族团结纳入改革发展稳定全局：

——出台《关于贯彻落实〈中共中央、国务院关于加强和改进新形势下民族工作的意见〉的实施意见》，构建民族工作机制。

——加强民族团结宣传教育，依托各种载体，推进民族团结宣传教育进机关、进企业、进乡村、进社区、进学校、进军营、进寺庙。

——深入开展民族团结进步模范单位、示范点、示范校园创建活动，开展民族团结进步模范评选活动，形成人人争当民族团结模范、人人为民族团结作贡献的良好风尚。2012年以来，全区共表彰民族团结模范集体3005个、先进个人4218人。

——召开来自藏汉、回藏、苗汉、蒙藏、回汉等不同民族通婚家庭代表座谈会，倡导在全社会形成鼓励、支持不同民族间通婚的浓厚氛围，推动民族交往交流交融。

……

涓滴意念汇成滔滔江河。

经历过风雨的考验，凝聚起团结的力量，就没有战胜不了的困难。在党的领导下，西藏各族人民形成爱护民族团结、争做民族团结模范的浓厚氛围。生活在世界屋脊的各族群众深深感受到："民族团结犹如茶和盐巴，各族人民相亲相爱，我们感到生活很祥和、幸福！"

"像石榴籽一样紧紧抱在一起"——大力加强民族团结，促进各民族群众相互了解、相互帮助、相互欣赏、相互学习，促进各民族交往交流交融

8 日上午，在靠近拉萨河边的一栋老式宿舍楼里，城关区吉日街道办事处河坝林居委会的阿米啦和丈夫伊斯马力坐在沙发上，聚精会神地收看庆祝大会的电视直播。74 岁的阿米啦是在西藏土生土长的回族，精神矍铄，一说话就笑："前几天看了天安门广场的阅兵，今天再看西藏大庆，感觉我们的国家很强大，西藏很美丽，心里确实高兴！"

56 岁的伊斯马力是藏族，原名叫普布次仁。这是一个典型的不同民族通婚家庭：藏柜上方的白墙上贴着麦加圣城的大幅照片，以及阿拉伯语伊斯兰教经文。看到客人来了，身穿藏装的阿米啦忙不迭地擦拭印有 5 代中国领导人的相框，让玻璃更亮。

吉日街道办事处党工委书记亚哈亚告诉记者，这个社区由藏、汉、回等多民族组成，常住人口 565 户，1519 人，其中不同民族间通婚的有 101 户。流动人口有 1610 人，由 11 个少数民族组成，其中有土族、维吾尔族、东乡族、哈萨克族、撒拉族、蒙古族等。

在西藏，多民族干部群众聚居在一起的社区非常普遍，生动地诠释了"汉族离不开少数民族，少数民族也离不开汉族，少数民族之间也互相离不开"的含义。每到藏历新年、春节、古尔邦节等重要节日，住在一个大院里的居民不分民族，都要聚在一起吃"民族团结饭"、跳"民族团结舞"。尽管生活习俗不同、语言不同，但多年来，大家相互尊重、和睦相处。

在不久前刚刚结束的中央第六次西藏工作座谈会上，习近平总书记强调，要大力加强民族团结，促进各民族群众相互了解、相互帮助、相互欣赏、相互学习。要大力培育中华民族共同体意识，广泛开展民族团结进步宣传

教育和创建活动。

近年来，西藏在全区普遍开展"党员干部进村入户、结对认亲交朋友"活动。全区4万多名党员干部同6万多户农牧民群众结对认亲，上门慰问、倾听意见、解决问题，办实事好事3万多件，和各族群众搭上了"亲情链"。

大昭寺门前，唐蕃会盟石碑巍然挺立，盟碑两侧的"唐柳"枝繁叶茂，洁白的哈达在枝头飘荡。

民族团结是历史留下的珍贵遗产，民族团结同样也是新时代雪域高原一切工作的基本立足点和着眼点。站在新的历史起点，一系列以维护和保障民族团结为指针的政策措施不断出台，为维护和保障民族团结打下了坚实的基础：

——建立健全民族政策法规。西藏制定出台了290多部地方性法规和具有法规性质的决议决定，对多项全国性法律制定了符合西藏实际的实施办法，形成了具有西藏特点、较为完善的民族政策法规体系。

——充分保障各族人民民主权利。目前，自治区全国人大代表中，少数民族代表占70%；自治区、地（市）、县（区）、乡镇人大代表中，少数民族代表占89%以上。

——切实维护人口较少民族权益。在人口较少民族聚居区设立9个民族自治乡。投入11亿多元，落实兴边富民项目1600多个，有效解决了边境地区人口较少民族群众出行、饮水、住房、照明、上学、就医、增收等难题，各少数民族充分享受到祖国大家庭的温暖。

——着力抓好民族干部人才队伍建设，为经济社会发展和长治久安提供了组织保障和人才支撑。全区74个县（市、区）党政一把手中有80多名藏族干部，各级党政机关中藏族和其他少数民族干部比例达70%以上。实施西藏少数民族专业技术人才特殊培养工程，全区专业技术人才目前达到6万多人，其中少数民族专业人才占74%以上。

尊重不同民族的生活习惯，尊重不同民族的宗教信仰，切实推动各民族群众全面发展——兄弟般的民族亲情就如扎根泥土的大树，吸取着无尽的滋养，枝繁叶茂、树冠参天……

"团结固则百业兴"——坚持共同团结奋斗、共同繁荣发展的主题，各族人民凝聚起实现中华民族伟大复兴中国梦的磅礴力量

蓝天下，洁白的冈仁波齐神山巍然耸立，玛旁雍错湖水清澈，一群群藏羚羊徜徉在草地上——这是《雪域阿里》一书的封面。作者是陕西省第六批援藏干部谢恩主，他以此书向西藏自治区成立 50 周年献礼。

2010 年 7 月至 2013 年 7 月，谢恩主在阿里地委宣传部工作。援藏期间，他和阿里的藏族干部群众同吃同住同劳动，共同放牧，共同守边，共同建设祖国边疆。他曾教会不懂汉语的藏族村民唱红歌，他也曾赶到遥远的牧场宣讲十八大精神。在纯净的天空下，心贴心的真诚交流，使得他深爱上了这片土地。

他在书中写道："回陕一年了，援藏的时光渐行渐远。但是雪域阿里的美景，高原跋涉的往事，却魂牵梦绕，历历在目。""品着雪莲茶，听着阿里民歌，我的思绪尽情在雪域高原的蓝天白云下徜徉。"

这样的援藏情结，在无数曾经拥有在藏或援藏工作经历的人心头久久流淌。"特别能团结"，这是几代进藏干部用心血和生命铸就的"老西藏精神"中的一句话。如今，在新时期西藏各族干部身上，也得到了生动的体现。

正是这种团结，汇聚起了战胜一切困难的力量——

今年 4 月 25 日，尼泊尔地震发生不到一小时，定日县县长王珅就冒着滚石、雪崩的危险，连夜赶到绒辖乡组织救援，让深陷"孤岛"的当地干部群众有了主心骨。

在绒辖救灾的日子里，戴着眼镜、声音有点嘶哑、但口气坚决的王珅给藏族群众留下了深刻的印象。当地群众亲切地称他为"甲日（汉族）县长"："只要他来了，一定有好事。"

正是这种团结，全面提高了各族群众的生产生活质量——

位于西藏东南部的米林县南伊珞巴民族乡是珞巴族聚居区，风景秀美，每年吸引来大量游客。依托旅游业，全乡人均收入已经超过 2 万元，全乡通路、通水、通电、通广播电视、通电话，冰箱、电视、洗衣机成了许多家庭的"标配"。抚今追昔，80 多岁的村民达果很是感慨："即使是过去最富有的珞巴人，也没有现在的一般村民富。"

230 多万农牧民住上了安全舒适的房屋；在全国率先实现 15 年免费教育，年生均补助标准提高到 3000 元；以免费医疗为基础的农牧区医疗制度覆盖全体农牧民，在全国率先实现城乡居民免费体检；覆盖城乡居民的社会保障体系和社会救助体系基本建立，五保户集中供养率达到 72%，全区 5900 多名孤儿也得到有效救助……城乡居民的"获得感"不断增强。

正是这种团结，创造了安定和谐的大好局面——

党的十八大以来，西藏坚决贯彻执行中央各项民族政策，各民族群众和谐相处，未发生一起群体性民族矛盾和纠纷。尽管长期受到境内外分裂势力的干扰破坏，西藏社会局势实现持续稳定，自治区首府拉萨市公共安全满意度连续三年在 38 个主要城市中名列第一。进入旅游旺季以来，西藏各大景区人流如织，商贸繁荣、游人如织、处处祥和。"来了西藏才发现，这里治安环境这么好、社会这么安详。"瑞典的游客卡尔松说。

有了稳定的大好环境，各族人民才能一心一意谋发展，凝神聚力奔小康。西藏经济增速连年保持在两位数以上，经济总量连年跨越百亿元台阶。2014 年，西藏城镇居民人均可支配收入达到 22016 元，农村居民人均可支配收入达到 7359 元，分别是 1978 年的 39 倍和 42 倍。

团结保稳定，团结促发展。

生活在西藏的各族人民，在民族团结的旗帜下凝聚起不竭的力量：社会稳定，经济发展，文化繁荣，生态良好……

实践再次证明：正是有了各族人民在西藏建设发展的历史过程中和睦相处，和谐相容，才创造出了西藏美好的今天；只有坚定不移地不断加强民族团结，才能谱写出实现中华民族伟大复兴的西藏篇章。

（新华社拉萨 2015 年 9 月 15 日电）

西藏加速打造"幸福高原"
雪域普洒"民生阳光"

新华社记者 多吉占堆 杨三军 王军

地区生产总值连续 21 年保持两位数增长、农牧民收入连续 12 年保持两位数增长、高原首府拉萨实现供暖、西藏籍大学生连续 4 年实现全就业……这是一组令人瞩目的成绩。

党的十八大以来，以习近平同志为总书记的党中央立足实际，着眼长远，深入研究西藏经济社会发展和长治久安大计，作出一系列重大决策部署，为雪域高原绘就了面向未来的宏伟蓝图，开启了西藏经济快速发展、社会事业全面进步、群众生活水平明显提高、社会大局持续稳定的全新局面。

西藏自治区党委、政府认真贯彻中央治藏方略，加速打造幸福高原，尤其是近年来，不断加强和创新社会管理，先后实施了干部驻村驻寺、"双联户"创建等多项维稳措施，构建起维护稳定的长效机制；同时实施僧尼医疗养老保险全覆盖、拉萨供暖、大学生全就业等民生工程，赢得了民心，提升了群众的幸福指数。

科学发展：改革创新点燃高原新活力

西藏地处我国西南边疆，经济发展起步晚、基础差、底子薄，发展动力主要依靠投资，过去 50 年间全社会固定投资累计完成近 4000 亿元，年均增长 18.1%。但随着时间的推移和发展环境的变化，投资的边际效益在递减，经济转型升级亟需创新驱动。

为此，西藏近年来强化学习型政府建设和调查研究取向，向知识要发展，靠科技实现创新驱动，通过邀请专家进藏调研、专家在内地通过电视电话会议授课等形式，增强干部创新意识。去年至今，已召开 10 多次全区乡镇以上干部的学习电视电话会议，并把学习内容编印成册下发到干部手中。此外，还聘请了著名经济学家林毅夫做政府顾问，自治区主席洛桑江村多次面对面向林毅夫请教。

今年 7 月份，应西藏自治区政府要求，中国工程院能源与矿业工程学部、化工学部、医学卫生学部等多领域的 14 位院士抵达拉萨，深入企业和相关部门，就西藏的清洁能源开发、藏医藏药、文化旅游、科技、环保等领域，开展调研把脉。

为给西藏实施创新驱动发展提供智力支持，推动西藏经济又好又快发展。中国工程院与西藏自治区政府在拉萨签署战略合作框架协议。根据框架协议，中国工程院将立足自身人才优势，为西藏实施创新驱动发展提供决策咨询，推动产业发展，加强合作研究与成果转化，组织学术活动，培养和引进人才，实施重大课题攻关。

西藏自治区政府副秘书长旦增伦珠是这次活动的参与者。他表示，这次签约是新一届自治区政府借助外脑、靠智力支持、创新驱动，推动自治区经济发挥后发优势的延续。

在事关西藏经济发展大局的决策中，如藏青工业园的设立、西藏饮用水产业、西藏"世界旅游目的地"和清洁能源基地建设等重大规划，都注重选择专家为政府部门谋划，甚至跨省区论证的方式，绝不拍脑袋盲目立项。此前在清洁能源基地建设规划论证中，就请了 40 多位财政部、发改委的专家。

世界旅游目的地是中央对西藏的定位之一。在前不久召开的中国西藏第二届文化旅游博览会上，西藏与国家旅游局对接，共同组织邀请亚太地区知名旅游专家为西藏旅游业建言献策。自治区主席洛桑江村提出将积极融入国家"一带一路"倡议，打造旅游业升级版，进一步深化西藏自治区与祖国内地和南亚各国的交往交流。仅今年前 8 个月，西藏累计接待游客 1429 万人次，实现旅游收入 190 亿元，旅游已经成为西藏经济发展的重要引擎。

为增加发展的内在推动力，西藏出台了一系列充分调动各方力量推动非公有制经济跨越式发展的改革措施。这些鼓励发展的措施使雪域高原成为全国为数不多的政策洼地，也吸引着全国各地企业的眼球。

西藏工行部门的注册资本认缴制和"先照后证""三证合一"等商事制度改革措施进一步释放红利，西藏企业迎来了"井喷式"增长。西藏自治区工商局局长李迎春说，商事制度改革既顺应了群众干事创业期望，还是创新政府行政管理之举，尤其对于激发市场内在活力、增添经济发展新动力具有重要意义。

截至目前，西藏共有个体工商户 11.15 万户，较商事制度改革前增长 69.7%。目前，西藏市场主体达到 14.18 万户，注册资本（金）3595 亿元，同比分别增长 40%、120%。随着市场准入门槛的降低和市场活力的增强，地方小微企业明显扩张，对于培育高原特色产业和服务业带动就业起到了重要作用。

一系列的措施，助推了西藏跨越式发展。2014 年，西藏全区 GDP 突破 900 亿元，同比增长 12%，增速进入全国第一方阵。今年以来，西藏经济继续高速发展，前三季度全区 GDP 增长 9.8%，高出全国平均水平 2.9 个百分点。

"当前，全国产业正自东向西梯次转移。随着条件的改善，西藏后发优势溢出态势明显，越来越多的客商和国内外企业，将投资目光从中国的东中部版图转向'世界屋脊'西藏。"西藏社科院经济战略研究所副研究员何纲认为，"独特的优势资源、巨大的政策优惠、良好的企业发展环境和市场前景，雪域高原将掀起新一轮更大投资热潮，经济大发展指日可待。"

绿色发展："既要金山银山，更要绿水青山"

既赢环境，又不输经济。近年来，西藏在环境没有受到破坏的情况下，经济实现了跨越式发展。现在的青藏高原各类生态系统结构整体稳定，生态质量稳定向好，水、气、声、土壤、辐射及生态环境质量均保持在良好状态。这里天蓝地绿水清，"最后一方净土"纯洁依然，作为国家生态安全屏障牢固地竖立在青藏高原。

在经济发展方面，西藏大力实施"一产上水平、二产抓重点、三产大发展"的经济发展战略。尽管西藏的工业化水平较低，但为保护西藏碧水蓝天，当地政府始终坚持慎重发展工业的原则，在发展工业中努力做到经济效益、社会效益和环境效益相统一，绝不为了单纯追求经济效益和填补空白而盲目上马项目，禁止发展高耗能污染企业，大力发展生物产业、农牧产品加工业、藏医藏药业、民族手工业等高原绿色、特色产业。

其中，净土健康产业已凸显优势，成为拉萨经济新的增长点。2013年，拉萨市结合无污染的大气、土地和水源等优势，突出世界第三极净土特色，大力发展净土健康产业带，打造绿色ＧＤＰ增长极，探索高原现代农业发展新思路，农牧民增收致富效果明显。

据了解，拉萨净土健康产业主要为奶产业、藏鸡、藏香猪、食用菌、郁金香、玛咖、藏药材、高原饮用水等产业。这些项目在促进农牧业生产集约化、现代化，带动农牧民增收致富及农村剩余劳动力向产业工人转移等方面成效明显。据不完全统计，2014、2015两年间，全市净土健康产业直接就业人员达到8.3万人，间接从业人员达到12.5万人。

经过两年多的发展，截至目前，拉萨市净土健康产业公司达88家，其中年产值过亿的企业有7家，年产值过5000万元的企业有5家。目前冠以"拉萨净土"品牌的健康产品已经形成系列，部分产品销往内地市场，得到消费者的青睐。

在环境保护方面，西藏各级政府严格遵循"保护中开发，开发中保护"的原则，在经济总量远落后于兄弟省份的情况下，把环境建设作为发展中的底线、生命线和高压线，严禁"三高项目"进入西藏，落实矿产资源开发"一支笔"审批制度、环境保护一票否决制度，保护好雪域高原碧水蓝天。

西藏自治区主席洛桑江村多次重申："要把环境建设作为发展中的底线、生命线和高压线，保护好雪域高原的一草一木、山山水水，保护好'世界上最后一方净土'，构建起国家生态安全屏障。"

西藏自治区环保厅副厅长庄红翔告诉记者，近年来，西藏环保部门不断加大环保执法监督力度，进一步加强了重点领域环境监察和矿产资源开发环境监管工作，对交通、水电、旅游、矿产等重大建设项目实施了生态

羊群在羊卓雍错湖畔吃草。（新华社记者 普布扎西摄）

环境检查工作。仅去年就出动环境执法人员 4000 余人次、检查企业（项目）近 2000 家次，对存在环境问题的 23 家企业责令限期整改。

此外，去年西藏还首次建立了环境保护与财政转移支付挂钩的奖惩机制，正式实施《西藏自治区环境保护考核办法》，对全区 74 个县（市、区）人民政府环境保护工作进行全面考核。记者了解到，为进一步加强环境违法惩治，西藏环保部门与公安、检察院、法院正在拟定《关于加强环境行政执法与刑事司法衔接配合工作的实施意见》，建立环境保护违法犯罪案件移送、会商督办、联合调查等工作机制。

在开发生态旅游时，西藏更是以保护为主，坚持先规划、先环评，后开发的原则。

羊卓雍错是西藏的圣湖之一，风景如画，每年都吸引着众多游客。2012 年，曾有开发商想在湖上开通游艇观光项目，获悉此事后，山南地委、行署立即进行调查核实，要求立即停止相关项目开发，同时下了死命令：今后不允许任何单位和个人在羊卓雍错湖面上进行任何旅游开发和商业经营活动。

与此同时，进一步建好生态保护区。截至目前，西藏已建立 22 个生态功能保护区、8 个国家森林公园、5 个国家湿地公园、4 个地质公园、3 个国家级风景名胜区、47 个自然保护区，保护区面积达 41.22 万平方公里，占西藏国土面积的 34.5%。

中科院监测研究报告显示，西藏的水环境、大气环境基本没有受到污染，江河湖泊及地下水均为一、二类水质，空气质量全天候保持优良。如今的西藏，山川秀美、河流清澈、植物繁茂、动物多样，依然是世界天然环境最好的地区之一。

和谐发展："民生阳光"普照雪域儿女

久居高原的人们都能明显感受到，生活一天比一天幸福甜美。

昌都市察雅县新卡乡村民拉巴这段时间笑得格外灿烂，因为生活充满"光明"。"以前家里经常停电，照明用电都保证不了，取暖靠烧牛粪，家里买的电器经常用不上。"他说，如今晚上家里一片明亮，"电视机、洗衣机、冰箱都可以用，日常生活很方便。"

拉巴的灿烂笑容得益于去年完工的川藏联网工程。这项投资 66 亿元的工程结束了昌都电力长期孤网运行的历史，从根本上解决了近 50 万人的用电问题。

近年来，西藏在改善基础设施、提升群众生产生活条件方面取得明显成效。随着交通、能源等基础设施的提升，西藏群众的生活越来越便利：交通网络四通八达，水泥路通到县乡；高山峡谷间的溜索成为历史遗迹；汽车逐渐代替马匹……

得到显著改善的还有广大农牧民的居住条件。已连续实施 7 年的"农牧民安居工程"在 2013 年圆满收官，230 多万西藏农牧民告别了昔日低矮、阴冷、人畜混杂居住的土坯房，住进了钢筋混凝土结构、温暖明亮的新房，全区农牧民人均住房面积增加了两三成。

西藏是经济小省、财政小省，但却连续多年拿出七成财政用于改善民生，连续多年办好利民惠民、利寺惠僧等"十件实事"，着力解决好各族群众最关心的就业、就医、就学、社保、医保、安居、增收等实际问题。

拉萨市低保户朗杰卓嘎一家，今后再也不惧怕寒冬了。在她家里，每个房间都装有暖气片，厨房还配有壁挂炉。朗杰卓嘎说："冬天屋里再也不是冷飕飕的。"目前，拉萨市供暖工程已覆盖 10 万余户，基本实现城区全覆盖，彻底解决了群众冬季取暖问题。

西藏在全国率先建立起了从学前至高中教育阶段的 15 年免费教育体系，自 1985 年在农牧区中小学实施"三包"（包吃、包住、包学习费用）政策以来，西藏已经连续 14 次提高"三包"标准。同时，西藏实施了义务教育阶段所有农牧民子女营养改善计划。

阿里地区普兰县霍尔乡中心小学学生小次旦每天最开心的事就是午餐后可以领到大苹果。"我在学校吃得好住得好，每天还有苹果吃，我很喜欢学校。"小次旦的经历正是西藏教育发展的缩影。

"所有学生不会因为家庭贫困而上不起学,他们中的绝大多数都通过教育改变了命运。"西藏自治区教育厅厅长马升昌说。从学前至研究生教育阶段的资助体系不断完善,年资助师生超过 153 万人次,资助金额超过 23 亿元。

同样发生巨变的还有医疗条件,给人尊严和保障。以前,很多妇女生孩子甚至只能待在牛棚中。现在,越来越多的群众求助现代医疗手段。回想起去年临产的场景,墨竹工卡县农民韦色依然心有余悸。当时,母子均面临生命危险,紧急送县医院剖宫产后母子才平安。

过去,西藏没有一所现代医疗卫生机构,从医人员不足百人。半个世纪以来,西藏的基本医疗卫生服务体系已基本建立,以免费医疗为基础的农牧区医疗制度覆盖全体农牧民,孕产妇和婴幼儿死亡率不断创历史新低。

西藏自治区卫计委主任普布卓玛说:"得益于不断进步的医疗条件,西藏人均寿命已从过去的 35 岁提高到现在的 68 岁,全区人口从过去的 114 万人增加到 317 万人。"

同样让人感到幸福的还有受到保护的宗教信仰自由,以及自由祥和的宗教信仰氛围,信教群众朝佛的心更加舒畅。

大昭寺前,每天都有数不清的信众磕长头;布达拉宫脚下,摇着转经筒的人群熙熙攘攘;哲蚌寺里,一年一度的展佛活动依旧……仅 2014 年,就有超过 1400 万人次参加西藏重要宗教活动。

近年来,西藏自治区充分行使《宪法》和《民族区域自治法》赋予的自主管理和发展本地区文化事业的自治权,依法保障西藏人民继承发展民族传统文化的自由和宗教信仰的自由。

目前,西藏有各类宗教活动场所 1787 处,寺庙僧尼 4.6 万多人。活佛转世制度按照宗教仪轨和历史定制得到延续。各种宗教活动正常进行,信教群众的宗教需求得到满足,宗教信仰自由得到充分尊重和保护。

社会稳定,经济增长,文化繁荣,生态良好。巨大的发展变化提高了各族群众的生活质量,带来了满满的幸福感。眼下的西藏虽天气转冷,但商贸繁荣、游人不减、处处祥和……

2015 年是西藏极为重要的一年：走过 50 个春秋的自治区站在了新的历史起点上。

西藏自治区党委书记陈全国说，中央第六次西藏工作座谈会为西藏描绘了美好蓝图，吹响了长足发展和长治久安的时代号角。我们决心，努力实现西藏持续稳定、长期稳定、全面稳定，确保到 2020 年同全国一道全面建成小康社会，为建设美丽和谐幸福的社会主义新西藏、为实现中华民族伟大复兴中国梦而努力奋斗！

（新华社拉萨 2015 年 12 月 9 日电 参与采写记者：魏圣曜、黄兴）

拉萨：原汁原味老城区

新华社记者　张京品　王昀加

如今在拉萨老城区中心的八廓街上，虔诚的信教民众手持转经筒悠悠前行，好奇的游客忙着用相机捕捉四周的风景，新铺设的路面平坦整洁，两旁的藏式建筑焕发着勃勃生机；然而在此前一段时间，这里却是一片繁忙施工的景象，脚手架和防护网几乎将街道两侧建筑完全盖住，许多道路被挖开，出行变得不太容易。

当时热火朝天进行的，正是拉萨老城区保护工程。这项工程总投资约15亿元，已在今年6月底完工。随着各项工作的收尾，一个更完善、更健康并保留了原汁原味民族特色的拉萨老城区，正在进入人们的视野。

"所有老城区居民的心声"

承载着西藏文化的拉萨市老城区以八廓街历史街区为核心，总面积约1.33平方公里，常住人口达8万人。除了拥有世界文化遗产大昭寺之外，还拥有小昭寺等大小寺院、寺庙27座，古建大院56座。其中八廓街区以大昭寺为中心，是集居住、商贸、宗教、旅游、文化等多功能于一体的城市中心区，民族和宗教特色浓郁。

拉萨老城区古城特征典型，大量珍贵文物及历史建筑散落其间。但长年以来，宗教和商贸活动频繁，外来人口较多，而老城区街巷狭窄拥挤，给水排水设施不完善，群众用水困难，排水不畅，市政基础设施滞后的状况日益凸显。

　　据记者了解，拉萨市人大代表和政协委员已连续多年在市两会期间，就改善老城区市政基础设施条件、加强文物保护等相关问题提交议案、提案，要求尽快实施老城区保护工程。拉萨市人大代表、冲赛康社区党支部书记岗祖说："老城区保护的建议是经过调研后提出的，几乎是所有老城区居民的心声。"

　　"和平解放前，八廓街是泥土路，下雨时泥浆没脚脖子。后来改成石头路，现在大街小巷都铺上了条石。"八廓街街道办事处副主任多吉说。上世纪80年代起，政府多次整修八廓街，仅2002年就投资1.7亿元，把路面铺上清一色的花岗岩，并铺设了上下水，更换了电路、路灯，当地居民逐渐告别了喝井水、用旱厕、点蜡烛的历史。

　　尽管如此，比起现代公寓，这里的生活依然不那么方便。"小时候的邻居大多都搬走了，住到新的小区去。现在的邻居，至少有一半是外地来打工和做生意的人在这租房子。"家住八廓街小巷里的卓玛拉姆说，由于排水不畅，一到雨季，街道上经常污水横流。

拉萨八廓街的藏式古建夏扎大院。（新华社记者　普布扎西摄）

66 岁的归桑自小就生活在八廓街鲁固社区，他所住的四层院子已经有 100 多年历史了，这里的每一个地方都承载着他无数的回忆。可是随着社会发展，老城区日益落后的基础设施让这位已近古稀之年的老人担忧起来。无论是头上的电线还是最基本的生活用水，都给这里的老建筑及生活在这里的人们带来了不小的困难。

"现在所有巷道、屋顶、墙头都是像蜘蛛网般的电线。为什么会这样呢？因为人们生活水平提高了，家里有了各种电器还有电话，每家每户都自己接一根线，所以各类电线就像蜘蛛网一般了。"归桑说。

在归桑所居住的老院子里，记者看到每层都有一个公用的水龙头。但到了归桑所住的四层，水龙头只是摆设。"四楼和三楼用水非常困难，因为水压不够，用水是最头疼的事情。"归桑说，和新建的房屋相比，他们就好像仍然生活在"黑白电视时代"，每天只能下楼到一层提水。

归桑告诉记者，如果不洗衣服，不给花浇水，一天提两桶水就够了，而大件衣服通常要拿到拉萨河边洗。"我很期盼自来水能早日通到四楼，那样我就不用每天从一楼提水上来了。"

在这样的背景下，去年 12 月拉萨市正式启动老城区保护工程。涉及给排水改造、电力线路改造、管线综合改造、整治消防安全隐患、实施老城区供暖工程、实施古城特色风貌保护工程、路灯改造、规范各种标识标牌、完善环卫设施、整治违章建筑十项内容，总投资约 15 亿元，已在今年 6 月底完工。

"不搞'面子工程'"

老城意味着记忆，改造老城意味着触动人们的记忆。触动记忆不可避免地会触动人们的神经。

拉萨老城区改造工程启动以来，不断出现一些不同的声音。记者的一位藏族朋友云丹通过微信转来一则内容："所有老城里的摊贩、客栈、低端服务都要搬出老城，取而代之高端古董工艺品店和酒店。而且所有老街房子要立面统一招牌统一。"他说自己对老城区改造不甚了解，想问问到底怎么回事。

实际上，为了保证老城区保护工程的顺利进行，拉萨市将原本在八廓街上经营的露天摊位暂时转移到邻近地区，提供免费的摆放场地，绝大部分摊主表示支持和理解摊位搬迁工作。对于保护工程结束后的摊位安置问题，拉萨市城关区副区长其美次仁表示，工程竣工后将广泛征求各方意见，妥善进行安置，确保实现老城区 2956 个摊主和商户"一个不失业、一个不歇业"的目标要求。

拉萨市委宣传部部长马新明也表示，八廓街的每栋建筑、每个标牌都独具特色。保护工程将基于传统和历史进行维护，老城区的古建筑都会按照原有历史风貌进行个性化复原，不会搞成千篇一律的模样。未来八廓街不会做统一立面，而会沿用现有的传统门窗和花饰。

拉萨老城区改造。（新华社记者 觉果摄）

老城区保护工程的规划设计得到西藏和拉萨当地古建专家、文物保护专家、宗教和民俗专家的指导，采用拉萨当地传统工艺、传统材料，在保持原有建筑物风貌的基础上，对出现破损和残缺的传统建筑进行了保护性修缮。此外，保护工程对近年来新建的不协调建筑进行整改，使之与古城内的传统建筑相得益彰，保留"雪域圣城"古色古香的特色。

与此同时，保护工程中的大部分投资，最后都"低调"埋到地下。据拉萨市委常委、常务副市长斯朗尼玛介绍，仅管线综合改造和电力线路改造两项工作，就花去了总投资额的一半多，前者旨在将原来的架空电线拆除入地，消除线路老化、超载运行、私拉乱接等现象导致的火灾隐患；后者则提高了老城区的电力供应能力，在老城区缺乏气供暖条件的现实情况下，这是实现电供暖、让老城区民众能在寒冷冬日享受温暖的基础。

斯朗尼玛表示，老城区保护工程秉持"长远发展、统筹安排"的原则，不搞重复投资建设，不搞"面子工程"。"保护工程结束后，八廓街还是原来的八廓街，只是更好地反映、体现了它的历史文化。"

保护工程的目的是群众生活的便利和文化遗产安全系数的提升，但难免要经历施工期间的"阵痛"，在一段时间内呈现出"杂乱无章"的表象，使得老城区整体景观大打折扣。第一次到西藏旅游的北京游客顿兴国抵达拉萨时，恰好是保护工程全面铺开、如火如荼的阶段。他刚开始觉得老城区"挖得有些乱"，但得知工程是为了更好地保护老城区，而且不会破坏历史文物后，他心中的问号不复存在，原先的疑虑转为理解和支持。

"一颗悬着的心终于放下了！"

古城保护往往会招致一些主张文化保护人士的反对，他们认为工程的开展就意味着失去"原味"。但在历史的长河中，能够完全保持恒定不变的存在又似乎是一种悖论。在现代化进程中，能够接近原貌进行保护修复不是一件容易的事。而完全不作为、任由隐患加剧同样令人无法接受。

"一颗悬着的心终于放下了！"对老城区保护工程进行调研后，中国社科院民族学与人类学研究所副研究员扎洛这样谈到他的感受。他说此前在海外访问时，一些藏学家向他表达了对拉萨老城区保护工程的关注和担忧，也有一些负面消息四处流传。如今实地考察访问后，他发现这些传言与真实情况大相径庭。

"暂时的不方便是为了以后更好地生活，这也是情理之中的事。"多年在八廓街一家商场经营藏饰的次仁拥措说，工程给生活确实造成了暂时的不便，也给她的生意带来了一些影响。不过随着工程逐渐接近尾声，建筑外的脚手架先后拆除，挖开的路面逐步复原，一切慢慢恢复了正常。

"现在这里的道路铺得很好，电线、通讯线路埋到了地下，很美观，我们感到十分高兴。"次仁拥措笑着说。

西藏自治区建筑设计研究院高级建筑师木雅曲吉建才曾多次参与布达拉宫、大昭寺等重点文物的维修。他说历史上拉萨的排水系统非常落后，包括大昭寺的排水在内多是自然的、局部的排出去。此次老城区保护工程形成了拉萨整体的排水系统，大昭寺和拉萨市的排水系统也连接起来，排水渠道的宽度高度足够应对雨季时的大雨。

老城区保护工程造福这里的百姓生活，也造福着千年圣地大昭寺。大昭寺僧人尼玛次仁说，老城区保护工程对大昭寺保护犹如雪中送炭。他说火灾和水灾是大昭寺遗产保护的两大"天敌"。遇到大雨，由于排水不畅导致积水，使得大昭寺的壁画受到破坏。此外，老城区的地上缆线较多，"好像蜘蛛网一样"，存在火险隐患。

"老城区保护工程让电线入地、排水通畅，消除了隐患，避免积水对文物造成影响，让文物远离了火灾和水灾的危险，作为僧人我感到非常欣喜。感谢党委和政府对大昭寺的保护。"尼玛次仁说。

时下，修复完毕的八廓街传统藏式建筑，白色墙壁愈发透出雪域特有的白，黑边窗户内雕琢的藏式窗花，衬着阳台上摆放的姹紫嫣红的花草，掩映于屋顶经幡的垂影里，描绘出一种高原特有的美。保护工程完全结束后，一个古城特色鲜明、宗教氛围浓厚、基础设施完善、人居环境优美、历史文化遗产得到最好保护的老城区，将会呈现在世人面前。

（原载新华社《瞭望》新闻周刊 2013 年第 29 期，7 月 22 日）

雪域高原新赞歌

编者按：半月谈记者近日深入西藏的乡村、社区、寺院等地，围绕西藏自治区开展党的群众路线教育实践活动情况展开采访调研。这组稿件生动地展现了西藏自治区在群众路线教育实践活动中，结合自治区实际，转变干部工作作风、为群众上门服务的生动实践，在雪域高原谱写了一曲新时期干群关系的赞歌。

在雪域高原大写服务

新华社记者　王恒涛

党的群众路线教育实践活动开展以来，地处祖国边疆的西藏自治区结合本地实际，探索将教育实践活动落到实处、推向纵深的路径和保障机制。

西藏自治区在大局最需要的地方着力，不断将工作重心下移，不断将"浮"在机关的干部派到基层去，派到基层最需要的地方去，并明确目标、明确责任、明确任务，使干部们真正深入到群众中去，贴身为群众服务，为工作大局服务。大写的服务——成为诠释西藏开展党的群众路线教育实践活动最亮眼的关键词。

西藏地广人稀，有的乡镇面积相当于内地几个县的面积，而干部只有10多人，这就难免出现服务不到位的现象。西藏自治区先后派出了4万多名干部，跋山涉水入驻全自治区5459个村庄居委会，同时拿出专项资金，从群众最关心的热点、难点问题做起，解决群众就业、就医、就学和通路、通水、通电、通邮、通广播电视等实际问题。

西藏寺庙多，僧尼多，服务保障难度大，部分僧尼老无所养，病无所医。为此，西藏选派近 1.4 万名懂宗教政策、服务意识强的干部进驻寺庙，建立服务机构和班子。工作人员为僧尼办养老保险、医疗保险，整修房舍，修路通水，解决僧人们的家庭困难，让僧人们感受温暖，后顾无忧，静心修行。

西藏旅游资源独特，游客多、流动人口也多，但服务设施和机构欠缺，为此自治区将警力下沉，在人口集中地建成了 698 个便民警务站，服务居民，服务游客，震慑犯罪。

如今，从繁华的拉萨到偏远的古寺，从交通便利的城镇到道路难行的墨脱，从珠穆朗玛峰脚下到雅鲁藏布江畔，从藏北草原到藏东林区，"凡是有居民活动的地方，都有我们的干部"。4 万多名干部抛家舍业，父子、夫妻、兄弟、姐妹同行下乡的比比皆是。他们带着党和政府的温暖，发扬特别能开拓、特别能吃苦、特别能担当、特别能贡献的精神，爬雪山，过险关，来到群众身边，与群众同吃、同住、同劳动，与群众同呼吸共命运，为群众分忧解难。一系列创新性服务使干部受到了教育，干部作风在转变，群众切实得实惠。今日西藏，正呈现出社会稳定、民族团结的和谐景象。

转作风出实招　动真格见实效

——西藏探索新形势下坚持群众路线的科学路径

新华社记者　王恒涛　罗布次仁　文涛

西藏以干部转作风为突破口，以改善农牧民生产生活条件为抓手，以干部驻村入寺为载体，以改革创新的精神，全面探索新形势下坚持群众路线、密切党群干群关系的科学路径。

自治区党委书记陈全国说，全面建成小康社会，离不开坚实的群众基础；构建社会主义和谐社会，实现社会长治久安，离不开坚实的群众基础；提高党的执政能力，离不开坚实的群众基础。

走，到群众中去

雪域高原，地广人稀。稳定与发展的重任使西藏干部在转作风方面先行一步。

2011年10月，西藏首批派出2万多名干部进驻自治区5451个村，在密切干群关系的同时，深入开展一场为期3年的"创先争优强基惠民"活动。

昌都地区发改委副主任索朗扎西驻村已一年，他至今难以忘怀的是工作队驻村后办的第一件事———重修坑洼不平、尘土飞扬的入村小道。几年前，这条路因难以解决占地、砍伐经济林木产生的补偿问题，公路修到了村头，就无法再修下去。

驻村后索朗扎西和队友们与群众同吃、同住、同学习、同劳动。为了修好这条路，他们努力争取到65万元修路资金和80万元的村容整治资金，在赢得群众信任后，他们带领群众一起来修路。在项目建设的同时，他们还想方设法增加群众收入。

索朗扎西说："驻村后最大的感受是，做群众工作，赢得群众的信任、拥护和支持，就是要多了解群众的期盼、需要和意愿，多为群众办实事。"

昌都地区纪委干部陈烈，是一名1959年进藏汉族干部的后代，父辈的熏陶、30多年的在藏基层历练，使他对群众工作有了更为深刻的体会和认识。他说："干部驻村活动抓住了对待人民群众态度这个根本问题，通过驻村活动端正了党风，锻炼了队伍，改善了党群干群关系，意义深远。"

"这是西藏和平解放以来规模最大、覆盖面最广的一次干部下乡活动，干部把驻村当探亲、视群众为亲人，密切了同人民群众的血肉联系，锤炼自己，服务人民，用真诚、汗水，乃至热血和生命诠释了共产党员的先进性和纯洁性。"从事多年民政工作的自治区人大原副主任马泽碧说。

把改善民生作为出发点和落脚点

在坚持群众路线的实践中，西藏把握各族群众的诉求与期盼，突出重点，突破难点，把更多的财力、物力、精力向民生领域倾斜，向农牧区和基层倾斜，向贫困群众和弱势群体倾斜。

2012年，西藏籍大学生实现全就业，拉萨实施供暖工程，全年保障和改善民生领域落实资金投入135亿元。今年藏历新年前夕，西藏提出包括提高企业离退休干部职工基本养老金、农牧区医疗制度财政补助标准、城乡居民最低生活保障标准和农牧民子女教育补助标准等，惠及九成百姓的12项民生政策措施。

在山南地区乃东县颇章乡格拉村，笔直的乡村道路代替了昔日凹凸不平的土道。村民普布次仁说："近两年来，政府对乡村道路进行全面整治，又翻建多年失修的水渠，大学毕业的女儿也就业上班了，我特别高兴。"

林芝地区地委书记赵世军说："在农牧区工作，我们发现西藏各地虽然资源禀赋、区位优势等不尽相同，但是，经济发展的差距主要是由观念差异造成的。"

为此，林芝地区把改善民生与克服"等靠要"的思想和转变观念结合起来。去年林芝地区在特色产业扶持发展中，改变过去项目完全由政府投资的办法，专门设立了1000万元的农业产业化发展基金，其中400万元作为贴息资金，项目建设由政府出资50%，其余依靠贴息贷款等，进一步增强群众参与度，调动了群众积极性。同时，对林芝地区具有小学以上文化程度的2.5万名劳动力，本着自愿选择培训时间和项目的原则进行系统培训，并按培训考核成绩进行适当补助。

西藏各地还注意把转变作风与解决"发展办法不多"的问题结合起来，把群众强烈的发展愿望与维护稳定的基础工作结合起来，让群众成为经济发展和维护稳定的力量源泉。

推进党的基层组织建设

党的基层组织是党在西藏全部工作的基础。近两年来，西藏充分利用覆盖全自治区的驻村工作队，以"传帮带"等多种形式配合党的基层组织开展工作，全面提升基层党组织建设的科学化水平。

昌都地区芒康县纳西乡加达村，是西藏近两年来重点整顿的1030个村组之一。因多年积累的矛盾纠纷问题没有得到及时处理和解决，2009年以来加达村"两委"班子处于瘫痪状态，驻村工作队积极配合地方党委开展广泛深入的群众工作，化解矛盾，选举新一届"两委"班子，并积极培训党员，建立健全村务公开、党务公开等规章制度。

加达村地处盐井旅游景区核心区域，但交通极为不便。去年7月，新一届"两委"班子带领群众修建公路，同时成立了西藏首家农民旅游服务专业合作社——"康巴情农民旅游服务专业合作社"，目前全村85%的村民入社，合作社业务涉及旅游观光服务接待、民俗文化展演及土特产品开发销售，村民收入不断提高。

与此同时，自治区积极推进基层党组织由管理型向服务型转变，在服务群众和服务党员上下足功夫。阿里地区采取"地级干部联县、县级干部联乡镇、科级干部联村"的结对帮扶机制，帮助基层理清发展思路、落实发展措施。日喀则地区则建立健全基层互帮互助机制，已有824个党组织与困难党员"结对子"，3471名党员干部与困难党员"手拉手"开展帮扶，仅去年就有546名困难党员实现脱贫。

畅通表达民意诉求渠道

近两年来，西藏建立健全党和政府主导的维护群众合法权益机制，不断畅通和规范群众诉求表达、利益协调、权益保障机制。其中昌都地区在农牧民中发展了10292名民生信息员，仅去年，就提供有价值的民生需求信息 1282 条。信息员反映较为集中的问题之一就是，现有水磨坊数量严重不足且年久失修，农牧民糌粑加工困难。地委、行署责成相关部门调研发现，目前昌都地区能正常使用的水磨坊仅有 513 座，为数不多的小型糌粑加工企业远远不能满足群众的需求。为此，根据"解决迫切需求为主，粮食主产区先建"原则，昌都地区从今年起整合资金 2.4 亿元，为群众建设 1647 座水磨坊，农牧民糌粑加工困难的问题得到大大缓解。

在调研中记者发现，近两年来，西藏各地区进一步建立干部蹲点、决策调研等制度，领导干部每年深入基层的时间要求普遍提高到 3 个月以上，调查研究的理念深入人心。

全国政协副主席、西藏自治区政协主席帕巴拉·格列朗杰认为，近两年来，西藏开展"创先争优强基惠民"活动，坚持群众路线，干部得到了锻炼，群众得到了实惠，这种做法不是"当一天和尚撞一天钟"，而是深层推进西藏稳定与发展的好做法。

社区服务暖民心

新华社记者 张京品 王恒涛

"游西藏不到大昭寺，等于喝了没放盐的酥油茶。"这是驴友们游历西藏的行语。

又是一个蓝天白云日，记者经过安检进入人来人往的大昭寺广场。只见信众手持转经筒悠悠前行，来自昌都、那曲等地的农牧民虔诚地在大昭寺门口磕着等身长头。游客忙着用相机捕捉难忘的镜头。新铺设的路面平坦整洁，两旁的藏式建筑焕发着勃勃生机。

"八廓街整修了半年多，现在比以前方便多了。"刚刚转经结束的白森老人，来到大昭寺门口便民警务站的椅子上休息，接过民警递过来的开水。

除了遮阳伞和供人休息的桌椅，便民警务站门前还摆放着轮椅、图书、雨伞、钳子、打气筒、急救箱等方便市民和游客的物品。一个失物招领柜里摆放着行人粗心丢失的身份证。民警胡为民告诉记者："便民警务站24小时提供热水，并为游客提供旅游咨询和应急服务。"

"在拉萨绝对不用担心迷路，便民警务站可随时提供服务！"几乎每年都要到西藏的黄恒波在网上发帖向广大驴友支招：带上水杯，喝完了可到便民点续水，特方便！

常年在附近做布料生意的回族人马木萨说，自从有了便民警务站，商店晚上落下卷闸门就行，不用再锁东锁西了。出租车司机扎西说，过去晚上行车妻子有些担心，现在经常跑车到凌晨两三点，妻子也不担心了，因为便民警务站让大家的安全感大大提升。

大昭寺警务站是拉萨市185个警务站之一，这些便民警务站每个站平均配备37名干警。警务站把拉萨市的服务管理分成一个个网格，形成了"3分钟警务圈"，既方便了群众，又增加了行人的安全感。

从2011年起，西藏已在全自治区建成698个便民警务站。自从有了警务站，拉萨刑事案件下降了30%，治安案件也下降了50%，连交通事故都减少了。

今年82岁的白森是西藏昌都地区八宿县通嘎乡强尼村人，他见证了西藏的过去和现在。40年前，他只身一人来到拉萨，住进了现在的鲁固社区罗增坚参大院，鲁固社区围绕大昭寺周边。今年5月开始，老人每个月都能拿到900元的补助了。居委会每天都会派人把他屋里打扫得干干净净，还送来了藏桌、藏柜、电视等家具家电。过去的农奴现在说起政府的关心感慨万千，淳朴笑容绽放的皱纹堆积在黝黑的面庞上，使这位藏族老人俨然一幅经典油画。

帮助白森老人的是鲁固社区居民事务联络员边巴次仁。边巴次仁是第5网格的居民事务联络员。每天早上9点，边巴次仁就开始走访自己所管辖的13个居民大院、两个摊位和两家私宅，这里包括了藏、汉、维、回四个民族的同胞。他的工作是检查是否有消防隐患、道路是否畅通，并及时发现并上报居民的困难。

之前的走访中，边巴次仁发现白森老人孤身一人，并且经济困难，他家由于常年烧牛粪，屋顶已经被熏得黑乎乎的。边巴次仁把情况上报给居委会后，居委会班子10名成员当即决定每人每个月从工资里拿出50元救助白森，并且为白森申请了每月400元的救助金。此外，他们还花7000多元为白森配置了家具。

去年6月开始，为了进一步加强对社区居民的服务，鲁固社区以地理位置为基础，根据户籍人口、流动人口、管辖面积等情况，将社区划分成5个网格服务单元。

79岁的老党员尼玛次仁说，这两年开始的网格化服务把工作细化到人，便民服务站的民警巡逻，社区干部走访，大院里的居民值班，治安比以前好多了。"以前这里小偷不少，现在电动车、自行车随便放都没人偷。"

记者在鲁固社区的街巷里，碰到正在值班的黄强，他是第5网格的网格治安员。从小在拉萨长大的黄强说，除了巡查，他还要定期开展消防宣传教育和消防监督检查，协助人民调解员在网格内开展调解工作，化解矛盾纠纷。

走出鲁固社区，大昭寺的金顶在夕阳下煜煜生辉，赭红色的墙体鲜艳夺目。广场上，融入了转经筒、酥油灯、藏文"扎西德勒"等藏族文化特色的景观灯使这里的特色更加鲜明。在老城区保护工程中露出原貌的唐蕃会盟碑，给游人讲述着久远的故事，修葺一新的千佛殿则为信众提供更为宽敞的朝拜空间，盛世祥和的瞬间与永恒都定格在游客的相机里。

服务寺院送保障

新华社记者　许万虎　李远　薛文献

西藏拉萨，旺古尔山，海拔4300米；甘丹寺，是山顶的魂，藏传佛教格鲁派始于此。

从拉萨出发，东行40公里至旺古尔山麓，沿着崭新的柏油路盘旋而上，大约半小时后，便可见这座金碧辉煌的"空中佛宇"。

7月22日，是藏历六月十五。这天清晨，当黎明划破云彩，一幅有着300多年历史的巨型释迦牟尼唐卡便沿着甘丹寺羊巴坚大殿徐徐展开，6000余名朝佛群众或在大殿前，或在远处山坡上，双手合十、虔诚膜拜……甘丹寺迎来了一年一度的"甘丹色唐"展佛日。

"甘丹色唐"展佛活动是甘丹寺每年三次重大佛事活动之一，302名在编僧人和25名寺管会干部为此整整准备了3天，清扫寺庙，更换香布，摆放供品……分工明确，一丝不苟。

甘丹寺寺管会主任、党委书记拉巴次仁说，这么大型的公众活动，寺管会提前一个多月就向上级部门报备。怎么保证佛事活动的正常进行？怎么保障参与人员的人身安全？发生紧急情况如何疏散？寺管会干部们为每一项工作都制定了详细预案。

寺管会，即寺庙管理委员会，是2011年下半年西藏为加强对全自治区僧人的服务保障工作而设立的机构。据了解，近两年来，近1.4万名优秀干部进驻全自治区共1787座寺庙，他们的职责是改善寺庙基础设施，落实各项惠僧政策。

藏传佛教格鲁派格西学位（相当于硕士研究生）获得者江央克珠是此次展佛活动的"总顾问"，同时也是甘丹寺寺管会委员之一。他说，驻寺干部进驻以来，承担了寺庙大部分的服务工作，如寺庙翻修、帮僧人办保险、组织僧人免费体检等。除参加大大小小的佛事活动外，僧人们免去了琐事缠身，可以潜心修学。

江央克珠拿出一份僧人的作息时间表向记者展示：每天早上7点，起床预习经文；8点至12点，随经师学经；下午13点30分至15点30分，辩经；16点至18点，继续学经……每月25日之后僧人们放假。

近年来，西藏出台各项惠寺惠僧政策改善僧人生活、修行环境。特别是在寺管会成立以后，西藏提出要为每一座寺庙通水、电、路，让每一座寺庙都有报纸、书屋，通广播、电视，僧人还有电影看，全面改善寺庙的基础和文化设施。而拉萨市还在此基础上实行"五加"，即寺庙有澡堂、食堂、垃圾储存池、温棚和一个卫生员。

解决全自治区寺庙的配套设备需要一笔不小的开支。2011 年以来，西藏累计投入各类惠寺利僧活动经费 8 亿多元。自治区财政还补贴 2600 多万元，为全区 2.9 万多名在编僧尼办理了医疗保险、养老保险、最低生活保障和人身意外团体险，并每年免费为僧尼进行一次健康体检。

甘丹寺寺庙管理委员会法宣社保处处长格米介绍说，去年政府不仅为每位僧人免费办理了医疗保险、养老保险，还为 100 多位家庭困难的僧人办理了最低生活保障。"如遇大病，僧人可享受 100% 的报销额度，自己不用花一分钱；遇到小病小灾更方便，距离寺庙几百米处便是僧人的卫生院。"格米说。

记者沿着山路下行，来到甘丹寺卫生院，一进门，浓浓的藏药气味便扑面而来。僧人坚参是这里唯一的医生，他告诉记者，自从 1986 年入寺出家后，没过几年便被寺庙选派到拉萨的藏医院学习培训，学成归来后与僧人们一起筹建了寺庙卫生院。

僧人们在寺庙书屋看书。（新华社记者 觉果摄）

坚参既懂外科，也懂内科，是治病救人的行家里手。他说，此前除了大医院来寺庙做定期巡诊，僧人们几乎没有固定的就医场所。这么多年来，不仅是僧人们过来看病取药，周边村民和朝佛群众也时常来此就医，"这里海拔高，有座卫生院，大家心里都踏实"。

不仅如此，如今甘丹寺僧舍中还配备了能接收到 30 多个频道的有线电视，寺庙还会定期组织僧人观看电影。久隐深山的僧人并未与世隔绝，信息化的便捷同样为其所享。尤其是年轻僧人，开通博客、微博和微信的并不在少数。

寺管会工作人员除了帮助改善寺庙的基础设施外，还经常为僧人及其家人办实事、解决具体困难。从去年开始，甘丹寺每位驻寺干部分别与一至十余名僧人结成帮扶对子，僧人凡遇大难小困，负责帮扶的驻寺干部便会出面解困。

"僧人家里的困难解决了，他们才能安心修行。我们不仅是僧人的朋友，更是他们的亲人，只有心往一处想，劲往一处使，和谐之花才会常开不衰。"格米笑着说。

拉萨市委统战部长达娃表示，干部刚进驻寺庙时，个别僧尼曾表示不理解，认为会打扰他们的正常生活。然而驻寺干部们用他们的真诚和为僧人办的一件件实事感动了大家。

（原载新华社《半月谈》2013 年第 15 期，8 月 10 日）

西藏群众路线实践：群众是
最亮镜子和最好医生

新华社拉萨2013年8月25日电　（记者 **王恒涛 杨三军**）"群众是最亮的镜子，是最好的医生。"党的群众路线教育实践活动开展以来，西藏自治区党委班子成员带头深入学习，召开征求意见座谈会20场。主要领导率先深入基层调查研究，自觉查摆问题，推动全区教育实践活动扎实开展。

早在2011年，西藏自治区党委根据区情，主动践行群众路线，启动了强基础、惠民生活动和干部驻寺工作，出台措施，把干部派到基层"接地气"。近两年来，全区先后选派4万多名干部入驻全区5459个村（社区、居委会），和农牧区群众同吃同住同劳动，听民意、解民忧、帮民富，得到各族群众的真心拥护；先后派出1万余名干部入驻全区1700多座寺庙，实施一系列利寺惠僧举措，得到广大僧尼的衷心欢迎。

教育实践活动开展后，西藏自治区党委认真学习贯彻中央部署和要求，结合实际，提出"四加二"活动方案，即在切实解决"四风"的同时，解决政治立场不坚定、作风漂浮懒散"两问题"。

结合区情，西藏创新活动载体，将中央的总要求明细化、具体化，贯彻到教育实践活动的各个环节和全过程。全区广泛开展"为了谁、依靠谁、我是谁"群众路线大讨论，开展弘扬"老西藏精神"教育活动、"民族团结党员先锋行"活动和"领导干部进村入户、结对认亲交朋友"活动。

同时，深化干部驻村、驻寺工作，深化以"联户平安、联户增收"为目标的"先进双联户"创建评选活动。2万多名驻村、驻寺干部开门整风，全区300万干部群众全部参与到群众路线教育实践活动中来。

　　西藏自治区要求全区处级以上干部全部深入农户结对认亲，截至目前，西藏第一批开展教育实践活动的73家区（中）直单位已有1260多名县处级以上干部深入农牧区，住进群众家中，和2526户农牧民群众结对认亲交朋友，为群众脱贫致富出主意、想办法1734条，看望慰问群众8895人。

　　进村入户的西藏党员干部自带被褥等日常生活用品，向结对户支付食宿费用，与群众同吃同住同劳动，受到农牧民群众的欢迎。"当年十八军的好作风又回来了。"墨竹工卡县扎雪乡其朗村80多岁的加日老阿妈感叹："共产党的干部住在我家，帮助我们解决困难，真比我的儿女还亲！"

在国家重点工程拉萨至林芝铁路上打工挣钱的牧民。（新华社记者 觉果摄）

西藏万名干部扎根基层：
结穷亲、解民忧、帮民富

新华社拉萨 2013 年 9 月 30 日电（记者 黄兴 许万虎）在西藏自治区党委书记陈全国家中，来自山南地区贡嘎县红星社区的顿珠、贡嘎坚参、格列等人围坐在一起，聊家常、谈意见，气氛热烈轻松。他们还与陈全国共进午餐，简单的饭菜，大家吃得津津有味。

9 月 22 日，顿珠等人第一次来到自治区党政大院，受邀到区党委"一把手"家中做客。"上次您在我家说要让我们来家里做客，我们以为是客气话，没想到今天真的来了，简直是做梦一样！"格列说。

一个月前，陈全国来到联系点贡嘎县调研，在红星社区听取群众对干部转变作风的意见，并留下自己的联系方式，还热情邀请结对户的"亲戚"到拉萨的家中做客。

西藏广泛开展的"结对认亲交朋友"活动正成为群众路线教育实践活动的重要载体。区党委要求全区所有县处级以上党员干部每月与结对户电话联系一次以上，每年进村入户不少于三次、每次不少于一周，并撰写一份民情报告，建立干部联系群众、群众反映情况的长效机制和畅通渠道。

陈全国说，开展领导干部"结对认亲交朋友"活动，不能"摇下车窗挥挥手，送米送面拉拉手"，必须真结亲、结真亲，切实了解群众的疾苦，增进同群众的感情。截至目前，西藏已有 2841 名县处级以上党员干部同 5827 户贫困群众结对认亲，共征求意见 3764 条，全区 5458 个村实现全覆盖。

据介绍，两年前，西藏自治区开展了"创先争优强基础惠民生"活动，派出两批 4 万多名干部深入全区所有行政村，以建强基层基础、做好维稳工作、帮助群众致富、进行感党恩教育、为群众办实事解难事为主要任务，取得明显成效：党的强农惠民政策进一步落实，农牧区的生产生活条件得到逐步改善，少数软弱涣散的基层组织得到调整充实，党群干群关系更加密切，民族团结巩固发展，为西藏跨越式发展和长治久安奠定了扎实的基础。

藏东林芝县更章门巴民族乡久巴村驻村干部迪巧旺姆，两年前就成了村里的"大管家"，申报农牧民合作社、查材料、写报告找她，村民娶媳妇上户口也可以找她帮忙，成了群众的贴心人。阿里普兰县赤德村驻村工作队队长洛卓桑姆被群众称为致富专家。她一到村里就带领群众建起"农家乐"餐饮服务，发展油菜籽深加工，实现经济效益上百万元。

两年来，全区驻村干部共组织农牧民群众到区内外培训2.7万人次，参观学习9377人次，解决农牧民就业2.4万人，已有7190名致富能手被培养成共产党员，6235名党员致富能手被培养成村干部。

在大规模的干部驻村活动中，各族党员干部与农牧民群众打成一片，真心实意解民忧，受到各族群众的拥护和欢迎。拉萨市墨竹工卡县扎雪乡其朗村80多岁的加日老阿妈感叹道："党派来的干部住在我家里，帮助我们解决困难，真比我的儿女还亲！"

西藏墨脱公路正式通车
"高原孤岛"成历史

新华社记者 薛文献 何雨欣 黄兴

10月31日11时20分许，在海拔2100米左右的西藏墨脱县达木乡波弄贡村，西藏自治区主席洛桑江村宣布：墨脱公路正式通车。这标志着墨脱正式摆脱"全国唯一不通公路县"的历史，世代墨脱人期盼的"快捷平安走出大山"终于圆梦。

墨脱公路全长117.3公里，总投资16亿元，起点为林芝地区波密县扎木镇318国道川藏公路与老扎墨公路的交会处，先后跨越波斗藏布江、金

墨脱公路。（新华社记者 普布扎西摄）

珠藏布江、西莫河等 6 条江河，以隧道穿越嘎隆拉雪山，经米日和马迪村到达墨脱县城莲花广场。

西藏自治区交通运输厅党委书记葛裕涛表示，墨脱公路的通车对进一步完善西藏路网结构，增强区域抗灾救灾能力，为西藏东南部地区的经济发展、边防巩固和社会稳定，产生重大和深远的意义。

"墨脱"藏语意为"隐秘的莲花"，是佛教徒向往的"莲花圣地"。墨脱县位于西藏东南部的林芝地区，由于气候条件复杂、地质灾害频发，公路修通前，生活在这里的人们长期与世隔绝。在西藏有句话："墨脱的路才是真正的天路"，意思是说比上天还难。

"天路"上的墨脱人最怕生病，因为走出大山治疗就像在鬼门关上走一遭。许多并非急、重病患者由于医院缺乏设备或转运外地耗时过长而导致死亡。墨脱县人民医院副院长杨东山说："有了路，墨脱的医疗设施条件将会大大改善，人们再也不用那么担心生病了。"

"走出墨脱去看看外面的世界是无数墨脱人自小便埋在心里的种子。"年近七旬的墨脱县格当乡门巴族老人次仁群培依稀记得，从前进出墨脱，总躲不过闯雪崩、过塌方，一路上忍受蚂蟥、蚊虫叮咬，每次沿着野兽出没的羊肠小道和临时搭建的简易便桥行走，稍不小心就会掉进万丈深渊。

老人说，几十年前，他徒步数十天离开墨脱，来到拉萨工作，退休后因交通不便很少有机会回去，回家乡看看逐渐成了一块心病。

曾经两次在中国最高权力机构——全国人民代表大会上建言修建墨脱公路的珞巴族代表坚争说，长期以来，由于不通公路，墨脱所需物资只能依靠人力、畜力在大雪封山之前从大山外背进去。显而易见，公路通车将把墨脱人民从"人背马驮"的沉重负担中解放出来。

虽然条件异常复杂艰难，但中国政府始终没有忘记这座"高原孤岛"里的人们。如今的新改建工程已是新中国历史上第五次修建墨脱公路。从上世纪 60 年代至 90 年代，墨脱公路历经四次建设，但受客观条件限制，始终未能成功。直到 1994 年才将一条简易公路修进墨脱，但第二天就因为暴雨严重损毁，"高原孤岛"面目依旧。

墨脱地质结构不稳定，区域内雨量异常充沛，公路沿线大量存在泥石流、滑坡、崩塌、雪崩等灾害，这直接导致墨脱公路屡建屡毁。50 年来，有 200 多名修路工人长眠于此。墨脱公路的建设历程，可以说是一部充满艰辛的血泪史。

2009 年 4 月，墨脱公路新改建工程全线开工。期间，建设者们不断破解雪崩、塌方、泥石流等施工技术难题，不断将墨脱公路向"高原孤岛"挺进。

经过 4 年的艰苦奋战，墨脱公路已基本达到了在无重大自然灾害发生的前提下，力争全年 8 至 10 个月通车时间的建设目标。现在正常天气下，从波密至墨脱小车 3 至 4 个小时可以到达，十分便利。

土生土长的年轻姑娘尼玛曲珍说，公路通车拉近了墨脱人与外界的距离。"交通改善后，身在墨脱也能网购。我相信，一切都会变得方便起来，墨脱会和内地一样现代化，墨脱人也将更加幸福！"

下个月初，次仁群培将与儿子乘车踏上那方魂牵梦绕的土地。"党和国家费尽千辛万苦修建墨脱公路，圆了墨脱人世代期盼的梦。对我们这些身在异地的墨脱人来说，常回家看看、踩踩家乡的泥土，将不再是一种奢望。"他说。

（新华社西藏墨脱 2013 年 10 月 31 日电）

西藏：重大项目"集中发力"
助推经济社会跨越式发展

新华社拉萨 2013 年 12 月 10 日电（记者 杨三军 王军）10 日上午，随着机组启动纽按下，西部大开发十周年确定的重点项目——西藏旁多水利枢纽工程首台机组正式投产发电，到明年 6 月，其余 3 台机组相继发电后，年均 5.99 亿度的发电量将使拉萨供电紧张的局面得到根本缓解。

总投资 45.69 亿元的旁多水利工程，只是"十二五"期间西藏 226 个重大项目之一。拉萨到林芝高等级公路正加紧建设；青藏铁路延伸线——拉萨至日喀则铁路预计今年底完成铺轨、明年通车……一批重点项目投资建设，成为西藏推动经济跨越式发展的强大"引擎"。

来自西藏自治区统计局的数据显示，今年以来，西藏经济呈现"稳中提速、稳中渐强、稳中有升"三大特点：前三季度，全区生产总值达 575.73 亿元，同比增长 12%，比全国平均高出 4.3 个百分点。

1994 年以来，西藏地区生产总值连续 19 年实现两位数以上增长，年均增速 12.7%；全区农牧民人均纯收入连续 10 年保持两位数以上增长，人民生活不断改善，生活质量不断提高。自治区党委、政府提出，到 2020 年西藏将与全国同步全面建成小康社会。

在经济快速发展的同时，西藏仍是世界上环境质量最好的地区之一。据西藏自治区环保厅的数据显示，今年前 10 个月，拉萨市环境空气质量总体良好，空气质量优良率达 94.9%，其中 6 月至 10 月的空气质量优良率达到 100%。

"提升一产、壮大二产、做强三产"。近年来，西藏着力打造国家重

拉萨市曲水县才纳乡郁金香园。（新华社记者 觉果摄）

要的战略资源储备基地、高原特色农产品基地和世界旅游目的地的发展思路取得明显成效。牦牛乳业、甘露藏药、5100 矿泉水等"西藏产"商品在国内很多城市的商场、超市里都能找到，有的还远销海外。

实施安居工程、扩大就业、强化医疗保障……西藏自治区党委、政府把改善民生作为经济发展的出发点和落脚点，2013 年承诺为民办的"十件实事"，件件旨在解决群众最关心最直接最现实的利益问题。仅今年前三季度，全区农牧民安居工程就完工 3.6 万户，十余万农牧民喜迁安全、舒适的新房，日子过得越来越"暖"。

西藏狠刹"奢"风
高档餐厅变身"土菜馆"

新华社拉萨 2013 年 12 月 12 日电（记者 黄兴）随着八项规定的贯彻落实，今年拉萨公务接待市场需求缩水，高端餐饮业低迷。位于拉萨市最繁华街道的高档餐厅"新世纪大酒店"近日更名为"新世纪土菜家宴馆"。而另一家高档餐厅"湘鄂情"拉萨店则直接关张。

"新世纪土菜家宴馆"负责人张宏伟告诉记者，原本酒店客源超过六成是公款消费，八项规定出台后，市场严重萎缩，生意一落千丈，最差时上座率不足一成，酒店只好改走"土菜"路线。

记者走进这家餐厅翻看菜单发现，菜品中已将燕、翅、鲍及高档鱼类剔除，加入多种家常菜、土家菜和本地特色菜。"餐厅现在主打'土菜'，网罗全国各地的特色农家菜，'土'出特色，用特色来吸引顾客。餐厅调整经营战略后，现在上座率能达到七八成。"张宏伟说，"现在取消了高档酒水的消费，普通酒水饮料价格跟超市差不多。"

今年年初，自治区党委就改进作风建设、密切联系群众，提出"约法十章"及九项具体要求。下半年又提出十个方面的整改措施，其中"坚决整治公务接待和领导干部铺张浪费现象"等系列举措直指群众反映强烈的问题。

这些"真抓实干"的措施在西藏实施以来，取得明显效果。数据显示，2013 年西藏自治区本级"三公"经费支出同比减少 1804.1 万元，下降 12.15%；公务接待费用下降 26.33%。

2013 年：西藏那些变与不变

新华社记者　边巴次仁　黎华玲

中共十八届三中全会释放"单独二孩"政策实施的信号，而西藏城市、农村的很多家庭得益于多年来实施的较为宽松的计划生育政策已经拥有两个或更多的孩子。

在拉萨金融系统工作 32 岁的白珍即将要成为两个孩子的母亲。"一个孩子的成长很孤独，必须要两个一起相伴着长大。"她说，即使自己会累一点，但也值得。

然而，34 岁的格央却不这么想，"现在养孩子的成本很高，父母太辛苦，有一个就足够了。"她的儿子正在上小学，繁重的作业和每天来回接送的辛苦让格央感觉"受够了"。

格央的"受够了"，还在于每天穿梭在拉萨市区狭窄的道路上忍受着严重的堵车和停车难的困扰。

西藏自治区公安厅交警总队的统计显示，到今年 11 月 30 日，西藏机动车保有量超过 30 万辆，比去年末增长 16%，如今基本上每 10 人就拥有一辆私车。

私车的增多，让城市道路更加拥挤。

近期召开的中国城镇化工作会议提出，避免"大城市综合征"。这给西藏城镇的后起发展避免"走老路"指明了方向。

为期半年多、总投资约 15 亿元的拉萨老城区保护工程于今年 6 月底顺利竣工。这项工程让古老的八廓街变了。

多次进藏的甘肃游客杨楠对八廓街的变化感触很深。"以前确实很热闹,但也很拥挤,现在整条街宽敞明亮。"他说。原先在八廓街上的2000多个露天摊位如今全部搬迁至依然位于拉萨繁华地段的八廓商城,让转经的道路更加宽敞。

以八廓街为中心,在占地1.33平方公里的范围内,有包括被列入世界文化遗产目录的大昭寺在内的27座寺庙。至今年,西藏所有寺庙在编僧尼已全部被纳入社保体系,享受公民应享受的正常待遇。

"这对我们来说是一个特别大的变化,我们生活的各个方面有了保障。"日喀则白朗县嘎东寺僧人阿旺啦说。

有了保障可以潜心修佛的僧众开始用智能手机下载经书经文,以便在念经时随时翻阅。74岁的藏族老人央啦看着来为逝者年祭举行佛事活动的僧人们,人手一部手机翻看着念经时,诧异而惊叹。

夜幕降临,帮忙操持年祭仪式的亲朋好友三三两两地回家,老人家里只剩下了儿子儿媳和孙女。此时,儿子翻出了手机逐一回复留言,处理各种生意上的事情;儿媳则翻看微博、微信,时而用语音聊天。

在拉萨交通部门工作的罗布次仁则通过手机即时通讯工具跟朋友相约周末的出行计划。他们十几个朋友每周都会骑自行车出行,或远或近,既锻炼身体,又践行低碳、绿色出行。

虽然没有权威的统计数字,但如今在拉萨比较活跃的自行车队可能不下十几个。多则近百人,少则十几个人。罗布次仁说,以前只是自己骑车锻炼身体,现在还会向身边的人不断灌输低碳出行的理念。

11月份,一条在微信里广为传播的来自西藏偏远县城的藏族小姑娘身患白血病、家庭无法承担巨额医疗费用的真实消息,牵动了十几个在拉萨工作的年轻人的心。他们自发筹款去医院看望,还利用手机广为传播消息。最终,在无数爱心人士的参与帮助下,小姑娘得以顺利前往成都接受进一步的治疗。

"我不会像我的前辈一样,花很多时间去寺庙朝佛,花很多钱购买宗教用品供奉在家里,但是我一定会在自己能力所及的范围内做更多善事。"年轻的次仁说。他向小姑娘捐了1000元。

互联网的世界里，墨脱早已不是"中国最后一个不通公路的县"。据阿里巴巴的消息，从去年 12 月底至今年 11 月底，墨脱成为西藏网购增速最快的县城。今年 10 月底，墨脱公路正式建成通车。现实世界的墨脱也已经不是"高原孤岛"。

习惯了网购的丈夫让喜欢逛街购物的格桑梅朵"又气又恨"。除了日常最必须的生活用品以外，丈夫几乎在网上购买所有的东西。阿里巴巴的消息显示，近一年内，淘宝上消费超百万元的近 6000 买家中西藏占据 7 席。

"实体店少，品种不全，品牌选择不多，价格偏贵等，都是西藏网购迅速发展的原因。"格桑梅朵的丈夫说。虽然中国规模较大的苏宁电器今年进驻拉萨，但是还有很多人愿意网购电器。

西藏自治区统计局的数字显示，前三季度西藏全区生产总值同比增长 12%，比全国平均数高出 4.3 个百分点。西藏经济仍有后发优势。

10 月份发表的《西藏的发展与进步》白皮书说，西藏人均寿命已经达到了 68.17 岁。这个数字在半个多世纪前，还是 35.5。

（新华社拉萨 2013 年 12 月 18 日电）

农奴后代成为西藏社会"领导层"

新华社记者　王恒涛　秦亚洲　张京品

12 日，经过民主选举产生的西藏自治区人大代表、政协委员聚集在拉萨，审议、讨论自治区 2013 年政府工作报告。总数 1000 多名的人大代表和政协委员，藏族占绝对多数，他们是西藏各个领域的优秀人物和各级政府的主要领导。

对西藏今年的国民经济和社会发展计划、财政预决算执行情况等自治区重大事项，他们提出建议甚至批评。实际上，他们是西藏社会真正的"掌权者"。

"这些西藏的社会精英，绝大多数都是农奴的后代。"西藏大学藏学研究所所长次旦扎西说，"农奴后代已经成为西藏社会的'领导层'。"截至 2013 年 10 月，自治区政府 26 个组成部门中，25 个部门的党组书记或厅局长由藏族担任。他们绝大多数都是农奴的后代。

在 1959 年民主改革前，西藏由官家、贵族和寺院上层僧侣三大领主组成的农奴主阶级控制，农奴是政治压迫和经济剥削的对象。次旦扎西说，在封建农奴制下，占西藏人口 95% 以上的人都属于农奴阶级，他们世世代代沿袭祖辈的"身份"，没有任何改变身份的机会和渠道。

自治区扶贫办党组书记曲尼杨培说："我是农奴后代。先辈们做梦都不会想到，他们的后代不仅不再是农奴，而且会成为一个厅级政府部门的主要领导。"

担任自治区藏医院院长 14 年的占堆，1946 年出生于仁布县一个农奴家庭。占堆说："尽管我爷爷和父亲都是当地有名的医生，通过医术使很多人摆脱了疾病的痛苦，但是农奴的身份就像影子一样永远也甩不掉。如果我在旧西藏，只能重复他们的命运，更别提管理藏医最高学府。"

1959 年西藏实行民主改革，彻底废除了政教合一的封建农奴制度及其法律制度。昔日在法律上毫无地位的农奴，从此享有了平等参与管理国家事务和自己管理本地区民族事务的政治权利。

我国的法律明确规定，自治区主席、自治州州长、自治县县长由实行区域自治的民族的公民担任。自治区、自治州、自治县的人民政府的其他组成人员，应当合理配备实行区域自治的民族和其他少数民族的人员。

次旦扎西说："受到法律保护和制度保障的农奴后代，在这片他们的祖辈曾经无论如何努力都无法改变命运的土地上，已经成为优秀的政治家、企业家、教育家、医学家……"

（新华社拉萨 2014 年 1 月 12 日电）

西藏从"马背民族"迈入"汽车时代"

新华社记者　王恒涛　王军　索朗德吉

　　"过去,'一匹马、一杆枪、一把刀'就是西藏牧区男人闯荡世界的全部。现在牧民们出行基本全部借助汽车,除了参加赛马会,很少再有人骑马,连放牧都是骑着摩托车。"西藏那曲地区聂荣县白雄乡藏族青年尼玛说。

　　尼玛家位于西藏最大的草原——羌塘草原。草原上,村庄之间相距几十公里甚至几百公里,邻居之间相隔几公里的情况很常见。过去,骏马、牦牛是西藏人常用的出行工具。

　　尼玛说,现在牧民家中还或多或少地养着马,但已不再是牧民们代步的工具,象征意义远大于实用性。一些地方的群众以此用来发展旅游,更多的是用来回味纵马草原的感觉。

　　西藏是中国几大草原牧区之一,藏族自古以来就是马背上的民族。近些年,随着经济的发展,路况改善,腰包鼓起来的藏族群众越来越多地选择跳下马背坐进了汽车,驾驶起摩托车,开上卡车和拖拉机。

　　过去,西藏农牧民家庭经济条件好的评判标准通常是牛多、羊多、房子好。现在,又多了一项标准——拥有私家车。

　　收入增加了,农牧民购买汽车在公路上享受风驰电掣的愿望相当迫切。这几年尼玛家接连购买了两辆汽车。先买了一辆小轿车后,去年底又买了一辆长安牌面包车,在那曲地区与聂荣县之间跑客运。

　　由于在西藏与尼玛一样有购车愿望的人不在少数,吸引不少品牌的厂商在此开店停车。来自阿里地区的人大代表白玛旺堆在正在召开的自治区两会上说:"宝马、本田、丰田等知名汽车都在拉萨开有4S店。汽车在西藏越来越普遍，一些收入较高的地方还出现了'路虎'村、'霸道'村。"

记者在西藏万融投资有限公司汽车销售展厅里看到，前来咨询、购车的市民络绎不绝。公司市场部经理唐小东说："近几年，西藏群众购车的热情很高。现在每月都能卖出几十辆车，其中大部分都是那曲、日喀则等地的农牧民购买的。"

数据显示，目前，人口只有 300 万左右的西藏，机动车保有量却已达 30 万辆，人均机动车保有量远超全国平均水平。拉萨市机动车数量达 15 万余辆，其中 80% 都是私家车，平均不到 6 人就有一辆车。每年还有近 8 万人考驾照。

随着汽车的增多，过去从不塞车的拉萨市现在"车满为患"。在市区，上下班高峰时间堵车严重，饭店、商店和居民区都出现了停车难。为此，拉萨市政府不得不进行道路改造，建设更多的停车场。

西藏自治区社科院经济战略所副研究员何纲表示，现在西藏已从'衣食时代'进入了'汽车时代'。"过去，西藏处在'吃穿时代'，主要考虑的是吃什么和穿什么，现在收入高了，买车成了老百姓的主要消费之一。"

经济形势持续向好，农牧民收入快速增加为汽车消费打下了坚实的物质基础。数据显示，西藏地区生产总值已经连续 21 年实现两位数以上增长，年均增速 12% 以上，人均 GDP 突破 2 万元。去年西藏农牧民人均纯收入达到 6520 元，连续 11 年保持两位数以上增长。

交通条件极大改善也是吸引群众购车的原因之一。60 多年前，西藏没有一条现代意义上的公路，只有十四世达赖拥有一辆轿车。车子只能拆散了用骡马从印度驮到拉萨后组装。全西藏仅有的这辆汽车也只能在罗布林卡和布达拉宫之间约两公里的土路上派上用场。

新疆至西藏的 219 国道贯通、墨脱公路正式通车等一大批重点公路项目建设使曾经风沙滚滚的土路、搓板路变成了柏油路。西藏的交通状况发生了翻天覆地的变化。截至 2012 年底，西藏公路总里程达 6.5 万公里，比十年前增长近一倍；农村公路通车里程达到 5.3 万公里，比十年前增长了一倍多，乡镇和建制村公路通达率分别达到 99．7% 和 94.2%。

林拉高等级公路。（新华社记者　普布扎西摄）

如今，无论是在雅鲁藏布江河畔，还是在喜马拉雅山脚下，都能看到农牧民驾驶着各种私家车奔驰穿梭在雪域高原的山川河流间。不少朝佛者开着汽车到拉萨在西藏已不再是新闻。

（新华社拉萨 2014 年 1 月 14 日电）

中国将电送上海拔 5200 米珠峰大本营

新华社拉萨 2014 年 4 月 15 日电（记者 张京品）记者从国家电网西藏日喀则供电公司了解到，历时两年多的珠峰 10 千伏通电工程日前正式完工，标志着海拔 5200 米的珠峰大本营正式通电。

工程负责人边巴顿珠说，该工程从立项到送电历时两年多，国家电网通过大电网延伸方式，让沿途 21 个乡村 1011 户群众，以及拥有悠久历史的绒布寺都用上了安全可靠的电力。

今年 80 多岁的登山运动员贡布，听到珠峰大本营通电消息后欣喜不已。1960 年，他和王富洲、屈银华两名队友开创人类从北坡登上珠峰的历史，首次让五星红旗飘扬在地球之巅。"我最近一次到珠峰大本营已经是 20 多年前的事了，那时候用电全靠发电机，但也得省着点用，传送消息就临时发电。"他说，"珠峰大本营通电，和人类登顶珠峰一样伟大。"

看着杆号为 8844 的世界海拔最高的 10 千伏电线杆，工程负责人边巴顿珠说："施工区域海拔 5000 多米，含氧量不足平原一半，近 200 名建设者克服了大风影响，架设线路 85 公里，终于把电送到了珠峰大本营的帐篷里，让珠峰大本营告别了时断时续的太阳能和发电机供电。"

据了解，2012 年 5 月，国家电网西藏日喀则供电公司启动农网改造升级工程，通往珠峰脚下的线路就是其中的一部分。工程总投资 5.7 亿元，将覆盖萨迦、昂仁、定结、定日 4 个县，面积 6.65 万平方千米，覆盖人口超过 16 万人。

珠峰大本营通电让游客和登山者兴奋不已，更让科研人员充满了期待。中科院青藏高原研究所珠峰站副站长王忠彦，每年都要到珠峰大本营进行 10 次左右科学研究。他说，架电以前，珠峰站主要以太阳能光伏发电为主要能源来源，但太阳能光伏发电存在功率不够和易受天气状况影响的缺点，不能提供大型仪器所需的足够电力保障，在季风期，严重影响科研仪器和日常生活用电。

"在珠峰地区架设国家电网，这是以前不敢想象的事情。国家电网能给珠峰站带来稳定充足的电力供应，对台站以后科研观测的开展和规划，都将带来很大的便利和保障，尤其是可以保障大功率仪器的使用。"他说，"这样就可以用不同的监测手段获取更丰富的数据，长期累积下来，能对珠峰地区在全球气温上升的背景下，环境如何变化有更加翔实确切的了解和说明。"

珠峰所在地、西藏日喀则地区定日县政府有关负责人表示，工程除了方便每年光顾珠峰大本营的7万多人，还将极大提高当地百姓的用电生活。"我准备过几天就到县城买一台洗衣机，那样就不用大冬天受冷洗衣服了。"定日县扎西宗乡的仁珍说。

记者从国家电网西藏电力有限公司了解到，2013年至2015年，中央财政和国家电网公司将共同投资81.34亿元，加快西藏无电地区电力建设和农网改造升级工程。

位于珠峰脚下的珠峰大本营，是广大登山者攀登珠峰的起点，由一群帐篷旅馆围成，有"帐篷小镇"的美誉，每年春秋登山季节，会迎来世界各地的登山队员。珠峰大本营主要提供游客住宿，有卫生间和帐篷邮局，此帐篷邮局是中国海拔最高的邮局。

西藏：联系群众制度化　转变作风有实招

　　新华社拉萨2014年5月20日电（记者　杨三军　张京品）"群众路线活动就是好，帮我们老百姓解决了大难题……"今年2月以来，西藏山南地区贡嘎县昌果乡岗旦村村民格桑几乎逢人就说，"要不是干部帮忙推销，我家的2万斤红土豆肯定烂在仓库里了。"

　　格桑所在的昌果乡因其特殊的气候和土壤，被称为"红土豆之乡"。然而，去年底以来，由于产量增加、市场变化等原因，红土豆严重滞销，价格也从原来的每斤2.5～3元，跌至每斤1.5元甚至更低。"那段时间我都快急死了，吃不下饭、睡不好觉。"种植大户格桑说。

　　在第二批群众路线教育实践活动中，联系昌果乡的贡嘎县县长次仁在调研中了解到这一情况后，立即与乡干部一起商议解决之策：协调一辆皮卡车作为运输工具；指定一名副乡长专职负责销售事宜；在山南地区行署所在地和拉萨市分别联系几个代销点……不到一个月7万多斤红土豆以每斤2.5元的均价销售一空，农民拍手称快。

　　在第二批群众路线教育实践活动中，西藏把建立直接联系群众机制作为转变作风的重要举措，自治区领导干部以身作则，选择基础薄弱、情况复杂、困难较多的县、乡、村、寺庙作为联系点，每人联系1县1乡1村1寺和2至3户困难群众。参加第二批教育实践活动的副科级以上党员干部也都建立了联系点，全区教育实践活动正扎实有效开展。

　　在深入贯彻中央精神基础上，西藏紧密结合地方实际，规定动作做到位，自选动作创特色。在第一批群众路线教育实践活动中，自治区党委常委会班子提出，除了解决"四风"问题，还要着力解决党员干部"两问题"，即政治立场问题、工作作风问题；在第二批教育实践活动中，西藏又针对部分基层组织软弱涣散、干部工作能力不强的现状，着力解决基层组织薄弱问题，夯实党在西藏的执政基础。

"干部进村入户率不高；开展活动形式不丰富，与工作实际结合不紧密；经济结构单一……"这是西藏一位省级领导向自治区党委提交的调研报告的部分内容。西藏要求，各级领导干部到联系点调研后，均要提交调研报告，并明确存在的问题和工作建议。

西藏自治区党委书记陈全国说："教育实践活动必须把高标准、严要求贯穿始终，把转变作风作为重中之重，既要落实抓手，实打实地转变作风、提高素质，又要防止用办实事代替解决作风问题，真正做到忠心对党、真心为民、清心律己、公心用权、用心干事，推动作风进一步转变，服务群众能力进一步提高。"

截至 5 月 15 日，西藏已有 47 名省级领导干部深入联系点开展工作，32 人提交了调研报告，共反映问题 52 条。西藏教育实践活动领导小组将

西藏白朗县两名妇女在蔬菜大棚内采摘圣女果。（新华社记者 普布扎西摄）

梳理出的问题,通过下发通知及时反馈给各地市委及自治区党委各督导组,要求督促整改、解决问题。

学习教育结合实际,突出重点,提高针对性和实效性,这是西藏开展教育实践活动的又一特点。除了组织深入学习习近平总书记系列重要讲话精神特别是在兰考县调研时的重要讲话精神外,还引导党员干部大力弘扬焦裕禄精神,继承弘扬"老西藏精神"、孔繁森精神。同时,开展藏汉"双语"学习教育,组织各级汉族干部自觉学藏语、乡村藏族干部主动学汉语,掌握基本的工作生活用语,进行日常会话阅读,促进与群众的交流交往,尽力做到沟通"零距离"。

西藏各地广开言路,把"面对面"与"背靠背"、"个别听"与"集体谈"、"走进群众听"与"组织群众评"结合起来,认真听取干部群众意见建议。拉萨市通过召开座谈会、设置意见箱、组织谈话、交叉回避等方式,已征求到农牧民及僧尼意见建议370条。甘丹寺管委会了解到一些僧人电视机出现故障,及时联系广电部门对32台电视机进行了维修或更换,受到广大僧众一致好评。

从不愿种不会种到抢着种

——西藏堆龙德庆县现代设施农业示范园见闻

新华社记者　杨三军　刘洪明

蓝天白云下，雪域高原灿烂的阳光照射在一排排温室大棚上，反射出耀眼的光芒。在一栋蔬菜大棚里，村民卓玛左手提着竹篮，右手飞快地采摘豆角，脸上洋溢着幸福的微笑。

这是记者日前在西藏拉萨市堆龙德庆县羊达乡现代设施农业示范园看到的场景。43 岁的卓玛告诉记者，她家有 3 亩地，原来种青稞，一年下来全部收入不到 2000 元；去年承包了 4 个温室大棚种蔬菜，每个棚的纯收入超过 2 万元。

温室大棚，这种内地农民早已熟悉并接受的农业生产方式，在西藏，却是近些年才兴起的"新产业"。在羊达乡，当地农民就经历了从不愿种、不会种到抢着种的有趣变化过程。

羊达乡现代设施农业示范园是北京市援藏项目，占地 865 亩，规划建设 360 栋高效日光温室。一期工程建成的 200 栋已于 2011 年交付使用，二期 160 栋正在建设中。

"大棚刚建成时，很多农民都不愿意种。为把第一期 200 栋大棚承包出去，我们挨家挨户做工作，费了些脑筋……"羊达乡蔬菜种植农民专业合作社副理事长米玛次仁说，"根本原因，还是千百年来农民习惯于种植青稞的传统，对温室大棚这种农业新技术很陌生，更不会种。"

"转变观念很重要，技术服务更关键。"米玛次仁告诉记者，示范园曾试种了 10 栋大棚的草莓，由于不懂技术，很多没长出来，10 栋大棚的草莓一共才卖了 500 元。

　　为了解决农民不愿种、不会种的问题，堆龙德庆县成立了农民专业合作社和农产品销售公司，聘请了农业技术员，采取"合作社＋基地＋公司＋农户"的经营机制，推行统一采购农资、统一种植标准、统一技术培训、统一销售的生产方式，示范带动农民转观念、学技术、闯市场。

山南市隆子县扎果蔬菜种植专业合作社工作人员在采摘辣椒。（新华社记者普布扎西摄）

　　"看到承包大棚的农民挣了钱，技术、销售都有保障，其他村民开始心动了，主动承包大棚的农户渐渐多了起来，现在更是争着抢着承包。"米玛次仁告诉记者，一期投入使用的 200 栋大棚，涉及农民承包户 124 户；二期 160 栋大棚刚动工，就已经被预订一空。

　　记者在采访中看到，示范园的蔬菜品种有辣椒、黄瓜等近 20 种，还有草莓、西瓜、樱桃西红柿等水果。技术员陈占伦说，销售公司采取居民区设点、"农超对接"配送、游客采摘等经营方式，产品销路不是问题。特别是利用堆龙德庆县位于拉萨市近郊的优势，积极发展城郊现代观光农业，游客采摘西瓜每斤 10 元、草莓每斤 80 元，还供不应求。

　　北京市第七批援藏干部、堆龙德庆县县委书记陈献森表示，示范园项目的成功实施，充分体现了北京市产业兴农、科技惠农的援藏工作新思路，对促进全县农业产业结构调整、促进农民增收致富，起到了良好的示范推动作用。

　　（新华社拉萨 2014 年 6 月 29 日电）

京藏携手爱心接力　草原宝宝重获新生

新华社记者　春拉　李鹏　林如萱　赵玉和

　　"如果有一个鲜活的生命在你的手指和手机屏幕间缓缓流逝，你是否愿意轻轻一点给他一次体验人生酸甜苦辣的机会？请帮一帮小达扎，让贫困家庭的孩子病有所医。"

　　2014年6月26日，一条为牧区2岁宝宝——"达扎"赴内地治病募捐的信息出现在拉萨市民微信朋友圈中。随着微友的接力转发，越来越多的人开始关注并加入到小达扎爱心接力活动中。

"孩子可能活不下去了，可他已经会叫妈妈了⋯⋯"

　　2012年7月17日，一个明月高悬的高原之夜。在距离西藏首府拉萨市200余公里外的尼木县麻江乡朗堆村，一户世代逐草而居的牧民家中，扎西多吉和德吉拉姆终于在结婚四年后盼来了他们的第一个宝宝。

　　"刚生下来，他的体重有六斤四两。看着白白胖胖的儿子，我心里特别高兴。"扎西说。

　　为了儿子将来能拥有一个幸福美满的人生，扎西和德吉专门请寺院的喇嘛为儿子取了一个吉祥的名字——达娃扎西，意为"吉祥的月亮"。

　　扎西一家以放牧为生，27头牦牛和28头羊是他们一家老小赖以生存的财产。平日里爷爷、奶奶负责在家照看达扎，扎西和德吉负责放牧和家务。虽然生活辛苦而平淡，但一家人其乐融融、幸福满满。

　　然而，2014年一场突如其来的病痛使小达扎失去了"排尿能力"。看着年仅 1 岁半的孩子承受着难以忍受的病痛，原本充满幸福与欢笑的家庭自此陷入了低谷。"我们带他去了村里的医院，还去了乡里、县里、还有拉萨的医院，但没能治好他的病。看着孩子插管时痛苦的样子，我的心里特别难过。"扎西说。

作为母亲，德吉更是痛到心碎。"孩子病得这么重，拉萨的医院也治不好，那时以为孩子可能活不下去了，可他已经会叫妈妈了……"

"就算只有百分之一的希望，
我们也会尽百分之百的努力！"

不愿放弃任何一线希望，扎西决定带着儿子继续在拉萨医院接受治疗并等待奇迹的出现，而德吉则赶回家中照顾两位老人和达扎刚满六个月的妹妹。

一位善良的护士帮助父子俩发出了一条求助微信："当你看到这双明亮透彻的大眼睛，你的内心是否会和他一起闪亮明媚起来？可殊不知，这稚嫩的笑容背后却一直忍受着难以承受的病痛。由于孩子太小，病情不详，医生建议尽快到内地医院接受治疗，在此我们发起募捐，帮助他这一次求医之行能顺利进行，不再有因为费用问题造成的等待，或者又一次无助的出院。"

随着微友们的转发，越来越多的拉萨市民开始走进父子俩孤独无助的世界。

"自从那位护士通过微信向社会发出救助信息后，每天都有爱心人士来看望达扎，少时一两个人，多时可达五六个人，我特别感谢他们。"扎西介绍说。

达扎父子在拉萨爱心人士送来的关怀与温暖中看到了希望，更加坚定了继续求医的愿望。

7 月 15 日，经过尼木县委与北京援藏医疗队的不懈努力，在县委特派员——麻江乡医生索朗的陪护下，这对来自草原深处的父子俩第一次坐上飞机，踏上了前往首都北京就医之旅。

手捧洁白的哈达，专程赶来送行的尼木县卫生局局长扎西平措说："得知这个孩子的病情后，我们县里按照新农合的标准，先后给他办理了三次绿色通道卡。同时在县委的倡议下，我们全县动员了捐款。现在，就算只有百分之一的希望，我们也会尽百分之百的努力。"

"孩子会治好的，一切都会好的！"

5个多小时后，扎西和达扎顺利抵达了首都北京。飞机降落的那一瞬间，他知道自己离梦想更近了一步。

"到这里了，你们就不用再担心了，我们会帮助你们的，孩子也会治好的，一切都会好的。"回想起前来接机的北京儿研所工作人员见到他们时说的第一句话，扎西仍感动不已。

作为达扎父子俩的陪护与中文翻译，索朗也满怀感激地介绍说："在儿研所期间的所有费用都是儿研所党办捐赠的。之前我们放了 10000 元的押金，实际医疗费是 4900 多元。党办捐助了 5000 元，医药费用也都全免了。"

尽管最终被安排到北京大学人民医院进行手术治疗，但与在儿研所时一样，达扎很快成为了大家特别关注的对象。不论是医护人员、住院病人，还是病友家属都特别喜欢他、关照他。

小达扎很快就接到了手术治疗的通知。然而由于血管太细，达扎手术一度不能进行。

"他的主要问题是发育比较慢。虽然他已经两岁，但看上去像不到一岁的样子。最早碰到的问题是输液，扎不上针，我们儿童医院也扎不上，儿研所也扎不上，扎不上针输液就没法做手术。"主治医生胡卫国介绍说。

功夫不负有心人，在北大人民医院和北京儿研所医护人员的共同努力下，经历了从头到脚几十次扎针尝试后，达扎的手术最终得以顺利进行。

据胡卫国介绍，达扎的尿道激光碎石手术进行得非常顺利，目前他已完全恢复健康。

7月31日，怀抱健康、机灵、爱笑的儿子，扎西一行坐上了开往拉萨的火车。回想着儿子重获新生的各个片段，扎西感慨万分。

"在此我想对所有好心人说声谢谢！我将不辜负他们的期望，把孩子健康抚养长大，同时也会在将来，尽自己的努力去帮助其他需要帮助的人。"

雪山脚下的朗堆村空旷、寂静、纯美。藏式房屋内，朴实的扎西和德吉幸福地端详着眼前健康可爱的一对儿女。微信朋友圈中，他们一家人经历的感人故事温暖了很多人的心灵。

（新华社拉萨 2014 年 8 月 11 日电）

"香格里拉情结"阻碍西方
对西藏公正认识

新华社记者 桂涛 孙铁翔 边巴次仁 刘洪明

自从英国作家詹姆斯·希尔顿在 80 多年前将"香格里拉"一词介绍给西方，西方人的西藏观就始终与"神秘""浪漫"等意象紧密相连。

他们将深藏于喜马拉雅山脉中的西藏想象为浪漫的世外桃源，以为那里就只住着一个打坐冥想的达赖喇嘛和宁静寺院里的一群僧侣。但对中国而言，西藏却曾是实行农奴制度的落后社会，它和世界其它地方一样，需要文明进步。

西方人的"香格里拉情结"阻碍了他们对西藏的公正认识，这是正在此间举行的"2014·中国西藏发展论坛"上部分中外专家学者的共识。

希尔顿从未到过他笔下的藏区。当他和其他作家、记者、好莱坞导演、政客为西方民众构建出一片想象中的人间净土时，西藏却正处于比欧洲中世纪还要黑暗残酷的农奴制社会——那里政教合一，人均寿命不足 36 岁，通奸的妇女要被割鼻削耳，农奴要为娇气的僧侣、士兵和官员背重物，因为轮子"会在神圣的地面上留下疤痕"而被禁止使用。

意大利通讯社中国新闻编辑阿莱桑德拉·斯帕莱塔在论坛期间接受新华社记者采访时说，除 1904 年英国侵占西藏，西方国家其实并没有机会真正了解这片土地，他们开始将西藏神秘化，通过诗歌般的旅行和探险作品，创造出一个"香格里拉"神话。

"西方人并不爱真实的西藏，他们只爱自我意识中的西藏。"她说。

一些研究者指出，西藏已经成了当代西方人的"精神超市"，似乎他们渴望而又无法实现的梦想都可以在西藏找到。

日晕奇观。（新华社记者 晋美多吉摄）

经历工业革命和环境污染的西方人迷恋传统的西藏，他们对"世界最后一块净土"的原始生态环境和原生文化情有独钟。一些人将西藏看成是静态的理想社会，以保护传统文化和藏传佛教为借口，唯恐西藏发展，从而成为自己所制造的"香格里拉神话"的囚徒。

中国国务院新闻办公室副主任崔玉英在论坛上指出，有人至今认为，西藏应该像封存在博物馆里的展品那样，原封不动地保持原始状态。

"他们认为，西藏人只能吃糌粑、骑牦牛、住帐篷，不能发展现代文明，否则就是'毁灭文化''破坏环境'。"她说，"半个多世纪以来，西藏已经走上了一条不可逆转的文明进步之路。这顺应了人类社会发展的总趋势。"

在西方，受"香格里拉"情结的影响，大多数藏学研究者将其研究领域确定在20世纪以前，一些人甚至认为，和平解放后的西藏不值得研究；一些西方媒体也刻意忽略西藏1951年之后取得的经济发展成就。

被西方人创造出的"香格里拉"，推动了"西藏问题"的国际化和西化，被一些藏人引述为"西藏独立"的理论基础。

"你可以发现，达赖喇嘛总是谈论旧西藏的与世隔绝、幸福美好，却很少谈论它的原始落后，即使那里的人曾因极度贫困而不得不和牲畜共居一室。"印度教徒报报业集团主席拉姆告诉记者，"西方人的'香格里拉'情结已经成为达赖喇嘛分裂中国的工具。"

斯洛文尼亚卢布尔雅那孔子学院理事会成员马特弗什·拉什科维奇博士认为，西方媒体对西藏的不平衡报道阻碍和限制了西方人对西藏的完整认知。

曾有调查显示，在《孤独星球》和《国家地理》两份知名杂志的涉藏图片报道中，分别有 68% 和 34% 表现西藏人从事宗教活动，大大超过了反映西藏自然环境或现代化的内容。

拉什科维奇认为，大多数西方人没有机会亲自来西藏，他们误以为宗教就是西藏的一切，而西藏的旅游业发展机遇、不同文化的和谐相处等方面都被忽略了。

他建议，大力发展西藏的旅游业，让更多西方人有机会亲眼看一看。"他们会发现，西藏也有许多现实的问题要面对，西藏从来就不是'香格里拉'。"拉什科维奇说。

（新华社拉萨 2014 年 8 月 13 日电）

西藏拉日铁路通车
"世界屋脊"发展再添新翼

新华社记者　秦亚洲　李来房　王军

　　连接拉萨和西藏第二大城市日喀则的拉日铁路 15 日开通运营。作为世界海拔最高的青藏铁路首条延伸线，拉日铁路向珠穆朗玛峰方向延伸了251 公里。

　　2010 年开工建设的拉日铁路，总投入 132.8 亿元，设计列车运行时速不低于 120 公里。这意味着从拉萨到日喀则的时间，将从此前的 4 小时缩短为约 2 小时。西藏西南地区长期单一依赖公路交通的局面成为历史。有"西藏粮仓"美誉的日喀则将迎来新的历史机遇。

日喀则火车站广场。（新华社记者　普布扎西摄）

8月16日，拉日铁路开通运营后首趟客运列车进入日喀则站。（新华社记者 刘坤摄）

目前，西藏铁路通车里程达 802 公里，其中青藏铁路在西藏境内有 551 公里。

"西藏人均占有铁路里程约 25 厘米，居全国首位。长度超过一根筷子。"拉日铁路建设指挥部副总工程师张立忠说。这是中国人均占有铁路里程的约 4 倍。

日喀则市的扎什伦布寺是历代班禅的驻锡地。到拉萨朝拜布达拉宫和大昭寺，到日喀则朝拜扎什伦布寺是很多藏传佛教信众的梦想。拉日铁路开通，使这些信众可以乘坐现代铁路完成夙愿。扎什伦布寺每年接待国内外游客超过 20 万人次。

"铁路开通后，我们公司产品运输到拉萨会很方便，物流成本比公路将降低很多，损耗也会大大减少。"日喀则市一家食品公司总经理强巴旦达得知拉日铁路开通的消息，难掩兴奋之情。

位于日喀则拉孜县的西藏首家"农民旅馆"的老板顿珠，非常看好拉日铁路带来的商机。最近他正计划把他的家庭旅馆重新装修，再修几间客房。"铁路通了后，游客会越来越多，原来的旅馆，客房太少了。"

拉日铁路的开通，使青藏铁路距离中国和尼泊尔的边境口岸更近，将推动西藏外贸发展，有望打造中国与南亚国家陆路贸易的"黄金通道"。

拉萨海关关长王文喜说："拉日铁路的通车运营，将进一步发挥西藏凭借独特的区位优势和地缘优势，进一步提速南亚贸易陆路大通道的建设。在青藏铁路延伸线的带动下，西藏对外贸易将进入一个黄金发展期。"

西藏自治区陆路边境线长达4000多公里，与印度、尼泊尔等接壤。目前，开放的边境口岸有樟木口岸、普兰口岸等。中国和尼泊尔边境的吉隆口岸预计10月正式扩大开放。

"随着拉日铁路的通车，吉隆口岸将成为中国内地联系南亚国家市场的重要纽带。在铁路的带动下，吉隆口岸的边境贸易将更加繁荣，知名度和影响力也会不断提高。"吉隆海关关长王珑说。

近年来，西藏不断加大边境口岸基础设施建设，积极推进南亚陆路贸易大通道建设，对外贸易取得历史性突破。2011年到2013年间，对外贸易总额先后突破10亿美元、20亿美元和30亿美元大关。

铁路为西藏经济社会发展带来强劲的动力。数据显示，青藏铁路通车后的2006年至2013年，西藏的GDP由342亿元增长到807亿元，年均增速超过10%。进藏旅游人数由2005年的180万人次，增加到2013年的1290万人次；旅游收入由2005年的19.4亿元增加到2013年的165亿元。

紧邻拉萨火车站的柳梧村农民洛桑次仁说："自青藏铁路全线开通以来，村里的年轻人争相跑起客运业务，村里的出租车由原来的10多辆增加到目前的100辆，每天一辆车能赚200多元钱。"

"拉日铁路正式通车运营，意味着旅客可以更便捷地探访藏西南地区许多长期'养在深闺人未识'的扎什伦布寺、珠穆朗玛峰等世界级景区。"西藏旅游总公司总经理、旅行社协会会长黄利华说。

青藏铁路沿线分布着青海湖、可可西里、三江源、纳木错、大昭寺和布达拉宫等闻名世界的旅游景区。西藏自治区旅游局副局长王松平说："这些世界级景区就像散落在青藏高原的珍珠，如今被青藏铁路和它的延伸线连接了起来。"

王松平说，拉日铁路的开通将吸引更多游客到日喀则观光旅游，拉萨和日喀则两地旅游的融合将进一步加快。打造横跨喜马拉雅山的大景区构想距离现实更加接近。

由于地质条件复杂、桥隧比例高、环保投入大，拉日铁路每米造价超过 5 万元，是目前中国在高原地区修建的造价最高的铁路。拉日铁路最长隧道 10.4 公里，为国内内燃机车牵引隧道长度之最。

拉日铁路建设指挥部副指挥长张立忠说，拉日铁路选线时已最大限度避绕雅鲁藏布江中游河谷黑颈鹤国家级自然保护区、曲水县水源保护区等，在建设中采取了土地整治和植被恢复相结合的措施，沿线使用地源热泵、太阳能热水采暖系统及电采暖系统等清洁方式。为了不影响野生动物迁徙，拉日铁路主要地段全部采用高架通道，给动物留出迁徙通道。

中铁第一勘察设计院拉日铁路总设计师许红春介绍，继青藏铁路攻克多项世界性难题之后，拉日铁路在建设过程中攻克了地热温度最高、内燃机车牵引隧道最长、高海拔风沙治理等三项世界性难题。这表明中国已掌握极端地质条件下高原铁路建设的成熟技术。

为打破制约青藏高原社会经济发展的交通"瓶颈"，自 1984 年青藏铁路西宁至格尔木段通车至今，中国在"世界屋脊"修建铁路的步伐就从未停止。2010 年 9 月，拉萨至日喀则铁路正式开工建设，意味着青藏铁路走出向外延伸的第一步。第二条延伸线拉萨至林芝的铁路将于年内动工。

西藏自治区铁路办公室副主任杨育林说，继拉日铁路之后，"十三五"期间日喀则至吉隆口岸的铁路、日喀则到亚东口岸的铁路也有望开工。根据国家规划，拉日铁路将会北接青藏铁路，南连日喀则至聂拉木、日喀则至吉隆、日喀则至亚东口岸的铁路，通往尼泊尔和印度的国际铁路大通道也将会在此基础上形成。

（新华社拉萨 2014 年 8 月 15 日电）

铁路助中国藏区佛教徒圆朝圣之梦

新华社记者　刘洪明　姚远

"我们坐火车从西宁到拉萨24小时就到了，有了火车后我们老百姓朝佛的路不再显得那么漫长了，既便宜也省时间。"第一次来到西藏拉萨，42岁的更尕桑珠脸上露出幸福的笑容。

来到拉萨，朝拜大昭寺释迦牟尼十二岁等身像是无数与更尕桑珠一样的信徒们的梦想和心愿。

21日下午3点，随着青海西宁开往拉萨的K9801次列车进入站台，手拿着行李，来自青海果洛藏族自治州的更尕桑珠带领全家8口人走出火车站。

身穿藏袍，一手持念珠，一手拿着手机的更尕桑珠正在火车站前给全家人拍照留念。古旧的绿松石在阳光的照耀下于他的脖间闪闪发光。

他说："听老人们说，过去骑马来回要花去两年多的时间，现在只需几天，所以这几年很多乡亲邻居都坐火车去了拉萨。我们这次是先从家坐汽车到西宁塔尔寺朝拜，然后从西宁坐火车到拉萨。"

"朝拜完大昭寺，我们一家人还要去后藏日喀则的扎什伦布寺。"一家人扶老携幼，坐上了去往市区的公交车。

中国青藏铁路自2006年开通以来，西藏GDP由2007年的341.43元增长到去年的807.67元。这一腾飞与铁路带动经济发展不无关系。与此同时，这条被称为"天路"的铁路也给中国众多佛教信徒的朝圣之旅带来了极大便利。

随着青藏铁路的首条延伸线拉（拉萨）日（日喀则）铁路于今年8月

开通，更是为进藏朝佛的信教群众提供了便捷、安全的交通出行。

记者近日在拉萨火车站看到，前来购票的藏族百姓络绎不绝，他们中既有甘肃、云南、四川等地的信众，也有西藏那曲、山南等地的百姓。各具特色的藏装和许多僧人绛红色的袈裟成为火车站一道独特的风景。

拉萨火车站副站长赵海林介绍，自今年 8 月 15 日拉日铁路通车以来，截至 9 月 15 日，已安全运营一个月，累计运送旅客 67000 余人次。

"几乎每天都有坐火车进藏朝拜的信徒，也有西藏本地人坐着拉日铁路去日喀则朝拜的，还有很多本地人坐火车去内地朝佛。马上进入冬季农闲时节，大批农牧民又开始了朝圣之路。"赵海林告诉记者。

后藏的扎什伦布寺作为历世班禅的驻锡地，朝拜这里也是很多藏传佛教信众的梦想。

穿着整洁的藏装，背着马皮口袋，嘴里哼着小曲儿，来自西藏山南地区的旺扎老人和妻子正在车厢里寻找座位。这是记者近日乘坐拉日铁路从拉萨到日喀则途中看到的场景。

"拉萨我经常去，但还没去过日喀则朝拜。现在我俩年龄也大了，再也没力气磕头走这么远，所以就坐火车了。这辈子能进扎什伦布寺朝拜也圆了我一生的愿望。"68 岁的旺扎老人脸上露出了幸福的笑容。

青藏铁路和拉日铁路的开通不仅帮老年信徒圆了今生的朝圣梦想，还为工作繁忙的年轻人提供了便利。

身穿牛仔裤，戴着耳机，不时与朋友们发微信交流的 3 位藏族年轻小伙正在车厢内商量着到拉萨后的行程。

青藏高原上的铁路还为很多西藏的藏族同胞前往中国内地的佛教圣地——五台山、塔尔寺、雍和宫等地朝拜提供了便利。

记者了解到，今年西藏一群信徒从拉萨专门坐火车去山西的五台山，还从那带来了山上的一袋土，拿回家后给村里的人每家分一点点，以示对佛祖的敬畏。

磕头进藏、坐火车进藏朝佛、自驾车进藏朝佛，信徒们选择自己的方式完成自己的朝拜之旅。

西藏社科院宗教研究所所长次仁加布认为，磕等身长头的信徒看重的是路途修行的过程，用身体丈量着朝圣的步伐，乘坐火车是为了方便安全，直接能到达目的地，然后进行磕长头、转经等朝佛行为，二者并不冲突，只是个人的想法不一样，最终都是完成心中的夙愿。

"青藏铁路与拉日铁路为更多的藏族信众朝圣提供了实实在在的便利，也使藏文化的传播更加广泛。"次仁加布说。

（新华社拉萨 2014 年 9 月 21 日电）

团结·发展·繁荣

——西藏各族人民携手编织美好生活

新华社记者 黄兴

地处中尼边境的西藏聂拉木县樟木镇立新村，与尼泊尔立宾村隔河毗邻。两村同为夏尔巴人村落，长久以来，两地村民往来频繁，广泛通婚。

现如今，这种双向流动的通婚逐渐"失衡"——得益于立新村经济社会快速发展，当地村民安居乐业，已鲜有人愿离开故土。立新和立宾村通婚"失衡"，是西藏民族地区发展的生动注脚。

相亲相爱 守望相助

雪域高原，自然条件恶劣，发展任务繁重。然而，各族人民却在这片高天厚土上，相亲相爱，守望相助。

相亲相爱，与是否相识无关。拉萨市当雄县龙仁乡卫生院医生仓决是当地有名的"善良阿佳"。曾有位四川籍农民工因高原反应严重而卧床数日，仓决得知此事，便来到民工宿舍查看病情。民工兄弟虽感念其好意，却因囊中羞涩而不肯治疗。仓决便自掏近千元的费用为其治疗，让他重新打起了精神。

相亲相爱，难用血缘亲疏定义。拉萨市城关区鲁固社区74岁的老人次仁措姆常年独居，却并不孤独，因为她有数不清的"汉族儿女"。老人生病了，汉族邻居们领着医生、拿着药品来看她；老人吃不好，汉族邻居便轮番做好吃的为她改善伙食。每每提起这些事，老人总感动得掉眼泪。

323

在高原，这样的故事就像遍满山野的格桑花，数也数不清。因为在这片高原，民族团结就是各族人民的生命线，事关社会稳定和经济发展大局。2013 年，拉萨市被国家民委列为全国民族团结进步示范市。

开启发展永动机　鼓了群众腰包

9 月的"西藏江南"林芝风光正好，南伊沟风景区泉水淙淙，绿意正浓，大批游客蜂拥而至。才召村珞巴族汉子达布喜上眉梢，因为游客的到来，他家的农家客栈成了会生钱的"金屋"。

近年来，当地政府大力支持发展旅游业。南伊沟所在的米林县提出"嵌入式"发展思路，将村镇整体发展与旅游业紧密联系在一起，当地群众普遍从中受益。

如今的南伊乡，人均纯收入突破万元，通路、通水、通电、通广播电视、通电话，实现了"五十年跨越上千年的历史性巨变"。

普惠式发展带给西藏农牧民最广泛的实惠，也得到了群众衷心拥护。政策性补贴的收入让群众广泛增收。门巴族聚居的错那县勒布沟，交通不便、信息闭塞，但群众收入微薄已成过去。如今，包括护林员补贴、边境补贴及草场补贴等在内，每户家庭每年仅补贴收入就有上万元。

繁荣之树开花结果

眼下的雪域高原，繁荣之花灿烂，繁荣之果累累。经济不断发展，连年跃升百亿元级台阶；社会和谐稳定，人民安居乐业；全区农牧民人均纯收入连续 11 年保持两位数增长。

西藏"未来的花朵"正接受造福他们一生的教育。行走在西藏乡间，最漂亮、最醒目的房屋往往是学校。双语幼儿园样式新颖，软硬件设施完备。过去根本没有条件上幼儿园的农牧区孩童，如今正在"童话世界"里度过快乐的童年时光。

许多小学配备了电教室、电脑室、图书馆，实行藏汉双语教学。学生们享受着现代化的电教、电脑设备，随时随地通过便捷的互联网汲取知识。

持续推进的教育正为少数民族青年铺就更加宽广的发展之路。日喀则市康马县朗达村青年罗布占堆刚过 30 岁，拥有千万身家。谈起致富经，这位憨厚的小伙子首先感谢学校教会自己"说汉语"。如今的他，操着一口流利的汉语，与汉族客商从容交流、谈商论道。

错那县勒门巴民族乡村民古如深有感触地说，以前门巴族男人的日常生活就是打猎、喝酒。而现在工种多了，有忙不完的活计，于是酗酒的人少了，荒废时间的人少了，勤劳致富的人多了。"不可能有比现在更好的政策了，我们都很知足。"他说。

（新华社拉萨 2014 年 9 月 22 日电）

奔跑在青藏线上的梦想

新华社记者 刘诗平 曹婷 范世辉

从沿途的货车司机，到去拉萨的朝拜者，从自驾游客、自行车骑行者到正在作业的护路工人……60 年来，青藏公路不仅承载了进出西藏的物资运输，也承载着普通人的喜怒哀乐。他们行走在雪域高原，梦想和希望也在青藏线上延伸。记者近日沿青藏线采访，随机撷取他们的故事与大家分享。

"我一定要骑车走一遍进藏路"

来自河南信阳的周宪胜辞掉了原来的工作，带着心爱的自行车从老家到成都，沿川藏线骑行进藏，然后由青藏线出藏。

"川藏、青藏、滇藏、新藏公路，所有主要的进藏公路，我一定都要骑车走一遍，这是我的梦想。"27 岁的周宪胜说。

记者在唐古拉山口遇到周宪胜时，他戴着头盔，穿着一身户外服，肤色是那种健康的黑色，显得略有疲惫。但跟记者谈起理想和愿望时，他很快就充满活力，两眼放光，自信地说要骑行走遍进藏路。此时，他已经骑行了 2500 公里。

"想到拉萨当厨师"

大暖瓶、青稞面、朝拜用的木板……阿宝的摩托车上带了不少去拉萨朝拜的必需品。阿宝是青海省玉树藏族自治州杂多县人，他陪同十几个磕长头的老乡去拉萨朝拜，一路负责团队的饮食。

"大家都是自己约的，已经走了两个多月，一路吃糌粑、喝酥油茶，这些吃的我做得好着呢。"阿宝笑着说，"同伴里很多人都是第一次去拉萨，我去拉萨二十几次了，磕长头一次，路线还算熟悉，就陪他们去一趟。"

在那曲遇到记者时，说起心中的梦想，阿宝腼腆地说："想到拉萨当厨师，让大家都觉得我做的东西好吃，我就高兴。"

"看着平整的路面，我心里就高兴"

格尔木察尔汗盐湖上的公路，是一座横跨盐湖的"万丈盐桥"，桥面平滑整洁，桥宽路长。行走在盐桥上的马桂香今年47岁，在盐桥干了20年的护路工。

"我在盐桥一干20年，如今还在干养路的工作。我没啥别的心愿，只要看着平整的路面，心里就高兴。"马桂香说。

马桂香告诉记者，1985年自己刚上班时，盐桥还是白色的"盐路"，遇到下雨盐粒融化，极易出现坑洼。当时养护盐桥的路面，还没有现在的机械化设备，大家都用钢钎去附近砸盐盖。把砸下来的盐块抱到路面上铺开，然后再洒卤水，路面就平整了。如今盐桥已是沥青路面，劳动量比以前小多了。

"我的两个孩子都是他爷爷奶奶带大的，面对孩子和老人，我心里又愧疚又无奈。"马桂香说，"好在我养护的路面不断变好，这种成就感随着工龄不断增加而增加，感到一切都值了。"

"沿途服务能更完善就好了"

"要是青藏线沿路的饭馆、正规加油站再多点，就更好了。"来自甘肃省酒泉市的大车师傅赵建善说。

今年39岁的老赵已经跑了15年运输。近几年，他和妻子王小琴搭伴跑青藏线，在昆仑山口与记者相遇。

"这条进藏线路长，虽然我不会开车，但多个人路上能说说话，我就跟着来了。"王小琴说，"五六年前，青藏线有的路段还在修整，我们就走戈壁滩上，非常难走，相比以前现在的路好走多了。"

"路好走多了，沿途的条件也有改善，像五道梁公路段还在办公区开设了'高原氧吧'供来往司机和行人用，但有些服务如能提高，比如从昆仑山口到安多正规加油站只两个，多一点就好了。"赵建善说。

"希望到西藏的高速早日建成"

"青藏线是进藏最快捷、路况最佳的一条路线，对进藏自驾者来说也是难度相对较低的入门路线。沿途风光非常壮美，还有我女儿最喜欢的藏羚羊。"

算上这次，网名叫"萱草"的北京女教师已经带着上小学的女儿自驾车八上青藏高原、五进西藏，走遍了所有进藏公路。到过西藏80%县境的萱草，对西藏的国道省道、县乡道，甚至无人区的车辙路如数家珍。

在她看来，近年来西藏的道路建设发展非常快，每次来都有很大变化："路面平整了，拓宽了，远方每天牵挂我们的家人也更安心了。"

得知青藏公路有望加快高速化进程的消息，萱草非常期待。她说，青藏线是所有进藏公路中内地和西藏最重要的物资交流纽带，但受冻土路的影响车速跑不起来，而且上了昆仑山海拔急升，由于海拔高，中途食宿服务点相对较少，很多进藏者因此顾虑高原反应。

"如果实现了高速化，车速提起来，早晨从格尔木出发，晚上就能到拉萨，不用在中途高海拔处住一夜，将大大降低严重高反的可能，对游客是福音，对西藏旅游也是重大利好。"萱草说。

（新华社拉萨2014年10月9日电）

一条改变群众命运的路

——写在西藏墨脱公路通车一周年之际

新华社记者 王守宝 文涛

2013 年 10 月 31 日，全长约 117 公里、总投资近 16 亿元的墨脱公路正式建成通车，西藏墨脱县成为中国最后一个通公路的县，并被载入史册。

时值墨脱公路通车一周年之际，记者再一次探访墨脱，追踪这条路给"莲花圣地"墨脱带来的变化。

"高原孤岛"变为旅游胜地

墨脱公路通车前，在墨脱工作的各族干部群众集体创作了一首歌——《墨脱情》，抒发无限感慨："小路呀望不到头，我站在岔路口矗立了好久，一个人没法同时踏上两条征途，而我选择了这一条墨脱的小路……"

当地援藏干部解释，墨脱公路通车前，踏进墨脱就如同进入了海洋中的一座孤岛，大雪封山通常让墨脱与外界隔绝达几个月之久，选择进入墨脱的人通常会有一生难忘的经历。

墨脱公路通车以后，从最近的波密县进入墨脱只需约 3 个小时，即使遇到雨雪天气，大多也能畅通无阻。这不仅让在墨脱生活、工作的人进出更加方便，也让大批游客有机会来到这里，欣赏这一朵盛开的"莲花"。

据了解，2013 年 1 月－10 月，进入墨脱的游客还不到 5 万人次，而今年同期，来墨脱的游客已接近 7 万人次，道路畅通带来的大批游客让当地各族群众走上了致富路。

在墨脱县城"措姆农家乐",男主人汤明文正在忙活着收拾房间,"去年收入有7万,今年到目前为止收入就达10万元左右。"汤明文笑得异常灿烂,"要想富,先修路,这条路让我们吃上了旅游饭。"

西藏林芝旅游资源极其丰富,道路的畅通让更多游客享受到旅游的便利,促进了墨脱和西藏旅游资源的开发。

公路是各族群众改善生活的基本保障

西藏东南部山高谷深,交通极其不便。"羊肠小道猴子路,云梯溜索独木桥",是历史上对当地交通状况的真实写照,艰难的通行条件限制了群众的发展空间。

吉都原是墨脱县墨脱村的一位普通村民。11岁那年,只因墨脱不通公路,他无奈做起了背夫、马帮的艰辛工作。后来,墨脱公路实现了由分季分段通车到全线贯通,为其人生转型提供了条件。从此,他先后买了拖拉机、汽车、挖掘机,还跑起了墨脱到波密的客运业务,成为墨脱小有名气的老板。

交通的畅通让很多群众和吉都一样,为生活的改善带来了诸多的便利。在波密县扎木镇桑旦村,700多名村民中就有160多名靠在墨脱公路上跑运输而让生活变得更加富裕。

由于交通在助力百姓发家致富方面的重要性,西藏把改善交通条件放在了重要位置,墨脱公路也在屡修屡废中彻底贯通。

预计到2020年,西藏公路总里程将达到11万公里,全区交通正在实现从"羊肠小道"到"四通八达"的跨越式发展,为改善人民群众的生产生活条件提供坚实基础。

一条让墨脱群众思想观念不断开放的路

在墨脱采访了解到,很多群众一辈子都没有走出过大山,他们只能安于现状或者望着山的北方幻想着另一个世界。

"以前，在简陋的茅草屋下，听着下雨时雨水落在屋顶发出的滴答声，都会觉得很知足。"从小就做过背夫的旦增江措说的这句话，让记者印象非常深刻。

据旦增江措说，以前的生活，是在山上把一片树林烧掉，然后刨出一个个小坑，里面埋上玉米的种子，在巴掌大的一块地方过着"刀耕火种"的生活，再加上与外界的交流不畅通，让很多人思想观念封闭而守旧。

墨脱公路修通后，越来越多的人不再安于现状，抓住了路通以后带来的商机，靠旅游、运输富裕了起来。旦增江措周围的人也不断发生着新的变化。他看在眼里，急在心里，琢磨着要干点事情。于是，他瞄准了旅游市场，也开了个家庭旅馆，仅今年就给他带来了不错的收入。

在墨脱，旦增江措不是特例。很多人不再只想做一个普通的农牧民，守着一亩三分地过一辈子，不再仅仅追求以背夫为职业的生活，他们开始在市场经济中跃跃欲试，开辟出一片崭新的天地。

（新华社拉萨 2014 年 10 月 31 日电）

中国在雅鲁藏布江干流首座
大型水电站开始发电

新华社记者　刘洪明　安娜

23 日，历时近 8 年、总投资 96 亿元的藏木水电站首台机组正式投产发电。这是中国在雅鲁藏布江干流上建设的第一座大型水电站，6 台机组总装机容量 51 万千瓦。藏木水电站第二台机组将于下月中旬发电，6 台机组明年全部投产发电。

藏木水电站位于海拔 3300 米以上的雅鲁藏布江中游、山南地区加查县境内，由中国华能集团公司投资、建设和运营，设计年发电量 25 亿千瓦时，是西藏第一座大型水电站。

中国华能集团公司总经理曹培玺说，从西藏乃至全国范围来看，"藏木水电站的建成，不仅为藏中电网提供了强大电源支撑，对推进藏电外送、加快西南水电开发也具有重要意义"。

统计数据显示：2013 年，西藏全区人均发电装机容量 0.4 千瓦，人均用电量 1187 千瓦时，分别仅相当于全国平均水平的 47% 和 30%。

藏木水电站是西藏电力发展史上由 10 万千瓦级到 50 万千瓦级的标志性工程。"藏木水电站的投产，将从根本上解决藏中电网的供电难题，特别是在眼下冬季缺电的当口，无疑是雪中送炭。"中国国家电网西藏电力有限公司董事长刘晓明说。

西藏自治区发改委能源办数据显示，截至 2014 年 10 月底，西藏全区电网装机容量 148 万千瓦。藏木电站 6 台机组 2015 年全部投产发电后，将占据西藏目前全区电网装机容量的 34.46%。

西藏自治区政府主席洛桑江村表示，水电建设是发展清洁能源的良好体现，藏木水电站投产后将很大程度缓解西藏电源紧缺问题，对推进雅江中游梯级电站开发、构建藏中能源基地具有重要意义。

西藏年均水资源量4482亿立方米，水能资源总理论蕴藏量达20136万千瓦，占全国的29%，是中国重要的

藏木电站发电。（新华社记者 觉果摄）

战略资源储备基地和西电东送的重要能源接续基地。

记者驱车沿雅鲁藏布江中游一路东下，沿途绿水荡漾，雪山耀眼，茂密的松树增添了一抹冬绿，美不胜收。记者到达藏木水电站工地时，只见116米高的大坝夹在两山之间，砂石骨料长距离运输胶带机器、污水处理厂等环保设施一应俱全。

"在中国雅鲁藏布江上建水电站，对生态保护的要求比其他省份更高，藏木水电站在生态保护方面可以说是西藏水电站建设的一个示范。"参加蓄水阶段环境保护验收的西藏自治区环保厅副厅长柏伦章说。

记者了解到，华能集团公司严格按照国家环保部的要求，前后投入3.2亿元建设过鱼设施（鱼道）、鱼类增殖站、太阳能光热系统、污水处理厂、垃圾回收站等生态环保设施。

（新华社西藏加查2014年11月23日电）

中尼昔日最大口岸开通运行
提速西藏边贸发展

新华社记者 秦亚洲 王军 范世辉

西藏自治区政府副主席董明俊 1 日在吉隆口岸宣布：中国吉隆—尼泊尔热索瓦双边性口岸正式开通运行。这意味着作为中尼曾经最大的陆路口岸，吉隆口岸将重现昔日繁荣，中国也将借此促进西藏与南亚国家边贸。

尼泊尔是西藏最重要、最稳定的贸易合作伙伴。拉萨海关统计数据显示，2013 年西藏外贸总值为 33.19 亿美元，其中同尼泊尔双边贸易总值占西藏贸易进出口总值的 58.5%。这是尼泊尔自 2006 年以来，连续 8 年保持西藏第一大贸易伙伴地位。

吉隆口岸位于日喀则市吉隆县南部 78 公里处，曾经是中国与尼泊尔最大的陆路贸易口岸。受制于口岸周边基础设施不健全、交通不便、电力不足等因素，吉隆口岸日益萧条，仅维持小规模、零星的互市贸易。

西藏吉隆海关关长王珑说，吉隆口岸 1978 年被确定为国家一类陆路通商口岸，主要开展边民互市贸易。此次开通运行意味着吉隆口岸的贸易方式种类更加丰富，可以开展一般贸易、边境小额贸易以及边民互市贸易，双方旅客也可经此通过。

王珑说："今年通车的拉萨至日喀则铁路，为吉隆口岸成为中国内地联系南亚国家市场的桥头堡，提供了新的支撑。吉隆口岸开通运行后，边境小额贸易、边民互市、旅客互通等都将发生转变，商品种类会进一步增加，电子产品出口等会更多，贸易量将进一步提升。"

2010 年，国家通过《吉隆口岸总体规划》，明确把吉隆口岸建成中尼跨境经济合作区。吉隆县森林茂密、冰峰林立，风光秀美，与尼泊尔最负盛名的风景地博卡拉接壤。业内人士表示，吉隆口岸的开通运行还将推动旅游、物流等产业发展。

专家认为，吉隆口岸的开通运行将搭建起连接内地、延伸南亚的贸易通道，实现国内生产商、经销商与印度、尼泊尔等南亚国家的贸易对接。

记者在吉隆口岸看到，连接中国和尼泊尔、拥有四个车道的热索桥已经通车。中国投资 8000 多万元的口岸出入境联检大楼正式投入使用。大楼身后，上下两层共计 4000 平方米的停车场和查验货场也全部竣工。电站、国际边贸市场等配套基础设施基本完工。

离口岸只有 20 多公里的吉隆镇，如今店铺林立、功能齐全，已经从一个设施简陋的小镇，逐步发展成为拥有商务服务中心、学校、医院、宾馆、超市等机构齐全的西藏边贸重镇。

目前，吉隆口岸出口以服装鞋帽等传统商品为主，进口面粉、生活用品和铜制工艺品等。今年 1 至 10 月，吉隆口岸边民互市贸易总额达 2893 万元，同比增长 6.6 倍。

口岸开通的消息给紧挨口岸的吉隆镇热索村带来了新机遇。村民们纷纷盖起店铺，准备开始做边贸生意。村民巴桑说："我去年开始做生意，从尼泊尔购进一些饼干、矿泉水、方便面等日常用品再卖到日喀则和拉萨，去年赚了 10 多万元。现在准备扩大进货规模，希望两三年内在吉隆镇上开一家商店。"

尼泊尔政府和民众也对于吉隆口岸的开通充满憧憬。尼泊尔驻拉萨总领事哈利·普拉萨德·巴逍在开通仪式上说："吉隆—热索瓦口岸的开通将进一步促进中尼两国之间的经贸、旅游、基础设施发展以及民间往来。"

西藏目前有中尼之间的吉隆、樟木和普兰在内的 3 个陆路口岸。樟木口岸为国家一类陆路口岸，进出口贸易总额从 2007 年的 2.42 亿美元，飞速跃升到 2013 年的 20.44 亿美元。如今，西藏 90% 以上的边境贸易和中国 90% 以上的对尼泊尔贸易通过樟木口岸进行。

西藏自治区商务厅厅长边巴分析认为，与樟木口岸相比，吉隆口岸地势开阔，道路条件好，发展潜力更大。未来西藏贸易格局将会呈现出樟木口岸和吉隆口岸"双翼齐飞"的局面。

（新华社拉萨 2014 年 12 月 1 日电）

为了一个藏族孩子的生命

——记 36 小时横跨川藏两地的接力救援

新华社记者 张宸

1月1日，在拉萨一家庭当保姆的德吉在西藏阜康妇产儿童医院产下一女。经ＣＴ检查，女婴先天性食道闭锁，须在三天内前往内地手术。36个小时，川藏两地多部门联手，帮助女婴顺利进行了手术。

1月1日17点50分。

"佛祖保佑，佛祖保佑。"36岁的德吉侧身看着刚刚出生的女儿丹增宗吉幸福地说道，刚刚动过手术的虚弱脸庞上浮起初为人母的笑容。

1月1日23点40分。

"孩子总是往外吐奶，怎么回事？"德吉的雇主姜子珍急得满头大汗，向查房医生何延庆焦急地说道。经CT检查，孩子患有先天性食道闭锁，无法正常进食。

1月2日6点37分。

冬日的西藏还是漆黑一片，阜康医院负责人王斌正在酣睡，被一阵突如其来的铃声吵醒。得知小丹增的情况后，王斌紧急联系在四川省人民医院的专家朋友，决定送小丹增到四川省人民医院手术。

1月2日11点22分。

载有小丹增和"临时妈妈"姜子珍的救护车一路呼啸，飞奔机场。无奈，因为无医护人员陪伴，孩子的出生证明上母亲又非姜子珍，同时，按照中国民航局的相关规定，14天以内婴儿不能登机。登机不成，小丹增只能返回医院采用静脉营养维持生命。

1月3日16点50分。

中国国航西藏分公司临时召开会议，紧急研究讨论为小丹增开辟绿色通道事宜。与此同时，四川省人民医院儿童医学中心主任刘文英得知小丹增无法登机的情况，开始联系医生朋友，准备仪器设备，决定组织专家团队到高原进行手术。

1月4日零点11分。

"谁来救救小丹增？谁来帮帮这个刚来到人世间的生命？！"插着鼻管的小丹增肺部开始出现杂音，阜康医院负责人王斌心急如焚地在朋友圈里写下小丹增的情况，寻求更多社会力量的帮助。

1月4日7点30分。

经上级管理部门同意，中国国航西藏分公司和民航西藏区局决定为小丹增开辟生命绿色通道。临时妈妈姜子珍在医护人员陪同下，办理医院证明等手续，同时开具孩子妈妈全权委托书。

1月4日10点40分。

载有小丹增的救护车再次奔向机场，西藏阜康妇产儿童医院医生何延庆和随行护士一起登机，国航CA4402次航班顺利起飞。同一时间，四川省人民医院刘文英主任开始准备手术相关事宜。

"谢谢各位微友的关注，在各方努力下，小丹增已经顺利登上飞机。"西藏阜康医院负责人王斌在朋友圈写下上述文字，双手合十，如释重负。

1月4日13点整。

国航CA4402次航班在成都双流国际机场安全着陆，飞机舷梯下，四川锦江妇幼保健院救护车急救灯闪烁不停，接上小丹增，片刻不敢停留，朝医院飞驰而去。

1月4日13点30分。

小丹增被安排进四川省人民医院新生儿重症监护室进行手术之前的检查，生命体征平稳。如一切顺利，明日可安排手术，一场与死神赛跑的比赛再次打响发令枪。

藏语"丹增宗吉"意为"持法聚福"。在西藏这片祥和的土地上，期待这个刚来到世上的小生命未来的生活幸福、吉祥。

（新华社拉萨2015年1月4日电）

中国对口援藏致力解决西藏发展"瓶颈"

新华社记者　魏圣曜　王军

　　从拉萨市区沿着拉萨河一路向上，行驶几十公里就能看见有着"西藏三峡"之称的旁多水利枢纽工程。这座投资 45.69 亿元、中国在拉萨河上游建设的第一座大型水电站，有效缓解了西藏这片雪域高原的缺电之苦。

　　旁多水利枢纽工程只是中国重点扶持西藏发展、对口援助西藏建设政策的"缩影"之一。除了大型基础设施，这一系列政策还体现在经济、文化、社会、医疗卫生等方方面面，在促进西藏经济跨越式增长的同时，有力保障西藏与全国同步进入小康社会。

西藏旁多水利枢纽工程等待截流。（新华社记者　觉果摄）

由于历史和自然等原因，西藏经济社会发展相对滞后。为加快西藏发展，中央五次召开西藏工作座谈会，研究部署支持西藏的特殊政策。1994年，第三次西藏工作座谈会正式作出"对口援藏"战略决策。第五次西藏工作座谈会明确援藏省市应安排上年度地方财政一般预算收入的千分之一用于支援西藏发展。

中央和各省市的有力支援，不仅解决了限制西藏经济发展的交通、水利、电力等基础设施"瓶颈"，还带来一批民生致富项目的实施。

1998年，济南市第二批援藏干部引入大棚蔬菜项目，并在西藏白朗县成功试种各类蔬菜。尼玛扎西是白朗县巴扎乡的蔬菜种植户，他说，现在家中有5个蔬菜大棚，种植西红柿、黄瓜、青椒等，年收入能有5万多元，"只要种出好蔬菜，根本不愁卖"。

类似山东援藏打造的蔬菜产业，各援藏省市积极为"世界屋脊"的发展想办法、谋出路，变"输血"为"造血"，打造出白朗蔬菜、林芝家庭旅馆、阿里星空旅游、拉萨净土健康产业等扶贫名片，有效提升了农牧民增收致富本领。

此外，不少援藏干部慷慨解囊，结对认亲，帮助偏远地区藏族学童治病、资助贫困学生，点对点、一对一地解决了不少当地百姓的生活困难和经济压力。在中央关心、各省市支援下，西藏农牧民"家底"更加厚实。据统计，2014年西藏农牧民人均纯收入预计可达7471元、同比增长14%，而2009年仅为3532元。

西藏自治区扶贫办主任胡新生说，各援助单位从西藏实际出发，不断调整援藏方式和模式，从最初单一的资金、项目援助，逐步向智力、技术、产业等全面援藏拓展，受援地"造血"功能、自我发展能力逐步提高。

全国支援西藏20年来，先后有近6000名援藏干部及专业技术人员进藏工作，累计投入资金约260亿元，推动西藏经济连续6年实现百亿级增长。

虽然西藏经济社会正以高速发展，但自然条件差、发展起步晚等因素，造成西藏与全国平均水平差距仍较大。截至2014年底，西藏全面建成小康社会综合实现程度仅为65%，39项指标中综合实现程度低于60%的有

18项，其中城镇化率更是比全国平均水平低近30个百分点。

据统计，目前西藏全区尚有32.7万农牧民未摆脱贫困，仍是中国最大的集中连片贫困区域。数据显示，2014年，西藏城镇居民人均收入达22026元，仅为全国平均水平的76%，贫困人口占农牧区总人口的18.73%，贫困发生率全国最高。

2015年，西藏经济增速目标继续维持12%的高位。中国藏学研究中心研究员廉湘民、西藏自治区社会科学院经济战略研究所副所长何刚等专家认为，有中央投资和各省市支援，再加上西藏自我发展能力不断加强，达到12%的高增速基本不成问题，这将加速西藏小康社会的进程。

在西藏自治区工商联副主席廖贻东看来，中央和各省市对口援藏所带来的资金、项目以及新观念，有力提高了西藏自我发展能力，越来越多企业开始进藏投资兴业，单向援助正逐步向互利共赢转变。

（新华社拉萨2015年3月12日电）

中国新辟印度香客进藏朝圣线路

新华社拉萨 2015 年 6 月 22 日电（记者 罗布次仁 张京品）22 日上午 10 时，中印边境乃堆拉山口迎来首批印度官方香客，标志着印度香客进藏朝圣新线路正式开通。这批香客将前往西藏阿里地区冈仁波齐峰和玛旁雍错湖，开展为期 12 天的朝圣之旅。

2014 年，国家主席习近平访问印度，中印两国签署的《中华人民共和国和印度共和国关于构建更加紧密的发展伙伴关系的联合声明》提出，为进一步促进两国宗教交往、为印度朝圣香客提供便利，应印方要求，中方决定增开经乃堆拉山口的朝圣路线。

印度香客通过乃堆拉山口。（新华社记者 普布扎西摄）

据了解，中国于 1981 年起接受印度官方香客入境朝拜神山圣湖。在过去的十年中，中国已接待印度香客近 8 万人。过去的朝圣线路需翻越海拔 5200 多米的强拉山口，沿途山高路险，高寒缺氧，长年积雪。

西藏自治区人民政府副主席董明俊说，朝圣新线路相比强拉山口的朝圣线路更舒适、更便捷、更安全。中国开放乃堆拉通道后，朝圣之路将缩短到 8 至 10 天左右，节省了一多半时间。这意味着许多印度年老者和身体较差的香客也将有机会在有生之年前往圣地。

为保证印度香客朝圣顺利，中国驻印度大使馆、西藏自治区等方面为新线路的开通做了充分准备和特别安排，并为香客提供特殊签证便利。亚东边防检查站提前制定了《印度香客检查勤务实施方案》，方便了印度香客顺利通关。

当天，中国向印度香客免费赠送了羽绒服、背包、毛毯等高原应急物品礼包。记者看到，首批 43 名香客井然有序、快速平稳通过"一关两检"。

来自孟买的阿玛纳今年 70 岁，是这批香客中年纪最大的一位。他说："这是我第一次到西藏神山圣湖朝拜，也可能是我最后一次朝拜。感谢中国政府的热情招待。"

中国驻印度大使乐玉成说，开通经乃堆拉山口的朝圣路线是去年习近平主席访印期间同印方领导人达成的主要共识。新朝圣线路的开通将增进两国人民的相互了解和心灵沟通，为两国关系的健康稳定发展奠定坚实的人文基础。

"希望以此为契机，进一步推进和加强中印战略互信，拓展各领域合作，深化人文交流，妥善处理有关分歧，促进共同发展，将双边关系提高到新的历史水平。"乐玉成说。

印度议会联邦院议员、议会印中友好小组主席塔伦·维杰说："此次中国开辟印度香客进藏朝圣新线路，是两国关系史上的里程碑，在世界上具有典范意义。"

印度驻华使馆参赞谷希愿说，朝圣新线路的开通，将是印中两国人民间日益丰富、不断增长的相互联系的永恒标志。开通经乃堆拉山口入藏朝圣新线路具有里程碑式的意义，将进一步巩固具有共同文化渊源的两大古国间历经多个世纪所形成的深厚关系。

乃堆拉山口位于西藏日喀则市亚东县境内，山口海拔约 4318 米，是连接中印陆路贸易最短的通道，也是世界上海拔最高的陆路贸易通道。由于历史原因曾一度关闭 40 余年，2006 年恢复贸易往来，但仅供通商。

印度香客赴中国西藏神山圣湖朝圣有着悠久的历史。阿里地区的神山冈仁波齐、圣湖玛旁雍错是印度香客朝拜的圣地。冈仁波齐峰，海拔 6656 米，位于西藏阿里地区普兰县境内，被佛教、印度教、苯教、耆那教等视为"神山之王"。冈仁波齐东南约 20 多公里处是被佛教、印度教尊称为"圣湖"的玛旁雍错，海拔 4588 米，面积 412 平方公里。

"科技诸葛"助力西藏经济换挡提速

新华社拉萨2015年8月6日电（记者　王恒涛　王军　魏圣曜）近年来，西藏经济连年实现快速增长，增幅高居全国各省区前列。基础薄弱的西藏何以取得增长内核？近日，中国工程院14位院士西藏行，揭开了西藏借助"科技诸葛"带动经济换挡提速的面纱。

7月29日至8月2日，中国工程院能源与矿业工程学部、化工学部、医学卫生学部等多领域的14位院士深入拉萨，深入企业和相关部门，就西藏的清洁能源开发、藏医藏药、文化旅游、科技、环保等领域，开展调研把脉。此后，中国工程院与西藏自治区政府签署了战略合作框架协议。

西藏为何要兴师动众引入院士把脉经济？西藏自治区政府副秘书长旦增伦珠表示，这次签约是新一届西藏自治区政府借助外脑，靠智力支持、创新驱动，推动自治区经济发挥后发优势的延续。

西藏是我国的生态安全屏障，又是资源富聚区，也是我国生态脆弱、经济基础薄弱的地区之一。如何能既促进经济发展又保护好生态环境，西藏一直在探索这条特色路径。"西藏自身力量薄弱，只好借助'科技诸葛'，向知识要发展，靠科技创新驱动。"旦增伦珠说。

为了实现科学突破，西藏自治区强化学习型政府建设和调查研究，通过邀请专家进藏调研、专家在内地通过电视电话会议授课等形式，增强干部创新意识。去年至今，已经召开12次全区乡镇以上干部的学习电视电话会议，并把学习内容编印成册下发到干部手中。

西藏经济发展战略是"一产上水平、二产抓重点、三产大发展"。在每一个事关西藏经济发展大局的决策中，他们都注重依靠"科技诸葛"，精选专家与政府部门研讨，甚至跨省区论证。

在农业生产中，西藏通过科技提升高原特色农牧业品质。青稞是西藏的特色农产品，他们通过科技育种培育出"青稞2000"等品种，使亩均增产50多斤，增产2000多万斤，直接带动群众增收近5000万元。青稞增产带动5家企业开展深加工，年产值3.8亿元。

在二产发展中西藏更加注重科技注入。在藏青工业园的建立、西藏饮用水产业、清洁能源基地建设等重大规划中，仅在清洁能源基地建设规划论证中，就请了财政部等40多位专家反复研讨。目前，西藏已经规划建成一批地热、风能、水能和太阳能等发电项目，一个"清洁能源高地"正在西藏崛起。此外，一个年产500万吨、产值达500亿元的饮用水产业也在快速形成。

世界旅游目的地是中央对西藏的定位之一。在推进过程中，西藏与国家旅游局对接，共同组织邀请亚太地区知名旅游专家为西藏旅游业建言献策。2014年西藏累计接待游客1553万人次，实现旅游总收入204亿元，旅游成为拉动西藏经济发展的发动机之一。

近年来，一大批有科技支撑的重大项目的规划和建设，助推了西藏跨越式发展。2014年，西藏全区GDP同比增长12%，增速全国第二，公共财政预算收入增长幅度全国第一，社会消费品零售总额增长全国第一，农牧民人均可支配收入增长全国第二。今年上半年，西藏经济继续高速增长，上半年全区GDP增长11.3%，高出全国平均水平4.3个百分点。

西藏自治区主席洛桑江村说："西藏经济持续保持两位数增长，表明科技支撑下的创新驱动内核力量已经开始显现。"

对口援藏：助推西藏农牧民从安居走向乐业

新华社记者　刘洪明

蓝天白云下，温室大棚里，村民卓玛提着竹篮，飞快地采摘豆角，脸上洋溢微笑。这是记者日前在北京市对口援藏项目、拉萨市堆龙德庆县羊达乡现代设施农业示范园看到的场景。

43 岁的卓玛告诉记者，她家有 3 亩地，原来种青稞，一年下来全部收入不到 2000 元；去年承包了 4 个温室大棚种蔬菜，每个棚的纯收入超过 2 万元。

这是对口援藏、拓宽西藏农牧民致富路的缩影。

20 年来，对口援藏内容不断丰富，覆盖西藏所有县区的对口援藏机制更加完善。

297 平方米的两层藏式楼房，室内铺设木地板，现代化家电一应俱全。西藏当雄县当曲卡镇村民洛桑的新房，是在北京援藏项目的支持下修建起来的。

"这房子是安居工程项目，总共花了 25 万元，自筹 15 万元，剩余的都是援藏资金补助。村里很多人家都买了汽车，有的把家改造成了家庭旅馆，有的开起了小商店，还有人跑运输，收入渠道越来越多了。"洛桑说。

西藏农牧民安居工程 2006 年启动，2013 年年底圆满"收官"，230 万西藏农牧民圆了"新房梦"。截至 2013 年底，西藏农牧民安居工程累计完成 46.03 万户，累计完成投资 278 亿元，全区农牧民群众人均住房面积增加了 20% –30%。

20年来，对口援藏工作突出民生改善、产业发展、城镇建设"三个重点"，资金和项目安排上进一步体现向农牧区倾斜、向民生倾斜。

各援藏省市积极培育农牧、旅游、生物等特色产业，增强了西藏自我发展能力。西藏藏药厂、华新水泥、波密县天麻培育基地等一大批生产型企业快速成长，达孜县工业园、曲水县工业园、白朗县农业科技示范园等一批园区蓬勃兴起……由"输血型"援藏向"造血型"援藏的效益日益凸显。

1998年，济南市第二批援藏干部从山东引进了大棚蔬菜，并在日喀则市白朗县成功试种。经过16年的不懈努力，形成了知名品牌"天域绿"，以及与之相应的蔬菜协会、"蔬菜采摘节"等经济组织和销售载体。目前，白朗县蔬菜大棚达到5367座，116个蔬菜品种，露天蔬菜面积9000多亩，2013年蔬菜收入达8265.07万元，带动农牧民人均增收1360元。

"我们只管种出好蔬菜，根本不愁怎么卖，援藏干部都给我们联系好了正规的买家。我家中有5个蔬菜大棚，种植西红柿、黄瓜、青椒等蔬菜，每年收入5万多块钱。"巴扎乡的蔬菜种植户尼玛扎西对记者说。

白朗县县长贵桑感慨："得益于山东援藏干部的产业引进和技术帮助，白朗县已形成了以'优质青稞、大棚蔬菜、农区畜牧业、民族手工业'为主的4大产业，近年来，白朗县农牧民人均收入一直保持快速增长态势。"

林芝地区2010年提出打造鲁朗国际旅游小镇设想，得到了广东、西藏两地政府高度重视，"鲁朗国际旅游小镇"成功起步。

"没开旅馆以前我家一年收入还不到5万块钱，现在旅馆一年收入就有12万元左右，家里有37个床位，现在旅游旺季几乎每天都能住满。"操着一口流利的普通话，鲁朗镇扎西岗村村民拉姆露出幸福的笑容。

据了解，像拉姆这样的家庭旅馆在扎西岗村共有12家，他们大多是广东援藏队2003年给每家援助3万元添置必要的设备后建起来的，援藏工作队还给村里修通了连接318国道的水泥路。

对口援藏20年，西藏经济持续20年保持两位数高速增长。2013年，西藏农牧民人均纯收入由1994年的817元增长到6578元。众多援藏项目助推西藏农牧民从安居快步走向乐业！

（新华社拉萨2014年8月18日电）

解密西藏人的"幸福密码"

新华社记者　王军

布达拉宫巍峨矗立，见证了半个世纪以来雪域高原的沧桑巨变。1965年9月1日，西藏自治区正式成立。

在西藏自治区成立50年之际，记者梳理了十方面的内容，涉及政治、民生、经济、生态、文化等，从中探寻西藏人的幸福源泉，解密西藏人的幸福密码。

密码一：身份巨变带来幸福

20世纪50年代，西藏处于政教合一的封建农奴制统治之下。占人口不足5%的僧俗农奴主控制着占人口95%以上的农奴和奴隶的人身自由和绝大多数生产资料，广大农奴连基本的人身自由都没有，他们只是会说话的工具。

1965年，西藏自治区正式成立，广大翻身农奴从此成为西藏的主人。目前，西藏74个县（市、区）委、人大、政府、政协主要领导中，藏族和其他少数民族干部比例达到82%。

密码二：民生改善带来幸福

在经济快速发展的同时，西藏坚持把改善民生、凝聚人心，作为经济社会发展的出发点和落脚点，让各族人民得到实实在在的好处。

老有所养，城乡居民社会养老保险在全国率先实现全覆盖；病有所医，"新农合"参保率接近100%，实现"小病不出乡"；居有所住，230余万名农牧民住上了安全舒适的房屋；学有所教，率先在全国实现15年免费教育……沧海变桑田的雪域高原，各族群众已经越来越有"获得感"。

敬老院里的藏族老阿妈过生日。（新华社记者 觉果摄）

密码三：经济发展带来幸福

古人云，仓廪实而后知礼节。1965 年，西藏地区生产总值仅有 3.27 亿元；2014 年达到 920.83 亿元，按可比价格计算增长 68.5 倍。特别是中央召开第三次西藏工作座谈会以来，西藏地区生产总值连续 21 年保持两位数增长。

经济跨越式发展使得西藏城镇居民和农牧民收入实现历史性增长。2014 年，西藏城镇居民人均可支配收入 22016 元，农村居民人均可支配收入 7359 元，分别是 1978 年的 39 倍和 42 倍。随着西藏人民生活水平的提高，冰箱、电视、摩托车、手机乃至汽车等，开始进入寻常百姓家。

密码四：交通发展带来幸福

旧西藏没有一条公路。经过 50 年的建设，西藏全区公路通车里程达到 7.5 万公里。此外，青藏铁路、拉日铁路以及 58 条国际国内航线的开通，使西藏与内地和世界的联系更紧密。

随着交通等基础设施建设稳步推进，西藏的发展环境得到进一步改善。

群众惊喜地发现：家乡在发生着日新月异的变化，城市变美了，乡村整洁了，出行更方便，生活更舒适，就业机会也多起来。

密码五：生态宜居带来幸福

为保护雪域高原的碧水蓝天，西藏建立了各级自然保护区47个，占总面积的34.5%。如今的西藏，山川秀美，河流清澈，植物繁茂，生物多样，依然是世界天然环境最好的地区之一。

得益于生态环境保护工作，如今在林芝保存着鲁朗等堪比瑞士风光的乡野景致，成为吸引中外游客的好去处。西藏旅游接待由1981年的8624人次增加至2014年的1553万人次，增长近1800倍。旅游业成为传播西藏的一张名片。

密码六：关怀支持带来幸福

西藏人民始终沐浴在党的阳光雨露中。根据西藏经济社会发展需要，国家相继安排了一大批关系重大、影响深远的重大工程项目建设，使西藏基础设施建设得到明显改善。1965年至2014年，西藏全社会固定资产投资近6000亿元。

对口支援，是中央促进西藏加快发展的重大举措。全国支援西藏20年来，先后有6000名援藏干部及专业技术人员进藏工作，累计投入资金约260多亿元。一批批援藏干部，一笔笔援藏资金，将西藏和内地更加紧密地联系在一起，有力推动了西藏的发展和进步。

密码七：文化传承带来幸福

从布达拉宫到萨迦寺，从《格萨尔王传》抢救整理到藏戏等非物质文化遗产保护……2000年以来，国家先后投入20多亿元资金，对大昭寺、罗布林卡等一大批寺庙古建筑进行保护修缮。

从佛教音乐、舞蹈、藏戏，到藏族邦典、卡垫织造……西藏有68名国家级非物质文化遗产代表性传承人，各传统行业名家在政府的关心、支持下，传承发展着藏族传统文化。

密码八：社会公平带来幸福

"即使雪山变成酥油，也被领主占有；即使河水变成牛奶，我们也喝不上一口。生命虽由父母所赐，身体却为官家占有。"这首民谣是旧西藏的真实写照。

如今的西藏人民不仅拥有绝对的人身自由，而且人人享有均等的公共资源，全民拥有义务教育权利，城镇居民享有医疗保险制度，农村养老保险和城乡低保实现全覆盖，城乡公共文化服务体系逐步形成。

密码九：信仰自由带来幸福

大昭寺前，每天都有数不清的信众磕长头；布达拉宫脚下，摇着转经筒的人群熙熙攘攘；哲蚌寺里，一年一度的展佛活动依旧……

50年来，西藏依法保障各族人民继承发展民族传统文化的自由和宗教信仰的自由。目前，西藏有各类宗教活动场所1787处，寺庙僧尼4.6万多人。活佛转世制度按照宗教仪轨和历史定制得到延续。各种宗教活动正常进行，信教群众的宗教需求得到满足。

密码十：团结稳定带来幸福

近年来，西藏在改善民生基础上，加强民族团结教育，开展反分裂斗争，维护国家安全，维护社会稳定，为确保人民群众安居乐业、社会和谐稳定奠定了坚实的基础。

如今，走进拉萨市八廓街曲折幽深的小巷，随意推开一扇大门，都可以看到一幅幅动人画面：汉族大嫂去买菜，出门时忘不了问一下藏族阿妈需不需要捎点什么；藏族阿妈晒太阳时，总惦记着身旁学步车里的回族小孩……相亲相爱，和谐共处，已融入雪域高原人们的日常生活中。

（新华社拉萨2015年9月5日电）

世界屋脊加速开放 "拥抱" 世界不再遥远

新华社拉萨 2016 年 1 月 29 日电（记者　魏圣曜　黄兴）在拉萨市最繁华的北京路与青年路交叉口，全球最大炸鸡连锁企业 "肯德基" 的门店正在紧锣密鼓地装修，"美国白胡子老头" 跨越千山万水登陆世界屋脊，成为首个进驻西藏的知名国际餐饮品牌。

"终于盼来了！" 在拉萨一家事业单位工作的卓玛泽仁说，对于年轻人来说，这代表了一种新的餐饮文化，"肯德基风靡全球，能进入西藏说明这里与外部世界的联系更加紧密。"

1 月 26 日至 31 日，西藏自治区 "两会" 在拉萨召开。正在此间出席西藏政协十届四次会议的政协委员、自治区社科院当代研究所研究员边巴拉姆说，得益于对外开放力度不断加大，原本古老而神秘的世界屋脊正以加快开放的步伐 "拥抱" 外部世界。

西藏自治区社科院原副院长巴桑罗布认为，肯德基进藏是文化交流、交融的好事，不仅将给雪域高原带来新的味觉体验，更重要的是，还可以促进不同地域文化间的交流。

巴桑罗布说，拉萨很多年轻人对肯德基热情很高，反映出当下不少西藏人民渴望与外界建立联系、希望享受一流的现代化生活与服务的心理状态。

作为中国面向南亚的战略枢纽和开放门户，西藏日喀则市西南部的吉隆县吉隆口岸，自古就是与尼泊尔交往通商的要道。列席西藏十届人大四次会议的吉隆县县长胡红说，当前西藏与南亚的经贸合作存在进一步扩大提升的空间，与南亚的文化交流也可以继续深化。

"具体到与尼泊尔经贸往来、文化交流等方面，吉隆口岸都大有可为。

此次自治区'两会'明确提出'积极推进环喜马拉雅经济合作带、吉隆跨境经济合作区建设'，我们会努力做好开放这篇文章。"胡红说。

地处中印边境的乃堆拉山口，在 2015 年 6 月 22 日迎来第一批印度官方香客进藏朝圣，标志着中印关系开启"朝圣外交"模式。边巴拉姆认为，西藏致力于打造"面向南亚开放的国际大通道"，乃堆拉山口朝圣路线的开通，不仅增进了中印两国文化交流和民间交往，也加快了西藏牵手外部世界、外部世界更好地认知西藏的步伐。

西藏自治区主席洛桑江村 27 日在政府报告中说，过去五年，西藏加大开放力度，构建起"合作共赢"新格局，招商引资到位资金 1037 亿元；还启动了通关一体化改革，边境贸易稳步增长，进出口总值比"十一五"末增长 3.6 倍；西藏航空更是与尼泊尔合作组建"喜马拉雅航空公司"，吉隆口岸实现中尼双边开放；成功在拉萨举办两届中国西藏旅游文化国际博览会……

记者在西藏自治区两会分组讨论时了解到，未来五年，西藏将大力实施更加积极主动的开放战略，全力营造亲商、安商的人文环境，放宽准入领域，提升政府服务水平，欢迎和支持各类市场主体在藏投资兴业，预计将有更多的国内外知名品牌走进西藏。

"十三五"期间，西藏将进一步密切与外界的联系。洛桑江村说，一方面，全力推动建设川藏铁路，规划建设口岸铁路，加快推进拉萨新机场和普兰机场前期工作，民航旅客吞吐量有望突破 700 万人次；另一方面，紧紧围绕"一带一路"建设，以构建"包容开放合作"的政策体系为突破口，以对内开放为重点，大力发展开放型经济，加快建设面向南亚开放的重要通道。

播撒春天的希望

——西藏春耕生产见闻

新华社记者　陈天湖　王军　许万虎

三月的西藏，和煦的春风吹皱了雅鲁藏布江的清波，雪域高原迎来了贯彻落实第六次西藏工作座谈会精神和"十三五"规划的第一个春天。

一年之计在于春。行走在雪域大地，随处可见农牧民开耕、播种的忙碌景象，拖拉机的"突突"声，耕畜的嘶鸣声，女人们的嬉笑声，男人们的吆喝声……勾画出一幅"人勤春来早，雪域春播忙"的美丽画卷。

藏源山南：盛装划下"第一犁"

雅砻河谷，清风染绿了柳梢，一派生气。山南地区乃东县门中岗村的村民们在"西藏第一块农田"上，划下春耕"第一犁"。

16日清晨，飘飘洒洒的一场春雪给今年的春耕平添了诗意。村民们身着华丽氆氇藏装，扛着锄头、扒犁，在笑语欢颜中涌向沉睡了一冬的农田深处；田间桑烟滚滚，人声鼎沸，漆彩的藏式木柜上摆着"切玛"和果盘。

10时许，雍布拉康僧人在田埂旁念诵起祈祷丰收的经文。14名头戴金色毡帽、年轻力壮的村民登上鲜花装点的拖拉机，"突突突……"，按序打弯前进，其后紧随一队妇女，熟练地躬身、撒种。

随后，村民男女分列两阵，吆喝着祈求丰收的祝祷词，踏着唱和的节奏，用扒犁平整土地、播撒种子。

雅砻河流域是西藏粮食主产区之一，也是西藏农耕文明的滥觞。在仪式现场，记者见到了"西藏第一块农田"的主人格桑旺杰。他说："前几年，这块青稞田与一家青稞酒企业结缘，企业采取'公司＋农户＋基地'的模式利用土地，帮助村里145户村民获得了户均年收入过万元的稳定收益。"

11时许，春耕仪式渐入高潮，村民们环绕农田，口中呼喊着"拉嗦罗"的敬神祈福语，继而向空中抛撒糌粑，祈求五谷丰登。瞬时间，洁白的糌粑混着袅袅升腾的桑烟，散入田野嘹亮的歌声里，飘向远处皑皑的雪山……

拉萨河谷：铁牛"上岗"闹春耕

"嗒嗒，嗒嗒……"一台台挂着五星红旗和洁白哈达的拖拉机，一字排开，浩浩荡荡驶向农田中央。16日9时30分，拉萨市曲水县才纳乡白堆村的村民迎着初升的太阳，开始了忙碌的春耕。

队列打头的拖拉机驾驶座上的巴桑笑容满面。拥有26亩土地的巴桑家里只有4口人，平日种地全靠他和妻子。"我家有一台拖拉机，去年新换的。"巴桑说，"一台拖拉机价格一万八，有了政府补贴，实际只花

西藏各地举行春耕仪式。（新华社记者　普布扎西摄）

355

西藏山南农民在田间劳作。（新华社记者 张晓华摄）

一万二，这个支出一年就能赚回来。"

"过去靠牲畜耕地，半个月都弄不完。现在不一样了，有了'铁牛'，一上午就收工了。"巴桑说。

5年前，白堆村还延续着"二牛抬杠"的传统生产方式。在国家农机补贴政策的引导下，白堆村党支部第一书记德吉央宗和村两委班子成员共同跑项目、争取资金，成立了村级农机合作社，使白堆村成为拉萨市首个农业机械化村，不仅村里土地的耕、播、收全部实现机械化，还可跨村作业赚钱。

粮仓日喀则："科技支撑"显身手

眼下，尽管高山白雪皑皑，河水冰凌漂浮，但在和煦阳光的照耀下，春风也吹醒了后藏大地的土壤，缱绻了一冬的村民们也舒展拳脚，纷纷走向田园。

方方正正的农田，直通田间地头的机耕道、弯曲的水泥灌渠、笔直的杨树排成行……走在西藏日喀则市江孜县高标准农田间，记者无不感受到一派现代农业的新气象。

"以前，这一带农田庄稼收成主要'靠天吃饭'，累死累活一亩地收300公斤算是很好了，现在，农田经过改造，又种上了青稞新品种'藏青2000'，亩产提高到了700斤。"江孜县江热乡加冲堆村村民琼卓说。

日喀则被誉为西藏粮仓，耕地面积占全区三分之一，粮食产量占全区40%。过去，当地老百姓主要种青稞、油菜。虽说青稞是藏族百姓的主食之一，但价格不高，常常一年的收成仅能维持生计，增收门路不多。

为提高青稞的产量，西藏加大农牧业科技创新力度，培育出青稞新品种"藏青2000"。这一新品种平均每亩增产25公斤，近5年累计推广面积达133.5万亩，带动农牧民增收1.5亿元。

记者在采访中发现，日喀则农民除了种植新品种，也开始注重利用科学种田和精耕细作来提高粮食产量。他们普遍按照施足底肥，深耕细作，采用"种子药物包衣"新技术，减少病虫害。

地处中印边境线上的亚东县下亚东乡三岗新村村民次央家有10亩耕地，在县农科人员的培训下，她掌握了测土配方施肥技术，去年通过运用这项技术每亩增产近百斤。"土地吃上了'营养餐'，实现了增产增收，科学种田就是好！"次央说。

夕阳西下，忙碌了一天的人们踏上了回家的路。天空又飘起了雪花。瑞雪兆丰年，雪域高原有望再次迎来丰收的年景。

（新华社拉萨2016年3月17日电）

"我们推开了'互联网+'的门"

——藏北高原班戈县电商服务中心一瞥

新华社记者 杨三军 汤阳

这里地处偏远的藏北高原，县城海拔 4747 米。眼下，内地已是春暖花开，这里仍是隆冬时节。

这就是那曲地区班戈县，位于著名的羌塘国家级自然保护区内，但它很少被外人所知。

记者日前到这个纯牧业县采访，本以为这里的牧民还过着自给自足、与世隔绝的日子，然而让人意想不到的是，农村电商平台的搭建，让班戈实现了与外界市场的无缝对接。

"藏北牛肉粒 36 元一包、班戈墨玉手链 380 元一串……"在班戈县电子商务服务中心，中心副主任尼玛平措指着电脑屏幕上的班戈电商页面说，"只需轻点鼠标，或者扫描、关注'班戈电商'微信，世界各地的消费者就可以轻松浏览、挑选和订购班戈特色产品……"

尼玛平措告诉记者，蓝天碧水、广袤的草原、浓郁的藏族风情，这种"原生态"是班戈最大的资源。然而，由于地理位置偏远、交通不便，县里的牧业产品和民族手工艺品，以前很难为外界所了解，更不用说变成商品、增加牧民收入了。

"县里的特色产品销售难、牧民创业渠道少，一直是困扰牧民增收致富的难题。"中石化援藏干部、班戈县常务副县长王飞说，为打破困境，2015 年 7 月，班戈申请、入选了国家电子商务综合示范县，成为西藏自治区首批四个示范县之一。

建中心、筛选产品、与专业运营商签约合作……经过不到半年的紧张运作，今年1月，班戈县电子商务服务中心正式投入使用，电商平台在全区率先上线运营。

记者在服务中心看到，一楼设有特色产品展销中心和电商培训中心，二楼是创客咖啡空间、电商运营中心、电商孵化中心等，店长及负责策划、运营等事务的人员配备齐整。这里同时也是"班戈县创业创新孵化基地"。

"我们只能算是刚刚推开了'互联网＋'的门。目前，在线销售的特色商品只有几种，累计销售额仅两万多元。"尼玛平措坦言，"不过，我们对未来充满信心。"

"下一步我们将在产品研发上下工夫，开发出更多符合产品溯源体系和质量控制体系的特色产品，经过网络平台走下高原，与消费者们见面。"王飞信心满满地说。

"未来，我们还将发挥服务中心的辐射带动作用，在全县各乡镇建电商工作站，同时那曲地区其他10个县都可以依托班戈的电商平台销售特产。"王飞说。

（新华社拉萨2016年3月23日电）

墨脱："莲花秘境"的涅槃

——我国最后一个通公路县脱贫攻坚侧记

新华社记者　陈天湖　林威

曾几何时，落后的交通、通讯现状和雪崩泥石流等频繁发生的地质灾害，就像横亘在墨脱人面前的一座座无法逾越的雪山，阻挡着当地群众走向山外寻找脱贫致富之路。然而，墨脱县一届又一届政府千方百计寻求扶贫攻坚良策，一批又一批援藏干部接力执着坚守，实施扶贫攻坚战略，终于打开了山门，迎来了"莲花秘境"的涅槃。

墨脱人正告别"行路难"

墨脱位于西藏东南部，有着"莲花秘境"之称，平均海拔仅有1200米。因地处喜马拉雅断裂带和墨脱断裂带上，地质活动频繁，是地震、雪崩、塌方、泥石流多发地带。加上气候潮湿多雨，墨脱成为全国最后一个通公路的县。人们常用"进藏难，进墨脱更难"来形容进出墨脱的艰辛。

2013年10月31日，墨脱公路正式通车。"全国唯一不通公路县"成为历史，墨脱人走出大山不再是难事。

"80后"的白玛曲珍是一名门巴族的全国人大代表。今年2月初，到林芝市开会的白玛曲珍在返途中遭遇大雪，但最终还是顺利地回到了墨脱。她在微信朋友圈发了一段大雪的小视频，配文写道：不管怎么样，照样可以进县城。

"路通了，墨脱人千百年来的心愿实现了。"白玛曲珍感慨地说，路给墨脱带来的变化看得见、摸得着。为此，她在2014年把墨脱"乡乡通公路"的心愿带到了北京。

不管何时，白玛曲珍总是笑得那么开心，"开心是因为有收获，因为墨脱人的生活越来越好。"

如今，墨脱县公路里程已达到270.13公里。乡（镇）、行政村公路通达率分别达到75%和46%，比2010年提高了50%和7%。在全县未通公路的两个乡25个村中，有23个村的公路已开工建设，白玛曲珍的心愿在不久的将来就会实现。

墨脱的石头会"唱歌"

同样开心的还有在墨脱县城水仙花路开石锅店的姐弟俩。他们把开心写进了招牌——帮辛乡开心石锅专卖店。

墨脱县帮辛乡是著名的墨脱石锅原产地，当地人将出自南迦巴瓦峰悬崖上的"皂石"，用原始刀具雕凿成锅，销往全国各地。

"因为我很喜欢笑，所以取名开心。"弟弟尼玛多杰笑着说。这位去年高中毕业的门巴族小伙子选择了创业。姐姐曲珍告诉记者，现在石锅可以用机器生产了，机器生产的还便宜些。

尼玛多杰介绍说，这个店去年5月份刚刚开业，好的时候一天能卖出六七个石锅，总体上生意不错。姐弟俩还拓展了经营范围，售卖墨脱的特产乌木筷和竹编，1年来营业额达20多万元。

墨脱石锅已成为雪山深处的一张靓丽名片，组成了高亢动人的旋律，唱响了墨脱人的新生活。

令石锅姐弟更开心的是政府扶持力度。"我们是不需要交税的。"尼玛多杰说。

当地近年兴起门珞特色文化产业，以保护和发展少数民族优秀传统文化。据统计，2015年该县超额完成了200万元的文化产业专项资金投入，加快了门珞特色文化的挖掘、传承和弘扬。仅帮辛石锅合作社、德兴竹编就生产成品 1.34 万件，销售 1.13 万件，销售额达 3120 余万元。

"莲花秘境" 不再遥远

墨脱素以原生态和高原热带气候闻名海内外，被称为"徒步者的天堂"。这里的门巴族、珞巴族都属于人口较少民族，文化神秘且独具风情。

雅鲁藏布江在墨脱县德兴乡果果塘拐了一个 180 度的大弯，当地人叫蛇形弯，是墨脱县创建 4 A 级景区的核心景点。

日益增多的游客带火了当地农家乐的生意。走入次仁玉珍的农家乐，仿佛到了世外桃源：错落有致的民房，极具门巴特色的设计，石锅炖土鸡正在咕咕地冒热气，菜单上列的是本地石锅系列和当地野菜。

次仁玉珍告诉记者，农家乐是 2013 年 6 月开业的，由于游客日益增多，年营业收入可达 13 万元。

据介绍，福建第 6 批援藏队 2010 年对德兴村进行民房改造，保护和发展了少数民族特色村镇，使得村内居民用房脱离了破烂不堪、残垣断壁的时代。同时，还建成了香蕉、蜜柚、枇杷为主的亚热带经济林种植模式，并发展为农家乐、竹编加工等与旅游业密切结合的生态经济模式。

墨脱县在公路通车两年多来，旅游业实现快速发展，去年接待游客 7.08 万人次。在原有景区外，墨脱旅游部门已打造自驾游线路。这条旅游线路长约 164 公里，沿途可观赏嘎隆拉瀑布、燕子荡奇观、墨脱瀑布群、门巴吊脚楼等景观和有 "植物活化石" 之称的桫椤等上千种植物。

随着道路畅通、通讯设施改善以及旅游服务业的快速发展，昔日的"莲花秘境"不再遥远，墨脱人民的生活更是如莲花般越加灿烂。

（新华社拉萨 2016 年 3 月 24 日电）

西藏筑起国家生态安全屏障

新华社记者　陈天湖　王军　许万虎

　　雪域高原的三月，万物复苏。近年来，中央和西藏自治区集中力量保护高原生态，碧水蓝天下，国家生态安全屏障正在崛起。

林进沙退：碧水青山扮靓高原

　　当春风吹绿柳梢，雅鲁藏布江畔生机盎然。位于江北的西藏日喀则市南木林县艾玛岗生态综合示范区里一片繁忙，近百名藏族群众正忙着挖坑、整地、打井、修水池。

雅江北岸两名治沙工人在沙丘上用树枝打方格的方式进行固沙。
（新华社记者　普布扎西摄）

363

"十几年前，这里风沙大得很，每到春秋季节刮起风来，人和牲畜都不敢出来。" 61 岁的次旦挥汗如雨。他说，自从前年开始在这里种树，风沙天少了，从前少见的狐狸、兔子也慢慢多起来。

受自然条件影响，日喀则河谷地带常年饱受风沙侵袭。"现场总指挥"、南木林县林业局局长次仁顿珠告诉记者，两年来，当地农牧民群众已在自家门口造林 1.8 万亩，今年还将完成 8300 亩种树任务。

为筑起国家生态安全屏障，近年来，西藏以"两江四河"（雅鲁藏布江、怒江、拉萨河、年楚河、狮泉河、尼洋河）流域造林绿化工程为重点，实施退耕还林、防沙治沙等林业重点工程，绿色渐渐化为高原主色调。

艾玛岗生态综合示范区建设，只是西藏"两江四河"造林绿化工程的一个缩影。

如今，雅江流域成功告别"举目远望一片沙，大风一起不见家"的历史；其中山南段每年风沙危害防治费用减少了 80%，人工林蓄积量每年每亩以 0.35 立方米的速度增加，贡嘎机场每年灾害天气由 60 多天减少到 20 多天……

第八次全国森林资源清查结果显示，西藏森林面积、森林蓄积、重点公益林面积等指标居全国第一。

守护生态：营造野生动物天堂

三月的羌塘国家级自然保护区平静如常，10 万余只雌性藏羚羊成群结队，悠然踱步。几公里外，野保员和森林公安人员正拿着望远镜，观察藏羚羊周围的风吹草动。

"藏羚羊胆子小，见到人就会迅速跑开，但我每次骑着摩托车靠近时，它们不但不会惊慌，反而会停下来回头张望。"羌塘保护区玛依保护站年过半百的野保员次旺罗布说，眼下虽未到藏羚羊迁徙的季节，但野保部门已经开始加强管护、巡护，为护航五月的大迁徙做准备。

得益于人类的精心呵护，如今在雪域高原，除了藏羚羊，藏野驴、黄羊、

野牦牛。（新华社记者 觉果摄）

野牦牛等珍稀野生动物随处可见，甚至连雪豹、金丝野牦牛也频频现身。

西藏养育了125种中国重点保护野生动物，占中国总数三成以上。各类野生动物在占全区国土面积三成的自然保护区中得到良好保护。据统计，20年间，藏羚羊由4万只左右增加至现在的近20万只，正式摘掉"受威胁物种"帽子；藏野驴由3万匹增加至现在的8万多匹；滇金丝猴种群数量增长至约1000只……

随着保护野生动植物的观念逐渐深入人心，西藏开始出现人与动物"争地盘儿"的新鲜事。今年2月初，日喀则市亚东县夏日村村民便遭受十只长尾叶猴"骚扰"。"从前几年开始，山上的长尾叶猴知道人们不会伤害它们，每年冬春季节就成群结队跑到村里偷吃东西。今年我家大棚里的土豆、萝卜都遭了殃，还好有政府补偿！"宗吉哭笑不得。

绿色发展：永葆雪域纯净

每年冬春时节，位于世界屋脊的西藏蓝天碧水依旧。社交媒体上，高原摄人心魂的湛蓝和纯净，令无数人拍手点赞。

"西藏不仅是离天最近的地方，也是离污染最远的地方。"近日来拉萨旅游的北京游客王妍不禁感慨。

既赢得环境，又不输发展。中央高度重视西藏生态环境保护与建设，并将西藏环境保护提升到国家战略。为此，国家专门投入155亿元用于生态安全屏障建设与保护，确保高原天蓝水清。

近年来，西藏自治区主席洛桑江村多次重申："要把环境建设作为发展中的底线、生命线和高压线，保护好雪域高原的一草一木、山山水水，保护好'世界上最后一方净土'，构建起国家生态安全屏障。"

据了解，目前西藏禁止开发和限制开发区域面积超过80万平方公里，约占全区国土面积的70%，约占全国国家禁止开发和限制开发区域面积的五分之一。

西藏自治区环保厅副厅长庄红翔说，为捍卫高原碧水蓝天，西藏严格禁止钢铁、冶炼、化工和造纸等高污染产业入驻，提出"决不能引进高耗能、高污染、高排放的项目"，对可能造成环境污染的企业关停或督促转产。

高山、雪域、阳光、藏文化……西藏自然人文资源富集，在发展旅游业时，以保护为主，坚持先规划、先环评、后开发，生态旅游、高端旅游、特色旅游蓬勃发展。在"西藏江南"林芝，鲁朗等堪比瑞士风光的小镇拔地而起，成为吸引中外游客的绝佳目的地，为农牧民增收、美丽西藏建设增添了后劲。

羊卓雍错是西藏的圣湖之一，风景如画，每年都吸引着众多游客到访。2012年，曾有开发商想在湖上开通游艇观光项目，获悉此事，山南地委、行署立即调查核实，停止了相关项目开发，同时下了死命令：今后不允许任何单位和个人在羊卓雍错湖面进行任何旅游开发和商业经营活动。

一系列环保举措的有效落实，确保了西藏生态环境仍保持原生状态。最新发布的中科院监测研究报告显示，青藏高原各类生态系统结构整体稳定，生态质量稳定向好，水、气、声、土壤、辐射及生态环境质量均保持良好。

（新华社拉萨 2016 年 3 月 27 日电）

林芝藏家奔小康　迎来援藏"总参谋"

新华社记者　罗布次仁　白明山

55岁的曲加没想过村民们随意砍烧的漫山的古桃树，能成为村里32户人家奔小康的"金字招牌"。记者近日来到桃花掩映的西藏林芝市巴宜区八一镇嘎拉村，这里游人如织。

人面桃花相映红。如今村里建有民族特色的旅游设施，每天有数万元的门票收入，村委会主任其加喜出望外。他说："这多亏有了援藏的孙书记，这个巴宜区乡亲最熟悉的小康参谋。"

孙世宏是广东第七批援藏干部、林芝市巴宜区委副书记、常务副区长，援藏建设的13处小康示范村是他分管工作中一项重要内容。3年来，孙世宏不断走村入户、调查研究，精心规划产业发展方案，为民解难题，献计策，是十里八乡公认的小康"总参谋"。

3年来，孙世宏走遍巴宜134个自然村，他常年不分节假、不分早晚，光鞋子就废了11双，人们经常调侃说他是"疯子"。孙世宏说："精准扶贫，时间紧、任务重，我就得像疯子一样跑，才能找到'靶心'呢！"

在一次次寻找"靶心"的日子里，孙世宏以财经专业人士独到的视野，了解每个村农民的收入构成、资源禀赋、挖掘潜能。孙世宏发现，这里农牧民人均耕地不足2亩，单产不到250公斤，缺乏规模养殖的草场，农牧业仍处于原始粗放状态，群众采集的野生菌、药材等林下产品种类多，但缺乏产业化开发。

孙世宏说，这里的乡村经济"小而全"，却样样难以做大。林芝市平均海拔3100米，风光旖旎，景色秀丽，是西藏海拔最低、气候最好、生态系统最完整的地级市。林芝机场的扩建、拉萨至林芝高等级公路建设，为当地旅游业发展提供了重要交通条件，旅游业发展面临新的机遇。

巴宜区 67 个行政村大多在经过整治的国道 318 沿线，如何统筹好人文资源和自然资源，做强区域特色产品，是林芝小康建设的"短板"。为此，孙世宏制定了统筹各种资金、形成合力、整体推进、整村脱贫的思路。

发展旅游交通先行。孙世宏统筹各方资金，改善当地旅游交通基础设施，修建了康扎村到吉日村、卡斯木村，珠曲登村到喇嘛岭寺的公路，将乡村游由点串成线。

嘎拉村桃花旅游起始于 10 年前，但"桃花园"被围在乱石砌成的墙内。雨季里，肆虐的泥石流呼啸而下，时常将桃花树冲得七零八落。

为此，孙世宏统筹援藏资金 260 万元、筹集东莞援藏资金 400 万元、争取西藏自治区和林芝市各种资金 300 万元，利用八一镇城市建设中废弃砖瓦，规整景区墙体，兴建游客接待中心，修整景区道路，组建旅游合作社。其加说："那些日子，孙书记每天早早到村里，有的村民还没起床呢。"

深度体验藏家风情。（新华社记者 刘东君摄）

项目建成后，嘎拉村当年集体旅游收入就达到 50 万元，年底每户村民还拿到 1 万多元的分红。今年，旅游旺季未到，村集体收入已经突破百万元大关。

目前嘎拉村有 32 户人家、共 155 人，其中做生意的有 14 户，19 户人家开了家庭旅馆，在景区工作的有 30 余人，群众增收的路子越来越宽了。

42 岁的村民索朗养着 40 多头牛，除了忙挤奶、打酥油的事，还帮着爱人央金打点家庭旅馆，接待来旅游住宿的游客。央金还在桃花园景区开了一个藏餐摊点，全家旅游收入 1 年达到 17 万多元。

其加说："现在村里家家有事做，就连学生寒暑假回来，都在村里打工。村里老小每天面对从全国各地来的游客，人们穿着讲究了，出头露面年轻妇女还化淡妆呢。"

站在嘎拉村观景台俯瞰，溪水潺潺、粉黛遍野。为了让嘎拉村从桃花游变成"四季游"，孙世宏建议，将景区坡地种植油菜花，景区道路边种植鹰嘴桃，建成融观赏、采摘、体验为一体的林园，他还协商开设了从八一镇到嘎拉村的早晚公交车。

不光是嘎拉村，孙世宏还活跃在其他 12 个小康示范村之间，全力加快全区小康整村推进步伐。

在八一镇巴吉村"世界柏树王园林"，有柏树近千棵，其中珍稀古龄巨柏 50 棵。孙世宏利用援藏资金，帮助村民规划景区、修建栈道和亭台楼阁。去年 6 月，请来西藏大学农牧学院用生长锥法测出树王准确树龄 3233 年，推翻了以前 2600 年的估算。

鲁朗镇东巴才村位于南迦巴瓦峰脚下，从 318 国道远望，雪山、原始森林、高山草场尽收眼底。孙世宏和援藏干部安排"中国最美小镇"东莞市清溪镇与东巴才村结对，请来专家设计规划，打造东巴才田园风光。

东巴才村民一度以"砍树卖木"为主要经济来源，群众增收遭遇困境，如今这个村已经成为鲁朗国际小镇核心景点。村委会副主任晋美告诉记者，全村 34 户家家开起了家庭旅馆，10 多户经营餐饮土特产。

与其他小康示范村相比，布久乡珠曲登村基础更薄弱，也是孙世宏去的最多的村庄。

珠曲登村位于喇嘛岭景区边上，雪山、原始森林、草原、古桃树和核桃树垂直分布，景色迷人。村里独特的"小气候"为果树种植提供了难得的自然条件，孙世宏鼓励村民流转土地 1000 亩、入股 200 亩与企业合作建立苹果种植基地。

林芝地区有"耕地圈种、牲畜散养"的传统。村头寨尾 63 处简易猪圈，成为建立苹果种植基地和发展旅游的障碍。孙世宏在村民大会上，把经济账算到每个村民的心头，号召集中建猪圈，集中处理猪粪便。想通了的村民，一夜之间将散落的猪圈自发拆除了。

今年春节，孙世宏回老家过年，返藏当日下午，他来到珠曲登村时痛心地发现，村里平整土地时竟砍掉了六七十株古桃树。

村委会主任梅朵说："我们砍了古桃树，孙书记请来林业局的同志给村民讲森林法，动之以情、晓之以理。树倒下了，但是我们发展生态旅游的观念立起来了！"世居林海深处的人们，在孙世宏的引领下，改变着山村贫困落后的面貌，也改变着自己。

孙世宏在扶贫的战场上，勇担当争作为，聚添智慧，精准发力。经历 3 年的援藏，巴宜区 13 个小康示范村群众生活极大改善，生产能力大幅提升，珠曲登村还被农业部评为 2015 年"全国最美休闲乡村"。而孙世宏最直接的变化是，满头的黑发白了过半。

（新华社拉萨 2016 年 4 月 20 日电）

西藏墨竹工卡县：三大民生工程
提升群众幸福品质

（电视脚本）

新华社记者　坚赞　洛登

【解说】墨竹工卡县是西藏拉萨市的东大门，如今全县农牧民群众受惠于县委县政府实施的三大民生工程，过上了"学有所教、病有所医、老有所养"的幸福生活。

次旦罗布老人是墨竹工卡县的农民，几十年都以种地为生。可从去年开始，除了种地，他每个月还领到一份额外的收入。2015年5月，墨竹工

西藏山南隆子县隆子镇忙措村举行"望果节。（新华社记者　普布扎西摄）

卡县实施"幸福养老"民生工程，全县所有 60 周岁以上的农牧民群众，每月都能领到 300 至 1000 元不等的养老金。

【同期】西藏墨竹工卡县农民　次旦罗布（藏语）

县里对我们老年人特别地关照，就算是没有劳动能力的，也可以在养老院享受集中供养，每个人都有幸福养老金领取。

【解说】别看次旦罗布现在过得悠闲，就在几年前，他家里的负担还很重。2008 年，二儿子旦巴得了癌症，一次化疗费用就要 5000 元，家里的压力陡然增大。

那几年，次旦罗布家里的负担还不仅是医疗费，2012 年，小儿子土登考上了大学，每年的学费生活费要 15000，而家里一年的收入才只有 23000 元。2015 年，墨竹工卡县实施新医保政策，所有墨竹籍农牧民群众在享受医疗保险和民政救助后，剩余的医疗费用由县级财政 100% 报销，真正实现了"看病不花一分钱"。

【同期】西藏墨竹工卡县农民　次旦罗布（藏语）

现在不管你医药费用花了多少，治好了是好事，如果治不好，你花出去的钱也能给你 100% 报销，我觉得这个太好了。

【解说】与医保政策同时推进的还有教育惠民政策。为了鼓励全县农牧民子女接受高等教育，县里从 2015 年起对所有墨竹籍农牧民子女高等教育阶段的学费、住宿费、路费实现 100% 报销，并且每人每月发放生活补贴 200 元。小儿子的学费也有了着落，次旦罗布肩上的担子一下子轻了太多太多。

【同期】西藏墨竹工卡县教育局局长　尼玛次仁

过去大学这块是自费，所以我们去年开始大学生的这个资助政策以后，从小学到大学一分钱不用出。

【解说】三大民生工程普惠了墨竹工卡全县农牧民群众，县委县政府加强民生资金倾斜力度，加快转变工作作风是重要推动力。

【同期】西藏墨竹工卡县县长　旦增尼玛

首先第一个就是政府过紧日子，群众过好日子，这上面的话，主要就是节约。节约这边的话，我们每年三公经费这边的话节约 20% 到 30% 之间，每年节约，这是一个。第二个就是平时项目也行，其它的采购上面，加大政府采购时候的监管力度，能节约的尽量节约。余下来的资金全部用到民生上。

【**解说**】记者在墨竹工卡县了解到，去年全县投入民生工程的资金达到 2.9 亿多元，惠及 4.8 万农牧民。在教育、医疗和养老三项民生工程的保障下，墨竹工卡农牧民群众的生活发生了很大的变化，因学致贫、因病致贫的现象不复存在。

【**同期**】墨竹工卡县常务副县长　援藏干部　张屹

在中央或者是区市给我们墨竹老百姓的优惠政策基础上，我们又重点地把我们千分之一的项目，千分之一的援藏资金全部用于民生。同时把我们千分之一以外争取到的资金，90% 以上也全部用于民生，最终实现我们立足于三个方面：教育、卫生、养老三个方面，进一步提升我们墨竹老百姓的整体的水平，使我们墨竹老百姓的幸福感更加增强。

（新华社拉萨 2016 年 5 月 14 日电　）

全方位惠民政策带来雪域高原
农牧民幸福新生活

新华社记者　刘洪明

西藏自治区自 1951 年和平解放以来，党中央、国务院共召开六次西藏工作座谈会，在政策上给予农牧区大幅倾斜，各项财政优惠补助政策从无到有，目前增至 74 项，覆盖农牧业生产、扶贫开发、教育科技、卫生医疗、社会保障等多领域。当地农牧民逐渐踏上了学有所教、病有所医、老有所养、安居乐业的幸福之道。

学有所教志成才

山南市浪卡子县工布学乡的土登嘉措从小失去父母，一直跟姐姐相依为命，现就读于北京大学法学院的他今年即将毕业。自从他考上北大后，周边乡镇的孩子们也都增强了求学的信念。

"我从小学到初中毕业全都免费，家里不用掏钱，3 年高中有 2 年拿到了助学金。若没有免费政策和老师帮助我很难上得起学。"23 岁的土登嘉措说，政府给农牧民孩子读书的政策越来越好，希望家乡的学生们努力学习，用知识改变命运。

山南市在响应国家精准扶贫的基础上，今年起对大学生资助政策"提标扩面"。"每年资助区外本科、专科大学生标准分别提高至 1 万元和 8 千元，区内本科、专科大学生分别提高至 8 千元和 6 千元。硕士、博士研究生每年资助分别为 1.5 万元和 2 万元。"山南教体局局长赤列边巴说，希望农牧民越来越重视孩子读书，不因学致贫。

谈起毕业后的打算，土登嘉措说："毕业后先在北京找工作，工作几年有经验后，再回家乡工作，我要靠自己的能力为家乡做点贡献。"

"十二五"期间，西藏财政对教育的总投入逾 600 亿元，于 2012 年率先在全国实现省域内 15 年免费教育。此外，西藏高中和中等职业学校免费补助标准从每生每学期 620 元至 1650 元不等。去年秋季学期起，学前教育和中小学教育"三包"政策提高至每生每学年补助标准 2900 元至 3100 元共 3 类，其中伙食费占 90%。

病有所医消顾虑

阿里地区改则县古姆乡岗如村村民达旺去年开拖拉机时出了车祸，治疗费近 12 万元，一辈子放牧为生的他并无太多积蓄，突来的意外犹如晴天霹雳。

"刚住院时，家人都觉得天塌下来了，我们家借钱也凑不够，村里和乡里干部就帮忙联系卫生局报销，没想到刚出院所有的费用就都报销了，我只出了路费和吃饭的钱。"达旺说，保险公司、县卫生局、民政局一起给报销的。

被称为"世界屋脊的屋脊"的阿里生活条件较差，但这里的医疗保障并不落后，改则县强化医疗水平的同时不断把政策向群众倾斜。"县里制定的一次性治疗费用，在县内治疗、其他地市治疗的分别报销 85% 和 70%，然后民政从医疗救助方面报 15% 和 30%。常见病治疗超过两万元的，保险公司报九成以上。"改则县卫生局局长次旦说。

据了解，拉萨周边县区、山南、阿里等地很多医院从 2014 年开始与自治区多个医院合作开通绿色通道，当地无法治疗的可到拉萨治疗，通过先诊疗后结算模式，逐渐消除了农牧民的顾虑。

2015 年，西藏农牧区医疗制度财政补助标准从以前的每人每年 380 元提高到 420 元，政策范围内报销补偿比例达 80% 以上，乡镇卫生院门诊费用和县医院住院费用全部实现即时结报。西藏去年医疗卫生支出 65.6 亿元，比上年增长 34.3%。

老有所养盼长寿

一个完善的养老体系是民心所向。近年来，西藏在执行国家现行养老政策的基础上，又探索出一套"自选动作"，把财政资金花到了群众心坎上。

林芝市米林县南伊珞巴民族乡琼林村 63 岁的扎旺说："我有空就去挖柴胡等藏药材，一年能卖 2 千多元，现在各种政策一年比一年好，我的养老金今年涨到 200 多元了，所有补贴都算上一年吃喝拉撒足够用。"

记者了解到，米林县所有 60 周岁以上的农牧民，每月都能领到 140 元至 650 元不等的养老金。"上年纪挣不了大钱，幸亏有养老金，大家都说这个政策好。家庭实在困难的还能自愿去县养老院。"扎旺说，日子越过越红火，我们现在都想多活几年。

西藏自 2013 年起投资近 30 亿元，建设五保集中供养服务中心项目 80 个、孤儿福利院 10 个并配备相应设施，去年底在全国率先实现有意愿五保对象 11633 人和孤儿 5652 人全部集中供养。

此外，西藏自去年开始提高了农牧区"三老"人员（老党员、老干部、老劳模）生活补贴标准，各类人员每人每月补贴 400 元至 600 元不等。

安居乐业奔小康

位于西藏北部的那曲地区，平均海拔 4500 米以上，自然条件恶劣，近年来，农牧民安居工程给农牧民带来舒适的住所。西藏自 2006 年至 2013 年累计投资 277.97 亿元于安居工程项目，为 46.03 万户建设了新房。

西藏农村最常见的体育活动"骑马射箭"。（新华社记者 普布扎西摄）

"以前住的土房子又黑也不宽敞，下雨还漏水，政府给钱我们盖起了二层新房，用水用电也比以前方便。"那曲县罗玛镇村民德嘎说，住上新房后，她还找到了份稳定的工作。

46岁的德嘎在罗玛镇唐藏杰措农牧民经济合作组织从事酸奶制作已有5年。她说："我在这打工每个月有1800元钱，还有干重活的一月3000元，比我在家闲着好。"

作为那曲地区首家农牧民集体经济，唐藏杰措自2005年成立以来不断发展壮大，夏秋季节从周边村户收购牛奶，加工成酸奶、酥油等，销往拉萨、那曲城区，还在青藏公路边、青藏铁路上销售酸奶。

"这个厂子是靠政府扶持才发展到今天，现在带动全镇100多户村民共同致富。销售收入由2010年的100万元增至去年的300多万元，去年纯利润30多万元。"理事长次仁拉姆说，6年前作为农牧民代表携自创的"羌牛"牌酸奶登上了上海世博会的参展台。

西藏独特的环境孕育了特色资源，农牧区集体经济异军突起，共同致富效应逐渐凸显。截至去年底，西藏农牧民专合组织达 4624 个，产业化经营率达 40%，农村居民人均可支配收入达 8244 元。

得益于中央和西藏自治区全方位、多领域、一系列的惠民政策，世界屋脊上的农牧民正迎来红红火火的好日子。

（新华社拉萨 2016 年 5 月 24 日电）

为了"第二故乡"风沙不再

——山东援建"雅江北岸南木林生态示范区"见闻

新华社记者　杨三军　汤阳

在雅鲁藏布江北岸，经过连续多年大规模植树造林，昔日有名的风沙源头、平均海拔 4000 多米的西藏日喀则市南木林县，开始披上绿装，"雅江北岸生态示范区"建设成果初步显现。

"这是去年栽种的新疆杨，都已经抽枝发芽了。"顺着南木林县林业局局长次仁顿珠手指的方向记者看到，紧邻着雅江北岸的荒滩上，拳头粗细、一人多高的树苗已经枝头泛绿、生机盎然；不远处，人头攒动、机器轰鸣，植树的工人又在抢抓时节，种下新苗。

家住日喀则的索朗罗布回忆当年风沙肆虐的日子，仍记忆犹新。"上世纪八九十年代，风沙最严重的时候，能把不远处的 318 国道都埋起来。"他说，"连续多年植树造林，让现在的环境比过去改善了很多。"

记者了解到，日喀则市 10 多年前开始尝试发动群众植树造林、改善生态；山东省第七批援藏干部进藏后，进一步结合受援地特点，提出转变造林观念、绿化"第二故乡"的工作思路，当地生态建设开始驶入"快车道"。

2014 年，为了涵养水源、防风固沙，西藏自治区在集中了全藏 80% 以上的人口的"两江四河"（即雅鲁藏布江、怒江及拉萨河、年楚河、雅砻河、狮泉河）流域，开展造林绿化工程。作为工程启动点，由山东潍坊对口援建的南木林县，建立了"雅江北岸生态示范区"，开展大规模集中造林试点。

"3 年来，山东省累计投入援藏资金 1 亿多元，配合国家资金，在雅江北岸生态示范区完成植树2.5万亩、170万株，林木成活率达95％以上。"山东省第七批援藏干部领队、日喀则市委副书记、常务副市长赵志远说。

为了提高树苗的环境适应性，南木林县特别选取了耐旱、抗冻的柳树、杨树、榆树等树种，并在栽种之前对苗木有无病害进行逐一筛查。同时，还在西片区引入当地湘河水，东片区打井蓄水，解决了荒滩造林的灌溉问题。

"种树讲究三分种七分管，我们每年专门从援藏资金中拿出40万元，用于聘请护林员，这既提高了树木的成活率，也增加了当地农民的现金收入。"山东潍坊援藏干部、南木林县委副书记贾勤清告诉记者，仅在南木林县柳果村，这样的护林员有30位。

柳果村村民强巴欧珠是护林员之一。他笑着对记者说："做护林员每月有3000元左右的'工资'，此外，每种一棵树还可以挣1.5元，种树和护林的收入加在一起，我家就脱贫了。"

此外，山东潍坊援藏干部还在南木林县恰热村，投入援藏资金900万元，将原来的南木林县苗木基地从340亩扩建到900余亩。此举不仅可以满足本县植树需求、降低植树成本，还可向外销售树苗，持续增加当地百姓收入。

"再过5到8年，等雅江荒滩上新栽的树木成长起来，南木林的生态面貌将得到更大改观。"次仁顿珠说。

（新华社拉萨2016年6月6日电）

山不再高　路不再长

——"火车头"带动青藏高原经济社会稳步快跑

新华社记者　杨三军　王军　骆晓飞

"那是一条神奇的天路哎，把人间的温暖送到边疆，从此山不再高，路不再漫长，各族儿女欢聚一堂……"

2006 年 7 月 1 日，作为我国西部大开发标志性工程之一的青藏铁路全线通车运营。10 年来，这条世界上海拔最高、线路最长的高原铁路，把青海、西藏两省区与内地紧紧相连，并为其经济社会发展插上了腾飞的翅膀。

破解交通瓶颈：拉动经济跨越式"奔跑"

西藏曾是我国唯一不通铁路的省级行政区。青藏铁路全线通车，终于使西藏形成了铁路、公路和航空共同发展的立体式运输格局。

"10 年前，消费者想在内地市场上找到一件西藏生产的商品都比较困难。"西藏自治区质监局局长刘家杰说，如今，甘露藏药、5100 矿泉水、优·敏芭藏香等这些"西藏品牌"的商品，在国内很多城市的货架上都能找到，有些产品已经远销海外。

青海柴达木循环经济试验区管委会产业发展部副科长邹雄介绍，以"十二五"为例，5 年间柴达木循环经济试验区累计完成投资 1629.71 亿元，入驻企业达到 487 户，以盐湖化工、金属冶金、特色生物产业和新能源等为主体的循环经济产业链和主导产业集群框架初步形成。

"青藏铁路沿线目前已经建成西宁甘河工业园区、柴达木区域煤炭运输等经营基地和装车点 18 个，工业盐、钾肥、煤炭、铁矿粉及地方特色产品的整列装车、整列发车，以及路企直通和快捷货运班列的优势日益突显。"青藏铁路公司计划统计部主任杨海江说。

西藏自治区工商联副主席廖贻东说："青藏铁路开通后成为西部大开发中的大动脉，掀起了内地客商来西部地区投资的新热潮，使西藏的潜在资源优势迅速突显，大大提高了西藏的自我发展能力。"

近年来，中国黄金集团、四川宏达集团、酒泉钢材集团、杭州娃哈哈集团等一批大型企业，将投资目光转向"世界屋脊"西藏。今年 6 月初，蒙牛集团投资近 2 亿元与拉萨共建世界海拔最高的奶牛场和加工厂。

数据显示，2006 年以来，西藏 75% 的货运量由青藏铁路承担，铁路的运输能力是目前西藏全区汽车货运能力的 40 多倍，有力促进了西藏经济社会发展和市场繁荣。

2005 年至 2015 年，西藏 GDP 由 248.8 亿元增长到 1026.39 亿元，年均增速保持在 10% 以上，是青藏铁路通车前的 4 倍；青海省 GDP 由 641.05 亿元增长到 2417.05 亿元，是青藏铁路通车前的近 4 倍。

培育绿色"引擎"：带动富民兴业奔小康

"旅游旺季马上就到了，我们这儿纯手工制作的牦牛酸奶、奶渣等产品又要供不应求了！"今年 41 岁的洛桑赤列在销售店里笑着说。

洛桑赤列是西藏那曲县边琼村"牧家阿古土特产品经济合作社"的负责人。原本在家中放牧的他，瞅准青藏铁路开通后蜂拥而至的游客背后的商机，组织 105 户村民成立了牧业合作社。如今，这个合作社年销售收入已超过 300 万元，去年入股的村民每股分红 1.4 万元。

洛桑赤列和村民们的创业史是青藏铁路开通后高原发生的无数个精彩的脱贫致富故事之一。

青藏铁路延伸线拉日铁路的终点站——西藏日喀则市，近年来依托良好的生态和农牧业资源，全市所有 18 个县区联动，成功创建国家级有机生态示范区，岗巴羊、亚东木耳等 27 个农牧产品通过有机产品认证，仅岗巴羊经济圈就实现增值近 9 亿元。

"出国容易进藏难"一度是青藏高原交通运输环境的真实写照。青藏铁路通车打破了制约青藏高原旅游业发展的交通"瓶颈"，大批国内外游客乘火车进藏旅游观光。

"青藏铁路格尔木至拉萨段当初的设计能力是货车 5 对、客车 2 对，现在货车已经开行到 10 对，还是远远满足不了货运的需求；进藏客运列车现在有 6 对，但一到旅游旺季，仍然是一票难求。"青藏铁路公司格尔木车务段副段长杨书铭说。

青藏铁路给青海、西藏农牧区发展带来了巨大商机和变化，很多铁路沿线的群众都瞄准了青藏铁路运输市场的巨大潜力，纷纷吃上"旅游饭"。

在位于山南市的西藏第一座宫殿"雍布拉康"脚下，62 岁的格桑老人每天都会牵着自己心爱的白马带游客上山参观。"现在来这里的游客越来越多，旅游旺季时每天至少收入 300 元"。

如今在西藏，像格桑老人一样积极参与旅游业的群众达 32 万人，其中农牧民群众近 10 万人，人均年收入过万元。

西藏和青海两省区旅游部门的统计数据显示，2015 年，西藏接待国内外游客达到 2018 万人次，旅游收入 282 亿元；青海接待国内外游客 2315 万人次，实现旅游收入 248 亿元。

激发内生动力：撬动产业升级谋发展

近年来，青藏两省区依托优势资源，借助青藏铁路辐射带动作用，转变发展方式，以产业长足发展加快融入全国经济体系，积极培育自身"造血"功能，高原优势特色矿产、藏医药、旅游、天然饮用水等产业不断发展壮大。

在青藏铁路青海格尔木站不远处，一片现代新型工业园区已初具规模，这里便是西藏与青海两省区合作建设的藏青工业园。根据双方达成的意见，园区将构建以特色矿产加工和盐湖化工两大产业为主导，循环经济产业和物流商贸产业为支撑的"一体两翼"产业体系。

截至 2015 年底，藏青工业园已累计完成固定资产投资 35.7 亿元，入园企业 174 家。世界 500 强的江西铜业、浙江天能集团、中国安华集团等一批上市公司和大型央企都纷纷入驻园区。

2009 年 8 月，作为青藏铁路重要的配套工程，世界海拔最高的现代化物流中心——青藏铁路那曲物流中心投入使用。近年来那曲物流中心通过"西博会""京交会"和"藏博会"招商引资，目前已累计协议引进企业 129 家，注册企业 83 家，注册资金 13.6 亿元。

在青藏铁路途经的念青唐古拉山下的当雄县冲嘎村，一座现代化的矿泉水厂在高原的蓝天白云下分外靓丽。这就是西藏特色支柱产业代表性企业之一的 5100 冰川矿泉水厂。

西藏自治区工信厅副厅长邱川说，"十三五"期间，西藏将立足高原丰富水资源，力争用 3 至 5 年打造出一个年产 500 万吨、总产值 400 亿元以上的天然饮用水产业，建成全国天然饮用水重要供应地。

（新华社拉萨 2016 年 6 月 21 日电）

青藏铁路的一天和十年

——新华社记者乘坐青藏铁路列车见闻

新华社记者　张涛　白明山　汤阳

　　青藏铁路自 2006 年 7 月正式通车以来，已安全运营十年。这是世界海拔最高、线路里程最长的高原铁路，东起青海省会西宁、南至西藏自治区首府拉萨，全长 1956 公里，近 22 个小时车程。近日，新华社记者从拉萨出发，乘坐 Z 918 次列车体验青藏线之旅。

　　早 8 时许，记者来到位于拉萨市柳梧新区的火车站。就在十几年前，这里还是一个拉萨河边的小村——柳梧村。2001 年青藏铁路正式开工，拉萨火车站的建设占用了村里 400 多户村民的耕地。

　　当时发愁今后生计的村民，如今在火车站周边宜工则工、宜商则商，不少人家依托火车站从事客、货运输，早已过上富裕的日子，家家住上了环境整洁、配套完善的藏式别墅小区。柳梧新区也依托火车站的人流，成为集商贸、地产、旅游等为一体的现代化新区。

　　在经过两道严格的安检后，记者进入候车大厅。大厅内人头攒动，南腔北调及偶见不同肤色的候车者，让人感受到了拉萨这个内陆高原城市的国际范。

　　青藏铁路的通车吸引大批游客进入青海和西藏旅游。数据显示，2015 年，西藏接待国内外游客达到 2018 万人次，旅游收入 282 亿元，分别是青藏铁路通车前的 11 倍和 15 倍。

　　8 时 50 分，列车准点出发。当班列车长安蓉安排工作人员让每个乘客填写健康登记卡，"因为是高原旅行，担心乘客出现意外情况，需要每位乘客仔细填写有关个人健康事项，并告知高原乘车的须知。"

从拉萨到格尔木，列车行驶在海拔4000米以上的高原区。车内开始全程弥散式供氧。车厢广播不断用汉、藏、英三种语言告诉旅客可能出现的头痛、呼吸急促等高原反应，并提醒避免剧烈运动。

乘务员也开始在各车厢巡视，不时拍一拍那些长时间躺卧的旅客，以确知他们的身体状况是否良好。

经过三个多小时，列车到达那曲车站。"那曲"藏语意为"黑河"，流经该地的黑河是怒江上游，这里自古就是藏北高原重镇，唐蕃古道就在其境内。

58岁的那曲地区索县人塔吉桑布说，儿子在拉萨开公交车，他每个月都要来拉萨一两趟。以前可没这么方便，塔吉桑布从索县到那曲就需要两天，从那曲到拉萨又要用一天。

60多年前，解放军修筑青藏公路时，那曲镇只有10多顶牧民帐篷和几十个驻军铁皮房，曾被人们称为"铁皮小镇"，如今随着青藏铁路的带动，当地各方面都有了很大发展。

紧邻那曲车站的便是那曲物流中心，这里是世界上海拔最高、具有国内一流水平的现代化综合物流基地。物流中心以青藏铁路为依托，向西可联系新疆；向北可接陕西、甘肃、青海三省；向南形成欧亚陆路通道。

翻越海拔5072米的唐古拉山口时，窗外风雪交加，唯一能够分辨的，只有滑落在车窗，又重新冻结的冰粒。17时50分，列车到达沱沱河，长江的正源。

青藏铁路在带动沿线经济发展的同时，还在生态保护方面进行周密的考虑和安排。铁路沿线特意修建了动物迁徙通道等设施，列车实行全程封闭，避免可能带来的环境污染。

"与十年前青藏铁路刚通车时相比，沿线藏羚羊、野驴、白唇鹿等野生动物的数量明显增加，它们习惯了与列车相处。"列车长安蓉说。

将近24时，夜色中闪烁的灯光告诉我们到达了青藏线上的重要节点城市格尔木。

"格尔木"是蒙古语，意为河流密集的地方。这里是柴达木循环经济试验区的重要组成部分。"青藏铁路全线通车后，提高了青藏高原特色商品和优势产业的竞争力，沿线城市发展和资源富集区的开发加快。"青海柴达木循环经济试验区管委会产业发展部副科长邹雄说。

这是青藏铁路沿线飞速发展的十年。统计数据显示，2005年至2015年，青海省GDP由641.05亿元增长到2417.05亿元；西藏的GDP增长了3倍多。

第二日凌晨6时许，列车即将进入西宁。窗外不见了高原的荒凉，只见细雨中绿树成行、高楼林立。安蓉告诉记者，6年前这里只有3个站台，现在已经有9个了。

这十年，青海旅游业也因青藏铁路而受益。2015年，青海接待国内外游客2315.4万人次，实现旅游收入248.03亿元，分别是通车前的3.6倍和7.3倍。

车上一位工作人员说："我们随车走青藏线，其实每天都在发生变化，有的我们留意了，有的悄然错过了。多年后，熟悉的风景在记忆里模糊，成了个人的回忆，也成了国家的历史。"

（新华社拉萨2016年6月23日电）

青藏铁路：在世界"第三极"
打造"生态天路"

新华社记者 李亚光 王军

6月的青海可可西里地区仍是白雪皑皑。在索南达杰保护站旁的广袤草原上，来自数百公里外的藏羚羊群开始集结，准备向西进发。

每年这个时候，藏羚羊从西藏、新疆等地长途跋涉，前往位于可可西里素有"藏羚羊大产房"之称的卓乃湖产仔。

青藏铁路穿越可可西里全境，是藏羚羊迁徙的必经之地。为方便野生动物迁徙，铁路通过架设高桥的方式在这里设置了33处、总长超过58公里的通道。

日前记者深入可可西里腹地，来到其中一处野生动物通道。当列车从桥上飞驰而过，附近的藏羚羊群并未十分惊慌，其中不少还在桥桩旁悠闲地吃着草。

记者乘坐青藏线列车返程，即将进入一处山洞时火车开始鸣笛，距离铁路不足15米的两只藏野驴仍安然低头舔食着草原上未消融的冰雪。

青藏铁路公司工作人员王韬告诉记者，10年前的情况和现在有所不同，那时的野生动物对铁路和列车还较为警觉，在穿越通道时也显得非常谨慎，需要集结较大群体才敢通过，之后迅速离开，不在附近逗留。

"如今的情形说明，野生动物对青藏铁路的畏惧感在降低，适应度在提高。"长期在青藏高原进行野外实地调研的北京山水自然保护中心工作人员赵翔说。

"2006年通车初期，通过野生动物通道上迁和回迁的藏羚羊数目分别

西藏那曲地区申扎县雄梅镇的藏羚羊。（新华社记者 张晓华摄）

为 2122 只和 2959 只，如今均已超过 5000 只。"青藏铁路公司计划统计部运输计划室主任杨海江说，青藏铁路野生动物通道使用率也从通车之初的 56.6% 逐步上升到如今的 100%。

"可可西里被称为'无人区'，境内野生物种大多生性胆小、机敏，如今能和'天路'和谐共存，超出了不少业内人士的最初预期。"赵翔介绍说，这也从侧面反映出它们长期未受人类活动惊扰，沿线生态也没有因火车运行而遭到破坏。

被称为"高原净土"的青藏高原是长江、黄河、澜沧江等水系的发源地，也是亚洲重要的水源涵养地和气候启动区。王韬告诉记者，通车 10 年来，青藏铁路一直采用中国业界最严格的环保标准运营。

自开通之日就在青藏线上工作的 Z 917 次列车长林志盛说，10 年前就采用当时最先进的技术为青藏铁路率先配备全封闭式车体，实现了车内垃圾对外"零排放"。据中国北车股份有限公司随车工程师王强介绍，采用大容量真空集污技术的青藏线列车车体最多可连续运行 18 小时，车体还安装了专用的固体垃圾压缩机，全程列车只需在 3 个站点集中排污。

记者近日乘坐青藏列车在格尔木站停靠时发现，垃圾车和吸污车早已等候在铁路旁。短短十几分钟的时间里，列车上的所有污水及垃圾就被清运一空，送往附近的专业机构进行处理。

"经过处理的污水最高达到二级排放标准。"青藏铁路沱沱河站污水处理车间工人张桂兰说，除火车上外，各站点产生的污水也要经过严格处理才能排放。

据介绍，整个青藏线目前共设有 15 个污水处理中心，每月定期进行监测。同时，各站区的生活、取暖均采用太阳能等清洁能源，杜绝向大气排放污染物。

"青藏铁路在生态保护方面已和世界接轨，甚至走在了前面。"来自德国的曾任新闻记者的 67 岁乘客奥古斯特目睹了青藏线列车运行中的垃圾处理过程，这样评价道。

王韬说，为打造"生态天路"，在高寒、干旱的世界"第三极"，他们甚至对 41% 的路段成功进行了人工绿化，长度共 805 公里，面积达 775 万平方米，完成了一项"几乎不可能完成的任务"。

西藏那曲地区雁石坪镇小学教师格桑扎西，在课余时间常给孩子和牧民介绍关于"天路"的各种知识。他告诉记者，这条经过他家乡的铁路，让人们对"生态""环保""动物保护"等概念有了更深、更直观的理解。

（新华社拉萨 2016 年 6 月 28 日电）

"天路"自述：我的"科技神器"

新华社记者 张涛 白明山 骆晓飞

到今年 7 月 1 日，我就满 10 岁了！我可是世界上海拔最高、线路最长的高原铁路哦，大家是不是很好奇我为什么能在如此恶劣的自然环境下安全运行 3000 多天？

下面秀一秀我的"科技神器"，不谦虚地说：这可都是在国内铁路史上的首次哦。

神器一："千里眼"

青藏铁路格拉段总共设有 45 个车站，其中 38 个是"无人站"，这样的布局大大节约了人力，让大量的铁路职工免于遭受高寒缺氧的煎熬。然而，关心我的人们肯定会问，在人力减少的情况下，列车运行安全如何保障呢？呵呵，我现在可以自豪地告诉大家，10 年的运行证明，我很安全，因为"千里眼"为我的安全运营时刻提供预警和保障。

"千里眼"是一套完整的视频监测系统。在青藏铁路格拉段 1000 多公里沿线和车站，数以千计的视频监测设备不分昼夜地时刻观察着铁路沿线情况，并按以秒计的频率实时向调度中心传送监测结果，一旦有安全隐患存在，立即便会提供预警。比如，在灾害天气发生或者线路设备出现故障时，通过预警可及时调整列车运行并采取措施，同时，通过视频的辅助作用还可监控列车会让、中间站调车作业等情况。沿线的车站和线路保障设备可"悲催"！哪怕一丁点儿的"懈怠"都会被摄入"法眼"。

神器二："顺风耳"

"一天有四季，十里不同天。"青藏高原的脸说变就变，尤其是大风肆虐，挟卷着沙尘扑过来时，对青藏铁路还是有很大威胁的哦！不过，久经风沙的考验，我们已经找到了对付"风魔"的办法——在格拉段沿线气候条件恶劣，为了避免列车遭遇超过预警标准的大风、沙尘暴天气，科技人员在沿线建立了自动测风点，能将当地的风速、风向等信息及时传输到铁路调度部门的大风监测预警工作站，而后由指挥人员根据所测风速调整列车运行方案以保证列车安全。

"千磨万击还坚劲，任尔东西南北风。"这赞美的就是我吧！五道梁至安多一线每年的大风天气超过了150天，但10年来这一段从来都是畅通的。有了"顺风耳"，风沙再厉害，惹不起还躲不起吗？当然实在躲不起，还有透风式挡沙墙呢！

在南山口、沱沱河和措那湖等六大沙区近60公里的路段，都设有透风式挡沙墙，可以有效化解风沙灾害。

神器三："电热毯"

对了，青藏高原嘛，最大特点就是寒冷，而超低温天气和大雪天气频发对铁路运营的影响也最麻烦，尤其是大雪封冻，会造成铁路道岔转换困难，这对我可是最要命的！大家是不是可以"脑洞"大开想象一下，怎么来应付极寒天气和大雪天气呢？

不卖关子了，让我来告诉大家吧。铁路沿线道岔的设备，都有"电热毯"——道岔融雪装置，不论你多冷的天，多大的雪，也别想在道岔上冻。

青藏铁路玉珠峰至当雄间的车站都安装了道岔融雪装置，这一装置通过数字传感器技术和计算机自动控制技术传递下雪、停雪信息。同时，通过远程控制加热系统，可实现轨道自动融雪，保证降雪时段车站道岔能顺利转动。这个系统可是首次在国内铁路线上使用哦。

呵，差点忘了告诉大家，除了加热的，青藏铁路沿线还有给路基制冷的"冰箱"呢——热棒，维护冻土路基的稳定，青藏铁路在部分冻土路段配备了1万多根热棒，它可以把路基下冻土层的热量散发出去，降低冻土层温度以保持其稳定。不好意思，我总觉得它应该叫"冷棒"才对！小伙伴们觉得呢？

神器四："吐气包"

"王婆卖瓜"的意思有没有？我这可都是货真价实啊！不信，没有来过青藏线的小伙伴们，赶快来体验和见识一下吧。好了，我知道大家都很想来领略一下青藏高原的大美，也很想享受一下"天路"之旅，只是由于畏惧高原的"高寒缺氧"还在迟疑呢！

其实，完全不用畏惧，不用担心，不用再迟疑了，我，负责任地告诉大家，有"吐气包"的呵护，小伙伴根本用不着担心"天路"之旅会缺氧或"高反"。

针对青藏铁路沿线缺氧的情况，青藏铁路高海拔地区运行的列车上都安装了车上制氧系统——"吐气包"，以类似"中央空调"的弥散性供氧方式补充列车内氧气，可使车厢内的氧气含量达到平原地区的80%以上。此外，投入运营的每趟列车还配备一名大夫和一名护士，可采取车内急救应急措施噢！

小伙伴们，这下你们不用太担心了吧！

（新华社拉萨2016年6月29日电）

擦亮历史的镜子　西藏人心更明眼更亮

新华社记者　张晓华　薛文献　白少波

在邻近西藏圣湖——纳木错的西北边，驻村工作队队长云丹桑布正在给牧民讲解新旧图片展上的内容。

村委会会议室里，一面墙上张贴着"新旧西藏对比图片展"，旧西藏，被挖去眼珠、切掉胳膊的农奴，流落街头的乞丐，让人触目惊心；新西藏，农牧民载歌载舞庆祝丰收，空中飞机翱翔，地上车流滚滚，牧民为伟大祖国自豪。

党的十八大以来，西藏自治区党委忠实践行"治国必治边、治边先稳藏"战略思想，选派优秀干部驻村、驻寺，实施了一系列强基础、惠民生的举措，为老百姓办实事、解难事，引导农牧民谋发展、奔小康、感党恩。

目前，西藏全区共有5400多个行政村，1700多座宗教活动场所，普遍建有新旧对比展室，大多通过照片和实物，揭示西藏半个多世纪的变迁。

在1959年实行民主改革之前，100万人口、面积为120多万平方公里的西藏，实行的是典型的政教合一封建农奴制度，生产资料和社会财富被僧侣、贵族和农奴主占有，占总人口95%以上的农奴和奴隶没有人身自由，被农奴主当作私有财产，可以买卖、转让、赠送、抵债和交换。

1925年出生的桑旦老人，现在住在拉萨市曲水县曲水镇曲浦村一个有6间房屋的院子里，颐养天年，自己栽种的树木枝繁叶茂，"如果是旧社会，这些都是领主的"。

岂止是树木，连他的生命，都属于赤麦庄园主。有一次，他光脚去拉萨送桃子，未能按时回来，受到严厉惩罚："我的手被绑在身后，两条腿也被绳子绑住，一个人拉着绳子，一个人抓住头，还被脱光了衣服，几个人用棍子、皮鞭在身上、脸上到处乱打。"

除了遍布农牧区的固定展厅及不定时巡展，西藏的报纸、电视台、电台及网络等媒体，也以多种形式客观再现西藏的历史。

如《西藏日报》刊登的1959年被废止的《十三法典》和《十六法典》等旧西藏文件的影印件。这些法典规定，上等上级的人如王子等，其命价为与其身体等重的黄金；而下等下级的人如妇女、屠夫、猎户、匠人等，其命价为一根草绳。

大量的史料档案和亲历者口述可以证明，旧西藏，农奴主以野蛮、残酷的刑罚维护封建农奴制度，动辄对农奴和奴隶实施剜目、割耳、断手、剁脚、投水等骇人听闻的酷刑，这是一个等级森严、极不平等的社会。

"即使雪山变成酥油，也被领主占有；就是河水变成牛奶，我们也喝不上一口；生命虽由父母所生，身体却为管家占有。"这是当年农奴们面对黑暗世界的苦苦呐喊。

事实胜于雄辩。60年间，西藏人口由100万人增长到300多万人，其中九成以上是藏族。人均寿命，也由20世纪50年代的35.5岁增加到68.17岁。按照国家的统一规划，西藏正在被打造成为"重要的生态安全屏障"、"重要的中华民族特色文化保护地"和"重要的世界旅游目的地"等。

"作为翻身农奴的后代，我虽然没有经历那段黑暗的历史，但通过新旧对比教育，我知道了旧社会的苦，也更珍惜新社会的甜。"新旧对比，让西藏大学藏族学生拉巴平措懂得了更多。

在日喀则市江孜县城附近，较为完整体现旧时贵族、农奴生活场景的帕拉庄园，每年给全世界各地的游客提供最直观的感受，贵族锦衣玉食，农奴住在像狗窝的洞里。

山南市乃东区克松居委会曾是旧西藏农奴主索康·旺青格勒的大庄园之一，不少老人都曾是克松庄园的农奴。60年后，这些农牧民自编、自导、自演了话剧《农奴泪》，讲述农奴赤列多吉一家六口三代人悲欢离合的故事，不管当地人还是游客，都深受感染。

虽然存储介质、保存方式和展现手段日益多样化，但经历过旧西藏的老人日渐减少，西藏目前正组织专业人员加紧记录整理老人们的口述资料，进行抢救性保护。

参与组织这项工作的申小林说，他们正安排专人负责挖掘历史档案，对社会变迁做出客观的还原。一些和桑旦有同样经历的老人们的讲述，都已经记录整理完毕。在有条件的地方，有专人对一个村庄、一座寺庙、一个单位、一个家庭的人证、物证等新旧对比历史资料进行收集整理。

历史是面照妖镜，公道自在人心。生于 1948 年的格桑强巴，和父母一样从小就是山南市曲松县江罗庄园的农奴。"在外边劳动，是一个人；在庄园里生活，像一条狗。"解放后，他入了党，担任村干部 34 年，成为村里的领路人。

这位老党员斩钉截铁地说："是共产党给了我第二次生命，这是我一生认真做事的动力。"

跟老一代相比，拉萨市墨竹工卡县扎雪乡格老窝村玉贡组村民坚赞庆幸自己赶上了好时候。这个县年财政收入 2.7 亿元，其中 1.2 亿投入到民生上，实施了"教育、医疗和养老"三大民生工程：学生从幼儿园到大学毕业全免费；老百姓住院全报销；60 岁以上老人每月都有补助。

翻开账本，坚赞深有感慨："国家给的惠民政策有 90 多项，生活没有任何负担。这一切，都是共产党给的！"

（新华社拉萨 2016 年 7 月 6 日电）

凝聚起与全国同步建成
小康的"中国力量"

——党的十八大以来全国对口支援西藏综述

新华社记者 罗布次仁 杨三军 白明山

又到援藏交接时。连日来，新一批全国援藏干部进藏后，第七、八批援藏交接陆续完成。

党的十八大以来，在国家加大支援西藏力度的同时，中央部委和全国各省市对口援藏发挥强大组织优势，动员社会广泛参与，补位支撑，凝聚起西藏与全国同步建成小康的"中国力量"。

三年多来，西藏和承担对口援藏工作的部委、省市密切配合，深层整合各种优质资源，推进形成了"政府主导、企业支持、社会参与"的对口援藏稳定机制和支援模式。

从单一行政援藏到社会援藏

今年春夏之交，首批76名来自北京、江苏等内地17个省市学校及教育部直属高校附属中小学的"组团式"教育援藏人才，分赴西藏各地后，又有700余名教师将于秋季学期开学前进藏，帮助西藏教育发展，开启全国教育援藏新模式。

十八大以后，中央各部委和省市把握党和国家发展大局，科学谋划干部人才援藏工作，进一步健全完善全方位、多层次、宽领域的援藏工作格局。据统计，援藏工作实施21年来，先后派出6000多名干部人才进藏工作，落实项目8855项，资金333.9亿元，其中第七批援藏干部1343名，落实计划内资金128亿元，组织计划外资金30多亿元，为历批最多。

与以往不同的是，第七批援藏将社会力量援藏转向深入。去年，中组部、人社部等部委聚焦西藏医疗卫生事业发展较为滞后的实际，创造性地开展了"组团式"医疗人才援藏，使人才援藏转向深入，援藏社会参与层面进一步扩大。三年间，2000多名内地专业技术人员先后进藏工作；引进200多家企业进藏投资，帮助1400多名西藏毕业生实现区外就业；联系内地单位、动员社会各界为西藏捐款捐物3亿多元。

全国支援西藏"国家力量"与"社会力量"有机结合，体现了多民族统一国家多方面的责任意识。"这让我们倍感祖国大家庭的温暖。"西藏林芝市副市长扎西平措说。

从单一资金援藏到经济社会全方位补位支撑

在西藏最大的粮食生产基地日喀则市，随着农业基础设施的完善，援藏资金有效助力农业内部结构的调整。山东援建的白朗县蔬菜基地，从几座土坯房发展到5400多座大棚，销售收入过亿元，占到农牧民人均纯收入的21%，使当地1.1万人实现脱贫。

西藏作为全国最为落后的地区，多年来，国家赋予西藏一系列特殊优惠政策和措施，不断推进西藏经济社会发展，但是与全国同步建成小康任务繁重。第七批对口援藏进一步明确了国家投资与援藏投入的分工协调，突出补位支撑，以优势互补的援藏整体合力推进西藏现代化建设步伐。

第七批援藏85%以上的资金投入农牧区，急受援地区所急，补位支撑国家投资项目建设运营。近几年，国家加大投资改善西藏农牧区医疗卫生设施，但由于人才缺乏，一些医院现代化设备闲置。援藏医疗人员结对帮扶，通过实际操作"传帮带"，诊疗患者，填补区内医疗领域空白，让干部群众不出藏就享受到了国内一流专家的救治。仅江苏援藏医疗人员培训医务人员就超过 1 万人次。

援藏工作还聚焦西藏与全国同步建成全面小康，助力西藏产业的转型升级，在全区建设了 600 余处小康示范村。林芝市波密县盛产天麻，但存在种苗供应不足、种植分散、产业未成链等问题。援藏工作组"种苗补链、种植强链、加工拉链"，打造天麻种苗基地，全县天麻仅种植环节人均增收 1000 多元，占目前全县人均收入的 10%。

从单一统筹区内资源到统筹援受双方优质资源

在自治区首府拉萨市，从市区到乡村活跃着一批北京的医疗专家。首都儿科研究所冯翠竹医生就是其中的一名。作为一名儿外科专家，冯翠竹在堆龙德庆区人民医院首开小儿腹腔镜手术先河，成功为一名 2 岁藏族患儿进行疝气手术。从去年 8 月进藏至今，她已完成了 20 多台小儿腹腔镜手术。

援藏干部最大优势是后方资源。第七批援藏干部动员更多内地企业和爱心人士援助西藏，推动援受双方良性互动。坚持"请进来"与"走出去"相结合，组织 2 万余名当地干部人才到内地学习考察、挂职锻炼。浙江援藏工作队有效利用派出地资源，累计选送 1200 多人次各级各类干部人才赴浙江进行技能培训，依靠援助地发起的"中国微笑行动"，为那曲地区143 位严重唇腭裂牧民进行手术，让身处草原深处的牧民重新找回尊严。

援藏以从未有过的力度，利用援藏平台统筹援受双方资源，推进西藏发展与全国发展同步。三年来，援藏干部充分运用市场化手段，立足西藏比较优势，用有限的援藏资金吸引和撬动更多内地资本进藏投资兴业，促进西藏与内地开展更大范围、更广领域、更高层次的经济交流合作，三年间协议资金 200 多亿元。上海援藏工作队还引进"东方购物"平台，使得日喀则农牧民在家门口就能把高原特色农产品卖到上海。

　　全国援藏的战略布局调整，促进了西藏经济、文化向均质化方向发展，巩固形成了"共同团结奋斗、共同繁荣发展"的生动局面。四川大学中国藏学研究所涉藏问题研究中心副主任杨明洪教授说："应当说，中国找到一种实现国家一体化发展的有效途径，那就是对口援藏，并证明了中国能够用自己的方式解决好民族问题。"

　　（新华社拉萨 2015 年 7 月 12 日电）

让党旗更红，党徽更亮

——西藏加强基层组织建设纪实

新华社记者　张晓华　薛文献　白少波

地震来袭，西藏日喀则市定日县绒辖乡陈左布德村党支部书记达瓦扎西组织村干部疏散群众，从倒塌的房屋里抢救伤员，顾不上照顾家人。

山南市洛扎县次麦居委会党支部组织群众成立建筑公司、施工队，走共同富裕道路，家底最薄的人家也有几万元存款。

近年，西藏自治区党委组织部实施基层党建"三大工程"，大力加强基层组织建设，5000多个基层党支部团结带领群众尽心竭力保稳定，一心一意谋发展；3万名基层干部、16万名农牧民党员敢于担当，主动作为，成为各族群众促和谐、奔小康的主心骨，鲜红的党旗在万里高原迎风招展，锃亮的党徽在群众心头熠熠生辉。

选准人、用对人　基层党建活起来

西藏有317万人口，其中80%以上是农牧民，分布在120多万平方公里的广袤区域。全区有74个县区、695个乡镇（街道）、5466个村（居）、3万多名基层干部，这是党在农牧区的执政之基。

党的十八大以来，西藏自治区党委有针对性地实施党建"三大工程"，加强基层基础建设。

头雁振翅众雁飞。西藏大力实施"领头雁"工程，解决"让谁干"的问题。2012年以来，自治区坚持把政治标准放在首位，优先从党员致富带头人、

拉萨市柳梧新区柳梧乡柳梧村换届选举现场。（新华社记者 普布扎西摄）

复员退伍军人、大学生村官、返乡大中专毕业生、先进"双联户"和民族团结家庭中推选村（居）干部31928名，村（居）"两委"班子成员中党员占96.9%。

区党委组织部组织一处处长张平说，自治区还选派5339名机关干部、440名具有3年以上工作经历的乡镇干部，到基层担任第一书记等。从优秀村（社区）党支部书记中选拔150名公务员。

西藏现有3万多名村（居）干部，其中只有8000人具有初中以上学历。要让村干部能干事、会干事，区党委启动"万名村居干部文化素质提升工程"，重点解决"怎么干"的问题。

区党委组织部组织二处处长平措丹增介绍说，自治区计划用3年时间，以思想政治、形势政策、党纪国法教育和知识技能培训为主，帮助未达初中文化水平的2.3万多名村（居）干部提升文化素质。截至目前，区地（市）县共投入资金3500多万元，举办培训班411期。

为使党的事业后继有人，自治区还实施"党员先锋工程"，建立健全乡镇（街道）党委书记抓发展党员工作责任制，加强在农牧区发展党员力度，去年新发展党员中，农牧民占55%。开展在职党员到社区报到活动，8.7万余名党员走进社区，为群众办实事3.2万多件，党员先锋模范作用得到进一步体现。

压担子、提素质　基层干部硬起来

通过几年连续发力、综合施策，西藏农牧区基层党员干部敢于担当，带领群众发展经济、改善民生，党员干部在群众中的威信明显增加。

在位于拉萨河畔的曲水县才纳乡白堆村，从小在城里长大的德吉央宗一待就是5年，先后担任党支部副书记、书记，为带领乡亲发展致富尽心竭力。"晴天一身土、雨天一身泥，一站就是一天，却只能吃一两顿饭。晚上，头一沾枕头就睡着了。"这是她真实的工作状态。

如今，白堆村从昔日的贫困村一跃成为"家富、村美、人和"的先进村，人均收入由6000元增长到10200余元。村里人说起她，一个劲地夸："德吉央宗最重要的是有责任心，能吃苦、肯做事、会做事，大家都叫她'阿娇'（藏语意为'最信任、最贴心的人'）。"

阿里地区革吉县盐湖乡副乡长、羌麦村村党支部书记、村委会主任白玛才旺，长期任村干部，是当地有名的能人，在群众中很有威望。转成公务员后，他干工作更有劲了，组织群众入股办合作社，发展采石场、加油站、招待所、盐场、商店、敬老院、施工队等多种经营，村集体固定资产达上千万元，群众每年有分红，日子越过越红火。

为提升基层干部文化素质，西藏因地制宜，将举办文化补习夜校、集中办班和收看远程教育片结合起来，组织干部学文化，练本领。在中央支持下，西藏还编印了《藏汉双语基本知识读本》、《基础数学和统计财会基本知识读本》、《常用法律法规知识读本》和《村（居）干部工作手册》等教材，发给基层干部。

多形式、多层次的教育培训，让村干部学到了新知识、打开了新思路、掌握了新本领。培训班丰富的内容给吉隆县差那乡差那村村官达珍留下了很深的印象："我们学了农耕文化传承和农民精神培育、农产品电子商务、创业创新的理念与方法，还有现场观摩和交流研讨，针对性和实用性都很强。"

赴内地参加江苏华西村示范培训班后，山南市错那县浪坡乡羊堆村党支部书记琼次仁急着赶回去办合作社："既有专家学者的授课，又有农民专业合作社负责人分享经验，我大开眼界，要致富，首先要把群众组织起来。"

建阵地、壮队伍　基层组织强起来

近年来，西藏出台多项举措，为实施"三大工程"提供资金和制度保障。建立以财政投入为主、党费支持为辅、援藏资金为补充的基层党建工作经费多元化投入机制。连续三次提高村级组织工作经费，农牧区每村年均达 1.7 万元，农村社区增加到 10 万元、城市社区增加到 20 万元。

村干部的待遇不断提高。区党委明确从 2015 年起分两年实施村干部报酬待遇"翻一番"的目标，年内村"两委"正职报酬将达到 20808 元、其他村干部报酬达到 10416 元。建立村干部离任补助制度，按照任职年限，给予每人每年 600 元一次性生活补助。提高"三老"人员生活补助标准，从 2016 年起每人每月再增加 30 元。

在农牧区，每个党支部就是一面旗帜。自治区出台指导意见，要求各地市整合资源、分步实施，加快推进村级组织活动场所标准化建设，建成一批布局合理、设施配套、功能齐全、美观实用的活动场所。有党旗国旗、领袖像、新旧西藏对比专栏、党员活动记录、播音喇叭等，使党的形象可触可感，强化党组织的领导核心地位。

记者日前到林芝市巴宜区唐地村，村委会大楼前的电子屏上滚动播放各类党务、村务信息，院子里有宣传栏，办公楼里设有各类办公室和会议室、新旧对比陈列室等，干净整洁，布局合理，广场四周国旗飘扬，绿树繁花。

藏北牧民载歌载舞。（新华社记者　觉果摄）

在驻村工作队和第一书记的支持下，村党支部开展"五星党员、十星农户"创建评选活动，党员、干部争先创优，带领群众开网店、跑旅游，人均收入达到 14380 元，成为"全国先进基层党组织"。村党支部书记达娃平措说："在奔小康的路上，绝不让一个人掉队。"

开展活动有经费、有阵地，党员领导干部有作为、有待遇，党组织的向心力、凝聚力明显提高，带领群众维护稳定、发展致富的能力明显提高，越来越多的农牧民积极向组织靠拢。

拉萨达孜县白纳村村民普布卓玛在村里支持下学会了实用种养殖技术，增加了收入，还光荣加入了中国共产党。她说："我们经济发展了，更主要的是精神面貌、思想观念发生了很大变化。"截至 2015 年底，全区共有党员 32 万多名，其中农牧民党员达到 16 万多名。

（新华社拉萨 2016 年 7 月 30 日电）

青春之花绽放在雪域高原

——大学生志愿者服务西藏送来"人才快车"

新华社记者 张晓华 张京品 石昊一

好儿女胸怀天下，有志者奋斗无悔。2003 年起，4500 余名大学生志愿者响应国家号召，奔赴雪域高原，为新时期西藏建设和发展注入一股股青春力量，成为西藏人才队伍建设工程的一张新名片。

建设西藏的"新生力量"

王琳珺，24 岁的 90 后。提起这位"小姑娘"，日喀则市拉孜县扎西岗村的村民赞不绝口。她学以致用，在驻村一年期间推广"庭院温室"，让现代种菜技术在扎西岗村生根发芽、造福百姓。村民们吃着自家收获的小白菜、萝卜、黄瓜，感到格外香。

2014 年，从沈阳农业大学毕业的王琳珺，主动报名到西藏做一名志愿者，被分配到日喀则市农业科学研究所工作。在此期间，她又主动申请到扎西岗村驻村。

看到村民的院子闲置，王琳珺感到可惜。于是，她借助专业知识，指导村民修建"庭院温室"。如今，扎西岗村 80 多户村民建成了"庭院温室"。

扎西岗村村委会主任扎西次仁说："没想到内地来的大学生，解决了我们的吃菜难题。同时，希望更多的大学生到我们村里来。"

2003 年，国家启动了大学生志愿服务西部计划。10 多年来，一批批大学生志愿者像王琳珺一样，从五湖四海到西藏，在基础教育、农业科技、医疗卫生等领域贡献青春、服务基层，为西藏经济社会发展作出了不可磨灭的贡献。

2003年，第一批志愿者中的一员——张峡，毕业于中国传媒大学。她最初服务于西藏自治区太阳能研究示范中心，后来成为西藏电视台的一名记者，如今担任西藏自治区网信办的主编。不知不觉，张峡在西藏度过了10多个年头，成长为单位的骨干。

张峡说："基层是大有作为的舞台。能够在志愿服务西藏的过程中锻炼自己、实现人生价值，我觉得非常有意义！"

据共青团西藏自治区委员会副书记王晓辉介绍，10多年来，已有4520多名大学生志愿者，先后到西藏辛勤耕耘、默默奉献，为雪域高原经济社会发展注入了新活力。

民族团结的"先锋使者"

2007年，张婧婧毕业于中国青年政治学院。参与西部计划前，这位来自青海省西宁市的志愿者，从未想过会在西藏收获一份爱情。张婧婧进藏后，学藏语、唱藏歌、跳藏舞、喝酥油茶，很快就融入了当地生活。

在一场志愿者交流会上，张婧婧与拉萨小伙普布索朗相识，后相知相恋。去年，二人在拉萨举办了藏式婚礼。

"我母亲不会说普通话，婧婧很快就学会了藏语。"提到妻子的聪明，普布索朗一脸自豪，"我有时出差两三个月不能回家，都是婧婧陪伴母亲，我非常感激她。"

据不完全统计，目前已有100多名志愿者组建了民族团结家庭，为雪域高原增添了一道亮丽的风景。

各族人民心连心，爱情如此，爱心亦如此。更多的志愿者用爱心行善举，播撒民族团结的种子。

2014年，田峰毕业于长江大学土木工程专业。2015年，他成为一名西部计划志愿者。平日工作之余，他将大部分时间，奉献给西藏山南市福利院的孩子们。比如，借助网络的力量，为孩子们筹集生活学习物资。又如，拿出自己的工资带头为孩子们捐款。同时向身边朋友呼吁，请他们为西藏的孩子们奉献爱心。

10多年来，包括田峰在内，一批批充满爱心的志愿者，在西藏接力开展为困难家庭子女补课的"藏汉桥"活动、为学生捐赠台灯的"萤火虫计划"等公益项目，让"民族团结之花"开满雪域大地。

人才队伍的"源头活水"

为了让大学生志愿者进一步充实西藏人才队伍，助力经济社会发展，2014年，西藏自治区党委决定对志愿者队伍大规模扩容，人数从2013年的450人，增加到每年2000人。

西部计划志愿者服务期限为1—3年。"用一年时间，做一件终身难忘的事情！"这是不少志愿者最初的想法。如何让大学生志愿者服务期满后留下来，西藏自治区党委、政府从三方面进行探索和尝试。

一是政策留人。西藏自治区出台《大学生志愿服务西部计划区外生源服务期满志愿者留藏工作办法（试行）》，规定在藏服务期满2年的区外生源志愿者，经专项考试合格均可留藏工作。

二是待遇留人。西藏认真贯彻中央有关政策，志愿者生活补贴按照地区每月分别2736元、2932元、3149元标准执行，服务单位每月给予不低于300元的补助。

三是事业留人。自治区结合西藏人才需求实际，按照"专业对口、可为能为"的原则，科学统筹调配，力求实现"人尽其才"。

政策鼓励，财政支持，成就理想，扎根西藏。"西部计划"实施以来，累计有1500多名志愿者，选择留在西藏继续奉献青春。

"从一名服务西藏的志愿者，到现在留藏工作实现自我价值，这是一场很好的人生磨炼；又给了这么好的待遇，让我没有任何后顾之忧。"留在西藏自治区人社厅工作的闫国安说。

10多年来，先后有20余名志愿者到西藏自治区科技厅服务，其中3人留藏工作。自治区科技厅政工人事处副处长潘铭说："这么多大学生志愿者能够到西藏如此艰苦的高原地区奉献青春，既体现了青年人的担当精神，也说明自治区的人才政策正确有效。"

西藏自治区党委组织部人才工作处副处长胡建平说："实践证明，大学生志愿者有效缓解了西藏人才短缺的局面，已经成为西藏引进人才的重要渠道，充实西藏人才队伍的'源头活水'。"

（新华社拉萨 2016 年 8 月 2 日电）

杏林春暖　造福高原

——医疗人才"组团式"援藏送来健康红利

新华社记者　张晓华　张京品　白明山

2015 年 8 月，中央组织部、人力资源和社会保障部以及国家卫生计生委决定组织开展医疗人才"组团式"援藏，140 余名医疗人才从全国 8 省市奔赴西藏。

一年后的今天，他们交出了这样的答卷：诊治住院病人 3 万余人次，开展 342 项新业务新技术，50 多种大病不再出自治区，创造了那曲地区重大手术最高年龄纪录……受援地医院的综合服务能力得到提升，一批本地骨干医生逐渐成长起来，西藏群众收获了诸多健康红利。

杏林春暖　传递一种藏汉同心的扶助精神

听说辽宁援藏医生陈英汉就要回内地了，那曲县那曲镇 28 村牧民次仁玉珠一家赶到医院，给他献上了洁白的哈达。

次仁玉珠说："是他救了我的命，他是我一辈子的恩人。"

去年 9 月，次仁玉珠产后大出血，要是以前就得转到拉萨救治，陈英汉和援藏医生团队及时为她实施手术，挽回了生命。

"医疗队的到来，改变了医院多年来'小病看不好，大病看不了'的局面。"那曲地区人民医院院长方世明感慨地说。

在藏东昌都市当地医院，重庆市援藏医生、妇产科副主任医师彭佳琼应用了腹腔镜等五项新技术医治病人。她还和其他援藏医生首次在昌都开展脑膜瘤、垂体瘤等 17 项手术，有效缓解了群众对重大疾病的恐惧感，让牧民群众"大病不出市"的梦想逐步实现。

数据显示，过去一年，西藏自治区人民医院危重病人抢救成功率提高了 11.6%。西藏孕产妇死亡率由 2014 年底的 109 ／ 10 万下降到 103.45 ／ 10 万，婴儿死亡率由 17‰ 下降到 8.18‰。

许多群众说，以前生了病总想往内地跑，现在全国最好的医生来到身边，不出高原也能享受高水平的诊疗条件。

倾囊相授　培养一支带不走的医疗队伍

授人以鱼不如授人以渔。为了提高西藏本地的医术水平，援藏医疗专家克服各种困难，把自己的宝贵经验和先进技术毫无保留地传授给西藏的医务人员。

西藏自治区人民医院心血管内科副主任达娃次仁说："我们科室实施的'心脏电生理心率失常介入治疗'项目，过去没有设备也没有技术，但在组团援藏医生的带领下，如今我已经能开展一些常规治疗了。"

为了从根本上解决西藏医疗人才短缺的局面，西藏卫计委等部门积极配合援藏医疗队帮带本地医疗人员，建立"一带一"、"一带多"帮教机制，通过"专家带骨干"、"师傅带徒弟"等方式，培养本地骨干医生。

目前，援藏医疗人才结对帮带本地医务人员 292 人。西藏自治区人民医院"组团式"援藏医疗队队长、北京协和医院副院长韩丁说："我们组团帮扶就是要在本地人才的培养方面下功夫，真正带出当地医院的'台柱子'，留下一支带不走的医疗队伍。"

西藏自治区卫计委主任王云亭说："如何解决西藏缺医的现状，是困扰我们多年的难题，'组团式'援藏提供了治本之策。"

不忘初心　打造一项造福于民的德政工程

去年 9 月，那曲地区比如县 75 岁的旺久，患风湿病卧床半年后不慎发生骨折，同时并发静脉血栓。援藏医疗队经过会诊，让他得到了及时救治，这创造了那曲地区重大手术的最高年龄纪录。

旺久说："党和政府把内地这么好的医生请进来为我们看病，这是我们最大的福音。感谢党，感谢政府！"

西藏医疗卫生事业发展相对滞后，支援难度大，全面提升医院的医疗、教育、科研和管理水平，促进医院医疗卫生事业的发展升级，是一项打基础、利长远、造福于民的德政工程。

韩丁说："做好'组团式'援藏，事关西藏百姓的健康福祉，事关西藏各族群众对党和国家的向心力，事关民族团结，我们一定要做好这项工作。"

王云亭表示，"十三五"期间努力实现西藏全区人均寿命提高2岁，"大病不出藏、中病不出地市、小病不出县乡"。组团受援的自治区人民医院和7家地市人民医院，在医大病、治中病方面肩负重要使命。

记者走进拉萨市人民医院的儿童支气管镜室，现代化的手术设备整齐排列。北京"组团式"援藏医疗队队长、拉萨市人民医院院长于亚滨说，这个镜室在全国都属于先进的，填补了西藏自治区该项技术的空白。截至8月1日，医院已经做了60例手术。

目前，西藏自治区人民医院和各地市医院都明确了发展目标，借助"组团式"援藏的力量，打造符合本地医疗服务需求的重点科室、特色科室。北京市推动拉萨市人民医院建设妇产科、儿科等优势产业；上海援藏医疗队着手为日喀则培养耳鼻喉科团队……

王云亭说："组团援藏医生来了以后，着力解决西藏群众缺医少药看病难的问题，还给我们带来更多的新技术、新观念，增加了各族群众的健康福祉。"

（新华社拉萨 2016 年 8 月 2 日电）

雪域"仙草"驯化记

新华社记者 多吉占堆 白少波 薛文献

"不可能，绝对不可能！"近日，一群美欧专家在拉萨听说了一件奇事：一种珍稀植物在西藏实现了人工种植，让他们满腹狐疑难以相信。但是口说无凭，直到他们在西藏自治区藏医院濒危藏药材人工种植技术研究基地里见到"仙草"的真容，才叹服地竖起了大拇指。

绿绒蒿，逐雪而生、绿叶覆地、花朵微垂，花瓣轻薄如翼，虽因种类不同而呈红、黄、蓝、粉、白等多种花色，但无不姿态蹁跹、袅娜俏丽，被西方植物学家称为"华丽美人"。绿绒蒿由于生存环境特殊，极为罕见、美丽，西方人对它近乎狂热地追求延续了120多年。在欧洲，一些皇家园林以拥有它为荣。

早在一千多年前，绿绒蒿就被藏医用于解人病痛、救死扶伤。西藏藏医院藏药生物研究所副所长扎西次仁说，绿绒蒿对于治疗肝脏疾病有明显效果，藏医中有257个处方要用到它。

41岁的扎西次仁，出生于西藏山南市桑日县。在牧区长大的他对于花花草草充满浓浓的感情。1999年，扎西次仁从沈阳药科大学毕业后，在西藏藏医院从事藏药材研究种植工作，他是攻克绿绒蒿人工种植难题的团队负责人。

绿绒蒿因生存环境苛刻，从未被人驯化，近年来更被列入濒危藏药材之列。扎西次仁说，2009年时，藏医院藏医药研究院的技术人员发现，绿绒蒿资源紧缺，随即制定了绿绒蒿人工种植技术研究计划。"绿绒蒿的故乡在西藏，我们从事藏医药工作的人，有责任把它研究透。"

绿绒蒿多生长在青藏高原山区雪线附近，近年来受全球气候变暖影响，冰雪消融，雪线不断上升，绿绒蒿的生存环境也攀高至海拔5000米左右。扎西次仁和他的团队为掌握绿绒蒿的生存环境和分布情况，足迹遍及西藏20多个县，以及甘肃、四川、青海、云南等省份的17个县。

"第一次试种，我们得了一个'零分'。"扎西次仁说，2011年，在位于拉萨达孜县的实验基地里，他们精心设置好试验田的光照、温度、湿度和土壤环境，把绿绒蒿种子撒播下去，但是很快希望就破灭了：100平方米的试验田几乎没有长出一棵幼苗。

藏药材人工种植一年里只有一次试验机会，下一次就要等到来年。扎西次仁和他的团队总结失败教训，反复核对、修正每一个参数，第二年试验田里的绿绒蒿种子萌发率达到了17%。虽然比例很低，但已经是一个不小的进步了。

"种子处理一般都要在9月至来年3月间进行，这段时间是西藏气候条件最差的季节。"扎西次仁和队员们从来没有放弃过，在远离繁华都市的郊外，克服了孤独寂寞和一次一次的失败，"濒危藏药材人工种植的难处不在植物，而在于人能否战胜自己"。

试验团队不懈的努力，终于让"高冷"的绿绒蒿亲和了起来。2015年，扎西次仁收获到人工种植的绿绒蒿种子。他说，今年基地里种植的绿绒蒿已经是人工种植的第二代了，种子萌发率达到了87%。

尽管已经取得了重大突破，但在扎西次仁看来，这离真正的成功还有一大段路要走。"虽然已经在实验基地里成功了，但是还要评价技术稳定性、生产试验，然后才能推广，不能让种植药材的群众承担风险。"扎西次仁说。

1916年，两位藏医学泰斗——斋康·强巴土旺和钦绕罗布大师，在拉萨创立"门孜康"（即藏医历算院），1959年与药王山医学利众院合并组建拉萨藏医院，1980年扩建成为西藏自治区藏医院。藏医院开展濒危藏药材人工种植研究，由来已久。扎西次仁加入濒危药材人工种植已经有13年，他也见证了西藏人工种植藏药材事业的发展。

近年来，国家和自治区加大对濒危藏药材人工种植研究的扶持力度，在实验基地建起一座三层楼房，扎西次仁和他的团队告别了低矮的土房子实验室，再也不用一边烤火一边做试验。日前，现代中药资源动态监测信息和技术服务中心拉萨站，也在试验基地正式揭牌。

在新落成的试验室里，扎西次仁兴奋地向记者介绍一个个仪器设备：种子发芽箱、智能人工气候培养箱、种子净度工作台、土壤养分速测仪、显微成像系统……

实验基地里有一口干涸的老井，那是20多年前为了灌溉基地的药材留下来的。扎西次仁立志恢复并超越它的辉煌。10余年间，在藏医院藏药生物研究所主持下，包括绿绒蒿在内，桃儿七、毛果婆婆纳、川贝母、甘青青兰等27种濒危中药、藏药材成功实现人工种植。

"为了藏药材资源的永续利用，我们一直在努力。"扎西次仁说，西藏是重要的国家生态安全屏障，随着科技进步、藏药材需求量的增加，人工种植藏药材是必经之路。

（新华社拉萨 2016 年 9 月 12 日电）

《雪域藏医药历算大典》出版发行
堪称"藏医药界的大藏经"

新华社记者　多吉占堆　薛文献　白少波

四川省德格县宗萨寺喇嘛洛珠平措，珍藏着一部有800多年历史的藏医药典籍，一直小心保管、秘不示人，生怕这部珍贵文献遗失或损毁。

13日，在西藏自治区藏医院成立百年之际，《雪域藏医药历算大典》在拉萨正式首发，洛珠平措的"宝贝"作为其中的重要一卷，以影印方式印刷出版。在1500多公里外得知消息后，年过六旬的洛珠平措彻底放心了。

藏医药学是中国藏民族优秀传统文化的代表，具有丰富的内容、完整科学的理论体系，发展至今已有3800多年的历史，是中国传统医学宝库中的瑰宝。

西藏自治区藏医院常务副院长益西央宗说，《雪域藏医药历算大典》由130卷古籍文献组成，设计新颖，装帧精美，具有很高的学术研究和收藏价值，堪称"藏医药界的大藏经"。编辑、出版这套大典，任务重、编写难、数量多。

据藏医院副院长、藏医药研究院院长银巴介绍，《大典》的内容分为藏医藏药、天文历算和文集三种。其中藏医藏药又分为历史传记、基础理论、临床经验、药材识别与药物制作4个部分，共83卷；天文历算分为宇宙世界、时轮历算、五行算、汉历等10个部分，共46卷；文集1卷。

"内容编排和外观设计采用了传统与现代相结合的方法，每一卷前面附有作者简介、内容提要、特殊价值、著述来源、文本页数、页面长宽、成书年代、详细目录等，携带和阅读都很方便。"银巴说。

银巴打开一函典籍，幅面类似长条形的传统经书，古朴、深色的硬质封面经过几次折叠，可以在桌面上立起来，内页均为线装，影印着古籍的原始样貌，先辈大师的批注也清晰可辨。到场嘉宾均对这套大典赞赏有加，爱不释手。

"影印出版的这套大典，保留了原著的真实面貌。好多典籍是手写体的古藏文，如果录入排版，容易出错。而现在原著里是什么样，印出来还是什么样，对、错都能看得清，学术价值很高。从外观、设计到颜色、材质，都非常好。"远道而来的四川省德格县藏医院副院长伍金丹增说。

西藏自治区藏医院自成立以来，一直重视古籍文献的收藏、整理和保护。从2006年开始，一场大规模搜集、抢救和整理藏医药、天文历算手抄本、孤本和善本的工作启动，工作人员从布达拉宫、哲蚌寺等地搜集古籍，进行借阅和复制。

益西央宗说，2014年，《雪域藏医药历算大典》编纂委员会正式成立，西藏自治区为之投入了近1700万元资金。编纂人员分赴西藏各地和四省藏区，向权威藏学家、藏医大师、民间藏医人士咨询、搜集典籍史料，对珍贵古籍文献资料进行扫描，并实地考证确定古籍文献的来源、内容、作者及其成书年代等背景资料。

得知西藏藏医院要编纂这部大典，各地藏医药和天文历算专家给予大力支持。多位藏医药专家毫无保留地提供了珍藏多年的藏医药古籍珍本、手抄本，西藏自治区档案馆、博物馆、图书馆等也提供了数十部古籍文献资料。

两年多来，图书编纂人员搜集到珍贵藏医藏药古籍文本700多卷，天文历算古籍文本300多卷，从中筛选了最具有研究价值、书写清晰、文本完整、内容全面的金汁写本、手抄本、孤本、善本共130卷，着手影印出版。

曾任藏医药研究院文献研究所所长的达娃介绍，这套书的一个显著特色，就是编纂人员翻阅大量资料，对所有古籍文本的作者、出处、内容、成书时间进行了大量的考证和研究，对少至1页，多至上千页的文本编写了内容提要，是导读，也是精义所在，概括了内容、浓缩了精华、突出了特色，为阅读和查找方便编写了详细目录。

藏医药历史悠久，数千年发展中留下大量文献典籍。这次收入《大典》中的，既有收藏于宫殿和寺庙的珍本，也有流散于民间的孤本、善本，还有部分译自汉文的珍贵古籍，很多都是首次出版面世，实属罕见稀有。

从医 36 年的昌都市欧洛镇民间藏医专家布地次仁告诉记者："藏医药要发展、面向世界，不抢救、整理藏医药文献古籍，就没有根了。好多古籍散落民间，如今出版这套大典，就像抢救人的生命一样重要。"

西藏自治区藏医院建院 100 周年庆祝大会暨中国西藏首届藏医药国际论坛，当日在拉萨举行，来自美国、奥地利、蒙古国、尼泊尔等国及全国各地的数百名藏医专家、学者聚集一堂，纵论藏医药传承与发展大计。

多位参会代表认为，这套丛书的出版，为国内外藏学研究提供了不可多得的珍贵资料，对藏医药和天文历算的研究和应用具有重要意义。

（新华社拉萨 2016 年 9 月 13 日电）

师带徒：千年藏医药传承不衰的"秘方"

新华社记者　多吉占堆　薛文献　白少波

"我已经写了 8 万字的研究报告，出站前还有大量工作要做，总觉得时间不够。"普穷次仁从办公桌的抽屉里拿出厚厚一摞藏文文稿——《藏医萨志病学术思想及诊疗特点的挖掘分析研究》。

普穷次仁是西藏自治区藏医院科教处处长，也是 2012 年中国首次将博士后制度引入"名老中医药专家学术经验传承"工作中的第一批传承人，跟随导师洛桑多吉开展学术研究。

在首批进站的 134 人中，他是唯一的藏医药博士后。国庆长假，除了值班，他都在为出站做准备："要把藏医药专业论文翻译成中文，工作量不亚于再写一遍。"

藏医药自诞生以来，师承教育一直是人才培养的主要途径。1990 年，人事部、卫生部、国家中医药管理局联合作出采取紧急措施做好老中医药专家学术经验继承工作的决定，西藏名老藏医师承工作随即展开。

藏医院医务处副处长才多介绍，从 1990 年至 2012 年，西藏先后有四批共 48 名继承人顺利出师，成为各级藏医医疗机构的技术骨干和学科带头人。其中前三批学员由藏医院培养，第四批则是将师承与认定学位结合起来，培养了一批高端人才。目前接受师承的第五批有 20 人，也即将出师。

2008 年，在接受系统的藏医药学本科、硕士阶段的教育，并在临床一线工作多年后，普穷次仁参加了第四批师承项目，跟随 80 多岁的藏医大师班丹旦增勤学 3 年，顺利获得博士学位。

学习过程中，普穷次仁挤出所有业余时间，随老师出诊，做专题访谈，研读老师推荐的经典著作，完成博士论文。"我常常列出一些专题问题，请老师集中讲解，系统归纳整理老师的学术思想、专门技艺和临床经验。"

班丹旦增在普穷次仁出师三年后就去世了，但他为毕生经验能得到有效传承而欣慰。老人生前曾说："国家开展师承项目，是藏医药界的幸事。我们一生从医的经验和教训有很多，这可是书本上没有的。"

"病人分男女，年龄不一样，生活的地域不同，采取的方式方法就要有所区别。"普穷次仁说，在师承过程中，熟练掌握藏医诊疗的思想和方法，可谓最大的收获。

普穷次仁所在的藏医院，前身为拉萨"门孜康"，即"藏医历算院"，创立于1916年，上世纪八十年代扩建成为西藏自治区藏医院。

门孜康初创时，作为首任院长的钦绕罗布大师，将几位弟子带到门孜康开展教学，最初只有25名学生。100年后的今天，西藏藏医院已有十多位专家承担师承教育博士后、博士和硕士生导师，45人被聘为西藏藏医学院客座教授和兼职教师。

随着时代的发展，师承方式也在不断创新。西藏藏医院常务副院长益西央宗介绍，作为全国唯一的国家民族医疗临床研究基地，2009年以来，藏医院共接收云南、甘肃、四川、青海等省的进修生260人，接收区内全科医生转岗培训、骨干培训、进修生、"师带徒"500多人，对125名全区藏医住院医师进行了规范化培训。此外，通过其他方式师承出师的藏医，全区还有700多人。

从去年开始，藏医院还自筹资金启动"名老藏医口述史项目"，遍访170多位区内外名老藏医，将他们的经验完整录制下来，并借助覆盖"四省一区"藏医机构的全国藏医药视频网络中心，让更多在职藏医药人才从中获益。

从1975年以来，西藏先后创办了中专、大专层次的藏医校、系，以满足藏医药事业快速发展的需要。1989年，西藏藏医学院成立，成为全国唯一独立设置的藏医药高等学府。

西藏藏医学院院长尼玛次仁介绍，20多年来，学院已累计培养本专科学生 5000 多人、硕士研究生 159 人、博士研究生 20 人，大多在临床一线工作，成为各地藏医医疗机构的骨干。

源源不断的藏医药人才加入藏医院，让曾经不足百人的门孜康日益发展壮大。益西央宗介绍，今天的藏医院，医务人员近 800 人，拥有各级各类专业技术人员 392 人，其中具有高级职称的 67 人，有两人荣获中国"国医大师"称号，7 人获评国家级名医。

（新华社拉萨 2016 年 10 月 7 日电）

藏族天文历算的奥秘

新华社记者 多吉占堆 薛文献 白少波

藏历新年前夕，拉萨市达孜县帮堆乡帮堆村村民巴珠，趁着到拉萨城里办事的机会，在市场上花8元钱买到了崭新的《藏历火鸡（2017）年历书》。

这本细长条形的历书拿在手里轻轻的，封面以红、黄为主色调，内页为粉色，共有200多页。藏历新年是哪天，何时该春种秋收，一查便知。

历书由西藏自治区藏医院天文历算研究所编著，是藏族群众必不可少的新年物品。拥有数千年历史的古老藏历，通过薄薄的历书，走进千家万户，传递着生生不息的力量。

《春牛图》里的大学问

"每年藏历的封面颜色是不一样的，日历上有文字，有图案，花花绿绿，很好看。我们都喜欢看里面的《春牛图》，未来一年晴雨旱涝、年景好坏都在上头。"巴珠说。

每年的藏历封面颜色很有讲究：土年用黄色、水年用蓝色、木年用绿色、火年用红色、金年用白色。

巴珠翻到《春牛图》这一页，指给记者看：画面的主角是一头牛、一个牧人，位于左侧，背景有山峰和云朵；右侧上部是飞在空中的一条龙，下面是农舍和树木。

这图虽然简单，但有很多门道。巴珠说，彩色《春牛图》中耕牛头、角、嘴、蹄、尾等部位的不同颜色、方向，蕴含着对天气、收成以及自然灾害等预测情况。

按照普遍的规则，绿色的牛头提示春天要刮大风，黄色的四肢表示山谷地带收成不错，蓝色的腹部，预示雨水丰沛但容易发生涝害。关于牧人，一般也分老年人、中年人和儿童三种，其中衣服、发型、姿态也传递着不同的信息。

最新一年《春牛图》蕴含了什么信息？天文历算所副所长次多给出了专业的解答：耕牛全身是白色，预示有暴风雨，有一些疾病要流行；牛头是红色，说明高原地区有干旱；腹部是白色，整个藏区有好兆头；牛的脚、尾巴、嘴唇是蓝色，预示或有旱灾，或有涝灾；耕牛闭着嘴，尾巴右甩，预示新的一年对人类好，对牲畜不好。

从牧人身上，次多读出来的信息是：这是一个牧童，代表对儿童有益，对老年和中年人没那么好；牧人的双脚都穿了鞋子，代表雨量丰富；手持的牧鞭拖在地上，说明整个地区有好兆头。

此外：龙身上的数字是"2"，说明降雨偏少；牛身上的数字是"11"，预示有好收成。

《春牛图》只是历书的其中一页。每本藏历，都分全年总说、分月概说、逐日细说三大部分，内容涵盖了天文现象解读、自然灾害预报、农耕牧作时机、不同时令采集藏药材的知识，以及人体脉象变化规律等，一般有数百种信息。

作为祖祖辈辈对生产生活经验的高度总结，藏历就是藏族群众的"生活伴侣"和"生产指南"。在巴珠生活的村庄里，人们都会按照藏历来安排生产生活。每年用完的藏历，大家都要用绳子拴起来，挂在门框上，驱邪避灾。

这本小小的藏历，每年的发行量都很大，不只在西藏和四省藏区发行，还远销尼泊尔、不丹、印度等周边国家。

藏历与农历的区别

2017 年的农历春节是 1 月 28 日，而藏历新年却要晚一个月。藏历和农历区别在哪里？

西藏自治区藏医院副院长、天文历算所所长银巴介绍说，世界上的历法主要有太阳历、太阴历、阴阳历三种。

"藏历和农历都是属于阴阳历的范畴，但各自属于不同的、独立完整的历法体系。"银巴说，由于闰月和大小月的设置方法不同，藏历年和春节的日期有时为同一天，有时相差1天，或者相差1个月。

具体来说，农历19年当中有12个平年，每一平年为12个月，有7个闰年，每一闰年为13个月。藏历则是每两年八个月十五天安排1个闰月，有闰月的年份称为闰年，闰年为13个月，有384天左右，平年为12个月。

最近几次藏历年和春节同一天的情形，发生在2007年、2008年、2010年。今年相差一个月，而2018年又将是同一天。

银巴说，藏历是在西藏原始物候历的基础上，吸收了多种历法的精华，形成独特而科学的历算体系。历史上曾多次准确预报日食、月食等天文现象和各种自然灾害。

公元1206年，西藏第一部历书《萨迦历书》问世。与农历一样，藏历也将60年作为一个轮回，但不叫"甲子"，而叫"绕迥"，现行藏历将公元1027年作为第一"绕迥"的开始之年，推演至今。

史料记载，公元前2世纪左右，雪域高原出现了12位有智慧的苯教徒，其中就有专门从事"资益医药"的医者和"卜卦占算"的算者；公元7世纪时，已形成了较粗略的天文历法；之后，又借鉴印度的时轮历，以及内地的时宪历，逐渐形成了藏族天文历算这一优秀的民族科学文化。

藏族先民借助科学严谨的天文历算知识，观察日月星辰的运行、四时节气的变化、气候冷暖、动植物生长变化等大自然现象，通过对宇宙中星体的运转，以及对季节变化的各种数据进行计算，分判一岁中的年月日时，满足群众的生产和生活需要。

自古以来，藏族天文历算专家运用沙盘来运算。这是一块长不足1米，宽不到20厘米的长方形木盘，顶部有暗格，盛放从草坪根部挖出的浮土（或细沙），使用时将木盘倾斜45度，使浮土（或细沙）流到木盘内，演算者用铁钎在上面书写计算。

银巴说，天文历算数位比较多，在沙盘上演算，可以容纳20多位数字，还能和边上的速查表进行比对、核算，同时又节约了纸张。

古老技艺的现代化之路

从年轻时候起就学习天文历算的银巴说，作为天文历算的非遗传承人，在沙盘上做数据演算是一项最基本的工作。要推算出一年的藏历，要进行无数次的计算和验证，不仅耗时长，而且容易疏忽出错。

上世纪80年代，计算器被引入藏族天文历算中。但是，由于一些数据堪称天文量级，普通计算器难堪大用。

"如果能够使用计算机技术就好了！"90年代，计算机刚在拉萨出现，银巴就到夜校学习计算机入门知识，从内地购买电脑，先后买了几十本教材，自学计算机编程语言，反复琢磨、尝试，最终开发出了"西藏天文历算数据运算系统"。

银巴非常熟悉各流派的算法，又有多年编程经验，程序设计和编写工作开展得得心应手，计算结果经过核对，精确无误。对于这套系统，银巴充满自信："传统的各种算法，电脑都能进行，而且这个系统一直在完善中。"

银巴的工作，让藏族天文历算的数据推演，从原始"沙盘"跨越到了现代计算机"键盘"上。

2001年，在政府的支持下，银巴和当时已退休的副所长阿旺桑布主持启动了万年历的编写工作。

按照传统方式，即使是出生于天文历算世家的西藏顶级专家贡嘎仁增和他的徒弟们用计算工具沙盘推算，一年也只能算出226年的基本数据。手工编出现行藏族天文历算四种流派、2100年的万年历，需要30多年时间。

"西藏天文历算数据运算系统"让这项史无前例的工作，得以付诸实施。银巴负责计算机软件的设计和编程，用计算机输出2000年间的全部历算数据，并反复校对确保数据无误。阿旺桑布负责把相关数据手写至预先设计印制的表格中。

银巴说，《西藏万年历》原始数据多达几万页，然而最繁琐和困难的任务是数据的录入和编排校对。自治区藏医院为之投入了40多人，前后进行了10次校对，最终完成了这本书的编校工作。

2016年在"门孜康"百年庆典之际，《西藏万年历》正式出版发行。全书共4册、4200多页、424万余字，印刷精美，装帧古朴，受到学界的一致好评。

西藏自治区社科院宗教所所长布穷，研究藏传佛教历史20多年，经常要根据史书的记载，把藏历年月日转换成公历，或者要对照汉文史籍里的农历纪年。拿着崭新的《西藏万年历》，他说："这部工具书太好了，解决了我们的燃眉之急。"

古老藏历仍年轻

数年前，"世界末日"的谣言，在国内外甚嚣尘上。在天文历算专家看来，这些纯属无稽之谈。

"无论从西藏天文历算的角度来讲，还是从现代科学研究的成果来讲，'末日说'完全是无稽之谈。"当时接受《瞭望》记者采访的银巴这样回应道。

谣言称，"世界末日"在2012年冬至到来时，会有3天连续黑暗。银巴介绍，只有日全食才能带来这种天象。根据天文历算法则，一般只有在藏历每月30日或者1日才可能出现日全食。而12月21日是藏历11月9日，所以连续三天黑暗是不可能发生的。

"有数千年历史的古老藏历，始终维系着藏族老百姓的日常生活。在现代科学普及发达的今天，藏历的生命力依然很旺盛。"银巴说。

天文历算所每年大量的工作，就是编制藏历，不仅要收集大量现成的物候谚语资料，研究天体运行规律，还要深入农村牧区，考察分析最新的气候变化、地理变迁和老百姓的发现，跟踪验证已发布藏历的准确程度，对各项预报进行必要的更正和调节，以不断提高藏历的科学性、准确性和权威性。

藏历与群众生活最密切的关系，体现在天气预报方面。数十年来，天文历算研究所研究人员努力加强天气预报的精密度，他们开展了每天的天气预报工作。西藏的电台、电视台等媒体，每天播放气象局和天文历算研究所的天气预报。现在，藏族群众何时灌耕、何时播种，牧民何时迁移四季牧场等生产活动，均参考藏历进行。

次多介绍说，现代气象部门利用新的天文气象理论和精密的仪器，短期天气预报准确；而天文历算则利用成熟的天文理论、繁杂的数学计算和长期积累的经验，在中、远期天气预报方面独具特色。

银巴告诉《瞭望》新闻周刊记者，西藏自治区目前从事天文历算研究工作的有十多个人，希望有更多的人加入这支队伍，更好地学习、研究、传承这门藏族古老而优秀的传统文化。

谈到未来的计划，银巴有一个新的梦想：在拉萨建造一座天文历算馆，"让人们通过望远镜，更清楚地看看头顶的星空，了解更多关于宇宙的奥秘"。

（原载新华社《瞭望》新闻周刊 2017 年 2 月 13 日，第 6-7 期）

新华社拉萨电

新华社西藏分社 编

西藏人民出版社

新华社记者 张晓华摄

第四篇

抢险救灾

"4·25" 8.1级地震前期快讯三则

新华社记者 王军 张宸 边巴次仁 黎华玲 黄兴

1. 尼泊尔发生地震西藏拉萨震感明显暂无人员伤亡报告

新华社拉萨4月25日电（记者 王军 张宸 边巴次仁）据中国地震台网测定，4月25日14时11分，尼泊尔发生8.1级地震。受此波及，西藏日喀则市吉隆县、聂拉木县等地震感强烈，拉萨等地也有明显震感。吉隆县有房屋倒塌，暂无人员伤亡报告。

吉隆县县长胡红接受新华社记者电话采访时说，当地震感强烈，民众纷纷跑出房屋避险。地处中尼边境的吉隆镇、樟木镇移动信号中断，吉隆

地震发生后，消防官兵第一时间赶往重灾区樟木镇。（新华社记者 觉果摄）

镇萨勒村有部分房屋受损。此外，聂拉木县也出现了移动通讯中断情况。

（新华社快讯，发稿时间：13：35：21）

2. 尼泊尔发生 8.1 级地震　西藏边境震感强烈有房屋倒塌 1 人死亡

新华社拉萨 4 月 25 日电（记者　王军　张宸　黎华玲　黄兴）受尼泊尔 8.1 级地震波及，西藏日喀则吉隆县、聂拉木县等邻近地区震感强烈，有房屋倒塌情况，聂拉木县有 1 人死亡。

聂拉木县受地震影响十分明显。聂拉木县县委书记、樟木口岸管委会主任王平介绍，聂拉木县城七成左右的房屋出现裂缝或倒塌，1 名 83 岁的女性因房屋倒塌遇难。由于处于春耕时期，地震发生时大部分群众在田间劳作，因此目前并未接到更多人员伤亡报告。县城已启动紧急应急预案，各部门负责人均已分别进村入户开展灾情统计、救援工作。

吉隆县县长胡红在电话中告诉记者，发生地震后，当地震感强烈，群众纷纷跑出房屋避震，吉隆镇移动信号中断，吉隆镇萨勒村有部分房屋受损。同时，吉隆沟里震感明显，部分村民房屋出现不同程度的裂缝，一些房屋还有倒塌的情况。当地已紧急启动地震应急预案。

地震发生时，远在千里之外的拉萨也出现明显震感，一些家住楼房高层的市民表示，短时间内家里摇晃，床和灯都有摇。尽管有明显震感，但拉萨市民未出现恐慌情绪，生产

武警日喀则消防支队在樟木镇进行搜救工作。（新华社记者 觉果摄）

生活一切正常。

此外，受地震影响，318 国道往樟木口岸的道路中断，武警交通部门已组织人力、车辆紧急赶赴受灾路段开展抢通工作。

樟木口岸距尼泊尔首都加德满都 128 公里，是中国和尼泊尔之间政治、经济、文化交流的主要通道。吉隆口岸距加德满都 131 公里，是西藏历史上对尼泊尔最大的陆路通商口岸之一，去年 12 月底正式扩大开放。

（新华社快讯，发稿时间：17：01：28）

3. 尼泊尔强震已致西藏 5 人遇难 13 人重伤

新华社拉萨 4 月 25 日电（记者　张晓华　王军　黎华玲）记者从西藏自治区党委、政府了解到，受尼泊尔 8.1 级地震波及，西藏日喀则吉隆县、聂拉木县等邻近地区震感强烈，有房屋倒塌情况，目前已造成 5 人遇难，13 人重伤，另有多人受伤。

4 月 25 日 14 时 11 分，尼泊尔（北纬 28.2 度、东经 84.7 度）发生 8.1 级地震，震源深度 20 千米。震中距西藏日喀则市吉隆县边境 43 公里，距聂拉木县边境 42 公里。受此波及，日喀则市多地震感强烈，阿里、山南、拉萨等地市震感明显。

据西藏自治区党委、政府统计，目前，吉隆县、聂拉木县、萨嘎县、定日县大量房屋出现裂痕、部分房屋倒塌，道路损毁、通信中断。具体灾情正在进一步核实中。

地震发生后，西藏自治区党委、政府立即作出部署，要求立即疏散人员、全力抗震救灾，坚决防止余震和次生灾害造成人员伤亡和更大损失。

西藏公安消防总队迅速启动地质灾害应急求援预案，调集日喀则消防支队 6 辆消防车、60 名官兵赴吉隆、樟木灾区展开救援；拉萨 14 台消防车 70 名官兵、山南 6 台消防车 60 人正赶往灾区增援。

同时，中国公安部消防局已启动应急预案，组织开展抗震救灾。

据了解，西藏有关部门正在密切关注尼泊尔方向的情况。

（新华社快讯，发稿时间：19：48：48）

新华社记者星夜挺进聂拉木县城见闻

新华社记者　魏圣曜　觉果　李鹏

25 日下午 3 时 30 分许，新华社西藏分社派出两队报道组，其中一组奔赴受灾较重的日喀则市聂拉木县，因进入县城所在地充堆村和出县城去往樟木镇的 318 国道道路积雪、塌方堵塞，直到 26 日清晨 7 时，记者才进入县城边缘。

26 日零时起，首批赶往日喀则吉隆县和聂拉木县的新华社记者和保障人员共计 10 人在途经定日县一带时看到，天空中开始飘起大片雪花，318 国道部分路段有积雪，道路两旁已被积雪覆盖，路面湿滑，行进速度因此减慢。

26 日 2 时 30 分，记者经过 318 国道、距聂拉木县约 100 公里处时，看到一辆藏 D 牌照的越野车陷入公路右侧的沟槽中，连忙把车停下。下车询问后得知，他们一行 4 人是日喀则市疾控中心的，在赶往聂拉木县途中因道路积雪结冰、车辆拐弯时打滑陷入约 40 厘米沟中，车辆严重向右侧倾斜。

由于双方都没带牵引绳索，前往聂拉木县的新华社报道组一行 5 人立即帮他们推起了车子，但车轮打滑、沟槽过深导致"事倍功半"。"给前后轮都垫上石块！"年长的摄影记者觉果招呼大家一起垫石块，除疾控中心的司机外，其他人都集中在车辆右侧的沟里向左前方推车。车辆前进两步又后退一步，以调整车轮方向……半个小时后，经过连续十余次尝试，终于，汽车冲上了公路。

3 时 30 分许，记者沿 318 国道向聂拉木县县城前进，先后经过聂拉木县土龙村、亚来乡、如甲村、塔杰林村等地时看到，道路两侧的房屋没有严重受损或倒塌；雪仍然下得很大，但这一段路的路面积雪已经过铲扫，与定日县至聂拉木县边缘那一段路相比，行进速度大大加快。

记者在这一路段看到，路边的养路队住所内依然亮着灯，这一段电力供应正常，但不知是自备电源还是电网供应；4时30分路过扎西宗村时，路边民房周边的空地上支起了数十顶帐篷，个别帐篷中散射出微弱的灯光，初步判断是太阳能蓄电供电。

4时40分，记者经过聂拉木县江岗村，路面散落着大大小小的滚石；进江岗村不远后，一处路面被塌方的石块严重堵塞，只能紧贴着左侧的河岸驶过；5时许，在距离聂拉木县城聂拉木镇充堆村约三四公里处，塌方的巨石完全堵住了道路，车辆无法通行。

正当记者以为要在此守到天亮路通之时，日喀则市消防支队行进至此，他们计划徒步穿过县城深入樟木镇。记者旋即决定与消防队员一起徒步进入县城。

记者在途中看到，距离聂拉木县城短短三公里路段，有三处大塌方，道路完全被堵塞。据同行的日喀则消防支队支队长加阿次登介绍，最大一处塌方石块巨大需要炸药炸开，林业部门正在调运炸药。

由于石块湿滑，翻过三处塌方地段时，记者和背负重物的消防队员不时滑倒，磕磕绊绊中挺进聂拉木县城。

加阿次登告诉记者，他带领的队伍有30人，队员们将徒步从距离樟木镇37公里的县城进入这一中尼口岸。他们携带有铁锹、铁锨、生命探测仪、多功能减扩仪和担架、救援绳索等救援设备。

"现在最担心余震，根本无处躲避。"加阿次登说，凌晨两点左右聂拉木县发生了一次超过5级的余震，道路左侧是一条大河，"'聂拉木'在藏语中是'颈道'的意思，地震发生后更是突显了这一名字的凶险。"

在一边摸索前进一边聊天中，26日6时50分许，记者徒步进入聂拉木县城边缘，远处微弱的灯光渐渐明亮起来。

（新华社西藏聂拉木2015年4月26日电）

樟木大转移

新华社记者 张晓华 李柯勇 白瑞雪

卷帘门一拉到底，扣上一把铁锁，提起几个包裹，张积利一家5口人离开他们的小川菜馆，也离开了不知何日再回的樟木镇。

4月29日，尼泊尔8.1级强震后第4天，4250余名群众全员撤离樟木。

因重大自然灾害威胁而撤空一座城镇，在西藏是第一次，在世界地震史上也不多见。

短短数小时，曾经繁华的中尼边境小镇樟木已成空城。

地震重灾区樟木镇夏尔巴群众嘎玛在等待撤离。（新华社记者 邢广利摄）

孤岛与空城，一个艰难的决定

29日中午12时许，细雨。樟木镇抗震救灾协调指挥部的简易帐篷下，电话铃声响起。西藏聂拉木县委书记王平拿起听筒，听了一句，从椅子上跳了起来，随即对着电话重复："是，全员马上撤离！"在电话那头下达指令的，是西藏自治区党委书记陈全国。

此次尼泊尔大地震，樟木是中国境内灾情最重的地区之一。截至目前已有9人死亡，部分房屋倒塌，95％的房屋倾斜、开裂。在28日傍晚之前的近80个小时内，樟木断路、断水、断信号，一直处于"孤岛"状态，"粮食只能维持三天"的保守估计更是让人们的心提到了嗓子眼。

16时50分，通往樟木的最后一段塌方山路抢通，被困的人们松了一口气，以为最艰难的时期已经结束。地震以来，樟木经历了三次大余震，没有新的人员伤亡。然而，一个超乎想象的巨大危险正悬在头顶上。

勘测表明，受尼泊尔强震和多次余震的强烈冲击，樟木地质结构已发生较大变化，随时可能发生山体滑坡、泥石流等重大次生灾害。

樟木坐落在喜马拉雅山南麓陡峭的山腰上。一位当地干部说，万一半面山坡垮下来，整个镇子连城带人"包了饺子"也不是没有可能。

撤走全镇居民不是一件小事。这个东、西、南与尼泊尔接壤的边陲小镇已有千年历史，如今是西藏最大的边境通商口岸，西藏自治区90％以上的边贸和全国90％以上的对尼贸易在此进行。这里是近2000名当地居民的故土，也是中尼两国数千商贾和打工者的财产、家业所在。一旦宣布撤离，不知有多少人的命运将从此改写。

更为严峻的是，刚刚打通的樟木通往外界唯一通道，受到塌方等威胁，至今仍险象环生。要把4000多人安全有序地转移出去，谈何容易！

位于日喀则、拉孜等地的安置点早已做好准备，但对于西藏自治区抗震救灾指挥部来说，这仍然是一个艰难的决定。28日中午，陈全国将这一决定电话通知聂拉木县委副书记、山东援藏干部李东时，还特别交待"做群众工作时要注意方法"。放下电话，李东拿起对讲机："各安置点所有负责人注意，立即到指挥部开会！立即！"

最初的决定并不是"全员撤离"，而是"每三到五家可以留一个人看守财产"。可是，当日下午至深夜持续六七个小时的瓢泼大雨，促使决策者们下了更大的决心。

29 日中午，樟木的每一个人都已经得知：大家都撤！马上撤！

走与留，没有选择的选择

八九十岁的老阿妈们舍不得走。在祖祖辈辈生活的樟木镇之外，哪里都是异乡。外来的生意人也舍不得走。历经了长则二三十年、短则近十年的樟木岁月之后，他们像本地人一样在这里扎下了根。

"川都小吃"的老板何世美上月重新装修了小吃店。仅仅"五一"三天假期，就可望带来上万元收入。来樟木的 11 年里，这些收入维持着全家生活、孩子读书，还要接济远在四川农村的父母。然而，震后停水停电，从成都运来的几百公斤牛肉眼睁睁地腐烂了。这一走，扔下各种家当和刚刚交完的新年度房租，损失数万元。在这位 42 岁的中年男人看来，地震过去，生活可以重新开始，但如果离开赖以生存的樟木，全家的支柱就垮了。

何世美的损失不是最大的。另一个四川人张正洪的"瑞林商务宾馆"原计划"五一"开张，上百万的投入付之东流。两个星期前从别人手里接下快递站的河南人赵庆忠，这才接送第 4 批快件，业务就断了线，损失十来万。情况更糟糕的是一位皮鞋进出口公司老板——地震前一天，价值两百多万的货物刚从成都运抵樟木。

在樟木做生意的，四川人居多，也有来自浙江、福建、山东、陕西等地的人。他们经营着宾馆、饭店、超市和纪念品商店，在中尼公路时常阻断等不确定因素的影响中艰难拓展旅游业的红利。他们的发展路线图也高

4月28日拍摄的震后樟木镇局部景象。（新华社记者 觉果摄）

度相似：多年前初来樟木做些小买卖，起色不错，便呼朋唤友前来创业；逐渐积累了一些资本，则不惜通过贷款投入更大的生意。

可以预料的人生轨迹，被一场不期而至的地震按下了暂停键。"我的全部财产和全家老少都在这里，回老家只有一个结果：一穷二白，无力还债。"张正洪说。不愿离开，哪怕只是暂时告别——然而，在次生灾害随时可能席卷而来的现实面前，走与留之间，其实并不存在选择。

撤离命令传来，30岁的黄丽君二话不说，出发。经过另一个帐篷，"青年旅社"的女老板向她打招呼说：我不走！黄丽君贴着她的耳朵说了些什么，对方轻叹一声，开始收拾行李。你说什么了？我们问。黄丽君一边走向集合点，一边讲自己的故事。

山崩地裂那一刻，她正在从尼泊尔旅游归来的路上。直径近一米的大石头砸在车头，司机很快没了气息。前方5米远的一辆尼泊尔客车，包括一个婴儿在内的33人全部当场遇难。整整走了三天，穿过乱石欲坠的山崖，经过一排一排的尸体，黄丽君走回了中国樟木，与以为她已经遇难的亲人相拥痛哭。

前方是安全，身后是全家三代人经营了几十年的产业和可能将一切毁于一旦的危险。黄丽君毫不犹豫，选择前行。"我告诉她，生命只有一次。"黄丽君说。

中国人与尼泊尔人，两个方向的回家路

舍不得离开的，不仅是中国人。"樟木什么都好，好吃的多，下班了还能跳舞。""茶园宾馆"的尼泊尔服务员卓玛说。17岁的她在这里打工已经两年。地震时，她一个人在餐厅值班，吓得钻进桌子底下哇哇大哭。

卓玛的家在平时距离"友谊桥"也就五六分钟车程。家人无恙，但房子和父母经营的饭店都坍塌了，她想回家看看。地震发生以来的每一天，都有小伙伴们尝试向尼泊尔境内步行，却因为塌方不得不返回樟木。随着政府发出撤离命令，卓玛决定，哪怕步行上四五个小时，也得立即回家。"雨季到了，留在这里更危险。"

聚集全国各地商户的同时，樟木镇还有几百名来自尼泊尔的打工者。他们中的大多数在餐厅和宾馆当服务员，爱上了中餐，也会说流利或简单的中文。地震发生后，他们与中国同伴们挤同一顶帐篷，吃同一口锅里的饭菜。

在这个国际化色彩浓厚的小镇上，肤色从来不是阻碍交流的问题。德国人迈克尔·托埃勒和女友刚刚入住樟木镇中心的一家宾馆，地震就来了。他和当地人一起动手搭帐篷。"虽然语言不通，他们喜欢冲我笑，我们合作很棒。"托埃勒说，"救援人员送来毛毯，帮我们加固帐篷。"

这是托埃勒人生中经历的第一次大地震，也让樟木镇的尼泊尔人第一

次真切地感受到"中国与尼泊尔太近了"。"尼泊尔地震了，樟木也晃得厉害！"19岁的曼纳什很羡慕撤离至拉孜等安置点的中国人，日喀则、拉萨都是他向往的城市。

在"一品轩"餐厅工作近一年，曼纳什月收入合人民币两千多元，是在尼泊尔打工的3倍。卓玛把自己工资的大部分寄给父母和在加德满都上大学的哥哥，曼纳什则自己攒着，希望未来创业当老板。

除了不多的饼干和水，离开樟木时，曼纳什几乎没带什么东西。最重要的"行李"，大概就是作为他女朋友的卓玛了。采访结束时，卓玛一个劲问："这里什么时候能建设好？两个星期还是三个星期？"得知重建时间可能比她期望的要长，小姑娘满脸失望。问及今后打算，这对尼泊尔小情侣几乎同时回答："等樟木恢复了，就回来。"

作为撤离樟木的一个主要群体，29日，几百名尼泊尔打工者沿着与中国人相反的方向，踏上回家之路。与卓玛相比，曼纳什的家远得多。按照最坏的打算，他大概得走上一个星期。"路坏了怎么办？"他答："走小路。""迷路了怎么办？"他答："沿着波曲河，不会丢。"

告别，不知何时归来

4月29日13时15分，樟木镇群众陆续向镇外转移。最早一批乘车撤离的是17名伤员。在警车的带领下，数辆救护车无声地闪着应急灯，驶向山外。拎着各色包裹，背着背包，拖着拉杆箱，有的扶老携幼，有的孤身一人——在樟木唯一的一条街道上，随处可见这样的撤离者。

不时发生的滑坡阻断了刚刚抢通的道路。当地政府直接管理的汽车只有20多辆，但他们征用了全镇200多辆大货车、皮卡车、面包车、越野车、小轿车，自备车辆的，都尽可能多捎几个街坊邻居以及素不相识的陌生人。"上车！快！快！"35岁的渣土车司机索朗摇下车窗，对着等待的群众大吼。话音刚落，一群人涌向卡车的露天车厢。

　　大家都称"老张"的商贩带上了"哑巴"，他在八九年前收留的流浪聋哑人。年近 60 岁的老张来樟木做生意 18 年了，撤离时，他没有丢下那位老伙计。20 岁的仓决抱着养了 5 年的狗"小白"，背着一个几乎只能装下一双鞋子的包，跟跟跄跄地往前走。车辆不够，有的群众只能徒步撤离。成都军区某边防团驻樟木一连集合全连官兵，留下站岗的，其他人出动护送群众，一直送到 12 公里外比较危险的"五道线"，确保他们安全通过之后才返回。

　　山路上浓雾弥漫，林木葱茏，耳畔传来鸟鸣和山溪的轰鸣。本该是绝美的风景，此刻却危机四伏。不时看见滚落的巨石横在路中间，最大的一块竟有小屋般大小。连长许荣锋带队连续送走 3 批、1000 多名群众徒步过"五道线"，已是下午 5 点多了。他连早饭还没吃。"才反应过来一直都没上过厕所，也没有饥饿的感觉。"

　　并不是所有人全部撤离。驻樟木官兵奉命留下，坚守戍边卫国的职责。离开时，一户藏族群众把出生 20 多天的一窝小狗托付给军人。更多的人，把自家的肉、菜送到部队。傍晚时分，雨越下越大。8 辆军车开进樟木，加快运送速度，以防天黑危险。在一辆卡车的尾部，9 岁的洛丹双手扒着车厢边沿，脑袋探出向外张望，看着从小生活的地方渐渐变成一个黑点。面对记者的镜头，他突然露出顽皮的微笑。对于这个懵懂的孩子，这次迁徙仿佛驶向一个神秘而新奇的所在。

　　（新华社西藏樟木 2015 年 4 月 29 日电　参与采写记者：罗布次仁、边巴次仁、桂涛、张旭东、魏圣曜、张宸、王军）

出 樟 木 记

——西藏转移樟木镇四千余名受灾人员

新华社记者　罗布次仁　边巴次仁　张宸　魏圣曜

29日13时15分，游客丁诚驾驶甘ＡＨ0735车辆缓缓驶离樟木，西藏樟木镇受灾人员转移工作由此拉开序幕。

受尼泊尔地震影响，西藏聂拉木县樟木镇与外界中断联系72小时。28日，通往樟木镇的中国境内唯一道路打通；29日，卫星图像显示樟木周边山体有松动迹象，连绵阴雨天气加剧了潜在的塌方和泥石流威胁。

西藏自治区决定，转移樟木镇境内所有机关干部、经商务工人员和生活在这片土地上的群众，分别安置到西藏日喀则市拉孜县和市区附近。

落座群山之中的樟木镇，依山而建，是西藏唯一国家一类陆路通商口岸所在地。边境贸易让这个小镇曾经繁荣而拥挤。

扎西锁上店门，背上小包，准备离开。在樟木镇经营服装店18年之久的他，从来没有想过自己会离开这里，更会以这样的一种方式离开。

"去拉萨，我妻子在那里。"扎西说。更多的东西拿不走，也不愿拿。他相信会回到这里。踱着稍显艰难的步伐，不时回头望望自己熟悉的店门，渐行渐远。

如同扎西一样，很多人内心有不舍，有纠结，但又不得不离开。这个面积很小的镇上，仅经商人员就超过了800人。

刘巧莲夫妇在樟木经商有很多年的时间。他们经营的"财源超市"和"财源宾馆"在此地小有名气。地震发生当晚，超市提供了大量的食品给当地受灾群众。

"自然灾害谁也阻挡不了，政府让我们撤离，我们就走。"她说。虽然她们超市里还积压了十多万元的货物，去年还花了几十万元装修了宾馆。

为了安全转移受灾群众，当地政府动用了解放军、武装警察、政府部门等所有力量，调动樟木镇内出租车、私家车、卡车等所有车辆，组织受灾人员撤离。

然而，因为车辆有限，不少人选择徒步离开；还有更多的人，等待着救援车辆来接他们出离樟木。时断时续的小雨已经飘落了6个小时。

设在樟木镇完全小学院子里的临时安置点，昨天还是人声鼎沸，此时已是空空荡荡。记者看到，帐篷里都是被人们丢弃的东西，床垫、被子、炊具、暖瓶等。

"上车！快！快！"一辆大车停在人群前，司机招呼着大家上车。人们蜂拥而上，仅用几十秒的时间就把车厢挤得满满当当。

36岁的次仁确巴背着7个月大的儿子坐上了这辆车。"去年用所有的积蓄买了个房子，准备在这儿一直住下去。可现在什么都没了。"说话间，他眼泪不住地流。

19时25分，人们盼来了部队的救援车辆。8辆大型运输车鱼贯驶入樟木镇。"让拉孜和日喀则安置点的工作人员马上开始熬粥，确保所有转移人员能吃上热饭。"坐镇现场指挥的日喀则地委书记丹增朗杰说。

现场工作人员迅速组织群众分批上车，不断离开。待到21点18分，最后一辆车子载着满满的人，驶离了樟木。

"樟木镇受灾群众全部转移完成。"聂拉木县县委书记王平终于松了一口气。4250名受灾人员，踏上了出樟木的路。

（新华社西藏樟木2015年4月30日电）

强震后，中国在行动

新华社记者　周盛平　郝薇薇　赵卓昀

尼泊尔强震，举世震动！

面对友好邻邦巨大的灾难和悲痛，中国紧急行动。习近平主席、李克强总理分别致电尼泊尔总统亚达夫、总理柯伊拉腊，表达慰问，伸出援手。

灾难蔓延周边。中国西藏、印度、孟加拉国、不丹等地同受波及。

朋友有难，岂能无动于衷；同胞遇险，更需全力以赴。

救灾，是一场与时间比赛的争跑；救人，是一首拯救生命的壮歌。

驰援！向着加德满都！驰援！向着西藏震区！

北京—加德满都，命运与共

加德满都的灾情，牵动着北京。

北京时间 25 日 14 时，尼泊尔中部突发 8.1 级强震。房倒屋塌，天地变色，伤亡惨重。据尼官方最新数字，地震已造成尼境内至少 2300 人遇难，另有 5000 人受伤。这一数字还在不断攀升。

在加德满都，著名世界文化遗产杜巴广场三分之二建筑物倒塌，其地标性建筑、历经百年沧桑的比姆森塔化为废墟。

尼泊尔是中国的亲密友好邻邦。中国国家主席习近平第一时间向尼泊尔总统亚达夫致慰问电："中国人民坚定同尼泊尔人民站在一起，中方愿向尼方提供一切必要的救灾援助。"

这是尼泊尔近百年不遇的特大地震，其苦其痛，同样经历过汶川、玉

445

解放军陆航某旅官兵在搬运救灾物资。（新华社记者　张晓华摄）

树、鲁甸、芦山的中国人怎不感同身受！

更何况，这还牵着数千中国同胞的性命安危——2100多名在尼中资机构工作人员，600多名在尼旅游中国公民——其需其求，千里之外的祖国牵挂在心！

26日上午，尼泊尔强烈地震涉外工作部际紧急协调会在北京紧张举行。外交部、财政部、商务部、国家卫生计生委等相关部委负责人紧急研商各项措施。

从践行亲诚惠容周边外交方针出发，加快向尼提供一切必要援助；要贯彻执政为民理念，切实维护在尼中国机构和公民安全——这是党中央、国务院的指示，这是中国政府各部门全力以赴的方向！

——进一步组织民航运力，迅速将滞留在尼的中国游客接回国内。

——做好首批国际救援队赴尼救援工作，确保其及时、有效在当地开展工作，同时进一步组织并加强救援力量。

——安排医疗队向尼提供紧急医疗救助，救死扶伤，并协助尼做好防疫工作。

——向尼紧急提供帐篷、发电机、净水设备、医疗用品等紧急人道主义物资援助并尽快启运。

——抢通连接西藏自治区与尼泊尔的公路通道，以便运送救援物资和人员。

——继续做好紧急救助受困珠穆朗玛峰登山人员的工作。

——加强在尼中资企业自我安全防护工作和救助工作。

——为在尼中国公民提供各种形式的保护和协助。

风雨同舟，命运与共。为邻邦，为同胞，中国的应急与救援工作紧张而又高速、高效地运转起来！

驰援，为了生命！

"救出来了，救出来了！"从加德满都的废墟之中，中国国际救援队队员小心翼翼抬出一名 16 岁的尼泊尔男孩帕纳。

空中拍摄的在地震中损毁的吉隆县吉隆镇通往尼泊尔的道路。

（新华社记者　刘坤摄）

当地时间 26 日上午，这支由 62 人组成的救援队抵达加德满都特里布万国际机场。起程时，尼泊尔驻华大使马赫时·库马尔·马斯基专门赶到机场送行；抵达时，尼泊尔总理与部长理事会办公室联合秘书尚卡尔·普拉萨德·柯伊拉腊专门在机场迎候。

"这对遭受强震的尼泊尔来说是雪中送炭。"柯伊拉腊言辞恳切，充满感激。第一支抵达尼泊尔灾区的通过联合国认证的国际重型救援队，是中国的！

40 名搜救队员、10 名医护队员、12 位地震专家，6 条搜救犬……这是中国国际救援队第 10 次第 12 批次赴境外实施国际人道主义救援任务。领队赵明说："我们要去拯救生命，我们定会拼尽全力。"

他们刚刚经过一个急行军般的不眠之夜。却在抵达加德满都后，立即进入工作状态：十几人先遣队携带搜救犬进入灾区救人，剩下的同志则在当地军方配合下转移搬运随队物资。

这片曾经辉煌绚烂的土地，如今却是满目疮痍、危机四伏。楼房倒塌，路面断裂，瓦砾小山似的一座座堆在路上。要命的是，废墟间余震一波波袭来，大的时候感觉地面就要跳起来。"大家注意安全！加油！"中国国际救援队微博不断为前方队员鼓劲打气。

26 日与中国救援队同机抵达的还有中国政府向尼泊尔提供的部分紧急救援物资。为表达中国政府和人民对尼泊尔抗震救灾的坚定支持，中国政府已决定向尼泊尔政府提供 2000 万元人民币紧急人道主义物资援助，包括帐篷、毛毯、发电机等灾区急需物资。

这是一场没有硝烟的战争，中国救援队与当地百姓并肩战斗。尼泊尔的警察和军队全都调动起来，所有直升机投入救援。抵达加德满都后，中国救援队决定暂不搭建营地，救人为先。

此时，在数千里之外的北京，中国地震应急搜救中心召开应急会议，对下一步工作和前后方可能会遇到的问题进行了部署。

西藏，打通"生命通道"

我国的西藏自治区，比邻尼泊尔。中尼交界的我樟木口岸，平时车流人流不断，震后成了"孤岛"。

受强震波及，西藏日喀则市吉隆、聂拉木、定日三县受灾严重，截至26日24时，已有至少20人死亡，4人失踪，58人受伤，转移安置24803人。当地余震不断，最大震级达到了7级。

"人没事是万幸，但房子基本没了。"55岁的吉隆镇扎村村民达瓦说。村子里，数百名村民被安置在帐篷里。

在"世界屋脊"上救灾，难度更是常人难以想象。雨雪天气连绵，沿途道路泥泞，泥石流、山体滑坡……大自然给前往救灾的人员出着一道又一道难题。

灾情发生后，中央调集各方力量全力投入抗震抢险，目前，各项抗震救灾工作正紧张有序地进行。

7个医疗队、5个防疫队紧急赶赴灾区，流动医院应运而生。"我们将不惜一切代价救治受伤人员，做好疾病防控工作，防止灾后出现任何疫情。同时，妥善处理好遇难人员的善后事宜。"日喀则市委书记丹增朗杰说。

千余名官兵和预备役人员、75辆车辆和12台工程车驰援灾区。目前，西藏军区提供的第一批救灾物资已经运抵灾区，陆续发放。军地协力搭建起救灾帐篷、设置饮用水点。

打通救灾通道，才能开辟"生命之路"。

26日，余震不断，雪崩不断，聂拉木县城通往樟木口岸的道路严重受损，交通阻断。

为了争取时间，参与救援行动的日喀则消防支队长加阿次登带领30多人的救援队伍，带着生命探测仪、多功能减扩仪、担架、铁锹等救援工具，从聂拉木县城徒步近40公里前往樟木口岸。

除开展抢险救援外，安置受灾群众也是重中之重。西藏各级政府紧急调集了 2.1 万顶帐篷、2.3 万套棉衣裤及食品、药品、饮用水等救灾物资，运往灾区，保证受灾群众的正常生活。民政部紧急从拉萨、西宁、格尔木、武汉等四个中央救灾物资储备库调拨救灾储备物资，帮助灾区做好受灾群众临时安置工作。

"今天我们带了 320 顶帐篷，300 床棉被，超过 1300 箱的方便面、矿泉水、饼干等物资。在行进途中的每一个自然村，救援队都会按照当地人口卸下一些救援物资。"无论多苦多累，哪怕肩扛背驮，受灾重的吉隆县副县长普布多吉也要把救灾物资及时发放到受灾群众手中。

同时，西藏相关部门还派出地震专家赶赴现场，加强监测预警，重点防范由于降雨降雪和强余震形成的山体滑坡、泥石流、滚石，吉隆县、聂拉木县地震灾区疫情防控工作正式开展，其中水源地保护成为工作的重心。

"给中国政府点一个大赞！"

"到达（加德满都）机场时，已经有大使馆的人在机场等候了。他们人手不够，非常忙碌。但看到他们那一刻，心里真的很温暖。"强震发生时，广西游客钟爱喜正在加德满都。如今，在中国驻尼使馆的帮助下，钟爱喜已平安回到南宁家中。

向尼泊尔民众伸出援手刻不容缓；救援在尼中国公民的行动分秒必争！

初步消息，4 名在尼中国公民遇难，约 10 名中国公民受重伤。

当前正值尼泊尔旅游旺季，除去 2100 多名在尼中资机构工作人员，还有 600 多名在尼旅游的中国公民，全国人民都在挂念他们的安危。

因雪崩被困珠峰南坡的中国登山队员中的重伤员，也亟待救援。

行动，还是行动！

地震发生后，中国驻尼泊尔大使馆立即启动应急机制，中国公民的安全是使馆工作的首要考虑。中国驻尼大使吴春太第一时间和在泰国过境的尼泊尔总理柯伊拉腊通电话，请求尼政府高度重视中国公民的救援工作，采取及时有效措施，保护他们的人身财产安全。

许多正在尼泊尔旅游的中国公民由于受到惊吓，不敢留在室内。使馆获悉情况后立即将领事部大院腾空，安排专人接待前来求助的中国公民。25日晚，150多名中国公民在使馆过夜，成为他们在异乡临时的"家"。

而被困珠峰的同胞，在地震引发雪崩后的24小时内，由中国登山协会协调的救援直升机就已经抵达南坡大本营，将受困那里的中国民间女子登山队8名队员运往卢卡拉。

与此同时，外交部第一时间启动应急机制，与相关部门紧急协调，安排在26日9个中国民航航班赴尼，可接回千余名滞尼中国公民。

地震发生后，加德满都机场曾一度关闭，各国航班纷纷延误，大批乘客滞留机场，中国民航飞机的起降凝聚了祖国多少的心血？

在加德满都机场经历了这一幕的中国游客"@阿缎"在其个人微博上说："东航、国航已经进来了！我们很幸运！给中国政府点一个大赞！！"

黑夜来临，余震不断。在加德满都，在西藏山区被阻断的公路上……人们没有停止互助的脚步。

沉沉夜色中，中国湖南衡阳南华大学，烛光点点，学生们摆出"BEWITHNEPAL"（与尼泊尔同在）字样。更为广袤的中华大地上，亿万中国人同样为邻邦受灾的民众、为西藏抗灾的同胞深深地祝愿与祈福。

（新华社2015年4月26日电　参与采写记者：张晓华、杨三军、钱春弦）

国门历险记

——尼泊尔大地震中的樟木口岸

新华社记者　白瑞雪　李柯勇　罗布次仁

　　陈洪拖着砸伤的双脚，朝中尼友谊桥这头一瘸一拐地跑来。山崩地裂的浓烟中，两个边防战士冲到桥中央，一把将这位几乎瘫倒的中国商人架过国界线，飞奔而回。

　　8.1级强震袭击尼泊尔，与尼泊尔一桥之隔的中国樟木口岸同样经历了一场历史罕见的冲击。

　　4月25日，星期六中午，出入境高峰时段。人证对照、信息录入、特征比对，出境检查员薛鹏飞正要为一位中国边民盖上大红章，整个联检大厅晃起来了。

　　短短几秒钟，薛鹏飞将验讫章入箱、上锁，然后抱着那个只有自己知道密码的箱子跑出大厅。小小的验讫章是出入境手续的最后一关，也是国家主权的象征。樟木全年小震不断，在边检站的突发事件预案里，检查员即使"命丢了，也不能丢章"。

　　对面的尼泊尔立宾山不断塌方，滚石被1000多米的高差变成了一颗颗炮弹，砸向平均宽度仅20来米的波曲河这边河岸。边防官兵手拉手站成一圈，把从建筑物内撤出的近百名群众围在两片塌方带之间的安全地带。

　　这个数字很快增加到了500多——准备出入境的中尼边民，21名刚刚入境的外国游客，以及不断从对面狂奔而来的人。

　　两个小姑娘一进国门，抱着边防官兵大哭不止。她们不过是去对面买点东西，从天而降的石头压垮了半边超市，也砸死了正在收钱的超市老板。

同一时刻，一位中年妇女已经跑到桥中央，发现同行的丈夫不见了，又毅然转身，任凭桥这头的人们声嘶力竭地挥手"不要回去！"当她搀扶着满头是血的丈夫归来，站在桥这头焦急等待的边检站出境科代理指导员徐杨，几欲泪下。

此时，他的对讲机里传来消息：几公里外，列兵张高勇受伤，为了挡住一块飞向9岁孩子嘎玛旦增的巨石。

哭喊声一片。一个夏尔巴妇女当场晕倒，更多的尼泊尔边民要回家寻找亲人，还有游客想沿着同样多处坍塌的中国一侧山路去往县城。

公安边防部队聂拉木边检站副站长扎西达瓦抓起扩音器：两边都在滑坡，只有这里相对安全。路正在抢修，很快会通。我们的食物很多，不用担心。我们是中国的边防部队，我们一定能保证大家的安全。这些话用普通话、藏语、尼泊尔语和英语各讲了一遍。人群安静下来了。

搭建帐篷，开仓取药，救治伤员。原本匆匆经过中国国门的人们在国门一旁扎下了营，一扎就是4天。这么多人，吃喝拉撒都不容易。地震当晚，一夜大雨。7顶帐篷和28辆大小车辆挤得满满当当，部队官兵则靠墙休息。煤气不够，战士们就上山砍柴，架起大锅24小时不停地烧水。一日三餐，罐头肉熬稀饭。一个印度家庭是素食者，炊事班每天加做一锅不带荤腥的粥。

看到中国女警官席地而睡，印度游客非要让出自带的小帐篷。几个在樟木镇上做生意的中国人和尼泊尔人，搬来几箱方便面。"灾难时刻，人性的温暖无国界。"边检站站长蒲方爱说。

说是安全地带，其实谁也不能保证绝对安全。接连余震的夜里，边检站的紧急集合哨吹了20多次。中外群众们很快熟悉了这种连续短促哨声的要求——钻出帐篷，集中站立，还是由边防官兵围在外沿。

"四周漆黑，只听到哗哗的塌方声音。我在想，整座大山会不会垮下来，把我们活埋了啊？"边检站出入境科代理科长梁咏说。当然，他的忧虑不能说出来。作为特殊时刻的一项重要任务，官兵们在履行出入境管理职责之外，还要对群众进行心理疏导。他们劝抚家庭遭遇不幸的尼泊尔边民："好好吃饭，亲人一定希望你健康活着。"他们安慰心有余悸的孩子："再震了，我抱着你跑，肯定比地震跑得快！"

最初的紧张过去，人们的情绪渐渐放松。在等待撤离的日子里，有人打牌，有人踢球，还有外国人喝上了红酒。几乎都是第一次入住中国军营的他们，过上了半军事化管理的生活：所有人员分组，一早一晚清点人数；排队就餐，每批 20 人，井然有序。"再住上五六天的话，我得把他们都训练成民兵。"扎西达瓦说。

4 月 29 日，道路大部分抢通，地质结构因强震改变的樟木同时收到可能发生重大次生灾害的警告。当地政府要求：全员撤离。细雨中，边防官兵护送尼泊尔群众跨过国界线，护送中国人和入境的各国游客走上连接县城的中尼公路。

作为这条路的终点，口岸通往樟木镇的 8.7 公里当时仍然为几块巨石所阻断。荷兰游客布劳威尔·罗纳德·马丁不愿离开，一定要等到路全通了再开车走。扎西达瓦又得做思想工作了："命重要还是车重要？""这辆车是我的全部财产。"对方不干。他的生活就是全世界自驾游，每到一个国家，便贴上该国的国旗，几年下来，车身花花绿绿。"留下车钥匙，等到路彻底通了，我给你送出去。"马丁还是犹豫。"我怎么知道你会守信用？"扎西达瓦举着车钥匙，站在了那辆与中国警车风格极不一致的房车旁："给我拍张照，以此为证。"

给了扎西达瓦一个大大的拥抱，马丁随队伍撤离。走了几步，又回头说："中国警察是世界上最好的！"

（新华社西藏樟木 2015 年 5 月 1 日电　参与采写记者：边巴次仁、魏圣曜、张宸）

世界屋脊上，挺起不屈的脊梁

——西藏抗震救灾七日记

新华社记者 张晓华 多吉占堆

突如其来的"4·25"强震，让西藏日喀则市聂拉木县、吉隆县、定日县等地成为重灾区，生命遭戕、房塌路断、山河失色。

灾情就是让人们奋起抗争的集结号，一场抗震救灾的硬仗随即在雪域高原上打响……地震发生七天来，西藏各族人民万众一心、众志成城，在世界屋脊上挺起不屈的脊梁，在守望与互助中带着希望继续前行。

生命至上：不惜一切代价救人

截至5月1日12时，强烈强震已造成西藏死亡26人、失踪3人、856人受伤，倒塌房屋2699户、受损房屋37242户，近30万人不同程度受灾。

党中央、国务院高度重视西藏抗震救灾工作，有关部委紧急启动应急预案、调集救援物资、拨付专项经费，解放军、武警部队立即挺进救援前线。西藏自治区党委、政府第一时间调集力量赶赴前线抗震救灾，全区党政军警民协力同心，共克时艰。

救灾，就是动员令；救人，压倒一切。一场惊心动魄而又以人为本的抗震救灾行动开始了。

4月25日15时45分，西藏军区抗震救灾指挥部成立，迅速指挥通信、工兵、医疗等分队向灾区挺进；16时30分，解放军第8医院在聂拉木县街头支起第一顶帐篷，开始接收伤员；19 时 25 分，首批救灾物资开始运往灾区……

截至 5 月 2 日，共投入各种救援力量 53578 人次，各类车辆 1994 台，直升机 48 架次，转移安置 63989 人，其中重灾区樟木镇 4606 人全部转移安置。

"帐篷小学"的笑脸——吉隆县萨勒完小复课第二日纪实。

（新华社记者 刘东君摄）

西藏自治区党委书记陈全国强调，最大努力保障灾区群众的生命财产安全，做好安置和恢复重建工作。西藏自治区主席洛桑江村表示，各方救援力量采取果断、及时、有效救援措施，最大限度地避免了更多人员的伤亡。

攻坚克难：全力抢通地面和空中生命线

西藏的抗震救灾面临着高海拔和复杂地质条件的特殊性，难度之大，条件之艰苦，常人难以想象。

因地震造成塌方，国道 318 线聂拉木至定日段中断，聂拉木至樟木镇中断；国道 216 线吉隆县城至吉隆镇段公路受损……

在众多受损路段中，通往樟木镇的公路是名副其实的"鬼门关"，该路段山高沟深，地质结构复杂，地质灾害频发，公路作业面十分狭窄，加之余震不断，风雪交加，大批群众受困其中。

公路中间，十几处大如卡车般的巨石挡路，需爆破才能排除。然而作业面狭窄，山体破碎，爆破难度极大。时间就是生命！300 多名武警交通、消防、地质专家等人员，30 多台大型机械设备和车辆，双向作业，多点开花，冒着飞石如雨，塌方不断的危险，全天候轮班作业，全力清理阻塞路段。

"完全是把脑袋别在裤腰带上干活！"参与抢通的武警交通二支队十一中队操作手祁亚军感慨。每当山顶滚石如同冰雹般砸下来，安全员迅速吹响紧急哨音提醒避险。参战指战员没有一人退缩。

4 月 28 日 16 时 43 分，受尼泊尔地震波及而中断 3 天多的西藏聂拉木县至樟木镇的公路，全线打通。这标志着西藏的抗震救灾工作取得了突破性进展。

然而，吉隆口岸的道路仍然无法抢通，此时陆军航空兵部队再显身手，搭建了至关重要的空中生命通道。成都军区陆航某旅的 9 架直升飞机先后飞赴地震灾区，为吉隆口岸运输食物、药品，在 29 日成功接出全部受困群众和部分边防官兵，还从尼泊尔方向营救回中方在尼的 200 余名施工人员。

团结一心：为了让受灾群众过上美好生活

地震重灾区樟木镇地质结构松散，地势险要，随时可能发生山体滑坡、泥石流等重大次生灾害。万一山坡垮下来，后果不堪设想。为确保群众安全，4 月 28 日晚，西藏自治区抗震救灾指挥部决定，有序组织受灾群众向安置点转移。

从 4 月 29 日下午 1 点半到晚上 11 点半，组织当地军、警、民的各种车辆 1000 多辆，10 个小时有序转移群众 4606 名。

从樟木镇连夜转移出来的受灾民众，分别被安置在拉孜县、聂拉木县和日喀则郊区的安置点的帐篷，吃上了热饭菜。记者在拉孜县安置点现场看到，1000 多顶帐篷整齐排列开来，供群众食用的面包、方便面等物资整齐排列，现场还有医务人员正在为群众检查身体。樟木镇邦村新村转移村民加参说："住在帐篷里，温饱不愁，政府想得很周到，让我们看到了重建家园的信心！"

在被西藏人称为"幸福沟"的吉隆镇，灾情也很严重。地震发生后，解放军、公安边防、政府等各方力量迅速行动，帮助转移村民，搭建帐篷。目前，吉隆沟安置点已经搭建了 226 顶帐篷，安置了 1400 多名受灾群众。吉隆镇小学生在"帐篷小学"中继续上课。

村民南培一家刚刚吃完早饭，帐篷内虽然稍显拥挤，但是干净整洁。南培说："救灾人员给村民们送来糌粑、面粉、藏茶、大衣和绒衣绒裤等物资，让全村老百姓心里踏实了很多。"

在同样受灾严重的定日县绒辖乡，经过几天的救援和安置，灾区群众生活步入正轨。5 月 1 日清晨，帐篷边孩童们嬉戏打闹，青壮年帮助救灾官兵搬运物资，藏族老人们坐在帐篷内数着佛珠念诵经文……

樟木镇藏族老阿妈拉巴曲珍和卓玛饱含热泪地说：感谢党和政府、人民解放军为我们做的一切。有党和政府，有解放军官兵在，我们就有信心重建家园，重新过上美好的生活。

山崩地裂，无法震碎人们明天的希望。走过悲伤，乐观坚韧的西藏人民，将在灾难中栉风沐雨，砥砺前行。

（新华社拉萨 5 月 2 日电 参与采写记者：王恒涛、薛文献、刘铮、王军、黎华玲、许万虎、黄兴）

阳光照在曲松多河上

——中尼边境震后蹲点笔记

新华社记者　张京品　王军

美丽的曲松多河，在中尼边境默默孕育着两岸人民。地震发生后，河道上伤痕累累，碎石滑坡；河岸不远处村庄更是瓦砾成堆，村民们经历生死劫难。

地震以来，新华社记者蹲点中尼边境，发现崇山峻岭难挡人间关爱，天灾无情难摧人心坚强。生活在曲松多河两岸的受灾群众，在守望与互助中走过悲伤，带着新希望重建家园。

全乡 350 户中 349 户房屋受损倒塌

位于中尼边境的萨勒乡，海拔 3000 多米，是日喀则市吉隆县最靠南边的乡镇，一条蜿蜒狭长的曲松多河让它与尼泊尔隔河相望。

萨勒，藏语意为"山谷间的小平地"，是 2013 年从吉隆镇分出来新成立的行政乡，全乡 7 个行政村，5 个自然村，震前户籍人数 1653 人。这个乡距离此次地震震中仅 40 多公里。

那时，大地轰鸣，地动山摇，惊慌失措的人们叫喊着四处躲避，曾经的"人间天堂"瞬间被散落四地的巨石、蔓延无序的尘土包围、笼罩……全乡 350 户中 349 户房屋受损倒塌，死亡 3 人，重伤 3 人。

如今站在河边，记者仍然看到对面的尼泊尔山体表层伤痕累累，有许多像被刀切割的直线状"伤疤"。在山体中间多处大小不等的塌方，不时滚下的石块和巨大的塌方体带起一阵阵尘土，滚入河中激起大片水花，十分可怖。

村庄瓦砾成堆，满目苍凉。地震后，记者三次探访萨勒乡，颠簸的盘山路，既面临高原海拔的攀升，又面临路上的滚石，沿途又不时看见路两旁高过车身数尺的积雪，陡峭处，车辘辘与悬崖边相距不过两拳。

33公里的路，行程2小时，在翻过一座5000多米的雪山后，终于来到半山腰的地震重灾区萨勒乡卡帮村。记者在乡政府所在地萨勒村看到，这里几乎所有房屋都出现不同程度的损坏，有的是整面墙体坍塌，有的是内部结构严重受损。

萨勒村村民罗布桑珠家的房子2011年地震时受损，在国家帮助下，2013年完成翻盖，这次地震中又出现巨大裂缝。罗布桑珠说："一家人正准备吃午饭，突然感觉房屋晃动，起先没有太在意，可晃动长了，一家人赶忙跌跌跄跄跑出来，此时房屋就倒塌了大半。贵重的财产都被埋在了下面。"

崇山峻岭难挡人间关爱

由于道路中断、通信不畅，萨勒乡一度成为交通、通讯"孤岛"。该地平均海拔3600米以上，高寒缺氧、气候多变、雪雨交加、地质复杂、余震不断，山体滑坡、泥石流随处可见，救援难度极大。

有一种爱叫责任，崇山峻岭难挡人间关爱。地震后，各种救援力量第一时间连夜奔赴萨勒乡。26日下午，武警西藏总队日喀则支队救援小分队连续行军6小时后到达萨勒乡，迅速展开救援工作。同时带去了帐篷320顶、方便面690箱、矿泉水420箱、干粮240件等若干。

27日上午，由西藏公安边防侦查支队吉隆站队组成的救援队伍抵达萨勒乡后，当即为村民搭建帐篷，救治伤员，为临时安置点打扫卫生。

有一种温暖叫守望相助。地震发生后，基层党员干部冲在一线，精心转移安置人员，使后来 7.1、7.0 级等余震发生后，有效避免大量人员伤亡。

地震发生后，占岗村党支部书记普布次仁带人逐户排查，发现村民米玛被石头砸伤锁骨后，马上送其救治。搭帐篷没有平地，普布次仁主动将刚刚长出荞麦青苗的 3 亩地让出来，全村 36 户村民全部住上了帐篷。

米玛罗布是吉隆县人民医院驻卡帮村的干部，地震后得知村里有两位孕妇可能临产，他立刻放下手头工作，连续 20 多个小时奔波在两家之间。得益于米玛罗布丰富的接生经验，地震第二天的 4 月 26 日，卡帮村的孕妇旺姆和嘎琼先后于清晨 5 点和中午 12 点生下孩子。旺姆的丈夫次旺说："如果没有米玛罗布，真不知道会怎么样。"

萨勒村除了安置本村村民，还要接受转移过来的色琼村和拉比村的 300 余名村民。由于村里平地少，村第一书记尼玛桑旦和村两委向群众做工作，将 10 多亩村集体土地无偿用于两个村的安置。得知发放物资缺人手，卡帮村双联户户长罗次骑着摩托车到集中点带菜，挨家挨户分发。

受到感召，不少村民也自发参与到救灾中。5 日占岗村村民集体到山上捡了两车干柴，一辆送到色琼村，一辆送给指挥部。萨勒村村民格桑主动到安置点帮忙搭帐篷。他说："困难时期，我们都想做点自己能做的事。"

地震时，离萨勒乡不远的边境，有几位尼泊尔村民在那放牧，滑坡堵住了回去的路，他们向萨勒乡发出求救信息。萨勒乡曲松多边境检查站站长公觉朗加请示后，专门为他们搭建帐篷安排生活，于 1 日将他们送出境。尼泊尔人普琼说："中国政府的救灾太好了，非常感谢你们的照顾。"

安置点生活正常，物资充足

曲松多河静静东流，高原天空泛起鱼肚白，新的一天开始了。对于大地震中的萨勒乡人而言，踏实的新生活早已经开始了。

记者在萨勒村帐篷安置点看到，一片开阔的土地上，军绿色的帐篷错落有序；远方山上白雪皑皑，但帐篷内有厚厚的棉被和打满开水的暖水瓶。

不少帐篷旁用铁皮圈起了小厨房,帐篷上全都插着鲜艳的五星红旗。正当中午,家家户户门前都飘起了炊烟。

在帐篷堆里,最惹人瞩目的是萨勒乡完全小学的"帐篷教室",英语教师拉姆正给六年级的学生们上课,教室只有两面"布墙",但孩子们认真听讲。简易厨房里后勤人员正给孩子们准备午餐:土豆粉条肉丝。

在色琼村帐篷点,记者看到每家帐篷前都有一个铁炉子。正在吃晚饭的米玛一家说:"撤离时什么都没带,政府考虑太周全了,送来了炉子,还发了蔬菜、碗筷。现在生活物资很齐全,酥油、糌粑、大米都有。"

目前安置点内的生活趋于正常,物资保障充足。为了帮助村民们早日恢复生产,保险公司对房屋倒塌的群众,进行了一定金额的赔付。对于家中有遇难者,政府也给1万多元慰问金。为了表示感激之情,卡帮村村民加鲁专门将习总书记与西藏各族人民心连心的画像摆在帐篷正中间,并挂上了象征吉祥的哈达。她说:"托吉齐(谢谢)!感谢党!感谢国家!有党和政府的关心和支持,我们就有信心重建家园,重新过上美好的生活。"

穿过雪山云层,温暖的阳光驱散高原的寒冷,洒落在集中安置点的每一顶帐篷上,也洒在曲松多河流淌的河面上。趁着阳光正好,帐篷前很多人开始晾晒刚洗净的衣服,顽皮的孩童追逐着嬉闹,年迈的老者淡然地喝着酥油茶晒太阳。

(新华社西藏日喀则2015年5月6日电)

高震级下的较少伤亡是如何实现的

——西藏抗震救灾两周调查

新华社记者 张晓华 罗布次仁 令伟家 边巴次仁

4月25日，发生在尼泊尔的强烈地震波及我国西藏两个地市19个县，共造成西藏26人死亡、3人失踪、856人受伤。8.1级的强烈地震，在山高谷深、地质复杂的西藏，为何造成的伤亡相对较少？新华社记者深入震区一线，历时两周进行了调查。

震级高、灾情重
——新中国成立以来西藏最严重的地质灾害

边陲小镇樟木，被誉为"西藏的小香港"，因为边境贸易，这里富庶而繁华。全镇唯一一条之字形街道上，曾经车水马龙，街道两侧小楼林立、店铺密集。

4月25日14时11分，尼泊尔发生强烈地震，波及了这座与尼边境仅一河之隔的小镇。

大地突然震颤，瞬间改变了一切。

樟木镇迪斯岗村，一座两层小楼被地震引发的巨大滚石推入了悬崖，不见踪影；不远处，几吨重的一块巨石击中了一座三层小楼的正面，小楼背面如老人佝偻的腰，突兀鼓起。

这场强烈地震，波及西藏19个县、区，其中14个县、区受灾，14万人严重受灾。

国土资源部专家组认为，这是新中国成立以来西藏最严重的一次地质灾害。西藏地震局副局长王志秋说，这也是西藏80多年来最强烈的一次地震。

尼泊尔震中距日喀则市吉隆县边境仅43公里，距聂拉木县边境仅42公里。首次强震后，又连续发生了120多次余震，其中7级以上2次。

吉隆县萨勒乡，是此次地震受灾最严重的乡村之一。吉隆县政协主席刘永祥在地震发生当晚，带领数名工作人员到萨勒乡救援。

"边修路边前进，30余公里的道路整整走了几个小时。"他说。

萨勒乡下辖7个行政村、4个自然村，全村345户1619人。地震导致3人不幸遇难，全乡九成以上房屋受损，多数房屋倒塌。

截至目前，西藏地震灾区共有2699户房屋倒塌，3.7万户民房受损，200余座文物保护单位不同程度受损。

救援难、伤亡少
——复杂地质条件徒增救援难度，果断举措有效降低伤亡

此次西藏地震灾区均处边境一线，高寒缺氧、地质结构复杂、山大坡陡沟深，救援难度极高。

频发的余震，异常的天气，导致灾区塌方、滑坡、泥石流等灾害不断，阻断了许多通往地震灾区的通道。聂拉木县樟木镇、定日县绒辖乡、吉隆县吉隆口岸交通一度中断，成为"孤岛"。

吉隆镇至吉隆口岸的公路，8日下午才正式打通。此时，离地震发生已经整整13天。地震发生后，20余处滑坡带、270余万立方米的塌方量，阻断了这条70多公里的道路。

为转移口岸被困的受灾群众，以及被困尼方境内我工程施工人员，成都军区陆航团的飞行员，数十次高危飞行，将所有人员全部转移至吉隆镇。

高原灾区的抢险救援难度可见一斑。

定日县县长王坤在灾难发生后，立即带着救援人员徒步数十公里，抵达受灾严重的绒辖乡；吉隆县人大主席次仁，地震当天就带着两名医护人员，徒步数公里进入乃村，查看灾情，救治伤员……

武警交通部队和西藏公路养护部门的数百人，日夜奋战，抢通道路。

4月27日，通往绒辖乡的道路打通；28日，聂拉木县至樟木镇的公路打通；5月8日，吉隆镇至吉隆口岸的道路也终于打通……越来越多的生命通道被打通。

地震发生后，从村居一级到自治区党委政府，西藏各级各部门领导迅速行动，果断决策，一批优秀的基层党员干部不畏艰险，深入灾区抢险救援，将灾害损失降到最低。

转移快、安置稳
——确保群众迅速安全转移确保群众基本生活和及时安置

通往樟木镇的公路打通当日，聂拉木县委书记王平接到了自治区党委书记陈全国的电话："樟木镇全员转移。"

时间紧迫，王平深感责任重大。他迅速组织口岸管委会、聂拉木县、樟木镇等各级政府人员，迅速组织人员转移。

"29日晚11时许，当所有人员安全转移出樟木镇的时候，我的心总算落地了。"王平说。

地震发生后，西藏自治区党委迅速部署力量赶赴灾区一线抗震救灾，要求重点是救人，要不惜代价、想尽办法，全力抢救灾区人民的生命。

迅速行动，果断决策。大地震之后，超过7级的两次余震，西藏没有出现任何新的人员伤亡。

4月25日地震发生后，西藏各级党政机关、各级干部、部队官兵迅速

地震发生后，驻藏解放军部队第一时间奔赴灾区抗震救灾。

（新华社记者 张晓华摄）

行动，党政军警民联动，采取拉网式排查方式，连夜组织灾区群众 2.9 万多人撤离至安全地带。

4 月 26 日，武警交通部队和西藏公路养护部门数百人进入塌方和滚石不断的山区，抢通生命通道。

4 月 27 日 18 时，经过 52 小时连续抢修，中国移动除聂拉木县樟木镇外，灾区其余县乡均恢复移动通信；5 月 1 日恢复震区 27 个基站，其中随着樟木口岸基站抢通，震区所有县城、乡镇所在地的移动通信均已恢复。5 月 2 日，中国移动西藏公司还陆续在日喀则市、拉孜县震区安置点新建开通了 3 个 3 G 基站。

4 月 29 日，针对樟木口岸地质结构发生变化、山体移动、整体滑坡迹象明显的严峻情况，自治区党委、政府果断决策，将樟木镇全部人员转移至拉孜、日喀则市区安置点；成都军区陆航部队出动 9 架直升机紧急救援，将 279 名被困在尼泊尔境内的三峡集团援尼项目员工和 174 名吉隆口岸被困人员，全部安全转移到吉隆县吉隆镇安置点。

为更好安置受灾群众，当地在西藏聂拉木、吉隆、拉孜等县和桑珠孜

西藏地震安置点内的快乐足球。　（新华社记者　普布扎西摄）

区设立了 156 个安置点，近 64 万余名撤离转移人员全部得到妥善安置，实现有住处、有饭吃、有衣穿、有水喝、有伤病能医。

组织 13 支医疗队在灾区开展工作，设立医疗救助点 19 个，累计巡诊诊治伤病群众 1.76 万人次，发放价值 165 万元的各类药品；对受灾群众开展健康教育、心理疏导累计 6.6 万人次。

9 日上午，记者在日喀则市桑珠孜区安置点看到，一些老人坐在帐篷门口安详地晒着太阳，聊着天，手中的转经筒发出"唰唰"的声音；孩子们在帐篷间嬉闹玩耍；姑娘们哼着歌曲正在打扫帐篷……

5 月 9 日，距地震发生整整两周，高原阳光依旧灿烂，一面面五星红旗，高高飘扬在帐篷顶上！

（新华社西藏日喀则 2015 年 5 月 9 日电　）

"喜马拉雅后花园"的劫难与新生

——西藏地震重灾区吉隆沟见闻

新华社记者 杨三军 张京品 王守宝

吉隆沟，有"喜马拉雅后花园"的美誉。一场天灾，让这里遭遇劫难。因为来自四面八方的大爱，这里的人们慢慢走出地震的阴霾，生活走向正常，生产开始恢复，美丽的吉隆沟已然焕发出勃勃生机。

劫　难

尼泊尔强震无情，吉隆沟内的吉隆、萨勒等乡镇损失惨重。这里距离尼泊尔边境仅20多公里，地震劫难夺走了这里7条生命，房屋大量倒塌，道路大段塌方，山体大面积滑坡，昔日正翘首以待旅游旺季到来的雪域花园，却成了人人逃难的"帐篷村"。

10日是一年一度的母亲节。一大早，萨勒乡萨勒村的格桑便来到后山，向安葬在这里的母亲祭扫供品。

半个月前，格桑的母亲加姆还在家里帮忙炒青稞，一场意想不到的震动摧倒了房子，84岁的加姆被压在废墟中。

闻讯而来的驻村工作队员尼玛崔成、乡干部卡先加跑过来，把加姆从废墟中救了出来，送到医疗点，却最终没能留住老人的性命。

一样不幸的还有吉隆镇乃村。这个只有415人的村庄，在这次地震中有4人离开。回忆起地震时的情况，村里90多岁的老人说："一辈子没见过这么大的地震。"

乃村村民巴桑多吉这两天依然会时不时拿出手机，里面存储着女儿次仁德吉的照片。地震那天，次仁德吉在房子里玩耍，随着一阵剧烈晃动，房屋轰然倒塌，次仁德吉和邻居家的小孩等4人不幸遇难。

地震后，记者走访吉隆沟不少受灾村庄，一些村庄整村几乎看不见完好的房子，到处是断壁残垣，房屋废墟。有的是墙体坍塌，有的是内部巨大裂缝。昔日安居乐业的人们不得不进住帐篷，躲避这场浩劫。

大　爱

天灾无情人有情，劫难面前有大爱。西藏地震发生后，中央关心，八方支援，西藏党政军警民协调联动迅速投入抗震救灾，不少省市和团体纷纷向西藏捐款捐物，汇聚成一股股爱的暖流，涌向西藏，奔向吉隆沟。

中共中央总书记习近平对西藏抗震救灾工作作出重要指示；国家有关部委向灾区派出工作组；陈全国、洛桑江村等西藏自治区领导到一线指导救灾、慰问受灾群众……

成都军区某陆航旅派出直升机，接回"孤岛"吉隆口岸的100余名受困群众；国土资源部的地质专家深入吉隆沟，查看地质灾害隐患；中国疾病预防控制中心的专家走访吉隆受灾群众安置点，协助震后疫情防控；武警交通部队官兵连续奋战，不惧危险，全力抢通吉隆镇至吉隆口岸的塌方道路；壹基金等社会慈善组织的捐资捐物千里迢迢来到吉隆沟……

大爱还来自身边。地震后，乃村的共产党员尼玛，将已经长出绿苗的青稞地让给村里群众搭建帐篷。当大型车辆往村里运送物资因路窄过不去时，他又让车子从地里驶过，压坏了不少新种的土豆。

同样的感动还有萨勒乡的占岗村。地震后，由于一时没有合适的平地搭建帐篷，村党支部书记普布次仁主动将刚刚长出荞麦青苗的3亩地让出来，全村36户村民全部住上了帐篷。

受到感召，不少村民也自发参与到救灾中。5月6日，吉隆最后一批受灾群众萨勒乡拉比村全部转移。已经转移完毕的色琼村 10 多位年轻人主动前来帮忙。村民洛桑说："政府帮助了我们很多，我们也应该做些自己力所能及的事情。"

大爱不分国界。哈坦姆是尼泊尔人，8 年前在吉隆镇开了一家尼泊尔商品店，和他的藏族妻子共同经营，大地震后，哈坦姆和妻子以及三个孩子和当地受灾群众一起被妥善安置进了帐篷。

没多久，救援人员对哈坦姆商店受损情况做了评估，认为房子损毁不严重，主体结构完好，可以正常营业，并为他们通了水、电。让哈坦姆的商店可以重新开业。

新　　生

再大的天灾也震不垮吉隆沟，再大的劫难吉隆沟都会生生不息。

地震半个多月过去，记者坚守在吉隆沟，亲眼目睹了这里慢慢孵化出的勃勃生机。

9 日，记者来到乃村，碰到了正在耕地的多吉旺拉。他开着拖拉机耙地。"眼看着地震过去十多天了，家里的生活也慢慢恢复正常，趁着这两天天气好，我们赶紧把荞麦种了。"多吉旺拉说，种上荞麦，就等待收获的季节了，一家人的吃饭问题也不用操心了。

信心不断厚实的还有萨勒乡卡帮村的旺姆和嘎琼。震后第二天，4 月 26 日，两个人同一天当上了妈妈。地震后，村里的路不通，急坏了家里人。幸运的是，驻村干部米玛罗布是吉隆县人民医院的医生，有丰富的接生经验，两个新生儿终于顺利来到这个世界。

第一次拥有孩子的旺姆说："看着孩子很健康，家里的笑声不断，地震带来的阴影也慢慢消去。"

在吉隆镇吉普村，村民小罗布次仁修理好了在地震中破坏的田地围墙，赶着牦牛到山坡的草地放牧，并为土豆田除了草。

"虽然不幸遇到地震，但有国家的关心，让我们可以那么快恢复生活。现在庄稼长势好，不影响今年的丰收。"小罗布次仁笑着说。

10日一大早，吉隆镇帐篷村里开始飘出袅袅炊烟。吃完早饭，男人们开着拖拉机离开帐篷，驶向田地，忙着播种，女人们抱起脸盆，到自来水处洗衣服，孩子们背起书包走向"帐篷学校"。

5月的吉隆沟，绿阴葱葱，通往萨勒乡的路上，漫山遍野的杜鹃花开得正艳。

不久后，田地上将会长满绿油油的庄稼，等待收获。这是希望的田野，也是迎接新生的时代。

（新华社西藏吉隆2015年5月10电）

几名吉隆镇乃村的孩子们乘坐新华社记者的采访车去上学。（新华社记者张晓华摄）

吉隆镇乃村的孩子们走在上学的路上。（新华社记者张晓华摄）

吉隆镇乃村村民卓玛（右）为女儿普赤梳妆打扮后，准备送她上学。
（新华社记者　张晓华摄）

吉隆县乃村村民尼玛桑姆欣慰地看着两个孙子。（新华社记者　张晓华摄）

"感谢祖国！我们一家人终于团聚了！"

——43名滞留尼泊尔西藏边民平安回家

新华社记者　边巴次仁　春拉

11日15时13分，两辆载有43名我国聂拉木县樟木镇边民的白色大巴驶入安置点，几十名前来迎接他们的亲人和工作人员涌向大巴。

雨后的桑珠孜区受灾群众临时安置点有些干热，但期待着与亲人团聚的人们，脸上洋溢着幸福的笑容。

在大家热切期盼的目光下，43名边民一一走下车。

一下车，61岁的大德吉老阿妈迫不及待地去抱自己的小孙女。"来摸摸奶奶的脸，奶奶很想你！"她边说边擦眼泪。

据聂拉木县外事部门工作人员丹增贡嘎介绍，地震发生时，在距樟木镇大约30公里的尼泊尔巴热比斯有46名我边民；地震发生后，由于回国道路坍塌，无法返回国内，她们只能徒步前往尼泊尔的加德满都向中国驻尼使馆求救。

位于日喀则市北边的桑珠孜安置点，安置了此次地震重灾区樟木镇近一半的受灾群众。

"请大家往这里走！"在工作人员的指引下，43名边民走进一顶绿色的安置帐篷。早已为他们准备好的可口饭菜在热气腾腾地散发着香味。

"阿妈啦，您想喝酥油茶还是喝甜茶？"一位工作人员细致地对德吉老阿妈说。接过工作人员递来的一杯甜茶，老阿妈脸上露出幸福的笑容。

手中拿着热气腾腾的甜茶，大德吉老阿妈回忆说："那天是星期六，我和妹妹正在巴热比斯购物。2点多就地震了，当时惊慌失措的我们随着人群转移至了加德满都。"

滞留在尼境内的边民们在与中国大使馆取得联系后，被安置在了不同的安置点帐篷内。虽然灾区情况恶劣，但他们的生活得到了较好的安排。为了让他们尽快回国，西藏专派 2 名外事工作人员赴尼协调，并承担了边民回国的所有费用。

"感谢祖国！作为中国人，我感到特别幸福！"德吉老阿妈激动地说。

"我们一家人终于团聚了！"50 岁的边巴在桑珠孜安置点孤零零地等待家人 10 多天。他最后说："我们一定会更加珍惜这来之不易的团聚，好好生活下去，迎接更加美好的明天！"

滞留边民中的最后 3 人也将于今晚抵达安置点。

（新华社西藏日喀则 2015 年 5 月 11 日电）

地震夜，我们困守国门

新华社记者　令伟家　杨三军　张京品　徐庆松

四围的高山，直插云霄，像水桶似的，将吉隆口岸紧紧地箍在桶底。透过"桶口"，明亮的北斗七星，像宝石般串在黛青色的天幕上。

躺在武警交通二总队四支队的帐篷里，河水在山谷间轰鸣，夜风在群山间咆哮。山上滚落的巨石，不时在耳边砸响。国门那边，是尼泊尔"4·25"强震造成的巨大滑坡体，下面埋着尼泊尔的数辆卡车和数量不详的尼方商人。

12日下午，已完成采访任务的记者从吉隆口岸返回时，尼泊尔发生的"7.5"和"6.3"级余震造成的山体滑坡，导致道路中断，我们只能无奈折返吉隆口岸。

这是一块只有300多平方米的平地，三条界河，将四周的山峰切成三份，高度均在1000米以上，怪石嶙峋，随时要掉下来的样子。狭窄的平地上，驻扎着武警交通二总队四支队、吉隆边防检查站、海关及检验检疫等单位的近200人。

已近零时。躺在折叠床上，不时能感受到余震的颤抖，山下土石滑落的声音不绝于耳。大家都在安静地写稿、发短信，乘时断时续的信号间隙，给家人报平安，安静之中透露着几分凝重。

凭着积累的地震知识，我们要求大家帐篷不能关灯，把床位尽量移到靠门的位置，不脱衣服，不脱鞋子，以方便紧急时撤离。

而白天从武警官兵那里传来的消息，更加重了大家的不安。平时很少出现的蛇、猴群和野山羊，似乎暗示着出现较大余震的可能性在加大。

大家轻轻地议论着白天的惊魂时刻。下午我们刚折返到吉隆口岸，前方就传来噩耗：和我们一起在滑坡处等待通过的一辆汽车被滚石砸中，一死两伤。

时断时续的通讯信号，也增添了单位、家人和朋友的不安。我们通过电话、短信、微信、QQ等各种手段，向他们传递平安的信号，让他们放心。

吉隆口岸四面环山，相对高度都在1000米以上，地势险要，我们如同住在井

武警官兵抱着受灾儿童送往安置点。

（新华社记者 普布扎西摄）

底。如果真发生大的余震或滑坡，根本无处可逃。

时间，已经到了13日凌晨。武警交通部队的战士看我们还亮着灯，便提醒大家早点休息，如果听到哨声，迅速撤到指定的空地上。

尽管大家都很警惕，但连日的劳累，陆续有人响起了鼾声。每次被滚石声惊醒后，大家都跑出帐篷，但每次武警战士总是跑在前头。

见我们有些紧张，武警交通二总队副队长杨勇安慰我们："安心去睡觉吧。部队24小时有人值班，各滑坡点都有专人值守。只要大家别脱衣服别关灯，听到哨声赶紧撤，就不会有太大问题。"

算算我们几位的年龄，平均也就35岁左右。而这些值勤的士兵，大

都年龄只有 25 岁左右。想想他们为我们站岗放哨，想想我们的"紧张"，大家心里都多了几分羞愧。

13 日一大早，这些战士还要派出工程机械，清理阻断滑坡。他们将继续驻在"桶底"，直到完成吉隆口岸至尼泊尔首都加德满都的道路抢通任务。而我们，仅仅住了一夜！

口岸的夜，很深沉。老天爷的脾气似乎还没发完，不时轻轻地颤动一下，滚石坠入深谷，撞击着岩石、树木和湍急的河流。一天的疲惫化为睡意，帐篷里的鼾声轻轻响起……

（新华社西藏吉隆口岸 2015 年 5 月 13 日电）

强余震亲历记

新华社记者 杨三军 张京品

12 日 15 时 5 分许，尼泊尔再次发生 7.5 级强震，西藏多地震感强烈。地震发生时，新华社记者一行正在中尼边境的西藏吉隆口岸采访，经历了这惊魂一刻。

12 日上午，记者在吉隆口岸采访中国武警交通救援大队抢通尼方一侧至加德满都的道路，采访结束后，准备返回吉隆镇。13 时 30 分许，记者乘坐的采访车行至离吉隆镇仅 15 公里处时，前方道路旁的山体发生滑坡。

记者在现场看到，碎石和沙土从高山上倾泻而下，在本就狭窄的路面上形成一个大的砂石堆，并伴有滚滚尘烟。途经此处的一辆武警交通部队的铲车也被堵截在此。由于滑坡飞石持续不断，车内工程人员现场查看后，认为暂时不具备抢通条件。

无奈，记者一行又折返到吉隆口岸。15 时 5 分许，记者正在屋内吃饭，忽然听到一阵轰鸣声，大地剧烈摇晃。

"地震了！"同事一声惊呼，记者一行赶紧跑出屋子，跑到室外安全地带。这时，吉隆口岸的边防官兵及执行抢通尼泊尔道路的武警交通部队官兵都聚集在口岸狭小的空地上，惊魂未定。

"快看，山上滑坡了！"不知谁喊了一声，大家寻声望去，口岸对面尼泊尔一侧的高山上发生大规模滑坡，飞石坠落，尘土飞扬。

"我们这边的山也在滑坡！"记者看到，在我方一侧的高山上，也发生了滑坡，并顺着山体，伴着浓烟，形成一条浓烟带。

记者从在现场的武警交通部队相关人员口中得知，因为地震突发加之

几名来自尼泊尔的受灾群众从中国电信营业厅的来电记录里寻找熟悉的号码。（新华社记者 刘东君摄）

发生滑坡，在尼方一侧抢通道路的中国武警交通救援大队也被迫停止作业，吉隆镇至吉隆口岸的道路发生两处滑坡，交通彻底中断。

"又地震了！"15时25分左右，在吉隆口岸的记者再次感受到较强震感的余震，地面明显晃动了十余秒，中尼两侧的山体再次发生滑坡，尘烟再起……

两次强余震后不久，吉隆边检站政委尕麻旦增打来电话说，就在记者一行下午受阻滞留的那个路段，一辆小汽车在强余震中被山上的滚石砸中，当场造成一死两伤……

听到这个消息，记者倒抽一口凉气，真有些后怕。

（新华社西藏吉隆2015年5月13日电 参与采写记者：令伟家、莫华英、徐庆松）

为了受灾群众的绝对安全

——西藏再次整村转移地震灾区群众侧记

新华社记者 杨三军 张京品 王守宝

14 日清晨，薄雾在山间弥漫，蓝色的铁皮屋顶房散落其中。石头墙内，翠绿的土豆秧上滑动着晶莹的露珠。母鸡带着小鸡觅食，不时还能听到公鸡打鸣。

如果不是记者亲历，会以为这是一个尚未睡醒的村庄。实际上，这个村庄已经人去村空，所有村民在 14 日一大早全部撤离。

这个距离中国和尼泊尔边境只有大约 10 公里的村落叫江村。尼泊尔"4·25"强震发生后，江村房屋大量损毁倒塌，后方山体出现裂缝。5 月 12 日，尼泊尔发生 7.5 级强余震后，江村后方山体裂缝变大，滚石不断，水源地损毁。

为了群众绝对安全，吉隆县抗震救灾指挥部决定，对江村实施整村撤离转移。

14 日早上 7 点半，天刚蒙蒙亮，记者驱车经过滑坡塌方路段，沿着蜿蜒的山路来到江村。只见村民已在村外不远处的边防检查站院内等待，大多只带有一两个包裹。江村党支部书记嘎玛次旺说，政府已在安置点为村民准备了各种生活用品，大家只带了衣服等物品。

临行前，86 岁的藏族老阿妈曲珍有些依依不舍，她久久站立，凝望着破损的家，双眼满含泪水。在救援人员的搀扶下，她登上车辆，暂时告别生活了大半辈子的地方。

早上 8 时 30 分，由 18 辆越野车、皮卡车组成的车队沿着山路，缓缓驶出江村。在 216 国道 K 82 + 500 处遇到小型滑坡，武警交通部队官兵紧急赶往清理抢通。9 时 50 分，转移人员全部安全抵达吉隆镇安置点。

据了解，江村有江村、热索两个自然村。热索村位于吉隆口岸，共有 13 户 35 人，地震后被困"孤岛"。4 月 29 日，所有村民乘坐直升机全部转移至吉隆镇安置点。

西藏再次转移部分地震受灾群众。（新华社记者普布扎西摄）

负责江村转移的吉隆县政法委书记顿珠说，江村共有 14 户、73 人，由于部分学生已经入学转移，14 日转移的群众共计 60 人，包括 52 名群众、6 名边防官兵和 2 名驻村干部。

记者在吉隆镇江村安置点看到，已经搭好的帐篷内安放了折叠床、被褥、柜子，工作人员挨着帐篷给村民倒开水、发放饮料。

92 岁的藏族老阿妈央金刚住进帐篷，日喀则市藏医院的医生就来为她检查身体。江村对面是热索村安置点，村民达娃卓玛坐在帐篷外的澡盆旁，正在给两个月大的女儿丹增央拉洗澡。

拉确像其他村民一样，将座机带到了帐篷。收拾完毕，拉确就赶紧给父母打电话报平安。

5 月 2 日，家住吉隆县萨勒乡色琼村的拉确父母一家安全转移到萨勒乡安置点。拉确说："来到安置点，看到热索村的人生活井然有序，特别安心。政府为我们发放了炉子等生活用品，感谢党和政府的关心。"

"虽然大家很舍不得故乡，但江村现在很不安全，为了村民的绝对安全，政府组织我们转移，是科学决策。"嘎玛次旺说。

（新华社西藏吉隆 2015 年 5 月 14 日电）

地震阴霾散去 希望阳光照耀

——尼泊尔强余震后再访乃村

新华社记者 杨三军 张京品 王守宝

蓝天白云下，牛羊在高原牧场悠闲吃草；翠绿的青稞田、荞麦地连畴接陇，青青嫩苗生机无限；锄草的村民、背水的妇女忙碌其间……

这个世外桃源般的村落叫乃村，距离中尼边境约30公里。全村415人，受尼泊尔"4·25"强震波及遇难4人，90%以上的房屋倒塌，是西藏受灾最重的村庄之一。

尼泊尔7.5级强余震后，新华社记者再访乃村，亲身感受到地震的阴霾正逐渐散去，希望的阳光开始在乃村大地上照耀。

帐篷家庭的心声

乃村有乃东和乃西两个自然村，藏语意思是"大山顶上的圣地"。强震后，房屋尽毁，帐篷成了乃村人临时的家。所幸，强余震中，没有出现新的人员伤亡。

米玛吉巴住在乃东。他家帐篷里停放着一辆手推摇篮车，4个月大的女儿睡得正香。米玛吉巴说，他还有一个13岁的儿子，已经复课，返回吉隆镇完全小学。

记者看到，藏式桌子、床被整齐地摆放在帐篷内，电视里播放着藏语节目。米玛吉巴说，地震后，几乎每天都有物资运送到村子里，村里的干部都会当天通知大家去领取。

"全靠党和政府，我们才没有挨饿。"米玛吉巴指着帐篷里堆放的糌粑、大米、酥油、砖茶、棉衣被等生活物资说。

米玛吉巴家的帐篷顶上，悬挂着一面崭新的五星红旗，这是帐篷搭完后他主动挂上去的。"我们家 8 口人，两顶帐篷，吃的穿的都足够了。感谢共产党！感谢祖国！"米玛吉巴双手合十对记者说。

乃村风光秀丽，周边有雪山环抱，半山处杜鹃花娇艳欲滴，犹如落在凤凰背上的人间仙境。村民尼玛说："本来已经确定开家庭旅馆的，没想到地震了。房子重新盖好后，我一定把家庭旅馆开起来。"

春耕田野的希望

强震发生后，乃村的牛羊无人看管，地里刚刚长出的青稞苗被啃光，有的地块也没来得及播种。

村党支部第一书记普布次仁说，村民生活安置妥当后，村里组织党员干部带领村民恢复生产，没种的种上了，被牲畜啃掉的庄稼也补种完毕。

乃村的草场和农田泾渭分明。记者看到，草场和农田之间的铁丝网已经修复。"有了铁丝网，牛羊就吃不了庄稼了。"村民多吉旺拉站在田头说，"等庄稼秋天收获，一家人吃饭就不用靠国家救济了。"

在米玛吉巴家的帐篷里，一个镶有红色藏式图案的箭筒挂在墙上。他说，春天的乃村非常漂亮，野花、油菜花，五颜六色地点缀在绿油油的草地上，村民有举办射箭比赛的传统。

"过段日子村里就要举办这个传统文化活动。"米玛吉巴说，地震过去了，生活还得继续。

夯土房屋的期盼

采访中，村民们一致说，有了党和政府的帮助，现在大家吃穿都不愁，最大的心愿就是早日盖起结实的房子。

村民巴桑多吉的哥哥普布顿珠和小女儿次仁德吉在地震中遇难。

记者看到，巴桑多吉家的一顶帐篷里，整齐地燃放着 108 盏酥油灯。根据当地藏族的习俗，酥油灯要一直点七七四十九天。

巴桑多吉的大女儿丹增普次正在点灯给去世的家人祈祷。"地震时，我和妹妹被压在废墟下，多亏了村里的党员干部及时把我救了出来。"她说，"我能活下来非常幸运！"

"以前我们住的是夯土房，根本不防震，以后我再也不能盖这种房子了。"巴桑多吉看着完全倒塌的房屋，悔恨不已。

乃村党支部书记阿丹说，乃村海拔 3000 多米，雨水丰沛，村子所在地类似于湿地，土质松软。由于缺乏防震意识，传统的村民建房只打浅浅的地基，用夯土垒墙，遇到大地震，很容易整体垮塌。

巴桑多吉的儿子米玛普布在复旦大学上大三，地震后紧急坐火车返回家里。"听说县里已经确定乃村的房子将统规统建，而且是防震的框架结构，我们都特别期待。"他说。

（新华社西藏吉隆 2015 年 5 月 17 日电）

凝聚起战胜灾害的"中国力量"

——西藏地震灾区基层党员干部群英谱

新华社记者　多吉占堆　罗布次仁　薛文献　黄兴

在山崩地裂的瞬间，在残垣断壁的废墟中，他们第一时间解救生命，抚慰受灾群众；

在不断发生的强余震、泥石流和山体塌方前，他们奋力疏通救灾通道，转移安置群众；

在高寒缺氧的极地救援中，他们承担起最艰苦的工作，全力以赴确保抗震救灾的顺利推进……

2015年4月25日14时11分，尼泊尔发生8.1级强震，受此严重波及的西藏，遭受了新中国成立以来最严重的地质灾害。

面对突如其来的灾难，一个个身处险境的基层党员干部挺身而出，在党中央的坚强领导和全国各族人民的关心支持下，以勇于担当的气魄，以甘于奉献的精神，以对人民庄严的承诺，凝聚起战胜灾害的"中国力量"。

敢于担当，党员干部成为灾区群众的主心骨

25日14时13分，正在日喀则市出差的吉隆县县长胡红接到地震报警电话。

"通知各乡镇、村居，迅速展开救援、转移群众、核查灾情。"

来不及收拾随身行李，胡红以最快的速度赶回县城。

一路上，顾不得头顶碎石滚落，车子在坎坷的道路上飞驰。520公里

的山路，平时 8 小时车程，他用了不到 6 小时。

灾情发生后，西藏自治区党委、政府作出部署：全力以赴抢救被困群众，确保受灾群众的基本生活，做好道路、电力、通讯的抢通保通工作，严防余震和次生灾害。

奋战在灾区一线的党员干部坚决听从党的指挥和人民的召唤，冲锋在前。

地震了！地处喜马拉雅山脉深处的定日县绒辖乡山高谷深，县长王珅紧急通知边防、医疗、公安、民政、通信等部门派人，驱车赶往绒辖乡。行至达仓村，道路被巨石所阻，王珅便带领众人徒步，在滚石频发的山沟里攀爬了十几公里，当晚赶到绒辖乡。

安排铲车，打通从达仓村到绒辖乡的道路；列出灾区急需的帐篷、被褥、食品等清单，派人连夜赶回县里调运；调运炸药和爆破人员，清除阻断道路的巨石；将县乡干部分成三个组，分赴三个村组织抗灾……安排好工作，踏着夜色，他又来到遇难者和伤员家中探望慰问，带去党和政府的关怀。

抗灾一线，是检验共产党员勇气与担当的战场。在与尼泊尔仅一河之隔的吉隆县吉隆镇，地震 5 分钟后，西藏公安边防总队吉隆边检站政委尕麻旦增就带着 40 名官兵挨家挨户展开搜救，成为吉隆震区首支救援力量。此时的吉隆镇余震不断，电线杆、房屋随时可能倒塌，官兵们手拉手将群众环围在镇中心的帕巴寺广场上。余震过后，他们又组织群众有序疏散到安全地带。

地震中，聂拉木县樟木镇受灾最重，加之地势复杂，人口密度最高，发生次生灾害的危险最大。为了解救"孤岛"樟木的受灾群众，聂拉木县公安局政委杰布主动请缨，带领 16 名干警，徒步向樟木挺进。经过友谊涵洞时，上方的石头不断下落，因为专注于路面，用担架抬着伤员的干警无法抬头观察山体上方，此时一块巨石从距离他们仅几米远的地方砸下，庆幸死神与他们擦肩而过。5 个小时里，突击队跋山涉水，跨越 18 个大塌方，最终在当晚抵达樟木，成为最早进入樟木的救援力量之一。

4 月 29 日凌晨，当通往外界的道路打通后，县委书记王平接到了自治区党委书记陈全国的电话："樟木镇全员转移！"已经两天两夜没有合眼的王平，即刻组织群众撤离。10个小时后，6000多受灾群众和干部职工安全撤出樟木镇，王平的心终于落了地。

危难关头，党员干部冲在前，人民群众才能心安。在群众生命财产安全受到严重威胁时，就是这些敢于担当、认真负责的基层党员干部第一时间出现在群众面前，让大家有了主心骨，树立起抗震救灾的信心和勇气。

甘于奉献，党员干部成为震区不倒的旗帜

灾情就是命令，时间就是生命！在极地驰援、生死营救的特殊战场上，在余震不断、高寒缺氧的复杂环境下，在生与死、得与失的严峻考验中，共产党员们坚守救灾一线，以血肉之躯挺起中华民族不屈的脊梁。

地震时，樟木镇依山而建的民居左右晃动，大大小小的滚石不断坠落，裹挟着浓浓的灰尘咆哮而下。年幼的嘎玛丹增惊恐地站在街道上，不知往何处逃生。正在站岗的西藏公安边防总队聂拉木边检站共产党员张高勇和朱文喜，几乎同时跑向了嘎玛丹增。张高勇一把将孩子拉住，护在身前，但自己却被一块巨石压在了下面，动弹不得，造成身体多处骨折和挫伤。想起当时，他依然心有余悸："那一刻，说实话心里很害怕，也恐惧。"

定日县绒辖乡左布德自然村，村后是陡峭的拉玛德庆山。地震时，滚石犹如一颗颗炮弹，砸向宁静的村庄，80户人家的几百栋房屋瞬间被毁……

陈左布德村党支部书记达瓦扎西跑出村委会，看到的是一片狼藉的景象，仓木觉家被巨石砸毁，房屋起火，里面有81岁的卓玛老阿妈和几个孩子。

他骑上摩托车，拼命呼喊："地震了，着火了，大家快过来帮忙啊！"

他和西藏公安边防总队聂鲁桥边境检查站站长左月亮一起组织村干部、村民和边防官兵，用手扒开房顶，先后救出了仓木觉家的4个孩子。最终，丹增、洛玉和丹增格桑成功获救，5岁的阿旺班丹和卓玛老阿妈不幸身亡。

当这一切结束的时候，达瓦扎西才顾到自己的家，但3层楼的房子已经坍塌。此前他见到妻子格桑，只留了一句话"照顾好自己"，就又忙着组织群众灭火去了。

吉隆县萨勒乡通往色琼村和拉比村的道路因大面积滑坡塌方而中断，300多名群众的生命受到威胁。吉隆县副县长普布多吉多次带队转移群众。5月6日下午，拉比村175名村民到达大塌方处。半座山体已经滑落，一阵风吹过，碎石便哗哗滚落。站在那里，普布多吉指挥群众有序通过。村民普琼带着孩子正准备通过时，被普布多吉拦了下来，仅仅几秒钟，山体上方开始滑落碎石，山沟里顿时尘土飞扬，完全挡住了视线……

默默地坚守，同样需要牺牲和付出。

担任卡帮村驻村工作队队长的吉隆县人民医院副院长米玛罗布，在25日这天挨家挨户排查完最后一个村的险情时，已是次日凌晨3点。刚躺下休息，果列村打来电话，两位产妇因受地震惊吓，出现早产迹象。他提上医疗箱，一路小跑赶到临时搭建的帐篷内。

为产妇检查身体，观察血压、呼吸、检测胎儿心率，米玛罗布忙了一个通宵，最终在26日早晨成功接生两名男婴，母子平安。周围群众为米玛罗布鼓起了掌。

定日县公安局政委米玛，患有严重痛风症，已经递交了退休申请。接到通知后，他立即跟随县长前往绒辖，徒步挺进震中。4月27日在搬运帐篷时他意外滑倒，右手腕疼痛，以为痛风所致，一直坚持在安置点工作，负责救灾物资、治安和边境地区管理等事项，只利用工作空闲输液、针灸，减缓病痛。5月14日，他抽空到医院检查，发现右手腕是粉碎性骨折，已经错过了手术治疗的最佳时间。

庄严承诺，共产党人视群众利益高于一切

群众的痛苦，就是共产党员的牵挂；人民的期盼，就是共产党员的动

力。在喜马拉雅深处，在地震灾区的每个角落，共产党人以实际行动践行党的群众路线，为群众送去党的关怀，让人民感受到祖国大家庭的温暖。

在吉隆镇热玛村，为防止群众到倒塌的房屋内取东西引发次生灾害，村里成立了安全巡逻小组，"两委"班子、双联户代表及驻村干部分组巡逻。村委会主任次旦明久本来不用每天巡逻，但他不放心，坚持每晚巡逻到深夜。

在邦色临时安置点，绒辖乡仓木坚村党支部书记班久正在帐篷外巡逻，查看山上的滚石。他的儿子正在感冒发烧，妻子因在地震当日被滚石砸中，缝了5针，头上还裹着白色的纱布。"我们村干部都忙着救援和转移群众，根本来不及照顾妻儿，心里有点过意不去。"班久腼腆地对记者说。

舍小家，顾大家。在地震灾区，许多共产党员作出了相同的选择。吉隆镇乃村的尼玛是一名有着6年党龄的共产党员。地震后，他主动让出已长出绿苗的青稞地，供群众搭建帐篷。当大型车辆往村里运送物资因路窄过不去时，他又让车子从已种好土豆的地里驶过。在他看来，"党员的称呼不是符号，就是要在大家困难时懂得奉献"。

在吉隆镇卫生院，医生拉巴卓嘎在"帐篷诊所"里整天忙个不停，眼睛有些发红，脸色苍白。她的丈夫在地震中腿骨骨折，儿子也受伤。但作为一名医务人员，拉巴卓嘎全身心投入到工作中，无暇照料自己的亲人。

共产党没有私利，一切为了人民群众。危急关头，基层党员干部不怕牺牲，兑现了自己的庄严承诺。

地震瞬间，中尼边境友谊桥头，口岸联检大楼附近的边民、商户、游客乱成一团，过关的人群在尖叫。对面的尼泊尔立宾山不断塌方，滚石从上千米的高处落下，砸向波曲河对岸的我方境内。为避免惊慌失措、四处逃散的人群被乱石砸中，发生踩踏，聂拉木边检站官兵手拉手围成一圈，把从建筑物内撤出的近百名群众围在两片塌方带之间的安全地带。在首次强震后的3个多小时内，人墙内的群众增加到了500多人，而这道人墙始终没有半点松动。

驻守边境的解放军某部，在营房遭受损毁的同时，紧急组建搜救小组前往人口最密集的樟木镇迪斯岗村营救群众，共救出8名重伤、10名轻伤群众。从总部机关下来锻炼的汪泽元几次被余震震倒，导致腰部受伤，但他硬是忍着伤痛，坚持和战友们一起将受伤群众抬到7公里外的镇医院救治，直到最后痛得两腿打颤，直不起腰来。

在众多受损路段中，通往樟木镇的公路是名副其实的"鬼门关"：山高沟深，路中间是十几处大如卡车般的巨石，作业面狭窄，爆破难度极大……300多名武警交通、消防和地质专家等，30多台大型机械设备和车辆，双向作业，冒着飞石如雨、塌方不断的险情，全天候轮班作业，全力清理阻塞路段。

每当山顶滚石如同冰雹般砸下来，安全员迅速吹响紧急哨音提醒避险，参战指挥员没有一人退缩。"完全是把脑袋别在裤腰带上干活！"武警交通二支队十一中队操作手祁亚军感慨道。

万众一心，众志成城，就没有战胜不了的困难。在世界屋脊巨大的地质灾害中，正是共产党人勇于担当的气魄和先进坚强的政治本色，有效团结、动员各方力量，在震级高、灾情重、救援难度大的困难面前，创造了伤亡人数相对较少的抗震救灾奇迹。

地震过去20多天，在吉隆镇乃村巴桑多吉家，大女儿丹增普次告诉记者："地震时，我和妹妹被压在废墟下，多亏村里的党员干部把我救了出来。"她点起一盏盏酥油灯，为逝去的亲人祈祷。

小山村一如往日的宁静，蓝天白云下，牛羊徜徉在高原牧场，青稞田、荞麦地一片翠绿，农民们在田野里辛勤劳作。

微风过处，喜马拉雅山区迎来又一个春天。

（新华社拉萨2015年5月21日电　参与采写记者：边巴次仁、拉巴次仁、张京品、魏圣曜、刘洪明）

珠峰下，那片追逐雪线绽放的杜鹃林

——西藏地震重灾区吉隆震后一月记

新华社记者 令伟家 杨三军 张京品

绵绵的雪山,雪线下是一眼望不到边的杜鹃花海。湛蓝的天,洁白的雪,五彩缤纷的花。五月的吉隆沟,正是"一山冰雪满眼花"的春意盎然时节。

年年岁岁花相似。今年的吉隆沟,杜鹃林海,鲜花如常,只是比往年少了许多游人,添了几分悲伤:发生在尼泊尔境内的"4·25"强震,让这个中尼边境的"珠峰后花园",瞬间上千间房屋夷为废墟,八条生命随风而逝。

震后一月,记者再次踏上这片被摧残的土地。灾难过后的吉隆群众,日子正在走上正轨。悲伤的阴霾渐渐淡去,忙碌的田野里,人们正播撒着希望。娇艳而顽强的杜鹃,一如不屈的吉隆人民,追逐着步步升高的雪线,在暴风雪后尽情绽放。

杜鹃花开时，她却永远闭上了眼睛

喜欢杜鹃花的藏族小姑娘次仁德吉,再也没有醒来。

时间已过去一月。提起逝去的女儿,父亲巴桑多吉两只粗糙的手不停地搓来搓去,努力控制着自己的情绪。

"就十几分钟时间,我的乖女儿就不见了!"巴桑多吉从怀里摸出一张破损的照片,这是他从废墟中刨出来的,是他和次仁德吉、大女儿丹增普次在布达拉宫前的合影。

照片上的次仁德吉，美丽得像含苞待放的杜鹃花骨朵儿。这个 11 岁的小姑娘，从小失去母亲的她，身体虚弱。地震前，她喉部严重感染，县里的干部带她到拉萨看病。

4 月 25 日中午，病情好转的次仁德吉回到家里。"一见面，她就扑到我怀里，不停地喊阿爸。"巴桑多吉端详着照片，泪眼婆娑。

那天中午，家里专门做了次仁德吉喜欢吃的蒸土豆。吃完饭后，巴桑多吉到右边的房间选荞麦种子，次仁德吉和姑姑家的小孩在左边的房里玩耍。

仅仅过了 10 分钟，大地开始剧烈摇晃，巴桑多吉所在的房屋塌了一半。他扔下手中的荞麦，顶着一头泥土跳了出来，眼前的景象让他惊呆了：左边的房子完全垮塌，里面传来微弱的呼救声。

巴桑多吉扑在倒塌的废墟上，一边呼喊着"次仁德吉"，一边疯狂刨挖破碎的砖块。

闻讯而来的邻居抬起房梁，找到了满身泥土的次仁德吉。巴桑多吉抱起女儿，哭喊着她的名字，掸落她头上的泥土，但次仁德吉的眼睛再也没有睁开。她的笑容，像枯萎的蓓蕾，再也没有绽放。

"如果孩子还在的话，我肯定带着她去杜鹃林，她最喜欢杜鹃花了！"望着远处雪线下的杜鹃花，巴桑多吉遗憾地说。

巴桑多吉家的帐篷里，整齐地点着 108 盏酥油灯，这是为次仁德吉在祈祷。根据当地习俗，酥油灯要一直点到七七四十九天。

吉隆县是此次地震受灾最严重的地区之一。在杜鹃花开的季节里，共有 8 人永远地闭上了眼睛，再也没有看到漫山遍野的杜鹃花。

血染的风采

从吉隆镇前往萨勒乡的盘山路上，盛开着绵延不绝的杜鹃花。当地人说，今年的杜鹃，格外地红，分外地艳。

踩着铺满杜鹃花的小路，一队队救援人员冒着生命危险，为灾区群众送去温暖。

沿着开满杜鹃花的大山，一批批救灾物资搭乘直升飞机，为灾区群众送去保障。

萨勒乡与尼泊尔只有一河之隔，震情严重。95%以上的房屋受损倒塌，全乡1653人，死亡3人，重伤3人。

地震导致的山体滑坡和道路塌方，使萨勒乡色琼村和拉比村成了"孤岛"。不少房屋倒塌，村后的山体出现巨大裂缝，随时有滑坡危险。

萨勒乡抗震救灾第一指挥长、吉隆县副县长普布多吉，萨勒乡党委书记拉旺平措，冒着余震危险，多次穿过悬崖，来到色琼村和拉比村。经过讨论研究，他们顶着塌方和滑坡风险，把两村300多名群众全部转移到安全地带。

萨勒乡村民强久把地震中遇难的母亲，葬在了山后的杜鹃花林中。强久说："母亲一辈子没离开过萨勒，她说见过的最好看的东西就是杜鹃花。每年到了花开时节，母亲都要捻着佛珠，到山上走走，看看杜鹃花。"

在政府的帮助下，强久家搭起了帐篷，保险公司赔了8万元，政府又发了1万多元慰问金和糌粑、酥油、棉被，全家的生活慢慢走上正轨。

传说很久以前，古代蜀国的一位国王，为了守望他的臣民，化为杜鹃鸟，日夜啼鸣，呕血所染，便成了漫山遍野的杜鹃花。

萨勒乡党委书记拉旺平措并不知道"杜鹃啼血"的故事。听完记者的讲述，这位壮实的藏族汉子说："你这么一说，我就明白为啥今年的杜鹃更红更艳了。今年的杜鹃，像是被鲜血和汗水染成的。"

他说，为了群众安全，在组织转移时，干部都喊破了嗓子，真有点像杜鹃鸟。在拉旺平措看来，作为当地"吉祥花"的杜鹃，一如日夜啼鸣的杜鹃鸟，呼唤归来，守望相伴，见证着吉隆沟的悲欢离合。

追逐生命的雪线

和娇艳欲滴的杜鹃花相比，干巴又带刺的杜鹃树总是被人忽略。但正是这不起眼的枝丫，却结出了美轮美奂的花朵。

吉隆沟的杜鹃生长在海拔 3200 米至 5800 米的冰川谷地，在追逐雪线、与风刀霜剑的抗争中，她的叶子进化成了并不漂亮的革质，边缘也长满了恼人的毛刺。

大自然的这个选项，极像一个富含哲理的隐喻：在吉隆县每个安置点，一张张黝黑沧桑如杜鹃树的面孔背后，虽有失去家园的忧伤，但对新生活的乐观、希望和期盼，却如杜鹃花打苞的蓓蕾，正鼓鼓地等待绽放。

5 月 18 日早晨，震后不足一月。阳光抚摸着山腰盛开的杜鹃花，乃村的男女老少聚集在坝子上，举行传统的射箭比赛。

带着呜呜的哨音，木箭飞向 50 米开外的靶子，"噗"的一声，靶心应声落地。人群中爆发出热烈掌声，大家高呼"扎西德勒"，女人们端上青稞酒，箭手摘帽弯腰，接过大碗一饮而尽。

"每年杜鹃花开的时节，吉隆都要举办射箭比赛。"吉隆县旅游局局长次桑说，因为地震，今年比赛比往年迟了些，但大家都踊跃参赛，热情很高。

杜鹃花开的时节，也是吉隆沟春耕的季节。乃村的多吉旺拉家有 21 亩耕地，是当地的种粮大户。和多数村民一样，这几天，在村里党员干部的帮助下，他正忙着补种因地震而耽搁的荞麦。

记者站在吉隆沟的山冈上看到，三三两两的村民正在地里劳作，青稞苗已经泛绿，荞麦也生机勃勃，半山腰的杜鹃花正尽情绽放。这些图景，编织出一幅希望和丰收的画卷。

给吉隆人带来憧憬的，还有他们的"吉祥花"杜鹃。次桑说，吉隆的杜鹃花形美、花期长，是整个藏南旅游的名片。吉隆县已把杜鹃林密集的拉多拉山规划为高原观光、休闲度假、徒步探险的旅游景区。"等基础设施修好了，每两年将举办一次杜鹃花节。"

2013 年，前往吉隆赏花的游客为 4 万多人，2014 年增加到近 7 万人，旅游收入达 2700 万元。丰厚的旅游收入，使家家户户翻盖新房，生活条件迅速改善。

火红的杜鹃游让越来越多的村民加入进来。村民尼玛说："本来已经定了开家庭旅馆的，没想到地震了。等新房子盖好后，一定要把家庭旅馆开起来。"

（新华社西藏吉隆 2015 年 5 月 24 日电　参与采写记者：徐庆松、王守宝）

西藏地震灾区安置点的"帐篷经堂"

新华社记者 罗布次仁 拉巴次仁 边巴次仁

这是一顶再普通不过的民政救灾帐篷。临近帐篷，能清晰地听见从里面传来的尼姑清脆的诵经声；走进帐篷，数盏酥油灯正闪闪发亮。

40多岁的尼姑拉巴卓玛正在帐篷里为地震中不幸遇难的信众念诵经文。

一位年长的老者，安坐在"帐篷经堂"门口，聆听诵经的声音，不停捻动手中的佛珠。

记者在西藏地震灾区最大的安置点——日喀则桑珠孜区安置点看到，为了尊重和满足僧俗信众的宗教需求，同时为在地震中罹难人员祈福超度，当地政府部门在安置点专门为信教群众安排了一顶特殊的"帐篷经堂"。

桑珠孜安置点C区259号帐篷，就是"帐篷经堂"。帐篷正中央悬挂着三幅唐卡画像；叠垒的蓝色矿泉水箱子上供奉着水果、酸奶等供品。一盏盏酥油灯泛着微光，仿佛预示着美好的希望与未来。

"帐篷经堂"里的4位尼姑，均是聂拉木县立新村扎西通卓林寺的尼姑。在"4·25"地震中，扎西通卓林寺建筑发生坍塌，4名尼姑被废墟掩埋。"幸亏被解放军及时救援，否则后果难以想象。"拉巴卓玛说。

5月23日是地震灾区遇难群众阿旺的"四七"祭日。按照西藏传统丧葬习俗，拉巴卓玛和三位尼姑为这位遇难者念诵《度亡经》，为遇难者超度祈福。

"我们每天为灾区遇难群众祈福诵经，再加上'萨嘎达瓦'月的到来，我们这里更加忙碌了。"拉巴卓玛祈福诵经完毕，轻轻地调整酥油灯的灯芯。

"'萨嘎达瓦'期间，安置点有了'帐篷经堂'，这让我们诵经祈福也变得方便了许多。"手持转经筒的老阿妈央宗说，尽管她的家人在此次地震中没有伤亡，但她每天都在为家乡的遇难者诵经祈福。

宗教史书记载，藏历四月十五是佛祖释迦牟尼诞生、成佛和涅槃的日子，为此，藏历四月整月都是"佛诞月"，僧俗信教群众通过转经、布施、烧香、放生等种种形式纪念佛祖。

"解放军救了我们的命，政府又把我们安排得这么好，太感谢了！"拉巴卓玛说。

记者从西藏抗震救灾前线指挥部了解到，在此次地震中，西藏共有242座寺庙不同程度受损，2566名僧尼受灾。

离"帐篷经堂"仅隔50米的距离，尼姑土登卓嘎正在自己的帐篷里念诵经文。这里又是另一处"帐篷经堂"。帐篷右侧整齐地摆放着甘珠尔经文，帐篷正中央同样悬挂着领袖画像。

土登卓嘎由衷感叹："政府不仅给我们吃的、住的，就连做佛事活动的'帐篷经堂'也给安排了，这让我们非常感激！"

樟木镇雪布岗居委会党支部书记尼玛顿珠告诉记者，随着"萨嘎达瓦"月的到来，考虑到僧尼们特殊的饮食需要，他们还专门安排了一顶单独的"帐篷餐厅"，提供素食。

桑珠孜区安置点临时管委会提供的数据显示，这里共安置了1335名地震受灾群众，其中包括31名僧尼。

（新华社拉萨2015年5月25日电）

"孤岛"中的"生命方舟"

——记尼泊尔大地震中的西藏军区驻樟木某边防连

新华社记者 文涛 魏圣曜 白瑞雪

受"4·25"尼泊尔地震影响，西藏边境小镇樟木交通、通讯全部中断，一度成为"孤岛"。驻守在此的西藏军区驻樟木某边防连的近百名官兵，在地震发生后的危难关头挺身而出，构筑起一座无比坚固的"生命方舟"，成功救护和安置、转移群众近2000人。赢得了受灾群众的爱戴，树立起大灾大难中救护群众、守家卫国的典范。

军人在，"主心骨"就在

"4·25"强震袭来时，连队官兵们正在午休，霎时间山摇地动，营房楼瞬间被撕出几道大口子，在营区门口站岗的战士们一边奔向营区喊醒战友，一边吹响紧急集合哨。

几十秒内，全连在位的72名官兵集结完毕。"我当即将人员分为8个组，分头执行搜救人员、搭建帐篷、后勤保障等任务。"连长许荣锋说，地震发生前，官兵们每月至少演练一次抢险救灾、应急预案，地震发生时的自救过程与平日里完全一致。

强震后余震不断，樟木镇四周山体持续塌方。由于连营地是整个樟木镇少有的一小块开阔平地，加之建筑物少，地震发生后不到10分钟，1000多名群众就哭喊尖叫着涌进营区寻求救护，一些受了伤的群众更是乱成一团，恐慌情绪弥漫。

见此情形，副指导员龙舵丹增一把抓起扩音器，跳到高处向大家喊话："大家安静、不要慌，维持好秩序！最大的地震已经过去，之后都是小余震。只要我们解放军在，就会保证大家安全！"一番简短有力的喊话后，原本惊慌无助的人群逐渐平静下来。

"在危难时刻，当兵的一定要做群众的主心骨，我们首先不能乱，才有机会抢救保护群众。"许荣锋说，简单清点损失后发现，全连有6人受轻伤、6座营房受损成为危房、一些设备被严重损坏。但顾不上细察损失，他就立即下令刚刚组建的搜救小组前往人口最密集的迪斯岗村营救群众。

在地震当天的搜救中，官兵们共救出8名重伤、10名轻伤群众。从总装备部来这里"下连当兵"的汪泽元在搜救中几次被余震震倒，导致腰部受伤，但他硬是忍着伤痛，坚持和战友们一起将重伤群众抬进7公里外的镇医院救治。把所有受伤群众都送进医院后，汪泽元已经痛得两腿打颤，直不起腰来。

五天四夜，"方舟"创造奇迹

4月25日下午，许荣锋通过卫星电话联系到上级领导，得知樟木已经断路、断水、断通讯，完全成为"孤岛"；而此时，还有群众不断奔向营区，人数很快上升到近2000人，这早已超出连队的承受能力。帐篷、食品、药品、被褥等物品远远不能满足需求，这么多人的吃、喝、睡问题怎么解决？

"我们几个干部紧急商量对策，大家一致决定，把所有能用上的家当都拿出来，撑一天算一天。大家只有一个信念，就是让这一小块平地成为受灾群众的'生命方舟'，用尽所能保护每一个群众！"许荣锋说，连队班子统一思想后，迅速传达到各班组，要求每一名官兵要像对待自己家人一样对待这些受灾群众，直到上级救援到来。

震后不到半小时，官兵们就在不停的余震中紧急搭建帐篷，能用的所有材料都用上了，也只搭建了12顶，尽管帐篷内已拥挤不堪，但还有500

多人无处安置。"拔掉大棚内的菜!"看到雨越下越大,天逐渐黑下来,龙舵丹增当即建议把连队仅有的 5 个温室大棚清理出来。司务长吕水彬带头拔菜,战士们迅速打扫。很快,村民们住进了大棚。每个大棚约能容纳 100 人,刚好解决了住宿缺口。

刚解决好住的问题,又出现了新难题:地震后的降雨使气温骤降,而官兵们从已成危房的营房内只抢救出 100 条被子,被褥严重不足,怎么过夜?有村民建议镇里的宾馆都已空了,闲置的被褥很多,可以拿来救急。但从连队到镇里好几公里,天也黑了,雨又下得很大,加之余震不断,沿途还有好几处塌方点仍在不停落石,去的话危险可想而知。

"顾不了那么多了。"龙舵丹增挑选了 26 名战士冲进镇里。那天晚上,战士们像打仗一样,小心翼翼躲避着不停掉落的砖瓦石片,挨个宾馆找被褥,几乎找遍了全镇所有宾馆,硬是弄来了几百床被褥和毛毯,解决了受灾群众的保暖问题。

"他们在用生命守护我们!"4 月 29 日见到记者时,67 岁的上樟木村村民次仁多吉含着泪告诉记者:"没见过这么好的兵,5 天 4 夜啊!他们自己省吃省喝让我们吃饱,把帐篷棉被让给我们,自己缩在墙角受冻。"记者采访发现,在守护受灾群众的日子里,全连 72 名官兵没有一人吃过一顿饱饭、睡过一个好觉,更没有人有过怨言。

在樟木指挥救援的聂拉木县县委副书记李冬说,樟木与外界完全隔绝的那段时间里,安置人数最多、救护伤员最多的就是这个连队:"难以想象,不足百人是如何保障近 2000 人的生活,他们成功安置了樟木镇半数群众,这简直是个奇迹。"

群众撤离,他们留下戍边

"军爱民、民拥军,军民一家亲"的军民关系在此次灾难中、在这个连队得到充分体现。樟木成为"孤岛"的第 3 天,记者徒步进入樟木,在连营区看到，不少村民趁着余震间隙，回到家中找出肉、蛋、菜等食物，送到营区，尽管数量有限，但表达了一份感激之情。

龙舵丹增说，有四五位藏族女孩，从进入营区安置点开始，就一直帮忙打扫所有帐篷内外的卫生，每天帮着洗菜、洗碗；在营地附近做生意的"老王"右腿是假肢，还在地震中受了点伤，也忍着伤痛，和炊事班一起给大家炒菜做饭、分配物资……"震后最艰难的时期，老百姓和我们互帮互助，真正拧成了一股绳。"许荣锋说。

由于震后樟木镇地质结构疏松、山体大面积滑坡危险加大，4月29日，西藏自治区党委、政府下令樟木镇全员转移。记者发现，许多人不愿转移，尤其是商户们不愿丢下经营多年的产业。"我们只能苦口婆心地反复劝说。"许荣锋说，官兵们分成17个组，挨个帐篷做思想工作。基于和受灾群众相处的这段时间建立了良好的感情，没费多少时间，就赢得了群众的支持。

"解放军就是我们的亲人，我们走了你们还要留守，缺啥吃的用的，就打开我的商店随便拿。"撤出樟木时，女商人卓玛一定要留下店铺钥匙，方便留守官兵拿物资，但被许荣锋婉拒。记者在群众撤离现场看到，许多群众走出营门时，"三步一回头"，再三叮嘱留守官兵注意安全、多多休息；一位年轻战士背着藏族老阿妈、手提大包行李，送上车后马上就去背下一位老人，藏族老阿妈坐在车上偷偷抹泪……

官兵们将最后一批群众护送过最危险的路段后，有新兵问许荣锋："连长，大家都撤了，我们不会也撤吧？"许荣锋说："如果我们撤了，这片国土谁来守？"

按照上级指示，在所有群众撤离后，这个离国门最近的解放军部队还要继续坚守在"空城樟木"，履行保卫国土、守护国家和群众财产、执行边防巡逻等任务。对于他们来说，更多繁重的工作才刚刚开始。

（新华社拉萨2015年5月28日电）

让党旗在世界屋脊高高飘扬

——记西藏抗震救灾中的基层党组织

新华社记者 多吉占堆 薛文献 黄兴

战火纷飞的战争年代，基层党组织就像一个个战斗堡垒，团结民众走向光明；和平年代，基层党组织就是老百姓过上好日子的主心骨，是维护人民权益的代言人。

4月25日，西藏南部喜马拉雅山区地震，考验了基层党组织的战斗力——滚落的飞石下、充满危险的废墟中，基层党支部坚守一线，共产党员以强烈的使命感和荣誉感奋力抢险，党旗在世界屋脊上高高飘扬。

党旗飘扬，党组织是震不垮的战斗堡垒

"灾情就是命令！"地震来临时，身处一线的县、乡、村基层党组织主动肩负起抢险救灾的重任，在党旗的指引下，广大党员义无反顾冲上抗震救灾的战场。

震后5分钟，人们惊魂未定，重灾区之一的定日县绒辖乡党委书记边巴沉着冷静地部署抗震救灾工作，从地震发生到次日凌晨，全乡近千名群众、干部职工和驻地部队官兵全部转移到安全地带，并搭建起临时帐篷。

为打通抗震救灾生命线，绒辖乡党委专门安排党员干部和"双联户"户长，带着工程机械车，配合县交运局清理公路上的滚石，疏通救灾通道；同时进行房屋除险作业，防止次生灾害的发生。

越是危险、艰难的时刻，越离不开基层党组织。聂拉木县樟木镇帮居

委会在地震中有大量房屋倒塌，党支部书记次仁加单边跑边大声呼喊："大家快转移，党员干部留下。"他带领党员一户户排查，直到所有人安全撤离。到安置点后，他又组织党员和青壮年搭建帐篷，临时组建5个党员的突击队，加强值班巡逻，一夜没有合眼。

灾难面前，基层党组织就是抗震救灾的指挥所、桥头堡。地震发生后，吉隆县贡当乡党委副书记、乡长代远兵带领工作组冒着危险紧急赶赴贡当、康北、汝村等行政村，组织村"两委"班子成员、党员干部投身抗震救灾，抢救伤员、转移安置群众、运送物资。鉴于交通阻断的情况，乡党委动员群众投亲靠友、邻里借宿，组织成立联防队、党员护村巡逻队，确保全乡社会秩序稳定。

抗灾一线，是检验基层党组织责任与担当的战场。在与尼泊尔仅一河之隔的吉隆镇，地震5分钟后，西藏公安边防总队吉隆边检站党委就义无反顾地肩负起神圣使命，政委尕麻旦增率领40名官兵挨家挨户展开搜救，成为吉隆震区首支成建制的军队救援力量。当时余震不断，电线杆、房屋随时可能倒塌，官兵们手拉手将群众环围在镇中心的帕巴寺广场上。余震过后，他们又组织群众有序疏散到安全地带。

党徽闪耀，党组织是灾区群众主心骨

自地震发生的那一刻起，基层党组织就发挥高效的组织指挥能力、协调动员能力，发挥每个共产党员的先锋模范作用，尽心竭力组织群众抵御灾情，渡过难关，勇当抗震救灾的主心骨、生力军。

地震中，吉隆县萨勒乡政府大院对面的萨勒村民房倒塌一大片，人们的惊叫声和哭喊声响成一片。"大家不要怕，有乡里的干部在，就不会有事！"乡党委书记拉旺平措一边安抚群众，一边召集乡党委班子成员紧急分工，分片包村，迅速到各村查看灾情，救助伤员。

当晚，拉旺平措和乡干部找来木柴，在帐篷外生起篝火，火光映衬着党员干部坚毅的面庞，温暖着灾区群众的心房……

色琼村和拉比村道路中断，必须进行整村转移。从 4 月 27 日起，拉旺平措带着几位乡干部先后 6 次贴着峭壁悬崖边艰难前行，将 300 多名村民转移到安全地带。5 月 12 日，尼泊尔再次发生强余震，而萨勒乡因提前转移未出现新的人员伤亡。

危难关头，基层党员干部视群众利益高于一切，舍生忘死，兑现了入党时的庄严承诺——"随时准备为党和人民牺牲一切"。

地震瞬间，聂拉木县扎西通卓林寺管委会副主任、共产党员白确和达娃、桑旦拉姆两名尼姑正在厨房打扫卫生。"快跑！"白确喊道。达娃吓得腿软，没跑几步就跌倒在地。白确跑过去把她扶起来，又拉起桑旦拉姆，快步跑到厨房门口，不料门板已被滚石堵住。此时，屋顶上开始掉东西，眼看着一根大梁朝达娃砸下来，白确猛扑上去，推开达娃，自己却被大梁砸中头部，献出了宝贵的生命。

在地震中，55 岁的樟木镇雪布岗居委会主任、老党员西绕坚参失去了 4 位亲人。忍着悲痛，他带领 200 多名村民徒步转移，将群众带至相对安全的立新村。到达临时安置点后，西绕坚参又忙着接收和分配救灾物资，安抚失去亲人的家庭，看望受伤群众。而谈起亲人的遭遇，这个夏尔巴汉子的眼眶顿时湿润了。

党性坚强，党组织是群众心中永不褪色的旗帜

吉隆口岸地处中尼交界的高山峡谷间，交通中断，4 月 29 日，常住这里的最后一批群众和口岸工作人员乘直升机转移，而边检站和监护中队的 21 名边防官兵托战友把 21 封遗书带回，毅然选择了留守——因为国门还没有关闭。

在站党委和中队党支部的带领下，21 名勇士冒着不断滚落飞石的危险，在 300 平方米的相对安全区域，每天向国门敬礼，向国徽致敬。

在震区，党组织就是依靠，党员就是旗帜。房屋倒塌，住进帐篷；离开山石滚落的村庄，转移到平坦空旷的安置点；断水断粮，党员干部们搬来了大米、面粉、蔬菜……

抗震救灾中发生的这一切，让灾区群众打心底里感受到党和政府的温暖。绒辖乡仓木坚村36岁的次仁班丹说："感谢党和政府，在第一时间就把我们需要的东西送来了。生活在这个大家庭里，我觉得很幸福！"

记者在各地采访时看到，各个安置点上都有挂着基层党组织牌匾的帐篷，乡党委、村党支部办公场所逐步恢复，鲜艳的党旗始终飘扬在蓝天下。吉隆县贡当乡贡当村村民达瓦说："看到党旗和国旗，我们的心就踏实了，只要有党和政府在，我们就有希望！"

地震过去两个月了，西藏的抗震救灾工作已从应急救援、安置群众转向灾后重建。顾不上洗去征尘，各县乡村基层组织和干部马上组织恢复生产。

共产党员、吉隆县热玛村村委会主任次旦明久这几天正带领村干部在青稞地里帮村民修围栏。他告诉乡亲们："我们有牛有羊有地，就应该种好地、养好牛，尽快重建家园。"

万众一心，众志成城。在世界屋脊这场巨大的自然灾害中，灾区基层党组织以大无畏的勇气和担当，凝聚起战胜灾害的强大力量，创造了震级高、伤亡人数相对较少的抗震救灾奇迹，用实际行动赢得了群众的信赖、支持，使得危难关头人心不乱、力量不散，为鲜红的党旗增添了新的光彩。

（新华社拉萨2015年7月4日电　参与采写记者：杨三军、边巴次仁、拉巴次仁、张京品、刘洪明等）

新华时评：坚决打好抗震救灾持久战

新华社记者　杨三军　张京品　王守宝

西藏抗震救灾取得阶段性胜利，刚刚转入过渡性安置和灾后重建阶段，尼泊尔又发强余震，西藏部分灾区部分道路因山体塌方、滑坡而再次中断，并造成人员伤亡，这对抗震救灾无异于雪上加霜，必须做好打持久战的思想准备。

尼泊尔地震波及西藏牵动中南海，习近平总书记两次作出重要指示，中央关心，社会各界支援，西藏党政军警民协调联动迅速投入抗震救灾，不少兄弟省份和社会团体纷纷捐款捐物，灾区群众得到及时转移安置，生产生活逐渐恢复正常，彰显了社会主义制度的优越性。

随着时间推移，灾区救援力量长时间作战已很疲惫。强余震造成的新危害警示我们，抗震救灾是场攻坚战也是场持久战，相关工作依然不能松懈。

西藏地处雪域高原，山高谷深坡陡路险，不少山体已被强震震松，随着雨季来临，一遇余震或降雨大风，山体就可能滑坡滚石，次生灾害隐患很大，排危除险任务繁重。这就需要相关方面继续提高警惕，以昂扬的斗志毫不懈怠地继续顽强战斗，打好抗震救灾持久战。

打好抗震救灾持久战需做好统筹谋划。对一线救援力量进行科学的轮换，让救援人员得到合理休息，又要保证抗震救灾工作不停顿、不断线，保障灾区群众生产生活不受影响。

灾区重建涉及到选址规划、建筑施工等多个环节，是一项长期任务。这期间灾区群众居住在安置点的临时帐篷里，需要排水检查等工作，防止雨季来临安置点被淹或泥石流等次生灾害，防止小孩跑进危房玩耍造成伤亡。

经验表明，强震后往往伴随有较长余震期。西藏处在喜马拉雅地震带，强震过后的余震风险更高，危害更大。灾区党委政府、相关部门和各方力量必须时刻提高警惕，再接再厉，以不懈怠、不马虎的态度打好这场持久战，坚决夺取抗震救灾的最后胜利。

（新华社西藏吉隆 2015 年 5 月 14 日电）

西藏吉隆震区感受新年滋味

新华社记者　薛文献　张京品

吉隆，地处西藏西南部，位于中国和尼泊尔边境，有"珠峰后花园"的美誉，藏语意为"幸福、吉祥"。1000 多年前，唐朝使节经吉隆出使天竺（今印度），是唐蕃古道上的重镇。如今，吉隆仍是中尼两国商贸通道上的重要节点。

去年 4 月 25 日，受尼泊尔大地震波及，吉隆县上千间房屋倒塌，8 人罹难，尤以吉隆镇、萨勒乡等地灾情最为严重。震后，当地群众在党和政府的领导、帮助下，致力抗震救灾、恢复生产、重建家园。

春节、藏历新年到了，震区群众能否过好震后第一个新年？他们的生活是不是有保障？他们的新年梦想是什么？带着这些疑问，本刊记者驱车上千公里，再次奔向吉隆。

吉普村："古突"热闹"夏浦"吉祥

2 月 6 日（农历腊月二十七），记者离开拉萨，途中翻过 4 座海拔5100 以上的雪山，经过 1 天半的长途跋涉，7 日下午抵达吉隆镇。登记好住宿宾馆，在魏传夫镇长的陪同下，我们即前往吉隆镇吉普村采访。

当天是春节除夕，也是藏历新年重要的"古突"夜。按照传统，当晚每家每户都要吃"古突"（一种面疙瘩汤，面疙瘩里包有羊毛、辣椒、豆子、黑炭、盐巴等物品，表达不同的寓意），迎接新年。

"吉普"，藏语里有"分手"的意思。相传，当年松赞干布迎娶尼泊尔尺尊公主时，送亲的队伍走到这里才依依不舍而回，吉普地名由此诞生。

到吉普村，需过一座长约 60 米的吊桥，桥下是深达 256 米的吉普大峡谷。踏上摇摇晃晃的吊桥，桥下水声隆隆，除了陡峭的岩壁，一眼好像望不到底，有点目眩神迷。

去年地震时，吉普村 80% 以上的房屋出现裂缝或倒塌，村民都搬到了帐篷里。现在，为了过冬，绝大多数村民又都搬回到自家院子，住在简易安置房里，正在忙着打扫卫生，做"古突"。村里炊烟袅袅，房前屋顶挂着鲜艳的国旗，孩子们的吵闹声不绝于耳。

傍晚 18 时许，记者在村民次旺桑姆家看到，大女儿德吉坐在火炉旁揉面团，做"古突"。客厅里，民间艺人旺堆正在用糌粑和酥油花做"夏浦"（藏历新年供品，状如佛塔）。旺堆说："这是吉隆一带过年必备的供品，祈盼来年五谷丰登，生活美满！"

18 岁的朗萨去年考上了河北石家庄经济学院，记者在她家里看到，新买的电燃灯和干果摆放在桌子上，一家人正忙着做"古突"，其乐融融。

朗萨说："我离开吉隆去内地上学的时候，家里还住在临时安置点的帐篷里。这次放寒假回来，看到全家住在由帐篷、木板、铁皮搭建的简易房里，虽然有些简陋，但是防风防雪，也通了电视，年货很多，年味一点不比往年差。"

夜色渐浓，家家户户开始吃"古突"了。每个人用手扯开碗里的面疙瘩，家人都要评说一番。"你吃到了包有纸币的'古突'，说明新的一年有财运。小女儿吃到了树皮，说明她不听话。"在欢笑声中，次旺桑姆解释着古突的寓意。

吃完"古突"，次旺桑姆把一些杂物装在破碎的陶罐里，扔到村里的岔路上，寓意把过去一年的邪气、霉运全部都丢出去。这是新年举行的"驱鬼"仪式。

临走时，记者碰到一群来自广东的游客。一位叫赜云的游客说："没想到地震后这里的年味还是这么浓，他们的坚韧和乐观，让我们非常感动！"

吉隆口岸：国门屹立商贸繁荣

除夕夜，一场瑞雪悄然而至。8日，大年初一9时，冒着飘飞的瑞雪，记者驱车离开海拔约2800米的吉隆镇，前往吉隆口岸所在地——热索村。

这段25公里的路程，弯多，坡陡，沟深，地震遗迹随处可见。有的路边还横躺着巨大的石块，金属护栏被砸得面目全非。但雪后的吉隆沟银装素裹，喜马拉雅群峰白雪皑皑，河谷间云雾缭绕，宛如仙境，让我们颇为兴奋。

去年4月25日，吉隆镇、吉隆口岸一带受损严重，山体多处滑坡、塌方，道路损毁严重，口岸曾一度关闭。

海拔下降到约1800米时，我们来到了吉隆口岸。雄伟的联检大楼巍然屹立，红色的国徽格外醒目。边防战士全副武装在执勤巡逻，海关、国检工作人员在正常工作，游客和两国边民进出境顺利通畅，秩序井然。经历大地震考验，口岸于去年10月13日恢复通关，对尼贸易快速回暖。

"热索"，藏语意为"山脚下的村庄"，只有6户人家。这是名副其实的：村后仅挨着一座灰黑色大山，村东是东林藏布，村西是吉隆藏布，村前是中尼边境，对面也是连绵的群山。在这由"三座大山"和两江交汇形成的三角地带上，只有几千平方米的平地，吉隆口岸就设在这里。

西藏公安边防总队吉隆边检站监护中队驻地，悬挂着红灯笼，贴着红对联，战士们正在操场上做游戏：抢凳子、端乒乓球、套圈，宁静的山谷里传来阵阵欢声笑语。

20岁的张校凡去年从陕西入伍，1月份来到这里。他说："每天看到魁梧的国门，我感觉很神圣。"去年大地震时，来自安徽池州市的邵明贵是坚守国门的21勇士之一。已经连续3年没有回家过年的他说："虽然没能回家过年，但家人都为我自豪。国门就是我的第二个家。"

中队指导员付加林说，除夕夜，全体官兵一起吃火锅、看春晚，组织游戏活动，让首次在地震灾区过年的新战士感受到大家庭的温暖。

在口岸开百货商店的刘样，当天一直忙着招呼尼泊尔边民买这买那。他抽空和记者聊了几句："现在吉隆人气很旺，这几天的营业额比往日要高不少。随着灾后重建的加快，将来生意一定会更好。"

下午5时许，三三两两的尼泊尔边民开始陆续出关。22岁的尼泊尔色当村村民吾坚骑着摩托车，准备回国。他大约每周来一次吉隆镇，帮别人采购货物。"中国口岸的环境特别好，分别设有进、出通道，检查有序，通关很便利。中国是个伟大的国家。"这位年轻人用尼语说。

萨勒乡：帐篷迎新年味依旧

9日是正月初二、藏历新年初一。天刚熹微，记者再次前往重灾区之一的萨勒乡。33公里的盘山路，多数路段只容一车通过，但已经比地震时平整了很多。经过两个多小时的颠簸，翻过海拔约4000米的拉多拉雪山，我们来到位于吉隆镇西南的萨勒村安置点。

在一片开阔的台地上，救灾帐篷错落有序，每顶帐篷上都插着鲜艳的五星红旗，不少帐篷旁边还竖着祈福的经幡。帐篷中间，能看到身着新装的孩子，三五成群嬉戏玩耍。

我们来到村民次旦的帐篷里，只见一床床棉被摆放整齐，桌子上放着青椒、黄瓜、萝卜、洋葱等蔬菜，帐篷中央的供桌上摆着"德嘎"（将油炸面食等摆放在一起的供品）、圣水、"羊头"等供品，电视里正播放着藏历新年晚会的节目。

次旦说，全家人早早起来穿上新衣服，7点钟吃"羌廓"（在煮开的青稞酒内放入奶渣、人参果等的一种食物），8点钟吃完早饭后，或玩骰子，或看电视，在欢笑声中开始了新年的第一天。

藏族有大年初一"抢头道水"的风俗，抢到第一桶水被称为"金水"，第二桶为"银水"。次旦的母亲群宗，早上6点钟就起床到安置点的自来水处去抢水，抢到了第二名。

她笑呵呵地告诉我们："虽然经历了地震的创伤，但党和政府及时给我们救助，什么年货都不缺。和往年相比，除了住所从房子变成了帐篷外，抢水、摆供品等传统照常进行，年味一点没有减。"

85岁的罗杰老人在地震中失去了老伴，记者在他家帐篷里看到，供桌上除了摆放好的节日供品，还燃着酥油灯。他坐在卡垫上，手捻佛珠，口诵经文。

入冬前，当地干部给他送来了羊毛藏装、大米、面粉等，还有500元慰问金。"老伴去世后，保险公司赔付了8万多元，政府又慰问了近2万元抚恤金。"罗杰告诉记者，现在他自己每年有边民补贴、"三老人员"补助、低保补助和养老保险金，家里还有一些林业、草场和种粮补贴，生活一点都不愁。

当天早上，萨勒村党支部书记占堆带着村里的党员干部，在10平方米大小的广场上，升起一面鲜艳的五星红旗。他说："升国旗是表达我们对祖国的感恩！正是有了党和国家的支持，我们才顺利渡过了难关。"为了更好服务群众，全乡45名党员组成"党员志愿服务队"，在危难时刻勇挑重担。

节日期间，萨勒乡党委书记拉旺平措和其他干部一起坚守岗位，帮助群众解决各种各类生产生活难题，为恢复重建做准备。"在新的一年里，我们重点是要做好灾后重建，争取让群众早日住进新居。"已在这里工作了5年的拉旺平措，对萨勒乡充满感情。

乃村：心存感激谋划发展

位于吉隆镇北边的乃村，地震时受灾严重，全村415人，4人遇难，90%以上的房屋倒塌，记者曾先后5次到那里采访。

乃村，藏语意为"大山顶上的圣地"。10日，春节大年初三、藏历新年初二，记者驱车沿之字形崎岖道路上升近 600 米，第六次来到海拔 3300 多米的乃村。

此时太阳刚露头，住在村头的旺堆一家，穿着新衣，已换上了崭新的国旗，竖起经幡，笑意盈盈，静待客人拜年。他们家所住的 3 顶救灾棉帐篷，四周增加了木柱，上面又覆盖了一层铁皮顶，看上去很结实。

主人热情地邀请我们到帐篷里，只见正中悬挂着中央代表团去年赠送的领袖像，供桌上摆着"切玛"（五谷丰收斗）和"德嘎"（藏历新年供品），铁炉里生着火，屋里暖意融融。

聊着聊着，这位精干的中年人突然说道："我有两个爸爸：一个是我的亲生爸爸。"看到我们发愣，他拉着记者来到帐篷中间，指着领袖像说："还有一个，是共产党爸爸！"

对于这个说不了流利汉语的藏族汉子来说，这几句汉语应该在他心里酝酿了很久，也念叨了很久。

在村中大道上，我们碰到去亲戚家拜年的巴桑阿妈。9 个多月过去了，她没有忘记曾经采访过她的记者，再次向我们说起心里话："要是没有共产党，好多人活不到现在。政府把什么都安排好了，我们发自内心地感谢！"

采访中，淳朴的藏族群众一次次地说起感恩的话，是党和政府的帮助，让他们对灾后重建充满了信心。勤劳善良的人们，也正通过自己的双手，自力更生，发展生产。

村民尼玛桑姆家的院子里，停放着一台橘红色的东风大卡车。女主人说，这是他们家地震后花 10 万多元买的二手车，准备村里盖房时拉砂石水泥，另外跑点运输。

旺堆和哥哥云珠拿出做好的木碗给记者看，一个个擦去上面的灰尘，准备年后去市场上卖。制作木碗是这里的传统工艺，也是群众的重要收入来源。

恢复生产，重建家园，成为当下村干部的心头大事。村委会主任多吉顿珠是个木匠，对自家的新房建设了然于胸。但作为一村之长，他在过节的同时，一直想的是怎样做好规划、备好料、组织好新村建设施工。

"我们已经对每家的情况进行了摸底统计，报给上级政府。村里好多人会做木碗，看能不能组建一个合作社；除了建房，还要组织群众去采挖虫草，经营好农业和牧业。"多吉顿珠说，"听说国家为西藏灾区重建拨款了 100 多个亿，我们对未来充满信心！"

11 日上午，我们结束采访踏上返程。雪山环抱中的吉隆沟，松柏苍翠，大河奔流。这是一片多么让人惦念的热土！

当杜鹃花再次开放的时候，我们还想再来回访。

（原载新华社《瞭望》新闻周刊 2016 年第 8 期，2 月 22 日）

西藏边境千年古村的"凤凰涅槃"

——新华社记者六上地震重灾区乃村影像记

新华社记者 张晓华 薛文献 张京品

地震时，这里山崩地裂，96 户人家的房屋几乎全部倒塌，4 人罹难，415 人受灾，全村人沉浸在剧痛中……

9 个月后，这里国旗猎猎，经幡飘扬，人们穿着崭新的藏装，敬"切玛"，喝青稞酒，欢度春节和藏历新年。

在玉女峰和朗塘雪山的环抱下，位于中尼边境的西藏日喀则市吉隆县吉隆镇乃村，平畴沃野，桑烟袅袅，宛如世外桃源，享受着冬日的宁静和煦暖的阳光。白雪覆盖的田地里，冬小麦已经下种，静待春风吹来。

国旗、经幡，"切玛"、"德嘎"，一样都不少

2 月 10 日是春节大年初三、藏历新年初二，记者离开海拔 2700 多米的吉隆镇，驱车沿之字形崎岖道路上升近 600 米，来到乃村。

这里是去年西藏"4·25"地震的重灾区，坐落在山中间的台地上，北边是直立千仞的峭壁，南边是高山悬崖，与拉萨相距约 900 公里，距加德满都约 100 公里。

一上山，远远望见一大片蓝色铁皮顶房屋聚集在一起，房屋上空桑烟缭绕，鲜红的国旗和五彩经幡格外醒目。

此时太阳刚露头，住在村头的旺堆一家，穿着新衣，已换上了崭新的国旗，竖起经幡，笑意盈盈，静待客人拜年。

西藏吉隆县乃村村民旺堆和女儿央金在自家房屋前挂国旗。（新华社记者 张晓华摄）

他们家所住的3顶救灾棉帐篷，四周增加了木柱，上面又覆盖了一层铁皮顶，看上去很结实。

主人热情地邀请我们到帐篷里，只见正中悬挂着中央代表团去年赠送的领袖像，供桌上摆着"切玛"（五谷丰收斗）和"德嘎"（藏历新年供品），液晶电视里播放着藏历新年晚会，铁炉里生着火，屋里暖意融融。

旺堆一边给记者倒酒，一边告诉我们，为了过好年，他们特意到吉隆镇采购了干果、蔬菜等年货，还给媳妇达娃买了贵重的耳饰。

上初一的女儿央珍汉语说得很不错："节日期间村里要组织骑马、打骰子等游戏，从明天晚上开始跳舞，一连三天"。

穿过几处房屋废墟，记者来到次旺多吉家。57岁的女主人米玛是记者首次上乃村采访时的老相识，邀请我们进屋做客。

地震时，房屋倒塌之际，米玛连推带踢，将躺在竹筐里的两个月的孙子和7个月的外孙女弄到墙角，俯身撑护着，躲过一劫。"人在，就没事。"米玛在采访时显得很平静。

他们家的帐篷共有4顶，中间是过道，有客厅，同样摆放着各类新年供品，有厨房和餐厅，有卧室，上面统一加了铁皮顶。我们戏称是"三室一厅"。

60岁的次旺多吉曾当过16年的村委会主任，掰着指头列举党和政府送来的东西："有帐篷、米面、糌粑、高压锅、铁炉子、电动酥油桶，还有棉大衣、帽子和鞋袜，大概有30多种，吃穿用都不愁。"

采访期间，村民们互相往来拜年，见面说的第一句话就是"罗萨（新年）扎西德勒（吉祥）！"然后取出礼物，斟上青稞酒，互致新年的问候和祝福。

新年的乃村，沉浸在一片欢乐中。

感党恩的话说了一遍又一遍："没有共产党，我们过不了这个坎！"

从地震阴霾中走出来，许多人的心头别有一番感慨。

去年4月30日和5月1日，道路打通后，新华社记者第一时间两次上山采访，见证了悲情笼罩下的乃村：

——帐篷里，巴桑多吉正在给女儿和其他遇难者点燃108盏酥油灯祈福。他11岁的女儿次仁德吉被压在废墟下，不幸遇难。谈起宝贝女儿，巴桑多吉泣不成声。

这次上乃村，我们在次旺多吉家里见到前来拜年的巴桑多吉，他已显得很平静："孩子走了，活着的人，生活还得继续。"

——地震发生后，党员干部第一时间组织群众撤离到安全地带，从倒塌房屋里徒手救人；驻村工作队把仅有的食物分发给老人小孩。

——救灾指挥部全力抢通道路，送来帐篷、食物、衣物和各类生活用品，医疗队、工作组纷至沓来。记者二上乃村，目睹5名公安边防战士从废墟里救出一头牛。

艰难时刻的守望相助，高效有序的抗震救灾，让灾区群众对党和政府的工作有了更深的理解，给予更高的评价。

在村中大道上，我们碰到去拜年的巴桑阿妈。她那张站在雪山、国旗、

517

乃村村民旺堆在领袖像前敬拜。（新华社记者　张晓华摄）

帐篷前双手合十的照片，印在新华社地震报道作品选——《珠峰见证》一书的封面上。拿着书，老人忙不迭地给旁边的村民看自己的照片，笑得合不拢嘴。

记者首次见到巴桑时，67岁的她哭着讲述大地颤动时村民们如何四处逃散，嘴里不停地念叨着："托其切（感谢），共产党！"9个多月过去了，她没有忘记我们，再次向记者吐露心声："要是没有共产党，好多人活不到现在。政府把什么都安排好了，我们发自内心地感谢！"

2015年5月9日，记者三上乃村。45岁的尼玛仓决背着竹篓，离开帐篷，到村前空地上领取暖瓶和土豆。分发物资的"双联户"代表加措说："每天都会有一批物资送到村里来，基本上都是当天发放到村民手里。"

涓涓细流，汇成江海。党和政府的关爱，渗入每个灾区群众的心田。

站在领袖像前，旺堆用不太流利的汉语告诉我们："我有两个爸爸：

一个是亲生爸爸，一个是共产党爸爸。"

感恩的话，受灾群众从震后一直说到现在。帐篷搭好了，每家每户自发地把领袖像悬挂在正中位置，藏历新年挂好新国旗，表达的是对党和国家的不尽感激。

离开乃村的时候，次旺多吉老人握着我们的手，再次强调："没有共产党，我们过不了这个坎。党和政府给了很多，我们不能再靠下去了，要自力更生，重建家园。"

"路通了，料也备好了，过完年，我们就要盖新房了！"

乃村，藏语意为"大山顶上的圣地"。村里有个美丽的传说：周边环绕的雪山是凤凰翅膀，村子正在"凤凰之背"上。一千多年前，松赞干布迎娶尼泊尔尺尊公主，从这里经过。

大地震的劫难，犹如凤凰浴火，痛苦和磨炼是必须要承受的；抚平伤痛，重建家园，仿佛凤凰涅槃，小山村正顽强地走向重生。

2015年5月15日，记者四上乃村，村里正组织党员干部带领村民恢复生产，没种的地种上了，被牲畜啃了的庄稼重新补种，草场和农田之间的铁丝网也已修复。

去年12月29日，记者五上乃村，再次来到尼玛仓决家。她介绍说："大家互相帮忙，种上了青稞，虽然收成比往年差了些，但吃饭没有一点问题。冬小麦也种上了，期盼明年有个好收成。"

心若在，梦就在。

尼玛桑姆家的院子里，停放着一台橘红色的东风大卡车。女主人说，这是他们家地震后花几万元买的二手车，准备村里盖房时拉砂石、水泥。

有梦想的地方，一定充满希望。

乃村村委会主任多吉顿珠是个木匠，对自家的新房建设了然于胸。但作为一村之长，他想的是怎样做好规划、备好料、组织好新村建设施工，"我们已经对每家的情况进行了摸底统计，报给上级政府。村里好多人会做木碗，看能不能组建一个合作社；除了建房，还要组织群众去采挖虫草，经营好农业和牧业。"

乃村景色优美，震前每年游客约有两万多人。驻村工作队副队长、村党支部第一书记于精明说，他们在去年冬天举办了汉语培训班，组织村里的年轻人学了一个月的汉语，还举办了电影放映月，为恢复旅游打基础。

只要坚持，梦想总会实现。

返回拉萨时，我们在海拔 4200 米的吉隆县城边上与县长胡红见面并告别。他说，国家为西藏拨付了 100 多亿元，灾区恢复重建已经启动，将统筹考虑产业发展，并与整村推进和小城镇建设结合起来，"灾区恢复重建之日，就是群众脱贫之时"。

当漫山遍野的杜鹃花再次开放的时候，乃村，将迎来一年中最美的季节。

（新华社拉萨 2016 年 2 月 13 日电）

一次重震　一场大考

——西藏抗震救灾经验与启示之一

新华社记者　张晓华　罗布次仁　边巴次仁　拉巴次仁

西藏抗震救灾取得阶段性成果，干部群众深刻反思在这场新中国成立以来西藏遭受的最大灾难中，面临十分艰难的抢险救援环境，西藏以较少伤亡，最大限度地保护人民群众生命财产安全所创造的抗震救灾西藏奇迹。

4月25日，尼泊尔发生8.1级强震，之后又发生三次7级以上强余震，波及西藏19个县，30余万人受灾，4.1万户房屋受损。强震影响西藏日喀则市的吉隆镇、聂拉木县向南水平移动了60厘米左右。

应对突如其来的地震，西藏党政军警民迅速行动，驰援山高谷深、地质结构复杂的喜马拉雅山区，与灾区基层组织一道汇聚成一股强大力量，争分夺秒救人、科学有效救灾，最大限度降低次生灾害的威胁。

敢于担当，快速反应，果断决策，
最大限度减少地震损失

地震发生后，西藏自治区党委书记陈全国等第一时间作出部署，迅速启动地震应急预案Ⅱ级响应，成立抗震救灾工作领导小组和抗震救灾前线指挥部，全面启动"未雨绸缪"建立起来的应急预案、机制，要求立即全力抢救人员，坚决果断、疏散灾区人民群众，坚决防止余震和次生灾害。

政令迅速成为干部的行动。有关部门和灾区市县党委、政府及时落实，全力组织抢险救援，采取拉网式排查，连夜动员转移重灾区身处险境的2.9

地震一周年：幸福幼儿园里孩子们在玩耍。（新华社记者 晋美多吉摄）

万群众。在樟木镇地质结构发生变化、山体移动、整体滑坡迹象明显的情况下，自治区党委、政府果断决策，全力抢修"生命通道"，连夜组织动员全员转移，29日10个小时内安全转移近6000名被困人员，避免了人口最密集区域次生灾害可能造成的人员伤亡。

中央领导同志对西藏抗震救灾工作做出重要指示，西藏自治区党委立即传达学习，贯彻落实，极大鼓舞了灾区干部群众。自治区主要领导深入灾区一线，实地查看灾情、安抚灾区群众、靠前指挥部署抗震救灾工作，并与灾区一线县委书记、边防官兵、乡镇干部保持电话直通。第一时间利用成都军区陆航部队首批3架直升机，将279名被困在尼泊尔境内的三峡集团援尼项目员工和174名吉隆口岸被困人员，全部安全转移到吉隆县吉隆镇安置点。

特别是充分借鉴在以往地震中积累的及时撤离群众的成功经验，第一时间组织撤离避险。边境地区群众居住分散，灾区安全排查从镇到村、由户到放牧在外的每一个人，短短数日，西藏安全转移群众6.4万。在一百多次余震，尤其是三次分别 7. 0、7. 1 和 7. 5 级以上的强余震中，樟木、吉隆等震感强烈。由于此前地质结构松动，灾区山体大面积塌方，民房严重倒塌。但地震灾区仅 1 人在路上遇难、4 人受伤。

党政军警民协调联动，以各自不同优势形成抗震救灾合力

此次地震重灾区为中尼边境地区，通往灾区要通过终年积雪、海拔5000 米以上的山口，地震给边境地区原本落后的基础设施，雪上加霜，造成严重损坏，重灾区道路、通讯、电力大面积中断，增加了救援难度。

发生强烈地震后，西藏第一时间协调一切必要资源，人民解放军、公安民警、武警和边防消防官兵、民兵预备役与社会力量等无缝衔接，以成熟救援流程、高效的协同，紧急投入救援，与死神赛跑、抢救生命。

在定日方向，当地交通部门组成"抢险保通突击队"，连续奋战，27日抢通通往受灾最严重的绒辖乡的道路。在樟木方向，武警交通部队全力奋战，机器 24 小时不歇，28 日疏通了聂拉木县至樟木镇的生命救援通道。

在吉隆方向，县城至吉隆镇的公路连夜抢通后，27 日在吉隆镇至吉隆口岸滑坡 28 处塌方体上，修建了临时人行通道，此后武警交通二总队 100余名官兵经过连续 8 个昼夜的奋战，5 月 8 日抢通道路。

地震中，日喀则市聂拉木县、吉隆县、定日县等地通信受损严重。4月 25 日下午，移动通信保障人员徒步抵达聂拉木县曲乡退服基站抢修点，4 月 26 日抢通震后第一个移动基站；中国电信西藏公司震后 20 分钟，派出专用应急通信车及抢修车 26 辆，69 名技术人员前往灾区。5 月 1 日，灾区抢通所有通信基站。

西藏电力、中国石油等企业也派出多支救援分队确保电力、能源供应。

地震发生一个月，西藏投入救援力量近 84. 3 万人次，车辆机械21068 台次，打通了物资运输的生命线，保障了专业救援队伍以最快速度

进入灾区，确保了灾区生产生活秩序恢复。

科学救灾，妥善安置，最大限度满足灾区群众的期愿

针对灾区高寒缺氧、地质和气象环境复杂，连降雨雪、余震不断，滑坡、泥石流、塌方时有发生等险情，西藏组织国土、地震、气象等部门加强监测，做好预警。

在这场灾难中，西藏首次大规模使用国产直升机救援偏远群众，构筑立体生命通道；首次运用四旋翼无人机、卫星资源等动态观测灾情，开展应急遥感调查，及时获取信息，做好科学支撑抗震救灾工作。

在重灾区设立 3019 处安置点，近 6.4 万余名转移人员得到妥善安置，实现"有住处、有饭吃、有衣穿、有水喝、有伤病能医"的目标后，西藏还以开展民意调查、走访群众等多种形式，最大限度地满足灾区群众所思所想所盼。

地震重灾区樟木转移安置群众从海拔 2000 多米到 4200 米，群众有不同程度的高原反应，老人儿童尤为明显，为此，西藏及时将这些群众再次转移到海拔相对较低、生活更加方便的后藏首城日喀则市区。

震后，中尼边境樟木、吉隆口岸对面的尼泊尔边区灾情严重，面对随时可能爆发的疫情，西藏组织 13 支医疗队深入灾区，设立医疗救助点 19 个，累计巡诊诊治伤病群众近 2 万人次，发放价值 189 万元的各类药品。

科学救灾，不仅有力提高了救灾工作效率，而且以国家实力和决心，有力提振灾区干部群众的士气。

基层组织党员干部挺身而出，发挥中流砥柱作用

地震来临，一个个身处险境的县乡村基层党员干部、双联户代表、驻

村驻寺干部和公安民警、舍生忘死，挺身而出，就地疏散群众，全力投入抗震救灾。

在吉隆，冒着余震，"玩命县长"普布多吉六走悬崖解救群众；在定日，"汉族县长"王坤，在纷落的滚石中，率队徒步20多公里深入绒辖乡，解救转移群众；在聂拉木，藏汉结合家庭出身的县委书记王平，勇闯"孤岛"，坐镇樟木，披星戴月，日夜奔忙。

面对强余震中亟待救援的被困群众，聂拉木县17人公安突击队，在3个多小时内，冒死翻越12个大塌方点、2处雪峰，了解掌握与外界完全中断的樟木口岸情况，他们首进"孤岛"，樟木全员转移后，再守"空城"。

在吉隆县吉隆镇热玛村，地震袭来，山崩地摇，乡亲们在田间扔下锄头惊叫哭喊。村委会主任次旦明久带领村民往村里几处倒塌的房屋跑去，从房子里先后背出77岁的达娃等4位老人。他一边安抚群众，一边继续向住户喊话，全村300多人挨家挨户一一核实情况，当他远远看到仍在惊恐中的爱妻和孩子，忍不住掉下眼泪，愧疚地对妻子次旺说："对不起，我是党员。"

46岁的白确，是一名普通的共产党员、驻寺干部。在地震中，命悬一线的关键时刻，已撤离到安全地带的白确，毫不犹豫地帮助两位尼姑脱险。在楼房倒塌瞬间，她把尼姑达娃推离险境，自己却献出了宝贵的生命。她以对人民群众至真至纯的爱，阐释了一名共产党员的担当。

一场大灾，一次大考！在危急关头，基层组织、党员干部不惧艰险的坚守，一心服务人民群众的担当，为受灾群众撑起一片天，给人民群众交出了一份满意的答卷。

西藏地震灾区、日喀则市长张洪波说，事实证明，近年来，自治区党委、政府大量卓有成效的基础性工作，已使西藏具备较强的危机处理与管理能力。这种以人为本、生命至上的理念，也是国家治理体系与治理能力提升的鲜明体现。

（新华社拉萨 2015 年 8 月 4 日电 ）

一场大考　一份答卷

——西藏抗震救灾经验与启示之二

新华社记者　张晓华　罗布次仁　边巴次仁　拉巴次仁

经过西藏党政军警民的奋力拼搏和不懈努力，西藏"4·25"抗震救灾取得重大阶段性胜利。灾区干部群众回眸这一段极地救援的艰辛历程，深感这场特殊战斗留下诸多启示。

只有以党的建设最新成果，不断加强党在西藏工作中核心领导作用，才能深层次推进西藏长治久安和跨越式发展

此次地震震级高、破坏大、救援难，在西藏地震史上罕见。在远离腹心地的边陲重灾区，是党的基层组织、驻村干部和共产党员率先组织干部群众投入到抢险救灾中。

地震中，吉隆镇吉普村丹增卓玛一家5口被废墟掩埋。村党支部书记扎西带领党员在余震中冲进废墟，用双手把他们一一刨了出来。随即，被乱石磨得双手鲜血、浑身泥土的党员们，又投入帮助村民抢救财产的战斗。

定日县绒辖乡党委书记边巴在余震中解救群众，头遭滚石撞伤却顾不上处理，转移疏散群众，连续奋战20小时。

在抗震救灾第一线，每一个基层组织就是一个战斗堡垒，每一名党员就是一面旗帜。地震发生后，在重灾区吉隆县1700多名党员组成70余支党员先锋突击队，以不同形式抗震救灾。

强余震来临，灾区手持佛珠的信徒合掌求菩萨保佑，老人小孩无助哭泣。党是人民的主心骨，危急时刻，党和人民始终在一起。强余震导致吉隆县江村与外界失联，部分村民出现恐慌情绪。驻村工作队员格桑罗布耐心劝导："乡亲们，我们有强大的祖国作后盾，什么也不怕。房子倒了还能重建，家园毁了从头再来！要相信党和政府！"

党的坚强领导、广大党员的率先垂范，有力唤起西藏民众不畏艰险、不屈不挠的顽强斗志，凝聚了"万众一心"的巨大力量，保证了抗震救灾有序、有效、有力的展开。

基础牢靠就能够扛住地动山摇。记者在灾区采访了解到，广大干部群众认为，拉萨"3·14"以来，西藏自治区党委全面加强了基层组织建设，特别是近3年来全面广泛开展干部驻村驻寺、"双联户"、网格化管理等活动，切实转变作风，强化日常政治思想工作，确保了危难关头党员干部的担当。

只有以人为本，依靠群众、发动群众，才能不断夯实基础，形成治边稳藏更强合力

在日喀则市区桑珠孜区安置点，政府专门为信教群众设立了"帐篷经堂"，拉巴卓玛等4位尼姑正为地震中遇难群众阿旺超度祈福。尼姑土登卓嘎由衷感叹："政府不仅给我们吃的和住的，就连做佛事活动的'帐篷经堂'也给安排好了，这让我们心存感激！"

这种"以人为本"的理念始终贯穿抗震救灾全过程。地震发生后，西藏自治区党委、政府明确提出"生命高于一切，救人第一"。

位于中尼边界的樟木镇存在发生整体滑坡、泥石流的重大险情，自治区决定全员转移群众。然而，上升2000多米的海拔高度让拉孜安置点很多群众出现了高原反应，政府又一次将他们转移到日喀则市安置。

为了最大限度满足灾区群众所思、所想、所盼，回应群众期盼，灾区政府向群众发放了民意调查表，带给群众信心和力量。这种"以人为本，人民至上"的执政理念,不仅有力地调动了人民群众参与抗震救灾的积极性,也让群众在感恩中不断奋进。

在吉隆、定日、聂拉木等重灾区,人们坚强地从废墟中刨出生产工具平整土地、修建水渠、开犁种地。吉隆镇热玛村村委会主任次旦明久说:"家园没了,但我们有牛有羊有地,就应重拾信心,依靠党和政府的好政策,重建家园!"目前,日喀则市正在开展受灾群众技能培训,参训学员达数千名,涉及汽车驾驶、钢筋工、绘画等10余个工种。

日喀则市常务副市长陈来尼玛说,在抗震救灾中,政府非凡的社会动员能力,人民群众的真心支持和拥护,源于这几年广泛的干部驻村入寺,践行党的群众路线。事实表明,西藏各级政府在群众工作方面已积累了新经验。

陈来尼玛坦言,西藏在稳定和发展中,争取民心、解决"想到一起去"问题的同时,紧紧依靠群众、发动群众,解决"做到一起去"的问题,不断夯实基础。

只有不断加强民族团结,才能更为广泛地凝聚西藏稳定发展的"中国力量"

这次地震重灾区位于中尼边境,平均海拔4000米以上,主要以藏族农牧民为主。地震发生后,不同救援力量不分民族、不分地域、不分信仰,千里驰援,迅速集结灾区,与驻地公安边防、解放军共同展开大营救。

危急时刻大家守望相助。地震时,依山而建的樟木镇地动山摇,滚石裹挟着泥尘咆哮而下。年幼的嘎玛丹增惊恐地站在街道上。正在站岗的聂拉木边检站战士张高勇和朱文喜几乎同时跑向嘎玛丹增。张高勇一把将孩子拉住,护在身前,自己却被一块石头压在了下面,动弹不得。

"3月遭遇雪灾,现在又赶上如此强烈的地震,萨勒乡的乡亲们怎么办?"正在养病的吉隆县政协负责人刘永祥心急如焚。他当即赶赴灾区。

当车行至海拔 5200 多米的拉多拉雪山顶时，雪崩挡住了去路。于是，他带领医护人员徒步跋涉 5 个多小时，组织萨勒乡抢险救援。

困难时期大家心手相连。地震发生后，上海市援藏干部、日喀则市人民医院院长助理杨晓东在强余震中率先抵达重灾区吉隆县，迅速整合当地医疗资源，奋战 4 个昼夜，诊治 1000 多名伤员。

在日喀则市桑珠孜区安置点，"人道救援日喀则联合救灾志愿服务站"里，来自浙江、福建的 20 多名志愿者用 4 顶帐篷开设了小升初补习班、兴趣班、8 点心灵放映室、快乐屋等，每天凌晨 4 时许起床，为受灾群众烧热水并全天供应。

地震后，吉隆镇安置点人员超过 1200 名，吃饭成为问题。为此，很多饭店宾馆老板不顾自家受灾，免费提供厨具、餐具，以及大米等食材。饭店老板张小兵雇请 10 多个人，每天在饭店里给群众做饭，从清早 5 时忙到晚上 10 时。

在聂拉木县城，震后的天空飘着大雪。超市老板郑晓龙得知受灾群众缺少衣被，立马取出全部库存约 700 件、价值 10 万多元的棉衣，免费发放给受灾群众。郑晓龙说："我在聂拉木经商 3 年多，真正感受到藏族群众的诚实、纯朴和善良，感受到这里的团结和谐。"

聂拉木县县委书记王平认为，大灾大难面前，民族团结生动场景，集中体现了各族人民世代友好的历史延续。

经历大灾，西藏基层干部更深刻地感受到民族团结是西藏各项事业的生命线。他们认为，只有不断加强民族团结，才能更为广泛地凝聚西藏稳定和发展的"中国力量"。

只有不断地加快发展，才能有更强的实力抵御各种灾害和风险

"小时候经历过一次地震，那时候没人来救我们……"次仁卓玛曾经历 1934 年的尼泊尔大地震。作为新旧西藏变化的亲历者，她深有感触地说：

"要是没有党和政府，我们肯定会受冻挨饿、担惊受怕。"

地震中，从国家到自治区，投入大量财力、物力，使用各种现代化救援手段，以实力和决心增强边境地区受灾群众的信心和勇气。

江孜县的科学老师巴桑加布在临时帐篷内教学。（新华社记者 刘东君摄）

4月25日地震发生后，国道318线聂拉木至樟木段受损严重。26日武警交通重型现代化机械大批开进，经过24小时不间断作业，原本预计需10天才能打通的道路在40余个小时内全线抢通。助理工程师索朗加布说："此情此景，让我们看到的不仅仅是大型机械，而是国家实力。"

4月27日，针对灾区部分道路仍在抢通中，物资只能依靠肩搭背驮方式运进，成都军区派遣3架直升机向灾区群众空投救灾物资，吉隆镇很多人见此情景，激动不已。29日，热索村村民达娃卓玛一家乘直升机撤离转移至吉隆镇安置点。

"生在中国真是幸福，我为做一名中国人感到骄傲！"达娃卓玛说。

在边境地区的抗震救灾中，高效的组织指挥，强大的抗震救灾能力，让灾区群众从心底感受到党和政府的温暖，感受到祖国的强大，感受到社会主义制度的优越性，对中国的未来更加充满信心。

此次地震中，萨勒乡90%以上房屋倒塌。萨勒乡拉比村村民罗布桑珠说："地震让我们失去了家园，但我们还有改革开放后积累的家底，有全国大家庭的无私援助。我们有决心、有信心用自己的双手重建家园！"

定日县县委书记顿珠认为，抗震救灾就是对党的执政能力和中华民族凝聚力的实际检验。如此巨大的自然灾害，如果没有举国上下的全力支援，没有精神文明建设和物质文明建设凝聚起来的强大力量，我们又怎能把损失减少到最低程度。

当下，西藏必须坚持发展第一要务不动摇，变发展优势为政治优势。同时，西藏只有不断加快增加社会财富和增强经济实力，才能更有实力抵御各种灾害与风险，保持经济社会建设的顺利进行。

（新华社拉萨2015年8月4日电）

新华社记者 普布扎西摄

第五篇

大美西藏

西藏立法保护拉萨老城区

新华社记者　李远　李鹏

作为位于世界屋脊的历史古城，西藏拉萨市老城区正式得到立法保护。

23 日，记者从拉萨市人大新闻发布会上了解到，于今年 7 月由西藏自治区人大批准的《拉萨市老城区保护条例》将从 10 月 1 日起正式实施。

拉萨海拔约 3700 米，老城区是拉萨市的核心区域，也是拉萨历史文化和旅游资源的集中区。在这个以八廓街为中心、占地 1.33 平方公里的区域内共有 27 座寺庙，其中包括被列入世界文化遗产目录的大昭寺，此外还有 56 座古建大院，大量珍贵文物藏身其间，具有很高的历史、艺术、宗教、民俗等方面的价值。

拉萨市人大常委会秘书长梁小平说，以立法的形式对老城区进行保护、管理，是保护世界文化遗产的需要，是保护和弘扬西藏传统文化的需要，也是拉萨广大市民多年的期盼。

据了解，《条例》共包括 42 条，包括对老城区的保护、管理、利用以及违反规定后的法律责任等内容，对老城区的范围、面积、建筑规格和文物保护等都做了详细界定。

拉萨市人大常委会副主任央金卓嘎介绍，《条例》首先将老城区分为核心保护区和保护缓冲区，规定在以八廓街为中心的核心保护区内，建筑物高度不得超过 10 米，保护缓冲区的建筑物高度不得超过 12 米。

为保证老城区的环境和空气质量，《条例》还规定在老城区内推广使用清洁能源，所有排烟装置都要采取消烟除尘措施。

西藏提出打造世界旅游目的地的目标，以大昭寺为中心的八廓街老城区是进藏游客必去之处，在西藏旅游产业中占据重要位置。

为此，《条例》第二十五条规定：老城区的经营活动将以具有西藏民族特色的无污染、无公害产业为主，以保持老城区的传统文化特色，鼓励开办工艺品陈列室、展览馆、博物馆等文化场馆。

在《条例》的制订过程中，拉萨市民积极参与其中，他们的很多意见得到采纳。央金卓嘎表示，比如《条例》的第十六条规定除了执行公务的机动车外，其他机动车辆未经允许不得进入老城区。

"最开始对'公务车'的表述里是不包括殡葬车的，但一些藏族百姓去世后送葬时遗体会被拉到大昭寺外进行简单的法事活动，为尊重这一宗教习惯，我们将殡葬车辆加入了表述里。"央金卓嘎说。

西藏一直注重对民族文化和历史景点的保护，对拉萨老城区的保护也是西藏自治区党委、政府十分重视的民生工程之一。

2012年12月，拉萨市启动了总投资约15亿元的老城区保护工程，包括给排水管道改造、电力线路改造、路灯改造、整治消防安全隐患、实施老城区供暖工程、规范各种标识标牌、完善环卫设施等，以改善老城区的安全状况和居民生活环境。这一工程于今年6月底完工。

现在又以立法的形式，使得西藏民族文化的保护有法可依，有法必依，这将提升拉萨旅游城市形象，增强市民和广大游客的法律意识。"拉萨市古城管委会副主任施裕忠说。

（新华社拉萨2013年9月23日电）

探秘布达拉宫四个谜

新华社记者　黄兴

晨光熹微，雄踞在红山之巅的布达拉宫折射出神圣的光辉。千百年来这座神秘的宫堡式建筑在让无数人神往的同时，也让大家好奇不已：何以能够屹立千年仍稳如磐石？如此神圣之地为何积存垃圾？传说中的地宫是否真的存在？有无精确的房间数？本文将带你走进布达拉宫，为你一一探秘。

谜一：布达拉宫为何稳如磐石

巍峨壮观的布宫主楼有 13 层，高 170 多米。这座用无数石块累积而成的宫殿在风雨中历经千年，仍稳如磐石。如此高的高度，如此大的体量，如此长的时间，布达拉宫究竟是怎么做到稳如泰山的？

布达拉宫管理处党委书记丁长征在布宫工作三十余年。他说，首先是坚实的地基确保了布宫的安全，方块石头垒起厚厚的地垄墙，不计其数的地垄墙给布达拉宫支起了坚实的基础。

布达拉宫的宫墙更是托住了其巨大的体量，其精妙设计亦让建筑师叫绝。丁长征说，深入岩层的墙基最厚达 5 米以上。宫墙往上逐渐收缩，到宫顶时墙厚仅 1 米。上百米的高墙平整如刀削，令人叹为观止。

丁长征说，有历史文献记载称，为确保布达拉宫坚实永固，其部分墙体的夹层内还注入了铁汁。为此管理处的工作人员时常留意开裂的墙体中有无铁块，但迄今尚未发现。

"墙体使用的'白玛草'也大大减轻了墙体的重量。"丁长征介绍说，

布达拉宫雪景。 （新华社记者 普布扎西摄）

"白玛草"富有韧性，还有隔热、通风、不被虫蛀的特性，被染料染成红色作为墙体的一部分。

谜二：神圣布达拉宫为何积存垃圾

在佛教信众的眼里，布达拉宫神圣不可亵渎。而这个神圣的地方，却积存了大量垃圾。上世纪 80 年代，布达拉宫第一期维修时，因为要清点所有物品，工作人员对布达拉宫进行了彻底清扫。据回忆，载重 5 吨的卡车总共从这里拉走了十几车垃圾。

丁长征说，布达拉宫内确有不少垃圾，而且这些垃圾大有来头，有的甚至长达数百上千年。这里的垃圾主要分布在地垄里，或留在库房内。

地垄施工时有些废弃的建筑材料残存在其中，由于部分地垄并不具有实用价值，这些垃圾也就未予以清理。还有一部分垃圾是地垄墙体风化的产物：起凝固作用的黏土经历千百年后粉碎留下；还有同样起连接作用的

538

椽子腐朽断裂后掉下来，由此形成了地垄里的垃圾。

库房里的垃圾则缘于当地的生活理念和认识。藏族人认为布宫是佛教的神圣之所，布宫内的东西样样具有神性，因而将垃圾丢出会倒霉。因此，一些垃圾会被堆积在不常用的库房里。时间长了，老鼠等小动物不请自来，垃圾堆成了他们的乐土，自然还会贡献一些排泄物。

布达拉宫里到处都是宝，时间久了谁也记不起这些库房里到底还有什么东西。再加上有些贵重的小物件很容易与垃圾混在一起，这样一来库房里的垃圾更不敢随便倒了。否则一不小心就极有可能把一件稀世珍宝给当垃圾扔了。

工作人员的这种担心还真不是多余的。丁长征说，在布宫第一次维修清理垃圾时，工作人员不敢大意，认认真真、仔仔细细地过滤了一次这些"古董"，里边居然发现了珊瑚、绿松石和银币等不少宝物。

谜三：布达拉宫到底有无地宫

有传言说布达拉宫地宫内随处都有各色财宝及珍贵典籍，整个地宫就像个迷宫一般。丁长征明确告诉记者，布达拉宫没有地宫。所谓"地宫"就是地垄，即布宫的地基，平整山体建起的地垄墙之间的井状空间。丁长征说，地垄之间并非都相连，而且有些地垄面积非常狭小，绝非外界传说的"迷宫"。

布宫内并非没有宝物，不过不在所谓"地宫"里。丁长征说，布宫收藏和保存了丰富的历史文物，浩如烟海的壁画、佛塔、塑像及唐卡，还有贝叶经、甘珠尔经等珍贵的经文典籍，此外还有大量的金银器、瓷器及珐琅器、玉器等。

谜四：布达拉宫到底有多少间房

布达拉宫究竟有多少间房？有人说是999间加上松赞干布的修行密室——法王洞，刚好1000间。其实，这一说法并不准确。

布达拉宫迎来年度"换装季"。（新华社记者 普布扎西摄）

丁长征说，有文献记载确实同上述说法一致，但那说的是公元七世纪首建的布达拉宫。布宫建成后历经战乱及雷击，所剩不多。现在的布宫是公元 17 世纪五世达赖时重建的，而这一时期并无文献记载到底有多少间房。后来历世达赖陆续进行了改扩建，比如五世达赖圆寂后，其摄政王对布宫进行扩建，建成红宫。八世及九世达赖圆寂后其寝宫被改造成灵堂殿。如此改造不胜枚举，所以布宫构造极其复杂。

20 年前布宫一期维修时，丁长征曾随老工匠试图逐一清查房间，结果无功而返。因为西藏建筑是按柱子数来测算房间数量，布宫构造极其复杂，有套间、隔间，还有套间与隔间的复合体，传统算法根本不奏效。

后来布达拉宫管理处分来几个文博专业人才，他们也试图搞清布宫具体房间数，结果还是束手无策。因为现代测算方法对这些建筑没有用武之地。因此，时至今日布达拉宫到底有多少房间仍然没有精确数字。

（新华社拉萨 2013 年 11 月 6 日电）

雪域高原"小香港"

——中尼边境樟木口岸见闻

新华社记者　王军　范世辉

　　樟木，藏语意为"邻近的口岸"，位于西藏聂拉木县，平均海拔 2300 米，东、西、南三面与尼泊尔接壤。这里距拉萨约 750 公里，距尼泊尔首都加德满都约 120 公里。随着近年来中尼两国在经贸、旅游、文化等方面的密切合作，这座小镇俨然成了边境通商的"桥头堡"以及游客体验异国风情的旅游胜地。

　　樟木镇距聂拉木县城 35 公里，但两地海拔落差却有近 2000 米。印度洋的暖湿气流沿喜马拉雅山南坡北上，到了此处再也无力翻越高原，于是，便在这里播下一片浓绿，形成了迥异于高原的生态系统。

　　车出聂拉木县城往南，驶过几百米就进入险峭无比的 318 国道末端，汽车沿着狭窄而陡峭的盘山公路盘旋而下，不久就把我们带入一个与西藏高原截然不同的世界：高峡飞瀑、云雾缭绕，芭蕉翠竹、四季常绿，一派妩媚秀丽的亚热带风光。

　　不知转了多少道弯，一幅生动的水墨画忽然铺展在眼前：云雾中，一座极富特色的美丽小镇映入眼帘，一幢幢富有民族特色的建筑错落有致，组合成一幅壮美的画卷，悬挂在林木茂密的半山腰上———这就是樟木镇。

　　作为西藏最大的边境通商口岸，樟木其实很小，面积只有 70 多平方公里，只是一座沿着 3.6 公里盘山道依山而建的边陲小镇。而"之"字形盘山而行的 318 国道末端，就是樟木镇唯一的街道。边贸是樟木的经济支柱，自 1792 年起，中尼两国就有通商记录。目前，樟木口岸出口商品主要为内地生产的日用百货、电子产品、服装等，而进口商品则主要为尼泊尔手工艺品、佛具以及外国香水、红酒等。

狭长的樟木镇坡度高达 30 度到 45 度，全镇难寻一块平地。弯弯曲曲的街道两边，停满了车体色彩斑斓的"ＴＡＴＡ"牌尼泊尔大货车。这些驶往尼泊尔首都加德满都的车辆，要在樟木装满来自中国内地生产的衣服、鞋袜、电器以及农产品，随后再转运到南亚各地。

由于尼泊尔海关通行能力和停车场有限，常有货车彻夜滞留樟木。"我们喜欢中尼友谊""中尼是好哥弟"……货车车厢上的汉字，尽管读来有些拗口，却折射出两国深厚的友谊。

在西藏，樟木镇是"最不像西藏"的地方，她的特别，来自于迥异的自然风貌，也来自于外来客对她"西藏小香港"的别称和印象。在这个边境小镇樟木，平均每天出入境旅客达 1000 人次，车辆 150 多辆次，年吞吐货物量 16 万吨。

早上，和煦的阳光从山谷间升起，照亮了中尼友谊桥中国一侧的樟木口岸联检大厅，这里早已聚集了成群等待出关的边民和游客。10 点整，联检大厅开始办公，口岸附近的人多了起来。不同肤色、面孔的人们用汉语、藏语、英语、尼泊尔语叫卖、讲价，货车在山腰间的公路上卸货、装运，捎客们把货物扛在背上匆匆向前挪动，宁静的山间小镇顿时活跃起来，樟木口岸忙碌的一天开始了。

33 岁的尼泊尔妇女塔帕背着一大包货物，手持水蓝色边民证，仅用了几分钟就顺利通关入境了。塔帕告诉记者，她常年在此帮人带货，一天收入三五十元人民币不等，兑换成尼币差不多有五百到七百左右，在他们当地收入算是很高了。

记者看到，在口岸大厅往上一里地之内的路边，商铺早已经开门迎客。对着口岸大厅的大路拐弯处，是一个两层的边贸市场，当地人习惯叫它"温州商贸城"。这里的商人来自浙江、河北、湖南、甘肃、广东等地，而他们的客户则基本上以尼泊尔商人为主。商户们拿着计算器，操着一口流利的尼泊尔语与人讨价还价。

　　火红的边境贸易，带来的是红火的经济收入，也成就了樟木"西藏小香港"的地位。聂拉木县县委副书记孙玉荣说，镇上几乎家家户户都与边贸有关，或直接做进出口，或为两国通商当翻译，或开餐馆旅店。

　　聂拉木口岸海关关长李刚告诉记者，近年来樟木口岸边境贸易"一路高歌"，进出口贸易总额从 2007 年的 2.42 亿美元，跃升到 2013 年的 20.44 亿美元，西藏自治区 90％以上的边境贸易和全国 90％以上的对尼泊尔贸易都在此进行。

　　走在樟木的街道上，边贸的气息更加浓郁，服装店、百货店、宾馆、银行、酒吧、网吧……林林总总，高低错落，招牌大都用汉、藏、英 3 种文字书写。皮肤黝黑、眼窝深陷的尼泊尔人随处可见，他们经营茶馆、便利店、蔬菜店、工艺品店、酒吧，而这已成为樟木人生活中不可或缺的一部分。这个茶马古道上的边陲小镇，在中尼两国边民悉心经营下，正焕发出勃勃生机。

　　傍晚，夕阳的金色余辉慢慢洒向山尖，友谊桥边喧嚣的口岸也逐渐安静下来。山腰上，星星点点的灯火渐次点亮整个小镇。街上，车水马龙，人来人往；饭馆里，灯火通明，宾客满座；演艺厅里，尼泊尔风情表演陆续上演……"西藏小香港"的夜生活刚刚开始。

　　（原载新华社《半月谈》2014 年第 24 期，12 月 25 日）

千秋繁华，一去杳然

——西藏"古象雄文明"四大谜团释疑

新华社记者 许万虎

拥有"世界屋脊的屋脊"之称的西藏阿里地区，是千山之宗、万水之源，古老神秘的象雄文明便滥觞于此。

曾经雄踞一方的象雄王朝为何在史料典籍中记载甚少？象雄王朝都城如今身在何方？象雄与"古丝绸之路"有何关系？繁盛一时的象雄文明留下哪些印记？

象雄官方史料何以"寥若晨星"

"象雄"是个古老的象雄文词汇，"象"是古代部落氏族名，"雄"即地方或山沟。据少量汉文和藏文典籍记载，象雄王国至少在3800年前开始形成，在7世纪前达到鼎盛。公元7世纪初，雅砻部落逐渐建立起强大的吐蕃王朝，象雄开始衰落。松赞干布在公元644年前后将象雄纳入吐蕃王朝的疆域，至此象雄退出了历史舞台。

曾经盛极一时的象雄王朝拥有相对发达的文明，可为何史料对其记载少之又少？目前，汉文史籍《隋书·西域传》有少量记载："女国"（象雄）曾于隋文帝开皇六年遣使赴汉地朝贡，只是"其后遂绝"……

有学者分析，古象雄地处青藏高原西部，受地理环境及路途遥远等因素制约，象雄王朝与中原汉地交流十分困难，这是导致汉文典籍中对象雄记载甚少的直接原因。

中国藏学研究中心宗教研究所研究员才让太分析说，从公元 7 世纪吐蕃扩张开始，青藏高原上才有了真正意义上的独立政权与中亚发生政治联系的历史，这很可能是象雄王朝官方史料稀少的重要原因。

古象雄王朝都城何处寻

相传，象雄都城为一座银白色的城堡，故称为"穹隆银城"。湮没在历史尘埃中的"穹窿银城"，其位置所在也是学界争论不休的焦点。

学术界目前主要有两个版本，一为西藏阿里地区札达县曲龙村西的曲龙银城遗址，二为阿里地区噶尔县门土乡境内。

2004 年，四川大学考古学系与西藏自治区文物局联合在今阿里地区噶尔县门土乡境内一处叫做穹隆·古鲁卡尔的地方发现了一座古城遗址，据研究，此地极有可能就是传说中象雄古都穹隆银城。

四川大学中国藏学研究所教授李永宪介绍说，考古工作发现，"穹隆银城遗址"拥有规模宏大的墓葬群、居住建筑区、宗教祭祀区、生产工具等遗存，说明这里曾是一个社会组织稳定、权力集中、经济生产有自我调节能力的部落集团所在地。

"当然，最终证实这处遗址就是象雄王国的都城，还需要在下一步的研究中付出更多努力。"李永宪说。

象雄：古丝绸之路上的"十字驿站"

许多人认为，地域辽阔且位于交通要道的古象雄，堪称"古代文明交往的十字驿站"。看似遗世独立的青藏高原，在古代并非是一个完全封闭的区域，其与中亚、西亚、南亚等地域都有过交流，地理位置的特殊性，造就了象雄成为古丝绸之路驿站的先天优势。

虽然史料中对象雄的记载甚少，但这不代表当时的象雄与周边国家没有联系。才让太分析，历史上吐蕃与大食的麝香贸易相当活跃，象雄作为联系中西的"十字路口"，与周边国家发生密切贸易往来的可能性很大。

西藏文明史中的"象雄烙印"有几何

象雄人的宗教、文字等深刻影响了吐蕃以及后来西藏社会的各个方面。

据史料记载，在象雄十八国时期，"上之辛绕们尊贵，下之国王们威武……"由此可以看出，苯教在象雄王国的社会地位之高。

"苯教对后来藏族人宗教生活影响很明显。"才让太说，苯教文化中普遍存在对火与光的信仰，今天遍及整个藏区的煨桑现象就是一种火供，很难判断它与苯教没有任何历史关系。

"穹氏是苯教历史上一个非常特殊的氏族，它的历史纵贯几千年，与苯教本身的发展历史相始终；它遍布藏区，很难找到一块没有穹氏后裔的地方，这同样是象雄文明中苯教文化东传的一个直接结果。"才让太说。

此外，据才让太介绍，今天藏族人的习俗和生活方式，有许多也是象雄时代留传下来的，比如转神山、拜神湖、插风马旗、插五彩经幡、刻石头经文、放置玛尼堆、打卦、算命，都有苯教遗俗的影子。

藏文字究其本源也绕不开象雄文明。有一些专家认为，藏文起源于象雄文，当年松赞干布派他的大臣吞米桑布扎创造藏文，最多只能叫象雄文字的改良。

（新华社拉萨 2013 年 11 月 14 日电）

探访"莲花秘境"——西藏墨脱

新华社记者　李远　薛文献

冬日暖阳斜射着西藏墨脱县城最热闹的街道——环城路。

墨脱中学的学生们结束了上午的课程，三三两两从远处走来。

街边一对弈人正厮杀着一盘象棋残局，几个围观的好友或指点，或打趣，其乐融融。

一辆挂着北京牌照的越野车缓缓驶过。站在门口招呼客人的"天天见面馆"女老板阿珍说，自从公路通车后，县城里像这样挂外地牌照的车越来越多了。

10月31日，墨脱公路正式通车，地处藏东南的墨脱也因之成为中国最后一个通公路的县，"高原孤岛"的历史宣告结束。

墨脱，藏语意为"隐秘的莲花"。莲花生大师曾在此修行弘法，墨脱也成为藏传佛教信徒心中的"莲花圣地"。

冬季的县城一如既往的安静、祥和，但墨脱一万多人的生活正在悄悄改变。

今年5月到墨脱任职的西藏公安边防大队政委许全武说，通车前，墨脱人最大的困难就是生产和生活物资难以保证。

"大概是在8月份雨季时，老路因泥石流中断。刚开始没觉得有什么，但一周后整个县城就出现了物资短缺的情况。路一断，物价就会飞涨。"许全武回忆说。

经过大规模改造整治的这条公路通行条件得到了很大的改善，一年当中的通行时间由以前的四五个月增加到十个月左右。"即使在大雪封山的那个把月里，之前储存的物资足以应付。更重要的是，钢筋、水泥等生产资料运进墨脱将更加便利，费用也大大降低。"许全武说。

随着交通条件的改善，墨脱人有理由憧憬更加美好的未来。墨脱县发改委主任王斌介绍，特色农牧业和旅游业将是今后墨脱的发展重点。

"虽处高原，但墨脱却盛产各种热带水果。此外，墨脱还是西藏少数几个产水稻的地方。我们要将这些特色农产品推向市场，打造墨脱品牌，推动墨脱经济的快速发展。"他说。

旅游业将是墨脱重点发展的方向。一直以来，墨脱的原生态、高原热带气候吸引着各路游客，但交通不便利让许多游客望而却步。墨脱县旅游局副局长米玛曲珍介绍，墨脱正在打造一条徒步游线路和一条自驾游线路。

"未来几年，预计墨脱旅游将迎来爆发性增长。由于县城接待能力有限，我们正引导农牧民经营家庭旅馆、农家乐等，这将为他们拓宽增收途径。"米玛曲珍说。

到县城的公路虽已通车，但这只是墨脱能源、水利、公路等基础设施和城市建设进一步改善的开始。"由于城市建设落后，墨脱一度被称为'有县无城'。此外，全县下辖的7乡1镇目前仍有2个乡不通公路。"王斌说。

如今，墨脱开始了新一轮的建设热潮：扶贫路、水仙花大街、县城二环路、墨脱新村等建设在县城有序铺开、正在紧张施工中；部分已建成的住宅楼，白墙红瓦，点缀在青山绿水间。

夜幕降临，华灯初上。

走在大街上，各家店铺门前小型发电机的隆隆声此起彼伏，灯火闪烁的墨脱县城还真有点现代都市的味道。

（新华社拉萨 2013 年 12 月 27 日电）

雪域高原的"文武圣人"印迹

新华社记者　许万虎

　　"文圣人"孔子与"武圣人"关帝在中国内地家喻户晓，殊不知在遥远的雪域高原，与二者同音共律的痕迹并不难拾撷。

　　早在吐蕃松赞干布时期，孔子所创立的儒学即翻山涉水来到西藏。史料记载，文成公主入藏带来了大唐的政治、礼仪制度、文化典籍。当年吐蕃贵族统治者为了提倡儒学，曾向中原派遣留学生，学习儒家文化。

　　"看这香炉上雕刻的十二生肖图案，便是内地汉文化留下的痕迹。"西藏大学研究生阿旺卓玛把弄着一把从拉萨八廓街淘来的藏式香炉说，"许多藏式工艺品上都能找到九宫、生肖等图案，一些建筑上也有《易经》中太极、八卦等文化符号……"

　　随着时光推移，西藏的寺庙中如今已经很难寻觅孔子造像。但在民间，许多老人还保留着一些关于孔子的记忆，只不过将孔子"改造"成了精于占卜、历算的"贡则楚吉杰布"。

　　"藏传佛教认为孔子是文殊菩萨的弟子或化身，是一位'圣、神、王'三位一体的神秘人物……"拉萨居民丹增益西老人文化程度不高，却深谙"文圣人"孔子的"来历"。

　　孔圣人的文化痕迹为何出现在西藏？西南民族大学教授余仕麟分析，儒学在藏区流传是汉藏民族长期民间交往的结果。藏民族的崇祖意识、尊亲习俗，也为儒家文化及其伦理思想的传播提供了文化土壤。

　　"武圣人"关帝进入西藏的历史可能要晚的多。史料记载，清乾隆年间，廓尔喀（位于今尼泊尔境内）犯西藏境，公元1792年福康安统军，与藏族同胞共同抵御外侮，获胜后筹资修建关帝庙。

从那时起，"武圣人"关帝即随孔子之后"踏上"了西藏的土地，并"入乡随俗"与骁勇善战的格萨尔形象合二为一。

走进如今修葺一新的拉萨关帝庙，记者看到大殿绿色的琉璃瓦与四周红黄相间的僧舍、汉式月亮门相辅相成，大殿当中，"关帝像"巍然而立，静静歆享信众的香火。

拉萨市文物部门表示，拉萨关帝庙是目前西藏规模最大、保存最完整的一座关帝庙，2007 年被列为西藏自治区重点文物保护单位。文物专家最大限度还原和保护了庙宇的历史原貌和特殊朝拜方式。

而在当年汉藏人民抗击廓尔喀入侵的主战场西藏日喀则地区，也遗落着许多关帝庙遗址，其中较为典型的日喀则定日县岗嘎镇关帝庙也于今年晋身西藏自治区级文物保护单位。

"每到藏历节日时，许多人会到关帝庙遗址挂经幡。"定日县一家机关的退休干部嘎玛坚赞说，关帝庙是汉藏人民共同抗击外来侵略的历史遗存，反映了祖国统一的历史，是一处实至名归的爱国主义教育基地。

（新华社拉萨 2013 年 12 月 31 日电）

"让驻村的同志们吃上藏家团圆饭"

——西藏日喀则"古突"夜见闻

（电视脚本）

新华社记者　坚赞　洛登

【解说】在农历春节来临之际，西藏日喀则的大部分地区也迎来了当地最为隆重的传统节日——藏历农家新年。1月29日晚上，这些地区的藏族群众要以吃团圆饭"古突"为开端，正式拉开藏历农家新年的序幕。

1月29日是藏历11月29号，同时也是西藏日喀则地区农家新年的"古突"夜。在日喀则市曲美乡帕伦村，加布一家正在准备一顿丰盛的传统年夜饭，今天这个代表合家团圆的夜晚他们邀请了几位特殊的客人一起欢聚。

从2011年10月开始，西藏在全区开展创先争优强基础惠民生活动，来自自治区、地、县、乡四级党政机关、企事业单位及驻藏中直单位和武警部队的共2万余名干部，组成了5451个工作队，进驻到西藏所有行政村和居委会。他们与当地各族群众同吃、同住、同学习、同劳动，真心实意为人民群众办实事，深受基层群众的欢迎。

加布是帕伦村的村支书。他告诉记者，日喀则地区人社局负责的是他们村的驻村工作，十多名驻村工作队员在两年多的时间里，为村里修水渠、建水坝、盖温室，做了不少实事，深受当地村民的欢迎。今天为了表示对他们的感激之情，他专门邀请驻村工作队员到家中团聚吃"古突"。

晚上8点多，来自日喀则市人社局驻帕伦村工作队的队员们带着新年礼物应邀来到加布家里，在向主人家献上寓意吉祥如意的哈达之后，热腾腾的"古突"端进了客厅。村里的乡亲们也热情地为队员们敬上自家酿的青稞酒。

【同期】日喀则地区人社局驻村工作队领队　顿珠次仁

这一次过年，咱们五位汉族同志不能回去，也回不了家，在今天老百姓的邀请下，一起过个"古突"节，他们都非常开心。

【现场声】

村民：月亮、月亮、月亮，好的，嫦娥。

帕伦村驻村工作队队长　李传凤：谢谢！

【解说】按照藏族习俗，"古突"里预先要随机包裹进一些诸如羊毛、辣椒、盐、豆、黑炭和毛线之类的小物件，分别象征人的十几种不同品性和运气。驻村工作队的组长李传凤吃到了代表月亮的面团，众人纷纷向她祝贺。

【同期】日喀则地区人社局帕伦村驻村工作队队长　李传凤

这是我过的最有意义的一个年，真的是很开心，和村民一块过这个"古突"节，所以可以说是终生难忘，以后的话我要好好学藏语，沟通的时候不需要翻译，这是最大的愿望。

【解说】吃过"古突"，村民轮流向驻村队员们敬酒献歌，窗外高原的寒夜凝气成霜，而屋内热腾腾的团圆饭却温暖着每个人的心房。

【现场声歌声结束后】"谢谢，祝福大家吉祥如意！"

（新华社西藏日喀则 2014 年 1 月 30 日电）

古城拉萨，那些沸腾了
节日市场的农牧民

新华社记者　春拉　李鹏

初闻花香的拉萨依然能感受到冬日的寒气，街头巷尾那些吆喝着卖年货的农牧民不仅让人们走近了藏历木马新年，更是沸腾了千年的古城。他们淳朴的笑容、正宗的年货、实在的生意，赢得了拉萨人的心，也为自家的账本增添了一笔可观的收入。

站在摆满了五彩经幡、木雕切玛盒等各式年货的商铺内，来自尼木县的农民扎西多吉正在倾听着顾客的要求，与前来订购五彩经幡的拉萨顾客商讨着定制经幡的经文内容、大小尺寸、交货时间。尽管有些困难，但扎西多吉还是接下了这单买卖，为顾客定制了可以装满一个小货车、价值5000元的五彩经幡。

与数千名来自各地区的农牧民一样，扎西多吉告诉记者，自去年12月进城租下这个距大昭寺不远的店铺起，因为诚信经营、年货精致、价格实惠，他的生意赢得了拉萨顾客的青睐与信任。"因为生意特别好，今年我们的纯收入可达10万元左右。"扎西多吉高兴地说。

据扎西多吉介绍，考虑到近年传统年货销售愈发火爆的情形，今年他不仅雇佣了四个年轻农民在老家加班加点印制经幡，同时还动员了弟弟以及叔叔分别在拉萨和日喀则地区进行销售。

与往年一样，作为西藏首个注册酥油花商标"康阿彭巴酥油花"的家族成员，来自仁布县康雄乡的白玛曲珍与哥哥以及侄儿一同来到了拉萨，

西藏尼木县的扎西罗杰在出售五彩酥油花。（新华社记者　普布扎西摄）

在自家租住的房子内捏塑着家传的酥油花。她对记者说："我们希望继续将父亲的酥油花捏塑技艺传授给更多的乡民，带动大家共享传统文化发展的果实。"

在县、乡政府的大力支持下，"康阿彭巴酥油花"传承人不仅将家族的手工技艺传授给了身边的亲朋好友，还举办了多期村民培训班，她本人直接教过的村民就达40多人。

据仁布县康雄乡乡长达珍介绍，去年藏历新年前康雄乡进城卖酥油花的人数达164人，实现创收170多万元。今年的人数更是达到了218人。

"看到那么多和我一样的年轻人都在学习和传承这门技艺，我心里感到特别高兴，也感到无比骄傲。"白玛曲珍侄子丹增告诉记者。

"这是林芝察隅特有的木碗，如果用我们的碗，不仅健康环保，饭也会变得更加有味道。"身穿藏式羊皮袄、头戴西部牛仔帽、正在高声叫卖的强久仁青，在拉萨老城区八廓商城格外引人注目。

作为新一代农牧民，来自西藏山南地区乃东县的强久仁青凭借着自己曾经做过导游、销售员、服务员、旅馆经营者的丰富经历与敏锐观察，独辟蹊径，选择了经销不一样的年货。

"市场需要什么，我就做什么，因为物以稀为贵。"强久仁青对记者说。考虑到目前拉萨人生活水平不断提高，今年强久仁青做起了定位相对高端的木碗生意，以及针对普通老百姓节日需求的干果批发和零售生意。"今年拉了十几吨的干果，除了寄存在亲戚家中的几袋干果外，基本上都已卖完。"他说。

怀揣着努力挣来的30多万元、准备收摊回家的强久仁青告诉记者，3月中旬他就要踏上去四川科技职工大学求学的旅程了。"我的梦想就是在今后西藏的旅游事业上闯出一片天空。"

（新华社拉萨 2014 年 3 月 3 日电）

人文天下：传统文化闪耀藏历新年

（电视脚本）

新华社记者　春拉　李鹏

【解说】　藏历木马新年，初闻花香的拉萨依然能感受到冬日残留的寒气，而街头巷尾那些吆喝着卖年货的农牧民带来了热情的温度，他们让藏历木马新年变得丰富，更使千年古城拉萨的年货市场变得热闹起来。

站在摆满了五彩经幡、木雕切玛盒等各式年货的商铺内，来自尼木县40初头的农民扎西多吉，看上去老实、淳朴。

他不时点头倾听着顾客的要求，不时琢磨着如何才能做好这笔生意。扎西多吉与前来订购五彩经幡的拉萨顾客商讨着定制经幡的经文内容、大小尺寸、价格以及交货时间。

尽管有些困难，但扎西还是接下了这单买卖，为顾客定制了可以装满一个小货车的五彩经幡。

【藏语同期】　西藏拉萨市民　扎西旺姆

今天定了5000元钱的，准备明天开车来取，然后就去附近的山上挂，并为所有人安康祈福。

【解说】　与数千名来自各地区的农牧民一样，扎西多吉告诉我们，自去年12月进城租下这个距大昭寺不远的店铺起，因为诚信经营、年货精致、价格实惠，他的生意赢得了拉萨顾客的特别青睐与信任。

【藏语同期】　西藏尼木风马旗、门帘批发店老板　扎西多吉

除去所有的成本，到藏历年前，我想我们今年可以赚到十万元左右。

【解说】　据扎西介绍，考虑到近年传统年货销售愈发火爆的情形，

今年他不仅雇佣了四个年轻农民在老家加班加点印制经幡，同时还动员了弟弟以及叔叔分别在拉萨和日喀则地区进行销售。

【藏语同期】西藏尼木风马旗、门帘批发店老板　扎西多吉

藏历年前吧，我们就准备把这个房子退了，然后回家了。夏天我们就又要忙农活了。

【解说】扎西一边招呼着生意，一边告诉我们，农活生意两不误的今天，农牧民为能充分运用传统文化，在竞争日益激烈的拉萨市场占有一席之地而感到无比骄傲。

【藏语同期】西藏拉萨市民　扎西

如果没有他们，我们上哪儿去买这些年货！所以，过年不能没有这些传统的年货，不能没有这些卖年货的农牧民。

【藏语同期】西藏日喀则康雄乡康阿彭巴寺尼姑　白玛曲珍

这是吉祥伞，而这个就是吉祥宝瓶，你看就是宝瓶的形状。这些就是吉祥八宝图的图案，这个呢就是吉祥结。

【解说】与往年一样，作为仁布县康雄乡康阿彭巴寺的尼姑，西藏首个注册酥油花商标"康阿彭巴酥油花"的家族成员，阿尼白玛曲珍与身为防冰雹咒师的哥哥，以及身为村医的侄子一同来到了拉萨，在自家租住的房子内捏塑着家传的酥油花。他们希望将过世父亲的酥油花捏塑技艺传授给更多的乡民，带动大家共享传统文化发展的果实。

【藏语同期】西藏日喀则康雄乡康阿彭巴寺尼姑　白玛曲珍

看到他们不仅传承了传统技艺，同时还有了额外的收入，我感到特别的高兴。

【解说】功夫不负有心人，在各方的大力支持下，"康阿彭巴"的传承人不仅将家族的手工技艺传授给了身边的亲朋好友，更是举办了多期村民培训班。据仁布县康雄乡乡长达珍介绍，去年藏历新年前康雄乡进城卖酥油花的人数达164人，实现创收170多万元。而今年的人数更是达到了218人。

【藏语同期】西藏日喀则仁布县康雄乡农牧民　顿珠

我从 1993 年开始到现在，每年年前都到这里来卖酥油花，从来没有间断过。去年就拿我家来说，我们家里两个制作酥油花的人，再加上我，三个人共赚了两万两千多元。就一个月而言，生意相当的不错了。两万两千多元对我们农村人来说那是非常不错的。"

【解说】从曾担心这门拥有 400 多年历史的捏塑技艺会丢失到对未来充满信心，作为传承人之一，白玛曲珍的哥哥嘎玛久美对未来充满了希望。

【藏语同期】西藏日喀则仁布县康雄乡　嘎玛久美

由于市场竞争日益激烈，每年酥油花的图案、配色、捏塑技艺越发精湛，传统文化也因此得到了更好的传承。

【解说】2013 年，仁布县康雄乡酥油花制作技艺成功入选第四批西藏自治区级非物质文化遗产项目名录。

【藏语同期】西藏仁布县康雄乡村医、嘎玛久美的儿子　旦增

看到那么多和我一样的年轻人都在学习和传承这门技艺，我心里感到特别高兴，也感到无比的骄傲。

【黑起】

【藏语同期】西藏林芝察隅干果、木碗销售商　强久仁青

这是我们林芝察隅特有的木碗，如果用我们的碗，不仅健康环保，饭也会变得更加有味道。

【解说】身着传统服饰，用藏汉双语高声叫卖年货的强久仁青在位于拉萨老城区八廓商城外围的商圈内格外引人注目。

作为新一代的农牧民，家在西藏山南地区乃东县的强久仁青，虽然只有 27 岁，但是凭借着自己曾经做过导游、销售员、服务员、旅馆经营者的丰富经历，他独辟蹊径，选择了经销不一样的年货。

【同期】西藏林芝察隅干果、木碗销售商　强久仁青

（市场）需要什么就做什么，物以稀为贵。为什么？因为市场上卖木碗、卖肉的多的话，我也做肉（生意），　那就亏了！

【解说】考虑到目前拉萨人生活水平不断提高，今年强久仁青便做

起了定位相对高端的木碗生意，以及针对普通老百姓节日需求的干果批发和零售生意。

【同期】 西藏林芝察隅干果、木碗销售商　强久仁青

上次拉了十几吨（干果），然后就是现在只剩了十几袋。对，基本上卖完了，不卖完的话那就是做生意的要把账算好，账不算好的话就亏了。

【解说】 怀揣着努力挣来的 30 多万元，准备收摊回家的强久告诉我们，3 月中旬他就要踏上去四川科技职工大学求学的旅程了，而他的梦想就是在今后西藏的支柱产业——旅游事业当中闯出一片天空。

在西藏晴朗的天空下，人们推着、背着、提着年货。寒冷天气里，坚守自己摊位的农牧民，他们淳朴的笑容，正宗的年货，实在的生意，赢得了拉萨人的心，也为自家的账本增添了一笔可观的收入。这些善良淳朴的面孔，也让人们看到，在西藏飞速发展的今天，藏族人家对传统文化的眷恋，依旧那样深，那样浓。

（新华社拉萨 2014 年 3 月 9 日电）

藏学专家：世人离真实的仓央嘉措还很远

新华社记者 许万虎 春拉

"从东边的山尖上，白亮的月亮出来了，未嫁娘的脸儿，在心中已渐渐显现……"这是一首流传极广的仓央嘉措情歌，但是其"情歌身份"遭到藏学专家的质疑。

"这首所谓的情歌其实是仓央嘉措修持时观想本尊的境界。"西藏社科院藏学专家巴旺研究认为，所谓仓央嘉措的情歌其实是道歌，是因藏传佛教密宗修行而创作的。

仓央嘉措是西藏历史上著名的诗僧，1683年出生于门隅达旺附近的乌金林，1697年被迎请至布达拉宫。近年来，弥漫在文艺界的"仓央嘉措热"不断升温。针对这位传奇人物及其诗歌的解读更是版本众多。

"世人离真实的仓央嘉措还很远，我们需要还他真实的历史面貌。"西藏社科院原副院长、著名藏学家巴桑罗布说，目前国内许多研究者都以猎奇的心态，把活生生的历史人物塑造成了文学人物。

记者发现，如今市面上关于仓央嘉措的诗歌、文集铺天盖地，有些出版物中甚至收录有他的数百首诗歌。对此，巴桑罗布研究认为，仓央嘉措的原创诗作应为62首，其余所谓出自他之手的作品根本无从查起。

对于"仓央嘉措出生于门隅一个贫困的家庭"的说法，巴桑罗布通过考证发现，仓央嘉措的母亲次旺拉姆是吐蕃赞普的后裔，因此仓央嘉措并非出身贫困家庭。

至于仓央嘉措"成年后才出家，之前沾染了许多恶习"的说法，西藏社科院科研管理处副处长蓝国华对此持不同观点。他说，仓央嘉措大约7

岁时便被迎至错那宗棒山的巴桑寺学经，由 6 名学问高深的僧人担任他的经师，他大约在 15 岁时被迎请到拉萨布达拉宫，并非成年后才出家。

史料记载，仓央嘉措的父亲扎西丹增是掘藏师白玛林巴的后裔，其家族是有名的藏传佛教宁玛派世家。有学者认为，仓央嘉措的写作和生活与其出身宁玛派世家有关。

对此，蓝国华说，宁玛派虽然允许僧侣娶妻生子，但这并不意味着允许僧侣纵情酒色，"宁玛派的家庭背景是仓央嘉措情歌写作动因的观点难以成立"。

此外，由于仓央嘉措是门巴人，多数人认为仓央嘉措的情歌源于其幼年时门巴文化的熏陶。

蓝国华对此也提出质疑："仓央嘉措在门隅地区生活的时间并不长。试想，一名孩童能从民间文学吸收多少营养？若说仓央嘉措吸收了门巴民间文学的营养而写作了情歌，未免牵强。"

关于仓央嘉措的种种谜团并未止于此。如今，揭开仓央嘉措的"谜样人生"、还原真实的仓央嘉措，仍是学术界努力的方向。

巴桑罗布建议，若想进一步接近仓央嘉措的真实生活与内心世界，学者切莫过分依赖他人的研究成果，需多研读仓央嘉措及其生活圈中同时代人物的藏文原始文献。

（新华社拉萨 2014 年 4 月 21 日电）

西藏芒康盐井盐田：千年
技艺走进现代社会

新华社记者　王守宝　文涛

清晨，蓝天上的白云映在古老盐田上，次仁曲珍走到澜沧江岸边，将盐池里的卤水装进木质盐桶，沿着盐田间狭窄小路蹒跚而上，背到盐田边并倾倒在上面。

这就是西藏芒康县盐井盐田传统的晒盐技艺场景，有着上千年历史。这项技艺被列入国家级非物质文化遗产名录，用作晒盐的古老盐田也是国家级文物保护单位。

澜沧江流域绵延 2000 多公里，却在西藏芒康纳西民族乡这一片不大的地方，自然生成一些特殊泉眼，流出的泉水含有较高盐分，当地百姓正是利用这种含盐量高的泉水，发明了流传千年的晒盐技艺，并逐渐形成了几千块用于晒盐的盐田。

澜沧江携带泥沙在河谷穿行，登高望去，如万匹骏马卷起滚滚黄土在峡谷间奔跑。相比这种壮观的气势，江两岸，静静地矗立着几千块方格形状的盐田，大小 4 平米到 12 平米不等，依山傍水，细细数来，盐田层层叠叠，可以累加到 8 到 9 层，像密集的古老阁楼镶在山腰上。

盐田的构造也很奇特，将几根到十几根不等的原木插在江岸地面，在上面横铺木板，再将澜沧江两岸山上的泥土铺洒在上面，以此形成盐田。

据当地百姓说，盐田使用的树木是在盐水里浸泡过的，很结实，耐腐蚀。盐田上面横铺的木板每隔一段时间会取下来，在卤水池里浸泡，这样木板中积累的盐分会释放到水中，可以进一步提升卤水池中卤水的含盐量。

记者采访时正好是加达村对岸的上盐井村成品盐收获的时候，百姓将成品盐装进白色麻袋，一匹匹骡子或马驮着装满盐的白麻袋，沿着山腰间的崎岖山路前行，以这种方式将这些盐运送回家，让我们仿佛再次看到古时候行走在茶马古道上的马帮。

次仁曲珍说，以前，这片盐田是百姓维持生活的重要来源，百姓将产的盐用骡马驮运到左贡县、贡觉县等周边一些地方，或者更远的云南和四川等地，用盐来换取青稞、茶叶或者布匹等生活必需品。可以说，这里的盐为百姓生活水平提高做出了不可磨灭的贡献。

时光划过千年历史。今天，这里的百姓依然有很多在从事晒盐工作，但光阴流转也带来了现代化的新技术、新的生产方式，古老文明也随着社会的发展潜移默化地发生变化。

"以前，百姓背着一只装卤水的木质盐桶或者挑着弯弯的扁担，两边挂上盐桶，将卤水运送到盐田，现在，这种完全人工的技艺在这里已经不多见。"次仁曲珍感慨道。

在盐田，可以看到，百姓为了提供工作效率，已经使用了现代化的水泵在抽取卤水，机械与古老的盐田形成鲜明对比，远古和现代在这里交汇。

同时，现代社会的发展带来的新机遇也改写着当地百姓的传统生活方式。据纳西民族乡纳西村村民斯朗扎西介绍，盐田产出的成品盐需要经过抽取或背卤水等多道程序，劳动强度较大，但收入低，因此，相较于从事传统的晒盐技艺，一些百姓内心倾向于选择外出务工。

除了外出务工，有些村民还经营了农家乐。纳西村的洛松顿珠是尝试新致富方式的一位，靠着家里400多平米的房子，他开了家庭旅馆和小吃店，办起了农家乐，一年的收入可以达到十几万。在这些更高收入的激励下，传统的晒盐技艺似乎对他不再有很强的吸引力。

古老的技艺，一段时光的缩影，一段社会生产力发展的写照。今天，现代科技不断发展，百姓经济来源多样化的情况下，如何平衡好古老技艺和现代社会的关系，让古老技艺能更长远地焕发生机，成为摆在所有芒康晒盐人面前的一道题目。

（新华社拉萨 2014 年 6 月 28 日电）

中国第二大咸水湖 "易主"

新华社拉萨 2014 年 7 月 21 日电（记者 黄兴）最新数据表明，原本是中国第三大咸水湖的色林错面积已超纳木错，成为中国第二大咸水湖。

从事青藏高原湖泊研究的中国科学院青藏高原研究所副研究员张国庆告诉记者：截至今年 6 月，色林错面积已达 2391 平方公里，较纳木错多出 369 平方公里。由此，色林错取代纳木错成为仅次于青海湖的中国第二

色林错湖风光。（新华社记者 刘东君摄）

大咸水湖。

由于扩张速度较快，近年来，色林错已淹没了湖岸不少肥沃的草场。同时，由于湖泊水位抬升，环湖地区水草也变得更加丰美，野牦牛、岩羊、黑颈鹤等野生动物数量明显增加。

上世纪八九十年代以前，青藏高原湖泊整体处于萎缩状态，但色林错等少数湖泊近四十年一直扩张。数据显示，色林错在1990年湖面为1731平方公里，较1970年增加84平方公里，到2000年时又增至1814平方公里。

进入新世纪后，色林错扩张速度更是惊人。到2010年面积增加到2349平方公里，十年间足足扩张535平方公里。

张国庆介绍，尽管纳木错也在扩张，不过其速度远远赶不上色林错。从2000年至2010年，纳木错仅变大了50平方公里。而色林错近十年湖面每年就增大50余平方公里。

张国庆表示，青藏高原湖泊扩张的原因一般来说是冰川加速融化，以及降水增加等。但冰川融水及降水对色林错的具体补给比重目前并无定论，且正成为青藏高原研究界的热点问题。

中科院新近发布报告显示，过去20年，青藏高原内陆封闭湖泊面积增加了6700平方公里，增幅达26%。专家表示，包括色林错在内的青藏高原湖泊扩张的趋势可能仍将持续。这有利于农作物生长和生态环境恢复，同时使青藏高原一些地区变得更加舒适。

但专家也提醒，除不断上涨的湖面淹没了部分草场，多年冻土冻结水释放也会使草甸化湿地的面积增加，不断侵蚀高原草场。另外，湖泊大肆扩张或将造成洪水、泥石流等灾害，应加强监测和预警。

色林错位于西藏冈底斯山北麓、那曲班戈县和申扎县境内。纳木错则是世界上海拔最高的咸水湖，湖面海拔4725米，是藏传佛教的圣湖之一。

西藏：中国政府致力打造的
现实版"香格里拉"

新华社记者　边巴次仁　刘洪明　桂涛　孙铁翔

　　明媚的阳光、湛蓝的天空、洁净的空气，转经路上虔诚的信徒，散布在城市各处公园里悠闲踱步的人们。拉萨的每一天，几乎都是如此。

　　上个世纪 30 年代，影响西方人对西藏认知的《消失的地平线》一书，把西藏塑造成了"香格里拉神话"。虽然这一神话与当时西藏历史极不相符，但却从一定意义上"预言"了当下西藏的状况。

　　"西藏一般与落后、贫困和排外联系在一起，特别是对于那些不熟悉该地区实际情况的人而言更是如此。"正在拉萨参加中国西藏发展论坛的罗马尼亚社会民主学院秘书长阿德里安·多布雷说。

　　然而，实际情况非常不同。阿德里安·多布雷和许多与会海外嘉宾的相同感受是："'世界屋脊'已经通过改革开放取得了前所未有的生机和活力。"

　　73 岁的藏族老人曲宗，手牵着自己年幼的孙子，在拉萨最繁华的北京中路一家童装店内选购童装。

　　"我要这件蓝色的运动装，还要这双足球鞋。"6 岁的孙子喜欢踢足球，经常要自己的父亲陪他一起踢球。拉萨市郊已经建成的一处室内足球场地，每天人满为患。

　　老人买下了孙子选中的衣服和鞋子。"我们小时候穿的基本上是氆氇袍子，还是打满了补丁的那种。"老人幸福于自己的孙子出生在一个好的时代。

2013 年，西藏城镇居民人均可支配收入突破 2 万元，农牧民人均纯收入达 6520 元，人均 G D P 创历史新高达到 26000 元。如今西藏人的人均寿命达到了 68 岁。

这一切，得益于中国政府对西藏经济社会的发展、环境保护和建设、传统文化传承和发展等所采取的一系列有效政策和巨大的资金投入，以及在经济发展与环境和文化保护中探索出的符合西藏实际的发展路径——"中国特色、西藏特点"。

西藏自治区政府主席洛桑江村说，西藏正处于历史上最好的发展时期。

"西藏人民现在享受着中国共产党大力推动社会进步所带来的发展成果。"曾多次担任斯里兰卡报纸、电台高级管理职务，现任斯中社会文化合作协会秘书长库拉斯里说。

数据显示，从 1952 年至 2012 年，中央政府对西藏的各项财政补助高达 4500 多亿元，占西藏地方财政累计支出的 96%；从 1994 年至 2013 年西藏经济连续 21 年保持两位数增长。

"然而，受国外反华分裂势力影响，（一些人）偏要带着偏见和歪曲的眼光看待这一切事实，妄图将这片美丽的土地带回 1950 年以前的状态。"哥斯达黎加《共和国报》副总裁路易斯·阿尔贝托·穆尼奥斯说。

对于绝大多数外国人来说，他们不知道 1950 年以前的西藏是当时全球最贫困、最落后的地区之一，95% 以上的人口是奴隶和农奴，90% 的人是文盲；他们可能只知道"香格里拉神话"——《消失的地平线》勾勒的西藏幻象。

事实并非如此。中国国务院新闻办公室副主任崔玉英说："一些人信奉的'香格里拉神话'与西藏的历史相距甚远。"

"旧西藏是一个类似欧洲中世纪的封建农奴制社会，整个社会陷入停滞、落后的状态。"捷克"21 世纪社会主义左翼党"新闻发言人翁德热伊·科西纳说，直到 1951 年西藏实现和平解放、1965 年西藏自治区成立，西藏人民的生活水平和识字率得到了显著的提高。

经过和平解放、民主改革、自治区成立和改革开放的历程，中国政府先后召开5次西藏工作座谈会，制定一系列特殊优惠政策，西藏得以新生。"迄今为止，西藏的发展是令人钦佩的。一个更好的未来在等待着它。"路易斯·阿尔贝托·穆尼奥斯说。

《消失的地平线》描绘了一处雪山、森林、河水、湖泊和瀑布环绕着的人与自然和谐相处的净地，勾画了一个有着成群的牛羊、辉煌的庙宇和热情淳朴的人们的地方。

分布于西藏东南沿线的茂密的原始森林是中国最大的原始森林，面积达1389.61万公顷，西藏西部和北部地区近83万公顷的天然草地更是藏羚羊、野牦牛和藏野驴等的乐园，还有2.5万平方公里面积的湖泊和6万多平方公里的湿地，都得到了政府的有效保护。

中国政府把西藏确定为国家重要的生态安全屏障，计划投入155亿元的资金实施保护计划，目前已经落实资金48.2亿元。西藏自治区环保厅厅长江白说："西藏仍然是世界上环境质量最好的地区之一。"西藏主要江河的水质和湖泊水质仍然保持着较高的标准，拉萨等主要市镇空气质量优良率保持在95%以上。

奥地利国民议会议员彼得·维特曼说，总的来说，半个世纪以来，中国中央政府和西藏当地政府，在推广和发展西藏生态改善及环境保护工作中，付出了很大的努力，"并取得了举世瞩目的成就"。

"在西藏每天都能看到蓝天白云，日本没有如此好的环境。"日本民主党众议员、中日友好议员联盟干事长近藤昭一说，中国政府制定了很多法律来保护西藏的生态，西藏做得工作也很努力。

中国政府也力争把西藏打造成"重要的中华民族特色文化保护地"，保护和发展传统文化，推进文化产业发展，促进文化交流，使西藏文化的影响力日益提升。

西藏自治区文化厅厅长尼玛次仁说，西藏和平解放后，国家先后投入20余亿元，重点实施了西藏近100处重点文物保护维修工程；目前西藏各类非物质文化遗产项目1000余个。印度英文杂志《前线》副主编兼德里分社社长约翰·切里安博士则说，在中央政府资金及专家技术的帮助下，"雄伟的布达拉宫恢复了她往日的荣耀"。

洛桑江村说，西藏"绝不以牺牲环境为代价换取一时的发展"。

墨西哥《宏观经济》杂志外事采访部主任豪尔赫·纳瓦罗·卢西奥说，协调农业、民生、经济增长和维护生态稳定相辅相成，"对于中国而言，中长期来讲，西藏将成为生态保护和可持续发展方面至关重要的地区；对世界而言，西藏将成为一个典范。"

（新华社拉萨 2014 年 8 月 13 日电）

亲历藏家婚礼：五彩经幡树下的幸福典礼

新华社记者　张宸

结婚是一个人一生中的大事，新人们选择不同的方式举办婚礼，留下深刻而美好的记忆。在西藏，传统的藏式婚礼依然是不少年轻男女的首选。记者日前有幸亲身感受了一场藏家婚礼的别样风情。

因为新郎是入赘，繁琐却甜蜜的仪式大部分就得由新娘一家来筹备。一大早，新娘曲珍就开始忙碌，准备招待客人用的干果、酥油茶等物品，满脸笑容的她喜悦之情溢于言表。

传统的藏式婚礼分为内部婚礼和公开婚礼两部分。按照传统习俗，曲珍和新郎顿珠确认关系后，就到藏医院找天文历算师确定了"良辰吉日"。举行内部婚礼这天，曲珍家的几个亲戚一早就带上哈达到新郎家迎亲。到了男方家，给佛祖和男方的父母献上哈达后，接亲的人会在新郎家喝酥油茶，吃人参果饭，然后带着脖子上插有五彩旗的新郎在"吉时"之前赶回家。

"原来，还有一些人会备好酥油茶、青稞酒在各个路口等着迎亲的队伍，在各个路口都要敬酒。"曲珍说，"我的婚礼这一部分简化了，迎亲车直接开到了家里。"

到了新娘家，新郎要在家门口吃切玛后再进家门。到了天文历算师定的"良辰"，新郎新娘和双方的父母会面后向既定的方向坐着，一个主持婚礼的人大声念着吉祥的祝福语。随后，伴娘会给新人和双方父母献茶、人参果饭和切玛，双方亲戚互相献哈达，婚礼的内部仪式就算结束了。

到了曲珍举行公开婚礼的日子，下午四时许，亲朋好友排着长队为新人及其父母敬献哈达，盛有青稞麦粒、糌粑等寓意吉祥如意物品的切玛盒上，藏香浓郁的香气久久不散。燃烧中的桑烟，在民间有祈福之用意。

按照藏式传统婚礼的规矩，每一个宾客都要准备七条哈达。第一条献给佛祖，其余献给新人及其父母。而在内地经常成为负担的"份子钱"在西藏也大大地缩了水，与内地动辄上千元的份子钱相比，一两百元的份子钱已经足够。

"相比千篇一律的西式婚礼，藏式婚礼很有仪式感，大家依次敬献哈达表示祝福的环节很打动人。"曲珍的大学同学韩璐专门从上海赶来参加婚礼，"除了祝福新人外，藏式婚礼也是亲朋好友重新相聚的日子，很感动能见证人们之间纯粹朴实的感情。"

敬献哈达之后，宾客们开始享用自助美食。立在院子里的五彩经幡迎风招展，迎接从天上来的祝福。煨桑炉青烟袅袅，传递着对新人生活幸福美满的愿景。"希望这种具有传承意义的民族文化能一代代延续下去。"曲珍幸福地说。

（新华社拉萨 2014 年 10 月 12 日专电）

格龙家的藏戏人生

新华社记者 安娜 索朗德吉

9月下旬的西藏，天已转凉，但在拉萨根培乌孜山脚下的"娘热民间艺术团"（以下简称娘热团）排练现场，本刊记者却未感觉到一丝凉意。

排练场中央，在鼓钹和鸣，抑扬顿挫的节奏中，演员们分列两队，翩然舞动、翻转腾挪，时而高亢悠远、时而浑厚低回的唱腔，让人浑然忘我。他们正在为未来两天的演出排练八大经典藏戏之一的《朗萨雯蚌》。

藏戏起源于8世纪的宗教艺术。14世纪时，汤东杰布融进了一些宗教神话和民间故事，从而形成了最初的藏戏，距今有600多年的历史，比京剧还早200多年，被誉为藏文化的"活化石"。娘热团是目前全区唯一可以完整演出"八大经典藏戏"的剧团，也是区内规模最大、体制最特殊、发展最好的民间艺术团。

"娘热团的成功，是国家支持和家族传承共同作用的结果。"西藏文化厅社会文化处处长尼玛说，"他们的优势是普通艺术团无法比拟的，在全区只此一例。"

三代传承

据娘热团现任团长米玛介绍，娘热团最初是1979年成立于人民公社时期的娘热乡下属藏戏队，全部由农牧民自发组成，每年排练一到一个半月，只是为了在当年藏族传统的望果节上进行为期3天的表演。

1982年，藏戏队的戏师病重，无人教授演员，再加上当时的娘热乡政府财政负担过重，无力支持藏戏队发展，藏戏队即将面临解散的危机。

"我爸爸格龙，是个藏戏迷，也是娘热藏戏队的成员之一。他不忍看到藏戏队解散，就主动站出来接管。"米玛说。

"爸爸 1970 年至 1976 年曾在原五十二师服役并加入中国共产党，转业后被分到了地质二队工作，那时家里收入虽不高，但生活还算过得去。"米玛回忆，"爸爸就把家里所有的积蓄都投入到了藏戏队。"

1983 年，格龙出资 18 万元，在乡里建了一栋平房作为排练场，为藏戏队购置了演出服装和乐器，并管理藏戏队的所有工作。

此后，经过 15 年的发展，1998 年这个由群众自发组织的藏戏队被正式定名为"娘热乡民间业余艺术团"，格龙任首位团长。

2008 年格龙去世，将娘热团交给了儿子米玛。孙子旦增罗布作为艺术团的下一任继承人，现在团里担任主要负责人，协助父亲打理日常事务。

目前娘热团已由最初的仅 18 个队员，发展到现在的 53 名团员，固定资产上千万元。

特别值得一提的是，近年来，随着国家对文化工作的重视，西藏每个县都陆续成立了民间艺术团，娘热团所在的城关区当然也不例外。

据尼玛介绍，"自治区考虑到娘热团已发展得较为成熟，决定把城关区民间艺术团社设在娘热团下，统一由娘热团的传承人管理。并再次将娘热团改名为'娘热民间艺术团'，这意味着娘热团已超越了娘热乡的管辖权限，正式成为县级艺术团。"

今天我们看到的娘热团，包括两个部分，一部分是城关区民间艺术团，主要由区财政拨款支持；另一部分是原娘热团，自负盈亏。但这只是理论上的理解，实际的娘热团，两部分团员所有的演出排练都在一起，经费划分也是统一安排，因此，娘热团可以说是全区民间艺术团中唯一的"公私合营组织"。

藏 戏 人 生

娘热团有今天的规模和成绩，格龙家几代人的辛苦经营功不可没。

在格龙接手娘热乡藏戏队之初，资金、道具、人员等很缺乏，他只能安排晚上排练，白天带领大家搞生产，为藏戏队创造运营所需的收入。

为了能让团里有更多的资金发展，格龙还为儿子买来汽车，搞旅游、货运赚钱。"那个年代，家里有车的人不多，旅游货运的市场竞争也不大，生意还算不错。"米玛说，"为了支持艺术团的发展，爸爸一方面把我们搞运输的收入投入到团里，一方面也购置了一些土地，想着可以多建些房子和排练场。"

"在艺术团成立的前几年，爸爸经常主动到各宾馆、饭店去协商签订演出合同，起初常遭人白眼，签下来的合同也很少。后来随着表演次数的增多，艺术团名气越来越大，许多宾馆饭店开始找上门来，慢慢地，日子终于好过了，艺术团的规模也扩大了。"想起当年，米玛仍不无感慨。"作为娘热团的领路人，爸爸的危机感其实一直都在。"

尽管格龙热爱藏戏，但他深知，具有600多年历史的古老藏戏，因为语言、文化及表演形式的限制，受众主要是藏区的中老年人，在对接现代演艺市场时，还存在很多断层，短时间内不可能打破，也不可能完全依靠藏戏演出来养活这个团队。

"若想让藏戏发展下去，需要源源不断的资金。这也是我们的艺术团至今仍采取多元化表演和经营模式的原因。"米玛说。

现在娘热团表演的节目既有藏戏，也有《囊玛》《堆谐》《跳神舞》和现代民族歌舞。艺术团的收入来源中不只有演出收入，还包括固定资产出租收入（房屋及排练场地收入）及其他相关文艺项目收入等。

众多的增收渠道为娘热团提供了坚实的资金支持，令他们有能力从事藏戏的保护、传承和发展工作。

"从 2003 年开始，我们着手策划'八大藏戏'的恢复工作。通过九年的不懈努力，终于实现了传统'八大藏戏'的完整演出，并将它们制成光碟，用藏、汉、英三种语言展现剧情字幕。"米玛介绍说。

2008 年，米玛接管娘热团以后，开始尝试在藏戏传统表演基础上大胆创新。

"传统藏戏一般至少要演 7 至 8 个小时，有时甚至可以演上几天，属于广场戏，很难适应现代的快节奏生活，特别是忙碌的上班族，他们没有精力也没有时间顶着烈日欣赏藏戏。如果不改变传统表演形式，藏戏的受众只会越来越少。"米玛说，"于是我们把藏戏的广场戏变为舞台戏，还把藏戏剧目里的神化部分运用科技手法来完成，增强了整个剧目的视觉效果。"

据了解，娘热团是西藏历史上第一个以创新手法一次性完成"八大藏戏"表演的艺术团体。

在格龙和米玛前后 30 多年的努力开拓下，娘热团取得了丰硕的成果，多次在西藏及全国的各项比赛中囊括大奖。

2002 年，经国家有关部门同意，"五国世界网络组织"专程来到拉萨拍摄娘热团演出的藏戏《白玛雯巴》，在世界上引起不小的反响。这一铁的事实有力回击了国外反华势力和十四世达赖提出的西藏文化毁灭论。

2008 年，在北京奥运会开幕式上，娘热团参演的 3 分钟藏戏《吉祥奥运》，让世人领略到了古老藏戏艺术散发的无穷魅力。同年，娘热团获得中共中央宣传部、文化部、国家广电总局、新闻出版总署颁发的"全国服务农民、服务基层文化建设先进集体奖"。

目前，娘热团已正式被确定为"国家级非物质文化遗产传承基地"。

在取得成绩的同时，作为现任团长的米玛也深感疲累，特别是随着艺术团的规模不断扩大，在日常的财务管理及新型项目拓展方面，米玛渐感力不从心。这一切，都被儿子旦增罗布看在眼里。

2011 年，为了帮助父亲管理艺术团事务，毕业于西藏民族学院、主修管理学的旦增罗布毅然决然地辞去了稳定的工作，正式开始了他的藏戏人生。

旦增罗布的困扰和梦想

今年 26 岁的旦增罗布，已协助父亲打理娘热团三年。在日常的管理工作中，父亲主要负责联系外地的演出事宜，艺术团内部的事务则由他全权协调。

"以前在外工作的时候，从来没觉得有什么压力，自从开始管理艺术团以后，晚上常常睡不着觉。"旦增罗布笑着说，"我们团的规模越来越大，人员也在不断扩编，最近几年，由于国家高度重视文化产业的发展，优惠政策较多，西藏的民间艺术团数量大幅增加，行业竞争越来越激烈。"

"以今年的望果节为例吧，往年望果节期间，我们至少要演出 20 场，但是今年却只有 8 场，后来了解到，很多乡镇都成立了自己的艺术团或者藏戏队。"旦增罗布介绍。

"我们的艺术团要想发展下去，单靠每年屈指可数的几个节日演出是行不通的，必须与产业相结合。"对于艺术团未来的发展方向，旦增罗布有自己的想法，"眼下西藏的旅游产业发展迅速，文化旅游是区内各市县的主打方向，这也是我们应该考虑的重点方向。我们也曾尝试与当地的旅游公司合作，将观赏藏戏作为旅游公司的一个推荐项目，但是效果并不理想。"

旦增罗布认为，这主要是还没有找准藏戏的市场定位。在他看来，就娘热乡本地而言，已经有很多的资源可利用，附近的几座大山里，都有关于藏戏的遗址和传说，在旅游项目开发规划的时候，可以深度挖掘，再将其与藏戏表演结合在一起，应该有很大的发展空间。

除此之外，现在的藏戏，主要还是在每年的望果节和雪顿节期间才会集中演出，平时很少表演。究其原因，一是与藏戏单场表演的时间较长有关；二是藏戏作为传统的广场戏，很容易受天气因素影响；三是在观众的观念里，藏戏还未被作为日常娱乐节目看待，它更像是节日的附属品。

"如果建一个演艺厅，就可以在很大程度上解决这一问题了，目前我们的藏戏演出时间已经可以压缩到 2 至 3 个小时了，在演艺厅里，我们还便于使用一些特技处理一些飞天的场面，会让藏戏更好看，而且有了固定舒服的演出场所，观众不必顶着烈日，受天气因素限制，想什么时候看藏戏都可以。"旦增罗布说，"真希望我们剧团可以每天都能演出一到两场藏戏。只有看的人多了，才有可能发展，而发展才是最好的保护。"

据了解，演艺厅的投入初步估算可能要 1000 万元左右，旦增罗布正在为这个目标努力筹资，同时他也在积极与业内的专家们探讨"藏戏旅游"的项目规划。

"关于藏戏和我们团队的未来，还有很多事情要做。这需要我们不断地开拓眼界，提升专业性。"旦增罗布说，"如果有机会，我还想到内地去，跟更多文化领域的同行们交流学习，我相信这对于我们团队的发展会很有启发。"

（原载新华社《瞭望》新闻周刊 2014 年第 45 期，11 月 10 日）

我国科学家揭示人类
定居青藏高原原因

新华社拉萨 2014 年 11 月 30 日电（记者　黄兴　张文静）兰州大学西部环境教育部重点实验室环境考古研究团队日前在美国《科学》杂志上发表论文称，在距今 3600 年前后，气候开始变冷的背景下，农业技术革新是促成人类大规模永久定居在青藏高原的主要原因。

兰大研究团队通过对早前发表的考古调查报告进行梳理发现，青藏高原超过七成的史前遗址分布在其东北部，这一地区是古今人类进入青藏高原腹地的重要通道。研究人员因此在青藏高原东北部开展细致的考古研究和精确测年工作。

以陈发虎、董广辉、张东菊等为主的研究团队从 2008 年至今对青藏高原东北部 200 余处史前遗址进行调查，选择在考古地层保存完整的 53 个新石器——青铜文化遗址开展了动物和植物遗存分析工作。在此基础上，研究团队用炭化植物种子直接测定了 63 个ＡＭＳ碳十四年龄，并开展了骨骼碳氮同位素的分析工作。

根据新获得的数据，并结合已发表的相关领域研究成果，研究团队发现史前人类在青藏高原上的活动从短期季节性游猎，到大规模永久定居，经历了漫长的适应过程。古人类大规模向青藏高原扩散发生于距今 3600 年之后，以大麦为主的麦作农业为当时人类提供长期的食物来源。

研究团队首次提出了人类向青藏高原扩散的"三步走"模式：距今 5200 年前，旧石器人群在青藏高原低强度季节性游猎；距今 5200 年前至 3600 年前，粟黍农业人群在青藏高原东北部海拔 2500 米以下河谷地区大规模永久定居；距今 3600 年以后，农牧混合经济人群向高海拔地区大规模扩张。

陈发虎表示，过去学界一般认为，温暖适宜的气候条件是促使史前人类永久定居青藏高原的主要因素，但史前人类恰恰是在全球气候变冷的背景下才向青藏高原高海拔地区大规模扩张的，农业技术革新发挥了最为关键的作用。

作为世界上平均海拔最高的高原和世界第三极，青藏高原是人类最难生存的极端环境之一，其严酷的自然环境和缺氧问题对人的生理和生计构成了双重挑战。研究人类定居青藏高原的历史，对认识人类如何适应高原极端环境以及藏族人的起源具有重要意义。

以 "爱" 为媒

——亲历藏北纳木错圣湖畔的牧民婚礼

新华社记者　安娜　范世辉

　　清晨的第一缕阳光刚刚点亮羌塘草原，皎白的月亮还未来得及藏起羞怯的脸庞，西藏纳木错湖畔的日巴家已升起桑烟。12月12日，这一天，家里的小儿子克珠将迎娶他的新娘。

　　日巴家所在的那曲班戈县扎古村属于藏北地区，周围是连绵不断的羌塘草原。在这里，你可以听到神山念青唐古拉和圣湖纳木错古老的爱情传说。传说里，念青唐古拉山是西藏高原上的土著神灵，而他的情人纳木错，却是天帝的女儿。天帝认为土著神灵的身份有损自己的名誉，开始并不同意他们在一起。然而，纳木错不顾天帝的威严和劝阻，为追求真爱一直坚守，最终，这对艰辛的情侣终于正大光明地相守在了一起。他们相依相偎在藏北草原上，守护着脚下的人们。

　　平日里安静的日巴家如今热闹非凡，五星红旗和经幡迎风招展，屋内院外，是来贺喜的亲戚村民们。男人们身着据说至少要由40只羔羊皮缝制的羊皮袄，戴着高高的狐裘帽；女人们则梳着彩色发辫，腰系镶满蜜蜡、珊瑚等珠宝的金银藏饰，喜庆、期待和幸福的笑容挂在每个人的眼角眉梢。屋内的藏式茶几上摆满了各色藏式糕点、奶茶、酥油茶、啤酒；佛龛前，僧人鼓钹齐奏，口诵佛经，为新人祈福。

　　"按照我们的习俗，新郎是不能亲自去接新娘的，要由其兄弟带上象征爱情的塔大（音译）去迎亲。塔大，由五彩的哈达缠绕着两对竹竿做成，是我们藏族人的'丘比特之箭'。"村民洛桑笑着给记者解释，"新郎的兄弟会将它交给新娘，再由新娘背到新郎家，表示新人之间因爱结缘，被爱牵引，合而为家。"

新娘家住在山的那边，迎亲的队伍要走几十里的山路才能到达。"18年前，我的新娘也是住在那边，那时没有汽车，只能骑马，遇上不好的天气，要走好几天，现在快多了。"想起当年的情景，洛桑忍不住感慨。

说话的功夫，新娘的车队来了。虽然迎亲的交通工具已经由"马"变成了"车"，但"牵马"的习俗并没有变。一名健壮的藏族小伙马上迎上去，牵起了车上悬挂的哈达，如"牵马"般引至新娘下车的地方。

三位美丽的藏族姑娘手捧青稞酒和切玛迎至车窗旁。车内，聂无（迎亲人）摇下玻璃，一边高唱颂词，一边撮取少许青稞，敬拜天地。念诵完毕后，为三个姑娘和青稞酒、切玛献上哈达。仪式结束，新郎家安排的伴娘手捧哈达，将新娘迎下车，护送到堂屋。

与中国平原地区不少地方新郎新娘要讲恋爱史、喝交杯酒、秀恩爱不同，接下来的仪式新郎新娘要"省事"得多。他们只需要静静地坐在藏式沙发上，接受亲戚朋友敬献的哈达和礼金。之后，僧人再次奏响鼓钹，高诵经文。新郎伴着鼓声，摇动塔大，新娘手捧切玛，以示恩爱相随，幸福久长。

新郎克珠24岁，和20岁的新娘央金曲珍相恋已两年。"我们是跳锅庄舞时认识的，当时觉得她特别可爱。为了丰富我们的文化生活，县里和乡里经常会组织一些歌舞活动，我们常在一起跳舞，还一起把锅庄跳到了北京，去年我们还到内地演出了五次呢。"说起二人相知相恋的故事，克珠的脸微微泛红。

"现在家里生活好了，我会让她幸福。"克珠自信地说，"你看那边的70头牦牛和50只羊，都是我家的，政府每年还会给我们几万元的草原生态补贴，以后我还可以买车，走出大草原，赚更多的钱。"新娘靠着他，静静地听着，羞怯的笑容像高原清晨那皎洁的弯月。

清风拂过，将年轻人的梦想融入神山圣湖之中，远处的牛羊悠闲地咀嚼着羌塘草原的馈赠，落日的余晖打在这片神圣宁静的土地上，为他们带来天地间最纯然的祝福。相信他们一定可以美梦成真。

（新华社拉萨 2014 年 12 月 16 日电）

登山运动助西藏农牧民
走出"深闺"拥抱世界

新华社记者 王昀加 黄兴

身穿火红醒目的冲锋衣，整理好帽子手套和徒步鞋，背上沉重的物资，握住登山杖，有着一张可爱娃娃脸的次仁旺堆此时英姿飒爽，在崎岖狭窄的山间石头路上举重若轻、如履平地，令一旁气喘吁吁、步履艰辛的山友佩服不已。

次仁旺堆是西藏登山学校第八批学员中的一员，他们也是这所学校最年轻的一批学生。经过一年多的刻苦学习和训练，这批学员中的 9 名学生参加了今年秋季西藏第 11 届登山大会，主要负责从海拔 4300 米大本营到海拔 5200 米前进营地的物资运输工作，这是他们在正式登山活动中的"处子秀"。

18 岁的次仁旺堆出生在西藏聂拉木县的一个农牧民家庭，那里群山环绕，县内矗立着海拔 8012 米的世界第 14 高峰希夏邦马峰。登山大会期间，次仁旺堆和其他年轻学员一样，往往要背着几十公斤重的物资在山间往来穿行，有时还要帮助出现严重高原反应的山友平安下撤。

专业的表现、过人的能力和热情的态度，令他们赢得了山友的认可和称赞。"未来我要成为一名优秀的高山向导，攀登一座又一座高峰！"次仁旺堆对记者说。

西藏登山学校成立于 1999 年，是中国首家也是唯一一家培养专业登山人才的学校，生源主要是喜马拉雅山区的农牧民子弟。14 年来，登山学校累计培养了大约 200 名优秀的高山服务人员。随着一批批学员的成长毕业、磨炼实践，夏尔巴人垄断喜马拉雅山区登山服务的局面被逐渐改变，而这些农牧民子弟的人生轨迹也发生了巨大改变。

记者眼前的扎西次仁个头不高，体形精瘦，待人谦和，仅看外表似乎很难和登山健将联系在一起。然而他不仅是一名一流的高山向导，并且已成功登上珠穆朗玛峰10次，保持着国内登顶"世界之巅"次数最多的纪录。在他的客户名单中有国内知名企业家，有夫妻，有国外的独臂勇士，无氧攀登的挑战者……

"放牧时经常要爬山下山，所以体能有优势吧！"扎西次仁出生在江孜县的一个农牧民家庭，他是西藏登山学校的首批学生，从此与山结下不解之缘。如今他把家安在拉萨，这里有他美丽的妻子和可爱的孩子。他说："我很喜欢登山，登山不仅能带来荣誉，更让我们展现了自己的优势和价值，认识了广阔的世界。我会坚持下去，继续做一名合格的高山向导。"

登山之外，扎西次仁还是一名优秀的高山摄影师，他的作品已在一些摄影比赛中获得奖项。"我能达到一般摄影师无法达到的高度，我想让更多人看到那里的风景，感受大自然的神奇与不可思议，感受人与大自然的沟通与和谐共存。"

西藏自治区体育局副局长尼玛次仁表示，西藏登山运动的不断发展，应当造福山峰所在地农牧民。登山学校的学员逐渐成长为中坚力量，拥抱大山、拥抱世界；而登山给原地守望的孩子同样留下了机会，让他们拓宽视野、增长见识。

定日县德久村海拔近5000米，路远难行、交通不便，村民依赖牧业为生。在西藏自治区登山管理中心的安排下，今年西藏登山季期间，德久村有6人次村民走出村庄，来到珠峰、卓奥友峰等8000米级山峰的登山大本营，为登山团队提供服务。

18岁的德久村村民平措今年两度在大本营工作，总共两个多月的时间他挣得6400元，家里用这笔收入购买粮食、翻修房屋。平措告诉记者，他在大本营主要从事做饭、洗碗、打扫卫生等工作，"不是很辛苦，比放牛放羊强多了，不仅吃得好、收入好，而且见识也多！"

虽然德久村与这些世界级山峰的距离并不遥远，但宝贵的工作机会让这些村民第一次来到大本营"国际村"，第一次如此近距离地仰望名山，第一次和不同国家、不同民族、不同语言的民众生活在一起。

"在大本营看到了世界各地的登山者，听到了不同国家的语言，感觉特别新奇，自己也很想学（外语），这样以后就能和更多人说话。"平措摸了摸脸，有些羞涩地说。"我还想去大本营工作，赚一些钱后我想去外面闯闯、做生意！"

自治区登山管理中心主任张明兴表示，让村民参与现代登山服务，一方面能够让他们获得一定的经济收入、改善经济状况，更重要的是提供村民和外界接触的机会，开拓视野、促进观念更新，鼓励他们追求更加美好的明天。

（新华社拉萨 2013 年 12 月 24 日电）

东方吉普赛"达曼人"的幸福生活：
从没有国籍到幸福安康

新华社记者　王军　范世辉

坐在阳光明媚的新居里，喝着浓香的酥油茶，34 岁的达娃感慨万端："我做梦也没想到，曾经流浪的达曼人能过上吃穿不愁的新生活！"

达娃所在的达曼新村，位于雪山环绕的西藏日喀则地区吉隆县吉隆镇，距离中尼边境约 30 公里，是我国唯一的达曼人聚居地。全村 49 户 197 人——他们，曾经是"没有国籍的人"。

"达曼"藏语意为"骑兵"。相传 1791 年，清朝政府军进藏讨伐入侵的廓尔喀军。战后，数百名失踪的廓尔喀骑兵滞留边境地区，一直没能回到故土。在漫长的岁月中，这些将士与中尼边境上的人共同居住繁衍。据说，现在的达曼人就是他们的后裔，至今已繁衍 100 多年。

因为没有国籍，达曼人没有土地和住房，一直过着颠沛流离的生活，被称为"东方吉普赛"。由于达曼人擅长制作锅、盆、弯刀、铁炉以及藏族妇女的腰饰等物品，"铁匠"也一度成为达曼人的代称。过去"铁匠"地位低下，达曼人无法融入当地社会，更谈不上接受教育。

吉隆镇镇长魏传夫说，达曼人信奉佛教，语言、服饰与藏族基本无异。不同的是，他们的眼睛呈蓝色，大而深，鼻梁高挺。"尽管与藏族有很多相通的地方，但他们一直未被当地人接纳。"

从记事起，达娃就跟父亲在中尼边境过着居无定所的生活。她们一家 6 口人借住在牲畜圈中，帮人打杂，人家给什么吃什么，不给便饿肚子。"我们那时候生活非常艰难，一天就五六块钱。想上学因没有户口，上不了学。

到现在我也认不得字。因此，很多人看不起我们。"

由于不被认可的身份，达娃享受不到中国和尼泊尔任何一国公民的待遇，当地人很多都不愿意与达曼人交往。无奈的达娃，前几年只能到四川打工，生活非常艰辛。

往事不堪回首。村里 68 岁的老人嘉措对达曼人过去颠沛流离的生活深有感受。他说，很多达曼人从小寄住在当地藏族居民的牛棚里，或者在深林里搭一个小帐篷。生活就靠帮助当地藏族居民耕地、收庄稼、放牧、打杂、做背夫、做木活等为生，其饮食由主人家提供，但不能进出当地藏族居民的房子，更不能和主人家同桌饮食，地位极其低下。

2003 年，经中国国务院批准，饱尝辛酸的达曼人正式加入中国国籍，自此结束了长期漂泊无定、受人歧视的艰辛生活，与当地群众同享公民待遇，开始崭新的幸福生活。

2004 年，当地政府投入 100 多万元资金，为全体村民建造土木结构的二层楼房。2005 年达曼人全都搬进了新居。同时政府还为每家每户分配了耕地和牲畜，购置卡垫、藏式木柜等生活用品并安上自来水。更让达曼人高兴的是，村里的适龄儿童都上学读了书。

此外，国家还给予达曼人和当地其他民族一样的补助，如每个村干部每年补助 3500 元；每户男性隔年当选一次护林员，每年为其发放 5000 元补助；边境补助每人每年 1000 元；低保每人每年 1400 多元，还有草原生态补助、野生动物肇事补偿等。

有了新房，能上学了，是获得中国国籍后达曼人能感受到的最直观的改变。记者在达娃家看到，院子里的盆栽花枝招展，自来水用起来也格外顺畅。宽敞的客厅里摆放着电视机、电压力锅、音响等家电，藏式组合家具让房间变得温馨而舒适。这些对于达娃来说，代表不再漂泊，终于有家了。

让达娃感到幸福的还因她嫁了一个好老公和育有 3 个孩子。"我的孩子现在都上学了，他们的学杂费不用交 1 分钱，和当地的孩子一样都享受'三包'政策（包吃、包住、包学费）。这一切都要感谢国家和政府，我们全村人都会一辈子感谢的。"达娃说，以前达曼村里的年轻人基本没有上过学，甚至包括村长在内的绝大多数人连自己的名字都不会写。如今达曼村的适龄儿童全部都能到学校接受教育。

村委会主任洛桑告诉记者，达曼人祖传的打铁手艺现仍是他们谋生的手段之一，有的人靠此项手艺一年收入达到上万元。达曼人有了自己的住房、土地和牲畜后，村民的生活条件有了很大改善，全村人都享受农村最低生活保障金。他为自己是中国人而感到自豪，并相信生活会越过越好。

离开达曼新村，记者回头远望，只见青灰色的混凝土新居整齐划一，在巍峨的雪山映衬下，家家户户高挂的五星红旗熠熠生辉……

（新华社拉萨 2014 年 12 月 28 日电 ）

饺子古突一起吃　藏汉同春迎新年

新华社记者　黄兴　黎华玲

除夕夜的拉萨，爆竹声中辞旧岁，"驱鬼"火把迎新春。在喜庆祥和的气氛中，藏汉民族通婚家庭王辉的家中，迎来春节、藏历新年"孪生新年"，全家人在宽敞明亮、整洁现代的新房中迎来首个新年。

属于低保户的王辉一家，1月刚从低矮破旧的出租房里，搬进了崭新的藏式公寓。走进他家，记者见到门上挂着新买的门帘，窗前晒着牦牛肉干和咸鱼。屋内悬着喜庆的福字，紧凑实用的客厅里，藏式木雕桌上摆着啤酒、饮料和糖果。

下午时分，王辉和妻子朗杰卓嘎在客厅贴上大红的藏文春联，两人配合默契，一会儿就将屋内布置得充满年味。祖籍安徽的王辉，十多年前进藏遇上藏族姑娘朗杰卓嘎，两人喜结良缘，如今育有三个孩子，最大的愿望就是孩子能考上内地大学成才。

朗杰卓嘎介绍，按照藏族天文历算，今年的藏历新年和春节是同一天。今年的藏历新年恰和农历春节重逢。他们一家的年夜饭将是饺子、"古突"齐上桌。

"好的时代根本不用操心那么多，现在家里的条件比以前好多了，生活越来越有盼头。"朗杰卓嘎边说着，边挽起袖子和面做饺子和"古突"。

"古突"藏语意为由人参果、白萝卜等九种食材熬制而成的面食。按照藏族传统习俗，制作"古突"过程中，人们一般会在面疙瘩中包裹羊毛、辣椒、豆子、黑炭等寓意各异的东西。在一些地区，面疙瘩还会被捏成不同形状，每种形状和每个面疙瘩里面的内容都预示着吃到的人来年运势。

"古突和饺子一样，包含了人们对新一年生活的美好愿望。"朗杰卓嘎说。

对大部分藏族人来说，"古突夜"一定要全家人到齐吃"古突"，并举行"驱鬼"仪式，以此辞旧迎新，求得太平康乐。

在距离拉萨3个小时车程外的卡玛当寺，僧人们也暂时放下诵经礼佛的工作，和村民聚在一起共度"古突夜"。藏历新年是藏族人民全年最盛大的节日，他们从16日就开始陆续准备"古突夜"的年夜饭。随着手机互联网的普及，僧人们也选择用微信朋友圈这种新潮方式分享新年的快乐。"洛萨啦扎西德勒！"僧人土登用微信语音给家人发去了新年祝福。

在距拉萨不远的曲水县才纳乡，边巴同样感受着难得的温馨。今年藏历新年与春节同一天，正值寒假期间，远在内地西藏班上学的女儿回到家里过年，父女俩都显得异常高兴。边巴一个劲儿地往女儿碗里夹菜，边吃边说着体贴的话，让女儿在外注意身体。

当一家人都吃完"古突"，紧接着就是"驱鬼"仪式了。每家每户都会派一个成年男性举着火把，在家里跑一圈，嘴里高呼"出来！出来！"然后再跑到十字路口，扔掉火把。伴随着鞭炮声，最后一路不回头地跑回家，意思就是把鬼怪赶出家，让病痛灾害在新的一年离得远远的。驱完鬼怪，藏历12月29日的活动便宣告结束，家家户户再次围坐一起，说笑聊天。

夜渐渐深了，人们伴着此起彼伏的鞭炮声和欢歌笑语，喝起香醇的青稞酒，西藏各地今夜沉醉在不眠中……

（新华社拉萨2015年2月18日电）

西藏：民族团结情谊浓
共度双节迎新春

新华社记者　王守宝　黄兴

　　1300 多年前，文成公主进藏，书写了汉藏一家亲的历史佳话。今年，喜逢藏历新年和春节重合，西藏各地藏、汉、回等各族群众欢天喜地、共度双节，体现了深厚的民族团结情谊。

　　藏历新年初一，古城拉萨万里晴空，新年的藏文歌曲从各个社区、角落传来，伴随喜悦的歌曲声来到拉萨策门林小区，只见人们身着节日盛装，藏汉各族群众正将水果、青稞酒、干果摆放到社区活动室的桌子上，准备共庆藏历新年和春节。

　　青稞酒碗端起，藏汉群众把酒互敬，歌声、笑声交织。

　　这时，只见一对 60 岁上下的夫妇相互依偎，略显安静，时而相互低声说笑，男方头戴鸭舌帽，黑色消瘦的脸颊显得慈祥，身旁的阿妈笑脸上绽放美丽的高原红。采访得知，原来他们是藏汉团结家庭。男方叫安家银，来自四川大邑，阿妈是拉萨本地藏族人。

　　"我 1992 年进藏，陆续在西藏待了 15 个年头。"今年 58 岁的安家银说。

　　据了解，安家银原先生活在四川，后来妻子去世，他独自来到西藏，以打零工维持生计。

　　那时候，安家银生活穷困潦倒。"刚到拉萨的时候，生活异常艰辛，我记得当时连最便宜的烟都抽不起。"安家银回忆说。

　　就在那个时候，安家银遇到了在拉萨的次旦央金，她只身带有两个男孩子，生活也很清贫，但岁月的艰辛并没有打消他们对美好爱情的追求，他们走到了一起，开启了藏汉家庭的幸福生活。

"从结婚到现在，我们从来没有红过脸、吵过架。"安家银笑道。他们的结合不仅是简单组成一个家庭，也体现了民族间文化和情感的融合。

"我教他说藏语，他教我说汉语。"次旦央金用一口流利的汉语说道，"在家里，我们轮流做饭，川菜、藏餐都会做，吃得很习惯。"

安家银和次旦央金组成家庭后，有一段时间也感受到生活的压力，但他们没有屈服。安家银为了支撑起这个家庭并负担起孩子读书的费用，去了工地打工，次旦央金为了照顾丈夫也跟着来到工地给工人做饭。这让他们的生活慢慢好了起来。

"孩子慢慢长大，孩子想学什么，我都大力支持，他想学开车我就掏钱让他去学。"安家银说，"现在两个孩子对我如亲生父亲一样。"说到这里，安家银向次旦央金笑了笑，他的笑声淹没在活动室藏汉群众欢快的歌声中。

现在，次旦央金的两个孩子已经有了工作和家庭，大儿子当了警察，小儿子给一家报社开车。

拉萨市城关区河坝林社区群众给来自北京的客人敬酒。（新华社记者　觉果摄）

春节藏历新年：欢乐的拉萨民族团结大院。（新华社记者　觉果摄）

岁月流逝，这对夫妇相互扶持走了十几个年头。由于安家银患有老年白内障，每次走楼梯或逛街，次旦央金都会搀扶着他，两人缓慢幸福的脚步就这样一直走下去。

像安家银和次旦央金结合的家庭在西藏并不少见。据策门林社区工作人员边巴旺杰介绍，在西藏，各民族之间相互杂居，藏汉通婚、藏回通婚、汉回通婚等现象已很普遍。

边巴旺杰说，每逢藏历新年或春节，没有回家的各族群众都会相聚一堂，共度新年，就像暖暖的一家人。

走出社区，拉萨街头，彩灯高悬，百姓穿行在马路上，不管来自哪里，不管是哪个民族，他们和谐、幸福地生活在这片土地上。

（新华社拉萨 2015 年 2 月 20 日电）

西藏唐卡艺术传承发展
进入历史最好时期

新华社记者　魏圣曜　索朗德吉

　　人物神态形象或坦荡豪放或宽厚慈善，或须眉夸张或目光如炬……5日上午，一幅幅反映藏传佛教历史人物、故事的唐卡，整齐展列在西藏自治区群众艺术馆。藏族唐卡噶玛嘎赤派代表性传承人、年轻画师洛追巴珠用融合传统与创新的技法，以鲜亮细腻的色彩笔调吸引了数百人前来参观。

　　"最近几年，雪域高原的唐卡艺术传承与发展可以说进入了历史最好时期，尤其是绘画技艺、艺术水准，站上了一个新高峰。"西藏自治区文化厅文化产业处处长尼玛次仁说，全区能独立完成作品的唐卡画师已有1000多位，且年龄结构合理，二十七八岁到三十七八岁的年青一代成为人数最多、作品丰富的骨干群体。

　　"唐卡"在汉语中称作卷轴画，多在布上绘制，用各色绸缎镶边，也有丝绣、绸贴丝缝的工艺，是藏族文化中独具特色的绘画艺术形式，多以矿物为颜料，历经千百年色彩依然如新，因其内容涉及藏族历史、政治、社会文化生活等多方面，被称为"藏族的百科全书"。

　　32岁的洛追巴珠说，5日至7日，他在西藏自治区群众艺术馆展出的这44幅唐卡，是最近10多年来他的主要成果，"其中一组29幅、描述印度84位大成就者的唐卡，现已被色拉寺收藏，另有一幅《绿度母》被个人收藏"。

　　洛追巴珠说，比起老画师，现在的年轻画师机会更多、条件更好。在互联网和资料库里，年轻人能见到很久远的文物级唐卡，也能见到偏远寺院的壁画照片，这是老一辈画师们在成长阶段无法接触到的。

"在以前闭塞时代没法学习借鉴的优秀画作，在交通便利、网络发达的当下能很方便地观赏到，这对唐卡传承人尤其是年轻画师帮助很大。"西藏自治区非物质文化遗产保护中心副主任阿旺丹增说，近年来涌现出的一批年轻画师，大胆创新、博采众长，吸收不同派别乃至国内外的元素，为唐卡在传承中创新发展注入了新活力。

从7岁开始跟随父亲学习绘制唐卡的洛追巴珠，经过11年的刻苦学习，才基本掌握绘制唐卡的相关手法，之后又用两年时间专门拜师学习颜料调配、上色技艺，这才能成熟地独立创作。

洛追巴珠说，现在各派唐卡和各地区的画派经常会交流，"我们相互学习、借鉴，能够尽可能地保留原来的传统，如使用矿物质颜料，在画风、内容上各派也都在创新，以更好地传承发展唐卡艺术。"

参观洛追巴珠作品展的拉萨师范高等专科学校美术教师宋明说，画唐卡特别考验耐心，所以一直有"布谷鸟叫三遍的作品"的说法，即有的精品需要创作3年。

"看到这样的一批年轻人成长起来，我觉得西藏唐卡的继承、发展一片光明。"国家级非物质文化遗产唐卡勉唐派传承人、西藏大学艺术学院美术系藏族美术专业教授丹巴绕旦说，包括洛追巴珠在内的很多年轻画师，其画风以及颜料使用都很好，可以看出创作十分投入。

尼玛次仁告诉记者，当前西藏的唐卡产业年产值2000多万元，有3家企业免费培养学徒，部分精品画作售价超过百万元；已有70人成为西藏自治区一级、二级或三级唐卡画师，其中不少年轻人，2020年有望达到100人。

尼玛次仁说，实践表明，注入市场活力后，唐卡传承与创新发展更加有生机，今年内西藏将出台"手绘唐卡地方标准"，让使用传统矿物质等创作原料的唐卡得到法律保障，对假劣作品予以打击。

站在自己最喜欢、去年完成的唐卡《绿度母》前，已有17位学徒的洛追巴珠说，唐卡在国内外名气越来越高，不管是为个人收藏者还是博物馆、寺院创作，每一幅画作他都投入全部精力，希望年轻画师们一起为这门古老的艺术"添砖加瓦"。

（新华社拉萨2015年4月5日电）

西藏阿里：1800 年前象雄贵族
入殓仪式浮出水面

新华社拉萨 2015 年 4 月 14 日电（*记者　许万虎　刘洪明*）时下，殡仪馆里为逝者美容的事儿并不鲜见，殊不知在 1800 年前的西藏阿里，古象雄王国有贵族去世后竟用黄金面具覆面。

古人的入殓仪式讲究多，尤其是王侯贵族，但黄金覆面却实为罕见。中国社会科学院考古研究所副研究员仝涛说，黄金面具的基本功能是"美化逝者"。

风卷黄沙，海拔 4200 米的西藏阿里噶尔县门士乡迎来一批风尘仆仆的考古专家，他们俯身于苯教寺庙古如甲木寺门前的一座古墓前，寻找蛛丝马迹。这是三年前的事了。当专家们发现黄金面具时，差点把它当成金灿灿的糖纸片随手扔掉。

据介绍，黄金面具 4 厘米见方，由金片压成薄片，正面由红、黑、白三色绘出面部，黑色双目大睁，鼻翼、牙齿、胡须轮廓清晰，周边均匀分布 8 个小圆孔，以缝缀在较软质地的材料上。

根据测试数据，专家判定墓葬年代为公元 2 世纪。体质人类学鉴定显示，墓主人是一位 35 岁左右的男性。

这并不是在西藏出土的首个黄金面具。据了解，西藏阿里地区札达县曲踏墓地也曾于 2009 年和 2012 年分别出土了 1 个黄金面具。

黄金面具主要分布在以象泉河上游为中心的喜马拉雅中段和西段地区。考古调查和发掘表明，从象雄时期到古格王国时期，象泉河流域一直是整个阿里地区古代文化的中心。

有史料记载，象雄王国至少在距今3800年前形成，在公元7世纪前达到鼎盛。西藏自治区文物保护研究所副所长李林辉说，这批墓葬的年代在距今1800年左右，这一时段正是象雄国的强盛时期，因此墓葬主人有可能是象雄国贵族。

象雄在唐代时才开始出现在汉文文献记载中，被称为"羊同"。《唐会要》《通典》《资治通鉴》等文献记载了被吐蕃征服（公元642年）前象雄国的统治范围和风土民情。

"记载显示酋豪死后'假造金鼻银齿'，可能指的就是黄金面具之类的器物。"仝涛说，不同地域和时段，人们对黄金作为稀有贵重金属的认识是一致的。这一点决定了黄金面具使用者一般都具有较高的社会地位，属于容易得到这些贵重用品的阶层。

李林辉分析，结合有关古代象雄的文献记载和用大量动物殉葬的现象判断，黄金面具除了美化逝者，还有一定的宗教功能，它与西藏原始宗教苯教祭祀习俗密切相关。

"历史文献中对于象雄文明之灿烂多有夸张描述，人们对这一文明还缺少实证。因此，黄金面具有望成为揭开象雄文明谜团的突破口。"李林辉说。

西藏制定"生态红线"
构建"亚洲水塔"安全屏障

新华社记者　刘洪明　王守宝

"今年，西藏将以'史上最严'的新《环境保护法》为契机，制定严格的生态红线，更加严厉地打击环境违法行为。"西藏自治区环境保护厅厅长江白 14 日说。

据介绍，西藏目前已全面完成环境功能区划和生态保护红线划定工作，同时将修订完善《西藏自治区环境保护条例》等一批适合西藏实际的环保法律法规。

西藏加快国家生态安全屏障建设的这一举措，将使亚洲近 20 亿人口受益。

西藏高原是青藏高原和第三极的核心，是中国乃至南亚、东南亚的重要"江河源"和"生态源"，被称为"亚洲水塔"。雅鲁藏布江、印度河、

那曲双湖县境内的普若岗日冰川。（新华社记者　觉果摄）

恒河、怒江等亚洲著名河流均发源或流经西藏。

由中科院等国内知名学者新近完成的《西藏高原环境变化科学评估》指出：20世纪以来气候快速变暖，近50年来的变暖超过全球同期平均升温率的2倍，冰川后退幅度和沙漠化正在加剧，人类活动对西藏高原环境有重要影响。

江白说，早在上世纪60年代，中国就开始启动了青藏地区国家级自然保护区建设，1978年以后，相继实施了一系列生态建设与环境保护工程。2009年，中国国务院批准实施了《西藏生态安全屏障保护与建设规划》，将西藏生态安全屏障保护与建设确定为国家重点生态工程。

数据显示：自2004年至2014年底的11年间，西藏共计落实中央财政生态补偿资金达185.2亿元，包括森林生态效益补偿、草原生态保护奖励补助、重点生态功能区的转移支付等。

此外，西藏还着重实施防沙治沙工程。截至目前，西藏共完成防沙治沙161.991万亩。目前全区各类沙化土地面积比2004年监测减少6.57万公顷，有效遏制了西藏高原沙化蔓延。

"小时候堆在房前屋后的饲草、柴火都会被风吹得无影无踪，有时候还会发生沙尘暴。如今，雅江两岸的树越来越多，村旁的荒山也一年比一年绿。"西藏扎囊县孟卡荣村村委会主任嘎玛欧珠说。

在增加生态建设投入的同时，西藏还大力推广电能、沼气、太阳能等替代能源使用，降低居民生活对干畜粪、柴草等生物质能源的依赖，减轻了对森林、灌木、草地生态系统的破坏。农牧区传统能源替代率达到58.7%。

得益于生态安全屏障工程的实施，西藏生态系统水源涵养服务功能发生了良性变化。中科院发布的数据显示，1990年至2008年，西藏高原森林、草地、湿地生态系统的多年平均水源涵养量为900.8亿立方米，2008年至2012年的平均水源涵养量为909.9亿立方米，前后时段相比增加了1.01%。

"生态系统水源涵养服务功能的加强以及西藏在江河流域实施的生态工程，为经流西藏的国际性河流的水流量提供了保证。同时，减少了河流泥沙，改善了流域的生态环境，让流域国家百姓受益。"西藏自治区社科院专门从事生态研究的达瓦次仁说。

为了更有效地保护好现有良好生态，2014 年，《西藏自治区环境保护考核办法》出台，建立了环境保护与财政转移支付挂钩的奖惩机制，每年拿出 1 亿元奖励资金，调动各级政府环境保护工作积极性。此外，还制定了《西藏自治区实行最严格水资源管理制度考核办法》、《西藏自治区重要江河湖泊水功能区纳污能力核定和分阶段限制排污总量控制方案》。

（新华社拉萨 2015 年 4 月 14 日电）

千年"神舞"跳响西藏最古老寺院

新华社拉萨2015年7月4日电（记者 魏圣曜 余致力）"咚、咚咚，锵、锵锵，呜、呜呜……"雅鲁藏布江北岸的西藏山南地区桑耶寺内，6位僧侣有节奏地敲响6面绿皮大鼓，随后铜锣和法号齐鸣。

伴着雄浑的法音，头戴菩萨面具、身穿彩色法服、右手持油菜杆的11名僧人率先踩着鼓点，单脚跳跃进入中心主殿前的广场帐篷下——有着1200多年历史的朵堆节"神舞"跳响在西藏最古老的寺院。

从2日上午开始，中心主殿乌孜大殿前，每天都会有三四千名群众早早等候在这里，环绕着帐篷围坐成长方形，静静等候僧人们跳起千年"神舞"。

作为西藏第一座剃度僧人出家的寺院，桑耶寺自公元8世纪建寺起就有在朵堆节跳"神舞"的历史传统。寺内高僧告诉记者，"朵堆节"意即"经藏供佛"，每年藏历五月十四日（今年是7月2日）开始，为期5天，"神舞"是这一传统节日上村民们最为喜闻乐见的宗教活动。朵堆节期间，会有100名巫师、100名比丘、100名魔女、100名金甲武士登场，跳桑耶寺护法大神百哈尔和他的辅助神则玛日魔王"神舞"。

一片藏香烟雾萦绕中，席地而坐观看"神舞"的村民、僧尼们，或轻捻手中的佛珠，或转动手持转经筒，或双手合十默念经文。

"小时候父母带着我来，现在和朋友、孩子一起来看，一边看一边默默念经，祈求接下来的一年辟邪、多福。"40岁的拉萨市民曲珍1日就赶到了寺院所在的桑耶镇。

正在观看"神舞"的桑耶镇村民次仁罗布通过翻译告诉记者，平时他每天都会到桑耶寺转经。他说，桑耶寺的建筑也与其他寺院有所不同，其中跳"神舞"时所在广场的西侧即是中心佛殿，它有着三种风格：一楼为石块藏式、二楼为砖块汉式、三楼为木头印度式，因此也被称作"三样寺"。

说话间，僧人们换上了各种鬼神、动物的雕刻面具，穿上了长袍，右手所持的油菜杆也换成了彩带；雄浑的音乐变得轻快了一些，僧人们继续顺时针旋转舞动，一会儿两两对跳，一会儿多人合跳，一会儿又四散到角落独舞。

自始至终，一位手持铁棒的喇嘛站在帐篷边缘，仔细观察着其他僧人的动作。次仁罗布说，他就是"格贵"，俗称"铁棒喇嘛"，平时负责管理僧人名册和执行寺院纪律。"铁棒喇嘛"巡视场内的舞蹈动作，体现出一种威严。"因为这是寺院一年中最隆重的宗教祭祀活动之一，不允许出现大的差错。"他说，比如面具，都是立体雕刻出来的，不少面具已有几百年历史，穿戴和跳舞时都要十分小心。

不知不觉已是中午时分，一些村民拿出自备的糌粑和酥油茶，开始边吃边观看。跳舞的僧人如同出场时一样，单脚跳跃着，缓缓退出广场帐篷。

舞蹈暂告一段落，高僧大德开始唱念起经文。"上午的活动就要结束了，僧人们吃过午饭后会继续跳，一直跳到要吃晚饭时才结束，朵堆节期间每天都是如此。"曲珍说，很高兴能看到这么古老的宗教舞蹈，这是她一年中最重要的日子之一。

西藏历史主权的有力见证

——走进清政府驻藏大臣衙门

新华社记者　张宸

在西藏拉萨大昭寺周围的八廓街北侧，一座看起来很普通的三层藏式楼房院落在此屹立了两个多世纪。这里是清政府驻藏大臣衙门，先后有百余名与张荫棠一样治理西藏的清朝大臣在此办理公务。

史料记载：雍正五年（公元1727年），清内阁学士僧格、副都统马喇来到西藏，总理西藏事务，自此开启近两个世纪的驻藏大臣制度。此后的185年间，138名驻藏大臣来到西藏。这里见证了藏汉团结一家亲的血脉历史，是西藏与祖国内地血脉相连的古老印记。

沿着院内的石梯拾级而上，一进二楼展厅，首先映入眼帘的便是唐、宋、元、明四个朝代中央政府对西藏的管辖和治理介绍。在三楼，复原当时驻藏大臣衙门的书房、公堂和议事厅如同将人带回了当年。

"西藏自古以来就是中国领土不可分割的一部分，历朝历代都有效行使了对西藏的主权管辖。驻藏大臣衙门，用翔实的史实证实了清朝中央政府对西藏的主权管辖。"驻藏大臣衙门宣教员田红艳说。

随着历史的变迁，这座院子也经历了身份的不同转变。

1750年，时任驻藏大臣傅清、帮办大臣拉布敦在此诱杀了勾结准噶尔部、意图谋反的郡王珠尔默特那木扎勒，在变乱中遇害，乾隆皇帝下令将此地改建为双忠祠。辛亥革命后，这里先后用作邮局、警察局等机构。和平解放后，这里曾在一段时间内分给民众居住。

2013年，当地政府修缮了驻藏大臣衙门。目前，驻藏大臣衙门成了西藏的爱国主义教育基地和民族团结教育基地，每天大概有三千人到此重温当年的历史。其中既有游客，也有当地人，他们在游览中既实地了解了当年的中央政府治藏历史，又感受了自古以来西藏和中央政府的紧密联系。

至今，西藏的一些群众仍对当年有功西藏、有恩群众的大臣念念不忘。

在西藏，一种可入药的8瓣美丽小花常被外地的游客误认为是格桑花。其实，这种花名为"张大人花"，是西藏的群众为了纪念清朝驻藏大臣张荫棠所起的名字。

1906年，清朝大臣张荫棠来到西藏，事事亲力亲为，与西藏头人、地方政府官员及寺庙喇嘛一同讨论，制定《治藏刍议十九款》，对旧西藏官制、办事机构、经济建设、教育文化等方面进行改革，为当时西藏群众所爱戴。

大昭寺旁，人流络绎不绝，进进出出。屹立的驻藏大臣衙门如同一座不朽的丰碑，记录着西藏自古以来就是中国领土不可分割一部分的史实。时光荏苒穿梭，历史的印记却从未转移，它深深地刻在地标上，也深深地刻在人们心里。

（新华社拉萨2015年8月24日电）

拉萨八廓古街见闻：民族与
现代完美混搭

新华社记者　陈知春　魏圣曜　黎华玲

　　古老的庙宇藏香萦绕，镂刻藏文的灯柱光亮璀璨，订制传统服饰的商店悬挂出多彩的布匹，藏式面包店……漫步在拉萨大昭寺附近的八廓街，一幅传统与现代交融、民族特色与经济发展完美结合的画卷舒展开来。

　　有着1300多年历史的八廓街，是围绕大昭寺形成的一条转经道。从大昭寺门前出发，沿着朝圣者转经的顺时针方向，一条白石板铺就的地面蜿蜒向前，不同于行人脚下的石头地面，这条留给朝圣者磕长头用的小道，石面已经十分光滑；间或有身着藏族传统服饰的朝圣者经过，口诵佛经，双手合十在额头、下颚、胸前击掌，顶礼佛、法、僧三宝，而后匍匐在地，起身后大步迈过身体接触过的地面，再次击掌、顶礼、匍匐在地。

　　没有讶异的目光，没有好奇的围观，在缕缕桑烟中，欣赏八廓古街夜色的游人与朝圣者和谐共存。

　　顺着拉萨八廓古街入口往东，在路边的一家尼泊尔百年老店内，为了适应西藏社会文化的发展进步，原本只是出售帽子的这家店铺如今已经"改行"。步入这家百年老店，映入眼帘的是大大小小的佛像、唐卡以及色彩斑斓的吊坠、宝石，其中不少是有年岁的"旧东西"。

　　"旧的东西像金子一样珍贵。"店主热特那说，100多年前，他的曾祖父巴苏然纳从尼泊尔骑马越过喜马拉雅山，来到西藏做生意，在八廓街开了这家店；30多年前，他自己只身来到西藏，在此娶妻生子；如今，额头爬满皱纹的他说藏语、吃糌粑、喝甜茶、转经……已完全融入了当地人的生活，每天迎来送往着全国乃至世界各地的游客。

长居拉萨的人都知道，在每年三四个月的雨季中，几乎每晚都有雨——夜色渐深，古街的雨也如期而至——但这并不会令古街的居民和店家担心，以八廓街为核心的拉萨古城区，近年来已先后投入 15 亿元对地下综合管线、给排水、电力、消防、供暖工程等进行了综合整治。

32 岁的普布扎西自小生活在八廓街，他说，古城区保护工程竣工后，水管、电线、街道甚至垃圾桶都发生了"巨变"，"生活用水问题解决了，排水也更好了，晚上路灯很亮，出行更安心。"

出转经道后往西北方向走，一家藏式面包店内不时传出手风琴声，即使夜色已深，依然顾客盈门。用黑青稞制作的"牛粪面包"成了这里点单最多的单品。店主巴次告诉记者："藏族的传统饮食文化中没有面包，只有'糌粑''饼子'等主食。藏式面包是'西西结合'的产物，就是把西式面包和西藏特色结合。"

自家种植的黑青稞制作出的青稞冰激凌、"牛粪面包"、巴式酸奶蛋糕等原创美食让这家店"声名远扬"——巴次曾多次婉言谢绝了内地客商的连锁加盟请求，坚持原创的西藏特色。"我希望能打造出一个百年品牌老店，当许多年后人们想起藏式面包就会想起阿可丁。"巴次笑着说。卡垫、藏装、首饰……这些八廓街上常见的物件，在藏式灯柱黄色灯光的衬托下和老宅子白色墙壁的映衬中，给深夜中平添一番古韵古味。

千百年来，人们为达成内心的凤愿奔赴八廓古街，又各自踏上归途，将美好的古街回忆凝刻为人生的一道印迹。如今，八廓街有 20 多处重点文物和 50 多个古建筑大院得以保护修缮，安静地向世人诉说着这条街道所见证的古今故事。

（新华社拉萨 2015 年 9 月 7 日电）

世界屋脊迎来 "太空粮食" 丰收

新华社记者 韩松

虽然世界屋脊一段时间来受到干旱影响，但在拉萨河谷和雅鲁藏布江畔，一种暗红色穗头、紫绿色叶片的植物却成片成簇，长势喜人。

"今秋，可望在青藏高原迎来藜米丰收。"将这种南美农作物引入中国的西藏大学农学专家贡布扎西教授说。

与贡布扎西一起工作的藜米种植企业负责人黄赵钢说，3000 多亩藜米的产量预计可达四五十万斤。

被称作 "超级食物" 的藜米原产安第斯山脉，已有 5000 年种植史。它耐干旱而适应贫瘠土壤，尤以营养丰富闻名，近年在工业化国家流行，欧洲和美国餐厅的菜单上时而能见到它的名字。

上世纪八十年代，美国国家航空航天局在寻找适合人类执行长期性太空任务的闭合生态生命支持系统粮食作物时，认为藜米适合航天员食用，并将其列为人类未来移居地球之外的理想 "太空粮食"。

美国航空航天局专家对藜米的评估是，"高蛋白，易使用，可制作多种食物，在受控环境中可能大大提高产量"。

联合国粮农组织宣布 2013 年为国际藜米年，以促进人类营养健康，保障粮食安全，实现千年发展目标。

贡布扎西在 1987 年读到一篇关于藜米的英文报道，产生了把这种作物引入西藏的念头。

他说："藜米适应在高海拔地区生长，海拔低了不行。青藏高原是它理想的'新家'。"

"它将有助于改善藏族人的健康。"他说，牛羊肉和青稞是生活在高寒地区的藏族人的基本食物，但它们营养不够均衡全面，是影响藏族人均寿命的因素之一。

1988 年，贡布扎西到墨西哥国际小麦玉米改良中心学习，师从"绿色革命之父"、诺贝尔和平奖得主伯劳格，回国时带回了种子。

上世纪九十年代初，藜米新品种选育项目被西藏自治区科技厅列项。

在几次不太顺利的尝试后，贡布扎西与汉族农业企业家黄赵钢合作，2010 年前后在青藏高原成功种植藜米。

贡布扎西和他的团队通过杂交选育、多点试验等方法育出了适合西藏环境和生产条件的优良品种，并为生长于世界屋脊的藜米起了个诗意的名字"天境藜乡"。

1959 年，贡布扎西出生于西藏西部的一户农家。改革开放后，他考上西北农业大学，成为当年该校录取的唯一藏族学生。后来他还到美国夏威夷大学学习了三年，获得科学硕士学位。

"作为藏族的科学家，我把藜米引入西藏并让它站住脚，我这一生没有白过。"他说。

贡布扎西和黄赵钢组织了西藏农民参加藜米生产和管理，使他们的收入翻了一番。

他们希望藜米不仅为国人享用，还将成为西藏第一种出口到国外的粮食作物。

（新华社拉萨 2015 年 9 月 7 日电）

藏 刀 新 传

新华社记者 韩松

59 岁的普达瓦是拉孜藏刀第六代传人。

普达瓦住在后藏的拉孜镇上。

全镇只有一条尘土飞扬的土石路。镇后大山上伫立着一座古庙。

20 多平方米的打刀作坊，就在路边他的藏式民居二楼上。

从 13 岁起，普达瓦只做打刀这一件工作。

他每天从上午 9 时半，到晚上 9 时半，除了中午半小时吃饭休息，都在打制藏刀。

普达瓦盘腿坐在毡布上，刀具置于包裹住两膝的藏袍间。他身旁有一台德生牌收音机、一壶酥油茶，窗台上放着转经筒。遍地锃亮的工具，显然被几代人摩挲过。

他把辫子盘在头顶，扎着红色英雄结。他红光满面，双手像两页坚实浑厚的岩石，眼睛干净明亮。谈到藏刀，他眉飞色舞，像变成了一个心无杂念的孩童。

这项技艺传子不传外。普达瓦和 30 岁的儿子多吉占堆一起打刀，年产量 300 多把。打一把大型刀，两人合作需 15 天。

他说，除了质材、花纹，他打的刀跟先辈打的相比，没有变化。

"我没有见过汉地的刀。我只做拉孜藏刀。"他说。

除了每年抽 15 天到 20 天出外朝佛，或应寺庙之邀去打制法器，他就在家打刀。

在藏刀故里拉孜县，还在打藏刀的现在只有三四家、七八人。

拉孜藏刀之闻名，在于手工制作，匠心独用，质材专门。对火候的掌握，靠经验传承，外人难以模仿。

光是钻子，就有一百多种。最难做的是花纹和刀刃。木炭要从新疆买，有的材料还要从尼泊尔进。

"只要是自己打出的每一把刀，我都感到自豪和欢喜，却不会特别在意是哪一把。"普达瓦说。

他从刀鞘里拔出刚打好的一把半米多长的钢刀，威风凛凛擎着，像格萨尔王手下的一名武士。

"这把刀，跟我爷爷一百多年前打的一模一样。1904 年英军入侵西藏时，爷爷打的刀运到江孜，用于抵抗。"他声如洪钟。

这可能是藏刀历史上少有的与遥远外部世界发生关系的一次。

刀在世界各民族的物质和精神体系中，多具特殊意义。

拉孜藏刀民间交流协会会长白玛说，藏族爱刀。"但我们信仰佛教，不崇尚战争。"

他说，藏刀代表了藏民族的特点：勤劳、坚韧、智慧、仁慈。

藏刀有一千多年历史，用于生产、生活、自卫与装饰，是游牧民族的必需品。

拉孜藏刀，曾与伟大的传奇人物发生关系。

15 世纪，藏戏的开山鼻祖、桥梁建筑大师唐东杰布为在雅鲁藏布江上修建铁索桥，召集了一批铁匠。普达瓦的祖先也在其中。

铁匠们的后代留了下来，有的开始打制藏刀。

多少年，普达瓦的刀，主要打给当地人使用。

他却是六代打刀人中，见证世道最大变化的一位。

在他 9 岁的时候，西藏自治区成立，社会主义的民族区域自治制度在这里推行。

经历了数百年农奴制的西藏进入了开放的现代化时期。原来买刀的贵族阶层消失了。

近年，越来越多的陌生人从外部世界来到普达瓦的作坊。

"随着旅游兴起，汉族人和外国人都来买刀，却不仅仅买刀。"他说。

一位中山大学的博士生，来他家呆了好长时间，研究非物质文化遗产。

前年有一个德国学者来住了两天，观察了所有工序和工具。

"德国人说，工厂里流水线做刀，每人只负责一道工序，但你一个人要做所有工序，很了不起。"普达瓦说。

但藏刀的传承也遇到重大挑战。

多吉占堆是经过父亲和镇干部做说服工作，才同意跟父亲学打刀的。

"外面收入高。他最初不乐意。"普达瓦说。

1994年起，中央实施对口支援西藏政策，成千上万的汉族干部、专业技术人才进藏工作，实施援藏项目7600多个，投入援藏资金260亿元。

在拉孜县，上海干部引来了光伏企业、现代农业等项目。铁路也于去年修到了附近。

这提高了当地人的收入，并促生了新职业。

白玛说，打刀的学习周期长。西藏在全国率先实现了从学前到高中阶段15年免费教育，孩子们不会去学打刀。

铁匠历来是收入和地位低微的行当，很少人愿做。

"然而，打刀技艺必须传承。这是十世班禅大师三十年前登门拜访我家时说的话。"普达瓦说。

党委和政府开始介入藏刀打制。

援藏干部、拉孜县党委副书记兼常务副县长尤晓军说，县里决定，引入外部资金，与市场对接，做大做强拉刀产业，增加打刀人收入，反哺非物质文化遗产核心技艺的保护和传承。

"一是让藏族文化发扬光大，二是让百姓过上更好生活，这样就能长久发展了。"他说。

如今在拉萨街头，有的出租车司机会把慕名而来的游客带到这座城市太阳岛上的拉孜藏刀专卖店。

这是经拉孜县唯一认可的店铺。宽敞的店堂内挂有普达瓦的大幅照片。他的刀也第一次摆在现代化的商店里出售。

法律开始介入藏刀。"按照知识产权法、商标法，为拉孜藏刀第一次申请了商标注册。"店主王鹏说。

普达瓦也与店方签了合同。

根据协议，专卖店从普达瓦和其他拉孜藏刀传人那里收购和包销刀具。

"每套刀原来卖四五千元，我们六千元收购，另外，年底还给予每位打刀人五千元奖励，纯利润再返还 20%，这样，提高了藏刀传人的收益。"

47 岁的王鹏是来自天津的汉族人，作为摄影师和西藏文化热爱者，他走过西藏七十多个县中的六十多个，有很多藏族朋友。

2008 年初见藏刀，他震撼于其锋利、华美、精致和繁复，又伤感于仿冒品泛滥。随后他与寻找投资的拉孜县达成了合作协议。

"今后是信息化，在网上销售藏刀。"他说。

白玛说，引入外部资金推广藏刀，最初也有人想不太通。他们担心外人把好东西拿走了。

"但是，我们需要有品牌，要让全世界都知道拉孜藏刀，这样它才能更好生存下去。"他说。

尤晓军说，藏刀能够成为产业，得到了县长欧珠罗布的大力支持，而汉族援藏干部与藏族干部的友好合作起着关键作用。

拉孜县成立了研究销售中心，面向市场推出一些保留拉孜藏刀特色、迎合市场口味的藏刀类型。在日喀则也开了专卖店。

在拉萨的机场高速公路上，县政府打出了拉孜藏刀的广告。

普达瓦的身份，也不再一样。地位低下的铁匠，如今有了"自治区非物质文化遗产传承人"的称号，他还当上了日喀则市政协委员。

有关这些身份的文件被挂在作坊墙上。藏刀传人还印了名片，向来客发放。

但普达瓦说："我最关心的不是赚钱，而是传承。"

他已有了孙子。他提出要求，孙子初中毕业后，一定要打藏刀，"学会这门技艺，就相当于念了大学"。

但儿子多吉占堆说，这事现在还不能确定，要由孩子长大一些后自己拿主意。

普达瓦说，今后，可以考虑让家族外的人学习打刀。

（新华社拉萨 2015 年 9 月 11 日电）

千年八廓街的历史故事

新华记者 刘子明 刘东君

位于海拔 3600 米雪域高原的八廓街，被誉为"天上的街市"。八廓街是藏语的音译。环大昭寺内中心的释迦牟尼佛殿一圈称为"囊廓"，环大昭寺外墙一圈称为"八廓"，大昭寺外辐射出的街道叫"八廓街"。

拉萨的八廓街与北京的王府井大街、南京的乌衣巷、山东曲阜的阙里街以及成都的宽窄巷，都因为它们自身的历史底蕴而蜚声海外。

尤其是位于海拔 3600 米雪域高原的八廓街，被誉为"天上的街市"。八廓街是藏语的音译。环大昭寺内中心的释迦牟尼佛殿一圈称为"囊廓"，环大昭寺外墙一圈称为"八廓"，大昭寺外辐射出的街道叫"八廓街"。这里风景如画，游人如织。

记者混杂在朝佛信众与游人之中，漫步在八廓街走过无数僧尼和信众的千年青石板路上，用心感受着在这里走成的历史。沿途，大昭寺、唐蕃会盟碑、清政府驻藏大臣衙门、邦达昌、文成公主柳等景点一一映入眼帘，仿佛是一页页掀起的历史画卷，诉说着千年的民族团结史。

大 昭 寺

经过大昭寺门口的安检口，迎面看到的是大昭寺屋顶上双鹿听经的雕塑，在阳光照射下，熠熠生辉。据说佛祖在野鹿苑讲佛经的时候，两只小鹿也过来倾听，佛经里面的道理听得它们如痴如醉，醍醐灌顶。

大昭寺在信教的藏族同胞心中是一块圣地，相当于伊斯兰教信众心中

拉萨八廓街一角，画面右上角为大昭寺金顶。（新华社记者　普布扎西摄）

的麦加。在大昭寺门口磕长头、祈祷是他们每天必修的功课之一。大昭寺里面供奉着佛祖释迦牟尼 12 岁等身佛像，这 12 岁等身佛像就是文成公主从大唐带到拉萨的。

时光倒流到 1300 多年前，贞观十五年，车马喧腾、仪仗威武。江夏郡王、礼部尚书李道宗护送女儿文成公主入吐蕃，带来了释迦牟尼 12 岁等身佛像。松赞干布从逻些（今西藏拉萨）赶到柏海（今青海鄂陵湖和扎陵湖）迎接，执礼有恭。松赞干布看到大唐衣服华美，甚是羡慕，被大唐的文化深深地吸引，经常脱掉毡裘，穿上华美的绫罗绸缎衣服，并且派遣贵族子弟到长安学习《诗》《书》等儒家经典，本国的文书也让儒生们润色修改。

文成公主与松赞干布成亲之后，松赞干布在位期间，吐蕃与唐没有发生过战争。

"究其原因，有以下三点：第一，公元 7 世纪，大唐和吐蕃军事力量都很强大，大唐四处用兵，国力蒸蒸日上，对吐蕃有一定的军事威慑力。第二，'有武备者必有文事，有文事者必有武备。''远人不服，则修文德以来之。'军事力量和文化软实力互相配合，大唐霸道王道杂而用之，一时间，唐诗、书法、绘画等惊艳世人，万邦纷纷来朝。第三，采取和亲的怀柔政策，增强民族团结。"研究隋唐五代史的历史学家刘煦告诉记者。

如今的大昭寺香火缭绕，万盏酥油灯彻夜长明。大昭寺释迦牟尼主殿前的大院经常举行重大法会、佛学研讨等活动。藏传佛教学经僧人考核晋升格西拉让巴学位立宗暨颁奖仪式通常在大昭寺释迦牟尼主殿前的大院内举行。

格西拉让巴是藏传佛教格鲁派僧人修学显宗的传统最高学位。这个近似于现代意义上博士学位的宗教学位，是每一个藏传佛教学经僧人的最高目标。

今年4月，记者在大昭寺目睹了藏传佛教学经僧人格西拉让巴晋升立宗答辩仪式。

200多名僧人齐声诵读经文之后，百僧席地围坐，发问的学经僧站立，引经据典；另一僧人端坐重要位置，气定神闲，妙语对答。辩论激烈处，手舞足蹈，眼神发光。辩经的声音声如洪钟，响彻云霄，大昭寺屋顶上双鹿听经的雕塑仿佛又听到了妙理真谛，神态祥和。

文成公主远嫁雪域高原，同汉朝的王昭君出塞一样，虽然远嫁的车马喧腾像流星一样消失在历史的长河中，但留下民族融合的历史故事耐人寻味。

唐蕃会盟碑

在八廓街的转经道入口处，矗立着一座高342厘米、宽82厘米的唐蕃会盟碑，斜风细雨中已屹立1100多年，斑驳的文字依稀可辨。

碑文记载："甥舅二主，商议社稷如一，结立大和盟约，永无渝替！神人俱以证知，世世代代，使其称赞"。

这是公元823年所立的唐蕃会盟碑的碑文，记载的是唐蕃第八次会盟的盟文。

《旧唐书》记载，公元650年松赞干布去世，新继位的藏王年龄小，朝政被禄东赞把持。禄东赞虽然目不识丁，但是很有兵法韬略，吐蕃吞并了周边的小国家，地域辽阔，国力强盛。唐朝高宗李治在位时，吐蕃与大唐一直抗衡。

公元705年，唐中宗李显神龙元年，吐蕃赞普年仅7岁，赞普的祖母派人到长安为孙子请婚，两家和好，中宗把金城公主许嫁给吐蕃。中宗李显在大唐始平县百顷泊设宴为公主送行，大唐王公宰相和吐蕃大使参加了宴会。酒喝得微醺的时候，大唐皇帝看着年幼的公主，既疼爱又舍不得，唏嘘悲泣，让大臣赋诗饯别，改始平县为金城县。

唐睿宗即位，大唐把河西九曲之地作为金城公主的礼物送给了吐蕃。河西九曲的土地肥沃，适合放牧屯兵，又与唐朝接壤，那个时候，吐蕃开始出兵骚扰大唐，双方又起了战争。

从650年到823年，唐朝和吐蕃时而战争，时而讲和，互有胜负。从公元706年到822年，吐蕃和唐朝之间的会盟达8次之多。每次会盟都是大唐和吐蕃打完仗之后，再会盟，会盟完，再战争，反反复复。

唐朝开元盛世时，设有安西、北庭都护府，在关内灵州又设置朔方节度使，派有重兵镇守。安禄山起兵造反，攻破潼关，唐朝急调边镇的部队入靖国难。这时，吐蕃乘机掳掠烧杀，攻陷唐朝数十州。

唐朝经过安史之乱，又经历了朋党之争、藩镇割据，从此衰落下去，虽一度有所振兴，但再没有达到"海上生明月"般的盛唐气象。同时，吐蕃也由于赞普年龄小、大臣内讧等原因，军事力量也逐步走向衰落。"人心思安"、"人心厌战"，双方都厌倦了"上疆场，彼此弯弓月，流遍了郊原血"的战争生活，公元822年，长庆会盟之后，唐朝和吐蕃再没有发生大的战争。

唐蕃会盟碑又称"甥舅和盟碑"，如今，它是藏汉合同一家的历史见证。唐蕃会盟碑矗立在大昭寺门口，香火缭绕，信仰藏传佛教的藏族同胞在碑下顶礼膜拜、磕长头，把它称为宝物。

高耸的具有唐朝风格的唐蕃会盟碑，被世人仰望之时，是否也期寄抹掉历史的风尘，将其隐藏在岁月背后的历史，"告诸往而知来者"。

300多年驻藏大臣衙门

青石板路，光滑如镜；西风残照，芳草萋萋。五颜六色的张大人花在清政府驻藏大臣衙门口恣肆开放，张大人花据说是驻藏大臣张荫棠从内地带到拉萨的，把拉萨装扮得多彩浪漫。

清政府驻藏大臣衙门，位于古城拉萨八廓街北街，供驻藏大臣办公和居住，距今已有300多年历史。由于驻藏大臣可以从大院南楼的窗户近距离欣赏八廓街的繁华景象，因此这里被称为"冲赛康"，意为"可以看到集市的房子"。

2012年7月1日，驻藏大臣衙门正式开放供游客参观，一件件历史文物、一张张历史官函，把人带回到历史的隧道里。元朝时，西藏正式纳入元朝的有效治理之下。清朝，雍正皇帝于公元1727年设立驻藏大臣，驻藏大臣在西藏是最高行政长官。

故宫养心殿里有雍正帝手书的一副楹联："惟以一人治天下，岂为天下奉一人"。这句话的字面意思可理解为：皇帝的权力至高无上，乾纲独断。上天设置皇帝这个职位的目的，是为了让他来全心全意地治理天下，而不是为了让天下人来奉养他。追求集权和大一统的雍正皇帝设立驻藏大臣之后，西藏与内地的交往和联系更加紧密了。

驻藏大臣设立的185年间，共有100多名驻藏大臣代表中央政府行使职权。"天下没有远方，有爱的地方就是故乡"，这100多名驻藏大臣抛妻离子，与家人聚少离多，为统一的多民族国家作出了极大贡献，有的甚至付出了生命。公元1750年，清乾隆十五年，时任驻藏大臣傅清、帮办大臣拉布敦在衙门内成功诱杀了勾结准噶尔部、意图谋反的郡王珠尔默特那木扎勒，两人也在变乱中遇害。为了纪念两位大臣，驻藏大臣衙门也被改称为"双忠祠"。

邦 达 昌 大 院

邦达昌大院坐落于西藏拉萨八廓街转经道东南拐角处，院子里有古老的门廊石柱、图案繁杂的绘画，室内分有唐卡画室、书屋、酒吧、茶园，而邦达昌大院昔日的主人，是富可敌国的富商大贾。

"邦达仓拥有大地，邦达仓拥有天空"。西藏当地的民谚说的就是邦达家族的富有。邦达昌拥有上千名员工，其中秘书 13 名、管家若干名。为邦达昌服务的工作人员上百名，邦达昌主人过着皇帝般奢华生活。

邦达昌主人是西藏昌都芒康县人，三代以前是芒康县的差户，非常贫贱，通过经商发迹。

从清末民初到 1950 年代末，邦达昌是云、贵、川、藏著名的商号，商业活动遍及北京、上海、南京、成都、香港以及印度等地。

饮茶也是藏族人生活的一部分，老百姓口语里就有"茶是生命、茶是精神"的说法。工作之余，我总会到邦达昌大院里喝茶、聊天。一位健谈的老大爷叫次仁，经常给我讲起邦达昌的故事。

次仁的爷爷是邦达昌骡帮的督管。邦达昌从四川的雅安、康定、云南的丽江等地采购砖茶、金尖茶，沿着茶马古道进入西藏。邦达昌有几队骡帮帮助运送茶叶，每队骡帮有一名督管。督管的腰里别着长藏刀，肩上挎着英式步枪，十分威风。

"七七事变"后，日本对抗战后方实行战略封锁，切断海路运输线，致使大西南商品、物资非常匮乏。邦达昌以商抗日，为前线运送抗战物资，为抗战胜利作出了重大贡献。

文成公主柳又长新芽

记者随着转经、磕长头、观光的队伍沿着八廓街走，转了一个圆圈，又回到了大昭寺门口的原点。对于信教的藏族同胞来说，这是转经一圈。一位满脸皱纹、有些驼背的老阿妈告诉记者，今年以来已经转了500圈，她不识字，每转一圈，就用银质的金属圆环别在菩提子佛珠上，作为计数器用，真是不免有些结绳记事的原始气息。

唐蕃会盟碑的旁边，有一截柳树根，被藏族同胞亲切地称为唐柳或公主柳。公元1300多年前，文成公主离开繁华富庶的大唐长安，来到拉萨，与松赞干布和亲。由于文成公主想念家乡，将皇后在长安灞桥所赐的柳枝带来，亲手种植于拉萨大昭寺周围，寄托着对鸟鸣嘤嘤的故乡的思念。

大昭寺旁的公主柳在"文革"中被毁于大火，现在只剩下了这棵千年柳树根，最近几年柳树根又长出了新芽。正当记者对此奇景欣赏赞叹之时，扎着好多小辫子的漂亮姑娘卓玛说："能帮忙拍张合影吗？我们要在公主柳下见证我们的爱情，我们的爱情也要像文成公主与松赞干布那样充满神奇。"

往事越千年。游走在海拔3600米的八廓街，仿佛走在天上的街市，浮想千年，唏嘘不已，但收获却是万千风光。

（原载2015年12月18日《新华每日电讯》）

雪域高原的动物故事

新华社记者　王恒涛　黎华玲　黄兴

　　一份来自西藏自治区林业局的统计数据显示，在西藏这片 120 余万平方公里的土地上，生活着 125 种国家一、二级重点保护动物，其中 100 余种为濒危野生动物。如今，西藏各类濒危野生动物种群数量均得到恢复性增长，动物王国的繁荣景象正在重现。

西藏生态总体趋好

　　有着神山冈仁波齐、神湖玛旁雍错的阿里，被世人称为"世界屋脊的屋脊"。从古格王朝遗址到札达土林，一个个让人流连忘返。实际上，在阿里，除了自然和人文风光，野生动物们的身影更是一道独特的风景线。

　　神山圣湖间，一群群规模庞大、平时难得一见的野生动物点缀其间，很有点非洲大草场动物迁徙的味道：周身呈现出黄、灰、黑三色的藏野驴，肥臀浑圆，拖家带口在草原上漫步，时而低头食草，时而抬头张望；藏羚羊、黄羊眨巴着圆圆的大眼睛，萌萌的惹人喜爱。黄羊因为屁股上有一个心形的白色图案，"萌值"飙升。

　　阿里地区普兰县委书记、陕西第七批援藏干部高宝军说："以前动物怕人，与人捉猫猫，根本见不着。现在，这些家伙知道群众手里没枪了，打不着了，就站在路边与人大眼瞪小眼。"

　　数据表明，目前西藏自然保护区面积占全区国土面积的 33.9%，居全国之首；建立各类生态功能保护区 22 个，国家森林公园 8 个、国家湿地公园 3 个。养育了 125 种国家重点保护野生动物，占中国总数的三成以上。有 120 余种野生动物被列入《濒危野生动植物种国际贸易公约》。

据介绍，经过多年持续的努力，一些曾一度被认为濒危、灭绝的动物再度在西藏现身。曾被认为绝迹的西藏马鹿，上世纪 90 年代被重新发现，目前其种群不断扩大；青藏高原野牦牛从 2003 年的 1.5 万头增至目前的约 4 万头。藏羚羊由本世纪初的 8 万头增加到目前的 15 万头，摘掉了"受威胁物种"的帽子。藏野驴由 3 万匹增至 8 万多匹；滇金丝猴数量增长至约 1000 只；黑颈鹤增长至 8000 只左右。甚至连雪豹这样长时间销声匿迹的动物也开始频频光顾人类的活动区域。

不久前，一只未成年的贪吃雪豹，明目张胆闯进农牧民的羊圈偷羊吃，结果吃得肠肥肚满，体重超出了自己的弹跳能力，出不得圈去，只好卧在羊圈里继续行凶示威。最后，还是群众把它给抬出羊圈，送豹归山。

珠峰脚下的岩羊。（新华社记者 觉果摄）

大量野生动物繁殖之后

随着保护野生动植物的观念深入人心，大量野生动物繁殖，西藏开始出现人与动物争草场的情况。在山南地区行署工作的夏猛说，错美县野驴泛滥，成群结队在草原上游走，让群众很是头疼。

夏猛告诉本刊记者，现在草场都划给了群众，国家还在提倡退牧还草，限制家畜养殖。可是，"野驴不懂政策不懂法，也不懂联产承包责任制，它们胃口奇好，昼夜不停地吃草。牧人和家畜只能瞪眼干着急。"

与雪豹、藏野驴的破坏比起来，卷土重来的野牦牛和棕熊的破坏性更让西藏农牧民心疼。

熊最让群众头疼的地方在于它巨大的破坏性。生长在藏北草原的格桑次仁说，棕熊聪明得很，在大自然觅食相对辛苦，它们经常伺机到群众家里搜罗食物。一看农牧民家里没有人，它们就破门或越窗而入，先把酥油、酸奶、奶渣等喜欢吃的好东西吃个够，然后挑出能带走的好吃的。剩下的，这个"小偷"还不愿意便宜了东家，把油、奶与糌粑倒在一起，用爪子搅和到一起，有时还要撒泡尿做个标记。它们临走前还要施展破坏本领，翻箱倒柜，横砸一气，才叼着战利品、挪着肥臀慢腾腾地离去。

更过分的是还出现了熊占人居的事情。在那曲县由恰乡，一只棕熊趁牧民家里没人，反客为主做起了主人，拉开易拉罐喝汽水、喝啤酒，吃饱喝足后手舞足蹈。棕熊舒心得意，受害的牧民却很无奈：一来棕熊是二级保护动物不能伤害；二是它攻击力强大，几个人不是对手，最后只能请来县林业局工作人员帮忙，"请"熊出屋。

从藏东林芝到藏北那曲都流传着这样的故事：棕熊喜欢模仿人的行为，农牧民为了惩罚它们的"暴力"，就在棕熊经常出没的地方大喝青稞酒，然后相互用木刀佯装砍砍杀杀。感觉熊看到了，就留下青稞酒和真刀，扬长而去。上当的棕熊喝完酒，就真枪真刀干起来，就会有熊受伤。这样的

雪域鹤影。（新华社记者 普布扎西摄）

故事很多，但从没有得到证实，这也许是习惯演绎故事的藏族群众的口头报仇行为。

与棕熊的危害行为比，野牦牛拐带"良家"牦牛或者入室"强暴"良家牦牛的行为，也让藏北牧民很是头疼。

野牦牛高大威武、野性十足，毛色明亮，"颜值"很高，堪称是藏北草原上动物界的"康巴汉子"。因为自然界争夺交配权的丛林法则过于严酷，一些脑筋灵活的公野牦牛就打起了家养母牦牛的主意。它们要么是直接登堂入室"欺男霸女"，抢夺交配权，要么是混入家养牦牛群找准一只漂亮的母牦牛，经过一段耳鬓厮磨，两牛一起"离家出走"。

牧民们对野牦牛的行为又恨又爱。那曲地区班戈县群众普布说，野牦牛基因好，是牦牛品种改良的重要途径。但是野牦牛性格狂野，它们的后代也脾气暴躁，不好管理也不好驾驭。可是，这些家伙又大又野蛮，发起疯来可以抵翻汽车，奔跑时速高达几十公里，群众根本惹不起。一头成年母牦牛，饲养都在六七年左右，价值万元，一旦被拐，牧民牛财两空。

那曲地区林业局野生动物保护科科长毛世平介绍说，羌塘保护区内，野生动物肇事频率比较高的主要有狼、棕熊、雪豹、野牦牛。"棕熊和野牦牛致人死亡事件每年至少5起，2012年羌塘保护区内有12人死亡。"
西藏自治区林业厅副厅长宗嘎说，"从2006年开始至2014年末，西藏落
实陆地野生动物造成公民人身伤害或财产损失补偿资金达4.19亿元。"

学会与动物相处

除了野生动物的"任性"，家养的动物也不好对付。

从西部的阿里到东部的昌都、林芝，从北部那曲到南部的山南，公路
上要么是一群牛、要么是一群羊整个抢占了路面，不慌不忙地跟着自己的
队伍走向目的地。遇到这种情况，长期在西藏工作的老司机见怪不怪，既
不按喇叭，也不开窗动嘴驱赶，只是默默地跟在其中挪动，寻找"突围"
的机会。

少数刚从业或是初到西藏的司机，往往会忍不住按喇叭催赶牛羊，却
总是败北。昌都市一位叫四朗的司机说，前年他第一次下乡出差，遇上一
群牦牛占路静立不让，瞪眼与他们对峙，怎么赶也不走，"就像一群强盗
一样"。四朗一边按喇叭一边启动车辆准备强闯，这时，领头的头牛发威了，
扭动头部利用尖角对准车门抵了过来，崭新的越野车门被顶陷了一个大坑。

遇到走动的动物还算运气不错，遇上拦路的那就更麻烦了。在西藏东
南部林芝市的公路上，开车经常会遇到这样的情景：一个急转弯过去，只
见一头牛卧在公路边上，自在地反刍、张望，一点儿也不会因为有汽车出
现而为之所动。这些牛分两类，一类是有经验或受到过教训的，一般是卧
在公路边的路面上。虽然影响行车，可是不至于把路堵死。一类是刚学会
上路"拦截"的牛，那真是初生牛犊不怕死，直接卧在公路中间。那样子
好像在说，"有本事你轧过去"。一般在西藏行车，大家都会从两边绕过去，
有时实在绕不过去，或者碰上有个性的司机，那可就要看司机与牛谁能犟
过谁了。一般都得费不少周折。

拉萨市一位叫罗布的司机讲过这样一个故事：一年冬天，他开车下乡

在路上碰上几只拦路的羊，懒洋洋地卧在路中间，怎么按喇叭、怎么轰都不管用。实在没办法，他只好下车，把羊一只一只抱到公路边上。

西藏的动物和人能和谐相处，除了近年来政府加强了环保，没收了刀枪，禁止打猎，还组织了不少保护人员看护以外，西藏长期以来众生平等的宗教思想，也在客观上促进了动物保护。

来自藏北牧区的格桑告诉记者，牧民家里养牲畜，都起有名字，特别是牛和马这些大型动物，一养好多年，真的就是家庭成员之一。这些动物既是生产资料也是生活资料，牧民吃的肉，喝的奶，烧的牛粪，住的帐篷，穿的皮衣、皮靴和氆氇都来自牛羊。因此，到了冬季屠宰季节，一家人常常为决定要宰杀哪一头牛羊而犯难。

但也不是所有的动物都"任性"地与人类"斗智斗勇"，也有少数聪慧的动物成为人类生产生活的好帮手，争得了很高的家庭地位。那曲县尼玛乡牧民巴古家曾有一只叫"智多"的牧羊犬，它的早餐是切成小块的羊肉和一盆羊奶，伙食比主人巴古还要好，原因是"智多"会放牧。每天清晨，主人把120多只绵羊和40头牦牛赶出圈之后，就由"智多"带着去牧场。中午12点，主人要给母羊挤奶，"智多"就把56只母羊准数赶下山来，等主人挤完奶又把羊赶上山。"智多"放牧以来，没丢失过一只羊。巴古一家5口人，但巴古总喜欢说有6口，把"智多"视为家里重要的一员。因为特别聪明能干，"智多"不但生活待遇高，还名声远播，生前被媒体报道过，去世后媒体还发过消息。

西藏面积很大，历史很长，故事很多，很多人去一次西藏可以讲一辈子。其实在这个动物天堂里，动物要比人多得多，在这里无忧无虑生活的动物与人类的故事更是多得讲不完。

（原载新华社《瞭望》新闻周刊 2016 年第 3 期，1 月 18 日）

"世界屋脊"藏族青年的"追梦路"

新华社记者　白少波　刘东君

"如果你有梦想的话，就要去捍卫它。"美国励志电影《当幸福来敲门》里这句令人闻之热血沸腾的台词，如今也是"世界屋脊"上一些藏族青年的座右铭。

西藏昌都素有"藏东明珠"之称，2006 年，尼玛江村从西南交通大学交通工程专业毕业后，进入昌都交通局工作。能在繁华的地市一级当公务员，在多数人眼中他是幸运的。然而，他在 10 年里有很长时间却在不通水、不通电、不通路的山村奔波。

2008 年，尼玛江村来到了八宿县夏里乡开始为期一年的扶贫工作。他没有想到当时不通公路的夏里乡只有一间小卖部，运输要靠溜索。"来到这样一个环境中，确实心理有一些落差"。

尼玛江村最终被在这里坚守 10 年的老书记、以及纯朴的村民感染，找到了工作动力。他说，那年，他记不清多少次往返各村，进行路线勘测，一心想着多修路让村民能走出大山。"第二年，夏里乡的怒江上修建起了一座大桥，村民们再也不用在危险的溜索上渡河了。"

"在我们的农牧区，还有很多村民迫切需要青年人去帮助他们发展。"谈到五年里三次驻村经历，尼玛江村说，"作为西藏新时期的青年人，更要责无旁贷地承担这一份责任。"

与很多进入政府部门、国企工作的朋友不同，拉萨卓梦培训中心校长罗布占堆显得"很不安分"。他在公立学校从教 3 年后，离职选择当"创客"，先后当过翻译，从事过公益项目，又转行民办学校做语言教师，2013 年他创办了这所培训学校。

"身边的亲人并不看好这个项目，不少朋友也觉得这又是我一个疯狂的、没有回报的计划。"罗布占堆回忆说，他筹集资金的过程，就像一次"挣扎"，学校成立后又面临优秀师资匮乏的困境，随后又因管理经验欠缺，与合伙人摩擦不断……

去年以来，事业步入正轨的罗布占堆以"从梦想到现实的距离"为题，和年轻的朋友们分享他所走过的弯路、遇到的挫折以及成功的经验。罗布占堆说，他希望通过这样的演讲让大学生改变单一的就业思路，增加对创业的认识，受他的激励，有的人已经走上了创业的道路。

今年37岁的西嘎是中国电信日喀则分公司总经理，出生于1979年的他，经常笑称自己是半个"80后"。1999年，20岁的西嘎从大学一毕业就进入昌都电信局工作，17年间从一名市话机务员成长为分公司负责人。

去年，尼泊尔"4·25"强震波及西藏日喀则多县，西嘎和同事们投入灾区通讯应急抢通，守护西藏的通信网络，成为灾区"到得最早，通得最快，撤得最晚"的一支通信队伍。

"像许多西藏的孩子一样，我从小就在内地求学，培养了一股不服输、不怕输的劲儿。"西嘎说。

今年是中国第十三个五年规划开局之年，面对五年后要建成全面小康的蓝图，西嘎说，西藏广袤的土地上还有许多设施等待建设：一座基站、一条道路、一根电网等等，"这些，是我们每一个青年朋友的梦想"。

（新华社拉萨 2016 年 5 月 3 日电）

西藏易贡藏刀：千淬百炼中的传承

（电视脚本）

新华社记者　坚赞　洛登

【解说】在藏语中，易贡的意思是"摄人心魄之美"。在西藏，有一个深藏在藏东南峡谷中的秘境，就以"易贡"为名。除了绝美的景色，易贡工匠传承百年的"彩虹藏刀"打制工艺，也让这里多了一份独特的吸引力。

刀匠西洛所在的江拉村流传着一种传统的藏刀打制工艺，这里的刀匠所打制的藏刀被称为"波治加玛"，就是"波密出产的彩虹刀"的意思。"波治加玛"的美名流传了４００多年。在西洛１６岁的时候，爷爷将守护并传承的这项古老技艺的责任交给了西洛。

【同期】波治加玛传承人　西洛（藏语）

我16岁时做了学徒，那时候是抡打铁锤的。到了２０岁的时候，就开始学打刀技术。当初怎么都做不来，特别难，还费了不少刀。现在已经完全掌握了，比较娴熟了，做一个成一个。这门手艺也就传承下来了。

【解说】这座云雾缭绕的黑色山峰，是易贡世代制刀工匠们眼中的"神山"，打造彩虹藏刀，必须拥有的三种铁矿中最重要的一种就产自这座铁山。西洛严格遵守每年上山开采２０斤铁矿的传统，既不会因为刀卖得好而多采，也不会因为其它铁矿更易得到而放弃辛苦的开采方式。在他眼里，传统必须遵守。只有在这样的严格传承中，彩虹藏刀的技艺和品质才能历经百年而不变。

【同期】波治加玛传承人　西洛（藏语）

我们这儿打出来刀的品质是这样的，举个例子，说到锋利，拿一搓羊毛吹过去，羊毛瞬间就会被吹断。说到刚性，拿很硬的檀木来下刀，也是不在话下。如果两者都要的话，拿羊腿骨来下刀，马上一分为二。做不到这些，也就不能叫易贡彩虹藏刀了。

【解说】每一把易贡彩虹藏刀的打制，都是一个漫长的过程。坐在简陋的棚子里，烟熏火燎之中，汗流浃背地将三种铁矿千锤百炼合为一体，再将粗糙的刀身一天天打磨得光滑如镜。磨好的刀要放在火边烤，并不断地在水里冷却，就在这一遍遍枯燥的重复之中，刀面上特有的彩虹条纹越来越清晰。彩虹藏刀，也由此得名。

【同期】波治加玛传承人 西洛（藏语）

凭借学来的这门手艺，收入也增加了不少。以前也就挣个十块二十块的，现在就我们村来说，听说到外面打工一天能挣两三百块钱，也没什么人去。因为这儿能挣到更多。在２０１０年那会儿，一年能挣到两三万元，现在，我个人来讲，一年就能挣到三十来万元。

【解说】随着国家对于民族传统手工艺的重视，加上西藏旅游业的快速发展，彩虹藏刀的名气传出了易贡峡谷，慕名而来的收藏者也是络绎不绝。

作为这门技艺传承人，西洛发起成立了"易贡乡江拉村藏刀打制农牧民专业合作社"，收徒授艺，将彩虹藏刀的制作技艺传授给村里愿意学习的年轻人，一方面让大家能够通过这门技艺走上致富路，更重要的是通过这些年轻人使这门古老技艺能够后继有人，发扬光大。

（新华社拉萨 2016 年 5 月 15 日电）

西藏三代人玩具的"变"与"不变"

新华社记者　白少波

　　5岁的聃增蒋边把一块块积木垒成一座城堡时，他想象不到30多年前爸爸在童年时玩什么，更想象不到60多年前爷爷奶奶的童年是怎么度过的。

　　今年是西藏和平解放65周年，1951年5月23日"十七条协议"签订，西藏获得和平解放，以此为分水岭，西藏人民在65年间先后经历了民主改革、自治区成立、社会主义建设、改革开放等历史阶段，西藏人民的物质、精神生活发生了翻天覆地的变化。

　　聃增蒋边一家三代人手中的玩具，是西藏这65年社会变迁的一个缩影。

　　"现在小孩的玩具太丰富了。"出生于1978年的嘉措看着儿子满屋子的玩具，不无感叹地说。嘉措记忆里，小时候很多玩具都是他自己做的。"拿一根长木条，钉上一根短点的，就当枪玩。"

　　"那时候即使有钱，也买不到什么玩具。"二十世纪80年代的西藏虽然市场经济开始兴起，但是商品种类依然贫乏，直至90年代初儿童玩具才大量出现在拉萨的大街小巷。

　　"做个简单的弓箭，几个小孩分成两组，玩打仗游戏。"嘉措一边说一边比划出弓箭的样子，"除了这些之外，再就是去收集糖纸、烟纸和火柴盒"。

　　嘉措自制玩具的"手艺"，都是来自父母和舅舅的传授。嘉措说，舅舅土登今年已经快70岁了，自己小时候的玩具很多也是舅舅小时候玩过的。

土登老人小时候冬天会玩一种叫"阿居"的玩具，就是牛、羊腿部关节上的一块骨头，牛的比较大，羊的比较小，玩的时候把羊骨头在墙上排一排，用牛骨头投羊骨头。嘉措说："这些玩具，我小时候也都玩过"。

风筝在藏语中被称为"甲比"，意为"会飞的纸鸟"，主要流行于拉萨、日喀则等地。每年初秋，拉萨河畔人山人海，抬眼望去，漫天的风筝翱翔在碧空。嘉措的母亲年轻时在化工厂上班，心灵手巧，嘉措小时候的风筝都是她做的。

嘉措说，那时候风筝都是纸的，拿出去玩不到半个小时就烂掉了，然后哭哭啼啼地回家让妈妈再糊纸。有一年妈妈给他做了一个塑料的风筝，既不会因为风吹就破，而且被雨淋后还可以继续玩。

2006年拉萨传统斗风筝入选国家级非物质文化遗产名录。嘉措看到小时候最爱玩的风筝，原来还是国家保护的民族文化，便开始收藏风筝。在他的老宅里，绘有各种花纹的风筝装满了一个大纸箱子，做风筝线轴的木棍整整装了两袋子，"等把房子装修了，我会把所有风筝都挂在墙上"。

而聊增蒋边和上两代人完全不一样了。现在，热播动画片角色玩具能够第一时间在拉萨各大商场销售，更多的家长会选择网上购物、"海淘"等便捷渠道。

嘉措说，生活水平高了，每个人都有手机，小孩也在玩平板电脑，"他们的玩具都是高科技的了"。

嘉措再也不用像妈妈当年一样，担心儿子没有玩具玩了。他现在更加注重儿子玩具的品质，在选购玩具上颇费心思："是不是正规厂家生产的、材料是否安全、是否适合这个年龄段……"

"要让孩子在玩中成长。"风筝，是从父母手中传到嘉措这一代的玩具，他也开始传给儿子。去年，放风筝季到来后，嘉措就带着儿子去河边放风筝，小家伙放线收线也很熟练了。

（新华社拉萨 2016 年 5 月 20 日电）

《西藏万年历》：两千年光阴辑一书

新华社记者　白少波　薛文献

西藏有一群"光阴捕手"：执一杆铁笔，在一块沙盘上，日复一日地推演，只为了一部历书——藏地未来一年的阴晴圆缺、播种收获，乃至天文奇观、灾害预测，都尽收这部书中。

有 2000 多年历史的藏族天文历算，是根据九大行星围绕十二宫、二十八宿的运行轨迹，推算出气候、天文等变化的一门学科，至今仍被藏族人民广泛使用。

这些"光阴捕手"，就是藏族天文历算学者。

"藏族天文历算有很强的包容性。"西藏藏医院副院长、天文历算研究所所长银巴说，藏族天文历算以西藏早期历算为基础，融合了农历五行算、印度时轮历、占音术以及欧洲时宪历等。

公元七八世纪，随着唐朝文成、金城两位公主先后嫁入西藏，陪嫁书籍中关于五行占算的知识，被西藏天文历算所吸收。因此，藏历和农历极为接近。

然而，与公历、农历不同，在历史上，藏历从未形成年代跨度上千年、可信度又很高的万年历。漫长的岁月里，历代天文历算学者一般都是运用传统算法，推算出未来若干年的藏历，如此循环往复。

2001 年，银巴和同事突然冒出一个想法：年复一年的工作只为了一两部历书，为什么不编写一部万年历？

在官方的支持下，银巴和当时的副所长阿旺桑布主持启动了万年历的编写工作，银巴负责计算机软件的设计和编程，用计算机输出 2000 年间的全部历算数据，并反复校对确保数据无误。阿旺桑布负责把相关数据手写至预先设计印制的表格中。

按照传统，藏历的编制是纯粹用手工计算的。如果按照传统方式，即使是出身天文历算世家、西藏顶级专家贡嘎仁增和他的徒弟们用计算工具沙盘推算，一年也只能算出226年的基本数据。手工编出现行藏族天文历算四种流派、2100年的万年历，需要30多年时间。

电脑给传统插上了翅膀。"利用现代电脑编程技术，编制一套计算机软件是最方便和快捷的方法。"银巴非常熟悉各流派的算法，又有多年编程经验，程序设计和编写工作开展得得心应手，计算结果经过核对精确无误。

在万年历推算编写过程中，西藏藏医院天文历算研究所的专家们，每天要做大量的计算。为了确保数据准确，电脑得出的数据，还要再经人工计算核对。两年后，银巴和同事们终于编制出了以藏历为主，兼有公历、农历对照的《西藏万年历》初稿。

在西藏天文历算产生的两千多年里，这项工作是史无前例的。

但是，由于缺乏资金，这部多达63册、18900多页的原始手稿，只能堆在办公室里，无法付印出版。

2014年，在这部原始手稿"雪藏"了12年后，西藏自治区再次重启编纂工作，并在原有手稿基础上，推算下限增加至2100年，又在藏历浦尔派和极孜派的基础上，新增了楚尔派和甘登新算派。

银巴说，《西藏万年历》原始数据多达几万页，然而最繁琐和困难的任务是数据的录入和编排校对。自治区藏医院为之投入了40多人，前后进行了10次校对，最终完成了这本书的编校工作。

今年是"门孜康"（旧西藏第一家藏医教学兼医疗机构，西藏自治区藏医院的前身）成立100周年。作为庆典图书，《西藏万年历》正式出版发行。这套工具书内容跨度达2100年，全书共4册、4200多页、424万余字，印刷精美，装帧古朴，填补了藏族天文历算无万年历的空白。

"这部著作，是西藏天文历算史上最杰出的成果。"著名藏族学者土登尼玛仁波切对《西藏万年历》给予高度评价，"西藏万年历填补了中国没有藏历万年历的空白，满足了天文历算研究者、藏学家的迫切需求。"

国际著名藏学家、哈佛大学终身教授李纳德·范德康，在为《西藏万年历》所做的序言中，赞扬《西藏万年历》把历史上藏族天文历算学者的智慧介绍给世人，"是藏族天文历算学发展过程中的一个里程碑"。

《西藏万年历》为研究藏族历史的学者提供了极大的便利。西藏自治区社科院宗教所所长布穷研究藏传佛教历史20多年，经常要根据史书的记载，把藏历年月日转换成公历，或者要对照汉文史籍里的农历纪年。即使粗通天文历算，他也必须花大量时间进行日期的换算。

拿到崭新的《西藏万年历》，布穷喜不自胜："这部工具书太好了，解决了我们的燃眉之急。"

（新华社拉萨 2016 年 7 月 1 日电）

沙窒村民委员会

新华社记者 张晓华摄

第六篇

岁月如歌

藏戏演员班典旺久为西藏
摘得首个中国戏剧梅花奖

（电视脚本）

新华社记者　李鹏　黎华玲

【解说】24 日，为西藏摘得首个中国戏剧梅花奖的藏戏演员班典旺久满载荣誉回到拉萨。西藏自治区藏剧团内，一派欢天喜地的场景。热情满怀的藏戏演员们捧着五彩的切玛、斟满的青稞酒、芳香的鲜花和洁白的哈达，迎接这位藏剧团成立 53 年来摘得梅花奖的藏戏演员。

2013 年 5 月 24 日，藏戏演员班典旺久获得梅花奖。（新华社记者 觉果摄）

【同期】西藏自治区文化厅副厅长　张治中

藏戏是世界非物质文化遗产，30年来少数民族剧种进入梅花奖是首次，也是第一个，藏戏是第一个，也反映了我们藏戏在和平解放60（多）年来，它的发展、传承、弘扬方面取得的成果赢取了国家更多的关注。

【解说】中国戏剧梅花奖是中国戏剧表演艺术的最高奖项，始创于1983年。5月20日，第26届中国戏剧梅花奖大赛在成都落幕。藏戏演员班典旺久凭借其精湛的表演为西藏摘得首个中国戏剧梅花奖。

【同期】西藏自治区文化厅副厅长　张治中

这个首次获得梅花奖不仅是填补了西藏没有梅花奖的空白，更重要的是他对未来的发展产生更重要的影响。对藏戏乃至我们整个西藏的文艺舞台的发展都是一个非常大的鼓励和鞭策，这个影响力非常深远。

【同期】西藏自治区藏剧团藏戏演员　班典旺久

这个是一个开头，我们将来只要我们努力，一定会培养出更多的优秀人才，藏戏的中青年优秀人才，创作出更多的优秀作品来力摘梅花奖。

【解说】据介绍，班典旺久此次参赛剧目为京剧藏戏《文成公主》、新编现实题材藏戏《金色家园》、改编传统藏戏《郎萨雯波》。

藏戏藏语称为"阿吉拉姆"，意为"仙女姐妹"。2006年，有着600多年历史的西藏文化"活化石"藏戏经中国国务院批准，被列入第一批国家级非物质文化遗产名录。2009年，藏戏被列入联合国教科文组织人类非物质文化遗产代表作名录。

据了解，这一届梅花奖共有来自20多个省区市的艺术院团及部分中直院团的42名演员参与角逐。有18个剧种参加评奖，其中，藏戏、河北平调落子和浙江温州的瓯剧首次有演员参评。

（新华社拉萨2013年5月24日电）

西藏活佛的一天

新华社记者 黄燕 多吉占堆 边巴次仁

初秋的一天，在拉萨哲蚌寺学习的夏仲活佛请好假，要赶回自己的寺庙、140公里外的达隆寺处理事务。

8月的拉萨，早晨还是凉飕飕的。夏仲活佛在红色僧袍里加了件黄色抓绒衣。红黄是藏传佛教僧人服装的主色。

达隆寺位于拉萨市林周县北部的恰拉山麓，建于1180年，是藏传佛教达隆噶举派的祖寺，也是夏仲活佛的主寺。

路旁收割过的麦田和绿穗摇曳的青稞渐次退去。车行两个多小时后，达隆寺建设中的佛学院映入眼帘。

使 命

夏仲活佛正是为此而来。

佛学院计划年底建成，主体建筑已完工，是达隆寺改扩建工程的一部分。

工程由活佛主持，进行了两年多，包括活佛寝宫、佛学院、僧舍和大殿等，投资800多万元。项目获得了政府的资金和政策支持。

夏仲活佛1997年6月28日生于西藏那曲地区嘉黎县阿扎乡，俗名索朗顿珠，2001年被认定为第二十二世夏仲活佛的转世灵童。

在西藏，人们相信活佛圆寂后，会转世返回人间，普度众生。

活佛转世制度由噶举派始创于13世纪，16世纪中叶被格鲁派借用，

夏仲活佛回到达隆寺。（新华社记者 普布扎西摄）

后成为藏传佛教各教派普遍采用的传承方式。

西藏现有各类宗教活动场所 1700 多座，住寺僧尼 4.6 万多人，活佛 358 名。

2011 年 10 月，西藏自治区政府创办的西藏佛学院开学，夏仲活佛成为首批密宗班学员，也是班上唯一的活佛。

两年后，活佛毕业并获得"聂塘·额然巴"学位，接着到哲蚌寺学经。在色拉、甘丹、哲蚌三大寺继续深造是藏传佛教僧人的传统。

近 10 时，夏仲活佛抵达寺庙。几位僧人已在等候，活佛与他们逐一轻碰额头。

这时，祈求赐福的信徒已接踵而至。

活佛展开哈达，给他们戴在颈上，并摸顶赐福。

不知何时，两个五六岁的孩子坐到了活佛身旁。活佛转向他们，跟稍大的孩子轻声说了几句什么，然后冲他脸颊轻吹一口气，赐福与他。大孩子起身要走，小孩子跟上。活佛轻拍一下他的手臂，以示加持。

这样陆续有二三十人祈福。有人告诉活佛：准备好了。

除了督办建筑事务，夏仲活佛这天还要主持一场法会。

信　仰

法会在佛学院新建的经堂举行。

夏仲活佛的信众主要来自牧区，多时一天有上千人来拜见，大法会时来者则达一两万人，有的从藏北地区远道而来。

在僧人的诵经声中，活佛头戴红色法帽，端坐在近一人高的法王宝座上，或轻抚头顶，或微送气息，逐一满足信众需求。带小孩的老人先将孩子举起请活佛摸顶，然后才轮到自己。

今年的萨嘎达瓦"佛诞月"期间，经政府批准，达隆寺举行了达隆噶举派法王——"达隆赤巴"坐床仪式，夏仲活佛正式成为噶举派法王之一。

听说活佛回来了，67岁的次仁卓玛在孙女索朗措姆的搀扶下，从达隆村家里赶来。在她眼中，大家崇拜的活佛就是"遍知一切的人"。

18岁的索朗措姆在拉萨上高中，虽与活佛同岁，但她觉得"他不是和我一样的同龄人"。

"心里很崇拜他，比明星还要更崇拜。"她说。

索朗措姆祈求活佛让自己学业更好。在她看来，活佛是"可以倾诉的人"，"今后的生活也不可以缺少活佛"。

小僧人阿旺西绕每次见到活佛都稍感"害怕"，因为活佛看上去"很威严、很厉害"。穿着红色僧袍、端坐在活佛面前背诵经文的他，不时因为紧张忘词。

可他也羡慕活佛，"大家那么恭敬他"。他发愿努力学经，今后成为像活佛那样博学的人。

达隆噶举派是藏传佛教四大教派之一噶举派的一个支系，以戒律严苛著称。

　　"我只是一个引领众生、具有佛性的普通人。"夏仲活佛说，"如果让我重新选择，我也会选这条路，因为我知道了这条路对众生的利益。"

责　任

　　中午 12 时，法会结束。

　　夏仲活佛的上师、达隆寺堪布平措曲映已坐在法台上，要给活佛讲经。活佛单独坐在对面的地上，身后 14 名僧人分坐两排。

　　在约 40 分钟的讲经时间里，堪布鲜有停顿。活佛身体稍前倾，时而点头、时而跟诵，时而仰视老师、时而双目微合，似陷入沉思。

　　"活佛聪慧，已掌握了噶举派的多数独特法门，还闻习了大量藏传佛教显密两宗经文。"平措曲映说。

　　上幼儿园时，索朗顿珠已是夏仲活佛了。他对那时的记忆不多，最深刻的是上大班时藏文考试得了第一名。

　　小学快毕业时，他意识到自己与众不同。

　　"我的责任比泰山还重，作为活佛，要普度众生。这个责任一般人没有。"夏仲活佛说，"所以我就不应该跟其他人一样花费时间去玩儿。"

　　2001 年 11 月 23 日，夏仲活佛在达隆寺坐床，正式成为第二十三世夏仲活佛，法名阿旺洛桑丹增曲吉尼玛。

　　但他认为"人不是生下来就是先知，需要去苦修、学习"。米拉日巴便是一位今世苦修成佛的噶举派祖师。

　　13：30，活佛开始午餐。他平时以素食为主，吃荤时会选择高原常见的牛羊肉。戒杀生的藏传佛教僧侣，未受荤戒者可食用牛羊等肉食。

　　随后，一场露天考试在群山环绕的达隆寺大殿屋顶举行。

　　7 名小僧人带着经书，逐个到活佛面前背诵经文。

　　夏仲活佛不用看书，随口纠正背错之处，或给卡顿的小僧人提词。

　　每次回寺，除关心工程进度，夏仲活佛还要检查他们的学经情况。完成得好的有笔或书的奖励，完不成的则作业量加倍。

对达隆寺现有的 80 多名僧人，活佛和堪布都要用辩经的方式督查学业。

15：30，给寺里僧人交代了工程相关事项后，夏仲活佛准备返回拉萨。

车刚驶离达隆寺，路边山坡上一个妇女带着小孩匆匆冲下来，快到路边时，急得连手中的帽子都扔了。这时车停住了，活佛伸出手为她和孩子摸顶。

目送活佛离开，她一脸知足的笑容。

生　　活

在哲蚌寺，夏仲活佛的课表从周一排到了周六。

一天的学习从 6：30 背诵经文开始，早餐后的整个上午都上课。下午 14：30 至晚上 19：30 则以辩经、学习文化知识和听经师讲课为主。半小时的晚餐后，是两个半小时的辩经。到 23：30 睡前，他还要花半小时到一小时复习佛经或文化知识。

进入哲蚌寺学经，夏仲活佛是从般若学开始的，"相当于小学一年级没上就跳级到六年级"，这也是他学经生涯"最困难"的阶段，理解不是问题，主要是背诵。

他说，克服困难的过程"就是一种修行"。

"那时每天 5 点左右起床，凌晨 1 点才睡下。"如此连续 3 个月，夏仲活佛赶上了进度。

政府专门为他配备了初高中文化课老师，教授语文、英语、历史等。

夏仲活佛用普通话说，自己对这些课都很感兴趣。

活佛的微信签名是用英语写的"最幸福的人们"。他说，不仅英语，其他外语也想学，将来传授佛法就有方便之道。

尽管绝大部分时间都在学习，夏仲活佛也有自己的业余爱好：看书、写散文、打篮球、听音乐。

小时爱看《格林童话》和安徒生童话故事的他，现在喜欢纪伯伦的散文、泰戈尔的诗歌和海伦·凯勒的《假如给我三天光明》。

因为酷爱诗学，夏仲活佛自己也写，"非常喜欢用藏文或汉文写散文"，特别是抒发心情和描写大自然的诗文。

星期天不上课，夏仲活佛会去打球。

"两周打一次，每场必到。"他说，"打球的活佛只有我一个。"他对此的解释是，可能其他活佛年龄比较大吧。

穿24号球衣的夏仲活佛打的是组织后卫，即全队进攻的组织者。这个位置要求球员具有良好的传球技术和敏锐的观察力，通过精准快速传球，为队友创造得分机会。

他在达隆寺也扮演着这样的角色。

达隆寺曾有三位活佛，一位早年去了国外，一位于2006年圆寂。作为达隆噶举法统的主要继承者，夏仲活佛早早挑起了主持寺院的担子。

虽然笃信佛教"时间也是空性"的理念，但喜欢音乐的他听了《时间都去哪儿了》后，还是感慨"即使作为一个活佛，时间也不会等我"。

"我担心自己没有学好就离去了。要学的太多，时间不够用，所以要怀有一颗无常心，抓紧每分每秒。"

梦　　想

作为西藏自治区青联委员，夏仲活佛去年曾参访上海、浙江。来自世界屋脊的他，对东方明珠塔印象深刻，因为它"很高"。

当身着僧袍的活佛走在上海街头，好奇路人一句"穿裙子的男人"，让他在心中关照自己"也是啊"之余，想到了修心。

夏仲活佛说，佛教就是佛陀对一切有情众生至善圆满的一种教育。因此，他在心里放着一个愿望，希望自己一心一意传授佛法，让所有人都能领悟其中的精髓。

一些人从内地到西藏皈依夏仲活佛。

夏仲活佛说，现代社会生活节奏快，欲望也多，容易遮蔽世俗人的眼睛，这时就需要用精妙的佛法消除人们的障碍。

"藏传佛教可以解决现代社会人们的焦虑。"他说，这个时代的信众，需要以这个时代的饶益去度化，用时代的办法，讲讲时代的好处。

活佛两年前开始用手机，有微博和微信，所发内容不少与藏传佛教有关，既有藏文的也有中文的。

活佛还有一个更大的梦想：将达隆寺佛学院建成噶举派僧人闻思修习藏传佛教"五部大论"和噶举派独特法门的最好场所，让每个僧人都能成为有学识、守戒律、慈悲为怀的佛徒。

他对未来"充满期待"，也为自己确立了目标，就是在哲蚌寺学成之后，争取拿到藏传佛教显宗最高学位——格西拉让巴，再回本寺钻研达隆噶举独有经文，然后闭关5年5月5日，全身心领悟佛法。

"唯有如此，才能引领僧众，度化众生。"他说。

夏仲活佛每周给父母打两三次电话。他的父母每月到哲蚌寺看望他一到两次。

见面时间最多一小时，父母会问他身体还好吗、学习怎么样、有没有进步等，而活佛也会关心父母的身体、姐姐的情况。

活佛的父亲是藏医专家，母亲是教师。姐姐继承父业做了医生。夏仲活佛在研习佛法的同时也学藏医，"因为这对众生利益比较大"。

"当医生也好，当僧人也好，都是非常殊胜的事业。"他说，"我们这个社会，既需要医生也需要僧人。"

（新华社拉萨2015年9月5日电　参与采写记者：周舟、王清颖、白旭、张芽芽）

门巴族女干部迪巧旺姆：
基层的"实干家"

新华社拉萨 2013 年 6 月 5 日电（记者　黄兴　许万虎）五年前，西藏林芝县久巴村人均年收入只有两千多元；五年后，迪巧旺姆带领村民，在这个数字后面加上了一个"零"。

迪巧旺姆，久巴村的包村乡干部，门巴族，皮肤略黑，年近半百，笑起来像"太阳花"。1989 年大学毕业，迪巧旺姆不愿去拉萨"坐机关"，跑到当时连路都不通的墨脱工作。墨脱的苦，唤醒了她骨子里的倔脾气。辗转来到林芝县更章门巴民族乡工作后，她更是雷厉风行出了名。

迪巧旺姆性子急，眼前的着急事儿绝不拖到明天。她到任久巴村第一天，就绕着田间地头转了好几圈，回家后在工作日记上写下"久巴村需抓紧解决农田灌溉用水"。

没几天，迪巧旺姆跑到林芝地区水利局，几经软磨硬泡，硬是要来了 140 万元资金，帮助村里建起了 4 公里长的水渠，解决了农田灌溉用水难题。灌溉用水解决了，她又马不停蹄地筹划建设草莓大棚。当时种草莓是件新鲜事儿，对于迪巧旺姆的决定，村民心里开始犯嘀咕。于是她挽起裤脚，亲自上阵，翻土、育苗，跟村民同吃、同住、同劳动。

几个月后，草莓长势良好，市场也不错，村民攥着钞票乐开了花，从此一心扎在草莓上。

迪巧旺姆见村民乐了，心里有了底气。于是她成立草莓合作社，村民不论贫富，入股金额相同，每家 3000 元。这样每收一茬草莓，村民分成都基本均等。

除了种草莓，她还搞培训、种天麻……接二连三把"摇钱树"往村民怀里塞。

村民央宗很保守，抱着几亩薄田不肯扔。迪巧旺姆便要自己掏钱，帮她买天麻种。央宗见她这架势、这诚意，便打消了疑虑，自己花钱买了种。

等天麻丰收后，腰包鼓起来的央宗非要拉着迪巧旺姆喝酒、吃茶，说是要感谢她。

实干才能兴村。五年间，久巴村变了样，村里出了不少有钱人。村民达娃家里五口人，年收入达到15万元。

"实干的背后是迪巧旺姆对久巴村家一般的情怀。"村委会主任多布杰这样评价他的"战友"，说："村里申报农牧民专业合作社，她冲在最前面，找材料、写报告；年轻人娶了外地媳妇，她急着帮人家跑手续、上户口；学生考上大学，她跑前跑后，申请补助，按时汇款。"

迪巧旺姆说自己做的都是小事，村民却搁在了心头上。

2009年迪巧旺姆父亲去世，村民涌到她家替她抹眼泪；2011年，她儿子遭遇车祸，村民提着东西排队问候；2012年工布藏历新年，迪巧旺姆一家被村民普布达瓦拉到家里做客，他端出新年最好的食物，说迪巧旺姆是自家亲人。

村民的情谊，迪巧旺姆看得很重。

"我没什么大能耐，就是喜欢跟群众在一块，快活又自在。"这句话她常说，有时一天说两三遍。

一对藏汉联姻青年的 "教师情缘"

新华社记者 许万虎 李远

西藏昌都地区洛隆县境内有两条河：达翁河汹涌，日许河宁静，两河交汇在硕督村，绵延悠长，水光潋滟。

硕督村有一对藏汉联姻青年：藏族小伙坚参豪爽，汉族姑娘赵纯花温柔，两人相会在此，埋下爱情的种子，扛起 "园丁" 的锄头。

坚参，26 岁，西藏日喀则人，皮肤黝黑，目光如炬；赵纯花，25 岁，湖南邵东人，温婉可人，热情大方。

两人本是校友，去年从拉萨师范高等专科学校毕业后，双双来到硕督镇中心小学任教。硕督，藏语意为 "险岔口"，曾是茶马古道上的重要驿站。对二人来说，此站，似乎必须停留。

"做一名教师，是我们儿时最大的梦想。" 坚参自小崇拜在日喀则定日县教书的父亲，纯花则深深迷恋孩子纯净的笑靥，因此，说起当老师的理由，两人几乎脱口而出。

在藏区任教，并不简单。千百年来 "以天为被，以地为席" 的牧区群众过惯了 "逐水草而居" 的生活，教育意识并不强，有人甚至认为 "放羊比读书实惠"。

纯花急了，作为语文老师，她深信，学习科学文化知识才是孩子成才的不二法门。于是，下了课她便拉着接孩子的家长做工作，语言不通，坚参就冲过来当翻译，两人一唱一和，说到家长频频点头才肯 "放人"。

学校留住了孩子，纯花和坚参心里的石头也放下了。坚参教孩子藏语和数学，纯花便天天晚上帮他备课到很晚，坚参背后有 "后台"，教学任务完成得顺风顺水。

高原上的爱情，像格桑花，任它天寒地冻，骤雨倾盆，只管傲然独立，吐露芬芳。

终于，爱情花开。去年5月，两人在硕督村举办了藏式婚礼，纯花的父母特地从老家赶来，坚参的老父亲却由于路途遥远，未能成行。

得知坚参幼年丧母，纯花的父母甚是怜惜，他们抓着坚参的手，抹着眼泪说，女儿真有福气，遇到个踏实能干又坚强的好男儿。

有人，就有家；有家，就有故乡。婚后，坚参常为纯花下厨，为合妻子的口味，甚至会专门上网查菜谱。

坚参的好，纯花记在心里。去年春节，纯花带坚参回老家过年，晚饭时偷偷将从西藏带来的酥油拌在丈夫的饭里，坚参先是讶异，待反应过后，便冲着妻子一个劲儿幸福地傻笑。

回到学校，夫妻俩"双剑合璧"，取长补短，成了学校的宝，也慢慢走进了孩子们的心。

去年5月的一天，学校停水，纯花拎着水壶要去小河打水，五年级的多杰拉见了，抢过水壶就往校门外跑，纯花追也追不上。夜幕降临，孩子未归，纯花心急如焚，坚参便一路小跑，出门寻找。

终于，多杰拉回来了，傻乎乎地对她说，河水涨潮，下游泥巴多，水黄，所以跑到几公里外的上游找干净水。听了孩子的话，纯花眼泪汪汪。

对于孩子的天真，坚参夫妇视为瑰宝。在学校，他们与孩子们打成一片，手常牵，爱相连……

采访临别，坚参腼腆地告诉记者，妻子目前已怀孕两个月。他说，孩子出生后，第一件事就是跟纯花一起，带着孩子去日喀则看爷爷。

（新华社拉萨2013年6月8日电）

西藏唐卡画师数十载寻梦不辍
成布达拉宫壁画唯一修复师

新华社记者　黎华玲　双瑞

布达拉宫坛城殿昏暗的殿堂里，一名中年男子盘坐其中，一手握画笔，一手拿着放大镜，将壁画临摹到挂在面前的唐卡画板上。

他就是当代唯一一个修复、临摹布达拉宫壁画的唐卡绘画大师，勉萨唐卡技艺唯一代表性传承人绒措平康·罗布斯达。

为保护和保存布达拉宫受损墙体上的壁画，即便是以后壁画全部脱落也能原样恢复，现年 47 岁的罗布斯达正承担着将壁画全部临摹到唐卡上的任务。逢每周一、三、五，在布达拉宫红宫最高处的坛城殿里，人们都可以见到他在殿里临摹壁画。

一天十几个小时下来，头昏眼花、腰酸背痛。"能修复布达拉宫的壁画，对于一名藏族画师而言是家族的荣耀，临摹完成后瞎了也值得！"罗布斯达眼神凝聚，话语中透露出一种坚定。

能够进入布达拉宫修复壁画始于 2005 年。当时，罗布斯达凭借其精湛的唐卡技艺，仅用两天时间便将布达拉宫一处宫殿里残缺的壁画完美修复。自此，罗布斯达便成为当代唯一能够在布达拉宫内进行壁画修复工作的唐卡画师。

原布达拉宫管理处处长琼达曾说："他执著勤奋，细腻认真，布达拉宫壁画修复临摹工作非他莫属。"

罗布斯达介绍，17 世纪时期，第四世班禅的近侍画师曲英嘉措活佛在

唐卡艺术大师罗布斯达在世博园宝钢大舞台现场绘制唐卡。

（新华社记者　觉果摄）

旧的勉塘派唐卡基础上，创造形成了新的画派，即流传至今300多年的勉萨派，绒措平康家族就是勉萨派唐卡的继承者。

　　尽管出身唐卡世家，罗布斯达如今的成就并非信手拈来。12岁时，罗布斯达正式跟随爷爷达瓦顿珠学习唐卡技艺，成为勉萨派唐卡传承人。白描是唐卡绘制中最核心也是最难的步骤。由于唐卡在绘制时要严格按照《度量经》中对每一个佛像、物件等的比例规格的严格规定，不允许绘画者自由发挥。整整6年的学习后，罗布斯达的唐卡绘制终于分毫不差。

　　18岁那年，他跟着爷爷走了整整两天到离家100多公里外的寺院画壁画，虽然只是协助爷爷，做一些勾线、上色的工作，罗布斯达总算是有了人生第一次唐卡绘画实践经历。"我当时完全忘记了赶路的劳累，心里全是兴奋，望着空空的墙面想象以后这上面都是我的作品。"罗布斯达说。

他说，壁画和唐卡绘制技艺和内容基本一致，只是壁画比唐卡多了一道工序，那就是画完后需要刷上一层牛皮胶或者清漆，对壁画进行保护。

1987年，20岁的罗布斯达拜得十世班禅大师专职画师噶钦·洛桑平措为师。1993年至1994年，已小有名气的罗布斯达参与到十世班禅大师灵塔壁画绘制工作中，并担任"乌琼"职位（即仅次于最高级别画师的职位）。

随着实践经验的慢慢增多，罗布斯达逐渐意识到他需要"充电"。他说："光凭绘画技艺很难成为一名出色的唐卡画师，必须要有极其丰富的文化知识。"于是，1995年，他决定离开家乡日喀则来到位于拉萨的西藏大学学习藏文化和历史。1996年，他在拉萨创办勉萨派唐卡艺术发展中心，免费招收西藏偏远农牧区的学生并教授唐卡技艺，先后培养了贡觉、索朗、明久等百余名唐卡画家。

"我就是想把勉萨唐卡技艺传承下去，让更多人去继承发扬这门古老的藏文化艺术。"罗布斯达说。

2006年，唐卡被列入国家首批非物质文化遗产保护名录。2012年，罗布斯达入选第四批国家级非物质文化遗产项目代表性传承人。同年，在国家和西藏自治区文化部门的支持下，罗布斯达创办西藏唐卡画院，聚集西藏各主要流派唐卡画师，集中力量培养唐卡传承人。

西藏非物质文化遗产保护中心普查保护部主任阿旺丹增介绍说，近年来，西藏连续举办唐卡艺术博览会，并组织保护单位参与北京、深圳文化产业博览会。

罗布斯达说："我希望有更多的人喜爱西藏唐卡艺术，希望越来越多的人加入到西藏唐卡技艺传承和发展的工作中来。"

（新华社拉萨2013年7月30日电）

镜头记忆：寻找中国梦

——丹增顿珠：把藏语文传向世界

（电视脚本）

新华社记者 晋美多吉 李鹏 赵玉和

【片花】

茫茫人海中，他们只是普普通通的凡人；

大千世界里，他们从事着简简单单的工作。

然而，因为多一份坚持，多一份坚守，多一份坚韧，

他们看似平凡的人生却谱写出不一样的乐章。

梦想点亮了平凡的人生，行动成就了别样的精彩。

【字幕】寻找中国梦

【标题字幕】寻找中国梦
　　——丹增顿珠：把藏语文传向世界

【解说】这里是位于西藏自治区拉萨市中心的拉萨童嘎语言学校，伴随着放学的铃声，三三两两的学生结伴从狭窄的学校巷道里走了出来。站在学校门口，目送刚刚放学离校的学生，已经成为丹增顿珠生活的一部分。

【解说】眼前的丹增顿珠，脸上刻满了日光城拉萨特别的黝黑线条。望着自己一手创办起来的学校，丹增顿珠的心里有着属于自己的那份自豪。

653

他怎么也没有想到从 1994 年开始只有 15 名学生的家教语言学习班，规模会一步步扩大，变成如今超过 1200 名学生的大学校。丹增顿珠深藏心底那最"狂野"的梦正在渐渐成为现实。

丹增顿珠的学校就坐落在距离拉萨著名寺院小昭寺以北步行约 10 分钟左右的地方，周围几乎所有的住户都熟悉这座从早到晚能传出阵阵读书声的民办学校——童嘎语言学校。"童嘎"在藏语中意为"白海螺"，是藏族文化吉祥八宝中的其中一宝，象征佛法音闻四方。

【同期】西藏拉萨童嘎语言学校校长　丹增顿珠

因为我们这是一所语言学校，所以心就需要像白海螺一样洁白，看着洁白，干干净净，人也一样，再者，海螺的声音洪亮，好听，语言不同于别的学科，是和声音有关，所以从这两方面来考虑的。

【解说】语言和文化知识，这两块走进社会的"敲门砖"在很多人眼里是从九年义务教育之后就已经掌握了的技能。可在西藏，尤其是部分已经成年的年轻人眼中，似乎仍有一定的距离。

【同期】西藏拉萨童嘎语言学校校长　丹增顿珠

当时社会也没有那么多学习的机会，和现在不同，大家学文化的意识很低，基础教育和高等教育，国家是有很好的政策的，义务教育，免费教育都很多，但是 20 多岁的想从头学习的人却没有地方学习，所以想能够帮着这些人就业。

【解说】1994 年，丹增顿珠开始摸着石头过河，第一个全日制藏语班在雪域圣城有了落脚之地，教室就设在他的家里，丹增顿珠以家教的形式开始了教学。3 年后，童嘎语言学校的牌子正式竖立在小昭寺辖区的一栋民居里，成为一所全日制民办语言学校，第一期学生也从最开始家庭教室的 15 人增长至近 50 人。

【同期】西藏拉萨童嘎语言学校学生　贡桑

我今年 23 岁了，小时候学了一点藏文，但小时候对于本民族的语言文字有多重要不了解，也不听家里人的话，不好好上学。现在长大了，才知道自己民族的文字有多重要，就来到这里重新学习藏文。

【解说】看着越来越多的学生，丹增顿珠的心里就像绽放的格桑花一样，但对着亏空的财务账本，他也不自觉地皱起了眉头。为了学校真正如"童嘎"一样，在拉萨吹起海螺号角，丹增顿珠把更多的教学工作委任给了学校创办人之一——洛桑，他自己跑起了旅游，办起了旅行社，通过这些外来收入，童嘎语言学校提高硬件和软件设施的资金得到了保障，为学校提升整体实力奠定了坚实的基础。

2010 年，童嘎语言学校从古韵繁华的小昭寺社区搬迁到目前的这栋三层小楼的大院里，虽然占地面积仅 300 多平米，但教学环境已经大为改观。

学校渐渐走上了正轨，来这里学习的人越来越多了。这些学生中，有西藏本地的，还有来自四川、云南、吉林、香港等地的。

【解说】在童嘎语言学校的藏语学习班，学生们正跟着老师朗读着今天刚刚学习的新单词，藏语课本上密密麻麻地记录着汉语标注。坐在前排，来自香港的李阿佳听得格外认真，虽然朗读的时候还带有浓厚的香港口音，不是很标准，但却是班上最刻苦的"大同学"。

【同期】学习班学生　李阿佳

那个时候我就看（藏文）书，我觉得那个字很美丽，很好看，而且好像我们汉字里面的书法，书法的草书，一样的美丽。我就看一眼就觉得好喜欢它了，平常比较喜欢写中文的书法，看到那个藏文字跟我们汉族的书法差不多，我好喜欢，然后就跑过来学。

【解说】作为童嘎语言学校 20 多个学习班中的一个，李阿佳所在的班是人数最少的一个班，但却是最令老师头疼的一个班，因为这个班中的大多数都是来自西藏区外的学生。

【同期】学习班学生　吴根增

我是（一九）九几年接触藏传佛教，以前是在内地学汉传佛教，后来接触了藏传佛教，接触藏传佛教想更深入就必须要懂点藏语，如果想好好学一下藏传佛教，藏语就需要学好几年。

【同期】西藏拉萨童嘎语言学校校长　丹增顿珠

刚开始办藏文班想的肯定全是藏族学生，但现在都有六个不同民族的学生了，有汉族的、蒙古族的、回族的、羌族的、门巴族的等等，所以我坚信藏语一定能传播得更广。

【解说】朗朗读书声和阵阵欢笑声回荡在这并不宽敞的教室里。来自五湖四海的学生们相聚在这里，他们白天工作，晚上上课，像海绵吸水般充实着自己的知识宝库。

18年里，超过2万名学生从这里毕业，看着学生们一个个走出校园走进社会，辛苦的劳动换来累累硕果，丹增顿珠心中是沉甸甸的幸福。

【同期】西藏拉萨童嘎语言学校校长　丹增顿珠

像学英语和汉语的学生，学得好的很多都当上了导游，看到他们带着老外和内地游客，心里非常高兴。他们碰到我，喊我老师的时候（很高兴）。从94年办学到现在，虽然受了很多苦，但终于有了回报，孩子们把学到的用到了地方，我感到我做对了，心里也是非常的高兴。

【解说】作为藏文化的重要载体，藏语文就像绽放在雪域高原上的雪莲花，芳香四溢，深深地吸引着五湖四海的人。创办西藏的第一所民办大学，让藏语文传播得更远，是这个已过不惑之年的藏族汉子现在和未来坚守的梦想。

（新华社拉萨2013年10月10日电）

雪域高原环卫女工尼玛潘多：我不是孝子，我只是爱着一位妈妈

新华社记者　黎华玲

"她一定是疯了！"18年前，26岁都还没有找到工作的拉萨姑娘尼玛潘多，往家里领回了一位孤寡老阿妈。一时间，她所居住的社区因为这件事炸开了锅，大家议论纷纷。

故事还要从 1993 年说起。

那年，尼玛潘多的父母相继去世。这对于和父母一起生活了 23 年的尼玛潘多来说犹如晴天霹雳。"父母把我养这么大，我还没有让他们享到我的福，我太不孝了！"尼玛潘多手捧着父母生前的照片，久久不愿相信二老离去的事实。

对父母的相思之情持续了 3 年。直到 1996 年，依旧没有找到工作的尼玛潘多把一位头发花白、瘦精精的老阿妈领回了家。

谁都不曾想到，这个自己都还没有收入来源的女人，在全家人都靠着丈夫在外跑运输养活的情况下，毅然决定将 62 岁的次仁老阿妈接回家，而且还信誓旦旦地表示"我要养她一辈子"。

次仁老人居住在距拉萨 30 多公里外的达孜县白玛村的一处果园里，她和老伴是果园的守林人。日子过得清苦不说，还欠下了数千元外债。老伴去世后，次仁老人一个人生活在果园里，身体更是大不如前。

"是上天让我遇见这个孤苦的老人，遇见了不管，良心上怎么过得去呢？"尼玛潘多告诉记者，"我对父母的情感找着了寄托，我找到了我的第二个妈妈。"她一直把收养次仁老人这件事当做是一个"缘分"。

　　"这个女人疯了吧！"邻居们议论着，"自己都没有收入，还要养一个老人，她怎么想的啊！""是的，她男人又要多养一个人，她怎么不为她的家庭考虑！"……

　　丈夫看着走进屋门的尼玛潘多和老人，再看了看两人牵得紧紧的手，说："不就是多一双筷子嘛，我们自己省省也就过了。"

　　1999年，尼玛潘多在社区居委会谋得了一份工作，家里的条件日益改善。谁料，2004年，尼玛潘多在社区的一处菜地里发现一名女婴，当即决定抱回家收养。家里的负担再次加重。

　　这时候，尼玛潘多的大儿子和她的亲戚们开始强烈反对一老一小的到来。她的大儿子丹增曲扎回忆当时的家庭情况说："家里的条件不是很好，妈妈还要养两个毫不相关的人，家里负担太大了。"

　　2002年的一个中午，一场车祸让尼玛潘多昏迷了六天六夜，并导致她丧失嗅觉。次仁老人看在眼里疼在心里，每天都去围着布达拉宫、大昭寺转经，去寺院为她请平安符。

　　2012年，次仁老人开始出现恶心、腹泻等病症，每天都把床铺弄脏。尼玛潘多不嫌脏，依旧全心全意地照顾着老人。天冷了，老人的双脚总是冰凉，尼玛潘多用双手来回搓，给老人按摩脚底。"我是积了什么德才有这么幸福的晚年啊！"次仁老人时常对邻居们说。

　　邻居拉巴顿珠说："大多数人都做不到她这样，在她身上有一种很强大的爱的力量。"

　　2013年，在尼玛潘多家过了17年幸福生活的次仁老人去世了。没能让老人过上80大寿、为老人穿上一件藏族白色寿服是尼玛潘多至今的遗憾。

　　随着媒体的曝光率越来越高，有人质疑她的行为是为了获得宣传，靠着荣誉升官发财。这些闲话让她委屈。事实上，虽然她现在任拉萨东郊环卫队中队长，但仍然是一名临时工。谈及新年的愿望，尼玛潘多告诉记者："希望媒体不要再宣传我了，跟全国那么多孝子比起来，我只是爱着一位妈妈而已！"

"尼玛潘多"藏语大意为"像太阳一样带来温暖,给人帮助"的意思。也许,尼玛潘多温暖人心、帮助他人的善行早已注定。

(新华社拉萨 2014 年 1 月 29 日电)

多啦有梦：穿过梦想彩虹三重门

新华社记者　王清颖　边巴次仁

20岁那年，多啦开着自家的东风大卡车途经藏北草原。一阵暴雨扫过，只见一道七彩虹霓横跨碧空，矗立在眼前的路边，像一扇大门。多啦全身的血液都沸腾了，按捺不住心底的冲动，一头拐上无路的荒原，加足马力，如风一般，从彩虹之门直穿过去……

第一道"彩虹门"：走出家乡

1967年，多啦出生的时候，他们家摆脱祖祖辈辈的农奴身份仅仅8年。

多啦的发小石确记得，小时候和多啦玩木弓箭，多啦看着飞出去的箭，说：长大了一定要到山外面看看。石确听后惊讶不已。

多啦的家乡在西藏日喀则曲美乡综村，一个因干旱和贫穷著称的地方，连羊都长得很瘦。多啦家中兄弟姐妹九人，他是最小的孩子。多啦第一次挨打，是小时候调皮之下把父亲用两块牛皮缝成的被子蹬破了一个洞，这是全家唯一一床被子。

8岁时，多啦开始放羊，要走很远的路才能给羊找到草吃。他读到小学二年级就辍学了。但"走出去"的梦想一直伴随着他。

走出去！走出去！！走出去！！！

1984年11月，多啦17岁，第一次出远门，跟着师傅开车去拉萨，车在羊八井附近抛锚了，师徒俩在寒冷中等了一天一夜，多啦突然间哭了："我妈妈还在雪山那边，我想妈妈。"这趟远行之后，师傅不愿再跑长途，多啦却突破了自我，开始单飞。在多啦的影集里，有一张他在西宁拍的照片，穿着喇叭裤、戴着蛤蟆镜，距那个在离家的恐惧中哭泣的少年，只隔了短短几年，却恍若隔世。

多啦后来创下的很多"第一"，都跟"走出去"有关：村里的第一个拖拉机手，旋即成为日喀则第一个以个人名义进行贷款的人，他因此拥有了一辆解放牌卡车，后来又成为日喀则第一个私人拥有东风卡车的人……

以家乡为中心，多啦的半径越来越大，到日喀则，到拉萨，到格尔木，到西宁……跑运输，他像头不知疲倦的牦牛，不分昼夜地开。1987年，多啦去了格尔木，靠农机配件贸易，赚了1564元。多啦说："就像驴子找到了埋萝卜的坑。"

走出去，带给多啦的不仅是脱贫，更是眼界的扩大。

多啦不断尝试去更远的地方，去发现更大的世界和更多的机会。在西藏，历来重牧轻商，重义轻财，人们被束缚在土地上。传统约束与多啦澎湃的身心，不断较劲。

第二道"彩虹门"：去更远的地方

多啦第一次吃螃蟹是在西宁。当螃蟹端上桌时，多啦的眼睛都直了。这种长着8条腿、张牙舞爪的东西，居然能吃？多啦害怕极了。可是，朋友邢国龙笑着鼓励他。多啦闭着眼睛，吃了第一口。

邢国龙和多啦相识于西宁。邢国龙当时在青海省农机公司工作，比多啦大三岁。

第一次见面，由于语言不通，俩人几乎是手舞足蹈地完成了配件交易。那是1987年的夏天，多啦搬运整台手扶拖拉机，累得满头大汗。邢国龙拿来样品单，比划着告诉多啦，不用买整台，看好样品，买配件就行，回去按照说明书组装。

就这样，多啦和邢国龙成了朋友，友谊持续到今天。邢国龙教会了多啦穿西服打领带，看地图，而多啦第一本汉语教材竟然是手扶拖拉机的说明书，上面标满了藏语的发音，这也是邢国龙的主意。

但不是每个藏族人都和多啦一样，希望去家乡之外的地方。

五哥次旦平措和多啦发生过一次激烈争吵。五哥认为钱赚得差不多了，在日喀则做点小生意算了。但多啦要去更远的地方。哥俩吵得不可开交，五哥一摔车门下去了。

多啦那会常说：乡亲们根本不知道外面什么样，"我把好东西拉进来，让他们也能多享受一下。"

1997年，多啦正式注册了"珠峰农机公司"，成为日喀则第一个开公司的人，也成为西藏农业从传统走向现代机械的见证者、参与者甚至是缔造者之一。

慢慢地，多啦把生意做到了全国13个省市，家人和朋友都傻了眼。"我们现在都听他的，没想到他跑出名堂了。"多啦的五哥笑着说。

2003年，多啦的农机销售占日喀则地区90%。2006年，青藏铁路全线通车。从2008年开始，多啦开始用火车从内地运送农机配件，并在日喀则建立了西藏地区最大的农机配件中心，农牧民不出远门就能买到合适的配件……

第三道"彩虹门"：以梦想改变雪域高原

每年春耕，"二牛抬杠"都是藏族举行春耕仪式的主要元素。两头牦牛拖着木犁，披红挂彩，大家献上哈达，推着木犁的人穿着藏袍，俨然一副节日的神情，一阵鞭炮过后，牦牛拉着笨重的木犁，伴随着"呦呦"的喊声，春耕拉开序幕。

虽然手扶拖拉机在藏区已有较高普及，但还有一些地区依旧用"二牛抬杠"的方式进行耕种。

让藏区农民立刻接受农机，并不是一件容易的事。多啦每次在乡村引进一款新型农机，全村人都会围观，叽叽喳喳：它比牛马力气还大吗？它能比人割得干净吗？多啦总是给乡亲们这么推广农机："牲畜需要喂草料才能耕地，不耕地时也需要喂草料。但农机不用，你用它时才给它加油，不用就不加。"

至今多啦还记得小时候帮家里种地的辛苦：大地因为干旱板结成块，春耕时要先用铁锹一一碾碎土块，胼手胝足，苦累不堪。

在这片土地上，多啦没有延续自己家族辛劳而又贫苦的一生，现在他的公司已有四百余人，身家数亿，他坚信自己在从事一项伟大的事业：让自己的同胞告别延续千年的劳作方式，解放更多的劳动力。

邢国龙的一句话更让多啦刻骨铭心：坚持梦想，终会结果。

在这片沧桑而神秘的土地上，现代化是一个真切而又敏感的话题。西藏人面对现代化，心态复杂：焦灼，渴望，不安。

说起多啦那些远在综村的乡亲们，多啦心情复杂："他们比我幸福，因为见的少，心里没有那么多欲望。我看到的越多，就越清楚地知道家乡贫穷背后，是观念的落后。"

传统与现代，就不能兼容吗？多啦认为，他永远是一颗藏族的心。他说自己农机生意好的奥秘有一条：是能赊账。有的牧民穷，赊整台农机，有的只赊配件。刚开始只登记名字，连地址都没有，时间长了，有的人忘记还，有的人去世了，就这样到现在，多啦公司还有五百多万的坏账。很多人不理解，也劝过多啦，但多啦说，牧民来到公司，伸着手向你求助，能不帮嘛？"如果有一天没钱了，我也觉得没什么，父亲说无论怎样都要做好人。"

现在，多啦又有了新的梦想：希望在拉萨曲水县建一个农机市场，规范拉萨农机销售，让散落在市郊的小店铺都进入到市场中，一是方便牧民货比三家，二是方便政府监管。

多啦在曲水县买下了 700 亩地，他常常站在这块地上张望，高原的朔风，吹在这个瘦高的不再年轻的藏族男人身上。眼前虽是荒原一片，但梦想的种子已生根发芽。

（新华社拉萨 2014 年 3 月 27 日电）

永远绽放的高山雪莲

——追记西藏自治区审计厅驻村干部阿旺卓嘎

新华社记者 许万虎 杨步月

西藏墨竹工卡县扎雪乡政府办公楼后边，有一排不起眼儿的砖瓦房，屋檐上头全是杂草。

阿旺卓嘎，扎雪乡曾经的扶贫干部，三年前就住在这里。驻村期间，这位高原女子常年奔波在田间地头，为老百姓排忧解难。阿旺卓嘎虽已去世，但她像一朵绽放的高山雪莲，在当地老百姓的心中留下永远美好的回忆。

增收致富，她频频出招

从拉萨出发，开车近两个小时，就踏进了墨竹工卡县的地界；从县城出发，绕着深山沟沟转几圈，就到了扎雪乡。扎雪乡平均海拔 4000 多米，由昔日三个贫困乡合并组成。

2007 年 4 月，阿旺卓嘎以墨竹工卡县委常委、区审计厅驻扎雪乡扶贫队队长的身份上任。刚一到任，阿旺卓嘎就给这里的贫困"骨头"动上了手术——

扎雪乡全乡 6 个行政村 7749 名村民，好几个村都是半农半牧。农田和牲畜，是老百姓的心头肉。田地周围老百姓自发设置的简易铁丝网，挡不住牛羊、野鹿糟蹋庄稼，阿旺卓嘎看不下去。

于是，阿旺卓嘎决定修高产围墙。请施工队，资金不够，她动员村民投工投劳，建起"万米长城"。围墙修好了，贪嘴的动物们没辙了，青稞、豌豆、油菜籽"噌噌"往上蹿，亩产大幅提高。

高原的气候不像内地，降水少不说，还阴晴不定。庄稼生长时节，水很重要。阿旺卓嘎开始修水渠，很快，泥巴水渠换了水泥"新装"。水源地在米洛村，水渠流经格老窝村。从此，沿线3000亩农田喝饱了水，亩产从180斤增到300斤。

扎雪乡的油菜籽质量好，阿旺卓嘎争取了30万元资金购置榨油机，建立榨油点，变资源为效益。去年，昔日的榨油点已扩建成龙雪清油加工厂，实现规模化运作，年利润达8万元。

阿旺卓嘎走后，拉萨市信访局驻龙珠岗村工作队队长米玛扎西接过"接力棒"。他说，阿佳啦（藏语意为"姐姐"）有眼光，给村里的发展开了好头。清油能赚钱，今后计划将2000亩地用来种植油菜籽，慢慢打出品牌。

阿旺卓嘎累。细心的同事发现，她上山下坡很吃力。在扎雪乡扶贫的4年间，她住了3次医院。

一次，她头痛懵了，胳膊弯着掰都掰不开。医生量血压吓一跳，180，劝她住院。可她轻描淡写道："人休息，项目可不休息。"在她心里，百姓的小事，是顶天的大事：

争取资金27万元，组织60多户贫困家庭子女接受驾驶培训，拓展致富技能；投资20万元，建温室大棚，从前连小葱都不会种的村民，学会了种大蒜、白菜、西红柿……

扶贫济困，她一往情深

除了帮扶个人，阿旺卓嘎还注重培养致富带头人。只有小学文化的其朗村党支部书记巴桑中了"头彩"。

阿旺卓嘎帮他协调80多万元建起藏香猪养殖基地，从林芝引进优质藏香猪苗。每年50%收益分给老百姓，剩下的钱再买猪苗。如今，藏香猪规模已达300多头，12户贫困户参与养殖，一户轮班一个月，每年户均增收四五千元。

为百姓谋利益，有时，还要"不择手段"。塔杰村电网老化，三天两头断电不说，还容易引发火灾。阿旺卓嘎坐不住了。她去找电网公司，公司老总说等两天再来。她急了，拉着人家不放手，说这是老百姓的项目，不能等。电网公司拗不过，立马派人更新了电网。

2011 年 4 月份，扎雪乡 4 年扶贫结束后，10 月，西藏自治区启动创先争优强基础惠民生活动，向全区 5400 多个行政村派驻驻村工作队，帮助百姓排忧解难。54 岁的阿旺卓嘎心头痒痒，向领导恳求："我还有一年退休，想在退休前多为百姓做点事儿！"

无奈中，领导签下"同意"二字，卓嘎如愿成为审计厅驻新仓村第一批工作队队长。

新仓村属拉萨市达孜县德庆镇，330 多户 1500 人散居在海拔 4000 米左右的高山沟壑里。一上任，阿旺卓嘎背一个水壶，揣一盒降压药，拿着笔记本，带上队员，走东家、串西家，入户调研。

阿旺卓嘎有高血压，山路又难走，中午太阳最烈的时候，她头昏脑涨，两眼血红，双脚浮肿。实在撑不住，就随地一坐，喝口水，按按头，继续走。

问题马上反馈上来。从村委会到 318 国道的土路泥泞，村里 2 个牧业组连砂石路也没有，病人就医，或是孕妇生产，往往把氆氇做成担架，一路颠簸送出去，耗时不说，还可能危及村民生命……

急性子的卓嘎开始想办法。从村到县、到市、到自治区，她一遍遍找有关部门，摆困难，求支持。2012 年，投资 583 万元的总长 7 公里的黑色路面工程开建，投资 430 多万元的 13 公里砂石路陆续开建。不久后，新仓村人出行的问题解决了，以前找不到销路的虫草，也有人骑着摩托车来收购了。

村民们高兴。买了石碑，竖在路边，乐呵呵写上"阿卓路"三个字。

鞠躬尽瘁，她芳名永存

阿旺卓嘎太累了。同事劝她歇歇，她开玩笑："我多为老百姓谋福利，将来到了另外一个世界，也好向先烈们交代。"

2012年6月25日，距离正式退休还有不到3个月时间，阿旺卓嘎头晕得厉害，突发高血压引发大面积脑溢血，离世。

噩耗传来，扎雪乡的巴桑一宿没睡，这个高原汉子把孩子叫过来，隔空给阿旺卓嘎敬献了哈达。

新仓村村民不相信自己的耳朵，鸟语花香的山沟里满是哭泣的人。93岁的藏族老阿爸旦增说："走在路上，我想她；走在桥上，我也想她……"那年，新仓村千百年来第一次没过藏历新年，因为高兴不起来，庆祝丰收的望果节也没人提。

"在新仓村，没有一个人不认识卓嘎！"新仓村党支部书记格桑平措感慨，"在阿旺卓嘎身上我看到了全心全意为人民服务的共产党员的风采。"

阿旺卓嘎走后，新仓村两委班子的工作作风悄然转变。村委会有了上下班制度，24小时有人值班，老百姓随时过来都能找到办事的人。

在卓嘎的感召下，巴桑富了不忘乡亲，自己抚养了5名孤儿，每年解决200多人就业。前年，他拿出11万元奖励了100名大学生，拿出120万元资助一名尿毒症患者成功换肾。

结婚几十年，阿旺卓嘎和丈夫聚少离多。每次卓嘎离家前都要给他做出三四天的饭菜，并一再允诺："等我退休，天天给你做好吃的！"

没人敢向阿旺卓嘎6岁的孙女解释，奶奶为什么还不回来。从前每次回家，再累再不舒服，阿旺卓嘎都要抱起这个鼻涕娃娃狠命亲。如今，爷爷只得哄她："奶奶在新仓村放羊呢。"大孙女兴奋地接茬："快让奶奶给我抱回几只羊吧。"

（新华社拉萨2014年6月18日电）

梦想，让人生出彩

——记援藏博士夫妻马新明和孙伶伶

新华社记者 罗布次仁 璩静 杨步月

在拉萨，有这样一对援藏夫妇格外引人注目：拉萨市委副书记、第七批北京援藏领队马新明和西藏社科院当代西藏研究所副所长孙伶伶。

在对口援藏历史上，这对夫妻创下了多个第一：第一对援藏夫妻、第一对博士、第一对北京大学校友、第一对海外访问学者、第一对两届援藏干部。

4年前，他们离开繁华都市，毅然决然踏上援藏征程。4年来，他们视拉萨为第二故乡，扎实工作、不断进取，不辱使命、历练人生，以实际行动造福当地人民，为当地发展尽绵薄之力。

因报效祖国、奉献边疆，他们的人生焕发异彩、梦想成真……

展开寻梦的翅膀

拉萨，是一座美丽而幸福的高原城市，但3650米的海拔，让很多人连到此一游都缺乏勇气。

"我始终相信，只要能有勇气来援藏的人，都有一些理想主义色彩，都有一种勇于担当的奉献精神。"马新明说，援藏，其实也实现了他多年的梦想。

"我来自边疆少数民族地区，是大山里走出的彝家孩子，家境贫寒，国家培养了我这么多年，我不能满足于个人的舒适生活。到祖国和人民需要的地方，是义不容辞的责任和使命。"

放牛、开荒、种地、伐木、打工……1972年生于云南丽江地区彝族山寨的马新明，幼年时就经历了超乎常人想象的生活磨砺。他永远难忘：是亲友省出买盐的钱、承担他家的活计，他才能在辍学后重返校园；他始终铭记，是希望工程的资助支持他完成大学学业；他不会忘记，体弱多病的双亲，为他耗尽了一生的心血；他更不会忘记，是组织的关怀和培养，让他一步步历练成长。

特殊的成长经历始终激励着马新明，而来自爱人的支持更坚定了他开始寻梦之旅的决心。

"跟着他，哪怕去当乞丐我也愿意。"孙伶伶说。

从大学田径队中相知相爱，到人生道路上相濡以沫，马新明的正直、无私、执着，让孙伶伶倍感踏实，而孙伶伶的善良、知性、博爱，又让马新明尤为珍惜。

有梦想、有信念、有奋斗、有奉献的人生，才是有意义的人生。

从中国政法大学毕业后十多年间，马新明在宣传思想文化领域勤奋工作的同时，拿下了北京大学双硕士学位、中国社科院博士学位。他既是最年轻的后备干部之一，又是少数民族，是组织重点培养的对象。孙伶伶从北京大学法学院博士毕业后，曾赴日本、美国留学和访学。在放弃令人羡慕、收入颇丰的涉外律师职业后，她又到中国社科院工作，逐步成长为国内日本研究领域的青年专家。

报效祖国、奉献社会，成为这对夫妇共同的奋斗理想。相互鼓励、相互支持，又使他们毅然同赴高原、建功立业。

2010年7月，时任北京市委宣传部机关党委副书记、基层处处长的马新明与孙伶伶主动请缨援藏，成为1994年中央开启对口支援西藏工作以来第一对援藏的夫妻。马新明先后担任拉萨市副市长，市委常委、宣传部部长，孙伶伶则任西藏社科院《西藏研究》编辑部副主任。2013年第六批任期届满，马新明因为工作出色，得到自治区、拉萨市的挽留和组织的批准，被任命为拉萨市委副书记，兼任北京第七批援藏干部领队、北京对口援藏指挥部总指挥，孙伶伶转任西藏社科院当代西藏研究所副所长。

援藏之初，有亲友奉劝他们，条件艰苦，援藏还须三思。还有同事劝说，夫妻援藏虽然彼此能有照应，但对一个家庭而言，意味着付出更多、牺牲更大。面对种种善意的挽留，马新明的信念始终如一："人生各有精彩。选择不同的人生道路，很多时候是偶然，但只要朝着光明的方向行进，并为此坚守梦想，每一步都会铿锵有力。"

履实追梦的步伐

对援藏干部来说，深入高原，只是第一步。追梦的人，注定要走得更高更远。

追梦，要有持之以恒的耐心和信心、百折不挠的意志和毅力——

进藏4年间，马新明先后分管过拉萨市的交通、安居工程、铁路、旅游、文化卫生、新闻出版、科技、教育、民政、环保等20多项工作。

为让农牧民搬进安居房，马新明在海拔4000多米的草原上奔波，从设计、备料、施工到验收都亲力亲为，一年间完成1.2万余户安居工程建设、56个建制村村容村貌整治。为使个体中巴车平稳退市，马新明与司乘人员挨个谈话，倾听他们的诉求、打消他们的顾虑，很快签订了协议。新公交上线后，他又每天乘车了解乘客反映，对发现的问题即整即改，实现了平稳过渡。

只有锲而不舍、脚踏实地，才能朝着实现梦想的方向行进。

为给拉萨争取到藏语和旅游文化电视频道，他一次次跑北京，一个个司局敲门，陈述拉萨增频的意义，终使频道顺利开播；为使大型史诗音乐剧《文成公主》在国家大剧院首演，马新明带队在北京筹备演出，一个多月没有回家，与演职人员同吃同住，事无巨细亲自抓，使演出大获成功。

追梦，要有义不容辞的责任与担当、不计得失的气魄与胸怀——

海拔 5000 多米的当雄县纳木错乡发生鼠疫，他火速奔赴现场，连夜组织救援；墨竹工卡县发生山体滑坡，他坚守岗位，两天两夜未合眼；尼木县某小学师生集体发烧，他与医护人员整宿未眠，共同抢救和安抚……在急难险重中，马新明总会第一时间到达现场，从不退缩推卸责任。

20 年来，对口援藏的领域在拓宽，内涵在丰富，质量在提升。援藏工作重点转向基层、向农牧民倾斜。

重民心、重民意、重民情——这是马新明始终坚持的北京援藏工作中心。拉萨群众文体中心、德吉罗布儿童乐园、拉萨北京实验中学、拉萨农业设施建设、牦牛博物馆……一个个填空白、打基础、利长远、惠民生的援藏项目背后，是马新明等北京援藏干部们熬过的无数个不眠之夜，常年连轴转、超负荷的工作。

"他要求当日事当日毕，经常凌晨 3 点多还要给他送文件。"马新明身边工作人员说。

为了信仰和理想而忘我工作，苦辣酸甜只有自己知道。马新明、孙伶伶原本都是长跑健将，身体素质很好。来到拉萨后，由于高寒缺氧，夫妻二人出现失眠、记忆力差等症状。马新明深受痛风、滑膜炎困扰，严重时只能拄拐杖开会、下乡。而孙伶伶不仅严重脱发，还患上溃疡性结肠炎，需要长期服药治疗。

对女性来说，援藏之路更为不易。孙伶伶在做好编辑工作同时，利用科研优势积极开展西藏经济社会发展调研，先后完成国家社科基金课题 2 项、个人主持课题 3 项、参与国家级及有关部门委托课题 9 项，发表及结项成果近百万字、国内外核心期刊学术论文 10 篇。不仅如此，她还在做课题的过程中注重当地团队培养，带动了一批年轻科研人才的成长。

"援藏，让我们体验着多彩的生活经历，每天与朴实善良的人们朝夕相处，为拉萨实现跨越式发展，忙碌和付出都是一种充实和快乐。睡眠不好、记忆下降、头发日减，与在藏工作几十年的当地干部所付出的相比，又算得了什么？"马新明在发表的一篇文章中写道。

汇聚圆梦的激情

"女儿旦增白云在学校的汉字听写大赛获了奖。"堆龙德庆县东嘎镇困难户其美的消息，让上门探望的马新明、孙伶伶十分高兴。

其美是马新明夫妇二人在拉萨结交的众多"亲戚"之一。逢年过节，他们会到其美家坐坐，送上生活必需品，遇到孩子升学掏学费、家人生病出医药费、房屋漏雨安排人修补，竭尽全力为他们分忧解难。

作为北京援藏干部领队，马新明要求援藏干部们把民族团结放在首位，组织大家每周学习藏语、藏歌、藏舞，自己和孙伶伶带头学、带头讲，在援藏干部中形成了浓厚的学习氛围。

"天下没有远方，人间都是故乡，有爱就是天堂。"《文成公主》剧中的歌词正好契合马新明夫妇的心境。援藏的过程，是一段播撒民族团结与友谊之旅。只有从政治上、思想上、行动上、感情上融入当地，援藏干部才能完成好中央交付的各项任务。

"扎扎实实干事，踏踏实实做人，他们夫妇是援藏干部的榜样。"

"林周县阿布村、堆龙德庆县东嘎村、尼木县尚日村，这些马书记的联系点，再忙再累，他每季度都会过去一两次。他和孙老师省吃俭用、生活简单，可对别人总是慷慨大方，每次去帮扶对象家里，都自己出钱，送上慰问金。"

"马书记一点儿架子都没有，特别平易近人、谦虚低调。"

"他和孙老师经常在家里组织大家包饺子、看球赛、喝喝茶、聊聊天，听大家说说心里话。"

"他们有一种大爱精神，能跟他们夫妇做朋友，是一辈子的幸福。"

……

这些话语，都是当地同事、朋友们对他们夫妻的评价。马新明常说："是这个时代给了我们圆梦的机会，是党委政府给了我们干事创业的平台，是干部群众给了我们太多的鼓励与支持。"

治国必治边，治边先稳藏。全国援藏，是中央的重要战略决策，是西藏过去、现在和未来跨越发展的一个重要支点。

祖国的需要、人民的福祉，是马新明、孙伶伶夫妇前行的方向。志存高远的家国情怀，不仅为他们的人生与事业铺设了坚定基石，更激励了更多追梦人来到高原成就事业、实现梦想。

"没有在西藏工作的经历，很难理解民族团结的重要性，也很难体悟到维护西藏发展稳定对国家的战略意义，更难感受到国家与个人命运如此息息相关。"马新明说。

马新明、孙伶伶对西藏怀着深深的感情，用他们自己的话说，"西藏已经成为我们生命中难以割舍的记忆。我们热爱拉萨，我们能在这里为需要的人们付出自己的所有，发挥人生价值，感到此生没有虚度。"

建功立业的舞台空前广阔，梦想成真的前景更加光明……

（新华社拉萨 2014 年 9 月 16 日电）

藏汉老人的金婚：跨越时空的坚守

新华社记者　刘洪明

"同事劝我'离了吧，人肯定是残疾了'，但我不离，因为我的良心不让我这样。" 75岁的次仁索朗老阿妈回忆起44年前的一幕，淡然地说。

在日前举行的国务院第六次民族团结进步表彰大会上，次仁索朗获得"全国民族团结进步模范个人"荣誉称号。她跟汉族丈夫的生活，演绎了一个跨越时空、跨越民族的人间至真至纯的爱情故事。

由于肌腱断裂，双手手指失去了第一节，左手只有4根指头，虽然多次整容，但面部和嘴唇仍留有烧伤的痕迹……他就是次仁索朗陪伴了52年的丈夫——张化祥

岁月可以使记忆风化，唯有真情，历久弥新，不分地域、不分民族。

50多年前，抽调在西藏南木林县工作的四川小伙张化祥与次仁索朗经别人介绍，相识并确立了恋爱关系。1962年夏天，张化祥与次仁索朗在南木林县领了结婚证。

"我是藏族，他是汉族，但我没有看出我们之间有什么不同。"说起当年对张化祥的印象，次仁索朗说："他人长得好，很朴实，各方面都很优秀。"

可是两人的婚姻之路并非一帆风顺，一场突如其来的灾难让这对夫妇措手不及。

1970年2月，林芝地区尼西山发生火灾，正在林芝参加学习班的张化祥和一群人随即上山灭火。这一去，竟让他永远失去了俊俏的面庞。无情的大火使他面部毁容，双手残废。

674

就在那年，次仁索朗怀孕。当地干部把张化祥受伤的事暂时隐瞒下来。当她得知丈夫受伤在上海治疗的消息，已经是儿子出生几个月后。

从 1971 年到 1973 年这几年时间里，这对夫妻身处西藏和上海两地。次仁索朗一边抚养儿子、照顾失明的母亲，一边还要下乡工作，担起家庭的重担。张化祥经历 20 多次手术，忍受大面积植皮、双手截肢、手穿钢丝等巨大痛苦。

1973 年的春天，次仁索朗带着两岁半的儿子从雪域高原来到上海。次仁索朗说："刚知道他被烧伤时我特别难过，到上海时也没有想到烧得那么严重。"

历经长达 4 年治疗之后，张化祥于 1974 年痊愈出院，被安排在成都长期疗养。次仁索朗就一直陪在身边。张化祥经常对亲朋好友说："住院那几年是我俩最甜蜜的日子，要是没有老伴的照顾，我早就变成一堆骨灰。"

1959 年毕业于中国佛学院，同年被分配至西藏工作的周敦友与张化祥是老乡、大学同学、同事。"张化祥原先非常英俊，受伤后我再见到他时我不敢认了。"他说。1975 年周敦友专门去成都看望张化祥，一见面两个人拥抱在一起，那一刻激动地说不出话来。

作为一个因公致残的人，张化祥完全可以接受组织的安排，长期在成都疗养而不必再进藏。然而，1980 年，在张化祥多次要求下，组织上终于答应他回到拉萨。

"回到拉萨，张化祥忍受着高原反应的痛苦，依然坚持工作。"周敦友说，"次仁索朗很伟大，为了照顾丈夫，牺牲了自己的事业，若不是出现这种情况，她早就成为领导干部。"

张化祥不仅有个幸福的家庭，还有一群共同工作的汉族与藏族朋友。

"老张这个人很大度，跟同事从没发生过矛盾，当时有人因为工资的问题来找他甚至态度蛮横，他都耐心解释了很久。"张化祥的同事娜喜对记者说。

如今，两位老人一个年逾古稀，一个已到耄耋。一份坚守五十余年的爱情，使两位老人的人生跨越了绵绵雪山，超越了地域和民族。

"西藏发展越来越好，吃喝玩乐都不愁。现在最大的愿望就是保养好身体，多享受现在的幸福生活。"两位老人告诉记者。

50多年风雨同舟的金婚，已经把他们两颗不同民族的心紧紧地熔铸在一起。"我从阿爸与阿妈身上学到了不离不弃的爱情，还有坚强、担当以及对家庭的责任。无论哪一个民族，追求幸福的梦是一样的。"女儿次央说。

（新华社拉萨 2014 年 10 月 8 日电）

"藏漂"：梦想在高处

新华社记者　张宸

在西藏，有这样一群人，他们虽来自四面八方，但追寻同样的梦想——不忙忙碌碌、不汲汲以求、不苟同潮流。他们飘在西藏，如果要给他们起一个名字，可以叫藏漂，但这个"漂"，少了漂泊的味道，更多的是要漂出一种生活新理念。下面是几位藏漂的故事。

"整个人都觉得变纯粹了"

昏暗的灯光映衬下，80后文身店主颜楚泓正向前倾斜着身子，细致地将客人身上的颜料一点点擦拭干净，斑驳的墙体上挂着数十幅她自认为比较好的作品图案。在拉萨市八廓商城对面，拉萨时光的小巷里，这家名为"颜"的文身店已经开张数月。

从文身店的选址，到招牌设计，再到店里的摆设，每一个细节都是由颜楚泓自己完成。在反复比较了几个地址后，她最终将店面定在这个窄窄的巷子里，"有小时候生活在弄堂的感觉"。

颜楚泓来自广东，曾在上海读大学，随后在日本留学学习服装设计。来拉萨前，她已经做了很多国际知名服装品牌的代理，同时自己也开发了一个服装品牌，得到了业界认可。在外人眼里，父亲从事服装行业的颜楚泓应该"女承父业"才是，但自2011年第一次踏上拉萨的土地后，她就再也不想回去了。

"这儿抬头就能看见蓝天白云，让整个人都觉得变纯粹了。"在北京和深圳工作过一段时间的颜楚泓觉得这儿的空气和云"透着一股浓浓的世外味道，过滤了生活中的杂质，让人变得纯粹，回归自我"。

而之所以选择做文身，是因为在颜楚泓眼里，文身是信仰、力量、勇气的象征。"最早的时候，部落与部落之间用不同的文身区别身份，在战争之前也要文身，请求上天给予力量。"她说。

但让她不爽的是，社会上对文身依然误解不断。"前十年，电影里的古惑仔和小流氓的形象就是文身，让不少人认为'左青龙、右白虎'就是文身的代表。"颜楚泓说。

颜楚泓认为，那些龙啊、虎啊之类的文身"丑得没法看"，有很多次，她遇到要求纹龙、纹虎的人都直接拒绝。同时，文身的收费也看心情，"遇到聊得来的就收个成本费，遇到聊不来的就按市场价"。

不少来店里文身的人都成了颜楚泓在西藏的伙伴儿，大家不时相聚喝喝茶、泡泡吧，有时还会一起出去"过林卡"（西藏的一种活动，类似野餐）。这个凡事都看感觉的姑娘认为，这些朋友让她觉得很有安全感，"大家很单纯，交流起来很直接，从不拐弯抹角"。

"睡到自然醒，跟朋友晒晒太阳，聊聊天。"这就是颜楚泓每天工作之外的生活安排，"这就是我理想中的生活方式，人跟人之间没有钩心斗角，大家在一起享受生活的美好与幸福。"

"那你有没有什么不开心的事呢？"记者问。她眨巴着大眼睛，想了一会儿，认真地回答说："我真想不起来了，我的大脑有自动过滤功能，一些不开心的事儿隔天就忘了。"

"你会觉得世界上的人都是你的好朋友"

《西藏生死书》《中国哲学史》等书籍安静地躺在米黄色的书架上，安静的音乐静静流淌，茶香氤氲，三五书客结伴而来。在大昭寺旁的雪域旅游商场三楼，一家名为"旁观书社"的小店在拉萨迎来送走四面八方的游客。

旁观书社老板叫"胡子"，本名谭卫民，或许是岁月对他太苛刻，1987 年出生的他看着像 1980 年生人。因为他在长途旅行中创下了九个月没刮胡子的记录，在驴友圈里就有了"胡子"的绰号，他也索性以此为名，自称"拉萨胡子"。

胡子 2009 年毕业于北京交通大学，"比较宅"。但"比较宅"的他在工作 3 年后做了一个外人看来很疯的决定——骑行全国。胡子在告诉朋友们自己要骑行全国时，他的朋友无一例外都是哈哈大笑，谁都不相信。他第一天的骑行经历也确实惨痛，从北京东三环到西三环，不远的距离却让他身上没有地方不痛。但胡子笑言，"忍忍就过去了"。他觉得自己从骑行中明白了"熬"也是一种人生境界。"人生就是在不断地熬，把痛苦和苦难熬过去，就会迎来幸福。"

9 个月时间，胡子从北京出发，历经山西、山东、海南、广西、云南等地，最终骑行到西藏，开了这家旁观书社。

"拉萨给我的感觉是一种人与人之间纯纯的信任。"在骑行翻越白马雪山时，网名为"0844 老陈"的大哥正把车靠在路边煮饭，看到他独自一人骑行，坚持招呼他过去吃点热乎的东西。胡子现在也落脚在这个大哥开的客栈里。"不收钱，这在别的地方是不可思议的事情。"

"我不喜欢北京那样的大都市，人太多、人与人之间的隔阂感比较强。在拉萨，你会觉得世界上的人都是你的好朋友。"在胡子眼里，"在拉萨，想吃饭打个电话给朋友，20 分钟时间就聚齐了，而在一些大城市从南城到北城有时候要 3 个小时的时间。"

"拉萨城市很小，有一句调侃说，在大昭寺、布达拉宫溜达一圈，总会看到几个认识的朋友。"更让胡子感到舒服的是，在拉萨，走在街头，经常有不认识的人跟自己打招呼，"你在街头看到的每一个陌生人都有可能向你微笑，为你祝福。"

在没事的时候，胡子每天都会坚持去大昭寺转经、去甜茶馆里跟着本地人学藏语。今年 5 月 21 日，胡子开始了"拍摄大昭寺日出 100 天"活动，每天早上 6 点起床赶往大昭寺拍摄日出。早出晚归，使得原本清瘦的他又瘦了一圈。

"拉萨的每一栋建筑都有着过去、现在和未来的故事。在拉萨结识的朋友身上都有着满满的正能量。"在胡子眼里，拉萨吸引他的原因是在这里能找到"内心的平和、生活的本真、生命的本源"。

"没有了必须伪装的生存压力"

"老板，你为什么开这家客栈？"每一个到拉萨北京中路达兰客栈住宿的人，在得知了老板贾昱昊的经历后，几乎都会问这样一个相同的问题。

1984年出生的贾昱昊的经历能写一本小说，初中毕业辍学开网吧一年被骗，后直接参加高考考入黑龙江大学。大三在某电视台实习时，发现工作的实际跟自己的新闻理想不符，毅然退学去了北京。

此后，贾昱昊在大商场扛过包，在餐厅刷过盘子，一次偶然的机会进入了一家小的互联网公司干了两年，随后跳槽去雅虎做产品经理，再后来，陆续跳槽到支付宝等单位，到来拉萨之前年薪已至40万元。

当大家都以为这个"严格意义上只有初中毕业"的贾昱昊完成了"屌丝逆袭"时，他却毅然辞职，开始为期半年的全国漂流生涯。

因为体型胖，贾昱昊没少遭到过人白眼。漂到拉萨之后，他欣喜地发现，在大街上走的时候，有很多次，有人直接上来拍肩膀说，嘿，兄弟，来喝杯茶。这让贾昱昊一下子爱上了这里。

结束全国漂流后，贾昱昊就来到拉萨，准备在这儿"生根发芽，茁壮成长"。于是他联系了两个80后合伙人，选一个不闹腾、落地窗朝南的地方，开了这家客栈。

贾昱昊评价自己是一个特别理想主义的人，从2004年休学到2012年4月达兰客栈正式开业，贾昱昊在9年内去过不少城市，唯一让他满意的城市是拉萨。

"人与人的沟通成本非常低，没有了必须伪装的生存压力。同时，开客栈让我认识了形形色色的人，交到了很多朋友。"贾昱昊说。

在公司的时候，贾昱昊的收入远比现在高，但他不快乐，觉得自己的生活"除了物质之外，没有其他任何收获"。

"自己从一个普通的技术员慢慢做产品经理，再到一个小公司的副总，在一步一步向上爬的过程中，原以为自己会得到快乐，但真正做到了一个比较高的位置，却觉得不是自己想象的那样。"贾昱昊说，"我现在还不知道自己想要什么，但已经知道自己不想要什么。"

"现在很多人的价值观已经扭曲，把挣钱多少当成评价一个人成功与否的唯一标准。"在贾昱昊心里，做一个木匠，打造出傲人的家具是成功，而不是挣了多少钱；作为客栈老板，把客栈打理好就是成功，也不是通过挣了多少钱来衡量。

"感谢拉萨的旅游季，虽然5-10月份比较忙，但之后就很自由。"贾昱昊目前的安排是，每年从11月份开始出去玩，东南亚、泰国、柬埔寨、越南等地，用旺季的收入支持淡季的逍遥。

"我们不能树立一个标杆，告诉别人这对、那不对。人的生活方式可以有千种万种，拉萨让我自己的心静。"采访结束时，贾昱昊突然而至的一句深沉的话让记者回味良久。

采访手记：与藏漂对话，是一件惬意的事情。哪怕初次见面，也可以让你卸下防备，不用担心哪句话会冒犯了他，而他们的故事虽无波澜壮阔的气势，但恰如小溪，婉转轻回，使人不自觉地就愿意亲近。

我采访的藏漂不止上面三位，还有诗人、导游、电台主持人等等。他们有着不同的故事，但他们来拉萨的原因都一致，离开喧嚣的都市，追寻精神的自由和心灵的宁静。物质对他们而言，简单就好，这是他们敢于漂在拉萨的底气。

或许，"漂在拉萨"的说法不很准确，因为他们身体在漂泊，但内心得到了安顿。

（原载新华社《半月谈》2014年第19期，10月10日）

老 人 与 车

——记拉萨最后的人力板车车夫

新华社记者　边巴次仁　普布扎西

"从家乡运来了肉和酥油，老头，帮我们拉一趟吧！"壮实的康巴汉子头系黑色"英雄结"，用不太流利的拉萨话说道。

"好的，十五块钱一趟！"老人爽快地答应了。不必询问从哪里运到何处。他们的活动范围只在拉萨老城区。

58岁的顿珠格桑（左），74岁的强白（中）和64岁的德荣在等待雇主。
（新华社记者　普布扎西摄）

以八廓街为核心的拉萨老城区总面积约 1.33 平方公里，是拉萨这座古城的心脏和脉搏。

康巴汉子没有讨价还价。老人于是站起身，缓缓地将板车掉了个方向，自己再转身，背身用手抓着车把，跟着康巴汉子，拉车走了。

这个个头不高、身形消瘦的老人，叫德荣，今年 64 岁，出生在拉萨市墨竹工卡县。

因为膝下无儿子，为了两个幼小的女儿，为了家庭，他不得不在 32 岁的时候，出来打工挣钱。"至今拉板车也刚好 32 年了。"老人说。

那是 1983 年，西藏的改革开放刚刚开始。那一年，我国第一批博士诞生，苹果公司推出了全球首台图形界面个人电脑，女性首次进入太空。

光滑、黝黑的车把手，足能让人能够感知它经历的年岁。来到八廓街东边的一个小巷子，长约 3 米的木制板车靠着一辆装满了塑料麻袋的皮卡车停下。

老人和几个康巴汉子一起动手，把六七个大塑料麻袋装到了板车上，老人用绳子把东西简单固定了一下。此时，装满了箱子和其它不知名的物品的电动三轮车呼啸着从边上驶过。

稍显费力地提拉车把，将"车绊"搭在肩上，双手用力握住车把，老人跟着康巴汉子，穿过了数条小巷子，最后来到了八廓街清真寺后边的一栋藏式小楼底下。卸货收钱，老人最后挥手道了一声"次仁"（长寿），拉着车子慢悠悠地往回走。

"这辆车的'车龄'和我的'工龄'一样长，跟着我走遍了老城区大大小小的无数条巷子。"老人说。老城区大大小小的街巷无数条，犹如迷宫般交错纵横。

分布老城区各处的包括被列入世界文化遗产名录的大昭寺在内的 27 座寺庙，使得这片区域有着浓浓的宗教氛围。而林立每条主街巷两侧的店铺也使得这里的商业气息绝不亚于宗教氛围。这里还有 56 座古建大院，常住人口 8 万。

古老的建筑布局不可能适应像汽车等现代交通运输工具的使用，这就

58岁的顿珠格桑拉着一家商店的货物从大昭寺广场前走过。

（新华社记者　普布扎西摄）

为像德荣老人一样的板车车夫们提供了一个营生的路子。为商家运货，为住户搬运东西是老人们最主要的工作。

板车应该是人类还未驯化动物为生产生活所用之前就已经存在的一种原始的运输工具。

位于八廓街东南角的"翁堆星卡"（藏语，地名）是板车车夫们的大本营。最"辉煌"的时候，这里曾经聚集着五十多个车夫，加上老城区其它几处地方，每天穿梭在老城区巷子里的板车手超过一百个。

虽然当时人比较多，但是老城区内走街串巷运货的只有板车，每人每天也能有二三十元的收入。德荣老人说："当时的钱可比今天值钱多了。"上个世纪末和本世纪初的几年里，板车是老城区的一景。

可如今，"翁堆星卡"这处曾经是一片田地、如今两面藏式小楼的热闹街面，绝大部分位置被拉货的电动三轮车占据着，只剩下了一小块地方属于德荣、顿珠格桑和强白三位老人。

58 岁的顿珠格桑敦实，64 岁的德荣消瘦，74 岁的强白瘦高，为了生活，三位老人至今依然坚守着这份营生。人们依然用"ter ka"这个专属职业名字称呼他们。"ter ka"藏语意为拉货的车子。

从最初一天 20 多元的收入到后来超过 200 元一直到现在时而两三天拉不上一趟活的窘境，老人们感叹着这个变化快速的时代，也怀念着美好的过去。

顿珠格桑老人说："没活的时候，我们三个就晒晒太阳，聊聊天，有时候还玩玩骰子（一种藏族传统的游戏）。"

2012 年 12 月，投资约 15 亿元人民币的拉萨老城区保护工程启动，翌年 7 月竣工。这次保护工程涉及 87 条街巷、17072 户居民、3143 户商户，改造完成后老城区的水电道路等基础设施条件得到了极大的改善。

道路条件的改善刺激了电动三轮车的迅速普及。"三年前，电动三轮车开始加入了拉货行当，后一年就更多了。"强白老人感慨地说："如今，走遍老城区各处，用板车拉货的人，只剩下我们三个了。"

不到 30 岁的藏族小伙子边巴来自西藏达孜县的农村。在"翁堆星卡""趴活"的众多的电动三轮车夫中，他比较健谈。他说自己去年花了 7000 多元买了车子，"现在每天的收入都不会低于 100 元。"

2000 年，顿珠格桑老人花了 300 元买了他现在的板车，正式加入了"ter ka"的行列。他是这个行当的"新人"，更是这个行当的"年轻人"。58 岁的他，每年春耕和秋收还要回拉萨林周县的农村老家务农。

德荣老人和强白老人，一年四季都会坚守在老城区里。强白老人清晰地记得自己在 48 岁的时候开始了板车车夫的营生。"49 岁那年，我去了阿里朝拜神山岗仁波齐，费用就是前一年拉车挣的。"

在老人们踏遍老城区各处巷子的几十年时间里，这里发生了很多变化。街巷的路面从土路逐渐变成了石板路、花岗岩路、青石路，店铺从几十家几百家变成了上千家，地下管网的修建取代了藏式旱厕和空中交错的电线，取暖的火炉子变成了今天的电暖气。

老城区在变，老人们板车上的东西也在变。"从藏式火炉子、藏式木柜、藏被等到如今的电冰柜、电视机、组合柜等各种家具，从糌粑酥油牦牛肉到装箱打包的各种食物，很多都在变啊！"强白老人感叹。

很多东西都在变，很多东西又没有变。比如老人们的坚守和他们的板车。他们不愿改换电动车，"只有双脚踏在地上，一步一步走过的感觉，才是最稳的。"

"夏苏仓那边，搬家，拉一趟吧！"强白老人站起身，缓缓拉起板车。"我想我会坚持到拉不动的那一天。"说完，老人和板车消失在八廓街熙攘的人群中。

这一幕，犹如作家海明威《老人与海》中的老渔夫桑提亚哥，孤独而顽强，坚韧而充满生命力。

（新华社拉萨 2015 年 3 月 27 日电）

西藏地震重灾区："玩命县长"
六走悬崖解救群众

新华社记者　张京品

在西藏地震重灾区萨勒乡，"玩命县长"为了解救偏远山村群众，舍生忘死，六走悬崖，安全转移边境两村 300 余名村民。连日来，"玩命县长"的事迹在西藏边陲小县吉隆县不胫而走，广为流传。

六走悬崖救群众

一面是断崖裂谷，一面是壁立千仞，半座山体已经滑落，一阵风吹过，碎石便哗哗滚落，沟谷间顿时尘土缭绕。这样危险的环境，普布多吉却贴着塌方山体边缘，多次往返。

普布多吉是西藏吉隆县副县长。西藏"4·25"地震发生后，普布多吉发现灾情最重的萨勒乡，通往色琼村和拉比村的道路因大面积滑坡塌方而中断，里面 300 多名群众生命受到威胁。

4 月 27 日，普布多吉绕道原始林区通往色琼、拉比村，由于悬崖峭壁多，距离长，艰难跋涉 4 小时，才抵达色琼村。面对严重的灾情，普布多吉心急如焚。

作为分管交通的副县长，普布多吉想到经过大塌方处的小路是通往色琼、拉比村最近的路。4 月 28 日，普布多吉主动请缨前去塌方处探路。

随他一起探路的公安干警普顿说："普布多吉给我们说，'你们先不

687

要走，我先试一下'。"当天，普布多吉冒着山体继续滚落碎石的危险，第一次成功突破了大塌方点。

"过悬崖一定要快，不能犹豫。"凭着自己摸索的心得，普布多吉对穿越悬崖更加有信心了。

4月29日，由于上级指挥部尚未确定色琼、拉比两村是否撤离，普布多吉组织40人，每人背着糌粑、大米等救灾物资，通过悬崖送往色琼村。作为领队，普布多吉亲自背负40斤重的糌粑，徒步至7.5公里外的色琼村。

5月1日，为了做好第二天色琼村转移工作，普布多吉穿过大塌方，第4次往返悬崖。5月2日、6日，普布多吉又往返悬崖，成功组织色琼、拉比村两村310名村民安全转移。至此，普布多吉完成了6次、往返12回的悬崖冒险。

吉隆县农牧民安居工程办公室主任强巴跟随普布多吉走了一次悬崖，至今回忆起来依然有些后怕。他说："踩着的碎石在下滑，头上又在掉碎石，下面就是不见底的悬崖，太危险了。去了一次，我就再也不敢去了，半夜都梦见自己掉进悬崖了，但普布多吉却走了6次，太让人佩服了。"

"他既是指挥长，又是实干家"

在萨勒参与救援的吉隆县人民法院院长拉加说："在安排工作时，普布多吉是指挥长，但到了落实时，他总是冲在最前面，又成了实干家。"

灾区道路艰险，为了不占用白天有限的时间，每天夜晚，普布多吉利用指挥部就餐后的时间，和大家一起分析灾情、总结部署工作，及时探讨群众需求和救灾中存在的问题，寻求及时、实用的解决办法。

随着救援物资陆续到达，5月4日普布多吉召集卡帮村干部开会，普布多吉与村干部在帐篷后的斜坡草坪上席地而坐，要求村干部和双联户户长联动，确保当天物资必须当天公平发放到群众帐篷里。驻村工作队队长米玛罗布说："这个会开得特别及时，避免了物资发放中的纠纷。"

作为萨勒乡抗震救灾第一指挥长，很多事他都是亲力亲为。6日，记者跟随参与拉比村转移，对此有了切身体会。

6日下午，175名拉比村村民经过艰难跋涉，到达大塌方处。上午铲出的小路已被山上滑落的土石淹没，公安干警和边防官兵再次铲出小路。普布多吉站在悬崖边，随时注意着山上落下的滚石，指挥群众有序通过。

村民普琼带着孩子准备通过时，被普布多吉拦了下来，仅仅几秒钟，山体上方开始滑落碎石，下面的悬崖里顿时尘土飞扬，完全挡住了视线。

10多分钟过后，看山体稳定，普布多吉背着村民德吉2岁的孩子，快速通过了悬崖。

被转移的群众在平静中快速前行，在地震中双腿膝盖被砸伤的德吉，含泪回望着普布多吉，心存感激。

"他的黑不是晒出来的，是干出来的"

记者第一次在萨勒乡见到普布多吉时，他的上衣系在腰间，头发蓬乱，眼睛里布满的血丝和他黝黑的皮肤形成鲜明对比。长期和他共事的吉隆县政协主席刘永祥说："普布多吉的黑不是晒出来的，是干出来的。"

2011年，普布多吉担任吉隆县副县长，分管交通、农牧等。吉隆县雪灾频繁，雨季降水多，交通中断频率高，普布多吉都是冲在第一线。县里干部说，最危险的地方普布多吉总是自己去，有人笑话他是"冬季抗雪灾"、"夏季保抢通"的"救灾县长"。

2014年入冬以来，吉隆县多次遭遇罕见的大雪，海拔5236米的孔唐拉姆的积雪，常常阻断吉隆与外界的唯一通道，普布多吉不断抢通，不断中断，他都是带着挖掘机等机械，在现场指挥抢通。

2015年3月一天凌晨4点时，吉隆县的贡村发生雪崩，普布多吉很快就到现场组织抢通。由于难度大，第一天仅抢通了20公里。普布多吉揪心村里的情况，带着临时组建的突击队，踩着深一脚浅一脚的积雪，走了

11 公里，连夜赶到村子核查灾情。和他同去的刘永祥说："当时普布多吉脸脱了一层皮，面目已经认不出来了。"

普布多吉患有严重的痛风，在地震灾区，萨勒乡早晚天气凉的时候疼得厉害。萨勒乡抗震救灾指挥部建议他回去调养两天，可他却说："我们多加紧工作一点，群众就能早一点得到安置、早一点脱离危险，我们要做好党员干部的带头表率作用，尽最大努力抢险救灾，完成好党和政府交给我们的任务。"

地震十多天过去，普布多吉仍奋战在抗震救灾一线，边吃药边工作。事实上，工作这么多年来，他几乎从来没有好好休过假。在吉隆县，谈起普布多吉，无论是藏族还是汉族干部群众总是竖起大拇指。

（新华社西藏吉隆 2015 年 5 月 10 日电）

国 门 之 魂

——记留守吉隆口岸"孤岛"的 21 名血性"国门卫士"

新华社记者 杨三军 张京品 王守宝

尼泊尔"4·25"强震，让西藏吉隆口岸成为"孤岛"。

震后，一架架直升机起起落落，载着这里的人们转移离开。

没有走的，只有 21 人。

他们是留守国门的边防官兵，吉隆口岸一群当代血性军人。

国 门 救 援

吉隆口岸，国门屹立，国徽闪耀。

4 月 25 日 14 时 11 分，尼泊尔强震突发。

口岸的人们慌乱奔跑，喊声、哭声混成一片。周围山体的滑坡、滚石伴着尘土倾泻而下。

一名农村妇女惊恐地呼救："快救救我家老人和孩子,他们还在楼里!"

吉隆边防检查站监护中队指导员熊英杰立即叫上一排排长丁在成和两名战士前往营救。

被困在一栋二层楼内的，是一位行动不便的患病老人和一个三岁的孩子。

救人要紧。丁在成顾不上危险，直接冲进楼去，背一个、搀一个。

三人脱险，现场的群众一片欢呼声。

4 月 28 日，求援从国门外传来。

尼泊尔"4·25"强震，让西藏吉隆口岸成为"孤岛"。震后，一架架直升机起起落落，载着这里的人们转移离开。没有走的，只有21人。他们是留守国门的边防官兵，吉隆口岸一群当代血性军人。所有边防官兵面向国门，目视国徽，庄严敬礼。"国门在，我们就在！"（新华社记者 殷刚摄）

几公里外，中国水电七局200多人被困尼泊尔那苏瓦卡里项目部，7名轻重伤员，急需转移救治。

15名监护中队官兵踏着滑坡形成的乱石堆，冒着不断滚落的飞石，把伤员安全接回国门。

当天，伤员乘直升机安全转移。

国 门 离 别

考虑到吉隆口岸的困难和危险状况，上级决定，分批转移口岸人员。

4 月 29 日，当最后一批撤离人员登上直升机，口岸只留下了吉隆边防检查站监护中队的 20 名官兵，以及乘最后这架直升机从吉隆镇赶来的副站长蒲政江。

那一刻，21 名留守官兵列队、致军礼，很多人都哭了。场面悲壮。

监护中队指导员熊英杰说，敬礼和泪水包含太多的复杂情感。

撤离前一天，方案已定：普通群众先撤，公职人员和边防官兵后撤，留下 21 名官兵坚守国门。

作为军人，每个人都报名留下。

最后确定的名单：熊英杰是第一个，第二个是中队长王忠祥……

王忠祥说，守护国门，是军人的职责所在。

国 门 有 我

吉隆周围三面环山，余震不断，山体不断滚落飞石。

国门的相对"安全区域"只有约 300 平方米。

每天早上，21 名官兵集体向国门敬礼，向国徽致敬，各司其职，守卫国门。

王兴云，吉隆边防检查站业务干部。

谈起驻守"孤岛"的 10 多个日日夜夜，王兴云说并没有很多特别。

从他到口岸的那一天起，断电断网断路的"孤岛"生活就经常有，只不过这一次多了地震的威胁。

王兴云说，国门是主权的象征。国门没有关闭，他们就不能撤离。国门是他们留守的动力。

国 门 灵 魂

国门卫士，戍边卫国。

11 日，吉隆口岸监护中队被震损的办公楼门口，这八大金色大字，在阳光下分外醒目。

不远处，书写着习近平总书记提出的新"四有"军人标准：有灵魂、有本事、有血性、有品德。

尕麻旦增，西藏吉隆边防检查站政委。

他对血性有着自己的理解：无条件履行军人的职责，哪怕付出生命。

事实证明，大灾面前，危急时刻，边防官兵没有一个人当逃兵、当孬种。

尕麻旦增说，监护中队无疑是经得起考验的"血性国门中队"，留守官兵无愧为"血性国门卫士"。

11 日 15 时 30 分，国门的国徽下，熊英杰等 21 名留守官兵整齐列队，来换防的是包括尕麻旦增在内的 21 名战友。

所有边防官兵面向国门，目视国徽，庄严敬礼。

"国门在，我们就在！"

（新华社西藏吉隆 2015 年 5 月 11 日电）

危难时刻，一名老党员的选择与担当

新华社记者　罗布次仁　拉巴次仁　边巴次仁　春拉

地震袭来，从废墟中救出自己的女儿，但无力救出更多的亲人，眼睁睁看着他们离去，作为爷爷、作为丈夫的他感受到了悲痛欲绝的煎熬；作为一名共产党员，他强忍彻骨的悲痛，果断担当，组织带领 200 多名村民转移到安全地带，让更多的村民免于余震威胁。

西绕坚参，西藏地震灾区的一名基层党员干部，一个夏尔巴汉子，在灾难中，他失去了四个亲人，却在绝望中砥砺，在坚强中坚守，抒写了人生中悲恸而又坚毅的一段经历。

记者在西藏日喀则地区拉孜县临时安置点见到这位个头不高、消瘦的居委会主任时，他依然在为村民们忙碌奔波着。可他憔悴的脸庞和布满血丝的眼睛难掩痛苦、艰辛和劳累。

雪布岗居委会共有 83 户 300 多名村民，世代居住的多数为夏尔巴人。今年 55 岁的西绕坚参是居委会主任。

4 月 25 日尼泊尔强震打破了原本美丽的边境小村的宁静。房屋倒塌、乱石滚落。

地震发生时，西绕坚参正背着相机勘察雪布岗村通向牧场的道路。突然两声巨响，瞬间山崩地裂，乱石飞舞。一颗滚石砸伤了西绕坚参的大腿，幸无大碍。

家里 5 名亲人是否安全？冒着滚石和不断的余震，他艰难地向着家的方向前行。在离家不到 200 米的地方，他听到了女儿的呼救声。

当他看到被倒塌房屋的土石掩埋半身的女儿，心急如焚。他用双手刨开压在女儿身上厚厚的尘土，奋力搬起压在女儿身上的石头，救出了女儿。

在倒塌房屋的一角西绕坚参看到了妻子。地震引发的巨大滚石击中了他的房子，三层小楼轰然坍塌，妻子被夹其中，无法动弹。

他用尽力气试图搬开压在妻子身上的大石块，可巨石纹丝不动。

他几近疯狂地用双手刨开巨石四周的土石块，找来木条、铁管，从各个方位试图撑起巨石，哪怕是一点点的松动，可是，一切都为时已晚。

失去妻子的绝望让他几近崩溃。孙子、孙女和长年在家已视同亲人的尼泊尔籍保姆也被掩埋在废墟中，无处找寻。

"眼睁睁看着亲人被困，可我没有任何办法。"55岁的西绕坚参心如刀绞。

目前，次仁群宗已被送至日喀则市医院救治，接受了3次手术，脚趾已被截掉，生命无碍。地震夺去了雪布岗村10位同胞的性命，他家在此次地震中遇难人数最多。

救出女儿后，西绕坚参强忍悲痛跑向村里，因为雪布岗居委会还有200多名村民正焦急地等待撤离转移。

危急时刻，对灾情仍未准确判断的人们迟迟不愿走，有人还说"谁敢承担撤离转移的责任？""转移途中出了事谁负责？"

就在这个时刻，有着27年党龄的西绕坚参拍着胸脯大声喊道："撤离转移的责任，我来承担！"

一锤定音。

人们纷纷围拢过来准备撤离。他先让居委会的青壮年把老人和孩子安置到一处安全的地方，紧接着带领群众开始转移。

凭着对地形的熟悉，冒着余震和不断的滚石，穿过横七竖八折断的树丛，踩着滚落一地的石块，他最终将200余名群众安全转移到了立新村。

雪布岗居委会党支部书记尼玛顿珠说："若不是西绕坚参在现场果断组织疏散撤退，余震后可能会出现更多的人员伤亡。"

"我永远忘不了入党时在党旗下的宣誓，作为一名共产党员，为大家服务是我义不容辞的责任和义务。"西绕坚参坚定地说。

696

5月7日，在海拔4000余米的拉孜临时安置点，大风呼啸，国旗猎猎作响。西绕坚参一直在这里忙碌着。

每天都要接收和分配源源不断送来的救灾物资，时常还要去安抚失去亲人的家庭，看望受伤群众，及时了解群众需求，维护安置点的正常秩序。他的手机，他的对讲机，不停地响起。

"忙碌能让我暂时忘却失去家人的悲痛！"一谈起亲人的遭遇，这个夏尔巴汉子的眼眶顿时湿润了。

（新华社西藏吉隆2015年5月13日电）

将生命融入到雪域高原的

"汉族县长"王珅

新华社记者　薛文献　拉巴次仁　刘洪明

地震来袭，他徒步 3 个多小时深入震中组织救灾；冒着余震，他在滚石频发的山沟里徒步十几公里前往"孤岛"陈塘慰问群众；在灾区的日日夜夜，为安置好受灾群众，他每天只能睡上三四个小时……

在珠峰脚下、平均海拔 4500 米的定日县，县长王珅坚守灾区一线，

陈塘村 79 岁的其梅老人拉着西藏定日县县长王珅的手，讲述地震来袭时的惊恐。（新华社记者　薛文献摄）

带领群众抗震救灾，藏族群众亲切地称他为"甲日县长"（汉族县长）。

"党员干部冲在前，老百姓才能心安"

4月25日，地震了！王珅最先想到的是地处喜马拉雅山脉深处、山高谷深坡陡的绒辖乡，一种不祥的预感涌上心头。

他紧急通知边防、医疗、公安、民政、通信等部门派人，当天带领大家赶赴灾区。一行人驱车100多公里、翻越海拔5000多米的普孜拉雪山来到达仓村。这里房屋多处倒塌，幸亏没有人员伤亡。王珅让村干部迅速组织村民转移到安全地带，然后继续前行。

公路上遍布大大小小的石头，有的巨石重达几十吨，车辆无法前行。王珅等人开始徒步前行，山上滚石不断，步行3个多小时，他们终于在晚上8点多赶到绒辖乡政府。初步了解，全乡3个行政村，有4人遇难，两人重伤，两人轻伤。看到许多村民已经转移到相对安全的地方，王珅的心这才放了下来。

王珅就地组织救灾：安排铲车，在乡干部带领下，打通从达仓村到绒辖乡的道路；列出灾区急需的帐篷、被褥、食品等清单，派人连夜赶回县里调运；调运炸药和爆破人员赶过来，清除阻断道路的巨石；将县乡干部分成三个组，分赴三个村组织抗灾。踏着夜色，他到遇难者和伤员家中探望慰问，带去党和政府的关怀。

26日晨，王珅带队继续徒步7公里，来到左布德自然村，这里大部分房屋倒塌，一片废墟。看到县长来了，几十名群众一下围拢过来，抱头痛哭。王珅几度哽咽，含着泪告诉大家："党委和政府牵挂着大家，房子我们一定帮你们建，吃的穿的用的很快就运来。现在最要紧的是尽快转移到安全的地方。"

之后，王珅又急行6公里山路，赶到陈塘自然村，挨家挨户查看灾情，慰问群众。

27日，王珅召集各级干部成立一线指挥部，党政军警民协同配合，抗震救灾各项工作有序进行。当天下午，绒辖乡应急指挥通信恢复，已经3天没有和家里联系的王珅得知，4岁的儿子发高烧，正在医院输液。

"能在珠峰脚下工作，我感到无比的骄傲和自豪"

王珅第一时间出现在受灾群众的面前，给了大家抗震救灾的决心和信心。仓木坚村党支部书记班久说："如果没有县长在这里，救灾物资也不会这么快送到我们手里。"

王珅的身影，不止是地震时才出现在群众中，此前他曾十多次来绒辖，考察处于地震威胁之下的仓木坚村整体搬迁事项。仓木坚村村民阿旺多吉说："我们喊他'汉族县长'。大家知道，只要他来了，肯定有好事。"

班久记得，地震前的这个冬天，普孜拉雪山被大雪封了9次，"每次得知情况，县长都要求在第一时间打通生命通道，确保我们的安全"。

近两年来，王珅走遍了全县所有的行政村，与群众同吃、同住，对群众的所思、所想、所盼，有了更多更深的了解。2014年，他有整整两个月在基层，翻雪山涉沼泽，徒步8天首次完成对珠峰东坡——嘎玛沟边境防控、旅游开发与环境保护的勘察规划；投资数亿的珠峰公路将在今年6月建成通车；珠峰机场建设列入规划……

在绒辖乡党委书记边巴看来，这两年县里的工作力度很大，涉及到绒辖乡的项目就很多，有投资4.7亿元的岗（嘎）绒（辖）公路，有计划投资900万元、可给三个村供电的水电站建设，有投资3200万元的左（布德）陈（塘）公路，"县里还在积极争取开通边贸互市，组织群众开发林下资源，开发旅游业，绒辖的未来一定会更美好。"

"最宝贵的20年青春年华献给了雪域高原，我此生无憾"

42岁的王珅个头不高，略显瘦弱。当过老师的他戴着近视眼镜，说话不急不躁，显得沉稳淡定。

1995 年 7 月，王珅从河北省廊坊师专毕业，在孔繁森精神的感召下，主动申请到西藏工作。这年 7 月，他只身来到林芝地区担任中学老师。后来，他从林芝调到日喀则，又从日喀则调到定日县。海拔越来越高了，条件越来越艰苦了，但他觉得离梦想更近了。

他先后当过教师、教育管理工作者、县委组织部长、县委副书记等，无论在哪个岗位，都兢兢业业。他说："人的一生比较短暂，能在西藏干点事情，能奉献自己的聪明才智，将来不会有遗憾。"

20 年来，王珅把西藏当做第二故乡，全身心投入到这片土地上。但忠孝不能两全，他未能在母亲临终时看到最后一眼，现在父亲年迈体弱，妻子已经退职回去照顾 4 岁的儿子，他对家人亏欠太多。

他的微信号是"珠穆朗玛疾风"，他的微信头像是一头牛（他属牛），背景是闻名世界的嘎玛沟，远处高耸着 3 座世界高峰——珠穆朗玛峰、洛子峰和马卡鲁峰。

在心底，王珅已完全将生命融入到雪域高原这片壮美的土地，永远也无法割舍。

（新华社西藏日喀则 2015 年 5 月 16 日电）

援藏干部王海：我是医生，灾区需要我

新华社记者 刘子明 王守宝

4月25日，尼泊尔强震严重波及西藏聂拉木、吉隆、定日等县。援藏干部、西藏自治区卫计委副主任王海临危受命，第一时间奔赴抗震一线，与时间赛跑，抢救生命。

千里奔行 抢救生命

作为肝胆外科的专家，王海既是医生又是指挥员。

4月25日下午，了解到尼泊尔发生强震而且震中距离西藏边境很近，王海心急如焚。

18时30分。"火速前往地震灾区。"在做好医疗准备后，王海下达了出发令。

车子昼夜疾驰，4月26日零点到达日喀则。开了一个碰头会后，王海顾不上片刻休息，1点，又前往受灾严重的吉隆县城。

4月26日14时许，王海到达吉隆县重灾区吉隆镇，在给受伤群众治疗过程中，遭遇7.1级余震，山体石块像下饺子一样飞落。

"太危险了，王大夫避一避滚石吧。"一位中年藏族妇女拉着王海的手说。

"谢谢，我是医生，要抓紧时间救病人。"话音刚落，王海立即投入救援工作。

当了解到邻近的萨勒乡地震灾情更为严重后，王海又马不停蹄赶往萨勒乡。

车子在泥泞和狭窄的羊肠小道上飞驰，时而溅起如暴雨般的泥泞，路一侧就是万丈深渊。

王海得知，一名男婴在地震中出生，由于羊水窒息，幼小生命危在旦夕，一名急性脑梗塞病人也急需紧急治疗，还有好几位骨折病人伤势严重。

王海下车后，和同事火速投入了抢救工作中去，连续奋战20多个小时，病人全部得到及时救治。

不计个人安危　心系灾区群众生命

4月28日，在安排好吉隆灾区各项卫生救援工作后，王海又赶赴聂拉木县。

4月29日8时，为尽快摸清掌握地震最严重的樟木口岸伤病员的情况，王海带领工作队徒步进入樟木镇。

在经过部队看管路时，几十吨重巨石突然坠落，"快闪开，有落石。"有人大声喊道。

王海和随行人员飞奔向十几米远的起重机底下，轰隆一声，巨石从身边飞过。

"再晚一步，三人都被碾为肉酱了。"回想起当时情景，王海心有余悸。

王海三人冒着碎石不断滚落，徒步十几公里后于中午到达樟木医院临时安置点，医院内已有三位伤者死亡，15位住院伤病员，其中12位骨折病人，两位伤情严重。

"我是医生，快让我来。"王海来到医院连口水都没喝，拿起听诊器，就给受灾的群众进行检查治疗，并联系将受伤人员转移到安全区域治疗。

等最后一名病人搭乘王海的指挥车到达最近的自治区流动医院，已经是4月30日2时30分。

4月30日，全部伤病员得到了及时处理无一死亡，其中尼泊尔颅脑外伤病人在转移到自治区医院后经过脑外科手术，保住了生命。

伤员的妈妈边玛感动得热泪盈眶，紧握着王海的手说："儿子能够活下来，多亏王大夫。"

开赴尼泊尔　开展国际主义人道援助

为确保武警交通部队、边防官兵和尼泊尔地震灾区老百姓的身体健康，确保灾后边境地区无大疫的发生，5月3日，王海临危受命，再一次转移战场，率突发急性传染病防控队员奔赴尼泊尔境内开展防疫工作。

短短3天时间，防疫工作深入尼泊尔境内12公里和6个灾民安置点进行消毒防疫。

每天，王海和队员背着消毒器械爬上垂直海拔近500米的山上，跨越几百米长几十米高的铁索桥，在废墟满地的路上艰难穿行。

短短几天，他们消毒杀菌面积达4.2万平方米。

每到一处，王海和队员便向灾民发放了10余种治疗常见病、多发病的药品，受到了尼泊尔政府和灾民的热烈欢迎和高度评价。

尼泊尔百姓普拉萨德说："中国救援人员非常非常好，给我们发放了药品，中国人是好样的。"

（新华社拉萨2015年6月10日电）

顶天立地，奉献在世界海拔最高县

——记西藏双湖县委书记南培

新华社记者　多吉占堆　黄兴　许万虎

藏北草原高，好像伸手就能抓把云。这里天地挨得近，人类也有顶天立地的感觉。

南培，西藏那曲地区双湖县委书记。他在藏北汉子里属中等身材，眼窝微陷，双眸晶亮如炬。

这位主政世界海拔最高县的藏族书记，坚持脚踏实地工作，重生态、抓稳定、谋发展，担当起一方艰苦土地的主心骨。

生态立县：守护高原碧水蓝天

双湖，平均海拔超过五千米，国土面积比三个海南岛还大，遍布荒漠、草甸和湖泊，生态环境脆弱，加之地处国家羌塘保护区腹地，野生动植物保护压力大。

草原莽莽、碧空浩荡、生灵安详……在双湖，要实现可持续发展，污染产业必须向环保让步。这一点南培清楚，"生态立县"几个字镌刻在他心上。

南培告诉记者，双湖目前不具备发展工业的条件，经济总量也很小，相反碧水蓝天是最大优势。

成在于行。县委、县政府认真分析双湖实际，明确要着力保护草原生态环境——

双湖可利用草地面积 1.2 亿亩。在南培的努力下，国家生态保护政策落实到位，牧民开始限牧减畜。仅 4 年，原本荒凉的禁牧区噌噌冒起了青芽。

"保护草原，牧民没有吃亏。"南培说，去年，草原生态补助机制使受益牧民人均增收 4330 元，草原奖补在双湖人均收入中占比超过五成。双湖是藏羚羊、野牦牛等珍稀野生动物的乐园。南培看在眼里，三番五次部署县党政、森林公安等部门加强保护。目前，巡护员活跃草原各处，25 种国家保护动物恢复增长。

双管齐下：稳定发展两手抓

2010 年，南培调任双湖特别区区长，一年后任区委书记。2013 年，双湖县挂牌，他接任县委书记。5 年间，他带领区县党政班子打"组合拳"，为群众生产生活扎下"定海神针"。

双湖面积辽阔，矛盾纠纷排解任务重。他雷厉风行，眼盯着县、乡、村三级排查化解各类纠纷，再将法律知识送到牧民帐篷前。"小事不出村，中事不出乡，大事不出县"变为现实。不止于此，爱国主义教育、民族团结教育等轮番上阵。"润物细无声"，5 年来，全县未发生一起危安案件。

"发展"两个字在南培心里沉甸甸。为打破传统畜牧业发展瓶颈，他将产业化定为牧业发展方向，上下奔走，千方百计推动做大做强。

嘎措乡是双湖县牧业经济合作组织模范，全乡至今保留按劳分配、工分计酬的集体经济制。几年时间，乡集体经济换了血，还成立了牧业发展公司。

有了产品，销路是关键。于是南培急赴多地寻求支持，帮助开拓市场。如今，嘎措乡人均年收入高出全区人均年收入一大截。

"脆弱的生态是双湖发展的劣势，同时也是强势。"双湖如何长远发展，南培心里有蓝图：眼下，冰川矿泉水、盐湖资源开发等绿色产业眉目愈加清晰。牧民钱袋子越来越鼓：去年牧民人均纯收入达到 7661 元。

执政为民：舍小家，顾大家

生长在那曲，南培从没舍下对这方乡民的牵挂——

措折罗玛镇，风卷细沙。五保户扎西拉姆婆娑双眼，坐上屋头念叨"南培又快来了吧"。这位患有精神疾病的阿妈，一发病谁的话都不听，只等南培来。

5 年前，南培得知扎西拉姆的困境，走 4 小时、200 公里搓衣板路，握住她的手；从此，时常带上牦牛肉，拉着老人聊家常。一来二去，老人再也忘不了他。

有人说，南培对群众的感情从没枯竭的时候。2012 年，措折罗玛镇热孜湖决口，草场淹没。南培闻讯，半夜跳起床，顶着夜色，直奔现场。

安抚群众情绪，安置群众起居……高强度工作使他付出了代价——面瘫。他一手捂着脸，一手用藏医土办法应付，嘴里还不停布置工作。

2013 年，巴岭乡地震，部分牧民受灾。他三昼夜连轴转，在风雪里冻成冰雕，硬是深入每村每户，送去慰问，组织救灾。

双湖十年九灾。有事没事，南培就下乡。他下乡坚持两个原则：不向乡村打招呼，自带干粮与牧民同甘共苦。

有人劝他："您是书记，有事指挥别人就行。"他却不让步："我是百姓之子，比起焦裕禄，我做的事实在微不足道。"

双湖县长吉珠平措这样评价南培："书记作风正派，心里装着百姓，对待群众没有官架子，深得群众爱戴！"

都说"远在阿里，苦在那曲"，内地六月酷暑，双湖却雪虐风饕。走进南培的办公室，牛粪炉子吱吱响。他说："双湖一年有十个月像在冰窖里生活。"

海拔高，更缺氧。年近五旬的南培常常失眠，各种高原疾病也没饶过他，而一家人远在四地生活。

说到家庭，南培微微低头，再轻轻抬起，说自己身在双湖，从没离开过家。

（新华社拉萨 2015 年 6 月 27 日电）

能吃苦不叫苦 有情怀有担当

——身边人眼中的西藏浪卡子县普玛江塘乡干部

新华社记者 秦亚洲 张京品 刘健 段美菊

他们是妻儿眼中的"陌生人"——孩子 3 岁了，陪伴孩子的时间累计不足 30 天。见面后，孩子不亲近甚至有点儿害怕。妻子经常埋怨："为什么不回家？家重要还是工作重要？"

他们是其他干部眼中"特别能吃苦的人"，是朋友眼中"有情怀有担当的人"，是百姓眼中的"恩人"……

这里的干部特别能吃苦
——干部眼中的普玛江塘乡干部

西藏浪卡子县普玛江塘乡高寒缺氧，自然环境恶劣。浪卡子县委组织部长张联聪说："在普玛江塘，身体不行的干部根本吃不消，党性不强的干部根本待不住。但我们对普玛江塘干部的要求，没有因为海拔高就降低标准，他们对自己的工作，也没有降低标准。"

普玛江塘乡每年只有两个季节，3 个月的夏季，9 个月的冬季。在冬天，他们必须冒着零下二三十摄氏度的严寒走家串户，开展法制教育、防冻防寒、牲畜保暖、边境维稳等工作。普玛江塘乡经常发生雪灾，2006 年和 2008 年的特大暴雪，使几个村的交通和通信中断，有的乡干部走了 4 天山路，才赶到村子里。

自然条件恶劣，工作成绩却力争上游。去年，普玛江塘乡在全县 10 个乡镇的年度综合考核中排名第六。

浪卡子县政协办公室主任次仁罗布说："普玛江塘乡的干部在全县有'两个最'，工作最能吃苦，人老得最快。全县乡镇干部开会，脸色最黑、眼睛最红的，肯定是普玛江塘乡的干部。"

普玛江塘乡党委书记李小华 32 岁，乡长格桑确拉 32 岁，乡卫生院院长次仁加措 28 岁。处于青春年华的他们，一个个皮肤粗糙，嘴唇干裂发紫。

有情怀有担当——朋友眼中的普玛江塘乡干部

毕业于西藏大学的兽医格桑群培，是普玛江塘乡最受群众欢迎的干部之一。每到一个村子，村民们争先恐后请他到家里喝茶。朋友张春来曾这样劝他："凭你的学校和专业，到哪儿不能找份工作，非要来这地方受罪？找对象都是件犯愁的事儿。你今年 24 岁，在这儿待下去，34 岁可能也找不到老婆。"

格桑群培觉得张春来说得对，但自己来普玛江塘并不后悔。普玛江塘是高海拔的纯牧区，牛羊产仔率低、幼仔死亡率高，兽医在这里学有所用，可以大有作为。

张春来说，格桑群培和许多人不一样，"他对前途、名利不大关心，把工作看得格外重。牧民家的牦牛得病死了，他会难过，感觉自己有责任，没治好。"

普玛江塘乡乡长格桑确拉的朋友拉旺是个建筑商。他说："他那个地方，工资低、环境差，一年四季忙碌个不停，没有点儿信念，坚持不下去。我真是敬重他，有追求，不庸俗。"

拉旺有一次和格桑确拉开玩笑说，一个月挣的钱顶得上他一年的工资。格桑确拉的回答是："你挣的钱我不稀罕，我的工作你也干不了。"

郑维是普玛江塘乡党委书记李小华的大学同学，目前担任西藏定结县日屋镇镇长。两个人经常在电话里探讨人生价值，交流工作心得。他既担心李小华的身体，又佩服李小华的干劲。

"小华经常说一句话，'再苦再难，要干就干好'。我所在的镇海拔4600米，有时候也特别累、特别苦，但一对比小华所处的环境，我感觉自己连说苦的资格都没有。"郑维说。

"情人的草原"没有约会——家人眼中的普玛江塘乡干部

普玛江塘，藏语意思是"情人的草原"。传说曾有一对情人在此放牧，逐渐形成了村落。这么浪漫的故事，对强巴卓玛来说，却像是童话。

说起担任普玛江塘乡卫生院院长的丈夫次仁加措，强巴卓玛的语气爱怨交织。"女儿出生的第三天，他说必须走了，要到普玛江塘乡卫生院报到。"强巴卓玛右手竖起三根手指，伤心地说，"如今孩子已经3岁了，他陪伴孩子的时间累计不足30天。孩子见了他都跟陌生人似的。"

在距离普玛江塘乡几十公里的白地乡小学担任老师的强巴卓玛，是个有生活情调的人。小小的房间里，摆放着丈夫送给她的布娃娃，墙上贴着"forever love"（永恒的爱）的卡通画，桌上放着装满了丈夫照片的相框。强巴卓玛承认，由于丈夫常年不能照顾家，她经常在电话中和丈夫争吵。

"他已经在普玛江塘工作了3年，什么时候才能回来呀。"说到动情处，强巴卓玛眼泪涌了出来，粗糙的双手怎么擦也擦不完。

去年4月，李小华的父亲执意要到儿子工作的地方看看。老人心里非常高兴——儿子大学毕业后考上了公务员，由于工作业绩好，很快提拔成为乡党委书记。李小华曾跟父亲说过，工作的地方很艰苦。他鼓励儿子"艰苦的地方锻炼人，一定要坚持住"。

从青山绿水的湖南老家到了海拔4400多米的浪卡子县城，李小华的父亲忍不住掉泪了。他对儿子说："崽啊，没想到你工作的地方这么苦。"由于不适应高原气候，李小华没敢让父亲去海拔5373米普玛江塘乡。

（新华社拉萨2015年6月30日电）

聂拉木县委书记王平：
一座震不垮的"大山"

新华社记者　魏圣曜

"在大家眼中，他就像一座震不垮的大山，时刻给大家依靠。"地震发生后困守"孤岛"樟木镇的日喀则市聂拉木县委副书记李冬说，这座山，就是县委书记王平。

西藏"4·25"特大地震发生后，王平不顾余震不断和滚石横飞的危险，立即返回县城组织救灾，安抚惊魂未定的群众，组织救援力量奋力抢险。

4月25日下午地震发生时，51岁的王平正与县级领导、部门负责人在海拔4000多米的琐作乡调研。

"地震发生的那一刻，大地剧烈摇晃、门窗发出刺耳的响声，大家惊慌失措，很多人在尖叫……"王平说。

但他告诉自己必须冷静下来。"大家不要慌，赶快切断电源……"他不停向周围的人大声喊话，慌乱的人群逐渐镇定下来，在他的组织下，大家快速集合到空旷地。

伴随着一波又一波的余震，大地像弹簧床一样起伏，滑坡和滚石阻断了道路，车无法通行，王平和其他同志在余震中徒步向县城驰援。原本熟悉的、崎岖的山路变得完全陌生了，道路状况使他意识到县城遭受的破坏有多么严重。

"经过近两小时的艰难跋涉，下午4点我们才赶回县城。"王平说，他立即组织召开专题会议，成立抗震救灾指挥部，安排县级领导迅速赶赴各乡镇救灾。

4月25日晚上8点之前，在王平的带领下，县城和乡镇的群众安全转移至87个临时安置点，受伤群众得到及时救治，食品、饮用水、帐篷等物资也逐一分发到群众手中……直到第二天中午，王平都没有合眼休息过，仅吃了一袋方便面填填肚子。

尽快驰援灾情严重的"孤岛"樟木，成为震后第二天的头等任务。但县城至樟木镇全长30余公里的柏油公路早已消失不见，取而代之的是巨大的山石和几十处塌方体。王平多次与武警交通部队、消防战士、公路养护员参与道路抢通工作。

当时与王平一起在现场守候的新华社记者看到，两日未眠的王平，血丝爬满双眼，他拖着疲惫不堪的身体，在轰鸣的挖掘机、推土机声中沙哑着嗓子喊话指挥，经过全体抢险保通人员冒死奋战，通往樟木的路终于在28日打通了。

"地方全靠一官。"王平说，在重大灾难面前，"我的每一个决策都关乎成千上万人的生命，事无大小都会涌到我这里汇报，我要三思再三思，更要坚守在一线。"

王平没有耽搁，抢通道路后的第一时间奔赴樟木镇。

震后的樟木镇时常大雨瓢泼，地处古滑坡带的小镇周边山体早已松动。

4月29日中午，在樟木镇抗震救灾协调指挥部的简易帐篷里，电话突然响起。王平抓起听筒，刚听了一句，就从椅子上跳了起来，随即对着电话重复："是，樟木镇全员马上撤离！"

在电话那头下达指令的，是西藏自治区党委书记陈全国。

王平说，困难再大，也要克服；群众再多，也要转移——余震不断、滑坡四起，他不想再看到有任何一名群众生命安全受到威胁。他立即带领樟木镇10个安置点的负责人去做群众的思想工作，同时协调运输车辆，组织人员有序转移。

"除了家乡，哪里都是异乡；舍家抛业，如同割肉。"王平说，本地居民舍不得走，外地商人不愿意走，"所有负责人只能挨家挨户做工作，讲清楚利害关系。"

从 29 日中午接到命令，到当晚 11 时，一场大动员、大转移、大安置的战役在边陲小镇迅速展开。位于日喀则市区、拉孜县两地的安置点早已做好准备，数千干部群众在夜风中焦急地等待着转移来的群众。一直到 30 日凌晨，樟木 6000 余名群众、商户和干部职工全部安全转移至安置点，无一人员伤亡。

设在樟木镇海关平台的抗震救灾指挥部原本人声鼎沸，忽然间变得空空荡荡，外面大雨瓢泼，帐篷内寂静一片。在得知最后一批群众也安全转移至安置点，王平这个山东大汉"这时候才想起来，一天一夜了，自己还没吃过饭"。

"我还不满 51 岁，还处在'五十而知天命'之年。我非但不会'安于天命'，反而更加懂得作为一名党员、一名国家干部真正的使命。"王平说，希望自己如大山一样坚韧，守护这一方群众。

王平告诉记者，不管是应对突袭的灾难，还是繁荣一方社会经济文化，一名县级领导干部，必须意识到自己和全县百姓的命运时刻联系在一起。

（新华社拉萨 2015 年 7 月 17 日电）

内地西藏班改变的人生：
从"放羊娃"到"法官"

新华社记者　张京品　魏圣曜

　　30 年前，他还是西藏偏远农村的一个放羊娃，梦想着哪一天能走出大山，看看外面的世界。如今，他不仅摆脱了放羊的命运，还先后担任法律学校教师、法院院长，成了一名地地道道的"法官"。

　　他就是西藏自治区人大常委会机关党委专职副书记次平，一名从内地西藏班走出的法律专家。

　　1974 年，次平出生在西藏日喀则市拉孜县扎西岗乡宇拓村的一个农民家庭，一个距离拉萨约 300 公里的偏远农村。

　　"哥哥是聋哑人，弟弟患有小儿麻痹症，9 岁时父亲去世，我从小就是随着羊群长大的。"次平说，农闲时，他就到乡办小学读书。在内地读书的朋友给他寄回的书信和照片，激发了他对知识的渴望，梦想着有一天能到内地上学。

　　上世纪 80 年代，根据西藏人才奇缺、教育基础相对薄弱的实际，中国开始在内地举办西藏班（校）。1985 年 9 月，以藏族为主体的首批西藏小学毕业生到内地学习，开启了新的教育模式。

　　次平是家里重要的劳力，离开他，意味着家里很多农活就没人做。1987 年，次平瞒着家人，参加了内地西藏班的招生考试，以拉孜县第 1 名的成绩被首次招生的北京西藏中学录取，成为全村 100 多户人家里第一个到北京读书的孩子。

那一年夏天，十分干旱。次平和哥哥到离村子很远的地方割草。太阳快落山的时候，姐姐气喘吁吁地跑过来，老远就大声喊着说："次平——你考上内地西藏班啦！"

直到今天，次平依然对当时的场景记忆犹深。

"第一次坐飞机火车，第一次吃面包，感觉一切都是新鲜的。"次平说，看到北京的车水马龙、高楼大厦和溢光流彩，仿佛是到了一个新的世界，因为当时他还从未见过电视。

在北京西藏中学，次平刻苦努力，跟着门卫练习汉语，甚至悄悄买了一个小手电筒，钻在被窝里学习，第一个学期取得全校第一名的成绩。

在校期间，次平喜爱写作，多次给《西藏日报》《西藏青年报》《西藏教育》《西藏科技报》投稿，稿费成了他的主要收入来源。1989 年，次平被评为《西藏青年报》"十佳优秀通讯员"。

得益于良好的学习成绩，1989 年，次平接受了美国《基督教科学箴言报》的采访，讲述了自己在北京西藏中学的学习生活情况。

"学校的老师给我们讲国际国内的趣事，我的视野也迅速打开。没有内地西藏班，我可能一辈子都走不出大山。"次平说。

1991 年次平被山东省法律学校录取。毕业后留校任教 5 年，授课的 3 个班、120 名学生，几乎都被西藏各级法院录用，他因此荣获二等功。随后，次平先后担任西藏自治区高级法院政治部宣教科副科长，日喀则市桑珠孜区法院院长助理、副院长、江孜县法院院长。2008 年成为自治区人大的一名年轻干部。

如今，和次平一样，内地西藏班毕业生已成为西藏跨越式发展和长治久安的骨干力量。大家看到内地西藏班毕业生的出路好，更加相信读书改变命运。"不只是我老家的村子，各个地方都羡慕考上内地班的家庭，大家都认为这是光宗耀祖的事，十里八乡都会出名。"次平说。

"生我养我的是父母，培养我的是内地西藏班。"次平说。他的梦想就是增强西藏农牧民的懂法守法用法意识，增强法制观念，为现代法治精神推动西藏发展贡献一点力量。

（新华社拉萨 2015 年 8 月 17 日电）

设计师扎西：传统服饰依然鲜活
而我想做的更多

（电视脚本）

新华社记者　余致力　赵玉和

【解说】提起藏装，很多人首先想到的就是宽大的藏袍和丰富的饰品，那是西藏文化的鲜明符号。然而现在的西藏年轻人却并不仅仅满足于现状，他们希望将传统藏装的元素融入现代服饰当中，让西藏的服饰文化走出雪域高原。而设计师扎西正是其中的代表人物。

2013 年 8 月，一场名为《意外和惊喜》的时装秀吸引了西藏各大媒体。从面料、配色到衣领的装饰，腰间的图案，乍看简洁现代的设计中，藏族元素无处不在，成为整套服装的点睛之笔。扎西和他的服饰品牌"怡嶍"（藏语，意为心仪的服装）一时间成为了街头巷尾热议的话题。

而事实上，早在 2012 年品牌创立之初，"怡嶍"在圈内就小有名气了。传统藏装元素与现代服饰的巧妙结合，让"怡嶍"成为了业内首个主打西藏元素的时装品牌。

在该品牌的门店里，扎西设计的服装受到了顾客的青睐，不仅有本地和国内的顾客慕名而来，产品还走出国门，卖到了尼泊尔、印度，甚至远销欧洲。

然而，风光的背后，却是生活的无数次磨砺。2006 年大学毕业的扎西，先后在兰州、成都、北京、拉萨和甘孜老家从事过网络编辑、项目助理、酒店管理和民警等工作，也有过独自创业的经历，但都以失败而告终。

2011 年初，西藏的一档"时尚之旅"节目让扎西阴差阳错地对藏族时尚服饰品牌产生了兴趣，并开启了全新的创业。

【同期】怡嚷服饰创始人兼设计师　扎西

有很多的朋友原来问过我说，扎西，我们传统的衣服已经很好了，你还搞这种新的藏装出来有什么意义吗？从我个人的角度我说，首先我做的不是新的藏装，或者是藏装的改良，不是的，我做的是西藏元素的时装。把我非常个人的从传统服装里面那些打动我的，跟当下流行的我很喜欢的，做一个拼接，然后做一个创新，这是第一个，第二个，我回答我的朋友，我说其实你忘记了吗，创新也是我们整个西藏传统文化非常重要的一部分。

【解说】在扎西看来，藏族的服饰文化从来都是在发展变化中的，不仅仅有传承和保护，更有融合与创新。在西藏经济社会发展日新月异的今天，西藏与外界的交流比以往任何时候都更加频繁，担忧西藏传统文化受到冲击的声音开始出现。然而就服饰文化而言，扎西认为传统服饰依然鲜活，尤其是在节庆期间。而回顾历史更会发现，外来文化反而丰富了西藏的服饰文化。

【同期】怡嚷服饰创始人兼设计师　扎西

我个人认为西藏的文化其实是海纳百川的这么一个文化。我们看现在所谓的传统的藏装，其实里面有很多是从西藏周边的国家或者是地区借鉴过来的，比如说像蒙古的衣服，甚至包括我觉得在比较早的时候有波斯的衣服，当然像藏传佛教传到西藏来以后有这种从印度传过来的僧服。那像这些，我们并没有因为说这些衣服并不是我们藏族人原创的所以就不是西藏传统服装，不是这样的，而是我觉得只要这些衣服真的穿上去很美，可以给人带来自信，那么这些全部都可以融汇到我们传统服饰里面去。

【解说】作为一名时装设计师，扎西也在不断观察着人们对于服装的态度。他发现，越来越多的年轻人对于服装的质地、做工等产品属性要求更高了，同时对于服饰与自己的关系也有了新的想法。

【同期】怡嚷服饰创始人兼设计师　扎西

衣服到底是为谁而穿，我衣服是穿给别人看的，还是我想通过穿这个衣服去表达我自己的这么一个想法，这个是我觉得很大的一个变化。人们在从通过衣服去炫耀，或者通过衣服去区别，转变成通过衣服去表达，我想这个是一个内心深处的需求。

【解说】由于理念的新颖独特，扎西收获了许多志同道合的朋友的帮助。一些演艺界的藏族人士专程到他这里订做服装。

衣服一件接一件地做，发布会一场接一场地开。然而"怡嗡"的成长也并非一帆风顺，先后遭遇过团队的更迭、资金的困扰等等。用扎西自己的话说："时时仿佛都在失败的边缘徘徊，而刻刻又好似前行在充满机遇的路上。"作为一名创业的年轻人，扎西觉得自己赶上了好时候，但是对于创业的态度，扎西却有些与众不同。

【同期】怡嗡服饰创始人兼设计师　扎西

世界很大，有各种各样的人，但是我觉得有一些人，他在有些方面是心有灵犀的，那是什么样的一些人呢？这些人就是他拥有追求美的勇气，第二他在他生命的任何阶段都对自己持肯定的态度。我想只要内心深处有这样的一些想法或价值观的人，那我想可能是跟我们做的事情惺惺相惜。那我们能做得事情就是怎么样通过我们团队的努力，把这样的东西通过各种渠道去找到这些合适的人。

【解说】在西藏，老人们常说："人心里要有跑马的地方。"而对于扎西来说，心里不停息的，是对梦想的追逐。西藏本土文化与时尚的结合，是否能传播的更远，是否能被更多的人所欣赏和喜爱。在扎西和他的团队身上，希望正在发芽。

（新华社拉萨 2015 年 9 月 14 日电）

烘焙甜蜜：青稞面包里的爱情故事

新华社记者　白旭　魏圣曜　黄燕　张芽芽　周舟

巴桑次仁的阿可丁面包坊和主人的经历一样"混搭"：手风琴、青稞面包、列侬画像、牦牛塑像和圣斗士动漫贴纸。这些东西把一千多平方米的西藏拉萨河店装饰得别致而温馨。

37 岁的巴桑次仁，身穿一件印有外国动漫图案文化衫，齐肩的头发随意扎起。"外界不了解西藏，我想通过这家店让人们感受到真实的藏族人家庭生活，了解西藏的农耕文化。"他说。

巴桑次仁出生于一个藏医世家，家族中有 50 多名医生。起初父亲也是希望他能够学医，但是他不愿意过被安排好的生活，12 岁时远赴上海学习舞蹈编导，后进入拉萨市武警文工团工作。

2006 年的藏历新年晚会上，巴桑次仁遇上了手风琴手满馨蔚，两人一见钟情。之后，满馨蔚放弃了在北京的发展机会，用 23 个编织袋把自己的全部家当带到了拉萨。两人商量，一起做一些工作之外的"甜蜜的事业"——开一家面包坊。

"2007 年初我们商量，一起在拉萨开一家面包坊，我做面包她做店面设计，我卖面包她驻唱。"巴次说。

之后的三年，巴桑次仁利用假期到成都学做面包，每次三个月。

2009 年，巴桑次仁复员后用部队发的三十多万购买了设备装修了店面。8 月 7 日清晨，第一家阿可丁面包店在拉萨市格桑林卡开业。当天下午，他们的女儿阿泱拉姆出生。

阿可丁是英文手风琴的音译，以此纪念二人因手风琴演出结缘。

面包坊刚开业时生意并不好，第一年每天营业额只有 30 多块钱，店员工资都无法支付。

为了维持面包坊的正常运转，巴桑次仁找到一份在西藏大学代理舞蹈课的工作，满馨蔚开始到拉萨大小酒吧驻唱，所赚的课时费和演出费全都投在了面包坊上。

同时，巴桑次仁也在面包的种类上下功夫，想努力烘焙出和别人不一样的面包。

藏族的传统饮食是没有面包的，只有糌粑、饼子等主食，面包是西方的"舶来品"。

巴桑次仁的家乡在日喀则市江孜县，那里种青稞。巴桑次仁夫妇用了一年半的时间研究配比，终于做出了青稞面包。

这款青稞面包被他命名为"牛粪"，这引起很多顾客的好奇。

在广大的西藏农牧区，人们习惯将牦牛粪拍扁晒干，留做燃料。这种就地取材的特色燃料，灰烬不会像煤炭等化石燃料那样让草原植物窒息，而会成为肥料，重返生物圈。

"为了让更多人了解牛粪在藏族农牧民生活中的重要地位，我才想出制作牛粪形状的青稞面包。"巴桑次仁说。

如今，巴桑次仁家 8 亩地年产的 6000 多斤黑青稞，足够供给目前的 4 家店。

除开发"独家"面包外，巴桑次仁夫妇在布置店面时也煞费苦心。很多摆设是他们从旧货市场淘来的。

有的隔间用麻袋垛成，看上去像一袋袋面粉，其实里面满是装修留下的锯末，正好免去处理的费用。靠窗的隔间上方是大片帆布，如同牧民的帐篷，也有的大包间是按藏式房间设计的，让人仿佛到了藏族朋友家里做客。他们还把女儿用过的玩具带到店里，开辟了一个儿童活动区。

有人希望加盟阿可丁，但巴桑次仁拒绝了。"阿可丁对我来说，就是我的女儿。我不愿意把女儿给别人养。"他说。

而谈到阿可丁的未来，巴桑次仁表示不确定。但是，他喜欢这样的不确定性。

"我不想过太平淡的生活：像老一代人那样每天牵着狗转经，最后在天葬台结束一生。"他说，"人还是有点儿故事好。"

（新华社拉萨 2015 年 9 月 15 日电）

羌塘原野上的一朵雪莲

——记西藏尼玛县乡邮员巴姆

新华社记者　多吉占堆　许万虎　黄兴

灰头土脸，口干舌燥，背起十几公斤包，荒郊野外走上十余天……这并不是冒险者的自述。

对于 26 岁的藏北乡邮员巴姆来说，这是她的工作：一年四季日月更替，报纸信件满载邮包，脚步殷实，挥洒汗水。

她，就像高原上凌风傲雪的一朵雪莲花，虽不娇艳夺目，却也吐露属于自己的一抹春色。

草原牧女化身"绿衣使者"

巴姆身高 1.6 米左右，两绺发丝垂于两颊，高颧骨上落下两朵高原红，双眼清澈无杂质。

巴姆在藏语里是"女勇士"之意，成长于羌塘草原深部的尼玛县卓瓦乡。这位藏家牧女打小就像男孩子般顶着风雪，在一望无际的原野上放牧牛羊。

尼玛县一带习惯上称为"无人区"，现有牧民大多来自南部申扎、班戈一带。人们靠畜牧业过活，无更多创收途径，能在县里谋得就业岗位着实不易。

2006 年，经乡里推荐，秉性纯善、勤劳的 17 岁姑娘巴姆，被安排到县邮政分公司当乡邮员。

很快，她进入角色，靠双脚丈量大地，往返数百公里路途，穿梭于深藏苍茫草原的各个村落投递邮件。照她的话说："干一行，不管付出多少，也要做好。"

尼玛县平均海拔 4800 米以上，幅员广袤，寥无人迹，户与户之间相隔十公里也不稀奇。

巴姆担负尼玛镇所辖镇政府、卫生院、11 个行政村、1 座寺庙的步班邮路投递任务，往返投送里程达 400 余公里，最远的投递点距离镇政府近150 公里。

这，就是巴姆的邮路。说是路，却也牵强，左右是些脚印夯实的简单便道罢了。烈日灼人的午后，抑或是急雨倾盆的傍晚，她肩背邮包，直走到腿肚子转筋。

"路上很少碰上人，偶尔遇到几顶牧民帐篷，也不敢停留太久。邮件一旦丢失或延误，我怎么交代？"巴姆低头微语，"我是邮政人，没理由让一封信、一个邮包坏在手里。"

忠于使命跨越千山万水

在县邮政分公司负责人普布卓嘎眼中，巴姆是个任性十足、干活极认真的好员工。只有初中文凭的她，遇到生僻字难免发憷。为防止投递错误，一下班她便捧着书充电。这么多年来，从没出现过一次错投漏投、缺报短刊等失误。

日久天长，尼玛镇下辖各村驻村工作队员、村委会成员和村民都认得她，每当她老远冒出山梁，露出纤弱的剪影，立马就有人高喊她的名字。

在牧区，还有部分中老年人不识字，经常有人把信中所表告诉巴姆，让她代写；在村口，总有村民拿着将寄的包裹等候她。面对这些，她从不推诿。

2007 年的一天，巴姆接到了一封国际函件，信封上书写的地址全是英文，一向信心满满的她瞬间茫然无措。

"这封信是跨越万水千山的托付，一定要找到收件人。"巴姆回忆说，自己返回镇上后，找到懂英语的干部请教，得知明确地址后，立马攥着信往村里跑。

最终，这封漂洋过海的信函来到尼玛镇 2 村扎西罗布老人手中。当老人双手捧着失散多年哥哥的来信时，激动得泣不成声。

2008 年藏历新年前夕，尼玛县普降大雪，人难走，车难行。眼看着汇款、邮件不能及时送出，巴姆心急如焚，没多想，一咬牙就踏上了艰难的风雪路。

连续五天，她顶着零下二十摄氏度的严寒，往返近百公里，饿了就抓几口糌粑掺着雪吃，累了就蜷缩在路桥涵洞下紧裹藏袍休息，最终赶在新年前夕，投送了 55 件包裹、856 张贺年明信片和 2000 多份报纸。

巴姆的邮路极苦寒，更多时候，她只是一个人闷头走。她说，每投递完一个包裹、一封信件，心里就好像卸下一块石头。"一路走啊走，身体越来越难受，心里却越来越轻松"。

伉俪同心履行庄严承诺

巴姆身上的重担，从 2012 年起，开始有人分担。那一年，巴姆与辅警达拉相恋、成婚。

自此，她每次归家前，达拉都骑摩托车奔驰 30 多公里路去接她。再后来，干脆自己辞了工作陪她送邮件，从没算过成本账。

2013 年 6 月的一天，二人往尼玛镇 8 村走，沿路坡度大，碎石遍地，摩托车突然失去控制，两人差点跌落 70 米深的山崖。

所幸有惊无险。摩托车链条断裂，没有后备链条，二人只得扔下摩托车，从太阳初升走到夕阳漫天，硬是全额完成送邮任务。

同年夏天，他们往 40 公里外的一处寺庙送报纸。中途席地休息，嚼着油饼充饥，谁知食物气味竟招来一头棕熊。命垂一线！达拉将油饼扔出老远，拖着巴姆狂奔好几百米才逃过一劫。

对于乡邮员工作，巴姆家人意见不小。去年，她正在邮路上忙碌，父亲突发疾病去世。她强忍着悲痛，来回只用 5 天时间给父亲办丧事。"这份工作很难找到替代者，其他人不了解路线，我不能耽搁太久。"她说。

九年来，巴姆投递的函件、包裹多达数千件，报纸 65 万多份。今年 4 月，她作为全区 700 多名乡邮员代表，被评选为西藏"最美格桑花"。

"作为绿衣使者，我要把党和政府的声音传递到一个个山村，把远方亲人的问候送达到家家户户。"这是不善言谈的巴姆，对记者吐出的最长的一句话。

临别，尼玛县飘起细碎雪花。告别是无言的，当车辆渐行渐远，记者再一次回头，那单薄的身板、坚毅的笑容，定格在我们的脑海中。

（新华社拉萨 2015 年 9 月 13 日电 ）

镜头记忆：西藏糌粑大户
罗布旦增的追梦岁月

（电视脚本）

新华社记者　春拉　李鹏

【解说】33岁那年，他一边务农一边闯市场，成为了村里人眼中的"大忙人"；37岁那年，他贷款建厂，一跃成为卫藏家喻户晓的"糌粑大户"；44岁那年，他成立了自己的公司，并成为了远近闻名的"千万富翁"……

他就是罗布旦增，一位出生在西藏世代务农普通家庭里的孩子；一位趁着国家改革发展的东风，通过自己的勤劳与智慧闯出了一片"绿色天空"的新西藏农民。

【标题字幕】西藏糌粑大户罗布旦增的追梦岁月

【解说】1962年，罗布旦增出生在"西藏粮仓"日喀则市白朗县，在家排行老三。尽管出生在新西藏，但世代为农的家庭背景，加之当时送老大上学的家庭安排，罗布旦增不得不在小学三年级时辍学回家。

从那时起，罗布旦增便与姐姐妹妹一道，开始了在青稞地里的成长岁月。青稞是西藏的主要粮食作物，是藏族群众主食糌粑的来源。田间地头的岁月里，罗布旦增不仅掌握了青稞的所有传统种植方法与技巧，同时也真切地感受到了靠天吃饭的不易。

【藏语同期】康桑农产品发展有限公司法人代表　罗布旦增

我曾经也是一个农民，那时我们一年最多也就挣两三千块，除去吃穿，几乎啥都不剩，有时还得靠亲戚救济，生活还是很苦的。

【解说】1995年，随着西藏改革开放步伐的不断深入，罗布旦增也开始为自己谋划一个别样的生活。贷款买车、农闲时跑运输补家用。就这样，不到两年的时间里，他不仅还清了银行的债务，同时也成功地淘到了自己闯市场的"第一桶金"。

【藏语同期】康桑农产品发展有限公司法人代表　罗布旦增

最初是因为当时市面上无壳的青稞很有限，而农民却愁地里的青稞卖不出去，所以我觉得若是能出售质量上等的糌粑，一定能在市场上站住脚。就这样，我一边不断地研究如何才能生产出高质量的糌粑，一边开始了加工厂的筹办。

【解说】1999年，罗布旦增拿出自己所有的积蓄，同时从银行贷了款，开始自己筹资建厂的步伐。功夫不负有心人，不分昼夜亲力亲为的辛苦劳作，换来了"洛丹"糌粑加工厂的一举成名。

【藏语同期】康桑农产品发展有限公司法人代表　罗布旦增

我们在日喀则市场上卖了几个月，因为我们的糌粑质量好，当时就出名了。之后我们就把糌粑卖到了拉萨，不出两个月，我们的糌粑就开始热销了！

【解说】"洛丹"糌粑拉萨销售店位于拉萨市老城区小昭寺旁。在这间20余平米的铺面里，大小不等的袋装糌粑几乎堆满了整间屋。

【藏语同期】"洛丹"糌粑拉萨专卖店店员　顿珠

每天早上10点左右就会有人在我们这里排队买糌粑，每天我们可以至少卖5吨糌粑，这是一个老顾客让我送过去的，总共400斤糌粑。

【藏语同期】拉萨市民　扎西

他们的糌粑质量很好，味道也很鲜，所以我专门走到这里来买他们的糌粑。

【藏语同期】拉萨市民白玛多吉

这个糌粑味道好，而且磨得很细，加上独立真空包装，还不容易坏，所以我专程过来买这个糌粑。

【解说】正如大家评价的那样，罗布旦增自始至终对于自家糌粑说的最多的就是质量。

【藏语同期】康桑农产品发展有限公司法人代表　罗布旦增

只要自己的质量好，到市场上就没有什么好害怕。我当时的想法就是，现在我卖给一个人一斤糌粑，以后这个人也还会到我这里来买。这个想法从那时到现在都没变。

【解说】严谨的质量把关、以诚相待的生意经，让"洛丹"糌粑声名远扬，加工厂越发红火起来。2006年，罗布旦增正式注册成立了康桑农产品发展有限公司。

2014年，康桑公司共销售1200万斤糌粑，销售额近4000万元。

从普通的农民到千万富翁，罗布旦增的生活发生了翻天覆地的变化。然而富裕后的他，却从未忘记自己的父老乡亲。他不仅通过高于市场收购价的方式帮助周围的农户，还在2008年组织带动150余户嘎东村的村民成立了青稞产业专业合作社。他希望，在政府的大好政策下，在自身企业的帮扶下，让更多和他一样的农民富裕起来。

【藏语同期】康桑农产品发展有限公司法人代表　罗布旦增

在收购青稞时，不论是斤数，还是价格，我从不会亏了乡亲们，因为他们是那么地不容易；更重要的是，我也曾经是一个农民，他们也是农民，所以我是绝对不会做对不起他们的事的。

【解说】15年的发展之路，"洛丹"糌粑加工厂从没有任何加工设备，仅靠罗布旦增背着炒熟的青稞麦到拉萨用水磨磨成糌粑再卖回日喀则，发展成为如今拥有2万余平方米的厂房、100余个按照传统工艺建设的水磨设施、近百名员工，产品热销至卫藏主要城市的当地龙头企业。罗布旦增只钟情于水磨糌粑。

【藏语同期】康桑农产品发展有限公司法人代表　罗布旦增

西藏古语有云：糌粑还是水磨的好，房子还是楼上的舒爽。我们老一辈有一天会走，但我们一定会传承好这门传统的技艺直到最后，因为这是我们民族的文化，是一代代人传承的技艺，具有上千年的历史，所以一定要保证包括水磨糌粑等技艺不丢失的同时，还要发扬光大。

【解说】如今，已年过半百的他，已将传承的希望寄托在了儿子扎西顿珠的身上。今年24岁的扎西顿珠在罗布旦增的六个孩子中排行老二，2011年毕业于北京交通大学计算机专业。毕业后，几经选择的扎西顿珠最终服从家人的安排回到康桑公司，开始学习打理家族企业。

【藏语同期】康桑农产品发展有限公司总经理　扎西顿珠

父亲已经在硬件等上面打好了坚实的基础，我想加强软件方面的能力，比如说管理、经营、质量，怎样在保护传承传统水磨糌粑的同时，根据市场的需求开发新的产品。

【解说】短短的三年间，扎西顿珠不仅从父亲那里学到了传统的糌粑加工技艺，同时通过对市场的研究，开始了康桑公司的青稞食品创新发展之路。

【藏语同期】康桑农产品发展有限公司总经理　扎西顿珠

我知道青稞的营养价值，所以在未来，我希望一是抓好有机青稞的项目，这样既能卖好价钱，还能为农民挣得更好的利益，同时还想开发更多青稞的产品，比如青稞饼、青稞糊、饮品等，开拓更广阔的市场。我想等我们的质量等所有资质达到国际标准后，有一天我们的糌粑和青稞产品能卖到内地，甚至世界各地。

【解说】收获事业成功的同时，罗布旦增也迎来了潮水般的赞誉：西藏青年企业家、全国劳模、十七大代表、西藏驰名商标……在罗布旦增眼里，唯有坚持与传承方可担当起如此多的殊荣。

（新华社拉萨2015年10月29日电）

"天下没有远方　有爱就是故乡"

——深圳援藏干部王建文情洒边疆记事

新华社记者　罗布次仁　张京品

他六次往返怒江河畔的贫困村，完成大山深处贫困人口的脱贫梦想。他把藏族孤儿当亲子，送独子到西藏守边卫国。他视建设边疆为崇高使命，探索"治边稳藏"新路径，实现援藏工作的新突破。

他就是广东省深圳市第七批援藏干部王建文。两年多来，王建文深入基层、情系民众、实绩援藏的工作精神，赢得受援市县干部群众的广泛好评。

过悬崖　走山村　访贫问苦

察隅县地处西藏边陲，位于林芝市东部，南与缅甸和印度接壤。按照中央统一部署，从 1995 年开始，广东对口援建林芝市，深圳则从 2010 年开始负责对口支援察隅县。

2013 年 7 月，44 岁的王建文自愿报名，作为第七批援藏干部担任察隅县广东省援藏工作组组长、县委常务副书记。从改革开放最前沿的深圳经济特区来到封闭落后的雪域边陲，王建文不断深入偏远山村，了解群众的所思、所想、所盼。

古拉乡是察隅县最偏远、自然条件最恶劣的贫困乡，全乡每年有 6 个月左右被大雪封山。入藏两年多来，王建文带领援藏干部到这里就有六趟。

2014 年 11 月，王建文深入古拉乡察空、日本、格巴三个不通公路的村，调查群众生存状况。从乡政府到三个村，多数路段须穿行怒江山崖上的便道，行走在不到一米宽的"路"上，要踩着流沙慢慢前行，大风吹来，还要小心山上飞来的滚石。

目本村"挂"在怒江山脚，长满石头的地要种出庄稼，要从怒江边背土驮水。目本村人均收入不到2300元，解放后还没有出过一名大学生和干部。村民的住房低矮昏暗。王建文亲身感受群众艰苦贫困的生活状况，心情沉重。

夜晚，王建文挤住村主任恰珠家，木楼下牛羊不断叫唤，微风带着尘土、夹杂着牛粪味不时吹来，身上跳蚤不断蹿动，他感到整村搬迁刻不容缓。

6天，100多公里，每天步行近十个小时的山路，走访群众70余户，调研组多数人的脚上都起了泡。王建文的脚趾甲还掉了一个，至今没有长好。

"百姓的期盼就是我们努力的方向，援藏干部要善于发现群众的困难和问题。"王建文经常这样要求援藏干部，并以身作则。

下察隅镇群众现金收入以采挖药材为主，但由于村后野人沟便桥被冲垮，老人妇女不敢上山。

村委会党支部书记金夏告诉记者，2014年王书记实地勘察后帮村里修建桥梁、增设护栏，2015年全村采挖贝母、虫草等药材收入户均增收1500多元。

两年多来，察隅所有乡镇，70%以上的村庄，以及全县所有边防连队驻地，都留下了王建文的足迹。

天下没有远方，有爱就是故乡。正是对边陲人民强烈的感情，察隅从此在王建文的生命中难以割舍。

情洒边关，送子戍边，架起西藏与内地血脉相通的桥梁

2013年进藏后，王建文等援藏干部遇到了三名不幸的藏族女孩：拥曲珍——1999年父母相继去世，患先天性右侧小耳畸形、外耳道闭锁，右耳听力完全丧失；罗布卓玛——出生8个月时家中失火，脸和颈部被严重烧伤，无钱医治形成陈旧性疤痕；强巴卓玛——从小就失去母亲，2012年藏历新年期间的一场车祸致右膝粉碎性骨折。

"我们都有孩子，这三个孩子再不治疗就耽误了。"王建文将救助三位藏族女孩到深圳治疗的想法汇报到深圳有关部门，又专门请来深圳爱心企业家叶伟雄，动员各方力量共同救治。

"深圳是我命运的转折点！"2015年8月，罗布卓玛面部疤痕几乎全部消除，重新焕发青春容颜，拥曲珍听力得以恢复，两人双双考上了西藏民族大学附属中学。病情最重的强巴卓玛也站了起来，可以独立行走。

两年多来，王建文急群众之所急、想群众之所想，把特区人民对雪域高原的厚爱化作解群众之难、排群众之忧的及时雨，架起西藏与内地血脉相通的桥梁。

2014年11月，察隅县空档村罗松仁青遭遇车祸死亡，一对双胞胎儿子身受重伤，无钱医治。王建文和同事募集了6万多元救命钱，送到孩子母亲的手上，又将受伤最重的扎西仁增送到深圳治疗，保住了面临截肢的双腿。

两年多来，这种跨越千里的大救援始终在持续。2015年7月，王建文在下察隅镇发现患有先天性心脏病的1岁多的张浩明无钱医治，及时将他送到广州接受免费手术。8月底，孩子已痊愈。

只要心到，没有距离。两年来，王建文等援藏干部还与31户贫困户"结对认亲"、资助学生19名。巴桑次姆是王建文的"穷女儿"。6年前，巴桑次姆的父母离婚，被亲戚收养的巴桑次姆到了入学年龄无法上学。2014年，王建文帮忙解决了孩子户口和上学问题，还给她买来换洗衣服，呵护成长。

为了更广泛、更大力度地解决群众困难，王建文和队员们利用休假、探亲等时间走进企业、社团、机关等，多方争取支持。两年多时间，筹措的社会资金超过7000万元，补充重点项目的资金，援建计划外项目。

常年的奔波和忙碌，让王建文难以顾及亲人。去年春节，王建文到山西老家看望老母亲。四天短暂的时间难以满足老人对亲人团聚的渴望，他刚刚走出家门，80 岁的母亲就问他："儿子，什么时候再回来看我！"听到这话，王建文泪流满面。

两年多来，视驻地为故乡、视百姓为亲人的情怀，让王建文将自己的儿子送到了西藏边境一线，守边卫国。看着儿子一天天锻炼成长，原本不理解的妻子，也渐感欣慰。

凝聚民心，"治边稳藏"创新援藏工作

两年多来，王建文带领援藏工作组紧密结合察隅县实际，凝聚民意智慧，探索"治边稳藏"新路径，拓展援藏工作内涵。

——着眼巩固中华民族意识，援藏资金首次规模涉足文体工程。王建文发现，察隅作为我国重要的边境县，保卫和建设边疆中牺牲的 447 名革命烈士却分散安葬在 5 处，陵园年久失修，墓碑、墓体等毁损严重，难以起到教育后人的作用。

王建文多方争取，由深圳市龙华新区首倡援建、投资 4300 多万元建设了英雄坡纪念园。这一项目于 2014 年 9 月开工建设，2015 年"烈士纪念日"开园。林芝市委书记赵世军称这是"培育爱国情怀，传承民族气节，触及群众内心世界的'灵魂工程'。"

同时，察隅援藏工作组还针对察隅县城海拔 2300 米，适合开展体育运动，但缺乏运动场地、设施的实际，从深圳引入爱心企业和单位捐助，投入 100 多万元兴建场地添置设施，并专门请来 6 名专业体育教练。

文体事业的发展，不仅丰富了干部群众业余文化生活，还密切了各族干部群众的交往交流。

——着眼于固边安民，援藏资金倾力民生改善。边民是宣誓主权的活坐标，是边境最好的守望者。隆冬季节，记者来到上察隅镇巩固村附近原

始森林环抱中的目本村新址,30栋民房错落有致。这里风光秀丽,气候宜人,资源相对丰富。今年5月开山后,目本村将整体搬迁至此,全村近200名村民,人均耕地将由目前0.8亩增加到一年两收的2亩地,生存环境彻底改变。

针对察隅边境一线基础设施落后,群众生产生活与腹心地区的差距拉大情况,王建文等援藏干部在援藏工作中,注重固边与安民相统一,大力改善边境民生状况。仅上、下察隅两个边境镇,援藏资金就投入5000多万元,安排幼儿园、小集镇改造、小康示范村、生猪养殖示范基地等23个项目。

位于中缅边境的察瓦龙乡,是察隅乃至藏东农牧民人口最多的乡镇。然而,由于路途艰险、远离县城,每年近5个月被大雪封山,加之乡卫生院条件差,看病难的问题长期困扰着这里的7000多名群众。为此,援藏工作组从深圳市协调来800万元,援建察瓦龙乡卫生院。看着已经落成的现代化乡卫生院,"全国最美乡村医生"布琼欣慰不已。

——着眼全面小康,援藏资金大力扶持产业发展。察隅虽有"西藏江南"之称,气候宜人,但以传统农牧业为主,产业结构单一,农牧民人均收入比林芝市平均低近3000元。

面对与全国同步建成全面小康的繁重而紧迫任务,王建文等深入调研、科学决策,将2.7亿元的第七批援藏资金90%以上投向农牧区,用于4个小集镇改造、8个小康示范村和产业培育扶持以及解决民生突出问题等,以产业发展促农牧民安居乐业。

察隅偏居一隅,由于缺少产业支撑和高昂的运输成本,这里一只鸡卖150元、青椒最高时卖到80元一公斤。为此,援藏工作组援建50多个标准温室大棚,援建物资储备中心,大力扶持群众养猪、养鸡增加收入,增加市场供给。

王建文看到云南贡山到察隅县城的公路即将建成,云南这一旅游大省对察隅辐射带动瓶颈将打破,旅游业发展面临新的机遇,便着手当地旅游资源开发,建设"藏家乐"、"僜巴人家"等项目。

　　古玉乡罗马村自然风光优美，长满了野生桃树，每逢桃花盛开的时节，就像是世外桃源。王建文带领援藏干部，投入 1000 多万元，对罗马村的旅游基础设施重新进行规划，修建了环村旅游步行道、"藏家驿站"和松茸加工厂，新刻了道路指示牌……

　　眼望着边陲深山秘境中的古老村庄，王建文深情地说："一次援藏，一生情缘，西藏是心灵的故乡，为了她我愿意付出更多。"

　　（新华社拉萨 2016 年 1 月 21 日电）

农民格桑和他的"换车"生意经

新华社记者 汤阳

"将来铁路通了，我一定要坐上火车，到内地去看看。"51 岁的格桑笑着对记者说起心愿。

格桑的家在雅鲁藏布江岸边的西藏贡嘎县陇巴村。历史上，由于人多地少、交通不便，这里的农民世代以打鱼为生，日子过得贫苦。

"全村 240 多口人，只有 190 亩耕地。听老人说，西藏和平解放前，村民们绝大多数都吃不饱肚子。后来，虽然有了国家支援，可陇巴村农民的收入仍长期在全县排倒数。"村长索朗旺久说。

2012 年，听说拉萨机场高速、雅鲁藏布江北岸公路等一批重点工程要经过陇巴村周边，颇有经营头脑的格桑拿出 7.5 万元积蓄，从邻县买了一辆二手东风牌卡车，让 20 岁刚出头的儿子在工地上跑起了运输。

随后一年，有关部门又投资 60 多万元，在陇巴村边建起了一座采石场，利用附近荒山上的石料资源，为附近工地提供建材。从那时起，格桑和村里 70 多个乡亲一起进场当上采石工，拿上每月 3000 元的"死工资"。

"儿子开车一年毛利润将近 3 万，我一年收入也有 3 万多元。"手头渐渐宽裕，格桑又开始琢磨怎么让日子过得再红火些。

车轮飞转间，西藏发展的步伐越来越快。2014 年，拉萨通往日喀则的铁路通车。在这一年，格桑下决心卖掉旧车，又花 11 万元买了一辆载重量更大的新卡车。

"当时就觉得，火车会带来更多内地商品，也将把更多高原的特色农牧产品运送出去，对汽车短途运输的需求肯定会变多。"格桑说。

车越换越大，日子越过越好。2015 年，随着川藏铁路拉萨至林芝段开工建设，格桑告别了采石场的工作，成为拉林铁路中国铁建十一局标段上的一名瓦工；也就是在这一年，他再次卖掉了刚换没多久的卡车，贷款 8 万元，买了一辆总价 36 万元的新型自卸车。

"贷款是政府提供的，没有利息，我在工地上每月有 4500 元左右工资，再加上儿子跑车挣的钱，不到一年就还完了贷款。"喝下一口青稞酒，格桑黝黑的脸上泛起红晕。

如今的陇巴村，像格桑一样常年参与附近工地施工的村民有 60 多人，自筹资金或贷款购买的卡车、挖掘机等工程机械有 100 多辆，几乎家家户户的生活都与各项工程建设紧密联系起来。

"和过去相比，陇巴村人的生活发生了翻天覆地的变化，现在除去补贴，村里人均年收入近 2 万元，已是全县最富裕的村之一。"贡嘎县林业局副局长卓嘎告诉记者。

在经济富裕之外，最让格桑感到得意的是，他的家庭生活也变得越来越圆满，儿子去年娶了个日喀则的媳妇，虽然暂时两地分居，但坐火车过去只要不到 3 个钟头。

"我一辈子没坐过火车，现在最大的心愿就是家门口的火车站早日通车。将来，我一定要坐上火车，到内地去看看。"格桑说。

（新华社拉萨 2016 年 5 月 13 日电）

藏族小伙子洛桑晋美的一天

新华社记者　林威　汤阳

拉萨清晨的冷雨并没有让藏族小伙子洛桑晋美睡个好觉。

8 点，一个早到的客人打破了他的梦。对晋美而言，这不是什么新鲜事，28 岁的他打理这个家庭旅馆已经整整 10 年。

2006 年开业的卓玛拉宫家庭旅馆藏在吉日二巷，有 13 间客房，三两分钟的脚程外就是拉萨的闹市、大昭寺和冲赛康。这是纯藏式风格的旅馆，旅馆外墙颜色和附近著名的餐厅"黄房子"有些类似。一些游客误打误撞进来后就被精美的藏式装修风格吸引住了。

9 点，晋美在一楼的餐厅匆匆用过早餐，还是他喜欢的藏式传统食物糌粑。父亲边巴 1982 年从曲水的乡下到拉萨创业，晋美出生在拉萨，是家中长子，读完高中后没上大学，就直接帮父亲打理家庭旅馆。弟弟读了西南政法大学，毕业后在日喀则工作；妹妹读西医，是北京医科大学大三的学生。

10 点客人陆续来吃早餐。餐厅里俨然是个"小联合国"，有来自各国的游客。5 月到 11 月是西藏旅游的黄金季节。昨晚的生意还不错，13 间客房入住了 10 间，其中 9 间是外国游客入住。

长期接待外国游客让晋美的英文水平提高很快，也很了解外国游客的特点。他说内地游客往往在他的旅馆只住一个晚上单纯体验一下，而外国游客会住上 4 个晚上，前 3 个晚上适应高原气候，坐飞机出拉萨的时候再住 1 晚。

去年是酒店生意较为清淡的一年，受地震影响，珠峰的旅游项目取消了，而外国游客在拉萨以外去的最多就是珠峰。从 4 月底开始，晋美感觉今年来自欧美的客源开始恢复，还欣喜地发现一些东南亚的新游客。他琢

739

磨着再学一门外语，这样可以让外国游客感到更亲切。

午饭时分刚过，拉萨已经雨转晴。晋美穿过巷子，5分钟来到香巴拉宫。这是他的一个分店，2008年开业，有17间客房，每天他在两家店之间穿梭照看生意。

如今在拉萨，藏式风格的旅馆和酒店越来越多。晋美的两家旅馆隔壁都有竞争对手，规模也比较大，有时客满的时候会发微信"刺激"一下晋美。晋美说他不打价格战，喜欢健康的竞争，可以从中学到很多东西。

每年冬天淡季时，拉萨的小旅馆一般会关门谢客。晋美也没闲着，忙着将每间客房进行局部的修修补补，保持它的最好状态。去年冬天他还把一楼的空间改造成餐厅，现在开始对外营业。晋美琢磨着今年的冬天把所有的房间改成地暖，冬天也可以开业，吸引冬季旅游的客人。

刷着微信，晋美知道兰州到加德满都首列"南亚国际货运列车"抵达日喀则。他想在日喀则开个分店或许是个好主意。

午后的阳光洒在香巴拉宫的门前，附近居民楼的小孩和老人坐在门槛上晒太阳。晋美说他的旅馆接地气，和周边的人们关系很融洽。他喜欢引领客人登上外号为"世界之巅"的屋顶，看拉萨老城区经幡飘动，也可以远眺布达拉宫和环抱的群山。他说"香巴拉"是藏语的音译，是藏族人们向往追求的人间乐土。他希望他的旅店就像藏在拉萨闹市中的香巴拉。

两家旅馆一共有15个藏族雇员。一半以上是超过5年的长期员工。晋美和他的员工关系好得像朋友。旅店里还"藏"着一个布料加工坊，最多时雇了24个藏族残疾人在这里加工藏式的坐垫套子和云（藏饰，用于帐篷）。这些残疾人有了手艺后就可以独立工作或创业。现在还有两个，包吃包住，每个月的薪水是1800元。

晚上10点左右，客人渐渐回来。晋美和他们交流旅游的感受和行程，这也是交朋友的最好时候。

大约晚上12点，对单身的晋美又是个平静的一天。门口6个转经筒也安静下来。晋美相信过上幸福生活就是他的香巴拉。再过一会儿，也许他正在做一个香巴拉的梦。

（新华社拉萨2016年5月19日电）

传承藏民族文化的"亚格博"

新华社记者　白明山

　　"没有牦牛就没有藏族"，十世班禅大师曾这样描述牦牛与藏民族的深刻关系。"藏民族文化深厚，以牦牛为载体，记载传承西藏文化，我想这是对牦牛博物馆和牦牛精神最好的诠释。"吴雨初这样说。

　　作为牦牛博物馆的创意发起人，吴雨初将自己的微信名定为"亚格博"。亚格博，藏语意为"牦牛老头"，而当地藏族同胞也这样亲切地称呼他。

　　吴雨初年轻时在西藏工作、生活了16年。2011年，身为北京出版集

西藏牦牛博物馆创始人吴雨初向参观者介绍展品。（新华社记者　觉果摄）

团党委书记、董事长的他，还差三年退休，却返回魂牵梦绕的西藏，为建一座牦牛博物馆。

吴雨初在北京的办公室，挂着他30岁时拍的一张照片：长江源头，与格拉丹冬相望的雀莫山，一具牦牛干尸，风吹过，留下一层沙砾，头颅和双角，还朝着前进的方向。"我常常会因这张照片，内心产生莫名震撼。"吴雨初说。

吴雨初与牦牛的缘分不浅。1977年，他刚从大学毕业进藏的第二年，出差到阿伊拉，局部积雪达4米，车被耽误。在一间土坯房子里，50来人，在零下30摄氏度的严寒中，饿着肚子撑了五天四夜。

后来县里派人营救，先用汽车，汽车走不了了，再由马驮，马也走不了，从乡里赶来了牦牛。前面牦牛开路，后边牦牛驮着吃的。当他们捧着吃的，看着雪地里喘热气的牦牛，很多人哭了，是牦牛救了他们的命……

牦牛博物馆项目纳入了北京市对口支援西藏项目，2014年5月，博物馆正式落成剪彩。

作为馆长，吴雨初一直倾其心血于博物馆建设。今年5月18日，"国际博物馆日"当天，牦牛博物馆的吉祥物"嘎嘎"对外亮相，微信公众号也正式运行。两年来，这里接待国内外观众10万余人次，被誉为雪域高原的文化地标之一。

来自河北的参观者廖新华之前对牦牛了解不多，观展后大呼"大开眼界"。在博物馆"感恩牦牛厅"墙壁上的两句话，诠释了藏民族与牦牛的关系。一句是"没有牦牛就没有藏族"。一句是"凡是有藏族的地方就有牦牛"，这是藏族的一句民谚，它反映了牦牛与藏族的地理分布关系。

博物馆内陈列了一些牦牛标本，特别说明的是这些牦牛都是生产性淘汰或者是自然死亡。在吴雨初的带领下，顺馆内地板上的牦牛"足迹"，记者依次进行参观。

"牦牛作为高原之宝，几千年来与高原人民相伴相随，成就了藏族人民的衣、食、住、行、运、烧、耕，深刻地影响了高原人民的精神性格，承载着高原人民的善良与勤劳、坚韧与厚重，成为青藏高原一个独特的象征和符号。"他说。

驻足在三幅唐卡前，吴雨初说，这展现了藏族先民与牦牛关系的演变过程，分别为《猎杀》《驯化》《和谐》，从中可以大体联想到藏族先民与牦牛关系的变迁。

展馆内一首《斯巴宰牛歌》歌词吸引了记者注意，歌词反映了藏族先民的宇宙形成观，其中唱道："斯巴宰杀小牛时，砍下牛头置高处，突出山峰高耸耸；剥下牛皮铺平地，宽广大地平坦坦……"牦牛成为藏族创世纪的主角，山峰是牛头形成的，大地是牛皮铺展的。

博物馆里展览动物粪便，或许让人觉得不可思议，但在这里有一处牛粪砌成的景观墙。"墙面"上有牛头浮雕，"墙壁"上有白色贝壳点缀。吴雨初说，我们特意找藏族百姓砌了一堵牛粪墙，牛粪是传统牧区唯一的燃料，就是这些牛粪带来的温暖，帮助人们度过多少漫漫长夜和凛凛寒冬。

吴雨初说，牦牛已成为一种文化象征，在博物馆大堂墙壁书写着：憨厚、忠诚、悲悯、坚韧、勇悍、尽命，而这正是高原上人的象征。

牦牛博物馆的工作人员扎西平措说，自从开馆后，来参观的人络绎不绝，特别是旅游旺季，每个讲解员说得嗓子都沙哑了。看到这么多游客喜欢牦牛文化，觉得很有成就感。

拉萨市委副书记、北京第七批援藏干部领队马新明说，牦牛博物馆是西藏一道独特的文化景观，是展示藏民族文化的一面镜子。

（新华社拉萨 2016 年 5 月 23 日电）

"岗巴羊"身价华丽转身的故事

——黑龙江省援藏干部张琢的高原有机认证实践

新华社记者 杨三军 汤阳

一张认证书,不但让西藏"岗巴羊"的身价短时间内实现翻番,而且使相关农牧民人均年增收1500元。援藏三年,黑龙江省援藏干部张琢通过推进有机认证,激活了日喀则高原特色农牧产品附加值,将隐形资本逐渐转化为现实财富。

每天放牧归来,岗巴县直克乡乃村牧民吉律顾不得休息,就提着装满燕麦草的大口袋,开始忙着给羊群"加餐"。随着"岗巴羊"价格走高,这些牧民们祖祖辈辈赖以为生的牲畜,现在越来越成为他们心中的"宝贝疙瘩"。

"这几年羊价从不到800元一只,涨到了1700多元,我家的养殖规模也通过流转牧场,从二三十只扩大到200只以上。我不但盖起了新房,现金收入也增加了不少。"吉律笑着说。

岗巴县"岗巴羊"产业办公室主任饶辉告诉记者,日喀则市岗巴县牧场平均海拔4700米以上,当地放养的绵羊因为肉质细嫩、味道鲜美、无膻味,历史上曾是指定贡品。可是以前,由于养殖随意、不成规模,岗巴羊的销售一直是在"家门口"打转转,资源优势没能转化成价格优势。

2013年,黑龙江省援藏干部领队张琢经过调研发现,蓝天碧水的西藏良好生态环境,就是笔"沉睡的财富"。曾担任黑龙江省质量技术监督局副局长的他认定,通过标准化、规范化的生态有机认证,一定能够激活"岗巴羊"的附加值。

　　"西藏的有机农牧产品，是不可复制的优势。通过跳出西藏看西藏，我们相信，让'岗巴羊'从日喀则有限的'小市场'走向全国'大市场'，隐形资本定将转化为现实财富。"张琢说。

　　记者了解到，虽然黑龙江省对口援藏的是日喀则市康马、仁布、谢通门三县以及市直有关部门，然而"立足全区看问题、打破地区界限推项目"的工作思路已在黑龙江省援藏干部中形成共识。

　　经过严格的认定程序，2014 年 8 月，"岗巴羊"的有机认证获得通过。然而，让张琢没有想到的是，他的先进理念却和农牧民的传统养殖方式发生了碰撞。

　　"养殖户们甚至从没听过'有机'这个词，我们只好把相关标准翻译成藏语，一条条向他们解释。"饶辉回忆说，"2014 年 10 月，有机认证的第一批'岗巴羊'出栏，市场价格比认证前翻了一番，这才让群众心服口服。"

　　经过努力，目前日喀则已形成以岗巴县为核心产区、年出栏 14 万只的"岗巴羊经济圈"，整个"岗巴羊"产业规模市值达到 15.3 亿元，与 2013 年相比产值净增 9 亿元，带动"岗巴羊"经济圈农牧民人均增收 1500 元。

　　尝到甜头的张琢，将他有机认证实践的触角进一步延伸。2015 年底，日喀则市 18 个县区一次性通过"国家级有机认证示范创建区"申报，27 个农产品通过有机转换认证、有机产品认证。"艾玛岗土豆""亚东木耳"等一批高原特色有机农产品，和"岗巴羊"一道，越来越为外人所熟知，成为农牧民增收致富的宝贝。

　　（新华社拉萨 2016 年 6 月 13 日电）

"门巴将军"李素芝：
许身高原、杏林春暖

新华社记者　许万虎

藏北草原，天幕暗垂，紧压着大地。43岁的松江斜倚着房门，远望天际，说自己想念一个人。

"7年了，还是忘不了。"松江躬身轻抚膝前玩闹的孩子——"谢党"和"谢军"，说当年怀双胞胎的时候，难产危及性命，是"菩萨门巴"在雪地里安排手术，帮她捡回三条命。

松江家在西藏北部的聂荣县。她口中的"菩萨门巴"（藏语指菩萨一样的好医生），是西藏军区总医院原院长李素芝少将带领的巡诊队。

在藏行医数十载，齐鲁汉子李素芝翻雪山、趟冰河、战高反，借"佛心鬼手"，在藏族病患心中埋下一朵朵暖心的火种。

上世纪70年代，风华正茂的李素芝从第二军医大学毕业，进入上海长海医院工作。一天，他从一名来沪就医的西藏边防战士那里得知，藏地偏远苦寒，病魔猖狂作祟，说要命就要命。

战士的一番倾诉，似一枚石子，击打李素芝的心。他忆起父辈背井离乡、抗日救亡的烽火往事，内心涟漪难复。

于是，进藏。顾不上片刻多想，只一身行囊，和留给父母的一句话——"爱党爱国爱人民"。

西藏，祖国西南边陲，山高路长，空气稀薄。这里，随处可遇"生命禁区"。这里，每一个人都是国家的"坐标"。

在海拔 4500 多米的基层卫生队，高原反应如影随形，呼吸艰难、头痛欲裂是常事。

"军人为祖国活，医生为病人活。我作为军医，没有犹豫的余地。"初心指引，李素芝甩开膀子，抵抗病魔作难，潜心攻克高原病诊疗难关。

日复一日。苦寒，不曾退去。信念，也没少一分。

后来，一次针对西藏农牧区的病例普查和病源调查，让他本就忙碌的心再次揪作一团——高原先心病发病率是内地的 2 至 3 倍，多发生于胎儿缺氧引起的发育不良和先天缺陷。

一面揪心难抑，一面固执到底。李素芝力排众议，开启长达 20 年的医疗攻坚。数百次实验，屡败屡战，终于打破"海拔 3500 米以上不能进行心脏不停跳心内直视手术"的断言。

科研成功，是回报老百姓的时候了——行走高原，定期巡诊，悬壶济世。李素芝，把爱镌刻在西藏人民的心坎上。

十几年前的一个冬天，海拔 5000 多米的库拉山上，雪虐风饕，气温低至零下 30 摄氏度。一路人马，正破雪而进。目的地，那曲班戈。主角，正是李素芝带领的西藏军区总医院医疗队。

这头，风雪阻隔；那头，藏族群众巴巴盼着。李素芝心里急。

于是，他吆喝队友下车，刨雪、推车……刚做完阑尾手术不久的他，一头栽进雪堆里。紧急吸氧，10 分钟后，极度虚弱的身体才缓过劲儿来。

一路颠簸，巡诊队终抵班戈。医生们精疲力竭，容不得休息，立即为群众量血压，做 B 超、心电图，向急、重、疑难病人开具免费医疗便条。

"要雪中送炭，少搞锦上添花！"正如李素芝所言，巡诊路上，手术台前，病房里，农牧民帐篷中……每每应诊，顶头华发的他，总慈爱地握着藏族同胞的手，嘘寒问暖。

"医学是一门用心灵温暖心灵的科学。"每每结束诊疗，都会上演熟悉的画面：藏族群众一拥而上，有的献哈达，有的端酥油茶，有的递皮手套……

时光如梭。如今无数经李素芝之手治愈的病患，无一不演绎着美丽的新生。

在拉萨，曾经脊柱变形的卓玛，变身亭亭玉立的大姑娘，自信乐观；

在那曲，曾经罹患结核性腹膜炎的扎巴，笑声爽朗，干起活来不输小伙子……

据不完全统计，近十多年来，西藏数万人领到了军区总医院的免费医疗卡，数千人完成了先心病手术，无数人受益于李素芝研制的有效治疗高原病的药物……

行医路上的故事，李素芝从来滔滔不绝，激情澎湃，可一提及家庭，他总是倏地轻言细语。

夫妻伉俪。在藏期间，妻子郭淑琴没少跟他东奔西跑、送医巡诊，可谓亲密战友。

可对于女儿李楠来说，长久的疏离，让她将"爸爸"这个称呼锁在心里好些年，取而代之的，是一声五味杂陈的"哎"。

后来，女儿终于明白父亲的不易。"我们一家人不能再这样分开了。"待到毕业，李楠子承父业，同在西藏当上了医生。

进藏后，她常陪父亲巡诊。闲来父女促膝，做爸爸贴心的"小棉袄"……

"女儿经常叮嘱我注意身体，还给我买很多衣服，可我还是喜欢穿军装！"年逾耳顺的李素芝，黝黑皮肤里绽出一抹笑意，像个孩子……

（新华社拉萨 2016 年 6 月 28 日电）

孔繁森："一个共产党员爱的
最高境界是爱人民"

新华社记者　林戚　汤阳

六七月间的西藏阿里，高原红柳花开得绚烂。沉默的冈底斯山，远远矗立在狮泉河镇地平线上，犹如一座丰碑。

而孔繁森的名字，就深深镌刻在这片神奇的雪域高原，成为新时期党员领导干部的楷模，成为流传在西藏干部群众心中最温暖的故事。

1979 年，孔繁森告别山东聊城父老乡亲来到这里。从进藏第一天起，他就暗下决心：把自己的一切献给这神圣的土地，献给勤劳、勇敢的藏族人民。尔后，他三次进藏，历时十载。在党的召唤面前，在人生的选择中，他的精神境界一次次得到升华。

在阿里烈士陵园，2015 年进藏的西部计划志愿者陈锦讲解着原中共阿里地委书记孔繁森一生的故事，刻在纪念碑前的对联述说着人们对他的敬佩："一尘不染，两袖清风，视名利安危淡似狮泉河水；二离桑梓，独恋雪域，置民族事业重如冈底斯山。"

"我是因为孔书记才知道了阿里。孔书记真的特别伟大。在他身上我看到了一名党员领导干部的责任和担当。"陈锦说。她向党组织递交了入党申请，并自愿将原本一年的西部计划服务期再延长一年。"来了阿里，亲眼见到当地党员干部的工作作风，让我觉得能成为一名党员很光荣。"

孔繁森 1944 年出生在山东聊城一个贫苦的农民家庭。在党的教育培养下，他参军、入党，后来转业到地方。1979 年，国家要从内地抽调一批干部到西藏工作，当时担任中共聊城地委宣传部副部长的孔繁森欣然赴藏。

"我们共产党员无论在哪里工作都是党的干部。越是边远贫穷的地方，越需要我们为之去拼搏、奋斗、付出，否则，就有愧于党，有愧于群众。"

以此情怀，孔繁森在藏期间先后担任岗巴县委副书记、拉萨市副市长、阿里地委书记。赴藏前，他请人写下"是七尺男儿生能舍己，作千秋鬼雄死不还乡"的条幅。进藏后，他又留下了"青山处处埋忠骨，一腔热血洒高原"的豪迈誓言。

在岗巴3年，他几乎跑遍了全县的乡村牧区，每到一地就访贫问苦，宣传党的政策，和群众一起收割、打场、挖泥塘，与当地群众结下深厚的情谊。

孔繁森第二次进藏后任拉萨市副市长，分管文教、卫生和民政工作。任职期间，他跑遍了全市8个县区的所有公办学校和一半以上乡办、村办小学，为发展少数民族教育事业殚精竭虑。

在西藏最艰苦的阿里地区，藏族农牧民称孔繁森为"药箱书记"。粗通医术的孔繁森，看到藏族群众缺医少药，每次下乡都身背药箱，义务为群众防病治病。孔繁森对自己节俭，而对他人、对藏族同胞却是那么慷慨大方。在西藏工作的近10年间，他收养了3个藏族地震孤儿，省下的工资，大部分都用在补贴困难藏族群众身上。

而阿里的发展更是凝聚着孔繁森的全部心血。短短一年多时间，走访98个乡镇，行程8万多公里……在深入调查研究的基础上，阿里发展的思路在孔繁森脑海中渐渐清晰起来。

他说："率领群众致富，是我们的天职。每一个党员干部，都应当与人民同甘苦、共命运。这样，我们党才有威信，国家才有希望。阿里虽说偏僻落后，但发展潜力也很大。关键是要带领群众真抓实干。我有信心和全地区人民同舟共济、艰苦创业，共同建设一个文明、富裕的新阿里。"

他始终在努力实践着自己最喜爱的那句名言："一个人爱的最高境界是爱别人，一个共产党员爱的最高境界是爱人民。"

令人痛惜的意外发生在1994年11月29日。孔繁森去新疆塔城考察边贸的途中，因为一场车祸不幸殉职，时年 50 岁。人们料理他的后事时，看到两件令人心碎的遗物：一是他仅有的钱款——8.6 元；二是他的"绝笔"——去世前 4 天写的关于发展阿里经济的 12 条建议。

这 12 条建议既包括了设机场、修国道、建电站等改善阿里能源交通"瓶颈"的对策，也涵盖有财政、民生、教育等群众所关切的问题。

出师未捷身先死，长使英雄泪满襟。令人欣慰的是，一批批阿里干部群众在"孔繁森精神"的激励下，已将这些遗愿一一变为现实：

——进出阿里生命线的 219 国道油路贯通；

——昆莎机场建成通航，结束了阿里单一的公路交通运输历史；

——狮泉河水电站和一批太阳能光伏电站投产，改善了阿里的能源条件；

——农牧民群众住进了宽敞明亮的新居 ......

"将孔繁森精神传承下去，让更多年轻干部感受到榜样的力量。"扎根边疆 30 多年的阿里地区政协副主席李玉建，曾是孔繁森生前的同事。在他看来，孔繁森精神已成为阿里干部群众努力奋斗的力量源泉，"我们很自豪地说，一批一批的干部群众通过努力，实现了经济发展、社会进步、边疆巩固、人民安居乐业的大好局面"。

现如今，在阿里地委、行署所在地的狮泉河镇，繁森路和孔繁森小学这些名字，承载着人们对这位一心为民的党员干部难以磨灭的记忆。

来自阿里地区日土县的欧珠多吉，今年 12 岁，在孔繁森小学 5 年级 1 班就读。"孔爷爷是好人，老百姓遇到困难就找他。"欧珠多吉说。隔壁班的巴旦其美家住噶尔县左左乡，他告诉记者，从二年级开始，他就记住了孔繁森这个名字，"孔爷爷是阿里的书记，为我们建起了学校"。

这两个藏族孩子用藏汉双语郑重地在记者的采访本上写下：

"孔繁森在我的心里。"

清澈的高原阳光下，沿着繁森路漫步到河边。狮泉河静静流淌，见证着一个个代代相传的叙说。

（新华社拉萨 2016 年 7 月 2 日电）

雪域高原的动感 "名片"

——藏族党员大叔和他的家庭旅馆

新华社记者 张晓华 薛文献 白少波

正面，苍松翠柏，雾霭阑珊，古朴的藏式民居四周绿草如茵；背面，一轮圆月高悬碧空，南迦巴瓦雪山巍峨壮丽……

这幅美丽的图景，被 66 岁的藏族老人平措印制在自家开办的家庭旅馆名片上，标注着 "一个神仙住的地方"。

客人离开时，平措都会把小小的名片双手递到客人手里。天长日久，"平措家庭旅馆" 的名号随着天南地北的客人传遍中国，蜚声海外。

平措是西藏林芝市巴宜区鲁朗镇扎西岗村的村民。这里位于 "中国最美景观大道" ——318 国道边上，海拔 3300 多米，周围雪山耸立，林海茫茫，是西藏炙手可热的旅游景点。

1950 年出生的平措没有机会上学，长大后学会汉语，也学习了一些文化知识。改革开放犹如春风吹过万里高原，地处偏远的扎西岗村，迎来越来越多的游客。平措起初也和其他村民一样，牵着马当导游，为游客做一些初级的服务。

"后来有些游客就问我，能不能在村里住。我说，如果不嫌弃，那就到我家里去吧。" 1998 年，平措办起了村里第一个家庭旅馆，只有 8 个床位。

推开窗户，草原一望无际，野花点缀其间，像一张绣花的绿毯向远方延展。山坡上，松柏层叠，白云漂浮，像一条洁白的哈达，令来自世界各地的游客流连忘返。

在拉萨工作的摄影师肖留军，特意开车带内地的朋友到这里游玩。停下车，他像回家一样走进院子："村里的旅馆开了很多家，我还是最熟悉这里。"

平措不仅用经济、实惠的服务吸引顾客，更以藏族人民的质朴和热情打动"驴友"。

有一次，一位客人把手机、照相机、钱包落在旅馆，里面有所有证件和几万元钱。他及时和客人联系，物归原主。还有一次，一位广东客人把摄像机落在旅馆，他步行到镇里去追客人……

"如果是我丢了东西，也会像他们一样着急。"平措说，这些年来，游客们落在旅馆的东西五花八门，找不到失主的，他也一直代为保管。"等失主再来时，一定还给他们"。

有的客人路上发生了意外，或者资金困难，他会减免所有费用。吃住一天 70 元的标准，经常遇到游客讨价还价。

"大叔，便宜点吧！""行。"又有人说："大叔，再便宜点吧！10块行不行？"平措憨厚一笑："行。"由于被褥清洁，饭菜好，价格低，过往的游客亲切地称他为"平价大叔"。但是，更多的村民和内地游客因他乐于助人，乐善好施，尊称他为"党员大叔"。

平措一家以诚待人，名扬天下。这些年，来自法国、美国、马来西亚、新加坡和日本等国家的游客慕名而来。

如今，平措家的小院已经建起了 3 栋藏式二层楼房，装修、家具都保持当地传统民居的风格，床位也增加到 53 个。

沿木质楼梯走向二楼，是平措家的客厅。靠墙的一侧摆放着一圈卡垫床（藏式沙发），四张藏式茶几上，玻璃板下面压着一张张各地游客的名片。身后的墙壁上，挂满了平措一家和各类客人的合影。

平措是个"微信控"。"只要客人愿意，我们都加上了，朋友圈不断扩大，大概有几百人。"在朋友圈里，平措展示了很多内容，有民族歌舞，有客人的合影，有土特产推荐，有媒体对他的报道。

他的名片上印有二维码，手机一扫，是客厅的全景 V R 展示，并配有音乐。他说这是一位内地客人帮忙做的。这位憨厚的藏族大叔，现代营销意识却非常丰富。

收入多了，对党和国家的感情一直没变。房顶上四季飘扬的五星红旗，别在藏装外套上的"共产党员"徽章，就是最好的注脚。

平措在他 62 岁的时候加入了中国共产党。

"那年，有位领导来看我，问我是不是党员？我说想入党。领导说，那就赶快交申请啊，党组织的大门始终是敞开的。"受到鼓励的平措很快递交了入党申请书，经过村党支部的考察、培养，于 2012 年成为了一名"高龄"党员。

扎西岗村有 68 户、311 人，其中 44 人是党员，而平措就是其中最年轻的"老党员"。

"我感觉自己像换了一个人。"回忆起入党宣誓的那一刻，平措心里依然感到激动、自豪。"没有共产党，就没有我们今天的一切。党的政策是太阳，能照到任何一个地方。"

什么是党员？"我觉得党员，就应该像电视里报道的孔繁森那样，不怕牺牲，不怕吃苦，走在群众前面。"他是这样说的，也是这样做的。

"一个人富了不算富，全村人都富起来才是真正的小康。"喜欢看电视、听广播的平措，觉悟越来越高。为帮助村里的困难户，或者是其他地方发生地震等重大灾情，村里捐款时，平措几乎每次都是最多的。

来自四川的许康宁和白玛乔结婚后，在扎西岗村落户。前几年，许康宁突发脑溢血，至今瘫痪在床，自家办的家庭旅馆经营困难。平措经常介绍一些客人到他家，多次为他们捐款。

70 多岁的孤寡老人桑杰益西瘫痪多年。平措一有空就去看望桑杰益西，送去糌粑、酥油等日常用品。有次老人病情加重，他还把老人送到医院治疗。

诚信经营，注重卫生，热情待客，这些办好家庭旅馆的诀窍，平措主动分享给村里的其他经营户。有时客人来得多了，他会把客人推荐给村里相对困难的家庭去住宿。

在平措一家的示范带动下，如今，沿 318 国道抵达扎西岗村，路边有巨大的指示牌，一条水泥路通向村里，大大小小的藏式楼房错落有致地分布在道路两侧，各个家庭旅馆的广告牌一个比一个显眼。

平措说，现在村里共有 43 户开办了家庭旅馆，总床位达到 997 个。仅他家，去年就接待了两三千人，年收入近 30 万元。

如今，平措 32 岁的小儿子乔次仁也已经递交了入党申请书。

村党支部书记巴桑次仁说，全村旅游年收入已超过 200 万元，年人均纯收入超过 2 万元，"现在党的建设力度越来越大，国家的政策越来越好，我相信，还会出现更多像平措一样，可以被称为西藏'名片'的好党员！"

（新华社拉萨 2016 年 7 月 5 日电）

从牧羊女到企业"白领"

——藏族姑娘洛桑与青藏铁路的不解之缘

新华社记者 杨三军 王军

在青藏铁路途经的念青唐古拉山下当雄县冲嘎村，一座现代化的矿泉水厂在高原的蓝天白云下分外靓丽。这是西藏特色产业支柱代表性企业之一的 5100 冰川矿泉水厂。

走进冲嘎村，一条条水泥路整洁而平整，路的周围藏式民居林立，顽皮的孩童在路边追逐嬉闹，年迈的老者在自家门口悠然地晒着太阳，厂区装卸区域里十几位身着蓝色制服的工人，正往排着长队的大卡车上装载矿泉水……和谐又热闹的场景让人完全感觉不出这是一个海拔 4500 多米的高原村庄，藏族姑娘洛桑就在厂里工作。

"2005 年以前，冲嘎村还被冠以'贫困村'的帽子，村民大都住着土坯房，既没水也没电。村民世代靠放牧为生，人均年收入不足 1000 元。"冲嘎村党支部书记罗琼说。

这一切，随着西藏 5100 在当地建厂以及青藏铁路的正式开通，得到了彻底改变。原本只是一名牧羊女的洛桑也逐步成长为企业"白领"，实现了人生的华丽转变。

今年 7 月 1 日是青藏铁路全线通车运营 10 周年。这条世界上海拔最高、线路最长的高原铁路，创造了世界铁路建设史上的奇迹，被青藏两省区各族人民称为"幸福天路"。

厂长姜晓虹告诉记者，2005 年水厂就建成投产了，但受制于物流的限制，当年企业效益并不好。2006 年青藏铁路通车给公司发展带来巨大机遇，企业逐渐发展起来，并在 2011 年成功在香港上市。

在公司发展壮大的同时，5100 水厂全力帮助当地老百姓增收致富，从 2005 年起开始招收大量当地无技术、文化水平低的农牧民，将他们培养成自己需要的人才。

今年 29 岁的洛桑就是他们中的佼佼者。她家里一共五口人，进工厂以前，世代以放牧为生。小学毕业的她因为不会说汉语，没有固定工作，只能在家里放牛。全家一年收入只有几千元，家里的生活条件很差。

进入工厂后，为工作需要，洛桑开始接受汉语、电脑操作的系列培训。即便是要经历漫长的汉语学习过程，还有严格的知识、技能考核，她也觉得非常开心和自豪。因为这不仅改变了自己的生活，还使整个家庭的生活水平得到了前所未有的改善。

如今，凭借自身的努力，加之公司的不断培养，洛桑从过去一个普通员工成为厂里的行政部经理，现在每月收入超过 8000 元。她用自己的劳动所得给家里盖了新房，供弟弟上学，成为家里的顶梁柱。去年公司还在拉萨给她分了房子，成为了一名人人羡慕的企业"白领"。

在冲嘎村，受益于青藏铁路和水产业发展的，远不止洛桑一个人。姜晓虹说，目前水厂有近 300 名职工，其中 90% 为藏族员工。进厂之前，他们大多是当地普通牧民，而如今，员工平均月收入超过 4000 元。

铁路开通和现代企业的熏陶，在改变当地牧民物质生活的同时，也在潜移默化地改变他们的精神面貌。

"我们给每个员工宿舍都配备了电视，员工都能通过电视看到外面的世界。"水厂后勤部门负责人白召勇介绍，厂里定期对员工进行培训，教授工作技能和文化知识。对于成绩优异者，会免费安排他们乘火车去北京、上海、深圳等地参观和学习。

青藏铁路通车前，洛桑从没走出过当雄县。铁路通车加上进厂工作，使洛桑有很多机会乘火车走出西藏。"北京、天津、上海、杭州、香港……我都去参观学习过；爬过长城、坐过动车，参观过上海世博园……这些都让我增长了见识、开阔了眼界。"她说。

洛桑告诉记者，从一名牧家女到如今的企业"白领"，回想起今天的生活，洛桑至今都感觉像是做了一场梦。

"10年前，我还穿着带补丁的衣服，跟陌生人说话都感到紧张，做梦也没有想到能过上现在的生活。"洛桑说，"如果没有青藏铁路，水厂不可能发展到今天这么好，我也不会知道外面的世界那么精彩；感谢青藏铁路，是它改变我的命运！"

（新华社拉萨 2016 年 7 月 6 日电）

援藏干部王越剑：把党的
好形象树立在百姓心中

新华社记者　罗布次仁　张京品

杭州市援藏干部王越剑援藏那曲县 3 年期间，把群众最迫切的需求作为工作的方向，着力实施直接让百姓受益的民生援藏项目，被当地干部群众亲切地称作给藏北高原带来福气的"普久书记"（援藏书记）。

2013 年进藏不久，王越剑到那曲镇霍仁村扎西次仁家走访，发现 3 岁的泽郎次仁有严重的唇腭裂，全家人一脸垂头丧气的样子。原来唇腭裂手术要 2 万多元的手术费，对普通牧民家庭来说，这是个不小的数字。

"援藏作为一项国家工程，必须让群众感受到援藏的实惠。"在王越剑看来，孩子的病就是全家人的心病。为此，他多方联系到专门为贫困家庭唇腭裂儿童提供免费手术治疗的慈善机构"中国微笑行动"组织，让泽郎次仁顺利接受了手术。

3 年时间里，55 名那曲县唇腭裂儿童得到免费救治。这不仅让孩子们重新绽放微笑，甚至改变了不少家庭的命运。

"过去儿子一照镜子就大哭大闹，全家人一起伤心。现在，儿子却喊着要照镜子、拍照片，这让我们全家重新拾起了对幸福生活的信心。这多亏了王书记。"扎西次仁说。

"中国微笑行动"组织发起人韩凯说："我们曾想到西藏开展唇腭裂儿童的救治，但一直没能成行。在王越剑书记做了大量前期工作的基础上，我们才得以首次在西藏开展这方面的手术。"

"援藏干部的力量是有限的，必须把受援地和援助地拧到一起。"王越剑走遍了全县 19 所学校后，发起"爱在那曲"公益活动，把那曲县和杭州市联系起来，通过微信公共号，在那曲县实施"让每个教室都有图书角"、"助力那曲教学系统"等公益活动，推动"援藏前线"和"援藏后方"良性互动，解决那曲县教育单位的燃眉之急。

孔玛乡中心小学长期缺乏电视，急需印刷考试试卷的打印机、速印机。王越剑联系杭州市企业家捐赠 10 台电视机，并送去打印机、速印机。孔玛乡中心小学副校长其美斯塔说："过去，孩子们很难直观了解国家的发展成就。有了电视，孩子们就可以了解祖国内地的变化，增加对祖国的认同。"

王越剑牢记党员要密切联系群众的义务，在那曲县结交了不少"藏族亲戚"。逢年过节，他都会到这些亲戚家走动走动，送上慰问品，遇到孩子升学掏学费、碰到有人生病出医药费。

那曲县敬老院 73 岁的次宗老人下半身瘫痪，无儿无女，有时候只能靠双手爬行。王越剑自掏腰包买了一个自动化轮椅，手把手教老人使用。次宗老人说："现在敬老院的老人都认识王书记，虽然叫不出他的全名，但一听到普久书记来了，大家就感觉亲儿子来了一样。"

"四必到、四了解，访民情、接地气"，在"三严三实"、"两学一做"学习教育中，王越剑给自己定下这样的规矩。他坚持每周至少两天下乡调研和走村入户。每到一个乡镇，必进医院、学校，必进村委会和牧民家里，看望慰问贫困户。

为了摸清基层情况，王越剑进藏后两个月时间里跑遍了全县 12 个乡镇，全县 137 个村庄跑了 70 多个。在同事眼里，王越剑"有困难自己挑，远的地方自己去"。2013 年 10 月，王越剑和同事前往那曲县最偏远的尼玛乡调研，在海拔 5300 多米的青拉山上，车子抛锚，一侧是万丈深渊，一侧是悬崖峭壁，惊险万分。他们和当地老乡一起，把车抬过了山路。回到县里，已是凌晨 5 点钟。

油恰乡冬热隆村是那曲县最偏远的村之一。村民洛桑租住别人的房子过日子，老婆精神有问题，生病卧床，家里又脏又臭，平时很少有人踏进他家的门。王越剑主动把洛桑作为结对帮扶户，每个月都去看望慰问，送去米面油。

洛桑说："没想到我这个被人看不起的人，攀上了这么好的亲戚。每次我说感谢的话，王书记都说，他是共产党派来的。"

（新华社拉萨 2016 年 7 月 12 日电）

"90后"藏医药继承者：让千年
藏医药焕发"现代青春"

新华社记者 刘明洋 贾钊 薛文献

"好点了吗，还有哪里不舒服？"一边用藏语询问急诊病房里70多岁的藏族老人次仁，一边查看电子医疗显示器上病人的生命体征是否有异常变化，并不时用听诊器替老人检查身体。这样细致入微的查房看病，是今年25岁的"90后"藏医医师索朗每天工作时必须完成的"规定动作"。

"老人患的是脑溢血，前期我们用西医西药把他的病情稳定住了，后面我们打算用'二十五味珍珠丸''如意珍珠宝''拉麦丸''十八味降香丸'等藏药，来帮助老人进行长期调理。"索朗一边翻看着病历本一边向记者介绍说，这些传统藏药有助于保护脑细胞、降低血压和恢复神经。

"忙的时候我一天要看60多位病人，有时饭都顾不上吃。"索朗告诉记者。

索朗出生于拉萨市墨竹工卡县尼玛江热乡邦达村，父母是当地农牧民。读高中时，由于藏文基础好，以及看中藏医药愈发红火的就业前景，这位来自拉萨农村的大男孩选择了就读在西藏人心中有着特殊情感的藏医专业。2010年，他顺利考入西藏自治区藏医学院学习藏医临床专业。

"小时候家里人病了就看藏医，村里的老藏医看病经验丰富，大家都很信任藏医。"索朗说，"现在家乡的亲朋好友有什么病痛，常常会打电话问我该怎么买药治病，觉着我是村里人的骄傲。"

2015年大学毕业的索朗，通过考试等环节成功进入中国最大藏医院——西藏自治区藏医院工作，如愿成为一名藏医临床医生。"我们那届藏医临床班有 41 个人，毕业时全部就业，现在分别在各地市藏医院等一线工作。"索朗笑着告诉记者，现在他的工资待遇不错，在拉萨当地算是中上水平。

传统与现代的"交融"在今天的西藏藏医院处处可见。

记者在急诊科看到，医院配备了不少现代医疗器械，临床诊疗基本也都是采用藏医西医结合的方式。"我在藏医学院读书时，除了学习传统藏医药典籍，学校还开设了一些西医课程，让我们掌握必备的现代西医知识。我们科室有不少老医生就是学西医出身的。"索朗说。

"今后我打算到自治区人民医院去进修，进一步提高自己的西医临床诊疗水平。"索朗已有了明确的职业发展规划。

和索朗同一年进入西藏藏医院工作的"90 后"藏族姑娘旦增央金则表示，她要认真学习藏医药经典名著，加深对藏医药的认知。

2011 年，旦增央金从成都西藏中学毕业后，进入四川大学华西药学院学习西药学专业。"因为长期在成都读书上学，我的藏文马马虎虎，加上本科学的是西药专业，自己对藏医药的了解还不够深入。"这位 22 岁的藏族小姑娘略带羞涩地告诉记者。

如今，旦增央金在西藏藏医院藏医药研究院藏药开发与应用研究所从事传统药剂的剂改工作。从藏医药典籍中流传至今的藏药"秘方"，经过现代制作工艺的"打磨"，焕发出勃勃生机。

旦增央金告诉记者，过去，藏族群众到医院诊病，或是买走几包草药回家煎服，或是炮制好的药丸磨碎服用，特别是煎服草药，无法控制水量、煎药时间等，缺乏明确的剂量标准，主观性较强。

"现在院里引进了不少先进汤药制剂设备，按照藏医药经典里的配方，通过检测、提取等现代制剂方法，将传统汤药制成'藏药冲剂'。"旦增央金说，每做一次实验他们都要进行详尽的实验记录，不断摸索出适当的制剂成分比例，建立规范化的药物标准。

据了解，在过去很长一段时间里，藏医药文化主要在藏传佛教寺庙中发展、传承，许多杰出的藏医都是高僧。在当时的历史环境下，女性学习藏医的很少。

"如今不同了，现在我们医院很多科室都有女医生。"且增央金说，"我在成都西藏中学的一位女同学，今年麻醉专业毕业后也考入了藏医院。"

据西藏自治区藏医院政工人事处负责人介绍，近5年来，藏医院已陆续接收像索朗、且增央金这样的大学毕业生60多名，绝大多数被安排到临床一线工作。

已在雪域高原传承了3800多年的藏医药学，与中医学、古印度医学、古阿拉伯医学并称为"世界四大传统医学"。2016年是西藏自治区藏医院的百年华诞，其前身为拉萨"门孜康"（藏医历算学院）。

谈及未来藏医药的发展，索朗、且增央金这两位"90后"藏医药继承者不约而同地认为，千年藏医药只有跟上时代脚步，才能永葆青春、走出藏区。

"过不了多久，医院就要派我到四川省中医药科学院去进修，学习先进实验仪器的操作及相关实验分析。"且增央金十分期待将要到来的培训。

（新华社拉萨2016年9月14日电）

叩问"天机"的藏族天文历算传人

新华社记者　多吉占堆　白少波　薛文献

"天何所沓？十二焉分？日月安属？列星安陈？"叩问宇宙"天机"，是世界各民族共同的精神追求。早在公元前 1 世纪时，藏族先民就在世界屋脊上仰望星空，依据月亮的圆缺编制历法。

仲秋时节，西藏自治区藏医院建院百年之际，一套厚达4200多页的《西藏万年历》在拉萨出版发行。全书共 4 册、424 万余字，内容跨度达 2100 年，印刷精美，装帧古朴，填补了藏族天文历算无万年历的空白。

现行藏族天文历算，以西藏早期历算为基础，融合了农历五行算、印度时轮历、占音术以及时宪历等，根据九大行星在十二宫、二十八宿上的运行轨迹，推算出气候、天文等变化。

"如果用传统手工计算，至少要花费 30 多年时间。"作为万年历的主要编纂者，藏族天文历算自治区级传人、西藏自治区藏医院副院长、天文历算研究所所长银巴，让现代科技为天文历算服务，发明"西藏天文历算数据运算系统"，使用它编纂了这部万年历，开创了先河。

在藏医院的办公室里，银巴在计算机上给我们演示他自己精心设计的"天文历算系统"：蓝天、雪山、白塔，一幅藏地风景出现在屏幕上，藏族天文历算历史上出现过和现在通行的流派，累计有十几种，几乎都编写成了代码，实现了计算机运算。

银巴输入几个数字，一敲鼠标，2016 年全年的历算数据两三秒就跳了出来，数据量多达 52 页。

藏族天文历算至今仍被藏族人民在农牧业生产、日常生活和藏医药诊治中广泛使用，是国家级非物质文化遗产。1968 年，银巴出生在甘肃省夏河县一个书香门第，父亲是当时凤毛麟角的大学生。17 岁那年的夏天，他因一个偶然的机会，参加了一届天文历算培训班，从此和这一古老文化"结缘"。

当时，培训班上主讲的是拉卜楞寺历算专家西绕群培，银巴一学就会，而且产生了浓厚的兴趣。培训班结束，银巴到西北民族学院上学，跟随拉卜楞寺高僧、天文历算学大师桑珠加措系统学习天文历算，打下了扎实的传统功底。

1988 年，银巴陪同桑珠加措来到北京，帮老师手写、记录、整理《藏历运算大全》，得到了大师毕生所学的精华。一年后，银巴从学校毕业，放弃留校机会，带着恩师的推荐信，来到拉萨，进入西藏自治区藏医院。

藏医大师、藏医院时任院长强巴赤列，求贤若渴，推荐他拜纳连扎寺堪布、藏族天文历算大师次成坚赞和藏医大师措如·才朗为师。次成坚赞大师学识渊博、兢兢业业，天文历算造诣极深，无论是去讲学还是到寺庙、乡村，银巴都陪伴左右，耳濡目染，获得真传。

西藏自治区藏医院前身拉萨"门孜康"成立于 1916 年。100 年间，一代代天文历算工作者传承古老技艺，每年出版一部藏历，坚持到现在。

天文历算，藏语简称为"孜"，是"计算"的意思。上千年的传承中，历代学者都是在一块长不足 1 米、宽不到 20 厘米的木盘上，细沙做纸、铁钎当笔，进行演算。这块长条状沙盘可以人工计算数十位的数据，堪称最古老的"计算机"。

传统藏族天文历算学家最枯燥的工作就是在沙盘上做数据演算，要推算出一年的藏历，要进行无数次的计算和验证，不仅耗时长而且极易疏忽出错。上世纪 90 年代，计算器被引入藏族天文历算中。但是，由于一些数据堪称天文量级，普通计算器难堪大用。

"如果能够使用计算机技术就好了！"银巴创新藏族天文历算的念头早在 20 多年前就开始萌发，那时计算机刚在拉萨出现，银巴就到夜校学习计算机入门知识，从内地购买电脑，先后买了几十本教材，自学计算机编程语言，反复琢磨、尝试，最终开发出了"西藏天文历算数据运算系统"。

对于这套系统，银巴充满自信："这些年，我反复验证，不断修正、改进，传统的各种算法，电脑都能进行。而且这个系统一直在完善中，没有止境。"银巴的工作让藏族天文历算的数据推演，从原始"沙盘"跨越到了现代计算机"键盘"上。

作为藏族古老文化技艺的传承人，传统与现代在银巴这里得到了很好的融合。"门孜康"百年之际，西藏举行了多场藏医药国际学术会议及国际论坛，银巴用汉、藏、英三种语言主持会议、翻译发言，获得了一阵阵热烈的掌声。

由自学英语到运用自如，而且涉及的是非常专业、深奥的藏族天文历算，银巴的学习能力让记者非常惊讶。他却连说惭愧："这几年用得少，我的英语水平已经退步了很多。传统文化要发展，决不能固步自封，要走向世界，就必须使用国际语言。"

目前，银巴有一个新的梦想——在拉萨建造一座天文馆，"让人们通过望远镜，更清楚地看看头顶的星空，了解更多关于宇宙的奥秘"。

（新华社拉萨 2016 年 9 月 18 日电）

百年"门孜康"：女藏医养成记

新华社记者　多吉占堆　薛文献　白少波

"小姑娘你哪里不舒服？慢慢说，不着急。"西藏自治区藏医院妇产科诊室里，45岁的女藏医拉片戴着口罩，身着白大褂，一边询问病人的情况，一边在电脑上写下医嘱。旁边还坐着一位年轻医生，在纸上记录着。

"你这是常见的痛经，我给你开点藏药，分别在早上和晚上吃。"拉片叮嘱病人的母亲，"记得提醒孩子，经期要注意保暖，不要吃刺激性食物。"

作为妇产科副主任，拉片长期在临床一线坐诊，为病人诊断开方。整洁的休息区里，候诊群众座无虚席。"遇上科里有手术，即便是轮班休息，我也必须随叫随到。"

藏医药有3800多年历史。今年是西藏自治区藏医院成立100周年，其前身为"门孜康"（藏医星算学院）。作为一名女藏医，拉片见证了新时期藏医妇产科的发展与变迁。

"我从小就想当一名治病救人的医生。"拉片出生于日喀则市江孜县，父母是供销社职工。1990年高中毕业时，她最初报考的是西医，但后来被录取到了西藏自治区藏医学院。

"本来我对藏医并不是很了解，收到通知书时还有点惊讶。"当时拉片对这一古老文化仅有的一点印象，就是母亲常年的胃病因一剂"坐珠达西"而愈。

现代化的校园，5年的专业学习，让拉片对藏医藏药从不了解到热爱，并成了她终生的事业。"学校里有高楼，有现代化设施，环境优雅，老师们和蔼可亲，跟我想象的不一样。入学不久，强巴赤烈院长就亲自给我们讲藏医藏药的历史，讲医德医风，让我感觉自己很幸运。"

"当时我们班 30 个人，10 个女生，20 个男生，大家一直在努力学习，晚上有时甚至在路灯下看书，寒暑假也在背诵经典，时间过得太快了。"学院传授的内容，从理论到实践，从诊断到治疗，甚至草药识别、天文历算都要涉及，此外还包括西医，让拉片打下了扎实的基础。

大学毕业后，拉片被分配到自治区藏医院妇产科，一干就是 21 年。她从跟着老师写病历、查房开始，到单独值班、做一些简单的手术，再到积累大量临床经验，直到今年获评主任医师，成长为学科带头人、妇产科专家。

"藏医妇产科有四十类疾病，其中关于内分泌的是最多的。如何把疾病准确分类、诊断，让藏医的诊疗更有特色，疗效更高，这是我目前想得最多的事情。"她说。

作为古老藏医药的继承者，拉片深感肩上责任重大："藏医药理论博大精深，内容丰富、体系完备，学校教育也做得很好，目前的主要问题，是如何发掘、保护一些濒临失传的传统疗法，探索与现代医学的结合，让藏医药的疗效更高，获益的人更多。"

她举例说："医典里有的病例，提到的治疗方法有舌诊、尿诊、脉诊、问诊等手段，我们一直在探索如何介入现代医学手段，进行更详细的检测，通过数据的支撑，来提高藏医疗效。"

藏医里还有一些特殊的诊疗手段，如脉泻疗法、放血疗法、火灸疗法、宫泻疗法等，拉片和同事们也在想办法恢复。关于其中的脉泻疗法，他们多次请索县藏医院的一位老专家传授技艺，目前已广泛应用到临床上，妇产科 30 多位医护人员都能熟练操作。

"单说疗法，我们在临床上用的，占医典里总数的五分之一都不到。关于方剂，医典里有上万个，我们目前用的也就 200 多种。"拉片介绍，他们一方面请老藏医、民间藏医传授传统疗法，一方面积极研发新的制剂，目前已经研发出 30 多个。

拉片和同事们也在积极推进藏医标准化和藏西医结合。"疾病分类，诊疗程序，检测方式，这些都要有标准，没有标准就没法走向世界。还有就是要介入西医，比如剖腹产的处置、输血等。藏医不是万能的，必须做到与时俱进。"拉片说。

标准的普通话，清秀的面庞，温文尔雅，不穿白大褂的拉片，给人的感觉是一位很有修养的知识分子。"我们学藏医，首先要学医德医风，这是一门独立的课。"

拉片治愈的病人，很多都和她成了朋友。那曲的一位病人，曾因流产住院治疗，出院后怀上了第三胎，有什么异常随时打电话咨询拉片，而拉片也是有求必应，四五年来一直保持着联系。

多年的出诊行医，让拉片感觉很有成就感。"以前我看到产科的大夫，就觉得他们的工作很神圣，现在依然这样认为。在这个岗位上，我能踏踏实实地为别人做点事。"

在过去很长一段时间，藏医医生大多数为僧人或是男性，很少有妇女行医，甚至形成"妇女学习藏医不对"的观念。

如今，在西藏各地的藏医院里，都有像拉片一样的女藏医。越来越多的女性投身藏医藏药事业中，她们当中有藏医药女硕士、女博士，甚至博士后。

西藏自治区藏医院常务副院长益西央宗说，全院目前有800多名医护人员，女藏医、护士占到一半以上，而且越来越多。西藏自治区藏医学院每年招收的学生中，也有近一半是女生。

（新华社拉萨 2016 年 9 月 22 日电）

扎西次仁：现代"采药师"

新华社记者　多吉占堆　白少波　薛文献

在拉萨东郊 7 公里外的一个偏僻院落里，一个现代化的实验室，"隐藏"在一栋新建的二层小楼里。小楼的旁边，就是一块块试验田，还有大棚、温室。一畦畦的绿色植物长势喜人，有的才刚出苗，有的已开过花，名牌上标着科、属、种。

西藏自治区藏医院藏药生物研究所副所长扎西次仁和他的同事们，把这些花花草草当宝贝，精心伺候着。新结的籽要取回实验室分析、检验、存储；地里的土壤，甚至沙粒，也要拿到实验室化验、研究。

在这里，扎西次仁实践着他现代"采药师"的梦想。只不过，他已经告别简陋的工具，操作着先进的仪器，但不变的是，药材长在哪里，他就追寻到哪里。

现代药师的"修炼之路"

采药师，是一个古老的职业。他们以山野为家，在云深不知处的山谷中，一筐、一镐，寻找治病救人的"仙草"。童年的扎西次仁，从未想过自己会走上这条路。但冥冥之中，有一条线，牵着他前行。

1975 年，扎西次仁出生在西藏自治区山南地区桑日县的一个牧场上。和多数牧民子弟一样，他对草原上的花花草草充满了感情。

7 岁那年，父母调到驻军的一个果园工作，扎西次仁也从牧区来到农区，那里又是一个花繁果盛的所在，园子里长满了苜蓿草。扎西次仁和姐姐经常去割苜蓿，带着草到驻地干部那里换零食。

初中开始，成绩优秀的扎西次仁在内地西藏班学习，受到了优质教育。1995年填报高考志愿时，热爱大自然的扎西次仁，一心想学地质专业，前三个专业填的都是地质类院校，只有第四个志愿——沈阳药科大学中药学专业，是在老师督促、旁边同学随口一说的情况下，胡乱填上去的。没想到，就是这最后一个志愿，改变了扎西次仁预想的人生轨迹。

沈阳药科大学号称"北药"，具有80多年历史，他是这所学校招收的第二批藏族学生。"这个学科涉及的知识很多，仅专业课就有14门，给我奠定了扎实的基础知识。"扎西次仁说。

1997年夏，经过两年理论学习后，扎西次仁在老师指导下来到丹东市凤凰山，参加野外见习。那段时间，白天他和同学们上山采药，晚上做标本，老师手把手地教。这次见习，大大激发了扎西次仁与生俱来的对植物的热爱，也激发了他对药材工作的热情，"只要能接触到大自然，我就满意了"。

扎西次仁记得，野外实践结束前，老师组织了一次别开生面的考试，让他收获满满的自信："所有采集的药材放在一张大桌子上，每一位同学都要说出面前植物的科、属、种。看到一种不知名的植物，通过专业所学知识，作出判断，解开谜团，特别有成就感。"

沈阳药科大学带队实习的孙启时教授，对扎西次仁影响很大。这位老师上课时，说到药材植物的名字，用的全都是拉丁语，在野外实习时也如此。在四年学习中，扎西次仁大约掌握了1600个植物的拉丁学名，为之后了解、接触世界各地的相关研究打开了一扇"窗户"。

扎西次仁回忆说，孙老师每讲到一个植物，都能准确地说出它的分布地，"但是，老师从来没有来过西藏，对于西藏药材的分布情况，几乎是空白，成为他一生的遗憾。我当时就想，要通过自己的努力，帮老师消除这个遗憾"。

1999年，扎西次仁大学毕业回到西藏，分配在自治区藏医院。最初的工作是在药房取药，一干就是4年。枯燥的重复让他一度有些焦虑、迷茫。

"记得第一个月工资是1154元，我拿出800元，跑遍拉萨，买了好多玻璃仪器，堆满自己的宿舍。当时一心想着要做实验，但又不知道该做什么。"想起当初的无奈，扎西次仁叹了口气。

"驯化"野生药材

一次小规模的采药，给扎西次仁带来了新的人生际遇。

2003 年的某一天，藏医院派出医疗队，到拉萨市北郊的夺底乡开展医疗下乡服务。活动结束时，藏医院副院长次仁巴珠背起竹筐、拿着十字镐，说要到沟里采药，参加活动的扎西次仁特别高兴，"埋在心底的热情，一下子就被点燃了。"

他跟在次仁巴珠先生的身边，每看到一种药材，马上就能说出它的国际通用名字，并讲出其分布、药效等，滔滔不绝。得知扎西次仁是从著名药科大学毕业的，次仁巴珠连连说："在药房工作，可惜了！"

采药回来不到 10 天，扎西次仁就被调到了藏医药研究所工作，"当时所里只有十几个人，也没有细分科室，往往是有项目来了，无论写报告还是做实验，都是大家一起做"。

第二年，扎西次仁接手了一项藏药研发项目，发现做实验的主要原料——桃儿七，在市场上很难买到。他把这一情况反映给院领导，随即被安排对这一名贵药材资源进行调查，并尝试创建人工栽培基地。扎西次仁的"采药师"之路，真正开始了。

藏医药典籍记载，桃儿七对妇科病有显著疗效，中医、藏医都用，需求量非常大，自然生长的桃儿七被大量采挖，濒临灭绝。

扎西次仁和同事们在西藏多地走访调查，通过专业的分析、研究，最终选定桑日县白堆乡里龙村为桃儿七人工栽培的理想之地。但要把野生药材驯化，做到大面积人工种植，绝非易事。从采集野生种子到人工栽培实验，再到优选品种，不受病虫害侵扰，教会当地群众种植，扎西次仁花去了 4 年多时间。对自己常年在试验田的蹲守，他笑称是"做了一回地地道道的农民"。

在此期间，扎西次仁完成了桃儿七人工有性繁殖和无性繁殖的关键技术研究，确定指纹图谱鉴定标准及质控标准，建成了210亩人工种植栽培基地。2008年，扎西次仁和同事们终于放心地把基地交给当地群众打理，村民们每年可生产出售近500斤药材，有了稳定的收入。

这次濒危药材人工种植成功，让扎西次仁药材研究的专长得到了认可，他也成为西藏自治区藏医院濒危藏药材种植技术实验基地的负责人，开始投入另一种濒危药材——绿绒蒿的人工栽培研究。

绿绒蒿属于罂粟科，但与制作毒品的罂粟截然相反，是一味救死扶伤的良药，藏医257个药方中都要用到它。为了掌握绿绒蒿的生存环境和分布情况，扎西次仁和他的团队足迹遍及青藏高原各地，收集来各种绿绒蒿的种子，开始试种。

"第一次试种，我们得了个'零分'。"扎西次仁说，他们第一次把种子撒下去，几乎没长出一棵苗。经过5年努力，今年春天，大花绿绒蒿等6个品种在实验基地种植成功，开出绚烂的花朵。扎西次仁说，这是对科研人员最大的褒奖。

截至目前，27种濒危藏药材在实验基地实现人工栽培，在三千多年的藏医药发展史上，尚属首次。

工作之余，扎西次仁还写了一本关于绿绒蒿的书。在他看来，"濒危藏药材人工种植的难处不在植物，而在于人能否战胜自己。"

寻药之路

藏药材是藏医药持续发展的根基。2011年，全国第四次中药资源普查试点工作启动，西藏首次作为试点地区被纳入普查。扎西次仁是这次普查的主要负责人之一，从2012年开始，他就走上了野外奔波的漫漫寻药之路。

扎西次仁说，按照国家的普查方案，要求在每一个县都要做几个不同的普查样方，不同生存环境的药材资源都要涉及到。"每个县要做不少于38个样地，一个样地有1平方公里大小；要做5套样方，每一个样方的距离不能少于 1 公里。此外，1 套样方里要有 6 个小样方。"

波密，地处青藏高原东南部，深藏在茫茫林海之中。雅鲁藏布大峡谷在这里逶迤盘桓，高山深谷间的湿润空气，造就了一个药材"天堂"，但深邃密林也让不少采药师望而却步。在这里开展的第一次野外普查，很不顺利。

当时，扎西次仁和普查队员们拿着 GPS 定位仪，脚下跌跌撞撞，从早上 9 点就出发，一直在森林里绕了十几个小时。大家焦急地盯着屏幕，上面的指示点不停地闪烁，就是找不到目的地："两公里距离，怎么走了一天都走不到？"原来，定位仪指向的另一个点，藏在一座大山的后面，而不是想象中的一条平坦直路。

尽管出师不利，扎西次仁和队员们并没有打退堂鼓。在此后的 3 年多时间里，他们跑遍了西藏 30 多个县，在丛林里、草甸上、雪岭间，完成了一个又一个普查目标。

今年 9 月底，国家中医药管理局组织专家对西藏普查试点等工作进行综合调研督导。专家们一致认为，在全国范围内，西藏普查试点工作的实施难度最高，但试点工作的进展和成果名列前茅。

凭借着对藏药材的热爱，这些年，扎西次仁每年都要花费好几个月的时间进行野外普查，完成相关报告；回到拉萨，就蹲在试验田边开展药材驯化工作，或者在实验室里进行相关研究，忙得不亦乐乎。这一切，也让他对藏医传统理论与藏药材采摘、藏药炮制等实践应用的结合，有了更多的体会和认识。

"采药是很有讲究的。有一种叫甘青青兰的药材，古籍里要求在夏天打雷之前采摘，用现代科学是很难解释的。"讲起药材的故事，扎西次仁张口就来。

记者问这样的要求，到底有没有道理，扎西次仁说："有。夏天打雷之前，这种药材正处在萌发嫩枝阶段，富含挥发油，对胃、肝疾病有特殊疗效。老百姓很难按要求采到，但我们实现了人工栽培，就可以在合适的时间采摘，让功效发挥到最大。"

为了寻药，扎西次仁走遍了西藏各地的山山水水，哪种药材分布在哪个县，哪种药材只长在某些山峰海拔 4500 米以上的东南坡，哪个纬度适合生长哪一类药材……他如数家珍。在扎西次仁的大脑里，似乎有一张别人无法看到的"藏宝图"，每种药材都有自己独特的坐标，等着被发现。

"我的工作只完成了一半。"望着实验基地里已经培育成功的药材品种，扎西次仁又在规划着未来的工作重点，"希望这些濒危药材的研究成果，能够尽快发挥价值，让更多的老百姓受益。"

（原载新华社《瞭望》新闻周刊 2016 年第 50 期，12 月 12 日）

班禅是怎样给十万人"上课"的

新华社记者 程云杰 周舟 边巴次仁

7月21日至24日，日喀则，德庆格桑颇章，26岁的第十一世班禅额尔德尼·确吉杰布在此为十万多信众上了一堂藏传佛教高端公开课，名为时轮金刚灌顶法会。

这是60多年来在西藏首次举行的大型时轮金刚灌顶法会，也是班禅坐床21年来首次给予广大信众的密宗高阶课程。

西北民族大学教授多识仁波切曾撰文说，在此末法时代，能有机会闻"时轮"佛之名，得时轮之法，灌顶受戒，是万劫难逢的无上幸运，人人应感到荣幸。

超 级 课 堂

十一世班禅传讲的公开课程在每日下午举行，可十多万信众早在上午就开始向占地11.2万平米的露天课堂聚集。"晚到就没有好座位了"，这是让很多信众焦虑的事情。

早上八九点钟，信众们身着盛装、背着小包，拿着小凳、小垫，自备干粮，戴着雨具，有的怀里还抱着娃娃，有的还推着轮椅载着老人，全家总动员前去占座。

为保证信众能够清楚地听到班禅的法音，四个超大LED屏矗立在草坪四边，直播班禅在法台上讲经说法、持咒灌顶，几十个扩音器让法音响彻苍穹。

没有桌椅，信众就席地而坐，手持念珠、经筒，以心为纸，以念为笔，法音声声贯耳，字字入心。遇到有人挡住视线，后面的同学会随手捡起小石子，轻扔过去，提醒保持课堂纪律；还有人为了离老师近点，总琢磨着挤到前面，找到最佳占位，这时就会有志愿者上前说服，维持秩序。

长达四天的"学习"，学生们免不了口渴、如厕。组织者专门挖了11个超大旱厕，面积60到120平米不等，此外还有诸多移动厕所和便民饮水点。11个医疗保障点、8个临时小卖部和9个小餐馆环绕在课堂周围，为学生提供后勤保障。

超级老师

其实老师离学生并不远。他端坐在一个层高数米、装饰精美的宝座上。宝座位于一个占地近200平米的讲台上，讲台四周被绣有吉祥图案的黄色

班禅额尔德尼·确吉杰布走进法会现场。（新华社记者 普布扎西摄）

丝绸包裹。

法号响起，这位 21 世纪的大活佛头戴黄色法帽，在僧人色彰队的簇拥下，沿着红毯，缓缓登上讲台。此时，端坐在法台下方的僧众弟子不约而同地拿出手机定格这一珍贵的瞬间。

每天下午，班禅都要不间断地讲解数小时，没有课间休息。这让 76 岁的藏族老阿妈央拉很心疼。她说："一个普通人连着说话一个小时，嗓子肯定会难受，可活佛自始至终声音洪亮有力。"一个细心的学生注意到老师四个小时只抿了四口水，"足见平常念经持咒的功力。"

与一般密宗课程不同，时轮金刚灌顶对老师的要求格外高，不仅要精通"五部大论"，而且要具备时轮金刚的清净传承，并严格按照仪轨精进修持。

班禅 5 岁坐床，迄今已接受包括时轮金刚在内的 1000 多项密宗灌顶，为 150 多万人次的信众摸顶。他苦心学习藏传佛教显密经典 21 载，被认为是一位具格的金刚上师。

"一会儿发放灌顶所需器物，我希望信众们不要起身争抢，原地就座，每个人都有。"宝座上的班禅身体向前微倾，缓缓说道。下雨时，他还提醒年老的信徒注意保暖，并在课堂上对传承上师表达感恩之情。

在这个特殊的课堂，师生互动颇为频繁。按照仪轨，班禅持咒时，十万余人齐声跟读，声震全场。

最"走心"的学生

课堂上最美一景是空中不断飞舞的白色哈达，犹如浪花般从后场接力飞向讲台，这是学生向老师表达他们无言的敬意。更多的信徒将哈达敬献在现场的大屏幕下面，屏幕上播放着班禅灌顶的即时画面，屏幕下方哈达堆积如小山。

从小在日喀则长大的拉珍看到这么多信众为佛法聚集一堂，几度眼眶

班禅坐床20年。（新华社记者 觉果摄）

湿润。她说，这次是班禅大师盛大的法会，也有好多各派活佛来参加，心里面感到非常荣幸和激动。这次班禅大师为了老百姓用了很大的心，也是大家的福分。这期间不吃肉，也不喝酒，因为这个法教特别难得。

50岁的刀日布·扎木苏和妻子专程从内蒙古锡林郭勒盟赶来，穿着金黄色的蒙古族盛装，早早入场坐在了信教群众的第一排。他说，班禅的声音听起来很亲切，很有感染力。他说："班禅很了不起，高僧的德行与年龄无关，只要一心向善，一心修法，就非常了不起。"

65岁的白马多吉来自那曲嘉黎县，在班禅大师领唱经文时，他复述的声音最洪亮，发音也相当清晰，双眼微闭，双手合十，句句不落。他说："班禅大师念一段经文，再解释经文内容，让我非常感动。听说这次大法会60年一次，人生中能赶上真是不容易。"

高僧活佛说

这次课堂上除了普通信众，还有来自西藏和四川、青海、甘肃、云南的100多名活佛和5000多名僧尼，他们都对这位年轻老师的学识和造诣充满赞叹，对班禅传法满怀感恩。

昌都市边坝县江措林寺活佛土登扎巴接受了灌顶后，希望自己也能传承法脉为其信徒灌顶。与班禅同龄的他说，班禅大师佛学理论扎实、造诣深厚、而且清净善识，是我们年青一代活佛学习的榜样。

西藏山南市佛协会长、僧人达瓦次仁说时轮金刚灌顶无比殊胜。"作为一名佛教徒能接受班禅大师的灌顶，更加殊胜。"

2011年归国定居的谢文根多·格列加措活佛惊叹于年轻的班禅如此深厚的佛学造诣。他说："班禅大师在显密佛学上研修精深，主持灌顶法会娴熟自信。"

他还说，这位老师在海外影响力很大，不仅精通藏汉文，还用英语在一些场合演讲，"祈愿班禅大师为佛法、为信众永驻世间，法体安康"。

（新华社日喀则2016年7月24日电）

图书在版编目（CIP）数据

新华社拉萨电·西藏报道精品集 / 新华社西藏分社

编 -- 拉萨：西藏人民出版社，2017.12

ISBN 978-7-223-05422-5

Ⅰ.①新… Ⅱ.①新… Ⅲ.①新闻报道—作品集—中国—当代 Ⅳ.①I253

中国版本图书馆 CIP 数据核字（2017）第 043846 号

新华社拉萨电·西藏报道精品集（上、下册）

编　　者	新华社西藏分社
责任编辑	计美旺扎　张慧霞
封面设计	格　次
版式设计	周正权
出版发行	西藏人民出版社（拉萨市林廓北路 20 号）
印　　刷	深圳市精彩印联合有限公司
开　　本	787×1092　1/16
印　　张	50.125
字　　数	800 千
版　　次	2017 年 12 月第 1 版
印　　次	2017 年 12 月第 1 次印刷
印　　数	01–25,000
书　　号	ISBN 978-7-223-05422-5
定　　价	75.00 元（上、下册）